国家软科学项目

Airport Economy

——new growth pole in era of Speed Economic

临空经济

——速度经济时代的增长空间

曹允春／著

经济科学出版社
Economic Science Press

序一

人类从事交通运输以克服空间距离的阻隔，这是一项无时不在、无地不在的任务，其联系和影响远远超出运输业本身而深入到社会经济生活的各个方面。交通运输在改变着人类时空观念的同时，也影响着企业经济区位的选择。不同类型企业对时间价值的敏感度存在差异，从而对不同交通运输节点呈现出依赖偏好。随着运输方式的现代化和信息技术传输的飞速发展，对时间价值敏感的企业，其区位决策目标逐步指向航空运输节点——机场。

机场作为全球价值链中最为突出的国际物流节点，机场周边地区成为组织生产最为快捷的区位。机场周边地区形成的临空经济是速度经济与航空运输互动的产物，虽然临空经济建设在我国已初露端倪，但仍处于探索期，尚无一整套完整与清晰的发展依据及政策制定支撑。各地政府对临空经济的经济特征和发展规律认识不足，已成为妨碍其健康发展的主要因素之一。为解决这些问题，促使临空经济区真正成为区域经济先导性、高端性、示范性的重要体现，亟须系统性的临空经济理论和针对我国临空经济的深刻分析作为支撑。

曹允春老师的专著《临空经济——速度经济时代的增长空间》是在其博士论文的基础上修改、补充而成的，同时也是在由其本人负责的国家软科学项目（课题号：2005DGQ4B127）和天津市哲学社会科学规划研究项目（课题号：TJJJ06－048）成果上进行的完善与深化。据我所知，这些研究成果是建立在对北京、天津、广州、重庆、昆明、青岛等9个城市进行的16个课题的研究基础之上的，因此可以说，该书是作者长期深入实地进行调查研究、对临空经济深入思考的学术成果。概括来说，该书从演进视角探讨了临空经济形成与演进机制，深刻解析了临空经济发展的趋势，并结合对我国临空经济发展现状的分析，为政府有针对性地引导临空经济发展提出了政策与策略建议。

该书认为，机场的设施设备资源是临空经济产生的基本原因，认为基于机场设施资源引发的航空运输行为和航空制造行为是临空经济产生的主导驱动要素，外部环境，如政府政策、区域经济和资源禀赋条件是实现临空产业经济空间极化的重要约束变量。并认为可以按照对机场资源的需求和利用程度，将临空产业分为航空核心产业、航空关联产业和航空引致产业，三者在时空顺序和布局上存在差别。

该书应用新经济地理学的FE模型，论证了机场的进入直接影响了区域经济的空间分布，并由于正反馈的自我强化机制，临空经济活动有围绕机场发展而逐步加强的趋势，且临空经济发展对机场的发展有着反馈作用，从而解释了临空经济区的产生。

在临空经济系统分析的基础上，该书不仅指出临空经济由较低阶段向较高阶段不断演进、跃迁的发展过程是其不断适应内外环境变化的结构演化过程，并将临空经济演进序列从形成期到成熟期分为机场极化空间、临空产业综合体空间、知识创新空间三个阶段，并针对各阶段的典型特征识别主要特征向量，从而提出了临空经济的演进机理。

在我国临空经济发展状况分析中，该书指出我国临空经济发展已初具规模，初步形成了以北京、上海、广州三大枢纽机场为依托的临空经济区为中心，以成都、昆明、重庆、西安、深圳、杭州、武汉、沈阳、天津等重点城市的特色临空经济为骨干，其他城市相继顺势规划发展临空经济的总体格局，产业发展呈现出七大特点。指出我国临空经济发展尚无国家层面统一政策、各地临空经济区管理模式缺乏高授权、不同阶段管理模式针对性不强、大多管理模式缺乏企业和科研机构的参与、管理模式受限于行政区划等，已经成为制约我国临空经济发展的主要因素。建立了临空经济发展状况评价指标体系，并应用于我国临空经济发展状况的定量分析与我国临空经济所处发展阶段的判定。

该书基于临空经济具有产业多样性特征，以临空经济的演进动力机制模型为依据，利用临空经济演进的阶段性特征向量和产业特征的变化趋势，在判断和选择临空经济不同演进阶段的重点发展产业的基础上，提出了“小尺度”区域空间范围内的多阶段多路径临空产业结构调整模式，并在现状分析之后将此应用于我国主要代表性临空经济区的产业结构调整，提出了相应的产业结构调整方案。

该书提出，促进我国临空产业结构调整的关键措施应包括：争取按照省级国家级开发区序列进行发展；营造投资与贸易便利化的发展环境；建立临空经济区各个层面的协同机制；合理规划临空产业发展的时空顺序、建立临空经济区入区企业遴选机制、建立临空产业与区域产业的对接机制；按照临空产业的布局规律，科学规划土地；建立临空经济区监测和防范体系。并建议建设机场所属省市政府总体主导和分功能园区的市场主导相结合的管理体制，即形成总体由机场所属政府高授权主导、各分功能区市场化主导、临空经济区与机场协调机制的管理体制。

全书紧密结合临空经济的形成、演进与产业结构调整，提出的临空经济形成机制模型、临空经济演进动力机制模型、临空经济空间布局的“蛛网模型”、小尺度区域内多阶段多路径临空产业结构调整模式、临空经济发展状况评价指标体系等，分别弥补了目前国内外临空经济研究领域的不足。所提出的临空产业结构调整方案及政策、管理体制建议，也兼具理论高度与可操作性。

我当初结识曹老师就是从读到他关于临空经济的论文和研究报告开始的，对他能够长期执著、专注于临空经济的研究并取得一系列丰硕成果也感到十分赞赏和钦佩。今天看到他能够出版这部具有开拓创新意义的理论专著，确实非常高兴，特此为序。相信广大读者一定会和我一样，认可这本书对于临空经济的理论研究、对我国临空经济的发展和临空产业结构的调整，以及推动我国机场和区域经济互动共生发展，都具有非常重要的理论和现实意义。

荣朝和

2009年6月于

北京交通大学经济管理学院

序二

在传统经济学的理论框架中，资源是一种经济的基本投入物或组成部分，通常包含四个部分：劳动、土地、资本和企业家，随着人们对于客观世界认识的不断深入，资源要素的内涵与范围还在继续扩大，在现代社会，随着市场需求的多样化和灵活化趋势，时间愈来愈显示出其独特作用，时间成为一种宝贵的资源，而当今国际经济也随之正在创造一个以航空、数字化、全球化和以时间价值为基础的全新竞争体系，如同20世纪带动城市发展的重要驱动力是高速公路、19世纪是铁路、18世纪是港口一样，机场成为21世纪带动城市发展的重要驱动力，机场及其周边区域正日益演化成为一个特色经济活动高度集中的区域，临空经济这种新型的区域经济形态由此产生，曹允春博士正是在这个领域进行了积极有益的探索。

国际上早期的临空经济大多是以产业的自然集中为发展特色，而随着机场规模的扩大和地区经济的发展，原有的临空经济区在全球经济一体化浪潮中凸显出巨大的产业带动效能，成为实现区域产业优化，促进产业更新的有力武器。许多国家和地区从战略高度上进一步认识到了大力推进临空经济发展的重要性，并把它作为一种区域经济引擎的模式加以发展，目的是为了在新的国际分工体系中占据有利地位，临空经济的建设计划旨在最大限度的利用全球范围内的资源，使得机场周边发展成为当地经济的核心、全球经济产业链的重要节点。

自2002年我国机场开始相继进行属地化改革，民航行政主管部门对属地化后的机场管理将发生变化，属地化的目的之一就是使机场融入当地区域经济，彻底改变机场单一的运输功能，实现机场与区域经济的良性互动，因此，我国各地政府从感性到理性逐步重视临空经济的发展，机场周边正在积极进行临空经济的规划。

临空经济的相关著作还比较少，与同类著作相比，我认为这本著作有三个方面的特点。

第一，它构建了临空经济形成与演进的理论分析框架。从国内外对临空经济的研究来看，描述性的分析很多，缺乏坚实的理论基础。本书通过对临空经济的内涵界定，将产业集群理论、空间经济学以及系统论加以有机融合，构建了临空经济形成与演进的理论分析框架，试图完善临空经济的理论。

第二，它提出了基于临空经济演进序列的产业结构调整模式。目前在产业结构调整中大多按照“三次产业”分类法将产业进行区分，但临空经济是依托于机场资源及其衍生的航空运输和航空制造行为而引发的新型经济形态，其产业分类标准要考虑产业的临空指向性，因此三次产业的分类方法无法有效地涵盖和区别临空产业的本质特征，另外，学术界普遍理解和采用的产业结构调整理论一般是基于宏观大区域概念，如世界、国家、省市等广域范围内的产业结构调整，而临空产业结构调整是小区域概念。因此，本书在产业结构、产业集群、产业链等理论基础上，基于临空经济的演进阶段性、宏观多样性、微观单一性、空间有限性，提出了小尺度空间范围内的多阶段多路径临空产业结构调整模式体系，很好地解决了现在处于不同发展阶段的临空产业调整的方向和路径。

第三，它进行了临空经济发展状况评价与阶段判定方面。目前各地政府对于临空经济的发展评价大多采用一般产业园区的评价指标，只考虑了发展表现和发展作用，但临空经济是依托机场形成的特色经济，具有自身的发展规律，当前的评价指标体系无法识别临空经济的发展“瓶颈”。另外，理论研究表明临空经济的发展具有阶段性，但当前的评价体系无法判断临空经济的发展阶段。因此，本书在系统分析临空经济发展的基础上，从支撑、表现、作用、环境四个层面科学构建了临空经济的发展状况评价指标体系，并综合应用主管赋权的AHP法和客观赋权的熵值法对指标体系赋权，最后应用物元模型处理了评价结果，客观准确地识别了我国临空经济的发展阶段和“瓶颈”，有利于针对性地指导不同区域临空经济的产业结构调整。

本书是曹允春同志在其博士论文基础上修改完成的，现在公开出版，我作为他的导师表示祝贺，最后我还想说的是，“做人、做事、做学问”是我们培养博士的目标，治学先治人是我们一贯的追求。曹允春博士这几年在临空经济领域取得了一些成果，希望他能够在这个方向坚持不懈地努力，同时我也希望能有更多的学者加入这一研究队伍，共同促进我国临空经济领域学术研究的繁荣和发展。

刘秉镰

2009年6月于

南开大学

内容摘要

现代经济正在创造一个以航空、数字化、全球化和以时间价值为基础的全新竞争体系，机场日益成为区域经济发展的强大驱动力，国际机场协会将机场喻为“国家和地区经济增长的发动机”，机场已从传统意义上的单一运送旅客和货物的场所演变为全球生产和商业活动的重要节点、带动地区经济发展的引擎，不断地吸引着众多的与航空业相关的行业聚集到其周围，机场及其周边区域正日益演化成为一个特色经济活动高度集中的区域。

国内外临空经济发展的实践进行得如火如荼，但对这一现象进行经济学解释的理论大大滞后，现有国外研究主要集中在机场在地区经济中的作用分析，少数学者能够深入研究临空产业模式和临空经济区的区域结构，研究文章大都是静态分析和描述；国内研究还停留在临空经济研究的表层，更多的是临空经济的概念、产业类型、形成条件方面的研究，综合来看国内外的研究成果还没有形成一整套系统、完整的理论体系。

基于此，本书试图从临空经济演进的研究视角，将产业集群理论、空间经济学以及系统论加以有机融合，构建临空经济形成与演进机制的系统性、动态性理论分析框架，掌握临空经济作为一种特殊区域经济形态发展的经济规律，为政府更加有针对性地引导临空经济的发展提供可借鉴的理论依据。全书分为理论篇和实践篇，以求从理论与实践两个层面对于临空经济进行较为系统、深入和完整的阐述。

理论篇共有五章内容，第一章是导论部分，重点在于阐明这个研究的背景、问题的提出、概念的界定、研究方法、研究思路与研究框架；第二章首先梳理出全书研究所需要的理论基础，其次完整地梳理临空经济形成与演进的相关理论与研究进展，试图在现有理论的基础上继承与创新，寻求临空经济发展的内在规律。

第三章至第五章是本书的理论核心，这部分研究线路是紧紧围绕临空经济的形成与演进而展开的，第三章从三个层面逐层剖析临空经济的形成机理，首先，从推动临空经济发展最为核心的驱动要素——机场入手，分析出机场通过航线网络实现了空间的经济联系，而这种联系扩大了机场地区的开放程度；其次，应用新经济地理学的FE模型，在机场所在区域的经济开放度增强的前提下，分析出产业就会在机场周边地区聚集；最后，通过临空经济形成的路径依赖机理，得出临空经济活动有围绕机场发展而逐步加强的趋势。第四章从四个方面揭示了临空经济的演进机理，首先，进行了临空经济系统分析，通过引入生命周期理论确定出临空经济演进的形成、成长、成熟三个阶段的阶段性特征；其次，依据阶段特征提出基础性动力、内生性动力和外源性动力是推动临空经济演进的三种动力；再其次，解释了动力机制是驱动临空经济演进的力量结构体系及其运行规则；最后，依据三种动力在不同阶段的作用差异性所产生的演化路径，分别研究机场极化空间阶段、临空产业综合体空间、知识创新空间阶段的演进机制，“基于时间成本的区位选择机制”为切入点研究机场极化空间阶段的形成机制，临空产业综合体空间的形成机制是“基于专业化分工的临空产业链群的网络协同机制”和“基于机场竞争优势获取的资源要素需求机制”，知识创新空间阶段的演进机制是“创新机制”。第五章首先提出现有的产业结构调整理论在临空产业结构调整分析中的局限性，将产业结构调整理论、产业集群理论、产业链理论等作为理论基础，以临空经济演进的动力机制为依据，构建出临空产业结构调整模式的逻辑框架，提出了基于临空经济演进序列的产业结构调整模式。

在实践篇，主要从我国临空经济发展的宏观视角进行分析，第六章至第十章是理论应用于现实，第六章主要从全球视角，归纳总结了国外临空经济发展特点、发展类型、临空产业结构调整方式等内容；第七章重点内容在于掌握中国临空经济发展的现状，主要从分析我国临空经济发展历程、临空产业发展现状，以及临空经济发展过程中的制约因素等方面来分析；第八章选择了我国具有代表性的主要临空经济区状况和发展阶段进行了判定；第九章目的在于提出我国临空产业结构的调整模式，提出了我国28个临空经济区的临空产业结构调整模式组合，而后针对不同发展阶段的我国典型临空经济区系统提出了产业结构的调整方案。第十章分别从政策建设框架、阶段性政策建议、管理体制保障提出了我国临空经济发展和产业结构调整的政策体系及体制保障。

本书在写作过程中得到了中国民航大学经济与管理学院崔婷博士的大力协助，崔婷博士参与完成了第八章的主要部分。

Abstract

Modern economy is creating a new competitive system on the basis of aviation, digitization, globalization and the value of time. Airport, which is compared to "the economic growth engine of countries and regions" by Airports Council International (ACI), is increasingly becoming a powerful driving force of regional economic development. Airport has evolved to a key crunode and promoter of the regional economic development from a site only for passengers and cargos transportation. Airport and the surrounding area continuously attract aviation related industries' agglomeration, and form a region high concentrated with characteristic economy activities.

Through the worldwide practical activities of airport economy development like a raging fire, the economic theory explanation of this phenomenon still has a great lag. Existing foreign researches mainly concentrate on the analysis of the airport's function in the regional economic development. A few of the scholars was able to go deep into the research on airport-based industries and the regional structure of airport economy zone, but these researches are mostly static state analysis and description of phenomena. Domestic researches are still limited to the surface of the airport economy study, mostly are the concept, the type of industry, the formation condition of the airport economy. On the whole, both the foreign and the domestic research still have not formed a set of systemic, integrated theoretical system.

This dissertation is organized as follows. Chapter one is the introduction, which is the prerequisite of the whole, emphasizes the background of the topic choice, question formulation, theoretical and realistic significance, the definition of the related concepts, main research methods and framework of this dissertation. Chapter two firstly combs relevant basic theories, and then tries to impersonally review related theory and research progress on the formation and evolution of airport economy, and attempts to inherit and innovate on the basis of existing theory, to seek for the inherent law of airport economy development.

The chapter three to chapter five, which main research framework follows the evolution of airport economy, is the theoretical core of the dissertation. In chapter three, the dissertation focuss on the formation mechanism of airport economy. Firstly, this chapter focuss on the core driving factor of airport economy development, airport, which expanses the opening of the area by the air route network leading economic links between space, Secondly, this chapter applies the FE model of Spatial Economics and finds that airport leads the industrial aggregation, on basis of airport enhanced the economic openness. Finally, this chapter brings forward three mechanisms on airport path dependency, and can impact and enhance the regional economic activity. For chapter four in the detail, it firstly emphasizes the system analysis of airport economy, and the features of three phases by using Theory of Life Cycle, and brings forward the three power which driving the development of airport economy. Then this chapter expounds that the motivity mechanism is the power structure system and the operation rule of the evolution of airport economy, focuss on the evolution mechanism of different phases, the phase of airport space polarization, the phase of airport-based industrial complex space, the phase of knowledge innovation space, according to the different evolution paths caused by different functions of fundamental, internal and extrinsic motivity. It emphatically probes into the formation mechanism of airport space polarization phase setting the location choice mechanism based on time cost as the breakthrough point, the formation mechanism of airport-based industrial complex space with the network collaborative mechanism of airport-based industry chains based on the specialized division of labor and resource elements demand mechanism based on the obtaining of airport competitive advantages, the formation mechanism of knowledge innovation space phase with the innovation mechanism. Finally this chapter reveals the stage characteristic of evolution sequence. According to the evolution motivity of airport economy, chapter five firstly focuss on the limitations of existing industrial structure adjustment theory in the research on airport-based industrial structure adjustment, and then based on the theory of industrial structure adjustment, Industrial cluster theory, and Industrial chain theory, utilizing the tendency of staggered eigenvector in the evolution of airport economy, puts forward the airport-based industrial structure adjustment pattern, finally proposes the mode of airport-based industrial spatial distribution.

From chapter six to chapter eight, the dissertation applies the theory to reality. Chapter six emphasizes the actuality of China airport economy development from three aspects, which is the actuality features of China airport economy development, the phase determinant of main representative airport economic zone development, the restrict factors in the process of the airport economy development. The objective of chapter seven is to bring forward the structure adjustment pattern of China airport-based industries, the pattern combination of airport-based industrial structure adjustment for 28 airport economic zone of China, and the adjustment scenario for typical airport economic zone of different phases. Chapter eight brings forward the countermeasure, which contains policy organization, policy suggestion, and management system, for the China airport economy development.

Chapter nine is the final part. This chapter tries to clarify the main research conclusions of this dissertation, point out the possible creative viewpoints of this dissertation and put forward the problems need to study in the future.

目　录

理 论 篇

第一章

导 论

第一节　问题的提出

1.1.1　选题背景

1.1.1.1　机场成为区域经济增长的发动机

随着知识经济的发展、经济一体化和国际产业转移的深化，世界高效快速以及网络化的发展正在改变着行业竞争的规则以及商业企业选址的规则。这些规则随着数字化、全球化、航空和以时间价值为基础的竞争的发展而不断发生着变化。这些变化，将会使得机场成为21世纪带动城市发展的重要驱动力，正如同20世纪带动城市发展的重要驱动力是高速公路、19世纪是铁路、18世纪是港口一样。[①] 当今国际经济正在创造一个以航空、数字化、全球化和以时间价值为基础的全新竞争体系，机场成为发展的强大驱动力，因此国际机场协会将机场喻为"国家和地区经济增长的发动机"。

在国际经济的全球低成本化战略、高科技企业的产品特征的变化、企业追求时间价值趋向的区位偏好等经济环境巨大变化的背景下，航空业正在国际经济发展过程中发挥着越来越重要的作用。今天，机场也不再是传统意义上的单一运送旅客和货物的场所，已经成为全球生产和商业活动的重要节点、带动地区经济发

① John D. Kasarda. Time-Based Competition & Industrial Location in the Fast Century. Real Estate Issues, 1999.

展的引擎，不断地吸引着众多的与航空业相关的行业聚集到其周围[①]，机场及其周边区域正日益演化成为一个特色经济活动高度集中的区域，临空经济发展的深远影响及发展趋势，将成为未来全球经济发展的主流形态和主导模式。

大型枢纽机场对于周边地区有着重要的经济社会影响，如吸引产业、增加税收、解决就业等，据航空运输协会测算，2004 年全球航空旅客总周转量为 18.9 亿人次，货邮总周转量为 3800 万吨，航空运输在全球范围内产生了 2900 万个就业，对 GDP 的影响为 8800 亿美元，相当于 2.4% 的全球 GDP。[②] 这些影响不仅仅局限于机场对其邻近地区的直接影响，还扩展到航空服务带给整个地区广泛的经济利益和社会影响。

1.1.1.2 机场周边地区成为区域的“经济之星”

随着运输方式的现代化和信息技术传输的飞速发展，距离在经济区位选择中的作用日益减弱，城市和区域面临着吸引资本和劳动力以促进经济发展的艰巨挑战，用“光滑”的生产空间概念[③]来描述这种资本和工厂的移动变得更加容易的现象。同时发现在“滑溜溜”生产空间中分布着具有一定“粘结”性的区位，因此，生产活动全球化并没有使企业的生产活动在空间分布上实现区域平衡，区域发展呈现高度不均衡状态，个别快速成长的区域成为广大增长迟缓的地区中的亮点，并吸引着资本、劳动力等资源不断涌向这里。对外开放、融入经济全球化的大潮，已经成为落后国家和区域实现快速发展的先决条件，经济发展的全球化趋势与本地化认同之间所展开的现实张力为区域研究带来全新的视角（Amin, Thrift, 1994），促使各个区域寻找地方特色的产业发展之路。机场周边地区的快速发展成为区域的“经济之星”，这个特殊区域愈来愈引起政府和学者的关注。

而机场周边地区的快速发展是建立在微观经济层面——企业发展对效率和灵活性的诉求基础上的。时间如同空间一样，是一个重要的范畴，也是一种宝贵的资源。在现代社会，随着市场需求的多样化和灵活化趋势，时间愈来愈显示出其独特作用，相对地，时间变得越来越珍贵。如果哪一个企业重视时间效应，能以最快速度、最少时间、最大限度地满足顾客需求，那么顾客就会愿意付出高价，这个企业就能抢占商机而获得时间效益。[④] 时间（Time）和适时（Just In Time）具有决定意义，“时间本位”策略的支持者，美国波士咨询公司（BCG）副总裁

---

① John Kasarda. From Airport City to aerotropolis. Airport World, Volume 6 Issue 4 August-September 2001.

② AIR TRANSPORT ACTION GROUP. The economic & social benefits of air transport. 2005.

③ Markusen A. Sticky places in slippery space: a typology of industrial districts, Economic Geography, 1996 (72): 293 ~313.

④ John York. The social and economic impact of airport in Europe. York Avaiation. 2004.

伊斯凡认为，总有一天速度必将超过成本或品质，成为“涵盖全体的首要经营目标”。[①] 因此，时间的节约就是成本的节约，就是企业核心竞争力的重要来源之一。而在这种背景下，现代企业不断加速行业内和行业间的网络式发展、国际外包和销售的发展与灵活、个性化生产以及产品和服务快速运输的发展，效率和灵活性已经成为商业企业首要考虑的因素。

为了满足这种对效率、灵活性和可靠性的要求，对时间高度敏感的产业逐渐向机场周边聚集，高科技和IT企业大量出现在机场周边，同时刺激航空货运、航空快递的进一步扩张，并对货运商以及第三方物流提供商产生更大的吸引力，航空物流园区应运而生。不仅仅是时间高敏感性的产品处理和分销设施被吸引到了门户机场。随着世界服务经济对高效要求认识的加强，机场已经成为吸引众多公司总部、区域办公设施以及其他专业性社团机构的一块磁石，这些机构有一个共同的特点，即它们的职员一般都要求经常进行长途性质的出差。枢纽机场的可达性和灵活性也极大地吸引着会议中心、贸易展览中心和一些购物中心。

因此，机场地区成为经济快速发展的区域，例如，美国的达拉斯—沃斯堡国际机场已成为两城市郊区快速增长的经济的驱动力，位于机场正东的拉斯科琳娜（Las Colinas）区域，一个充满活力的区域，那里的企业已超过了2000家，其中包括Abbott实验室，AT&T，GTE，惠普公司和微软公司。巴黎机场服务的地区创造了全国GDP的30%。高质量的旅客和货物运输服务是此地区具有竞争力的一个关键因素。航空运输对那些大型跨国企业尤其重要，许多大公司的总部都在巴黎，同时，机场对于一些从事新高科技、创新、工业的企业也是非常重要的。在此地区之内有超过125 000的人被这些受国际联结影响很大的企业所雇用从事研究活动。据估计，巴黎机场对于这个地区经济的全球化影响可以表示为大约300 000的就业和250亿欧元的收入。

1.1.1.3 国内外逐渐高度关注临空经济的发展

国际上早期的临空经济区大多是以产业的自然集中为发展特色，而随着机场规模的扩大和地区经济的发展，原有的临空经济区在全球经济一体化浪潮中凸显出巨大的产业带动效能，成为实现区域产业优化，促进产业更新的有力武器。许多国家和地区从战略高度上进一步认识到了大力推进临空经济发展的重要性，并把它作为一种区域经济引擎的模式加以发展，目的为了在新的国际分工体系中占据有利地位，临空经济区的建设计划旨在最大限度的利用全球范围内的资源，使

① 仇华忠．速度经济初探．科技进步与对策，2000；17（2）：107～108

得机场周边发展成为当地经济的核心，全球经济产业链的重要结点。世界上的大型现代化机场，如爱尔兰香农机场、美国达拉斯—沃斯堡国际机场、韩国仁川机场、日本大阪关西国际机场、荷兰阿姆斯特丹史基浦机场、中国香港新机场、法国戴高乐机场、德国法兰克福机场、丹麦哥本哈根机场等，在机场周边推出发展具有综合功能的临空经济的建设计划，建设各类临空经济区，包括自由贸易区、高新技术区、物流区、商务区和休闲度假区等。依托机场资源发展区域经济，使机场与临空经济区互为有机组成部分，在整体规划上，呈现立体、多层、辐射的态势。

经过多年的发展，临空经济在事实上也已经改变了或正在改变着一个地区的整体经济结构，成为地区经济增长的推动力。现代生产已经由资源密集型向智力密集型进行转变，位于产业价值链低端的简单组装制造活动远远满足不了地区经济结构优化的目的。新兴工业更多的依靠智力和交通，以大学、研究机构为核心，以畅捷的交通为支持，形成新的产业区，实现产业聚集和更新，而其产品也更多地依赖于快速运输，如高科技制造业。香农机场自由贸易区的建立使香农地区成功地实现由农业经济向知识经济的高速转变。

我国各地政府高度重视临空经济的发展，机场周边正在积极进行临空经济的规划，截止到目前，全国共有26个机场周边地区进行临空经济发展规划。在北京市委九届四次全会通过的《中共北京市委关于制定北京市国民经济和社会发展第十一个五年规划的建议》中，把首都临空经济功能区列入首都六大高端功能区之一。天津滨海新区的开发开放已列为国家“十一五”发展战略布局，而临空产业区被列为滨海新区的八大功能区之一重点发展。上海虹桥机场周边的长宁区20世纪80年代初提出了“依托虹桥，发展长宁”的发展虹桥临空经济园区，将其作为面向21世纪经济发展战略的三大经济组团之一。90年代初又提出了“优化功能，争创优势”的思路，长宁区现在是国内临空经济发展较为成熟的地区。广州花都区依托联邦快递亚太转运中心落户新白云机场，规划临空经济的发展，打造中国的“孟菲斯”。重庆市政府提出《重庆航空城构想》，对未来的重庆航空城作了详细的规划，按照这个构想，未来的航空城将是重庆市对外开放的重要交通平台，是重庆市现代服务业和现代制造业以及同北部新区功能互补的重要基地。昆明市政府未雨绸缪，随新机场的迁建同时进行空港经济区的规划。成都双流区提出打造“西部航都”临空经济发展新模式，其他城市例如深圳、西安、青岛等纷纷进行临空经济区的发展规划，在全国乃至全球范围内吸引资源，发展高端产业，为了在新的国际分工体系中占据有利地位。

1.1.1.4 机场属地化促进机场与区域经济良性互动

自2002年起，我国机场开始相继进行属地化改革。随着民航改革的深入和政府职能的转变，民航行政主管部门对属地化后的机场管理将发生变化，从直接管理变为间接管理，从微观管理变为宏观管理，从行政管理变为法制管理。属地化的目的之一就是使机场融入当地区域经济，彻底改变机场单一的运输功能，实现机场与区域经济的良性互动。

1.1.1.5 区域协调发展战略给临空经济发展提供机遇

我国地域广阔，各地区之间的经济和社会发展程度差异大，临空经济区及其所依托的航空枢纽是一个区域经济中的重要增长极，是一个国家经济的发展轴由平面转化为立体的主要标志和象征，是中国经济网络化的节点，可以说每一个临空经济区都可以起到点轴发展系统中关键节点的作用。作为关键节点的临空经济区的快速发展将成为地区发展的重要支撑点和突破口，有利于克服中国区域经济发展所面临的重要矛盾，有利于实现地区之间效率和公平的协调发展。

1.1.2 问题的提出

机场的这种集聚效应使得经济空间的资源要素逐渐向机场周边地区进行集中，机场正在成为区域经济发展的源动力，另外，国内外机场建设的经验也充分表明，国际大型机场的可持续发展同样依赖于机场地区经济的发展，依赖于机场周边地区产业结构优化与空间合理布局。机场与区域经济的协同发展目标使得临空经济凸显其重要性，临空经济作为协调与促进机场与区域经济同步发展的特殊经济形态，正在引起越来越多的关注。同时，随着中国民航机场属地化改革的完成，机场与区域经济的发展正在逐步融合，发展临空经济，充分挖掘机场成为经济发展中的重要优势资源成为新的课题。

国内外临空经济发展的实践已经进行得如火如荼，截止到目前，全国共有26个机场周边地区进行临空经济发展规划，但对这一现象进行经济学解释的理论大大滞后，众多实践者都很困惑，这种新型经济形态的发展规律是什么？机场的发展态势如何影响周边区域的发展，临空经济形成与演化的机理是什么？其发展的阶段性特征是什么？众多问题困扰着这种新型经济形态的发展。

一是临空经济产生的核心要素——机场的经济学解释显然不足。大家都知道临空经济产生的最为核心的因素是机场，但机场在现有临空经济的研究中似乎始终是"黑箱"，国外非常多的文献集中"机场在社会经济发展中的作用"这个视角，具有代表性的从1977年，美国联邦航空局的《关于综合航空社会、经济、政治影响的评价》，到2002年国际机场协会欧洲部的《欧洲机场对社会经济的影响》，以及2008年航空运输行动小组的《航空运输的经济效益》[1]，这些研究把机场作为一个区域经济中的一个经济体，探索机场对区域经济产生的影响表现在哪些方面，例如机场带动区域经济的作用表现在就业、税收等较为宏观的层面，如何从深层次把握机场与区域经济的内在联系，尤其是要打开"机场"，从经济学角度审视机场通过何种途径与区域经济产生了联系。[2] 国内有些研究虽提到机场的枢纽地位、航线网络等特性，但基本还没有深入机场内部，深入分析机场与区域经济内在的经济学关系。

二是现有的临空经济的形成与演进的研究还不能够更好地解释临空经济的发展规律，论述还处在浅层层面，把握临空经济的发展规律是临空经济目前迄待深入的理论问题，而这表现在对于临空经济的形成与演进的研究论述，这方面的研究国内外还比较少，基本停留在表层。现在对于临空经济的形成与演进还主要在形成机理方面的研究，而对于演进的论述则非常少，形成机理方面还主要在宏观层面，主要论述临空经济是宏观经济发展到一定阶段后所产生的一种新的经济形态，如何从深层次挖掘临空经济发展和演进的力量结构体系及其运行规则，也就是推动临空经济发展的核心机制是什么，如何找出其动力机制成为寻求临空经济的发展规律的一个重要问题。

三是现有的产业结构调整理论无法直接套用到临空产业之中，临空经济增长始终伴随着临空产业结构的转换，产业结构状况是临空经济发展水平的内在标志，因此临空产业结构调整分析是临空经济研究的重要内容，但现有的关于临空产业的理论还仅仅停留在产业结构研究的基础层面——临空产业的分类，还没有看到相关的文献论述临空产业结构随着演进序列的调整规律，而现有的产业结构调整、产业集群、产业链理论等理论，单一的理论还不能直接指导临空产业的结构调整。

四是从整体层面还没有关于我国临空经济现状和存在问题的全面论述，以及如何用临空产业结构调整理论来指导我国临空产业结构的调整。虽然近几年，对于临空经济的研究文章越来越多，但对于我国临空经济的发展历程、临空产业发展现状、我国主要临空经济区所处的发展阶段、我国主要临空经济区的临空产业

---

① Federal Aviation Administration. 关于综合航空社会、经济、政治影响的评价. 1977

② 克鲁格曼 P. 著，张兆杰译. 地理和贸易. 北京：北京大学出版社，中国人民大学出版社，2000：5

的调整模式，这些还都没有一个较为全面的揭示，只有清楚地了解我国临空经济的现状及存在问题，才能更好地应用前面的理论指导中国临空经济实践的发展。

因此，基于我国临空经济实践未来发展的迫切需要，本书以我国临空经济发展与产业结构调整为题，试图通过从动态视角研究这种新兴的特色经济模式的演进规律，为中国正在兴起的这种新型的经济形态提供一定的理论借鉴。

第二节 相关概念的界定

对于概念的阐述和分析是一项研究工作的起点。本书涉及的概念可能有很多，这里只从破题的角度，对本书题目中的关键概念，进行说明和理解分析。其他的一些概念，将留至书中合适的地方进行阐述。笔者想要重点说明的是两个概念，即什么是临空经济？什么是临空产业结构调整？

1.2.1 临空经济

1.2.1.1 临空经济的内涵

目前临空经济还没有一个统一的定义，国内外学者大多是围绕着机场的运输行为，从产业和空间角度对临空经济进行定义，即认为航空运输活动是机场和地区经济互动发展的基础，也是临空经济形成的核心要素，机场是航空运输活动发生的空间载体，临空经济的产业空间布局也必将根据各临空产业的运输时间成本和运营地租成本的敏感度高低，以机场为中心向周边地区拓展。因此，对临空经济的界定主要体现在如下两个方面：一是机场运输活动带来的大量客流、物流促进了相关航空运输产业及配套、辅助和支持产业的产生和发展；二是航空运输的运输特征更好地适应了现代企业的经营方式和产品特质，使产业可以降低交易费用、节省运输成本，从而导致相关现代制造业、现代服务业等产业的发展和聚集。

这种对临空经济的定义实际是基于机场行为层面的解释，即认为机场在航空运输活动中承担的功能是临空经济产生的主要原因。本书认为这种基于运输行为的定义一定程度上较好地揭示了临空经济的内涵，但仍有一定的局限性，主要体现在对机场设施资源的功能多样性理解不足，不同的机场行为均是建立在机场设施资源基础上各类经济活动的衍生产物，机场的设施资源才是临空经济产生的物质基础和来源，即机场资源决定机场行为。因此，从机场的设施资源层面对临空经济进行定义，才能更好地揭示临空经济的内涵。本书在综合吸收借鉴以往研究成果的基础上，提出基于机场资源的临空经济定义：依托机场设施资源，通过航空运输行为或航空制造活动，利用机场的产业聚集效应，促使相关资本、信息、技术、人口等生产要素向机场周边地区集中，以机场为中心的经济空间形成了航空关联度不同的产业集群，这种新兴的区域经济形态称之为临空经济。

1.2.1.2 临空经济的构成要素

从以上分析可知，临空经济由三要素构成：机场、产业、空间。机场是临空经济产生和发展的最核心的动力源，临空产业状况是临空经济发展的内在标志，临空产业在空间上组合、聚集、优化是临空经济可持续发展的保证。三大构成要素相辅相成，三者的相互促进及关系的演变是临空经济发展的基本规律。本书对临空经济发展的经济分析框架正是以它们为核心构建的。

我们知道“控制区域经济发展的主要是三大结构所形成的子系统：资源结构、产业结构和空间结构。”①“资源是区域经济增长的基础，资源结构是区域产业结构形成的重要影响因素，资源结构影响着区域经济空间积聚程度”。② 其中在临空经济发展的过程中，机场是最重要的核心资源，以它为基础构建出资源结构。“三大结构在区域发展的不同时期对社会经济发展的贡献度大小不同，同时每种结构在不同的发展阶段对社会经济发展的贡献度大小呈现此消彼长的特征。”③

但在以全球化和信息化为特征的经济环境下，时间因素在新的信息技术导致的生产链空间结构变革中扮演着至关重要的角色，生产的时间成本在企业区位选择中的作用越来越大，企业愈来愈向机场周边聚集，从而形成临空产业集群，这种极富特色的产业集群在特殊动力因素——机场和一般性的产业集聚的动力因素的影响下演化发展，产业结构呈现的有序演进成为推动临空经济增长的重要动力。

临空经济区内社会经济客体的空间活动及其相互之间的关系会形成一种空间态势，随着临空经济产业结构的调整，区域空间结构也会随之进化，由简单到复

---

① 陈修颖．区域空间结构重组：理论基础、动力机制及其实现．经济地理，2003（4）：445～450

② 刘维东，张玉斌．区域资源结构、产业机构与空间的协调机制初探．经济地理，1997（4）：20～25

③ 陈修颖．区域空间结构重组：理论基础、动力机制及其实现．经济地理，2003（4）：445～450

杂、由混沌到秩序，不同发展阶段的临空经济区必然具有完全不同的空间结构，同样，空间结构的变化也会作用于临空经济的发展。

1.2.1.3 临空经济的特征

1. 基于产业"基础设施依附"的特性，临空经济形成区位依赖特征

临空经济是由机场作为内核衍生出来的一种新的经济形态，因此产业对于机场这个交通基础设施具有很强的依附性，从而具有"基础设施依附"的市场属性，正是这种属性决定了临空经济的"区位依赖性"。所谓的区位依赖性，就是指临空产业集群所选择的区位不仅要注意一般集群选址所注重的成本问题，而且应该充分考虑不同机场的不同特性，包括机场的功能定位、机场的航线网络、基地航空公司等一系列内容。

2. 基于机场"空间经济影响"的特性，临空产业形成临空指向特征

机场是产生临空经济的内核，其直接或间接的影响是企业聚集在机场周边的原动力，机场的功能定位和规模是临空经济发展的决定性因素，机场的航线网络资源是企业赖以生存和发展的源泉，机场成为临空经济区的向心力。从产业链角度分析，机场的两大业务：客运和货运，客运形成了航空旅客运输产业链，所引发的产业主要有：总部经济、商务会展、旅游业、康体休闲等；货运形成了航空货物运输链，主要有临空型高科技产业、医药产业、珠宝加工、花卉业等。因此，在机场周边布局的企业或多或少同机场（航空运输）相关，因此，机场的发展将大大影响到企业的发展，从这个角度讲，临空产业一定具有临空布局的偏好，因此，临空经济具有临空指向性。

3. 基于航空运输"全球易达性"的特性，临空经济具有外向型经济特征

枢纽机场的全球航线网络使得到达世界的重要的工商业大城市变得比较容易，全球易达性对商业地点选择以及地区商业成功有着非常关键的影响。货物和人员的这种全球易达性正是吸引跨国公司的重要因素，跨国公司为了寻求全球成本最低，各个分公司和子公司开设在最适应发展的区域，同时，为了满足全球这种高效快速的发展趋势，把公司设在机场周边成为最优选择。在全球范围由于机场的连接网络越优越，吸引越多的公司的例子比比皆是：巴黎戴高乐机场周边布局了很多把总部设在巴黎的大型跨国企业和从事新高科技、创新的企业，以这种方式吸引的企业所形成的富有特色的经济结构就是外向型经济。正是基于航空运输"全球易达性"的特性，临空经济具有外向型经济特征。

4. 基于航空运输"快速安全"的特性，临空经济具备速度经济的特征

时间的节约就是成本的节约，日本学者田村正纪认为，所谓速度经济，是指依靠加速交易过程而得到的流通成本的节约。① 而首次提出速度经济的是哈佛大学钱德勒教授，他注意到经济发展的一种新趋势，就是基于当时美国由于技术上的突破使大量生产销售方式成为现实，通过企业内部的协调，使从生产到流通（如库存周转率）的速度经济十分明显，若将企业看成是一个资源转换的系统，则企业的经济效率不仅来自资源转换的数量，还来自于资源转换的时间。在临空经济区布局的企业主要是利用航空运输的快捷性，其产品的运输成本往往占到总成本的较小一部分，但对市场的敏感程度却很高，产品对运输速度的要求很高。基于航空运输“快速安全”的特性，使得临空经济具备速度经济的特征。

5. 基于机场的“作用强度衰减”的特性，临空经济形成空间圈层的特征

由于各个企业利用机场的程度不同，这种程度的不同会造成同机场紧密度的高低，企业按照成本收益原则进行选址，这种紧密度自然会造成不同的位置的不同的收益，这种包含时间在内的广域的收益会使得企业在机场周边进行布局，长期的调整会使得机场周边地区呈现经济空间圈层化的趋势，因此，基于机场的“作用强度衰减”的特性，临空经济区形成空间圈层的特征。

6. 基于机场“产业空间关联”的特性，临空产业具有垄断竞争市场结构的特征

临空产业与机场有着不同程度的关联关系，其产业业态包含了航空运输产业、航空物流业、高科技制造业、总部经济、商务会展等。这些产业业态中的企业对市场价格的影响有限，企业可以进入或退出该产业，同时，不同企业之间的产品是有差别的，并具有一定的可替代性。他们的垄断性和竞争性都介于完全竞争市场和寡头垄断市场之间。综上所述，临空产业具有垄断竞争的市场结构。

1.2.2 临空产业结构调整

本书以产业结构理论、产业集群、产业链理论等为理论基础，创新性的提出了临空产业结构调整的定义。

临空产业结构调整的内涵是根据机场资源及其衍生的航空运输行为和航空制造行为，结合区域经济、资源、政策等条件，在一般性的区域产业结构调整的大框架下，依据临空经济阶段性演进特性，按照各临空产业的临空指向性强弱，以临空产业为基本对象，合理调整经济要素在不同临空产业之间的配置，使临空经济区产业的临空指向性不断增强并实现临空产业结构合理化、高度化、高效化，

---

① 魏东海．论企业集团的组织经济性．南方经济，1997（5）：46～48

以达到临空经济整体生产效益最优。

临空产业结构调整既要满足产业结构调整的一般要求，即宏观上大体符合由第一、二、三产业的阶段性演进的大趋势，属于一般产业结构调整的范畴，同时又具有一定的特殊性，这一特殊性来自于临空经济的形成机制多元性、演进历程的阶段性、产业构成的特殊性和多样性及空间布局的有限性，决定了临空产业结构调整模式有其独特的内涵。

临空产业构成的特殊性决定了临空产业结构调整是对临空经济区内各产业临空指向性的调整。临空经济是依托机场资源而形成的具有机场依赖性的产业的集成，即临空产业的基本共性是其都具有“临空指向性”，而依据对机场资源的依赖程度的不同，不同临空产业的临空指向性也各有差别。不同产业对资源的利用效率不同从而导致了产业附加值的变化，但在临空经济区，其资源利用效率还有另一层含义：机场是临空经济区的核心资源，临空指向性越高的产业，对机场资源的利用效率也越高，大量高临空指向性产业的聚集可以有效促进临空经济区整体效率的提升。因此，正是由于临空产业的“临空指向”这一特殊性，决定了临空产业结构调整除了要符合区域产业结构调整的一般规律外，还是对各产业临空指向性的调整。

临空经济演进历程的阶段性决定了临空产业结构调整的阶段性，区域产业结构调整是根据区域经济发展现状的阶段性动态的调整过程。临空经济演进历程的阶段性揭示了不同时期临空经济演化的动力机制的差异性，因此，相应的临空产业结构调整依然要适应临空经济的演进规律，呈现出阶段性调整特征。

临空产业结构调整将是侧重于产业组织微观层面的调整。作为产业组织微观表达形式，产业集群是临空经济产业结构调整的主要表现形式，其作用也越来越重要。这是因为产业组织合理化是产业结构调整的必要前提，产业结构的调整必须伴着产业组织的再造，优化产业结构也必须以合理化的产业组织为前提。产业组织的实质反映的是生产要素在产业内部的配置。因此，它是一种“微观产业结构”。没有产业组织作为微观上的载体，产业结构对生产要素的“宏观”上的配置就无法实现。单纯的产业比例关系的调整，只不过是所谓“宏观产业结构”的改变，而“微观产业结构”并没有改变，靠这样的产业结构调整，优化的目标很难实现，调整后的产业结构只不过是一种“虚优化”的表象而已。产业集群具有广泛的适应性，是能适应外部交易条件和市场环境变化的自我适应调节的经济系统，其主要成分和组织结构可以根据复杂多变的市场竞争环境灵活地和不间断地进行重新组合和自我适应调整。临空经济产业结构的调整将利用临空产业链的延长和临空产业集群发展，通过降低产业的内外部规模性，实现生产效率效益的最大化，同时在产业集群发展过程中逐步培养和孵化新的主导临空产业，实现产业的升级和更替，从而促进临空产业结构的调整。

第三节 研究方法

1.3.1 比较分析的方法

有关临空经济的理论研究目前还处在发展、探索阶段，因此本书将充分借鉴国外临空经济的理论和发展实践，从中总结、归纳出临空经济理论内涵及发展的一般规律，并充分结合中国的实际情况，得出中国的临空经济发展路径及产业结构调整的可行性模式。

1.3.2 定性与定量相结合的方法

本书在对临空经济的内涵、特征；临空经济系统分析；临空经济形成与演进机理；临空产业结构调整等内容进行分析、研究时用到了定性分析方法。与此同时，在对临空经济发展状况评价与阶段判定时不但采用了定性方法，同时也采用了定量的方法，提出了多种具体的模型与算法，做到了定性与定量相结合。

1.3.3 模型分析方法

本书分别采用了指标原始值标准化方法、层次分析法、熵值法、物元模型法等多种模型分别用于对临空经济发展状况评价指标原始值进行标准化处理、确定评价指标权重、对临空经济发展状况进行综合评价以及对临空经济发展阶段进行判定。

第四节 研究思路、内容框架

1.4.1 研究思路

第一章是本书的导论部分，重点在于阐明本书的写作背景、问题的提出、概念界定的基础、研究思路与内容框架，是本书正文开始前的必要铺垫。

第二章首先梳理出研究所需要的理论基础；其次，完整地梳理临空经济内涵、临空经济形成机理、临空产业类型、临空产业空间布局等方面的相关理论与研究进展，试图在现有理论的基础上继承与创新，寻找临空经济的发展规律。

第三章从三个层面逐层剖析临空经济的形成机理，首先从推动临空经济发展最为核心的驱动要素——机场入手，分析出机场核心功能在于通过航空网络实现了空间的经济联系，因此从机场影响区域经济发展的独特视角分析机场实现空间联系的重要途径和方式，而这种作用恰恰导致扩大了机场地区的开放程度；其次，应用新经济地理学的 FE 模型，得出机场所在区域的经济开放度增强后，产业就会围绕机场在该区域聚集；最后，通过临空经济形成的路径依赖机理，得出临空经济活动有围绕机场发展而逐步加强的趋势。

第四章研究临空经济的演进规律，演化的定义很好地证明了只有系统才发生演化，因此本书首先将临空经济系统分析清楚，通过引入生命周期理论确定出临空经济演进的形成、成长、成熟三个阶段的阶段性特征。其次，分析出不同发展阶段的核心动力，揭示了来自机场的基础性动力、来自临空经济内部的内生性动力和来自政府与外部环境的外源性动力是促使临空经济演进的主要动力，按照三种动力作用于空间的强度大小，得出形成阶段的“机场极化空间”、成长阶段的“临空产业综合体空间”、成熟阶段的“知识创新空间”共同构成临空经济演进序列。再其次，按照经济活动主体具有不同的层次和不同的经济活动内容，对临空经济演进序列的动力机制进行了识别：在机场极化空间阶段的动力机制是基于时间成本的区位选择机制；临空产业综合体空间的演进机制是基于专业化分工的临空产业链群的网络协同机制和基于机场竞争优势获取的资源要素需求机制；知识创新空间阶段演进机制是创新机制。最后，对演进序列的阶段性典型特征进行剖析。

第五章首先提出现有的产业结构调整理论在临空产业结构调整分析中的局限性，将产业结构调整理论、产业集群理论、产业链理论等作为理论基础，以临空经济演进的动力机制为依据，构建出临空产业结构调整模式的逻辑框架，提出了基于临空经济演进序列的产业结构调整模式。

第六章将从理论转向现实，从全球临空经济发展视角，从 7 个方面归纳总结了临空经济发展的国际经验，分别是国外临空经济对机场和区域经济的影响、国外临空经济发展特点、国外临空经济发展类型、国外临空产业结构调整经验、国外临空经济管理体制实践经验、国外临空经济产业调整政策措施。

第七章对于我国临空经济发展的现状进行了总结，首先，对我国临空经济的发展进行概述；其次，着重分析我国临空经济产业发展状况；再其次，总结出我国临空经济的发展特点；最后，分析得出现阶段我国临空经济发展过程中的制约因素。

第八章在借鉴国内外各种区域经济发展状况评价指标体系设计的基础上，设计了临空经济发展状况评价指标体系，选用物元模型法对我国主要临空经济区发展状况进行综合评价与阶段判定。

第九章针对我国28个临空经济区，结合各地资源禀赋、政策条件等，应用前文分析得出基于演进序列的产业结构调整模式，给出了其模式的组合。之后分别选择了形成期、成长期的典型临空经济区，进行了产业结构调整的实例研究。

第十章从三个方面提出了我国临空经济发展和产业结构调整的政策体系及体制保障，首先，从宏观层面提出了促使我国临空经济发展与产业结构调整的政策建设框架；其次，提出了促使我国临空经济发展与产业结构调整的阶段性政策建议；最后，给出了我国临空经济发展与产业结构调整的管理体制保障。

1.4.2 研究框架

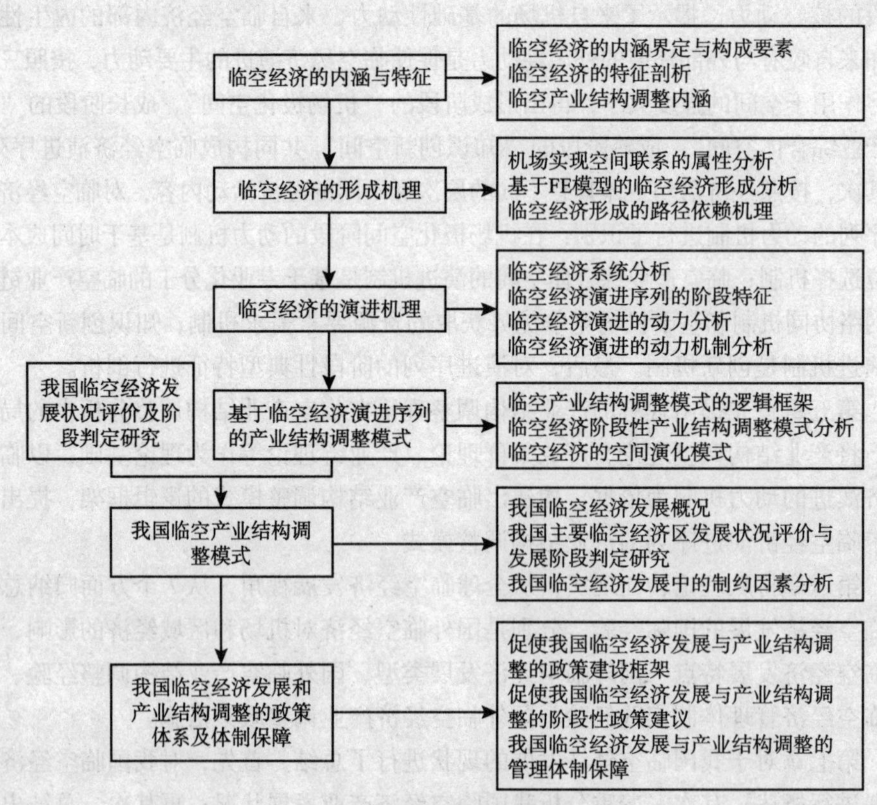

图1.1 本书的研究框架

资料来源：本书整理。

第二章

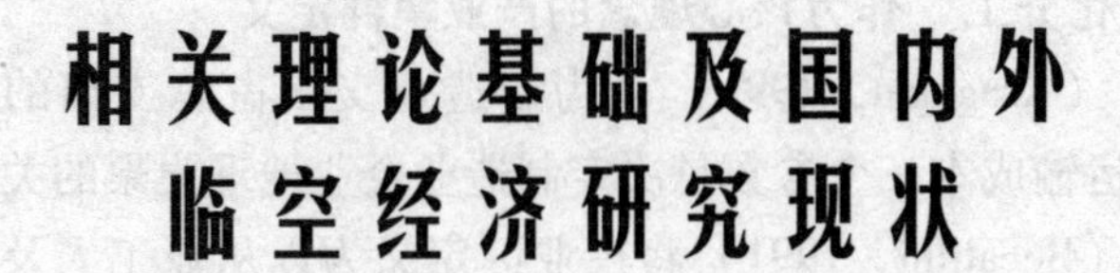

相关理论基础及国内外临空经济研究现状

本章将对本书研究过程中需要的理论基础进行综述，为后面章节的研究提供基础理论支撑，并对国内外临空经济的研究现状进行文献综述，是本书的重要基础篇章。

第一节　相关理论基础

2.1.1　产业集群理论

2.1.1.1　产业集群的定义

关注产业集群现象最早可以追溯到马歇尔（Marshall）[①]，在其经典著作《经济学原理》中，他把专业化产业集聚的特定地区称作“产业区”（industry district）。后来的学者受马歇尔产业区概念的影响，把以“第三意大利”为代表的一些由中小企业集聚而成，企业之间既竞争又合作，广泛存在正式与非正式联系的社会地域称为“新产业区”。最早用“cluster”来描述产业集群现象的是哈佛商学院的波特教授，他指出“集群即指在某一特定区域下的一个特别领域，存在着一群相互关联的公司、供应商，关联产业和专门化的制度和协

---

① Porter M. Clusters and the new economics of competition，Harvard Business Review. 1998，November-December，77～90.

会”。通过梳理国内外不同学者对产业集群的不同定义，本书认为产业集群的定义基本上遵循了从“弹性专精、专业化分工”到“竞争优势”再到“网络式集体学习”的演进路径，反映了不同学者对于产业集群从不同领域的角度观察的差异。

1. 以“弹性专精、专业化分工”作为核心理念的产业集群定义

美国经济学家克鲁格曼（Krugman，1991）认为制造业支出占总支出的份额、产品之间的替代弹性和运输成本三个参数是决定制造业企业地理集聚的关键因素。意大利学者贝卡蒂尼（Becattini，1991）将产业区定义为以从业工人及其企业簇群在特定地域内大规模地、历史地形成为特征的地域性社会实体。陈泽军、姚慧和陆岸萍（2004）[①] 将产业集群定义为“产业集群是基于专业化分工和协作的众多中小企业集合起来的，介于纯市场和科层之间的中间性组织”。仇保兴[②]借用威廉姆森（Williamson）的“中间规制结构”来解释集群，认为小企业集群是克服市场失灵和内部组织失灵的一种制度安排，介于纯市场和层级两种组织之间，它比市场稳定，比层级结构灵活。

2. 以“竞争优势”作为核心理念的产业集群定义

林格和特克勒（Doeringer P. B.，Terkla D. G.，1995）[③] 提出产业集群：通过协同定位赢得竞争优势的地理集中的产业。波特（Porter，1998）[④] 在其竞争优势理论基础上提出：产业集群就是具有内在关联性的企业与机构在特定区域内的空间集聚，这个特定区域中包括一系列相关产业和其他对于竞争重要的实体。慕继丰、冯宗宪和李国平（2001）认为：企业网络是许多相互关联的企业或企业及各类机构为解决共同问题通过一段时间的持续互动而形成的发展共同体，企业网络包括三类相互联系、持续互动的组织：某类相似或相关的企业；政府有关部门和机构及其他中介机构；高水平研究机构和大学。刘琦岩认为：“簇群是基于地缘关系、产业技术链、同业交往等关系，在竞争和合作中共同获得竞争优势的特定领域的产业群体。地理上的群落是外在现象，内在的关系、交流、竞争与合作才是簇群的本质。”皮耶罗莫罗西尼（Piero Morosini，2004）[⑤] 认为：产业

---

① 陈泽军，姚慧，陆岸萍．产业集群持续发展的动因理论．广西大学学报（哲学社会科学版），2004；26（4）：44～47

② 仇保兴．小企业集群研究．上海：复旦大学出版社，1999：86

③ Doeringer P. B. and Terkla D. G. Business strategy and cross-industry clusters. Economic Development Quarterly. 1995（9）：225.

④ 姜照华，隆连堂，张米尔．产业集群条件下知识供应链与知识网络的动力学模型探讨．科学学与科学技术管理，2004（7）：55～60

⑤ PIERO MOROSINI. Industrial Clusters，Knowledge Integration and Performance. World Development，2004；32（2）：305～326.

集群是一个社会经济实体，由在一个特定地理区域内紧密相邻的相关机构的人员所组成的社会共同体，在产业集群内，大部分的社会团体和相关经济机构为了能够生产更好的产品和服务，他们共同从事相关的活动，共同拥有产品库存、共同分享和孕育技术与组织知识。

3. 以“网络式的集体学习”为核心理念的产业集群定义

罗兰德和彼姆·登·赫多格（Rolelandt，Theo J. A.，Pim den Hertog，1999）对集群的定义：为了获取新的互补的技术、从互补资产和利用知识联盟中获得收益、加快学习过程、降低交易成本、克服或构筑市场壁垒、取得协作经济效益、分散创新风险，相互依赖性很强的企业、知识生产机构、中介机构以及顾客通过增值链相互联系所形成的网络。斯科特（Scott，1992）对新产业区定义：基于合理劳动分工的生产商在地域上结成的网络（生产商和客商、供应商以及竞争对手等的合作与链接），这些网络与本地的劳动力市场密切相连。皮耶罗莫罗西尼（Piero Morosini，2004）的产业集群定义：为一种社会经济实体，强调了成员企业之间相互交流与学习的重要性。郑胜利、周丽群（2004）[①] 提出：从制度经济学角度看，产业集群是一种介于纯市场组织和企业组织的中间性产业组织；从组织生态学角度看，产业集群是一种具有生物群落特征的产业种群或企业发展生态系统；从区域经济学角度看，产业集群是一种区域创新网络，因此，产业集群的性质可以用“区域创新网络组织”概括。

2.1.1.2 产业集群的特性

1. 从空间分布特征来看，产业集群具有明显的空间聚集性

罗若愚（2002）指出，从地域分布上看，企业集群具有地理上的临近性和空间上的集聚性。黄建清、郑胜利（2002）[②] 指出产业集群具有的五大特征之一就是空间集聚特征，也称为机构稠密性，即大量中小企业在大城市的近郊区或中小城市（镇）集聚成群，空间上的接近使经济活动高度密集，以欧洲各工业区为例，根据实地调查，欧洲各工业区企业之间相距从 1 公里（市中心）到 500 公里不等，而且大约每平方公里 50 家企业。

2. 从产业联系的特征来看，产业集群具有分工专业化的特征

产业集群内同行业的生产厂商、供应商、重要顾主、支持性产业以及其他相关行业的厂商聚集在一起，彼此间既互相竞争又互相合作。朱静芬、史占中（2004）指出：从生产经营方式看，集群具有专业化的特征，通过纵向专业化分

① 郑胜利，周丽群．论产业集群的经济性质．社会科学研究，2004（5）：49～52
② 黄建清，郑胜利．国内集群研究述论．学术论坛，2002（6）：55～58

工和横向经济协作实现弹性专精的生产和经营活动；其成员企业通常包括上游的零部件、机械和服务等专门投入的供应商，下游的客商，向侧面延伸到互补产品的制造商，或由于共同投入培训技能和技术而相联系的公司，以及专门基础设施的供应者。萨贝尔（Charles F. Sabel）将新产业区看做是弹性专业化区域，指出“专业化小企业之间广而精细的合作”是新产业的共同特性之一。

3. 从社会文化和制度特征来看，产业集群具有较强的根植性

罗若愚（2002）认为企业集群从社会文化特征看，集群内有一个共同的文化背景和制度环境即根植性，形成不可替代的社会资本。

产业集群的植根性就是指企业立足本地、扎根本地，自觉地将自己的经营战略融入区域经济活动之中，参与区域创新环境的创造。乌齐（Uzzi，1997）认为，根植性的功能包括信任、细密信息传递、集体解决问题。植根性首先来自于企业的区域认同，即企业在文化上的归属感，将企业文化与区域文化相协调，将区域优势作为企业的竞争优势的重要来源。其次来自于社会资本，社会资本是社会中基于人与人之间的相互信赖而产生的一种力量，这种力量的大小与人们之间是否存在共同的处事准则，是否存在相互信赖、忠实、坦诚等密切相关。集群内各企业间的交流十分频繁，它们之间的合作是多次重复的，由于地区特有的地缘、亲缘关系网络的存在，使得人们之间的可信任度非常高，形成了在相互信任基础上的共同行为准则，他们必须诚实守信，减少了机会主义的行为。同时，建立在信任基础上的非正式关系网络促进了合作，使得信息和资源在企业中能够共享。这既可以有效地防止各种机会主义行为，又能促进知识沿空间扩散和“溢出”，其中包括明晰的知识，但大部分是默会的知识。相互信任和满意形成的社会资本产生了“集群胶”，使众多企业粘结在一起，既增强了区域整体凝聚力，又使企业深深扎根于当地。

4. 从技术创新特征来看，产业集群具有创新网络特性

王雷（2004）[①] 认为产业集群是具有高度创新能力的社会生产系统。柳卸林和段小华[②]（2003）、黄建清和郑胜利（2002）[③] 也都曾论及产业集群的此项特征，认为产业集群具有学习和创新性特征，集群内的企业有着非常活跃的创新交换过程，知识转移和分享非常频繁。

产业集群从组织结构来看就是一种网络，这种本地化网络就是企业和各种产

① 王雷．中国产业集群理论研究述评．重庆工商大学学报（社会科学版·双月刊），2004；21（2）：29～32

② 柳卸林，段小华．产业集群的内涵及其政策含义．研究与发展管理，2003；15（6）：55～61

③ 黄建清，郑胜利．国内集群研究述论．学术论坛，2002（6）：55～58

业要素构成的区域创新网络。网络是一种介于市场和等级组织之间的新型组织形式，它比市场稳定，却又比等级组织灵活，是一种“有组织的市场”。密切的网络关系既保障了竞争的有序展开，又能及时对市场压力做出反应，特别是能够通过正式的契约和大量的非正式交流，获得知识外溢的好处，形成持续的创新动力，从而提高了集群对资源要素的整合能力，发挥了协同效应。集群更强调区域自身创新能力的培育，使区域成为有很强“学习能力”的学习型区域，不断整合自身资源与外界经营环境相适应，使区域具有动态的竞争优势。

2.1.1.3 产业集群的动态演化

对产业集群演化的研究主要有两个方向：一是对产业集群形态的演化，认为目前对产业集群形态界定的多样化正是产业集群形态演化不同点的“快照”；二是从产业集群的动因角度对集群演进阶段的划分，分析推动产业集群形成的竞争优势和区域创新网络等在集群发展过程中的变化。

产业集群形态演化是指产业集群从某个具有阶段性特征的整体结构与态势向另一个具有阶段性特征的整体结构与态势的演变过程。学者们对产业集群形态演化的主要观点见表 2.1。特别是秦夏明①等学者认为产业集群形态的演化主要包括两方面的内容：(1) 集群要素结构演化，即新增层次的不断产生；(2) 集群要素的关联演化，即跨越层次的相互联系或新层次结构联系的形成，产业集群形态的演化从一个侧面展现了产业集群的动态变化过程，是对产业集群各种形态的梳理。但是，这些集群的形态并不能完全概括产业集群的演进过程，也不能表述出产业集群各个阶段的主要驱动力和特点。

表 2.1　产业集群形态演化阶段的识别

演化形态 / 分类方法	基本要素集聚型集群	价值链集聚型集群	社会网络集聚型集群	创新体系集聚型集群
马库森等学者的产业形态	国家力量依赖型产业区	轮轴式产业区卫星平台式产业区	马歇尔式产业区	
柯润格和迈耶－斯塔默		卫星式产业集群、轮轴式产业集群	意大利式产业集群	
麦塔克和法里内利	非正式集群	有组织的产业集群		创新型产业集群
戈登和麦肯	“纯集聚经济”模型	“产业复杂体”模型	“社会网络”模型	

① 秦夏明，董沛武，李汉铃．产业集群形态演化阶段探讨．中国软科学，2004 (12)：150 ~ 155

续表

演化形态 分类方法	基本要素 集聚型集群	价值链 集聚型集群	社会网络 集聚型集群	创新体系 集聚型集群
王缉慈	低端道路低成本产业群聚		高端道路创新型产业群聚	
典型案例分类	中关村电子产业集群	东莞 IT 产业集群	义乌小商品产业集群	硅谷电子信息产业集群

资料来源：本书根据秦夏明，董沛武，李汉铃．产业集群形态演化阶段探讨．中国软科学，2004（12）整理。

从产业集群的动因角度明确地提出成长阶段划分的主要是国内的学者，魏守华[①]依据集群竞争优势的发展将集群成长分为发生、发展和成熟阶段，具体见表2.2。而王缉慈、盖文启[②]等人则以区域创新网络演进过程将产业集群演进阶段划分为网络形成阶段、网络成长阶段与巩固阶段、网络逐渐根植的高级阶段等三个阶段。在集群发育初期，产业逐渐聚集成群，而随着集群企业间的分工不断细化，交易频率增加，协作关系进一步密切以及企业之间信任度的增加，各行为主体和企业逐渐建立起紧密的联系，关系集结成网，伴随着网络的成长，企业之间的协同力更为强大，促进集群内创新的产生，集群竞争力和竞争优势凸显，集群进入成熟期。以上两种划分方式基本上是相吻合的，集群内企业网络的形成和发育过程，也就是集群竞争优势逐步发育并增强的过程。马建会在总结了集群发展的成长因素后，依据集群网络发育程度、集群创新能力、区域的创新程度、企业

表 2.2　　产业演进阶段划分及其依据

成长阶段	主导动力	特　征
发生期	地域分工 外部经济	以初等生产要素为基础，企业集群与外部经济互为强化，区域核心竞争力不高
发展期	社会资本 协作效率	强调集群区域内的社会资本及企业协作效率，逐步重视高等生产要素，重视市场细分和产品差异化，但集群内创新力量不足
成熟期	动态合作效率 技术创新扩散的知识协作机制	强调区域协作的创新能力，注意效率和高附加值竞争

资料来源：魏守华，石碧华．论企业集群的竞争优势．中国工业经济，2002（1）：59～66

① 魏守华，王缉慈，赵雅沁．产业集群：新型区域经济发展理论．经济经纬，2002（2）：18～21

② 盖文启，王缉慈．论区域的技术创新型模式及其创新网络——以北京中关村地区为例．北京大学学报（哲学社会科学版），1999；36（5）：29～36

专业化程度、柔性水平、劳动力市场、国际竞争力等标准，将集群的发展阶段划分为形成、成长、成熟三个阶段。不管是从产业集群的形态还是从成因划分，学者们都在试图将产业集群的生命周期清晰地展示出来，但是还很少有学者根据某个特定产业的特点，分析特定产业集群的生命周期，本书便试图从产业层面分析现代物流产业集群的动态演进。

产业集群的稳定性问题是分析产业集群演进路径的前提条件。很多国内外学者也就此问题进行了深入的探讨，梁绮利用克鲁格曼（Krugman）的"中心—外围模型"分析了企业集聚的稳定，"虽然历史和偶然事件是产业区位的源头，而循环累积过程有滚雪球般的效果导致产业长时期地锁定在某个区域，但是预期和自我实现机制可以使得产业集聚中心转移或产生新的中心"。曹玉贵①利用生物种群共生的Logistic过程，建立了企业集群共生模型，分析了其稳定性；周浩②利用修正的Logistic方程，分别讨论企业集群现象中卫星式和网络式两种集群模式，并给出两种集群模式达到稳定共生的条件和经济解释，得出集群内部激烈的竞争是企业集群达到稳定共生的关键。胡俊杰在分析产业集群的内部结构和特征的基础上，提出集群内技术创新和竞争是产业集群发展的关键，进而探讨了影响产业集群稳定性的因素，当中利用经济学的交易成本、技术创新、生命周期等相关理论来分析产业集群的稳定性，最后运用博弈论、耗散结构分析法对产业集群的稳定性作了规范分析。徐强③分析了产业集聚中的共生型和互补型两种形式的稳定性及其演变机制，同时还指出了产业集聚演变和转化的可能趋势及影响要素，认为"产业集聚只是一种暂时的区位均衡，在资源稀缺的情况下，产业集群将最终转化或瓦解。"学者们用生物种群理论、博弈论、规范分析等不同的方法对产业集群的稳定性进行了分析，得出了很多不同的结果，有的认为集群能够最终达到稳定，有人认为正好相反。影响集群稳定性的因素很多，不同产业也有所不同，只有相对的稳定没有绝对的稳定。

2.1.1.4 产业集群的动力机制

产业集群动力是指驱动产业集群形成和发展的一切有利因素。产业集群动力机制作为产业集群的内在核心问题，有着复杂的构成和作用原理，很难进行清晰的描述，其概念也一直比较模糊。从目前的研究状况看，产业集群的动力机制涉

① 曹玉贵．企业集群共生模型及其稳定性分析．华北水利水电学院学报（社科版），2005（2）：33~35

② 周浩．企业集群的共生模型及稳定性分析．系统工程，2003；21（4）：32~38

③ 陈甬军，徐强．产业集聚的稳定性及演进机制研究．东南学术，2003（5）：65~73

及纯集聚外部性、知识外溢与技术创新、信任机制与社会经济网络、专业化分工与协作、弹性专精、资源共享等诸多方面。

早期的学者专注于对产业集群生成动力的认识和描述。如马歇尔（Alfred Mamhall，1890）从“外部经济”角度进行探讨，并认为专门人才、原材料供给、运输便利以及技术扩散是产业集聚的动力；韦伯（Alfred Weber，1909）从区位因素角度进行分析，并认为大量集聚因素是产业集聚的动力。随后，扬格（Allen Young，1928）从“规模报酬理论”角度，胡佛（Hoover，1975）从“集聚体”的规模效益角度，克鲁格曼（Krugman，1991）从规模递增收益角度等，探讨了不同的产业集群生成动力。有人把这些生成动力归结为自发作用的市场力量，具有不稳定性和孤立性，而且有些动力因素随着产业集群的生长而具有不断消退的作用趋势，各种动力之间没有稳定的作用关系（Brown，2000）。[①] 贝斯特（Best，1999）认为产业集群存在四种主要动力：集中专业化、知识外溢、技术多样化和水平整合及再整合，它们依次对产业集群的发展产生作用，并形成循环状的稳定结构，这就是主体动力机制。[②] 产业集群的动力机制已成为产业集群理论讨论的焦点。

后来，英国斯旺（Swann）教授与其合作者采用实例分析方法分别研究和比较了多个产业集群的发展情况，将产业集群的动力机制描绘成包括产业优势、新企业进入、企业孵化增长，以及气候、基础设施、文化资本等共同作用的正反馈系统（positive feedback system）（Swann et al.，1996，1999，2002）。

菲利普马丁和奥塔维亚诺（Philippe Martin，Gianmarco I. P. Ottaviano，2001）综合了克鲁格曼（Krugman）的新经济地理理论和罗默（Romer）的内生增长理论，建立了经济增长和经济活动的空间集聚间自我强化的模型；证明了区域经济活动的空间集聚由于降低了创新成本，从而刺激了经济增长。反过来，由于向心力使新企业倾向于选址于该区域，经济增长进一步推动了空间的集聚，进一步验证了著名的缪尔达尔（Myrdal）的“循环与因果积累理论”。也就是说，企业偏好市场规模较大的地区，而市场的扩大与地区企业数量相关。安东尼·J·维纳布尔斯（Anthony J. Venables，2001）认为，新技术改变了地理对我们的影响，但是并没有消除我们对地理的依赖性；地理仍然是国际收入不平衡的重要因素，是产业集聚的重要条件。[③]

---

① 刘恒江，陈继祥，周莉娜．产业集群动力机制研究的最新动态．外国经济与管理，2004；26（7）：2～7

② Best，Michael H. The New Competitive Advantage：The Renewal of American Industry. Oxford University Press，2001：198～210.

③ 陈剑峰，唐振鹏．国外产业集群研究综述．外国经济与管理，2002；24（8）：22～27

我国也有一些学者在这个领域有所尝试。魏守华（2002）分析了产业集群动力机制的四个因素：基于社会资本的地域分工、外部经济、合作效率、技术创新与扩散，通过整合四种动力因素构建了产业集群动力机制对应竞争优势的结构关系图，并以嵊州领带产业集群为例，对动力机制的作用进行了实证。① 隋广军等（2004）概括了七种产业集群的动力因素：企业家能力、政府政策、市场信息、社会环境、资源要素、技术创新能力、产业配套能力，并用这七种能力因素构建了产业集群生命周期演化的动力因素函数。② 同时，从动力机制的组成要素来看，产业集群动力主要是指驱动产业集群形成和发展的一切有利因素，在产业集群的形成和发展阶段分别表现为生成动力与发展动力（刘恒江，2004）。随后，何宏伟、刘敏（2005）③ 指出产业集群的成因包括：生产成本低、交易成本低、创新能力强、共享基础设施、资源流动合理、提供交流平台和竞争合作关系密切。王志华（2005）④ 借助于网络外部化（Network Externality）这一概念来解释集群的形成过程。刘恒江、陈继祥（2006）把产业集群的动力可分为生成动力和发展动力⑤，产业集群发展动力与生成动力相比具有更高层次的属性和更稳定的作用形式，产业集群正是在比较稳定的技术创新、非正规学习、合作竞争、知识共享和溢出、网络协作、区域品牌意识等驱动力的作用下得以发展并显示出强劲的竞争优势。刘力（2006）⑥ 探讨了产业集群生命周期阶段与主导动力机制的关联方式与逻辑演绎、并构建了由区位指向（LO）、集聚经济（AG）、创新网络（IN）和锁定效应（LI）四个变量决定的产业集群生命周期演化的动力机制模型，并探讨了关于动力机制模型的应用及其量化方法问题。黄省志（2007）⑦ 揭示出产业集群动力“显性”和“隐性”的分类：集群的“核心价值链要素、服务支持系统、政府集中投入”三大显性动力，以及“网络协作、技术知识外溢、集群文化”三大隐性动力。

可见，产业集群动力机制的相关研究显示出以下的变化特征：（1）从经济学机理分析转向对社会学机理的探讨；（2）从单因素理论探讨发展到构建多因素综合作用的理论模型；（3）从一般静态分析开始转向系统动态分析；（4）从简单的定性解释逐步走向复杂的定量分析（刘力，2006）。

---

① 魏守华．集群竞争力的动力机制以及实证分析．中国工业经济，2002（10）：27~34
② 隋广军，申明浩．产业集聚生命周期演进的动态分析．经济学动态，2004（11）
③ 何宏伟，刘敏．产业集群的成因、特点与路径选择．大连民族学院学报，2005；7（1）：81~83
④ 王志华．企业集群研究理论进展综述．南方经济，2005（2）：79~80
⑤ 刘恒江，陈继祥．产业集群的发展动力及其启示．技术经济，2006（2）：20~23
⑥ 刘力，程华强．产业集群生命周期演化的动力机制研究．上海经济研究，2006（6）：63~68
⑦ 黄省志．产业集群的动力机制分析．中国科技论坛，2007（9）：36~54

产业集群理论是临空经济发展和产业结构调整研究的核心理论支撑之一，贯穿于临空经济的演进机理和产业结构调整的各环节。

2.1.2 产业链理论

2.1.2.1 产业链的内涵

产业链理论的源头被认为是马歇尔（Marshall）的“有机体——不论是社会的有机体还是自然的有机体——的发展，一方面使它的各部分之间的机能的再分部分增加；另一方面使各部分之间的关系更为密切”。学术界对产业链的研究最早可追溯到17世纪中后期古典主流经济学家们的研究，不过这些研究关注的焦点是从宏观角度讨论劳动分工、专业化对经济发展的意义。国外很多学者研究价值链、供应链等微观层面的链条，但对于中观层面的产业链却几乎没有涉足（王云霞，2006）①。西方产业组织理论的研究也只是提出了产业链观点，并未对产业链本身进行研究，可以说国外有关产业链的研究处于空白状态（刘贵富，2007）②。应该说产业链是中国人首先阐释的经济学概念。我国对产业链的研究开始于傅国华1990～1993年③立项研究海南热带农业发展课题中，随后不同学者在不同的时间里，从各自不同的专业背景出发，为各自研究的需要，从不同角度对产业链进行了定义。由于产业链本身概念的模糊性和内涵的复杂性、研究的刚刚起步以及不同学者在进行内涵界定时的视角不同，都造成现有产业链内涵界定缺乏一个明晰的分析框架，且这些内涵的界定都存在一定的局限性。

综合分析比较各学者的研究，在研究视角、研究出发点以及研究时考虑的因素等方面存在差异。其中，卜庆军、古赞歌、孙晓春（2006）④，周路明（2001）⑤ 提出基于供应链角度的产业链定义；李万立（2005）⑥，芮明杰、刘明宇（2006）⑦，吴金明、邵叔（2006）⑧ 提出基于价值链角度的产业链定义；蒋

① 王云霞，李国平．产业链现状研究综述．工业技术经济，2006（10）：59～63

② 刘贵富．产业链的基本内涵研究．工业技术经济，2007（8）：92～96

③ 傅国华．运转农产品产业链，提高农业系统效益．中国农业经济，1996（11）：24～25

④ 卜庆军，古赞歌等．基于企业核心竞争力的产业链整合模式研究．企业经济，2006（2）：59～61

⑤ 周路明．关注高科技“产业链”．深圳特区科技，2001（11）：10～11

⑥ 李万立．旅游产业链与中国旅游业竞争力．经济师，2005（3）：123～124

⑦ 芮明杰，刘明宇．论产业链整合．上海：复旦大学出版社，2006：5～7

⑧ 吴金明，邵叔．产业链形成机制研究——“4＋4＋4”模型．中国工业经济，2006（4）：36～43

国俊、蒋明新（2004）①，李心芹、李仕明、兰永（2004）②，刘贵富、赵英才（2006）③ 提出基于战略联盟角度的产业链定义；郁义鸿（2005）④ 提出基于生态学角度的产业链定义；杨公朴、夏大慰（2002）⑤，龚勤林（2004）⑥ 提出基于产业前后技术经济关联角度的产业链定义；郑学益（2000）⑦ 提出基于核心竞争力角度的产业链定义；张铁男、罗晓梅（2005）⑧ 提出基于企业角度的产业链定义；贺轩、吴智凯（2006）⑨ 提出基于分工工艺流程的产业链定义。但这些研究都认为产业链中包含有不同的相关产业，包含有多个相关企业，产业链中的企业是上、下游关系，产业链是围绕用户需要的某一最终产品进行的生产交易活动以及产业链是一条增值链。

2.1.2.2 产业链的分类与构建

产业链从不同角度出发有不同的分类方法。一些学者从产业链内部企业与企业之间的供给与需求的角度把不同产业的两个企业组建的产业链分为资源导向型、产品导向型、市场导向型和需求导向型；还有学者从产业价值链的发育过程将产业价值链分成技术主导型、生产主导型、经营主导型和综合型等，如，周新生（2006）⑩ 按节点产业（或业务）与产业链上其他节点产业（或业务）之关系，将产业链为主流链、主辅链、相关链。还如，郁义鸿（2005）指出将上游行业的产品记为产品 A，将下游行业的产品记为产品 B，并依据产品 A 是否是中间产品将产业链分为产业链类型Ⅰ——产品 A 本身是最终产品、产业链类型Ⅱ——产品 A 是纯粹的“中间产品”、产业链类型Ⅲ——产品 A 既可以作为最终产品直接面向消费者，也可以作为产品 B 的投入。还有学者，如（刘贵富，2006）提出了产业链的 7 种主要分类方法，即行业分类法、层次范围分类法、关联结构分类法、生态特性分类法、龙头企业地位分类法、形成机制分类法和其他分类法。

龚勤林（2004）指出，构建产业链包括接通产业链和延伸产业链两个方面。

---

① 蒋国俊，蒋明新．产业链理论及其稳定机制研究．重庆大学学报（社会科学版），2004（1）：36～38

② 李心芹，李仕明，兰永．产业链结构类型研究．电子科技大学学报（社科版），2004（4）：60～63

③ 刘贵富，赵英才．产业链：内涵、特性及其表现形式．财经理论与实践，2006（3）：114～117

④ 郁义鸿．产业链类型与产业链效率基准．中国工业经济，2005（11）：35～42

⑤ 杨公朴，夏大慰．现代产业经济学．上海：上海财经大学出版社，2002：50～80

⑥ 龚勤林．论产业链构建与城乡统筹发展．经济学家，2004（3）：121～123

⑦ 郑学益．构筑产业链，形成核心竞争力．福建改革，2000（8）：14～15

⑧ 张铁男，罗晓梅．产业链分析及其战略环节的确定研究．工业技术经济，2005（6）：77～78

⑨ 贺轩，吴智凯．高新技术产业价值链及其价值指标．西安邮电学院学报，2006（2）：83～86

⑩ 周新生．产业链与产业链打造．广东社会科学，2006（4）：30～36

接通产业链是指将一定地域空间范围内的产业链的断环和孤环借助某种产业合作形式串联起来。延伸产业链则是将一条已经存在的产业链尽可能地向上游延伸或下游拓展。产业链向上游延伸一般使得产业链进入到基础产业环节或技术研发环节，向下游拓展则进入到市场销售环节。刘贵富（2006）还指出，产业链拓展和延伸的过程中，一方面接通了断环和孤环，使得整条产业链产生了原来所不具备的利益共享、风险共担方面的整体功能；另一方面衍生出一系列新兴的产业链环，进而增加了产业链附加价值。

2.1.2.3 产业链的特性

相关学者认为，产业链具备静态特性、运动特性和动力特性。其中静态特性包括：产业链的组成特性、时间特性和空间特性等。关于产业链的组成特性，曾永寿（2005）[①] 指出，从产业链的组成角度看，它是“链”、“体”、“链主”三者的统一体。第一，它是“链”，即以若干企业和产品为节点，以企业之间的物流、信息流、资金流为联系构成的一条空间链。第二，它是“体”。产业链这条“链”并不是松散的链，而是一个紧密相连的新型的经济实体。第三，链有链主。链主是在链内居支配地位的龙头企业。龚勤林（2004）认为，产业链的时间特性是指产业链上下链环之间有时间先后之分，即从上一链环到下一链环是由于下一产业部门对上一产业部门产品进行了再次的追加工序；且刘贵富（2006）指出产业链环之间的接续时间越短越好。龚勤林（2004）还指出，产业链的空间特性是指产业链上诸产业链环总是从空间上落脚到一定地域，即完整产业链条上诸产业部门从空间属性上讲，必定分属于某一特定经济区域；从宏观产业角度看，产业链条是环环相扣而完整的；从区域经济角度看，特定经济区域可能具有一条完整产业链条，也可能只有一条完整链条中的大部分链环，甚至一两个链环。刘贵富（2006）认为，区域经济结构调整和制定区域经济发展战略时，要尽量使区域内产业链完整，并要形成产业集群，以便产生更大的集群效应。

刘贵富（2006）认为动态特性包括产业链的稳定性和产业链的学习创新性等；动力特性包括产业链的优区位指向性、市场导向性、政策诱导性等。

2.1.2.4 产业链形成机制

现在对产业链的研究主要依附于产业集群、产业创新、供应链、生产链等，或者只对某一个具体的产业链条进行分析，而对普遍意义上的产业链的生成机制

① 曾永寿．产业链化现象探析．上海商业，2005（3）：41～43

研究相对较少。仅有的对产业链形成机制的研究往往是从供给和生产的角度出发的。

蒋国俊（2004）[1] 站在产业聚群的角度，从供给和生产的角度出发，对产业链的形成的原因进行了阐述，认为群聚区内产业链的形成：一是因为当今国内外激烈的市场竞争，是网络竞争而非单个公司竞争，竞争的赢家都须有较好的网络；二是为了灵捷反映顾客需求；三是因为社会压力（例如环境与就业压力）；四是产业链本身具有突出的优点，与分散和随机的市场交易相比，产业链缓和了协作关系中固有的问题，同时又能避免增加纵向一体化的不灵活性以及管理上的复杂性。此外，蒋国俊认为产业链的稳定性，主要取决于竞争定价机制、利益调节机制以及沟通信任机制三种机制的共同作用。龚勤林（2004）突破了蒋国俊所认为的产业链形成机制的企业供需层面，认为产业集群与产业集聚是形成区域性产业链的必要非充分条件。他认为只有经济活动在特定地域空间上集聚形成产业集群，产业集群的多种经济技术联系才能引导和培育若干环节简单的链条。并认为产业链形成的三条途径：一是同一若干专业化分工属性的产业部门在空间的集中，出于拓展市场关联和降低交易费用考虑而联合集结形成产业链；二是不同区域的各层次专业化部门为加强前、后项联系，突破边界限制，走向区域产业链式一体化；三是由某一发育成熟的产业部门在市场需求条件下衍生出若干与之相关联的产业部门，逐环相扣而形成产业链。邵昶（2005）[2] 认为以上两种对产业链形成机制的研究主要依附于产业集群、产业创新、供应链、生产链等，对产业链的生成机制研究很不够，缺乏普遍意义。他将产业链的形成机制抽象为“4+4+4”模型（即四维对接和四维调控以及4种主要产业链形成模式）来阐述，他认为产业链是由供需维链（点和点）、企业维链（连点成线）、空间维链（线和线）、价值维链组成的四维空间。4个部分有机组合的原理即产业链形成的“对接机制”，产业链通过“对接机制”，将4个部分进行“化合”的过程即产业链的形成过程，产业链的形成的基本原理就是“四维对接”、“四维调控”和“握手”的机理。邵昶将产业链的形成分为产业链形成的内模式（四维对接）、产业链形成的外模式（四维调控）。产业链形成的内模式，即四维对接机制从对接的动力、对接的主体、对接的原理和过程对产业链形成进行了详细的分析；产业链形成的外模式，即四维调控从微观维，即企业内部调控；中观维，即行业调控；宏观维，即政府对企业的调控；对接机制维，产业链对接机制对企业的调控。可见，邵昶对产业链形成机制的研究是将价值链、供应链、技术链、空间链

---

① 蒋国俊，蒋明新．产业链理论及其稳定机制研究．重庆大学学报，2004（10）：36~38

② 吴金明，邵昶．产业链形成机制．中国工业经济，2006（4）：36~42

之间的联系进行高度的抽象化，认为价值链、供应链、技术链、空间链内在联系的本质就是产业链的形成机制。然而，对产业链形成所依据的具体规律没有阐述。

产业链理论是本书对于临空经济演进序列特征分析的重要支撑理论，也是对于临空经济的产业结构调整模式研究的基础之一，根据产业链的内涵和特性，以及产业链构建的相关研究基础，临空经济的产业结构调整蕴涵着构建产业链这一环节，同时，产业链形成机制也为充分分析临空经济产业结构调整模式研究中遵循的理论依据。

2.1.3 产业结构调整理论

2.1.3.1 产业结构概念界定

产业结构的概念：产业结构这一范畴在经济学发展史上是一个较新的概念，在这个词的意义和用法上目前还没有统一的概念。关于产业结构的描述，目前主要有下面几种：

（1）芮明杰、王方华在1993年[①]提出：产业结构即产业间的联系和联系方式，表现为两种形态：时间形态和地域形态。分为五个层次：一是属大部类比例关系；二是三次产业结构；三是产业部门结构；四是产业组织结构；五是产业的产品结构。（2）简新华在2001年[②]给出定义：产业结构是指国民经济中产业的构成及其相互关系。产业结构存在“广义”和“狭义”之分。狭义产业结构的内容主要包括：构成产业总体的产业类型、组合方式，各产业之间的本质联系，各产业的技术基础、发展程度及其在国民经济中的地位和作用。广义产业结构除了狭义产业结构的内容之外，还包括产业之间在数量比例上的关系，在空间上的分布结构。（3）刘志彪、王国生[③]在2001提出：产业结构有两方面含义：一是从量的方面来看，它是指国民经济中各产业之间和各产业内部的比例关系。二是从产业的质的方面看，它是指国民经济中各产业的素质分布状态，即技术水平和经济效益的分布状态，它可以从两个方面即规模效益和国际竞争角度来考察。（4）戴伯勋、沈宏达于2001年[④]提出：产业结构是指在社会再生产过程中，国

① 芮明杰，王方华．产业经济学．上海：上海科学技术出版社，1993：32～39
② 简新华．产业经济学．武汉：武汉大学出版社，2001：1～44
③ 刘志彪，王国生．现代产业经济分析．南京：南京大学出版社，2001：1～54
④ 戴伯勋，沈宏达．现代产业经济学．北京：经济管理出版社，2001：52～287

民经济各产业之间的生产技术经济联系和数量比例关系。(5) 李悦在2002年①提出：产业结构通过产业间质的组合和量的规定，构成了产业间经济资源的分布结构，这种结构既是产业间数量比例关系，又是产业间质的联系的有机结合；既是静态比例的关系，又是动态关联的发展。(6) 刘小瑜于2003年②提出：产业结构专指产业间的技术经济联系与联系方式。这种产业间的联系与联系方式可从"质"和"量"两个角度来考察。进而分别形成狭义的产业结构理论和产业关联理论。

从以上几种产业结构的概念及分析中可以看出，显然关于产业结构的概念没有统一，但其内容及研究对象基本一致。基于对上述文献的回顾与梳理，本书认为，产业结构变迁是一种历史轨迹，具有循序渐进的梯度性，跨度时间较长，是一种变动结果。产业结构调整具有短期性和主动性，是一种行为。产业结构调整融于产业结构变迁之中，产业结构的调整导致产业结构的变迁，产业结构变迁是产业结构调整的结果。

2.1.3.2 产业结构相关理论

1. 封闭型产业结构理论

该理论一般不考虑外贸因素对产业结构的影响。

(1) 配第—克拉克定理。该理论指出随着人均国民收入水平的提高，劳动力首先由第一产业向第二产业转移；当人均国民收入水平进一步提高时，劳动力便向第三产业转移的配第—克拉克定理。劳动力在不同产业之间的转移是由于经济增长过程中各产业之间收入的相对差异造成的。

(2) 库兹涅茨理论。该理论侧重从三次产业占国民收入比重的角度论证产业结构演变规律。在工业化起点，第一产业比重较高，第二产业比重较低。随着工业化进程的推进，第一产业比重持续下降，第二产业和第三产业比重都相应有所提高，而且第二产业上升幅度大于第三产业，第一产业在产业结构中的优势地位被第二产业所取代。在整个工业化进程中，工业在国民经济中的比重将经历一个从上升到下降的变化。库兹涅茨（Kuznets）的研究，把配第—克拉克定理在广度上和深度上又推进了一步。

(3) 重工业化规律。霍夫曼（Hoffman）在1931年出版的《工业化的阶段和类型》一书中，根据比例变化的趋势，把工业化过程划分为四个发展阶段：第一阶段，消费品工业占统治地位；第二阶段，资本品工业的增长快于消费品工

① 李悦．产业经济学．沈阳：东北财经大学出版社，2002：4~80

② 刘小瑜．中国产业结构的投入产出分析．北京：经济管理出版社，2003：230~243

业的增长，但消费品工业的规模仍然比资本品工业的规模大；第三阶段，资本品工业继续比消费品工业更快地增长，资本品工业的规模达到甚至超过消费品工业的规模；第四阶段，资本品工业的净产值已经超过消费品工业的净产值，已经处于主体地位，这是实现重工业化的重要标志。工业化的进程越高，霍夫曼比例越低。梅泽尔斯（Maizels）认为，霍夫曼比例仅从工业内部比例关系来分析工业化过程是不全面的，而且还忽略了产业之间的生产率差异。盐野谷枯一认为霍夫曼比例在工业化初期是成立的，即“重工业化”的结构演化规律，对于工业化水平较高的国家，消费资料工业和资本资料工业的比例实际上稳定不变。

(4) 投入产出分析法。里昂惕夫（Leontief）在《投入产出经济学》书中提出的投入产出分析法把封闭型产业结构理论定量化，从一般均衡理论出发，分析国民经济各部门之间的投入与产出的数量关系，利用投入产出表和投入产出系数推断某一部门经济活动的变化对其他部门的影响，计算为满足社会需求所需要生产的各种产品总量，并分析国民经济发展和结构变化的前景。

2. 开放型产业结构理论

该理论考虑了国际分工及国际贸易对产业结构的影响。

(1) 成本学说。斯密（Smith）在1776年出版的《国富论》中论述了产业部门、产业发展及资本投入应遵循农工批零商业的顺序，提出了绝对成本说，即国际分工的基础只能是各国的绝对成本，按此进行，资源就能合理配置。李嘉图（David Ricardo）于1817年出版的《政治经济学及赋税原理》书中提出了比较成本说，他认为，各国不应按绝对成本，而应按比较成本进行国际分工，以获得比较优势，这是对绝对成本说的进一步发展。

(2) 要素禀赋理论。俄林（Bertil Gotthard Ohlin）1933年出版的《地区间贸易和国际贸易》一书中提出了著名的要素禀赋论，以李嘉图（David Ricardo）比较优势论为基础，以各种要素的相对丰歉程度即要素禀赋的差别角度来解释贸易产生的原因。各国应从事自己拥有优势生产要素的那些商品生产，发展有相对比较优势的产业，通过资源贸易重新分配各国生产要素，以实现国际商品价格的均等化，通过贸易使国民产品和社会福利达到最大。这种理论是对比较成本说的完整化。

(3) 动态比较成本说。筱原三代平发展了李嘉图（David Ricardo）的静态比较成本说，提出了著名的动态比较成本说。他认为，产品的比较成本是可以转化的，现在处于劣势的产业，从发展的眼光看有可能转化为优势的产业。因此要支持那些有发展潜力但现在还弱小的产业。该理论的意义已被后来日本经济的快速发展所证实。

(4) 动态发展论。钱纳里（Chenery）在《工业化和经济增长的比较研究》中提出了产业结构变化过程的动态形式，得出了与库兹涅茨不同的三次产业间价值比例和劳动力比例，第一阶段是传统社会经济阶段，第二阶段是高增长的工业化阶段，第三阶段是经济增长进入发达阶段，工业制造业的贡献率下降，服务业具有非常重要的意义。钱纳里的标准产业结构及其改进以后的模型，描述了不同类型的国家产业结构变动过程中的特征及差异性，深化了对产业结构变动及一般趋势的认识。

2.1.3.3 产业结构调整主要理论

产业结构调整主要表现为产业结构合理化和高级化。

1. 雁行形态发展论

赤松（1960）[①] 提出了"产业的雁行形态发展论"，用来说明一国产业结构的内在变化，即不同产业的兴衰变化过程，提示了后进国家参与国际分工实现产业结构高度化途径。一国进口、国内生产和出口的发展过程，用图形表示像三只大雁在飞翔，第一只大雁是进口的浪潮，第二只大雁是国内生产的浪潮，第三只大雁则是出口的浪潮。"雁行模式"是以不同地区产业的垂直分工为前提的，强调的是一种动态的产业梯度转移和传递过程。产业结构演进和工业化过程呈现为由低到高梯度发展，由低到高依次推进。

2. 产品循环发展模式

弗农（Vernon）[②] 认为产业结构演变模式要与国际市场的发展变化紧密结合，并通过参与国际分工来实现本国产业结构升级，从而实现产业结构的国际一体化，这种产品循环顺序是"新产品开发—国内市场形成—出口—资本和技术出口—进口—新一轮产品开发"，产品经过这一模式不断循环，带动了工业结构由劳动、资源密集型向资金、技术密集型演进，实现产业结构升级。

3. 二元结构转变理论

刘易斯（Lewis）在《二元经济论》中提出了二元经济理论，指出经济发展一定要有资源从低效率部门向高效率部门转移，从而实现产业结构升级。费景汉和拉尼斯（John C. H. Fei，Gustav Ranis，1961）对刘易斯（Lewis）的二元结构模型进行了改进，提出了刘易斯—费—拉尼斯模型，这个模型反映了发展中国家经济发展过程中城乡对立运动的一些客观规律，曾为许多发展中国家政府所采

---

① Marston Richard C.，The effects of industry structure on economic exposure，International Money And Finance，2001，2.

② John Clark and Ken Guy，Innovation and Competitiveness，1997，7.

用。1961年，乔根森（D. W. Jogenson）发表了他的两部门发展理论，采用新古典学派的极大化理论来说明农、工两个部门的劳动力供求、资本积累、生产、消费和人口增长等问题，为研究发展中国家的经济开辟了一条新的思路和研究手段。

4. 新贸易理论的产业结构调整

克鲁格曼（Krugman）[①] 等人的"新"贸易理论认为由于发达国家拥有比较优势的产品大多属于规模收益递增行业，发达国家通过贸易不仅可以获取传统比较利益，还能赢得规模生产带来的好处。对于后进国家，情况则大不相同。贸易引起的竞争导致后进国福利及效率的损失。在自由贸易情况下，发达国家从国际贸易中获得了更多的利益，而后进国家福利是获益还是受损，则视该国参与国际贸易的程度及其他非经济因素的综合影响而定。

2.1.4 产业空间结构理论

2.1.4.1 增长极与增长中心理论

20世纪50年代，法国经济学家F. 佩罗克斯[②]（F. Perroux）提出了增长极理论，后经佩罗克斯本人及法国经济学家代维尔（J. R. Boudeville）等学者的共同努力，使增长极理论由最初的推进型单元扩展到具有地理空间意义的城市、城镇或其他地理单元等，并作为不发达地区的经济发展战略目标、政策。该理论认为，在高度工业化的社会经济条件下，经济增长在空间上是不均衡发展的，而是形成了工业生产聚集，因借喻磁场内部运动在磁极为最强这一规律，称经济发展的这种区域"极化"为"增长极"（growth pole）。

J. 弗里德曼（J. Friedmann）1960年参与了委内瑞拉等一些发展中国家的区域规划工作，他认为增长极这一概念已被增长中心所取代，其被许多国家转化为具体的区域经济政策而被采纳，这一观点与据点式开发这种实践理论相匹配。增长中心是指在市场力量作用下或在经济政策引导下所形成的地理空间的一些集聚点，经济增长从这些集聚点开始向整个空间扩散。

① Philip Raines, The Cluster Approach and the Dynamics of Regional Policy-Making, Regional and Industrial Policy Research Paper, 2001, 9.

② Michael J. F. Perroux Clusters: What we know and shat we should know, 2001.

2.1.4.2 圈层结构理论

圈层结构理论指的是城市对区域的作用受空间相互作用的“距离衰减率”法则的制约，这样就必然导致区域形成以建成区为核心的集聚和扩散的圈层状的空间分布结构。所谓“圈”，实际上意味着“向心性”，“层”则体现了“层次分异”的客观特征。圈层结构反映着城市的社会经济景观由核心向外围呈规则性的向心空间层次分化。

多种理论都能反映出这种圈层空间结构的模式，例如德国的农业经济学家杜能（Thünen）提出的杜能环，美国芝加哥大学社会学教授伯吉斯（Burgess）提出的同心圆理论（concentric zone theory），霍伊特（Hogt）提出的扇形理论（the wedge or radial sector theory），迪肯森（Dickinson）提出的同心圆扇形模式等。

2.1.4.3 “点—轴系统”理论

1984 年，中国科学院地理研究所陆大道①研究员提出了“点—轴系统”理论，见图 2.1。该理论以增长极理论和生长轴理论为基础，将二者有机地结合起来，不仅在理论上更完善，而且对区域开发的实际指导意义更强。

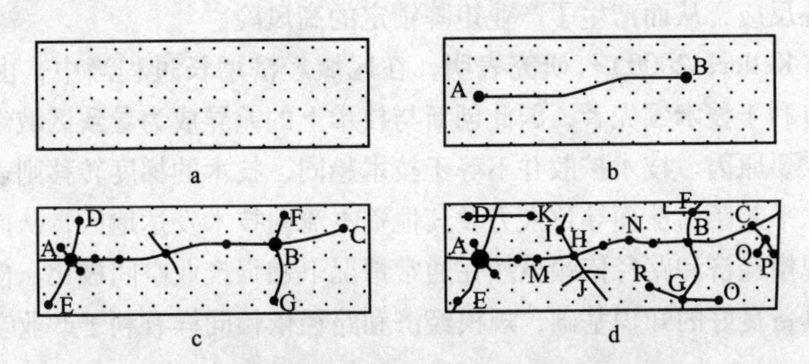

图 2.1 “点—轴”空间结构系统的演化过程模式

资料来源：陆大道．区域发展及其空间结构．北京：科学出版社，1995：138

该理论基本要点是：社会经济客体在区域或空间的范畴总是处于相互作用之中。这也类似于物体空间相互作用的基本原理，存在空间集聚和空间扩散的两种倾向；在国家和区域发展过程中，大部分社会经济要素在“点”上集聚，并由线状基础设施联系在一起而形成“轴”。这里的“点”指各级居民点和中心城市，“轴”指由交通、通信干线和能源、水源通道连接起来的“基础设施束”；

---

① 陆大道．区域发展及其空间结构．北京：科学出版社，1995：138～150

"轴"对附近区域有很强的经济吸引力和凝聚力。轴线上集中的社会经济设施通过产品、信息、技术、人员、金融等，对附近区域有扩散作用。扩散的物质要素和非物质要素作用于附近区域，与区域生产力要素相结合，形成新的生产力，推动社会经济的发展。

根据上述要点，可以得出："点—轴系统"理论的核心是关于区域的"最佳结构与最佳发展"的理论模式概括。也就是说："点—轴系统"是区域发展的最佳空间结构；要使区域最佳发展，必然要求以"点—轴系统"模式对社会经济客体进行组织。

圈层结构和"点—轴系统"理论共同构筑了临空经济区的空间结构演化的理论基础。

2.1.4.4 "创造性扩散过程"

戴维勒（Davelaar，1989）[①] 提出的"创造性扩散过程"（process of creative diffusion）认为，外围地区由于具有更高效率的资本设备和学习型经济带来的适应性技术，从而外围地区成为成功的模仿者，而核心地区由于大规模固定资本设备的沉淀和生产技术的老化，并且制度僵化，创新能力不足，对外部环境的变化呈现出惰性反应，从而产生了产业矩阵锁定的高风险。

凯勒（Keller，2000）[②] 研究表明，在区域经济增长过程当中，由于生产技术内生地有利于技术领先者，因此创新与技术上的差异成为导致区域经济增长速度差异的主要原因。技术扩散并不等于技术趋同，技术的梯度转移则表明区域间存在技术水平差距，从而导致人力及其他资本流向技术发达地区，从而使区域差异扩大。规模经济和路径依赖虽然在通常情况下加强产业空间极化，但是，只要落后地区具备良好的知识基础，规模经济和路径依赖同样有利于产业空间扩散。

2.1.4.5 中心——外围模型

克鲁格曼（Krugman，1991）[③] 建立了他的中心——外围模型。该模型的主要经济思想是，一个经济规模较大的区域，由于前向和后向联系，会出现一种自

① David Newlands. Competition and Cooperation in Industrial Clusters：The Implications for Public Policy. European Planning Studies，2003；11（5）：512～532.

② Keller. and Roe M. J. A theory of Path Dependence in Corporate Ownership and Governance. In Corporate Governance Today：575～599. The Sloan Project on Corporate Governance at Columbia Law School. New York：Columbia Law School，2000.

③ Gomez-Ibanez，Krugman，Jose A.，and Meyer. J. R. Going Private：the International Experience with Transport Privatization. Washington，D. C：The Brookings Institution，1993.

我持续的制造业集中现象，经济规模越大，集中越明显。运输成本越低，制造业在经济中所占的份额越大，在厂商水平上的规模经济越明显，越有利于集聚，“中心—外围”结构的形成取决于规模经济、运输成本和区域国民收入中的制造业份额。

2.1.5 系统理论

2.1.5.1 系统概念及其特性

通过对众多学者的观点归纳可以对系统作如下定义：系统是由某些相互联系的部件集合而成，这些部件可以是具体的物质，也可以是抽象的组织。它们在系统内彼此相互影响而构成系统的特征。由这些部件集合而成的系统的运行是有一定目标的。系统中部件及其结构的变化都可能影响和改变系统的特性。

系统可以解释为元素之间的整体关系，也就是说，某个系统之所以被称为系统，是因为系统内部的各个组成元素之间不是零散、单独存在的，而是元素之间存在一定的相互关系，通过关系与关系相互联结，而让各元素彼此产生互动和相互影响，于是构成整体。所以，在系统中不能单独看待元素，系统也不是元素相加的总和。当系统的元素数量很多、彼此差异不可忽略时，需要划分为不同的部分，分别按照各自的模式组织在一起，形成若干子系统，再把这些子系统组织为整个系统。

系统具有以下三个显著特征：一是集合性，即由两个以上的要素组成；二是整体性，即各个要素不是简单叠加，而是相互联系和作用，构成统一整体；三是层次性，大系统包括小系统，系统内部要素之间的地位不同。

系统科学显著特点之一就在于它对于系统整体特性的强调，其核心思想包括：一个系统作为整体，具有其要素所不具有的性质和功能；整体的性质和功能，不等同于其各要素的性质和功能的叠加；整体的运动特征，只有在比其要素更高的层次上进行描述；整体与要素，遵从不同描述层次上的规律。这便是通常所说的“整体大于部分之和”。

对不同系统的区分可以从两个方面来看，一是按照系统规模划分，有小系统、大系统、巨系统三类；二是按照系统结构简单与否划分，有简单系统和复杂系统两类。如图 2.2 所示。一般来说，小系统和大系统都属于简单系统，巨系统可能是简单的，也可能是复杂的。

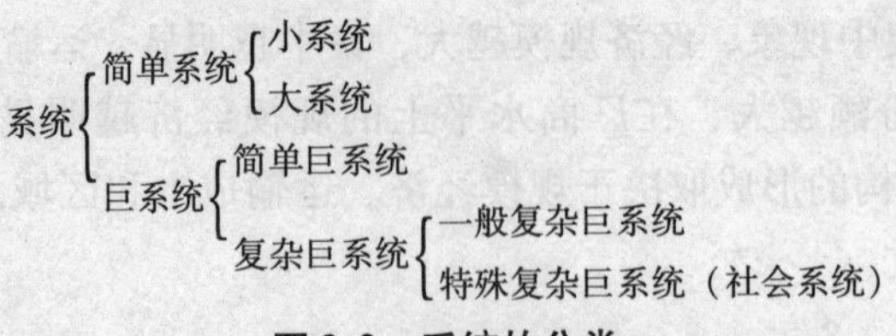

图 2.2　系统的分类

资料来源：本书根据李一智．系统分析与系统模拟．湖南：中南工业大学出版社，1997.1 整理。

2.1.5.2　系统要素

任何一个系统都必须具备四个基本要素：系统结构（系统的诸部件及其属性）、系统的环境及其界限、系统行为（系统的输入和输出）及系统功能。系统的部件又可以组成子系统，再由子系统组成系统整体。系统通过其边界与外界环境发生物质、能量、信息的交流。同时，任何系统都具有一定的功能，系统的部件及其结构的开发是为了实现该系统的目的。

1. 系统结构

组分及组分之间关联方式的总和，即为系统的结构。因此，系统结构是指构成系统的具有一定功能的元素（或子系统）及其相互关系的总称。元素和子系统是相应系统分解的结果，以元素还是子系统作为研究对象，需视系统结构的复杂程度及分析要求而定。元素与子系统的划分过程在结构分析中是一个不断反复进行的局部与整体关系的认识与调控过程，这一过程往往还应结合系统的环境分析进行。在以子系统及其相互关系作为研究对象时，子系统范围的确定必须遵循功能一致性原则，即子系统中的所有元素应从属于子系统功能，不从属于子系统功能的元素应排除于该子系统之外。

关系是元素（或子系统）之间的物质、能量、信息交换关系的总称，但这三种流不是完全相互独立的。例如，信息流就具有相应的物质流、能量流的派生性质。

2. 系统环境

系统环境是存在于系统之外的可与系统发生直接或间接关系的所有系统的总称。一般来说，环境影响系统的行为和目标，反过来，系统对环境也会产生反作用力。

任何系统都是在一定的环境中产生出来，又在一定的环境中运行、延续、演化。系统的结构、状态、属性、行为等或多或少都与环境有关，即系统对环境具有依赖性。一般来说，环境也是决定系统整体突现性的重要因素。环境复杂性是造成系统复杂性的重要根源。因此，研究系统必须研究它的环境以及它同环境的相互作用。环境意识是系统思想的另一个基本点。

系统与环境的相互联系、相互作用是通过交换物质、能量、信息实现的。系统能够同环境进行交换的属性称为开放性，系统阻止自身同环境进行交换的属性称为封闭性。这两种性质对系统的生存发展都是必要的，系统性是开放性与封闭性的适当统一。

3. 系统行为

系统相对于它的环境所表现出来的变化，称为系统的行为。行为是系统自身特性的表现，但又与环境有关，反映环境对系统的作用或影响。系统行为是系统的内在运行机理及其与环境进行物质、能量、信息交换的方式和规模，包括输入、转换、输出的全过程。系统行为能力可以用系统的输入、输出能力评价分析，这种分析首先建立在对系统构成进行完整描述的前提下，在此基础上做出系统的目的性研究，再经过分析比较后确定出系统在指定时空中的具体目标。

4. 系统功能

系统行为所引起的、有利于环境中某些事物乃至整个环境生存延续与发展的作用，称为系统的功能。被作用的外部事物，称为系统的功能对象。

任何系统都具有功能。系统的整体性体现在功能上，就是整体的功能不等于部分的功能之总和。一般来说，整体应具有部分及其总和所没有的新功能。功能是一种整体特性。

子系统也具有功能，即子系统对整系统存续发展的作用和贡献。如果子系统是按照它们在整个系统中的不同功能划分，按照各自的功能相互关联、相互作用、相互制约，共同维持系统整体的生存发展，就把功能子系统的划分及其相互关联方式称为系统的功能结构。

2.1.5.3 系统的状态、演化与过程

1. 系统状态

系统状态是指系统的那些可以观察和识别的状况、态势、特征等。状态一般可以用若干状态变量来表征。状态变量的选择应满足一定的要求：第一，完备性。即状态变量足够多，能够全面刻画系统状态。第二，独立性。即任一状态变量都不能表示为其他状态变量的函数。

状态变量总是在一定的范围内变化的。状态变量不随时间而变化的系统，称为静态系统。状态变量随时间而变化的系统，称为动态系统。两类系统都是系统科学研究的对象。

2. 系统演化

系统的结构、状态、特性、行为、功能等随着时间的推移而发生的变化，称

为系统的演化，演化是系统的普遍特性。系统科学是关于事物演化的科学。

演化是由于系统在内外因素的影响下产生了主体之间以及系统与环境之间新的行为规则和新的行为战略，它们在由主体构成的关系网络中蔓延传播，从而导致原有系统稳态的瓦解、分岔或变迁，并最终导致系统的彻底崩溃或导致新的系统稳态的诞生。

系统演化有两种基本方式。狭义的演化仅指系统由一种结构或形态向另一种结构或形态的转变。广义的演化包括系统从无到有的形成（发生），从不成熟到成熟的发育，从一种结构或形态到另一种结构或形态的转变，系统的老化或退化，从有到无的消亡（解体）等。一般来说，系统是在内部动力和外部动力共同推动下演化的。系统演化有两种基本方向，一种是由低级到高级、由简单到复杂的进化，另一种是由高级到低级、由复杂到简单的退化。

3. 系统过程

只要观察的时间尺度足够大，就可以看到任何系统都是作为过程而展开的。

系统的生存延续、运行、系统功能的发挥，都是作为过程而进行的。在这个意义上，系统都应作为过程来研究。

过程也具有结构。每个过程都由若干子过程（阶段、步骤、程序等）组成，子过程还可能进一步划分，一直到不能再分的过程元素，称为动作。不同子过程、不同动作之间的基本关系即排列次序，形成过程结构。整体性观点应用于过程系统，就是全过程观点，从全过程出发协调各个动作、程序、阶段、子过程的关系，使全过程运行优化。

按照系统特性，过程可分为可逆过程和不可逆过程。系统科学主要研究不可逆过程，系统演化理论是关于不可逆过程的理论。

2.1.5.4　系统分析方法

系统分析的思考方式就是从系统整体结构出发，研究各子系统间的相互关系及其动态变化过程，建立具有学习型组织功能的协调系统。系统分析是在一个整体目标的前提下，从整体的观点，去了解各层次系统间的关联性与互动性，注重逻辑关系的分析，以求在复杂而动态的环境中解决问题的一种科学方法。系统分析是一种研究方法，它能在不确定的情况下，通过对问题的充分调查，找出其目标和各种可行方案，并对这些方案进行比较，帮助决策者在复杂问题中做出最佳的决策。

系统分析方法适用于对复杂问题的整体和综合分析。系统分析最大的优点是将一堆复杂的问题或元素进行简化，使其条理化与合理化，进而引生出多个可行的解决途径，作为决策的基础。运用系统分析法，必须对对象进行整体的、多层次的、多方面的、多角度的综合分析研究。本书将应用系统分析的方法对临空经济进行系统分析，是分析临空经济演进机理的基础。

第二节　国内外临空经济研究现状

临空经济[1]理论的系统研究，国内外都尚处于探索阶段，还没有较为完整的理论体系。由于本书探讨的是临空经济形成及演进的机理和临空产业结构的模式，因而在这部分文献综述中，从国内外重点进行了临空经济内涵界定、临空经济形成条件、形成机理、临空产业类型和临空经济空间结构的文献综述。

2.2.1　临空经济内涵的研究综述

国外关于临空经济内涵界定的研究相对较早，但近年内无突破性研究成果。相反，国内临空经济内涵的研究开始于1997年，虽起步较晚，但推进研究成果显著，诸多学者针对临空经济的内涵进行了深入探讨。

国外的研究开始于1965年美国著名航空专家麦金利·康维（Mckinley Conway）发表的“The Fly-in Concept”一文。该文章中提出了“临空”的概念[2]，并认为：未来临空经济的发展将在工商产业区的设计以及城市和大都市区的规划等方面产生令人兴奋的变化。1970年，麦金利·康维出版了《航空城》一书[3]，对其发展临空经济的思想进行了系统总结，1993年出版了该书的最新修订版，题目改为《航空城：21世纪发展的新概念》[4]，成为研究临空经济最具权威的著作。从20世纪60年代初开始，麦金利·康维撰写了一系列有关航空机场对周边地区产业发展影响的开创性文章，如“机场周围的产业发展”、“航空运输业发展趋势及其对产业发展的影响”、“飞机与产业发展”、“航空运输业——在航空产业发展研究院区域与产业会议上的讲话”、“John F. Kennedy Memorial Airport”发展规划等。在这些文章中，作者逐步形成并提出了机场综合体（Airport Complex）的概念：以机场为核心综合开发航空运输、物流、购物、旅游休闲、工业

---

① 相关概念称谓繁多，例如空港经济、机场经济等，为了便于表述，本书将所有机场所带动的相关经济发展形式统称为临空经济。

② Mckinley Conway，The Fly-in Concept. 1965.

③ Mckinley Conway. 航空城. 1970.

④ Mckinley Conway. 航空城：21世纪发展的新概念. 1993.

开发等集多项功能于一体的大型机场综合体。这一概念主要基于机场核心作用从区域功能拓展和集成角度提出的。

类似地，将临空经济定义为依托于国际机场或国内干线机场而形成的城镇性质的地区。如国外学者奥马尔（Omar EL-HOSSEINY，2003）[①] 把航空城的概念定义为：机场作为区域经济发展的增长极，这种多方面的作用在全球范围内产生了影响，由于机场的存在和其乘数效应，创造了数以万计的工作岗位；由于多种商业活动的聚集而形成的城市中心：在机场内和机场周围聚集着机场的核心产业（即航空运输），其他相关的经济产业活动。是一个多模式的交换节点（航空、铁路、公路），多种陆路交通运输方式的相互连接使得机场的角色地位发生了变化，从一个简单的目的地转变为区域多种交换模式的一极。金忠民（2004）[②]，"空港城是一种以国际枢纽机场为依托，包括客货运输、仓储加工、综合贸易、商业服务、会议展览、生活居住、园艺农业和文娱体育等设施的，以航空产业为特色的综合性新城"。国内对相关概念的相互关系研究较为少见，刘武君（2005）[③] 在其研究中提出了航空城与临空地区、临空产业的区别。指出临空地区只是一个地域概念，而航空城除了地理概念还包括了经济概念和社会概念；临空产业是航空城经济的核心部分，但还不是全部，更不能以临空产业代替航空城概念。欧阳杰（2005）[④] 中，"一般意义上的航空城泛指以机场为中心，以航空运输业为核心功能，依托机场的区位优势、交通运输优势和口岸优势，在机场内部及其周边地区发展而成的具有城镇性质的新兴功能区。航空城所依托的机场一般为国际机场或国内干线机场，所依附的城市多为大中城市"。最为严格的是专指依托于国际枢纽机场的综合性新城。

主要从经济发展资源要素流动和聚集的角度，提出临空经济是一种特殊的经济形态，如曹允春（1999）[⑤] 认为，临空经济区指的是由于航空运输的巨大效益，促使在航空港周围生产、技术、资本、贸易、人口的聚集，形成了具备多功能的经济区域。曹允春（2004）[⑥] 认为，临空经济区指的是由于机场对周边地区产生的直接或间接的经济影响，促使在机场周围生产、技术、资本、贸易、人口

---

① Omar EL HOSSEINY，"Challenges facing the Interrelation of 21st Century International Airports and Urban Dynamics in Metropolitan Agglomerations. Case Study：CAIRO INTERNATIONAL AIRPORT"，Airports and Urban Dynamics，39th IsoCaRP Congress 2003.

② 金忠民．空港城研究．规划师，2004（2）：8

③ 刘武君．大都会——上海城市交通与空间结构研究．上海：上海科学技术出版社，2005

④ 欧阳杰．我国航空城规划建设刍议．规划师，2005（4）：30

⑤ 曹允春，踪家峰．谈临空经济区的建立和发展．中国民航学院学报，1999（3）：60～63

⑥ 曹允春，李晓津．机场周边经济腾飞与"临空经济"概念．经济日报，2004－5－25

的聚集，形成了具备多功能的经济区域。白劲宇（2005）[①] 认为，在现代化、工业化、世界经济一体化不断加快的进程中，依托机场特别是国际性的枢纽型机场所特有的要素集聚功能，各种经济发展资源向机场及其周边地区汇集，使得机场与其所在地区发展进一步融合，形成相互依托、相互促进、密不可分的统一体，进而出现了一种特殊的经济形态，即临空经济。王志清（2006）[②] 从机场经济和航空城的角度阐释了这个内涵，机场经济是指依托机场的交通优势、口岸优势以及区位优势，促使生产、技术、资本、贸易、人等生产力要素向机场周围聚集而形成的新兴经济形态，其空间形态上表现为具备多种经济功能的航空城。机场经济包括“枢纽经济”、“口岸经济”、“临空产业经济”以及“总部经济”等多种经济形态。

侧重于从产业角度来提出，临空经济是机场相关产业与地方产业之间联系产生的一种经济区域。如张雄（1997）[③] 提出，所谓“临空经济”主要指由国际航空港的需求所带动的周边地区投资、消费、劳务等方面的发展。它包括临空工业、临空服务业、临空仓储业等产业形式。白劲宇（2005）临空经济区指的是空港及其周边地区，是生产、技术、资本、信息、人口等要素聚集，高新技术产业、现代制造业、现代物流业、会展业等高速发展，多功能逐步完善的经济区域。《发展北京临空经济的经济社会影响研究》（2006）[④] 认为，临空经济是“在经济发展达到一定阶段之后，依托于大型机场（特别是大型国际枢纽机场）的吸引力和辐射力，在其周边地区发展起来的，由直接服务于航空运输业的相关产业和具有明显航空枢纽指向性（可充分利用航空运输优势和便利）的有关产业组成的，具有巨大影响力的区域经济体系，是产业结构演变和交通运输方式变革的产物”。

从航空运输带来的人流、物流优势的角度出发，分析得出临空经济是一种区域经济形态和发展模式。如彭澎（2005）[⑤] 认为，临空经济，也叫机场经济，是依托机场，尤其是国际性、枢纽型大机场的人流和物流的优势而发展起来的区域经济形态。《临空经济发展战略研究》课题（2006）[⑥] 认为，“这种以航空运输（人流、物流）为指向的产业在经济发展中将形成具有自我增强机制的聚集效

① 白劲宇．首都经济临空经济核兴区发展图景．北京规划建设，2006（1）：23～25

② 王志清，欧阳杰，宁宣熙，李晓津．京津冀地区发展民航产业集群研究．中国工业经济，2006（3）：53～59

③ 张雄．经济哲学应用的案例：临空经济——一个不可忽视的发展机遇．北京：人民日报，1997

④ 国务院发展研究中心．发展北京临空经济的经济社会影响研究．2006

⑤ 李江涛，蒋年云，涂成林，彭澎．关于广州新机场发展临空经济的若干研究．2005：中国广州经济发展报告，2005

⑥《临空经济发展战略研究》课题组．临空经济理论与实践探索．北京：中国经济出版社，2006

应，不断引致周边产业的调整与趋同，这些产业在机场周边形成的经济发展走廊、临空型制造业产业集群，以及各类与航空运输相关的产业的集群，进而形成以临空指向产业为主导、多种产业有机关联的独特经济发展模式，这种以航空货流和商务人流为支撑的经济就称之为临空经济。”王学斌（2007）[①] 认为临空经济也叫机场经济，是指依托机场，尤其是国际性、枢纽性大机场的人流、物流的优势而发展起来的区域经济形态。

从地域范围角度，研究提出航空城、航空大都市、临空经济区等的研究。如美国著名临空经济专家约翰·卡萨达（John Kasarda，2001）[②] 则创新性的用航空大都市（Aerotropolis）来定义这个地区，随着越来越多的商业企业的集聚在机场以及交通走廊周围，一种新型的城市出现了——Aerotropolis——从机场 gateway 向外延伸 15 英里（20 公里）。机场的主要功能主要是多式联运的核心、与机场周围产业的节点，机场城已经承担起了如同都市圈中 CBD 的重任，它极大地吸引了就业、购物中心、会议中心和娱乐中心来此发展。滑战锋（2005）[③] 认为临空经济区，是指由于航空运输的巨大效益，促使在航空港相邻地区及空港交通走廊沿线地区出现生产、技术、资本、贸易、人口的聚集，从而形成的多功能经济区域。临空经济区大多集中在空港周围 6 ~ 20 公里范围内，或在空港交通走廊沿线 15 分钟车程范围内，以空港为核心，大力发展临空产业，与空港产生相互关联和依存的互动关系。刘武君（2005）[④] 在研究浦东国际机场地区综合开发时认为航空城有广义和狭义两个方面。广义的航空城可定义为：生产活动所在的位置到机场之间不需要变换交通方式就可以达到的城市化地区。也就是产品从生产地到机场不用换车、换船的一个区域内都可以看做是航空城内。而狭义航空城可定义为：以机场为核心的周围紧邻的城市化地区。具体一点说，就是与机场连为一体的机场周围的设施群。刘武君的观点对该课题在国际上尚无公认模式的情况下经国内外考察调研，综合研究成果，从实际出发提出的概念是比较客观全面的。

综合从区域、产业、经济等角度对临空经济概念进行研究，如重庆工商大学李健（2005）[⑤] 认为，临空经济是以航空运输作为全球性物流和人流基础的一种

---

① 王学斌，刘晟呈．现代临空经济理念 & 航空城发展趋势分析．城市，2007（2）：52 ~ 54

② J. Kasarda. Aerotropolis Airport-Driven Urban Development. in ULI on the Future：Cities in the 21st Century. Urban Land Institute，2000.

③ 滑战锋．临空经济区发展的国际经验与我们的对策．价值中国网 http：//www. chinavalue. net/Article/Archive/2005/3/18/3451. html，2005 - 3 - 18.

④ 刘武君．大都会——上海城市交通与空间结构研究．上海：上海科学技术出版社，2005

⑤ 李健．临空经济发展的若干问题探讨与对策研究．科技进步与对策，2005（9）：188

经济发展模式。电子产业可以依赖航空运输进行快速和小批量的物流，实现全球供应链式庞大分工生产体系的高效率运转；信息产业和知识经济的发展需要全球性的人流，支撑国际人流发展的是航空运输。具体而言，临空经济含义包含以下几个方面：一是区域概念，即地理位置。临空经济的发展必须以机场为依托；临空经济的发展受到机场的规划发展、功能定位、资源禀赋以及经济基础等因素的影响。二是产业概念，即临空产业。它是临空经济的内核，指那些自身的开发发展与机场和航空运输直接相关的产业：直接为航空运输服务的产业；航空保税产业；支柱产业和高新技术产业及其配套零部件产业；现代园艺农业，如花卉、园艺等；商务、旅游和生活服务业；出口加工业。三是经济概念，即它是一种经济现象。既具有一般经济的特点，又因为是空港地区特有的一种经济现象，因而又有其独到之处。滑战锋（2005）①"临空经济区"的概念具体包含了三个层次的内涵：①区域概念，即地理位置。临空经济区必须以机场为依托，它的发展受到机场的规划发展、功能定位、资源禀赋以及经济基础等因素的多重影响。②产业概念，即临空产业。临空经济区以发展临空产业为核心，其产业结构包括与机场和航空运输直接相关或间接关联的产业，如直接为航空运输服务的产业、航空保税产业、支柱产业和高新技术产业及其配套零部件产业、出口加工业、现代园艺农业、商务、旅游和生活服务业等。③经济概念，即临空经济。临空经济区是在中心机场的客流量和货流量达到一定的程度，机场周边的城市以及国家经济达到一定的发展高度之后，才能出现的一种新的经济现象。

2.2.2 机场在社会经济发展中作用的研究进展

临空经济概念的提出和研究带来理论界对机场在社会经济发展中作用的探索和研究，早在1977年，FAA在《关于综合航空社会、经济、政治影响的评价》一文中，提出了关于机场对附近区域的经济影响。接下来30年中，欧美的各个研究机构分别进行了关于航空业与区域经济发展的研究。大致可以分为四个阶段。

第一阶段：1977～1980年，研究主要侧重于机场与当地社区的关系，分析机场可以为社会和居民带来的各种利益。

第二阶段：1980～1990年，研究主要侧重于单个机场对地区经济的贡献，提出了测量机场经济效应的方法体系。主要研究为实用经济团体与1985年的

---

① 滑战锋．临空经济区发展的国际经验与我们的对策．价值中国网 http：//www.chinavalue.net/Article/Archive/2005/3/18/3451.html，2005－3－18

《安克雷奇国际机场的经济影响》。

第三阶段：1990~2000年，研究主要侧重于从整个国家或区域范围内来考察机场的经济和社会效应。主要包括：1992年[①]，国际机场协会欧洲部（ACI EUROPE）发表的题为“机场——重要的经济伙伴”的研究，笼统阐述了机场的经济重要性。1998年[②]，约克咨询公司（York Consulting）被委任承担关于欧洲机场的经济影响的更加深入的研究，并应用了这些机场自1993年以后的研究结果。

第四阶段：2000年以后，研究主要侧重于对全球以及各区域的机场经济贡献进行评估。主要研究：2000年[③]，由约克咨询公司（York Consulting）撰写的“欧洲机场：创造了就业与繁荣，一部经济影响研究工具书”公开出版。2002年，国际机场协会欧洲部PE在其《欧洲机场对社会经济的影响》[④]中，国际机场协会指出：机场作为国内和区域经济的发展动力，对区域经济的贡献表现在对区域经济增长与社会就业的带动作用上，同时这种作用的途径表现在直接作用、间接作用、引致作用和催化作用等不同方面，每100万旅客为欧洲机场支持了大约：2950个全国性职位、2000个区域性职位、1425个子区域（sub-region）职位。国际机场协会的美洲部则在2002年的《美国机场经济影响》[⑤]中指出，美国机场的经济收益既包括财富创造、就业创造和税收创造等经济方面的收益，也包括使用航空运输在节约时间和降低成本方面的运输收益，美国机场每年创造了机场相关工作6 700 000份，这些工作又转化为1900亿美元，创造335亿美元的税收。

其中，航空运输行动小组（Air Transport Action Group，ATAG）分别于2000年[⑥]、2005年[⑦]、2008年[⑧]出版了《航空运输的经济效益》，分别从直接、间接、诱发、催化四个方面进行机场作用分析。2008年报告指出：航空运输业是全球经济增长的主要贡献者，2006年运输22亿以上的乘客；完成全球国际贸易中约35%的份额；在全球创造3200万个就业机会；创造全球经济效益约3.56万亿美元，占世界GDP的7.5%。

---

① 国际机场协会欧洲部．机场——重要的经济伙伴．1992
② 国际机场协会欧洲部．欧洲机场的经济影响．1998
③ York Consulting. 欧洲机场：创造了就业与繁荣，一部经济影响研究工具书．2000
④ 国际机场协会欧洲部．欧洲机场对社会经济的影响．2002
⑤ 国际机场协会美洲部．美国机场的经济影响．2002
⑥ ATAG，The economic & social benefits of air transport，2000.
⑦ ATAG，The economic & social benefits of air transport，2005.
⑧ ATAG，The economic & social benefits of air transport，2008.

2.2.3 临空经济形成与发展的相关研究综述

经济活动的聚集方式和城市空间结构的变化，与其所处的宏观经济背景总是密切相关。因此对于临空经济形成条件和形成机理的研究成为临空经济深入研究的主要内容。

2.2.3.1 临空经济的形成条件

约翰·卡萨达（John Kasarda）① 着眼于国际枢纽机场，从宏观的层面分析了他所提出的空港都市区的形成动因，认为空港都市区的形成就是属于交通运输促进经济区位选择和城市发展的第五次浪潮，国际枢纽机场对于21世纪城市发展而言，其影响相当于20世纪的高速公路、19世纪的铁路和18世纪的海洋运输业对当时城市经济所形成的显著促进作用。阐述了在这次浪潮中，航空、国际市场和基于时间的竞争将占据优势地位，并解释了为什么多样的运输方式仍将对都市区的增长形成影响，但有充分的证据表明主要枢纽机场正在引发一种经济活动的空间积聚，而这种效应正在引导空港都市区这一新的城市形态的形成。

而微观层面的因素则进一步影响空港邻近地区土地开发时序、规模和特征。剑桥系统研究所则基于对欧洲、北美和日本空港所进行的研究，从微观层面进一步揭示了影响这些空港邻近地区土地开发时序、规模和特征的主要因素，包括空港的市场定位、区域经济、交通运输可达性和城市土地开发模式。②

奥马尔（Omar EL-HOSSEINY，2003）指出一个航空城的形成和发展依赖于以下五大因素：所建成的机场核心区现在及其未来的承载量，既指航空运输量又指空间容量；机场及其周围环境的相互关系，包括城市控制力，相关的经济产业进入当地的难易度；陆路交通运输网的特点及多模式节点；在整个区域发展框架体系下，机场的地位问题；区域的富裕程度和经济福利水平。

金忠民（2004）认为空港城所在城市首先必须是国际化大城市，具有很强的综合实力和经济辐射力。其次，所在城市从城镇体系布局出发，需要建设新城以解决大城市问题。最后，空港城所依托的机场必须是国际枢纽机场，除了具有一般机场的特点外，必须具备航线航程、客运量、用地规模、对外交通联系等诸

① J. Kasarda. Time-Based Competition & Industrial Location in the Fast Century, in Real Estate Issues, (1998/1999) Winter Issue.

② 国际机场协会的美洲部．美国机场经济影响．2002

多方面的要求。朱国宏（2004）提出要使临空经济发展起来必须具备两个条件：一是体制的条件，原先的条块分割使得区域跟机场的关系不可能融为一体，也不可能产生比较大的互动，也不可能产生临空的经济。二是机遇的条件，如果没有机遇，有空港没有意义。曹允春（2004）① 从临空经济区的角度出发对其产生进行了宏观的经济分析，认为临空经济是机场和经济环境改变两种因素共同作用的结果。而魏杰（2006）则认为临空经济形成有三大条件：一是空港本身，也就是所谓中心机场的客流量和货流量达到一定的程度，这个地区才能形成临空经济；二是机场周边的城市以及这个国家经济达到一定的发展程度之后，临空经济才能形成；三是空港周围有一大批能够提供税收和就业机会的企业，这是个非常重要的标准，离开这个条件也就难以形成临空经济。祝平衡等（2007）② 分别从充分和必要两个方向对发展临空经济的条件进行了论述，认为发展临空经济的充分条件有二：一是大型枢纽机场，二是综合的交通运输体系；而发展临空经济的必要条件是：聚集的临空产业群、繁荣的城市经济、宽广的经济腹地。

2.2.3.2 临空经济的形成机理

关于临空经济形成机理的研究只见于国内文献，国外文献中尚无涉猎。《临空经济发展战略研究》（2006）③ 分别从宏观和微观两个方面阐述临空经济的形成机理。微观机理分析：在一些拥有枢纽机场的经济发达地区，随着机场规模的扩大及客、货运量的大幅增长，航线网络在全球的扩展，机场开始逐渐对其周边地区的土地利用模式和产业布局产生影响。更多的受时间约束的企业将毗邻机场选址，以使其产品在最短的时间内进入市场或下游流程，保证其员工在有效时间内完成更多、更有效的信息交流。临空经济形成的宏观机理分析——双向互动的自组织机制。微观经济主体的区位偏好变化是经济发展到一定层次的产物，国际临空经济发展的历史与经验表明，空港所在区域的人均 GDP 达到 3000 美元以上，才会保证临空经济这一特殊经济模式的稳定、健康发展。

《发展北京临空经济的经济社会影响研究》（2006）④ 认为：临空经济的出现表明一个国家的经济达到了一定水平，是国家经济生活中的重要现象，是产业形态演变和运输方式变革的共同产物，如图 2.3 所示。

---

① 曹允春，李晓津．机场周边经济腾飞与“临空经济”概念．北京：经济日报，2004－5－25

② 祝平衡，张平石，邹钟星．发展临空经济的充要条件分析．湖北社会科学，2007（11）：95～97

③《临空经济发展战略研究》课题组．临空经济理论与实践探索．北京：中国经济出版社，2006

④ 国务院发展研究中心．发展北京临空经济的经济社会影响研究．2006

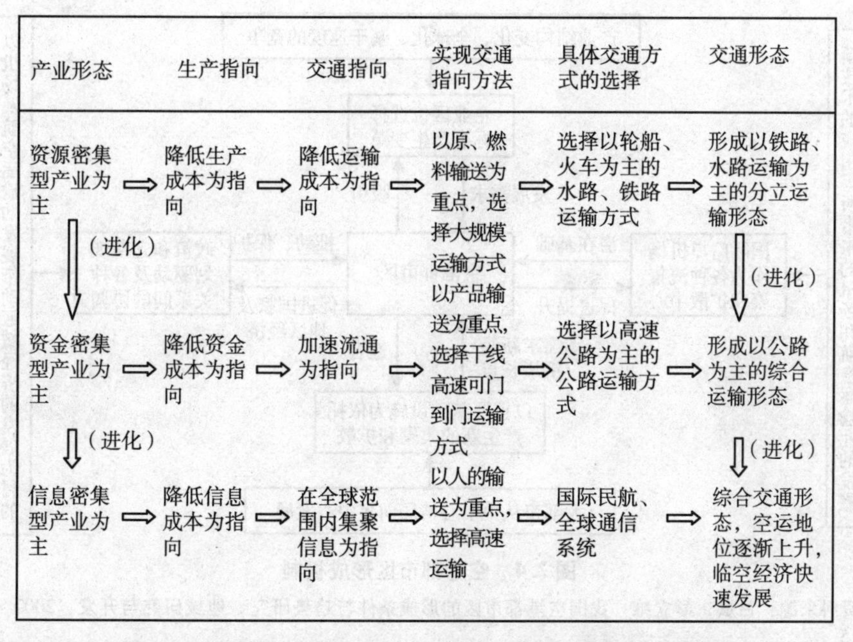

图 2.3　临空经济的出现与产业形态演变和运输方式变革的关系

资料来源：国务院发展研究中心．发展北京临空经济的经济社会影响研究．2006

吕斌等（2007）① 总结出临空经济的形成发展机制（见图 2.4）。技术的进步导致了发达国家产业结构的变化，并引发了全球化范围内基于时间概念的竞争方式，使得微观企业的区位选择相较于工业时代发生了明显的临空指向。后工业社会的城市发展模式呈现出大都市区多中心化的趋势，城市人口和经济活动进一步分散化。在这样多重力量的作用下，加之政府强有力的推动，空港都市区作为临空经济的体现，出现并成为后工业社会具有典型意义的城市发展新模式。

刘雪妮（2007）② 从临空产业集群的发展动力机制的角度研究了临空经济演化。临空产业自身的高时效、知识密集等特点是其集聚的内在动力，机场的物流集散功能带来的规模经济效应增强了地区的集聚力，推动企业向临空经济区附近集中。而地方政府的大力支持是临空产业集群形成的外在动力，它为产业集群的发展提供了良好的政策平台。

---

① 吕斌，彭立维．我国空港都市区的形成条件与趋势研究．地域研究与开发，2007（2）：11～15

② 刘雪妮，宁宣熙，张冬青．发展临空产业集群的动力机制研究．现代经济探索，2007（1）：62～65

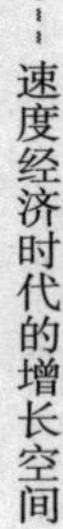

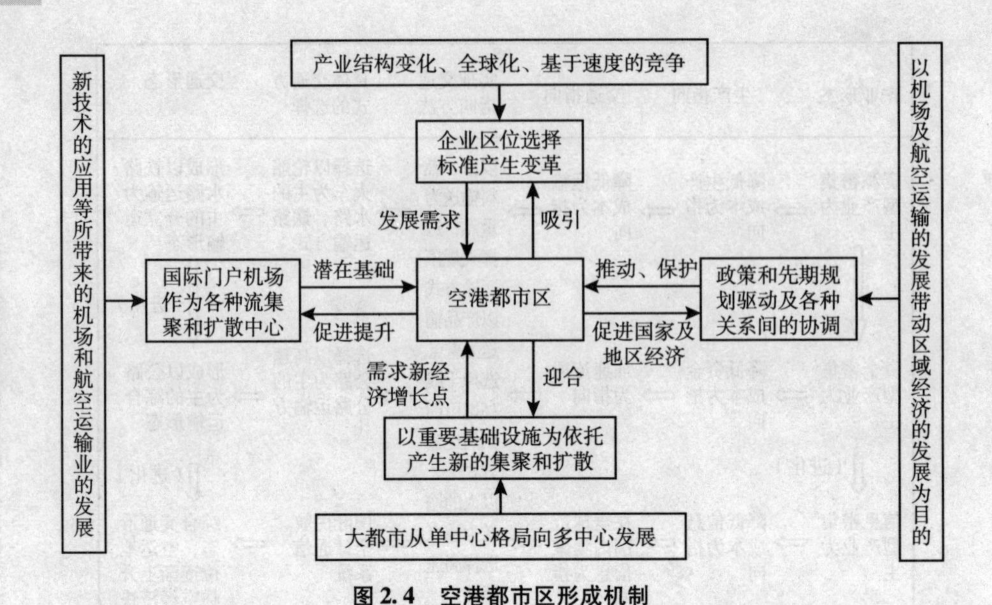

图 2.4　空港都市区形成机制

资料来源：吕斌，彭立维．我国空港都市区的形成条件与趋势研究．地域研究与开发，2007（2）：11～15

2.2.3.3　临空经济发展的阶段特征

奥马尔（Omar EL-HOSSEINY，2003）从机场和城市环境互动发展的角度，阐述了机场区域的三阶段发展的动力机制和阶段特征：机场（The airport domain）、机场地区（The sector of the airport）、机场区域（The airport's region）。第一个阶段，机场（The airport domain）阶段。这个阶段机场导向的业务和与机场相关的或辅助性业务在机场的收益中占有越来越重要的位置。这些不断发展的业务活动也对机场周围产业的发展带来了很强的吸引力，机场不断地扩充土地以不断地扩大机场的运力，并为机场其他业务的发展提供空间。在这个阶段机场采用三个途径进行周边地区的开发：机场领域的扩张、核心业务的外包、机场与当地政府的合作。第二个阶段，机场地区（The sector of the airport）。在此阶段机场地区的特点在于：（1）外包的机场业务活动进一步远离机场核心区。当机场区域变得越来越紧张，其核心业务和盈利性的业务活动都无法进一步扩张的时候，这些外包业务活动都远离了机场核心区，一般这些活动都涉及货运区域、餐饮中心以及长期停车场区域。（2）旅馆以及其他相关的服务，例如餐馆及商场和大的卖场开始出现。部分商业活动不仅与机场的航空量和类型是相关的，也与那些现存的与机场相关的商业活动的乘数相关。在 Roissy-CDG 机场，旅馆在 Ile de France 区域占了 5%，高级宾馆（4 星或 5 星级宾馆）占了 10%。（3）开始吸引国际商务和商业活动。机场作为“世界的窗口”的声望、机场便利的交通（航空、铁路、公路）吸引了展览中心、大型的会议中心、大型跨国公司的交流和培训中心，等等。(4) 吸引公司的总部。跨国公司都特别偏好于把其公司的分布甚至总部设在 GIA 周围。这种选择为公司雇员提供了更大的弹性和灵活性，并为公司分散的生产基地提供了一个更好的交流平台。在希思罗机场附近的 Stockley park 以及在 Roissy-CDG 附近的 Paris-Nord Ⅱ就是 GIA 周围公司办公区的典型例子。(5) 物流和分销中心。大型机场提供的运输接点（航空、铁路、公路）的发达程度，成为影响企业投资决策的一个非常重要的因素。第三个阶段，机场区域（The airport's region）。这个阶段大型国际机场已经成为区域经济增长非常重要的支柱，机场相关的业务活动也是城市相应部门经济增长非常重要的驱动力。同时，与机场相关的业务市场是一个全球性的市场。

约翰·卡萨达（John Kasarda）2006 年[①]又再一次提出，随着 Air City，即航空城的发展，会逐步发展成为一个 Aerotropolis，即航空大都市。并指出，航空城是航空大都市的中心城区，而机场作为连接区域运输和经济的纽带，引致与机场相关联的商业园区、信息和电子技术企业、零售业、酒店业和娱乐中心、工业、物流园区、商贸批发中心以及住宅中心等。同时认为航空大都市是航空城的下一个阶段，也是航空城发展的必然趋势。

2.2.4 临空产业类型和空间结构研究现状

对于产业类型和空间结构的研究是伴随临空经济实践发展而逐步深入的。

2.2.4.1 临空产业类型

日本理论界判定某项产业是否为临空产业的标准不只是看其距离机场的远近，更多的是考虑机场是否是该产业发展的环境因素和影响企业活动的重要因素之一。按照这一标准他们认为临空产业是一种较为广义的概念，主要包括三类：①空港业务关联产业，指在机场内部、直接支援机场业务的产业；②空港业务引发产业，指能够利用机场高速运输、货物集中、客源流动等功能的产业；③飞机关联产业，指负责与飞机相关联的制造、修理及飞行员培养等产业。[②]

① J. Kasarda. Designing an Aerotropolis to Provide Michigan's Competitive Advantage. http://www.tcaup.umich.edu/charrette/aerotropolis06.html, 2006.

② 杨雪萍．浦东机场临空地区临空经济发展研究．上海交通大学，1999

英国剑桥系统研究所（1993）① 在对欧洲、北美和日本空港研究的基础上，对商业活动按照在空港相邻地区吸引程度进行分级，产业分为四类：①非常高度集中的产业，主要指航空运输服务、航空设备、光学仪器和晶片制造、通信器材制造、电气配送设备制造、货运代理；②高度集中的产业，主要指电子和电气设备制造、特殊化工制品制造、公共仓储、量具与控制仪器制造、航空运输服务、邮政与送货服务、特殊构造金属制品、药物制品批发；③中等集中的产业，主要指汽车租赁、印刷与出版、证券制品制造、电子与附件制造、建筑业、公共汽车和出租车、建筑服务、汽车旅馆、机动车停车、医疗器械制造与供应、汽车服务、特殊塑料部件制造；④越来越集中的产业，指的是旅行社、公共仓储、特殊器械、邮政与相关服务、计算机数据处理服务。

其他学者对于上述三类产业的特征有较为详细的阐述。由空港业务引发的产业，或是产品附加值高，或是要求及时运输，或是需要进行频繁的面对面接触，一般对航空运输都具有特定的要求（Robert，Geoffrey；1999）。对英格兰东南部的机场进行调查显示，倾向于选择在临近机场的商务园（Business Park）设置的产业大多数是电子、药品、IT 产业和金融业机构（Rovertson，1995）②。随着知识经济的发展，对公司和机构人员的流动性要求大为提高（对美国得克萨斯州 1985 年高新技术产业部门职员每月乘坐飞机情况的调查见表 2.3），全球可达性成为区位选择的关键。同时，由于技术的发展，许多产品可以利用航空运输直接运往市场，从而使机场在知识性产业发展中扮演了重要的角色（O'Connor，1995）③。不仅仅是对上述制造业和物流业的吸引，机场同时也吸引了大量的公司总部和区域办事处以及咨询等需要长距离出差的职业（lrwin，Kasarda；1991）④。机场的可达性吸引了广告、法律、数据处理、会计审计，以及公共关系等服务行业这类需要利用便捷的交通经常和客户进行沟通的行业（Testa，1992）⑤。此外，航空工业（Aerospace Industry）（主要是指飞机机架和发动机制造，飞机维修和组装等）也多在机场邻近地区布置，这在枢纽机场的表现尤为明显（Bowen，2000）⑥。

---

① Glen E. Weisbrod and John S. Reed and Roanne M. Neuwirth，AIRPORT AREA ECONOMIC DEVELOPMENT MODEL，the PTRC International Transport Conference，1993.

② R. E. Caves and G. D. Gosling，Strategic Airport Planning，an imprint of elsevier science.

③ K. O'connor，Airport Development In Souteast Asia，journal of transport geography，1995；3（4）.

④ M. D. lrwin and J. D. Kasarda，Air Passenger Linkages And Employment Growth In US Metropolitan Areas，American sociological review，1991.

⑤ Testa，W. A. Job Flight And The Airline Industry：The Economic Impact Of Airports On Chicago And Other Metro Areas. federal reserve bank of Chicago，January 1992.

⑥ J. Bowen，Airline Hubs In Southeast Asia：National Economic Development And Nodal Accessibility. journal of transport geography，2000，8.

表 2.3　　高新技术产业每月人均乘坐飞机情况

公司类型	乘坐飞机的倾向（%）
小型研发	15
典型研发	8~12
研发和生产结合	2~4
大型制造部门	0.07
中等规模制造部门	0.07~0.25

资料来源：K. O'connor，Airport Development In Southeast Asia，journal of transport geography，1995；3（4）.

关于临空经济产业的研究，国内学者的相关研究还主要是借鉴实践经验。如魏杰（2004）讲到国际上讨论的一个重要问题就是临空经济的产业结构问题，大部分人认为临空经济产业需要这样的产业可能发展更好一些：空港服务业、航天航空产业、物流急送产业、高新技术产业、会展会议产业、现代制造业。

《发展北京临空经济的经济社会影响研究》（2006）认为：临近空港地区的空间结构不仅取决于空港和航空服务的特征，还取决于空港与中心城市的地面交通通达性、中心城市的经济结构等因素，如果将临空经济的空间结构与产业特征接合起来看，将产业布局对机场区或者空港区的依赖程度称为产业的航空枢纽指向性强度，可以得到按产业航空枢纽指向性强度的产业分类（见表2.4）。

表 2.4　　按空港邻近地区产业航空枢纽指向性强度的产业分类

枢纽指向性极强的产业	枢纽指向性一般的产业
航空运输服务	汽车租赁
航空设备	印刷与出版
光学仪器和镜片制造	证券纸品制造
通信器材制造	电子元件与附件制造
电器配送设备制造	建筑业
货运代理	公共汽车与出租车
	建筑服务
枢纽指向性较强的产业	旅馆/汽车旅馆
电子和电器设备制造	机动车停车
特殊化工制品制造	医疗器械制造与供应
公共仓储	汽车服务
工具、量具与控制仪器制造	特殊塑料部件制造
航空运输服务	
特殊构造金属制品	**枢纽指向性越来越强的产业**
药物制品批发	旅行社
	公共仓储
	特殊机械
	邮政及相关服务
	计算机数据处理服务

资料来源：国务院发展研究中心．发展北京临空经济的经济社会影响研究．2006

2.2.4.2　临空经济的空间结构

英国剑桥系统研究所以对欧洲、北美和日本空港所进行的研究为基础，将与空港相关产业的地理区位分为以下四种，并分别阐述了其对应的产业类型和发展时序：空港区对应的是与空港运营直接相关的就业；紧邻空港地区对应的是直接为空港运营提供的后勤服务和货运服务等产业，通常在空港开通一年内就开始存在；空港相邻地区及空港交通走廊沿线高可达性地区发展的产业为“附属产业”和“吸引产业”，并分别在空港开通后 5 ~ 10 年和 5 ~ 20 年内才得到充分发展；都会区或地区内其他商业活动。

约翰·卡萨达（John Kasarda）① 则提出了廊道加集群的航空大都市的空间结构发展形式（见图 2.5）。提出的空港都市区内部环状交通系统内部产业功能布局包括：零售业和餐馆、旅馆和娱乐设施、办公场所和商业服务设施、国际会

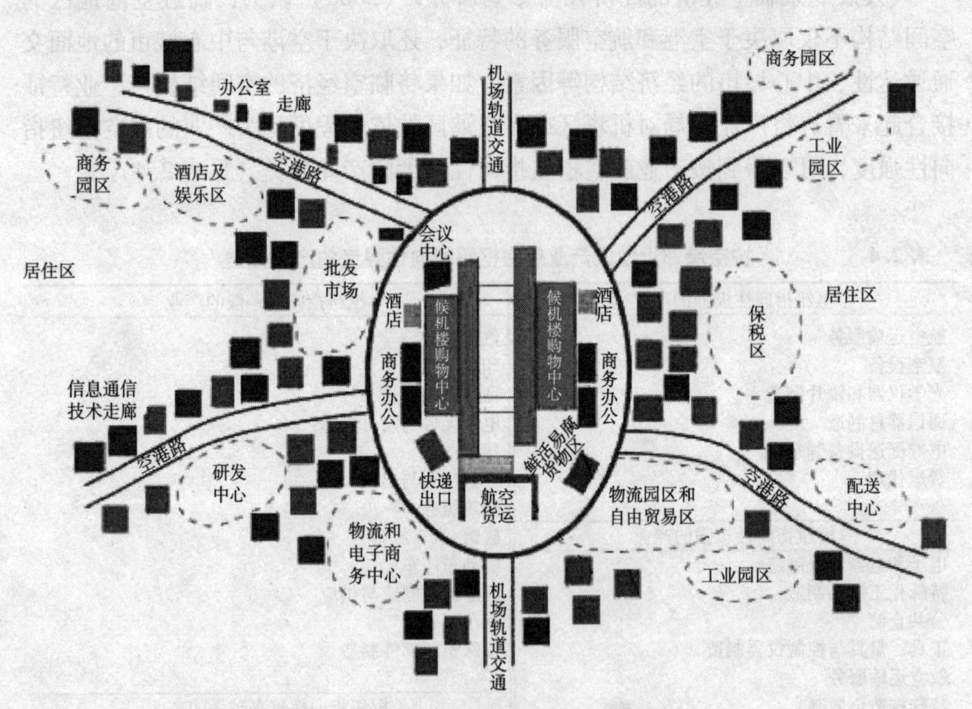

图 2.5　航空大都市的空间结构发展形式

资料来源：J. Kasarda，Designing an Aerotropolis to Provide Michigan's Competitive Advantage，http：//www. tcaup. umich. edu/charrette/aerotropolis 06. html，2006.

① J. Kasarda，Designing an Aerotropolis to Provide Michigan's Competitive Advantage，http：//www. tcaup. umich. edu/charrette/aerotropolis 06. html，2006.

议会展中心、货物处理设施、停车场、多式交通的联合运输界面。在空港都市区内部环状交通系统外部产业功能布局包括：商业办公园区、工业园区、科研园区、信息及通信技术走廊、电子商务配送中心、保税仓库区域、物流园区和自由贸易区、旅馆娱乐休闲集聚地、货物批发市场、购物中心和餐饮设施、居住区。

刘武君（1998）① 在对世界部分机场周围地区内的各种开发进行调查分析的基础上对机场地区综合开发的特征进行了初步探讨，提出了三个层次的九种功能，并根据九种功能空间分布的规律性，提出了对应不同功能的三个地域概念（见表2.5）。

表2.5　　机场地区综合开发的地域特征

功能类型	机场地区	机场相邻地区	机场外围地区
机场基础功能	机场基础功能设施 物流功能设施		
机场相关功能	交流功能设施 物流功能设施 产业技术功能设施	商务功能设施 信息功能设施	
机场强化功能		产业、技术功能设施 疗养、娱乐功能设施 文化、艺术、体育功能设施 学术研究功能设施	

资料来源：刘武君．国外机场地区综合开发研究，国外城市规划，1998（1）：31～36

欧阳杰（1999）② 认为航空城的产业结构布局应以航空客流与物流为中心，临空型产业大致分为3类：直接为航空运输业服务的产业；利用机场的交通优势和口岸优势而发展起来的高时效性、高附加值的相关产业；利用机场的区位优势而延伸发展的商务贸易、旅游博览等产业，机场客、货运量及其周边地区居住人口的增长间接地影响着这些产业的布局。并进一步提出了由机场陆侧地区、机场空侧地区、机场邻近地区和机场外围地区构成的空间结构布局模式（见图2.6）。

《发展北京临空经济的经济社会影响研究》（2006）③ 认为：从空间结构看，临空经济是一个多层次的圈层结构。由于临空经济是航空枢纽巨大影响力（包括吸引力和辐射力）的产物，按照航空枢纽的影响程度以及相应的空间布局变化特征，可以将整个临空经济依次分为机场区、空港区、航空城、临空经济、临空经济经常影响区、临空经济偶发影响区共六个影响圈层（见图2.7）。

① 刘武君．国外机场地区综合开发研究．国外城市规划，1998（1）：31～36
② 欧阳杰．关于我国航空城建设的若干思考．民航经济与技术．1999（3）：49～50
③ 国务院发展研究中心．发展北京临空经济的经济社会影响研究．2006

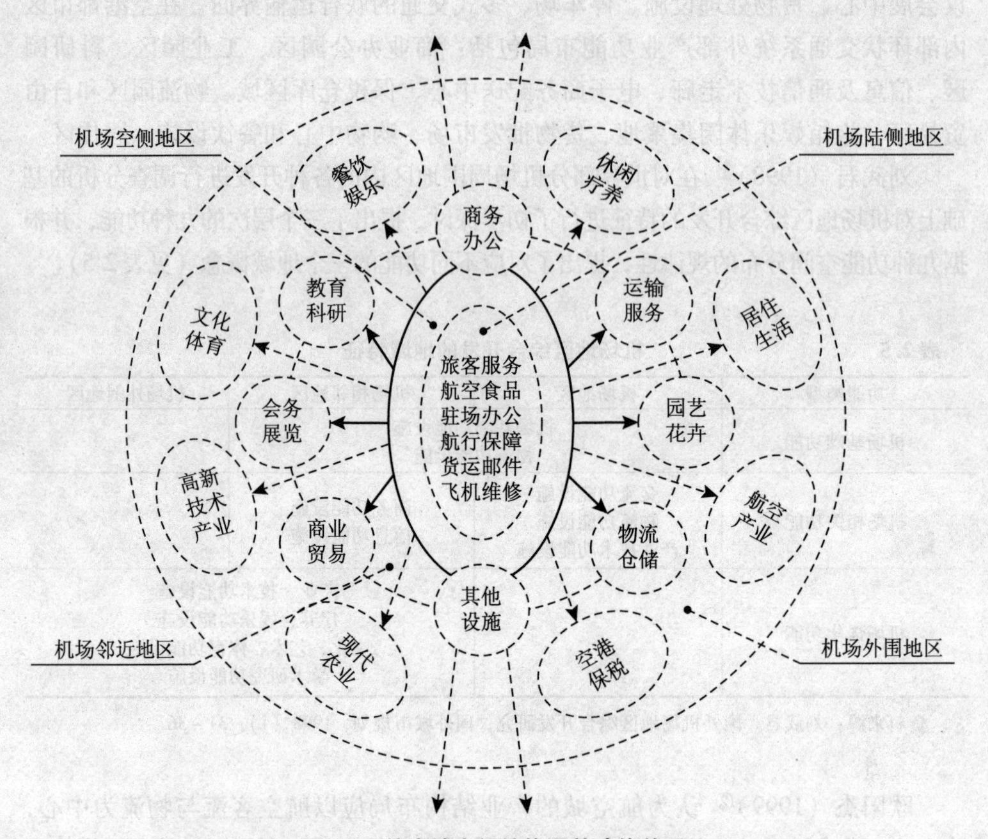

图 2.6　航空城空间结构及其功能关系

资料来源：欧阳杰．我国航空城规划建设刍议．规划师，2005（4）：30

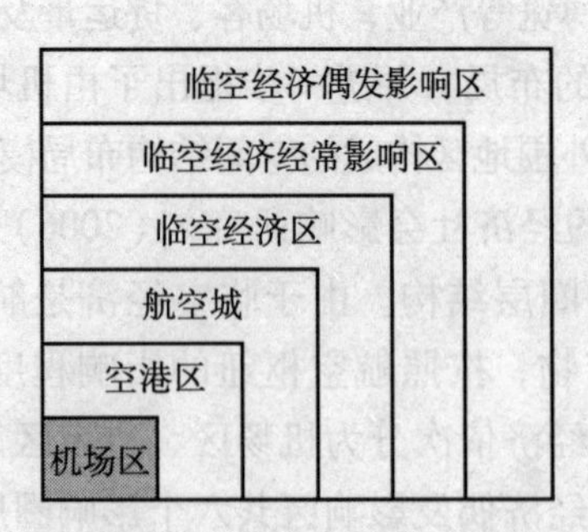

图 2.7　临空经济（包括机场区）及其影响圈层示意

资料来源：国务院发展研究中心．发展北京临空经济的经济社会影响研究．2006

2.2.5 文献评述

从国外文献来看，研究文章大多从机场对区域经济产生的影响角度入手分析，机场带动区域经济的作用表现在就业、税收等较为宏观的层面，少数研究机构和学者能较为深入地研究临空产业模式和临空经济区的区域结构：例如英国剑桥系统研究所和美国约翰·卡萨达（John Kasarda）教授，但研究大都从静态角度出发，尽管国外学者奥马尔（Omar EL-HOSSEINY）① 能够揭示航空城的阶段性特征，但缺乏从动态角度对临空经济形成与演进的阶段进行系统的阐释。

约翰·卡萨达（John Kasarda）② 教授认识到了机场的带动作用，并从机场巨大的带动作用得出将以机场为中心形成航空城，并且随着机场带动作用的愈加明显，他又提出了航空大都市的概念和布局方式。并指出航空大都市在功能、范围产业类型上都要大于航空城。然而，约翰·卡萨达（John Kasarda）教授的研究只局限在空间范围层面，没有上升到经济形态的研究，更没有针对这种经济形态的产生机理、形成条件进行分析，也没有就航空城向航空大都市演化的路径进行研究和分析。

在临空经济形成条件分析方面，国外学者多认为包含机场现实及未来的定位、运输量和空间容量、区域经济、陆侧交通及腹地土地情况等。但多没有就形成条件是如何影响临空经济形成的，各条件之间的层次、相互关系等进行分析和研究。

在临空产业类型方面，由于国外的机场发展起步较早，其对周边地区的影响作用也出现得较早，关于临空产业类型的总结较多，多是对现状经验的总结，得出相对较为科学的产业类型选择，但都尚未从临空经济的发展机理层面和临空经济的演化层面解释产业选择的不同。

在临空产业结构调整方面，国外机场周边地区的产业结构调整随着机场作用的凸显而逐步突出，出现了很明显的产业置换现象，但国外的研究学者都没有针对临空产业结构、临空产业结构调整进行系统的研究，更没有关于临空产业结构调整的理论模式研究。同样关于促进临空产业结构调整的相关政策和支撑的研究也尚未出现。

---

① Omar EL-HOSSEINY. Challenges facing the Interrelation of 21st century International Airports and Urban Dynamics in Metropolitan Agglomerations. Case Study：CAIRO INTERNATIONAL AIRPORT，Airports and Urban Dynamics，39th IsoCaRP Congress 2003.

② John D. Kasarda，An interview with on John D. Kasarda Airport Cities & the Aerotropolis：New Planning Models，2006.

国内研究还停留在临空经济的表层，更多的是国外临空经济经验的总结和关于临空经济的概念、产业类型方面的研究，少数学者正逐渐探索临空经济形成条件及演化机理。关于临空经济概念的界定，国内学者给出的定义多是描述性质的，国内学者虽多认为机场是临空经济产生的根源，但只是简单地就机场、客货流的作用进行论述，没有深入剖析临空经济是如何依托机场等资源产生的，更没有关于临空经济是如何逐步演化的研究，没有针对临空产业结构的研究，也无临空产业结构调整方面的研究，更没有关于如何保障临空产业结构调整实现的相关政策和措施的研究。

综合国内外文献，相关的临空经济的理论研究较为欠缺，尤其是关于临空经济演进规律的研究比较少，适用于中国当前机场和区域经济实际情况的研究则更为稀少，针对临空产业结构调整的研究尚属空白，相关保障政策和措施的研究也未出现。

第三章

临空经济的形成机理

机场影响区域经济的发展，这是探索临空经济产生的起点，区域经济活动的本质是要实现各种经济要素在空间上的合理配置，这一过程必然会伴随着大量的物质要素在空间中的位移活动，机场及航空运输的网络型组织形态就构成了区域经济活动空间联系的基础，在现代经济中基于时间机制的竞争体系逐步形成，因此沿着这个逻辑链展开，首先必然分析机场实现空间联系的属性，机场造成了某个区域的经济开放度提高，紧接着应用新经济地理学的 FE 模型论证产业就在这个区域开始围绕机场开始聚集，最后论述临空经济形成的路径依赖机理。

第一节　机场实现空间联系的属性分析

尽管国内外对机场作为区域经济的“发动机”属性都有所描述，但还主要停留在机场本身，对机场与区域经济的互动作用所产生的属性没有深入分析，这样停留在表层的分析结果无法找到临空经济产生的原因，而机场与区域经济存在关联性的根本原因在于机场是实现空间联系的重要途径和方式，因此，本节将深入分析机场实现空间联系的属性。

3.1.1　机场影响区域经济活动的一般属性

对机场属性的认识和剖析是理解航空运输在区域经济活动中的角色，以及机场对区域经济发展作用模式的基础，这是认识机场驱动临空经济发展的起点。从本书研究的需要，基于机场影响区域经济活动的视角，对于机场属性的研究主要集中在机场的生产属性、自然垄断性、竞争性和外部性四个方面。

3.1.1.1 机场的生产属性

机场的生产属性揭示的是机场作为一种经济活动参与社会经济运行而具有的性质和特点，其含义是机场的航空运输提供空间位移的服务。机场作为航空运输网络的节点，它是航空运输系统的基础部分，在这里运输模式实现空中方式与陆地方式的转换，航空运输提供的是人和货物的空间位移服务，因而提供这种服务是机场的生产属性。

机场基本属性对区域经济的影响表现在两个方面：第一，机场是区域经济的直接产出和价值创造部门，机场生产属性决定了机场是区域经济中的一个重要生产部门和价值创造部门，它直接参与社会经济的生产过程，通过提供运输产品和服务创造价值，直接促进区域经济增长。第二，机场是区域其他产业发展不可或缺的经济活动部门，机场的生产属性决定了机场的发展必须要与其他产业的发展紧密结合在一起，才能够共同完成其提供的产品和服务在区域内的供给活动。从航空运输提供的产品属性来看，在速度经济、经济全球一体化的今天，很多的经济活动流程都离不开对它的需求。因此，航空运输实际上是其他产业部门的延续，与其他产业的发展是紧密联系在一起的。这从另一个侧面揭示出，航空运输实际上贯穿了区域经济活动的所有内容以及其发生、发展和变化的全过程。因此机场的发展对区域经济活动的影响是持续的，对区域经济发展的跳跃性影响并不存在。

3.1.1.2 机场的自然垄断性

从垄断的成因上看，垄断可以划分为自然垄断、经济垄断和行政垄断三种类型。自然垄断是指由于生产技术具有规模经济特征，平均成本随产量的增加而递减，因而最小有效规模要求只有一个企业生产。经济垄断是指企业通过市场行为，在竞争性行业形成的独家垄断或多家垄断。行政垄断则是指依靠体制或政府授予的某些特殊权力对经济活动进行垄断和限制竞争的状态与行为。

民航机场具有鲜明的规模经济特征。在我国，建设一个机场少则需要数亿元，多则需要数百亿元。根据王倜傥（2005）在《机场竞争与机场营销》一书中的分析，机场投入运营后，首次盈亏平衡点为年吞吐量 54 万人次。当机场的年吞吐量发展到 245 万人次时，开航以来的累积利润才达到正值。这种规模经济特征，使得一个城市一般不宜建设多个机场，形成了机场的自然垄断性。

民航机场的自然垄断性具有局部性、相对性，以及与行政垄断相结合的特点。通常一个机场的合理服务半径是 150 ~ 200 公里。随着其他交通运输方式的发展，机场的服务半径可能进一步延伸，但是其空间范围终究有限。从航空运输业的发展过程看，一方面，当社会经济发展到一定水平，某些地区会产生大量的航空客货流量，原有机场不能满足空运发展的需要，进一步扩建又受到土地和空域资源的限制，这时就会在附近建设第二或第三个机场。另一方面，随着航空公司建设中枢辐射航线网络，来自各地的航班在枢纽机场中转衔接，使枢纽机场的服务半径远远超过所在区域，向全国甚至世界范围扩展。因此民航机场的自然垄断性是局部的、相对的，将随着社会经济和航空运输业的发展逐渐弱化。

3.1.1.3 机场的竞争性

1. 机场竞争性的内涵

鲍莫尔（W. J. Baumol，1982）① 等人提出的可竞争理论②，认为只要保持市场的完全自由，不存在特别的进出市场成本，那么潜在的竞争压力就会迫使寡头垄断和垄断市场条件下的企业提高生产效率和技术效率。就企业对市场的支配能力而言，机场是一个局部有限垄断企业，具备一定的竞争型特征。

机场之间竞争的基本形式是相邻机场之间在交叉市场和中间市场上的竞争。当相邻机场之间的距离小于机场的合理服务半径，形成交叉市场（见图 3. 1a），或者相邻机场之间的距离大于机场的合理服务半径，形成中间市场时（见图 3. 1b），消费者就会根据乘机的便利程度和价格水平、服务质量等因素，在相邻机场之间进行选择。随着地面交通运输条件的改善和机场密度的加大，机场之间在交叉市场上的竞争越来越激烈。

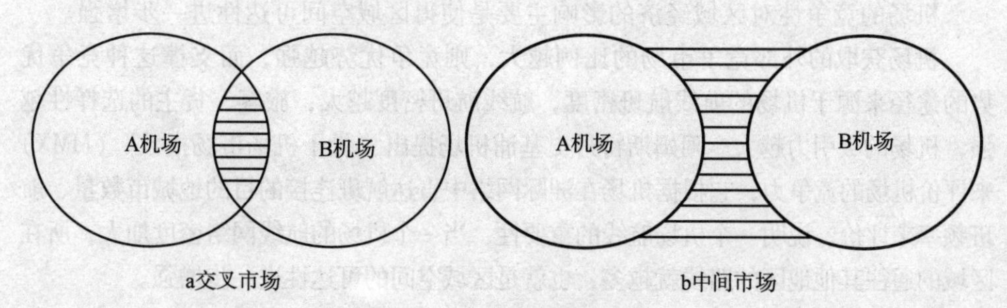

图 3. 1 机场之间竞争市场

资料来源：本书整理。

---

① W. J. Baumol，J，C. Panzav and R. D. Willig：C congestible Markets and the Theory of Industry Structure. New York Harcout Brace Javanovich Ltd，1982.

② 可竞争理论认为，最佳的产业组织形式是一个完全可竞争市场，在这种市场中价格 P 与边际成本 MC 完全相等，企业没有垄断利润。市场的自由进出意味着即使在短期内，无论是 $P>MC$ 还是 $P<MC$，市场都不会处于均衡状态。因为当 $P>MC$ 时，市场很快会吸引新的加入者，而当 $P<MC$ 时，市场上过多的竞争者就会退出。因此，一个完全可竞争市场不必像完全竞争市场一样必须拥有众多小型并生产同质产品的企业，它的假定条件要宽泛得多。

与一般工商企业相比，机场之间的竞争具有区域性、网络连通性、环境影响重要性突出的特点。

首先，机场业的竞争是一定地域范围内的具有相同战略定位的机场之间的竞争，具有很强的区域性。例如，定位于亚太地区航空枢纽的机场，其主要竞争对手是亚太地区具有同样战略定位的枢纽机场，而不是欧洲、美洲的枢纽机场，也不是亚太地区的支线机场。

其次，机场之间竞争的关键点是机场的航线网络连通性。旅客和货主等终端消费者使用机场的根本目的，是通过航空运输方式实现人和物的空间位移。哪个机场能够为终端消费者提供连接城市多，航班频率高的航线网络，哪个机场就能够吸引更多的消费者，就具有更强的竞争力。

机场主要运用民用航空基础设施为航空公司、旅客和货主提供服务，自身并不经营航班，它必须与航空公司协同配合，才能构筑起四通八达的航线网络。航空公司是机场的前端用户，航空公司开辟航线、选择机场时，考虑的是周边地区的航空运输市场潜力，以及机场能否提供高效、优质和低收费的服务。机场必须主动进行航空运输市场的调研和开发，采取有效的促销手段，吸引航空公司开辟连通本地的航线。从这个意义上说，机场的竞争具有与前端用户的协同性和传导性，机场竞争的首要目标是争取航空公司和航权，争取到航空公司和航线航班，才可能争取到更多的终端消费者。

2. 机场的竞争性对区域经济的影响

机场的竞争性对区域经济的影响主要是使得区域空间可达性进一步增强。

机场获取的外部竞争市场的比例越大，则竞争优势越强，而支撑这种竞争优势的途径来源于机场的航线航班密度，航线航班密度越大，旅客、货主的选择性越强，机场的吸引力越大。阿姆斯特丹史基浦机场提出“骨干机场市场指数”（MMX）来评价机场的竞争力，它根据机场在洲际网络中直达航班连接的目的地城市数量、航班频率来评价，说明一个机场航线的重要性，当一个机场的航线网络密度加大，所在区域的通往其他地区的路线就越多，也就是区域空间的可达性进一步增强。

借助数学模型可以看出航线网络的通达性。为此，先界定两个概念：（1）区间市场数，指中枢辐射航线网络中所有辐射城市的数量，如某枢纽机场辐射 6 个城市（机场），相对于枢纽机场来说它的区间市场数为 6 个。（2）衔接市场数，指通过在枢纽机场中转而间接通航城市对数。例如，航段 A—B 通过 C 中转，则衔接 A—C，A—B，A—C—B 三个市场。设某区域航线网络中区间市场数为 N，若通过某点中转，通过该点衔接市场数，则可以用数学组合公式来求解，即 $C_n^2 = \frac{n(n-1)}{2}$，举例说明，若 8 个互不关联区间市场，通过 M 点来中转，则通过

M 点而形成的市场衔接数为 $C_8^2=\frac{8\times7}{2}=28$，而总的通航城市对数为 $C_{n+1}^2=\frac{n(n+1)}{2}$。例如，假定有4个互不相联的城市对航线A－B、C－D、E－F、G－H。如通过M来中转，则总的衔接市场数由4个增加到36个。

机场提高这种竞争性有多种方式，其中与区域发展（尤其是机场周边区域）相关度较大的有：扩大机场服务功能的配套和吸引基地航空公司。在扩大机场服务功能的配套方面，例如设立飞机维修基地，提高机务保障能力（机务保障能力是航空公司在开辟中、远程航线时评估机场条件的重要指标之一），加强宾馆、商务会议中心、购物中心等其他商务配套也是非常重要的，这些功能的设立可以使商务旅客避免往来于市区的拥塞，为国际的商务活动创造了更为便捷的条件；基地航空公司的竞争力是机场竞争力的重要组成部分，目前在欧洲，一个3A战略概念正在形成：机场（Airport）、航空公司（Airline）、航空导航服务供应商（ANSP）的共同合作与发展。机场通过良好的政策吸引航空公司设立基地，通过高层间的密切联系与沟通，形成发展战略上的协调机制。

3.1.1.4 机场的显著外部性

机场具有显著的外部性。机场具有明显的正外部性，机场在以下几个方面通过航空运输方式促进区域经济的发展：世界贸易、航空运输对于旅游观光业不可或缺、推进全球经济的生产力、改善供应链效率、使国家和区域内外的投资成为可能、航空运输驱动着改革创新。同时，机场也产生了明显的社会效益：航空运输提供了到边远地区的途径、有助于可持续发展、航空运输邮递人道主义的援助、航空运输提高了消费者的福利；但机场对周边环境系统的作用也产生了负的外部性，主要表现在：噪音、空气污染、障碍物限制面等方面。机场的运营可产生严重的飞机噪音，影响到附近的居民、航空公司、商业活动等，可通过机场外围土地使用功能的合理安排减少机场的噪声影响（见表3.1）。

表3.1　　机场噪声情况及建设控制措施

区域	噪声暴露	噪声状况及建议控制措施
A	很小	完全可以接受，一般无须特殊考虑
B	中等	一般可以接受，宜考虑周围土地的合理利用
C	较大	一般难以接受，建议考虑减噪和土地利用控制
D	严重	完全不能接受，建议限制在机场区域内或采取有效的控制措施

资料来源：诺曼·阿什弗德，马丁·斯坦顿，克利夫顿A. 摩尔著，高金华译. 机场运行. 北京：中国民航出版社，2006：81

3.1.2 机场的空间收敛性——实现空间联系

机场的生产属性对区域经济活动带来的影响是临空经济产生的前提，但这种分析仅仅达到了机场与区域经济的发展有关联性这一层面，要说明临空经济产生的真正原因还需要再深入分析，机场与区域经济存在关联性的根本原因在于机场是实现空间联系的重要途径和方式，因此继续深入挖掘机场活动的深层次属性，分析出机场这种经济活动对区域经济发展所产生影响的特殊性，从而相对准确地把握机场在空间联系中的表现形式和作用方式。

区域经济活动的本质和基础就是要实现各种经济要素在空间上的合理配置，这一过程必然会伴随着大量的物质要素在空间中的位移活动。因此从这个意义上来讲，机场及航空运输的网络型组织形态就构成了区域经济活动空间联系的基础，从而也成为区域经济发展的保证，在“区域—产业—企业”密切关联的复杂网络中，航空运输从空间范围内将经济全球化、产业集群、企业竞争力融合一体。

机场的空间收敛性是指机场通过航空运输发展对社会经济活动克服空间阻隔能力不断提高而产生的一种空间相对压缩的现象。这一点是基于交通运输的方式更替和网络发展，该过程使得相同规模的社会经济活动在相同距离之间的运输时间相对减少，从而使空间在时间序列发展中呈现出一种不断收敛的发展过程。

3.1.2.1 航空运输的“相对成本—空间收敛”规律

随着产品的深加工度增强和航空运输的大力发展，使得运输成本占总成本比例持续下降，进而导致产品运输距离的不断拓展以及由此产生的经济活动空间范围的扩大。这一结果带来的就是经济活动空间的相对收敛。

现代社会正逐渐演变为通过全面运用信息技术，以知识的加工、整合为内涵，以创造智能工具来改造和更新经济各部门和社会各领域，从而大大增强了工作效率和创新能力，大量高附加值、体积较小、重量较轻产品的涌现，例如电脑芯片、软件、生物医药、高科技电子产品等，这些产品的运输成本较低，只占到总成本的很小一部分，这些以信息为基础的生产，[①] 如图3.2，正在向AB边表示的零成本的途程距离，即不依赖距离的相互作用的趋势接近，信息技术企业尤其是以电子信息交易为主的企业也许正在向B点移动，但会因为相互之间缺乏信任而要频繁地面对面交易减缓其移动速度。而以能源和原材料为基础的企业也许会站在较低的起点

① 阎小培．信息产业与城市发展．北京：科学出版社，1999：1

上，尤其是当生产大量依赖能源，并且要运输大重量的物资时，会趋向于AC边表示的相反的无限大成本的途程距离，即相互作用只能发生在近距离以内。

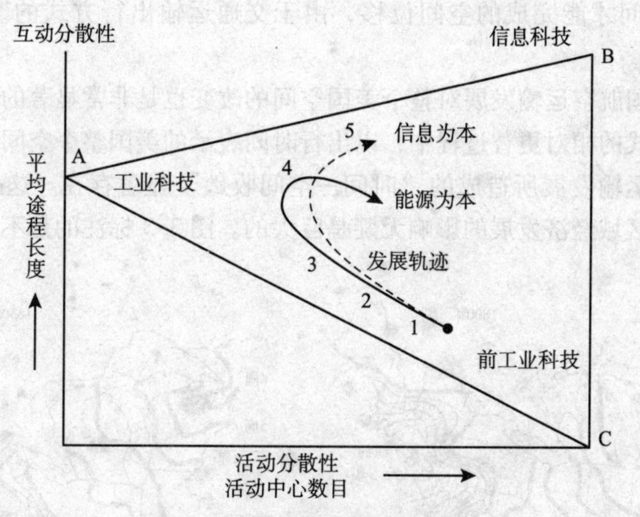

图3.2　技术变化的空间影响

资料来源：阎小培．信息产业与城市发展．北京：科学出版社，1999：19

从美国部分行业的运输成本在净产值中占的百分比就可以看出这种趋势（见表3.2），高新技术产业的生产使得运输成本占总成本的比例越来越小。

表3.2　　美国部分行业的运输成本在净产值中占的百分比（1982）

运输成本较低的行业	%	运输成本较中等的行业	%	运输成本较高的行业	%
电气与电子机械	3	金属装配产品	8	化学品	14
仪器	4	纺织厂成品	8	木材和木制品	18
印刷与出版	4	处级金属工业	9	石油产品	24

资料来源：Anderson，1983：转引自巴顿．运输经济学．北京：商务印书馆，2001：37

成本比例的下降使得某些跨国企业寻求在全球范围内进行生产成为可能，而航空运输使得经济活动的扩展空间极度放大①。

3.1.2.2　航空运输的“时间—空间收敛”规律

时间—空间收敛是航空运输导致的空间收敛的主要表达方式，它主要是指航空运输发展所带来相同距离的运输时间的缩短而产生的。在特定的时区

① Abbey，D，Twist，D，Koonmen，L，2001，“The Need for Speed：Impact on Supply Chain Real Estate” AMB Investment Management，Inc. White Paper. January 2001：1.

内，由于不同交通运输方式的经济特性差异很大，所以当采取不同的交通运输方式时，会导致相同运输距离的出行时间会有很大的不同。原本可能需要耗费很长时间才能完成的空间位移，由于交通运输出行方式的改变，时间被大大压缩。

考查美国航空运输发展对整个美国空间的改变也是非常显著的。特别在几种交通运输方式的相对更替过程中，以出行时间表示的美国整个空间范围被大大压缩了，航空运输发展所造成的“时间—空间收敛”显著存在。这一特性对于美国东中西部区域经济发展的影响无疑是巨大的。图 3. 3 标注的是不同年代以纽约

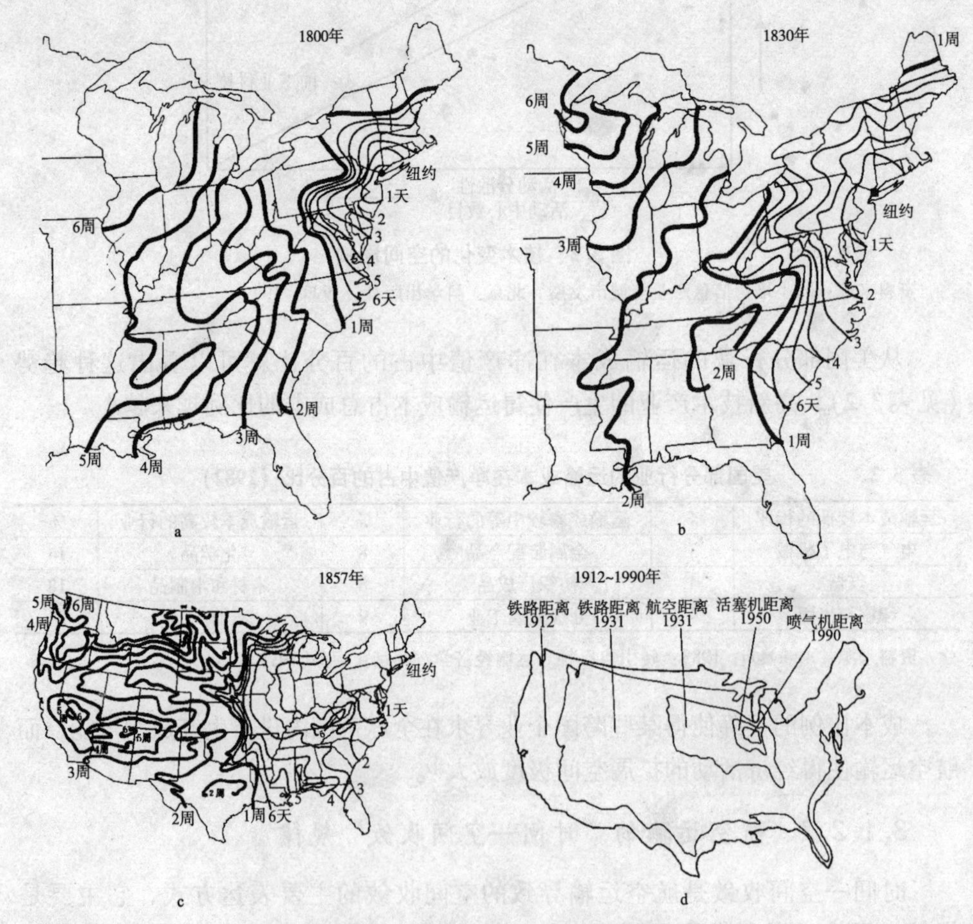

图 3. 3　美国的“时间—空间收敛”

资料来源：［美］J. 阿塔克，B. 帕塞尔著，罗涛等译．新美国经济史．北京：中国社会科学出版社，2000：146、153、164；吴传钧等．现代经济地理学．江苏：江苏教育出版社，1997：254

为起点到美国不同地区所需的出行时间的。A、B、C 分别是 1800 年、1830 年和 1857 年的估计结果，D 则是 1912 ~ 1990 年间以不同的出行方式标注的估计结果。以图 3.4 中的佛罗里达半岛为例。1800 年从美国的纽约到达此地大概需要 2 ~ 3 周的时间，1830 年这一时间就缩减为 1 周左右，而到 1857 年所需时间又下降到 3 天左右。图 D 是 1912 ~ 1990 年间以不同出行方式标注的美国空间收敛，美国的整个空间范围在不同的主导交通运输方式下，呈现出明显的收敛律。最外边的表示的是 1912 年以铁路为主导的美国国土面积，到 1990 年随着喷气式飞机的出现，美国的国土面积收敛成图中最小的封闭式图形，空间被极大地压缩了。

由此可见，航空运输的发展所带来的“时间—空间收敛”规律在很长的时间内对空间的影响是非常大的。尤其是在后工业化时期，空间上的生产要素国际化、市场拓展全球化，如果不考虑航空运输发展所带来的这种影响，单纯以不同区域之间的实际距离考察它们之间的经济活动，进而推导出相应的发展理论，这就很难把握住区域经济活动的实质，更谈不上理论的科学性以及在实践应用中的指导性和有效性。

第二节　基于 FE 模型的临空经济形成分析

3.2.1　FE 模型的基本假设及建模思路

新经济地理学始于克鲁格曼（Krugman，1991）[①] 的“收益递增和经济地理”一文。该文以迪克希特和斯蒂格利茨（Dixit and Stiglitz，1977）[②] 的垄断竞争为基础，借鉴国际贸易理论，利用萨缪尔森（Samuelson，1954）[③] 的“冰山交易”技术，建立了 CP 模型（Core-Periphery Model），首次将空间的因素纳入经济学研究框架，成就了新经济地理学的开山之作。以 CP 模型为基础，马丁和

① Krugman P. Increasing returns and economic geography. Journal of political economy，99：483 ~ 499.

② Dixit，A. K. and Stiglitz，J. E. Monopolistic competition and optimum product diversity. American Economic Review，1977（67）：297 ~ 308.

③ Samuelson，P. A. the transfer problem and transport costs，Ⅱ：Analysis of effects of trade impediments，Economic Journal，1954（64）：264 ~ 289.

罗格斯（Martin，Rogers；1995）[①] 创立了自由资本模型（FC 模型，Footloose Capital Model）；奥塔维诺（Ottaviano，2001）[②]、福斯里德（Forslid，1999）[③]、福斯里德和奥塔维诺（Forslid，Ottaviano；2003）[④] 等进一步修正了 CP 模型和 FC 模型的假设条件，将其发展成为自由企业家模型（FE 模型，Footloose Entrepreneur Model）。

FE 模型是在 CP 模型的基础上所作的改善，其假设条件与 CP 模型唯一不同的是：制造业部门的生产技术。CP 模型假设工业生产的固定投入和可变投入都来自于工人的劳动，而 FE 模型则假设固定投入只包括人力资本，可变投入只包括劳动者或者工人。对于跨国企业来讲，由于研发活动和企业高层服务的相对稳定性，可以看做是固定投入，而由于实际生产所需要的低技能，工人可作为可变投入。[⑤] 对于临空经济区来说，由于机场连接了更大区域，跨国企业的生产成为其企业的主要来源。此外，考虑到 FE 模型基本的逻辑和结论与 CP 模型一致，本书以 FE 模型为例，简单介绍模型的假设、建模思路及其核心结论。

3.2.1.1 FE 模型的基本逻辑

FE 模型和 CP 模型均是基于三种基本机制："本地市场效应"、"生活成本效应"和"市场竞争效应"。前两种效应促使企业的空间聚集，后一种效应则促使企业的分散。[⑥] 市场接近效应和价格指数效应，再加上区际人口移动，就形成了"循环累积因果关系"，使得自然条件方面非常接近的两个区域可能由于一些偶然的因素（例如，历史事件）导致产业开始在其中一个地方集聚，由于经济力量的循环累积作用，在地区间交易成本没有达到足以分割市场的条件下，就可能导致工业的集聚。影响工业集聚的重要因素：（1）一个地区企业的数量；（2）一个地区的人力资本；（3）消费者的购买力；（4）交通运输条件。[⑦]

---

① Martin，P. and C. A. Rogers. Industrial Location and public infrastructure，Journal of International Economics，1995（3）：335～351.

② Ottaviano G. I. P. Monopolistic competition，trade，and endogenous spatial fluations，Regional Science & Urban Economics，2001（31）：51～77.

③ Forslid，R. Agglomeration with human and physical capital：an analytically sovable case，1999，Discussion Paper No. 2102，Center for Economic policy Research.

④ Forslid R. and Ottaviano G. I. P. An analytically solvable core-periphery model. Journal of Economic Geography. 2003（3）：229～240.

⑤ 安虎森．空间经济学原理．北京：经济科学出版社，2005：134

⑥ 安虎森．空间经济学原理．北京：经济科学出版社，2005：76～77

⑦ 金煜，陈钊，陆铭．中国的地区工业集聚：经济地理、新经济地理与经济政策．经济研究．2006（4）：79～89

3.2.1.2 FE 模型的基本假设

假设有南北两个区域，在偏好、技术、开放度以及初始的要素禀赋方面都是对称的。存在垄断竞争下的制造业部门 M 和完全竞争下的农业部门 A，两部门都使用两种生产要素，即人力资本或企业家（H）和工人（L）。每一家制造业企业只生产多样化产品中的一种，把一单位人力资本作为固定投入（即 $F=1$），每单位产出需要 a_m 单位的可变投入，因此制造业企业的成本函数为：$\omega+\omega_L a_m x$，其中 x 为企业产出量，ω 为企业家的名义收入，ω_L 为工人的名义工资水平。相反，农业部门在完全竞争和规模收益不变的情况下生产同质产品，且只使用农业劳动力。同时不管其产出水平如何，单位产出都需要 a_A 单位的农业劳动力。农业劳动力的工资用 ω_L 来表示。

两种产品在地区间是可以进行交换的，工业品的交易存在“冰山交易”成本，如果在其他地区要出售一个单位的产品，那么必须运到 τ 单位的产品（$\tau\geqslant1$），也就是，$\tau-1$ 个单位产品将在运输途中“融化”掉。区内交易无成本，农产品交易不存在交易成本，故农产品价格在各个地区都一样。

工人在区域间不流动。对称 FE 模型中，两个区域的工人数量相等。人力资本具有空间流动性，因此在 FE 模型中，企业家或人力资本 H 的空间分布是一个内生变量。企业家的空间流动由人力资本的实际收入的空间差异决定，企业家的流动方程为：

$$s_H^*=(\omega-\omega^*)s_H(1-s_H),\ s_H=H/H^{\omega}$$

s_H 表示北部区域的人力资本份额，由于每个企业都只使用 1 单位的人力资本，因此人力资本的份额也就是工业生产份额，即 $s_n=s_H$。[①]

3.2.1.3 FE 模型的建立与推导

设效用函数为如下形式：

$$U=C_M^{\mu}C_A^{1-\mu},$$

$$C_M=\left(\int_{i=0}^{n+n^*}c(i)^{(\sigma-1)/\sigma}di\right)^{\sigma/\sigma-1},0<\mu<1<\sigma\text{②}$$

这里，C_M，C_N 分别为工业品和农业品消费数量，n 和 n^* 分别表示北区和南区的厂商数量，μ 为消费者在工业品上的消费份额，$\sigma>1$ 表示工业品之间的替代弹性。σ 越大，产品可替代性越强。

① 安虎森．空间经济学原理．北京：经济科学出版社，2005：135～136

② 安虎森．空间经济学原理．北京：经济科学出版社，2005：135

1. 消费者行为

$$\max U = C_M^{\mu} C_A^{1-\mu}, \ C_M = \left(\int_{i=0}^{n+n^*} c(i)^{(\sigma-1)/\sigma} di \right)^{\sigma/\sigma-1}$$

$$\text{St.} \ P_A C_A + \int_0^{n^{\omega}} p(i)c(i)di = E$$

P_A 为农产品价格，$n^{\omega} = n + n^*$ 为两个区的厂商总数，E 为消费者总收入水平。该目标求解可以使用 FKV（Fujita – Krugman – Venables）①。

定义 $P = (\Delta n^{\omega})^{-a} \cdot P_A^{1-\mu}$ 为完全价格指数，也即消费者生活成本指数，其中，$\Delta n^{\omega} = P_M^{1-\sigma} = \int_0^{n^{\omega}} P(i)^{1-\sigma} di$，$a = \dfrac{\mu}{\sigma - 1}$。

假设企业家和工人的名义收入分别为 W 和 W_L，则实际收入为 $\omega = W \cdot P$，$\omega = W_L \cdot P$。

2. 企业行为

厂商追求利润最大化，即：

$$\text{Max} \ \pi = Px - (W + W_L a_M x)$$

由利润最大化的一阶条件：$P = \dfrac{W_L a_M}{1 - \dfrac{1}{\sigma}}$，$P^* = \dfrac{\tau W_L a_M}{1 - \dfrac{1}{\sigma}}$

对该企业而言，经营的利润就是人力资本（或企业家）报酬，即 $W = \pi$，均衡时，企业获得零利润。②

所以 $$W = Px/\sigma$$

令 $$\phi = \tau^{1-\sigma}, \ S_n = \frac{n}{n^{\omega}}$$

$$\pi = Px/\sigma = \frac{\mu E^{\omega}}{\sigma n^{\omega}} \left[\frac{S_E}{S_n + \phi(1 - S_n)} + \phi \frac{1 - S_E}{\phi S_n + (1 - S_n)} \right]$$

其中，$S_E = E/E^{\omega}$ 为北部区域的支出份额。

定义 $$B = \frac{S_E}{\Delta} + \phi \frac{1 - S_E}{\Delta^*}, \ B^* = \phi \frac{S_E}{\Delta} + \frac{1 - S_E}{\Delta^*},$$ ③

则北部企业人力资本报酬（即企业利润）为：$W = bB \dfrac{E^{\omega}}{H^{\omega}}$，

同理，南部企业利润为：$W^* = bB^* \dfrac{E^{\omega}}{H^{\omega}}$

---

① 藤田昌九．空间经济学——城市．区域与国际贸易．北京：中国人民大学出版社，2005：54 ~ 57

② 安虎森．空间经济学原理．北京：经济科学出版社，2005：121，135

③ 安虎森．空间经济学原理．北京：经济科学出版社，2005：122

为了描述工业企业的空间分布状况，首先求总支出 E^{ω}（总支出等于总收入）

$$E^{\omega}=W_L L^{\omega}+H^{\omega}[S_n W+(1-S_n)W^*]$$
$$=W_L L^{\omega}+BE^{\omega}[S_n B+(1-S_n)B^*]$$

而
$$S_n B+(1-S_n)B^*=1$$

所以
$$E^{\omega}=\frac{W_L L^{\omega}}{1-b}$$

对北部区域来说，$E=S_L W_L L^{\omega}+S_n H^{\omega} W=S_L W_L L^{\omega}+bBE^{\omega}S_n$，同时，$S_n=S_H$

所以
$$S_E=(1-b)S_L+bBS_H,\ S_E=\frac{E}{E^{\omega}},\tag{3-1}$$
$$S_L=\frac{L}{L^{\omega}},\ S_H=\frac{H}{H^{\omega}}$$①

3. 标准化处理

以单位劳动生产的农产品作为价格和工资的度量单位，即 $a_A=1$，选择合适的工业品 $a_m=1-1/\sigma$，$n^{\omega}=1$，$H^{\omega}=1$，$n=H$，$L^{\omega}=1-b$。

总结如下：②

$$P=1,\ P^*=\tau,\ P_A=P_A^*=W_L=W_L^*=1,\ n^{\omega}=n+n^*=1,$$
$$H^{\omega}=H+H^*=1,\ n=H=S_n=S_H,\ n^*=H^*=S_H^*=1-S_n$$
$$L^{\omega}=1-b,\ E^{\omega}=1$$

4. 长期均衡的分析

长期均衡通过人力资本的流动而实现。当不存在人力资本流动时，经济系统实现长期均衡。因此长期均衡条件为：

$$\omega=\omega^* \quad 当 \quad 0<S_n<1$$
$$S_n=0 \quad 或 \quad S_n=1$$

因为

$$\frac{\omega}{\omega^*}=\frac{WP}{W^*P^*}=\frac{BP}{B^*P^*}=\frac{BP_A^{-(1-\mu)}P_M^{-\mu}}{B^*P_A^{-(1-\mu)}(P_M^*)^{-\mu}}=\frac{B}{B^*}\left(\frac{\Delta}{\Delta^*}\right)^{-\mu/(1-\sigma)}=1$$

取其对数，计算得

$$\ln\left(\frac{S_E\Delta^*+\phi(1-S_E)\Delta}{\phi S_E\Delta^*+(1-S_E)\Delta}\right)+a\ln\frac{\Delta}{\Delta^*}=0,\ a=\frac{\mu}{\sigma-1}\tag{3-2}$$③

其中 ϕ 是自由贸易度。

① 安虎森. 空间经济学原理. 北京：经济科学出版社，2005：123
② 安虎森. 空间经济学原理. 北京：经济科学出版社，2005：139
③ 安虎森. 空间经济学原理. 北京：经济科学出版社，2005：140

3.2.1.4 FE 模型的核心结论

FE 模型是以 CP 模型为基础的新经济地理学理论模型，有 7 个核心结论①：(1) 本地市场放大效应，如果某种外生冲击改变原有需求的空间分布，扩大了某一区域的需求，则大量的企业改变原有需求的空间分布，扩大了某一区域的需求，则大量的企业改变原来的区位，并向该区域集中。(2) 两种循环累积因果关系，一是与需求关联的循环累积因果关系；二是与成本关联的循环累积因果关系。(3) 内生的非对称性。初始对称的两个区域，随着交易成本 (τ) 的逐渐降低，最终导致区域间的非对称。(4) 突发性聚集。在对称分布的突破点和完全聚集的维持点附近，贸易自由度 (ϕ) 的一个微小的变化都引起突发性的空间结构变动。(5) 区位的黏性。当 CP 模型拥有多种稳定均衡 ($\phi \geqslant \phi_S$) 时，经济政策对生产区位的影响是滞后的，同时说明历史事件起关键作用。(6) "驼峰状"聚集租金。流动性生产要素对区位的选择是以"聚集租金"为目标。(7) 重叠区和自我实现预期。流动要素预期的变化可能导致产业分布的大的变化。

3.2.2 FE 模型在临空经济形成机理的适用性分析

应用新经济地理学的 FE 模型来研究临空经济的形成机理，主要是基于以下四点考虑：

1. 同为研究产业的空间聚集现象

临空经济的实质是一种新兴的在空间上的经济聚集现象，是以机场为中心的经济空间形成了航空关联度不同的产业集群，而新经济地理学主要研究经济活动的空间分布规律，解释空间集聚现象的原因与形成机制②，这是应用新经济地理学的 FE 模型来研究临空经济的形成机理最主要的原因。

2. 初始条件都是无差异的两个（或几个）区域

世界上的机场一般都建于市郊，在机场进入之前，各个郊区在劳动力和资本方面的资源禀赋无显著差异，机场进入之后，随着机场运行规模的扩大，其周围的设施逐渐增加，渐渐形成一种产业聚集形态，而新经济地理学研究的出发点是不存在外生差异的两个区域，由于经济系统的内生力量导致经济活动空间分布的差异③。

---

① 安虎森．空间经济学原理．北京：经济科学出版社，2005：148～150

②③ 安虎森．空间经济学原理．北京：经济科学出版社，2005：2

3. 初始假设中工业区都是垄断竞争的市场结构

临空经济内部多种市场结构并存，其中加工业以及相关的服务业多为垄断竞争型市场结构，存在规模收益递增。机场初建时，周边多为农田，因此，农业也是机场周边的一种重要产业，通过经济行为的内生力量，使得机场周边逐渐成为工业核心区，农业渐渐外移。

4. 机场的出现改变的经济开放度与模型中贸易自由度相近

临空经济是在机场周边区域内形成的一种经济集聚现象。机场本身带来的航线网络可达性，以及机场周边的地面交通便捷性，增加了该区域与外部联系的便利性。一方面，机场航线网络拉近了区域之间的距离，降低了距离成本；另一方面，机场经济的网络效应又使得航空运输价格降低。这就使得机场周边区域的经济开放程度（ϕ）大大提高。即机场的存在使得两区域的资本、人才可以自由流动，与FE模型的假设更为相似。

另外，应用经济地理学FE模型研究临空经济，一方面，FE模型的假设条件与临空经济形成期的实际条件类似，且FE模型演绎中的重要空间变量（ϕ）与临空经济形成的重要因素（机场）直接相关，使得FE模型为临空经济形成机理的解释提供了恰当的理论模型。另一方面，FE模型在临空经济形成机理中的应用，增加了模型在实践中的应用性。

3.2.3 基于FE模型的临空经济形成分析

新经济地理学大多是建立模型，利用计算机进行数值分析，然后对分析结果进行解释或补充。鉴于FE模型在新产业区形成中的适用性，本书借用FE模型的相关分析来探究临空经济的形成机理。

假设1：存在机场周边和非机场周边两个区域，分别记为北区和南区，两个区域在偏好、技术、开放度以及初始的要素禀赋方面都是对称的，这是因为在机场建立之前两个区域是完全均质的空间。由于机场一般都建在郊区，其周边的产业是工农业兼有，基于临空产业的垄断竞争性和农业的完全竞争性市场结构，假设两个区域的产业都存在垄断竞争下的制造业部门 M 和完全竞争下的农业部门 A，两部门都使用两种生产要素 H 和 L。并假设每一家制造业企业只生产多样化产品中的一种，农业部门在完全竞争和规模收益不变的情况下生产同质产品。

假设2：农业和工业产品在两个区域之间均是可以进行交换的，而工业品的交易存在“冰山交易”成本，如果要在其他地区出售一个单位的产品，那么必须运到τ单位的产品（$\tau \geq 1$），也就是说，$\tau - 1$个单位产品将在运输途中“融化”掉。农产品交易不存在交易成本，农业由于其产品的同质性，及其生产在区域分布的对称性，农产品在各个地区的需求和供给都相同，价格没有差异，农产品价格在各个地区都一样。

假设3：劳动力在区域间不流动。这是由于，作为可变投入的工人，所需要的技能较低，因此劳动力市场是完全竞争的市场，其在两个区域的分布密度一样，流动的劳动力将产生更大的成本，而收益不变，因而劳动力在区域间不流动。

借用FE长期均衡的模型分析，$S_E = (1-b)S_L + bBS_H$和$S_E = \frac{E}{E^{\omega}}$给出了北部的收入（支出）份额曲线，即$EE$曲线，表示$S_n$如何决定$S_E$的分布。$EE$曲线反映了市场范围和产业空间分布之间的关系，也就是经济系统运行中支出份额与生产空间分布之间的关系。解出式子$\ln\left(\frac{S_E\Delta^* + \phi(1-S_E)\Delta}{\phi S_E\Delta^* + (1-S_E)\Delta}\right) + a\ln\frac{\Delta}{\Delta^*} = 0$，就给出了人力资本实际收入相同时，$S_n$和$S_E$之间的关系。通过计算机模拟可以绘制出$nn$曲线，这一曲线可以反映在经济系统达到长期均衡时，不存在人力资本流动时，人力资本的空间分布（S_n）与支出份额的空间分布（S_E）所必须满足的条件。稳定的空间结构形式由nn曲线和EE曲线的交点来决定。

首先，给定对称情况，nn曲线穿过中点（1/2，1/2）；其次，nn曲线的斜率取决于贸易自由度ϕ，当贸易自由度很大时，斜率为负，而当贸易自由度很小时，斜率为正；最后，位于nn曲线右边的点，其资本有向北部流动的趋势，反之则向南部区域流动。

当没有机场，两个区域之间的运输成本很高，这里的运输成本既包括了经济成本也包括时间成本，这时的经济开放度很低，借用安虎森的模拟图（见图3.4a）的区域空间结构模拟情况。此时，空间成本很高，空间经济系统存在三个长期均衡，即对称结构（A点）和两个核心—外围结构（B点和C点）。其中，南区和北区对称结构，产业分散布局是一个稳定结构。在A点附近，如果S_n增大，则经济系统将处在nn曲线的左边，如图3.4a，会受到向下的拉力，S_n变小又回到起始位置。这说明此时的空间系统具有自我纠正的反馈机制。而根据图像显示，两个核心—外围结构都是不稳定的。这表明，没有机场的条件下，产业不会在任何一个区域形成聚集，不同区域的分散布局是一种稳定结构。

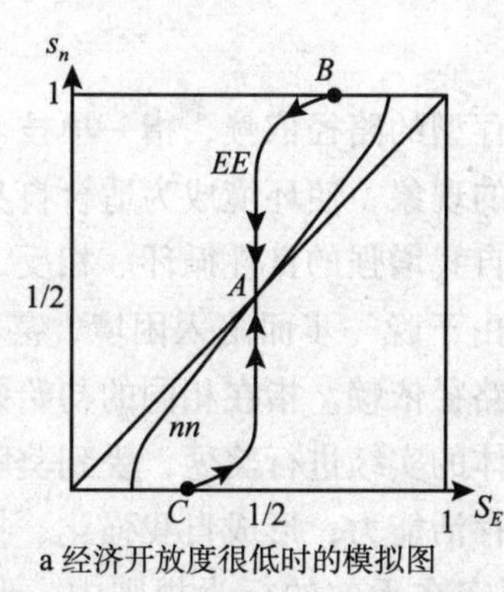

a 经济开放度很低时的模拟图

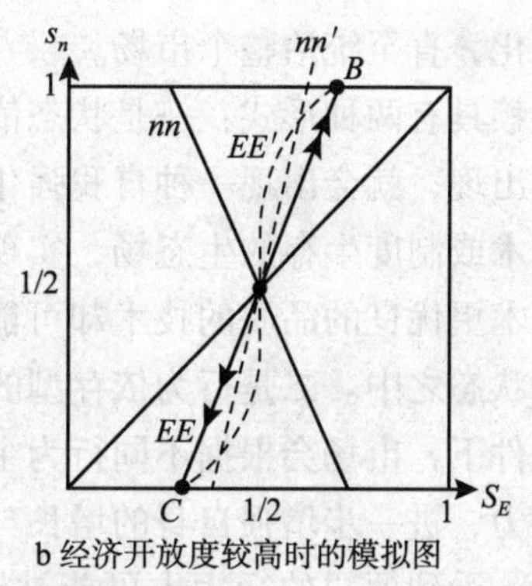

b 经济开放度较高时的模拟图

图 3.4　模拟图

资料来源：安虎森．空间经济学原理．北京：经济科学出版社，2005：140～145

但在机场作用下，临空产业自组织聚集形成核心—外围空间经济结构。机场设立后，由于机场的航线网络可达性和机场周边地面交通的便捷性导致两个区域的交通便利，运输成本降低，经济开放度显著提高（$\phi=\tau^{1-\sigma}$变大），空间成本（τ）大大下降，此时 nn 曲线的斜率为负，对称均衡将不再稳定，同样借用安虎森的模拟图（见图 3.4b）的区域空间结构模拟情况。设有机场的区域 S_n 值急剧上升，由于正反馈自我强化机制的存在，非农产业将沿着箭头方向聚集，当机场建在北区时，所有的临空型产业就会向该区域集中，而南区将成为外围；反之当机场建在南区时，所有的临空型产业就会向南区聚集，而北区沦为外围。

结论 1：机场的进入直接影响了区域生产的空间分布。有机场的区域，由于机场本身所带来的大区域的空间收敛性以及机场的建设使得周边地面交通的便利所带来的小区域的空间收敛性，使得运输的空间成本和时间成本都在降低，导致区域的生产要素和产品的流动性更强，那么区域的经济开放度就会增强，产业就会围绕机场在该区域聚集，因此，临空经济发生和发展的起点基于机场。

结论 2：由于正反馈的自我强化机制，临空经济活动有围绕机场发展而逐步加强的趋势，并且临空经济发展对机场的发展有着反馈作用，在这些作用下，该区域逐渐成为核心，而其他区域逐渐沦为外围，这就解释了临空经济区的产生。

第三节　临空经济形成的路径依赖机理

“路径依赖”最早是由阿瑟（W. B. Arthur，1988）提出用来描述技术演变过程中报酬递增和自我强化现象的，一种技术一旦因偶然事件影响，首先发展起来并投入使用，在收益递增机制作用下，就会以一种良性循环效应使其在市场上的地位不断强化，直至统治整个市场。

路径依赖具有两种形式：一是状态依存型的路径依赖，指一项技术或一项制度安排一旦出现，就会出现一种自我强化的现象，使环境成为适合自身生存而不利于其他技术或制度生存的生态场，实现自我增强的良性循环。相反，一种具有较之其他技术更优良的品质的技术却可能由于晚一步而陷入困境，甚至“锁定”在某种无效状态之中。二是行为依存型的路径依赖。指在相同的初始条件、机会和刺激的条件下，市场会根据不同行为主体的实绩进行奖惩，受到奖励的行为人可能更加努力，进一步增强自身的增长与存活能力，形成自我强化、报酬递增的机制。反之，受到惩罚的行为人可能被锁定在无效的行为规则中，形成恶性循环。“总之，细小的事件和偶然的情况常常会把技术发展或是制度变迁引入特定的路径，而不同的路径会导致完全不同的结果”（诺斯，1994）。

临空经济的形成是依托于机场发展对区域开放程度的影响，随着机场运输能力和运输效率的提高，机场周边区域与外界的连通更为便利，随之越来越多的航空运输相关产业选址机场周边，临空产业对机场具有路径依赖作用，同时，临空经济的发展需要区域在劳动力、资本等方面的资源禀赋的支撑，而有力的区域发展政策可为临空经济的发展提供一个良好的环境。因此，区域经济、资源禀赋和区域政策是强化机场周边临空经济发展的重要因素。

3.3.1 临空经济形成的机场路径依赖机理

临空经济形成的机场路径依赖机理是指临空经济活动空间组织中存在着围绕机场发生的发展趋势，这种趋势由于机场发展存在的路径依赖属性而被逐步锁定，从而使得临空经济发展中表现出很强的路径依赖。它总共包括3部分：一是诱发机理——临空经济发生和发展的起点基于机场；二是强化机理——临空经济活动有围绕机场发展而逐步加强的趋势；三是反馈机理——临空经济发展加剧了机场发展的路径依赖。

3.3.1.1 临空经济形成的机场诱发机理

临空经济形成的机场诱发机理认为，区域经济发展是区域活动中各种要素在空间重新实现合理配置的过程，要素在空间中的重新组织是通过能够完成位移活动的交通运输系统来进行的，机场的生产属性决定了机场是区域经济中的一个重要生产部门和价值创造部门，机场的自然垄断性决定了区域的航空运输供给量是一定的，在以“速度经济”为特征的经济空间中，空间效率成为第一保障因素，经济要素通过航空运输与更大范围的外部市场产生联系，因此，经济要素趋向机场周边地区成为必然，临空经济由此产生。机场的建设和逐步改善过程就成为决定临空经济要素空间组织规模、组织形式和区位选择的基础，机场的属性和发展的阶段性特征就成为临空经济活动发生、发展以及空间结构演进的决定性力量。

1. 机场成为区域多模式运输方式的交换节点

随着高速铁路、国家铁路、长途汽车以及当地和区域公共交通服务都穿越机场，所以机场为非航空的陆路运输网络提供信息交换服务也越来越具有吸引力了。为了使各种陆路交通方式实现融合，机场做出了很多努力，如把各种运输方式都与机场相连，把各种陆路交通方式也都联结起来。机场的相互交换功能，以及其对区域运输网络带来的有益影响，都使得运输的提供方、机场当局甚至是航空公司之间的合作成为必需。这种合作将通过采用多种交通运输方式，保证旅客享受到最好的旅行服务。相互交换模式潜在的附加价值将不仅会使当地城市受益，而且会对该城区未来的发展有好处，从而使得机场成为地区经济发展的一个很重要的支柱。

例如，法兰克福机场成为法兰克福的交通枢纽，法兰克福机场位于德国高速铁路 A3 和 A5 的交会处，同时，地区铁路和国家公路均通过这个机场。法兰克福机场地面综合交通主要方式有高速公路、区域铁路和高速铁路三种形式。乘客由铁路或由飞机换乘火车，都极为方便。铁路不仅服务于客运，在法兰克福机场的南货运城还新建了铁路货运站，服务于货运。①

2. 机场逐步成为锁定经济发展空间的核心要素

世界上第一个大型的商业中心是在海港周围发展起来的；第二个经济发展冲击波出现在天然河和运河网的沿边地区，并且成为欧洲、美国和亚洲工业革命的支柱力量；铁路的发明是经济发展的第三个冲击波，因为它们建在内地适应批量生产和交易：主要的商品处理和配给中心都建在铁轨枢纽和终点站；第四个冲击波是分别通过汽车和货车运送旅客和货物而形成高速公路、环形公路、州际公路使住房和企业都分散得很广泛。大型的郊外购物商城和商业中心，工业园区，办事处总部甚至开始远离主要城市中心 70 公里。第五次冲击波——它由航空业、数字化、全球化和以时间为标准的竞争将占据主导地位，门户机场正在逐步超过海港、铁路和高速公路系统成为发展的物流驱动力。②

---

① 秦灿灿．法兰克福机场的空铁联运．交通与运输，2006（12）：46~49

② John D Kasarda. The Fifth Wave：The Air Cargo-Industrial Complex. Portfolio：A Quarterly Review of Trade and Transportation，1991.

3. 机场及周边地区成为域内与域外经济要素的交接平台

区域经济发展的实质是各种要素在空间的重新合理配置，而配置的过程就意味着必然要实现要素在空间中的流动。机场及周边地区作为要素流动和重新组织的载体，是实现空间和配置的基础。

首先，在现代经济社会，要素的流动和重新组织不能脱离航空运输的发展，从机场发展的网络型特征和路径依赖性可以发现，机场的发展具有很强的规律性，这种规律既是机场自身发展固有特性的体现，也是机场及航空运输逐步适应区域经济活动各要素实现空间位移要求的拟合过程。因此从这个意义上说，机场不仅仅扮演了区域要素流动载体的角色，同时还决定着区域要素空间配置的规模、速度和选址。

其次，经济要素在全球布局的成本最低的条件是顺畅的供应链，经济发展的规律反映出供应链上的衔接时间越短越好，因此，机场周边地区成为区域重组的重要经济空间。

3.3.1.2 临空经济发展的机场强化机理

临空经济发展的机场强化机理是指在机场诱发临空经济活动产生后，机场的特性决定了机场的发展具有很强的锁定效应，这种锁定效应会进一步加强机场对临空经济活动的影响，从而形成临空经济发展的机场强化机理。

1. 交通运输产业的乘数效应

交通运输是区域经济活动中的一种要素投入，这种投入可以使其他要素从某一个地区释放出来，而在别的地方作为投入以产生更大的效益，从这一影响过程来看，交通运输与区域经济发展之间有着直接的投入效应和包括乘数效应在内的间接效应。如图3.5是刘秉镰（1997）① 对交通运输产业发展的乘数效应的归纳性总结。

2. 航空运输产业对机场周边的经济影响所引发的乘数效应

（1）航空运输产业对机场周边直接、间接影响的扩展所引发的乘数效应。航空运输产业通过其自身的活动和对其他产业的推动作用对经济有着实质性的影响，它的贡献包括直接的、间接的和引致的影响，经济影响在空间上表现为产业在机场周边布局。

直接影响主要发生在机场内部，覆盖就业和航空运输产业中的活动层面，包括航空公司和机场运营，飞行器维修和为乘客直接提供服务的活动，例如登机、

① 刘秉镰．港口多元化发展的结构效应．天津社会科学，1997（6）：22～26

行李处理、定点零售和餐饮设施。间接影响包括就业和航空运输产业的供应商的活动，例如，与航空燃料供应商关联的工作；建设附加设施的建筑公司；在机场零售店里出售的商品的生产商和各种各样的服务活动（呼叫中心，IT，会计中心等）。引致影响包括那些航空运输部分直接和间接雇员的消费所带来的工业中的就业，如零售店、生产消费品的公司和一系列服务业（例如，银行、餐馆等）。间接和引致影响主要发生在紧邻空港区。

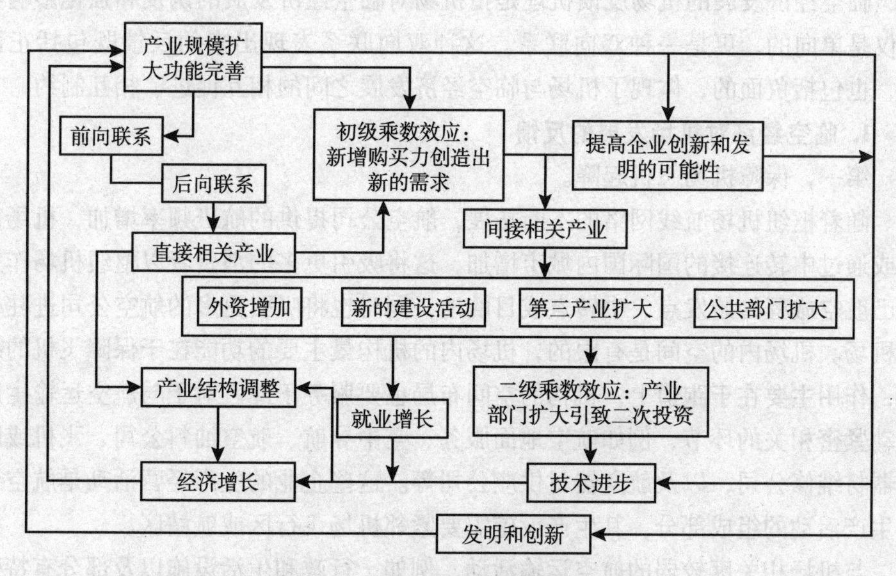

图 3.5　交通运输发展的乘数效应

资料来源：刘秉镰．港口多元化发展的结构效应．天津社会科学，1997（6）

随着机场运营规模的扩大，发生在机场内部的航空收入和非航空收入都在增加，而这种增量所产生的诱增效应，形成明显的产业梯次发展的乘数效应。临空经济区内的相关产业增加了对其他本地产品和服务的需求。由于空港相关产业雇佣员工的消费以及消费提供者所产生的额外消费，又对另一些产业的增长产生诱增效应，临空经济区的发展将呈现一个乘数过程，因此这种乘数作用推动了所在区域经济快速增长。

（2）航空运输产业对机场周边影响的扩展所引发的催化效应。随着机场规模的增加，航线网络进一步扩大，使得区域的可达性进一步增强，这种效果极大地改善了临空经济活动中企业的运输效率，机场的这种作用被定义为催化效应。

航空运输发展水平的高低直接影响到企业获得资源的便利程度，因此机场发展水平高的地区获得了经济发展中独特的比较优势。机场作为内外联系网络的节点以及人流、物流、信息流的中心，为全球化背景下的跨国公司提供了优越区位，根据区域经济学的“择优分布原理”[1]，临空经济区是要素集中的首选区位之一，相关制造业和服务业在速度指向和政策指向作用下都选择了机场周边作为投资区域，并推动临空经济区产业的发展壮大。

3.3.1.3 临空经济发展的机场反馈机理

临空经济发展的机场反馈机理是指机场对临空经济发展的诱发和强化影响不仅仅是单向的，更是一种双向联系。这种双向联系表现出来的反馈既包括正面的，也包括负面的，体现了机场与临空经济发展之间的相互促进、相互制约。

1. 临空经济对机场发展的反馈

第一，保障机场飞机起降。

随着枢纽机场航线网络的不断拓展，航空公司提供的航班频率增加，机场直接或通过中转连接的国际国内城市增加，这将吸引更多的消费者以枢纽机场作为自己航空旅程的始发点、中转点或目的地，同时也将吸引更多的航空公司进驻枢纽机场。机场内的空间是有限的，机场内的机构最主要的功能在于保障飞机的起降，作用主要在于跑道上，机构的空间布局也要服务于此。对于与航空运输生产活动紧密相关的环节，例如航空地面服务、空中导航、航空油料公司、飞机或航空器材维修公司，以及航空器材供应公司等。这些企业的生产经营活动是航空运输生产活动的组成部分，其生产设施需要紧邻机场飞行区或航站区。

与机场相关度较弱的航空运输活动，例如，行政和生活设施以及部分有特殊要求的生产设施则可能随着航空运输生产规模扩大，机场用地紧张而向临空经济区延伸。航空运输企业的行政与生活设施主要包括行政办公大楼、会议中心、培训中心、二级公司办公用地，以及职工生活服务设施如食堂、商店、医院、文化娱乐设施等。有特殊要求的生产设施主要是指机组招待所和旅客过夜用房。航空运输企业的行政办公与职工生活以及机组和旅客休息都需要一个相对安静和宽松的办公与生活环境，但又不能离生产一线太远，因此许多企业都希望将这些设施布置在机场内离飞行区和航站区有一定距离的区域。

这些活动随着枢纽机场的运营将愈来愈多，对于机场周边地区的需求也愈来愈多，航空运输产业链条将从机场内逐渐向机场外延伸，向临空经济区延伸，从而直接参与临空经济区的经济循环，因此临空经济区的经济活动有效地支撑了机场的发展。

---

① 刘秉镰．经济全球化与港城关系．港口经济，2002（2）：13～14

第二，提供人流、物流支撑。

临空经济区内发展的总部经济、会展业、体育休闲业等将为机场引致大量的客源。同时总部经济、会展业、体育休闲之间密不可分，相互带动、相互促进、共同发展。在临空经济区，依托综合交通网络无缝衔接的特点，将会聚集电子信息产品制造业、生物医药、会展业等时效性非常强的产业，临空经济区内这些产业的发展为航空货运提供了货源保证。

2. 机场对临空经济发展的反馈

机场对临空经济发展的反馈既包括上面谈到的诱发作用和强化作用，同时还包括由机场的外部性产生的反馈。

3.3.2 政策、区域经济和资源禀赋在临空经济形成中的强化作用

政府政策、区域经济发展水平和地区资源禀赋是临空经济形成的三大外部约束因素，对临空经济的形成将起到重要的强化作用。

3.3.2.1 政府政策力度

政府的政策力度是临空经济产生的制度基础，也是重要外部约束因素之一。完善的政府产业政策环境将大大缩短临空经济的演化周期，实现临空经济的跨越式发展。一方面，政府扶持航空运输的各类产业政策，如税收政策、土地政策、航空运输定价策略、航线或机场补贴等，可以有效地促进航空运输业和航空制造业的发展，提高临空经济的经济空间极化度，促进临空经济的形成。另一方面，政府的产业政策还可以有效降低各临空产业的市场进入壁垒和制度成本，降低企业间的交易费用，提高临空产业发展和聚集的速度。

此外，从动态角度分析，政府政策还是临空经济发展的宏观导向，控制着临空经济的演进路径和演进方向。通过差别性的产业政策，如准入机制、土地政策或税收政策，政府始终对临空经济中各产业进行着甄别和筛选，这种外生性的控制手段将大大加速市场机制下的产业自然选择和优化过程，在临空经济的演进方向的引导下，使无关联性或弱关联性产业逐步淘汰促进临空经济的产业质量不断提升。但同时，临空经济对政府政策也具有反向效应。即临空经济在基于运输资源机制自然形成、发展后，因为其强大的产业带动效应使政府认识到临空经济对地方经济发展的重要性而出台相应的政策。

3.3.2.2 地区经济发展水平

地区经济发展是推动临空经济形成的经济基础，是重要的外部约束因素之一。其对临空经济形成的影响体现在两个方面，地区的经济发展水平一定程度上影响着机场能否形成"有效的航空运输活动"，即临空经济的经济空间极化度。正如前文所述，航空运输随着社会经济发展而衍生出的运输需求，地区的经济发展水平，如产业结构、国民收入等因素决定着地区对航空运输的需求程度。运输与经济发展的关系随时间不同会有所变化，在经济发展的不同阶段，需要有一定水平的运输能力与之适应，以最大地发挥该地区的潜在经济能力，例如，在后工业化时代，航空运输将取代铁路运输和公路运输，成为社会的主要运输方式。另一方面，地区经济还可能直接对临空经济内的各产业进行支撑和互动，推动临空经济的发展。临空经济内各产业的发展需要从地区经济中获得必要的物质、信息和技术支撑，临空经济腹地庞大的需求也为临空经济发展创造了充裕的市场空间。如地区的产业结构中二产比例较高，制造技术发达，产业基础雄厚，机场对高科技产业的吸引力度将大大提高。

同样，临空经济的发展对地区经济的发展具有反向作用，即在临空经济的经济增长极作用下，通过示范和带动效应，加速地区经济发展和产业结构的调整。如前文所述，通过临空产业的聚集和产业集群的形成，临空经济同地区经济相比将呈现出较强的竞争优势，体现为生产成本下降、资源利用效率增强、经营业绩提高，在市场化的配置体系下，等量地区社会资源因为临空产业生产率的提高而逐步向临空经济区聚集，进一步加速了临空经济在地区经济中的导向和示范作用，促进产业规模的增加，引导产业逐步"临空化"，带动产业结构的升级和优化。例如，爱尔兰香农地区在香农机场和香农自由贸易区的带动下，在短短十几年的时间里成功实现了由农业主导向工业主导的转变，如今的香农地区已经成为欧洲重要的信息产业基地和航空制造业基地。

3.3.2.3 资源禀赋

地区的资源禀赋是临空经济形成的资源基础，同样也是重要的外部约束因素之一，影响着临空经济的发展规模、发展速度和演化方向。众多的地区资源禀赋条件都会对临空经济产生影响，本书认为在这些资源中，较为重要的资源禀赋主要有地区的地面综合交通环境、专业人力教育资源和科技研发环境等。

地面综合交通环境加强了区域内各产业人员交流和产品运输的便捷性，使临空经济的物质、人员可以在更大范围内移动，临空经济区的空间布局是一种依托于地面道路的点轴式发展模式，因此，快速、完善的地面道路系统使临空产业的位置选择更为灵活和多样，临空经济的空间规模更大。而专业人力教育资源和科技研发环境等资源要素可以使某种临空产业获得必要的专业人力资源或技术供给，进而影响到产业的生产效率，因此相对于其他类型的临空产业，该产业具有更强的比较优势，具有更大的发展潜力。这种临空产业将成为众多临空产业中的强势产业，临空经济区内围绕着优势资源的各类资源的重组和分配，决定着临空经济未来的演进方向。如民航专业机务维修人员教育机构的存在使民航制造业同其他临空产业相比具备较好的人力资源优势，而高端 IT 技术研发机构使高科技制造业具备较好的技术资源优势。

第四章

临空经济的演进机理

演化是由于系统在内外因素的影响下产生了主体之间以及系统与环境之间新的行为规则和新的行为战略，它们在由主体构成的关系网络中蔓延传播，从而导致原有系统稳态的瓦解、分岔或变迁，并最终导致系统的彻底崩溃或导致新的系统稳态的诞生。现代系统科学的观点认为，演化是系统整体存在的基本特征。

临空经济由较低阶段向较高阶段不断演进、跃迁的发展过程就是其不断适应内外环境变化的结构演化过程。当内外环境发生改变时，客观上就要求临空经济系统从结构到功能都要发生适应性的改变，这个改变的过程就是临空经济系统的演化。这里需要指出的是，之所以将临空经济在不同阶段间的跃迁称为临空经济发展的“演进”，而没有与系统理论保持一致的称为“演化”，是因为临空经济系统的演化方向并非是单一的，临空经济系统可能向更高的阶段进化，也可能停滞不前甚至发生退化，本书的研究重点是如何实现临空经济的强化与发展，即促进其向更高阶段的跃迁。因此，本书将其称为临空经济的演进。

第一节　临空经济系统分析

演化的定义很好地证明了只有系统才发生演化，因此本书首先将临空经济系统分析清楚，作为研究其形成与演进机理的前提和基础。

4.1.1　临空经济系统目标

临空经济的目标是发展成为区域经济的引擎和机场发展的支撑。区域经济的引擎即临空经济成为区域经济增长的原动力，就如同美国北卡罗来纳大学卡萨达教授（1992）提出了机场代替海港、内河、铁路和高速公路系统成为发展的驱动力以及创造工作岗位和财富的源泉；机场发展的支撑即随着枢纽机场航线网络的不断拓展，航空公司提供的航班频率增加，更多的航空公司进驻枢纽机场，由于机场内的空间是有限的，机场内的机构最主要的功能在于保障飞机的起降，因此与航空运输生产活动紧密相关的环节将从机场向临空经济区延伸，从而直接参与临空经济的经济循环，因此临空经济的经济活动有效支撑机场的发展。

4.1.2 临空经济系统的输入和输出

系统行为是系统的内在运行机理及其与环境进行物质、能量、信息交换的方式和规模，包括输入、转换、输出的全过程。系统行为能力可以用系统的输入、输出能力评价分析①。

临空经济系统的输入包括从腹地城市和航线网络可达城市输入旅客、货物、资源、技术、信息、知识等，输出包括向腹地城市和航线网络可达城市输出旅客、货物、产品、位移、利润、品牌等。临空经济系统拥有高端、高能量的输入要素，通过充分发挥并利用资源优势，吸引企业聚集，输出市场所需要的高质量的产品和服务。在输入输出循环中，通过改善航线网络结构，人流、物流增加，企业聚集外部性等，进一步优化临空经济的产业结构和功能，实现临空经济的目标②。

4.1.3 临空经济的系统环境

系统环境是存在于系统之外的可与系统发生直接或间接关系的所有系统的总称。环境影响系统的行为和目标，系统对环境也会产生反作用力③。临空经济系统所处的环境指临空经济直接面对的环境，是与临空经济系统具有不可忽略关系的外界系统的总体。环境对临空经济的作用主要表现在两方面：一是为临空经济的发展提供资源支撑；二是产生临空经济发展的巨大市场④。

临空经济系统通过航线网络、地面交通网络积极地与环境（一般的社会经济环境）以及腹地经济社会进行持续不断的交互作用，不断发挥吸引、扩散、

---

① 曾珍香，顾培亮．可持续发展的系统分析与评价．北京：科学出版社，2000

② 魏宏森．系统论——系统科学哲学．北京：清华大学出版社，1995

③ 刘洪，刘志迎．论经济系统的特征．系统辩证学学报，1999（7）：29～32

④ 姜璐，王德胜．系统科学新论．北京：华夏出版社，1990

带动、支撑、反馈等作用，优化自身的结构和功能①。

临空经济系统的环境包括一般的经济社会环境和腹地经济。自由的经济政策、稳定的经营环境和良好的社会状况会给临空经济的培育与演进创造条件，加速临空经济成长和壮大；腹地经济外向型经济的发展、特色产业的支撑、政府政策的优惠将支撑临空经济通过经济总量的增加和产业结构的优化向高级化演进。同时临空经济也会促进腹地经济和一般经济社会发展，促进经济发展、技术进步、社会交流。

机场作为内外联系网络的节点以及人流、物流、信息流的中心，为全球化背景下的跨国公司提供了优越区位，根据区域经济学的"择优分布原理"，临空经济是要素集中的首选区位之一，相关制造业和服务业在速度指向和政策指向作用下都选择了机场周边作为投资区域，并推动临空经济产业的发展壮大。

同时，这种产业的聚集和发展又对前后向的相关产业的增长产生诱增效应，形成明显的产业梯次发展的乘数效应。临空经济内的相关产业增加了对其他本地产品和服务的需求。由于空港相关产业雇佣员工的消费以及消费提供者所产生的额外消费，又对另一些产业的增长产生诱增效应，临空经济的发展将呈现一个乘数过程，因此这种乘数作用推动了所在城市经济快速增长，如图 4.1 所示。

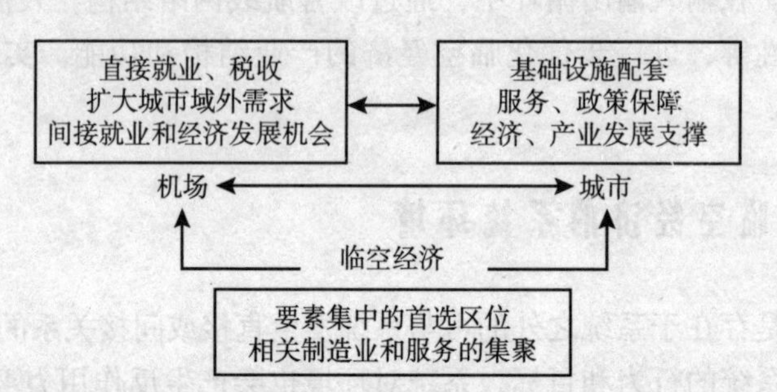

图 4.1　临空经济在机场与城市的互补共生机制中的作用

资料来源：本书整理。

4.1.4　临空经济的系统结构分析

系统结构是指构成系统的具有一定功能的元素（或子系统）及其相互关系的总称。元素和子系统是相应系统分解的结果，以元素还是子系统作为研究对象，需

① 顾培亮．系统分析与协调．天津：天津大学出版社，1998

视系统结构的复杂程度及分析要求而定①。元素与子系统的划分过程在结构分析中是一个不断反复进行的局部与整体关系的认识与调控过程，这一过程往往还应结合系统的环境分析进行。在以子系统及其相互关系作为研究对象时，子系统范围的确定必须遵循功能一致性原则，即子系统中的所有元素应从属于子系统功能，不从属于子系统功能的元素应排除于该子系统之外。关系是元素（或子系统）之间的物质、能量、信息交换关系的总称，但这三种流不完全是相互独立的②。

临空经济系统结构是指构成临空经济系统的具有一定功能的单元/要素及其相互关系的总称，即临空经济各单元相互联系、相互作用的方式和秩序，表现在时间、空间上排列组合的具体形式和作用关系。对于临空经济系统结构的分析可以从不同角度出发，为研究和探寻临空经济共性特征，本书遵循从抽象的、本质的、简化的角度进行研究的基本原则。

本书将临空经济系统由内向外分为三个层面。最底层为资源支撑，它是临空经济的发展基础，指临空经济的核心机场拥有的资源和腹地及一般社会环境输入的资源。机场拥有的资源包括机场的航线网络、客流、物流等。从腹地和一般社会环境输入的资源包括政策、管理体制、基础设施投入、交通网络连接等。这些资源共同体现了临空经济发展支撑力度的强弱。中间层面为发展表现，是指临空经济所拥有产业和空间的规模、结构、功能的发展程度。产业结构表现主要包括产业的聚集程度、关联产业和基础产业的配套程度、产业结构的发展水平、产业与腹地产业的关联程度等；空间结构表现主要包括临空经济覆盖范围的大小、功能布局的合理性、可持续发展能力等。最外层为临空经济发展结果，主要指对腹地经济的贡献程度和对机场的支撑程度。临空经济系统各个部分之间的关系表现在各结构要素之间的物质、能量、信息交换③。

4.1.4.1 临空经济的发展基础

临空经济的发展基础就是指来自机场拥有的资源、腹地的输入资源。机场是临空经济发展的核心，发达的航线网络和充足的人流、物流，决定了临空经济的地位和影响力，直接影响到临空经济的辐射范围；腹地的输入资源包括政策、管理体制、交通网络等。通过政策引导、优越的商务环境、积极的招商引资，依托、引导当地产业发展，发挥临空经济的全球产业链衔接优势，能够为临空经济的发展提供资源供给。通过铁路、公路、轻轨等将机场与腹地相连接，避免临空

① 苗东升．系统科学原理．北京：中国人民大学出版社，1990
② 王众托．系统工程引论．北京：电子工业出版社，1991
③ 许国志．系统科学．上海：上海科技教育出版社，2000

经济成为“孤岛经济”。

4.1.4.2 临空经济的发展表现

临空经济表现为产业结构和空间结构两个主要方面。临空经济的产业结构表现为产业的聚集程度、关联产业和基础产业的配套程度、产业结构的发展水平、产业与腹地产业的关联程度等；空间结构表现主要包括临空经济覆盖范围的大小、功能布局的合理性、可持续发展能力等。临空经济所表现出的产业结构和空间结构将在规模效应和结构效应的共同作用下形成临空经济的发展表现。临空经济各部分之间的关系可以归纳为以下四类：

（1）辐射。机场通过完善的航线网络、大量的客流、物流等对临空经济发展产生强大的辐射能力，为企业创造了优质的可达性资源，使企业能够以机场为核心，在临空经济区聚集，同时为产业结构和空间结构优化奠定了基础。

（2）吸引。临空经济通过腹地输入优惠政策、高效的管理体制、集成化的地面交通网络，获得了异质与其他临空经济的竞争优势。在其他因素不变的条件下，企业在空间上越分散，交易成本也就越高。而聚集在临空经济，距离机场、航空公司、物流园区等都比较近，且各类设施相对完善，人流、资金流、信息流等相对集中，具有明显的区位优势和资源优势。从而吸引了更多、更大范围内的企业聚集。

（3）带动。临空经济所依托的是大型机场的航空运输的优质资源，这种资源禀赋在一定的经济空间是无法复制的，因此临空产业独具特色的产业群，能够锻造区域的核心竞争力。临空经济通过自身的产业结构优化和演进，能够带动腹地经济的发展和产业的升级换代，并且临空经济内企业的发展，将进一步促进机场的发展。

（4）扩散。临空经济通过吸收机场的能量辐射，利用税收优惠、土地优惠以及海关监管等优惠措施，使高度发达的航空运输机场与其腹地尤其是经济发达、现代化的大都市产生紧密的联系，构造明显高于其他区域的发展平台。

4.1.4.3 临空经济的发展结果

该层面是临空经济在区域竞争中的表现情况的反应，是临空经济价值实现程度的体现。

临空经济发展结果主要指对腹地经济从质和量上的贡献和对机场发展的支撑。从腹地经济的角度看，临空经济的产业特点是高端、高效、高辐射力，临空经济中的航空物流业、高科技制造业、现代服务业等，不仅本身具有良好发展前景，对于腹地区域也会产生技术、知识、信息等方面的技术“溢出”效应，有利于提升周边地区产业的技术水平和市场开拓能力，增强其市场竞争力。从机场的角度看，随着枢纽机场的运营规模愈来愈大，对于机场周边地区的需求也愈来愈多，航空运输产业链条将从机场内逐渐向机场外延伸，向临空经济延伸，从而直接参与临空经济的经济循环，因此临空经济的经济活动有效支撑机场的发展。

4.1.5 临空经济的系统示意图

本书在上述对临空经济系统进行分析的基础上，为了便于对系统进行整体性认识，给出临空经济系统结构示意图，如图 4.2 所示。

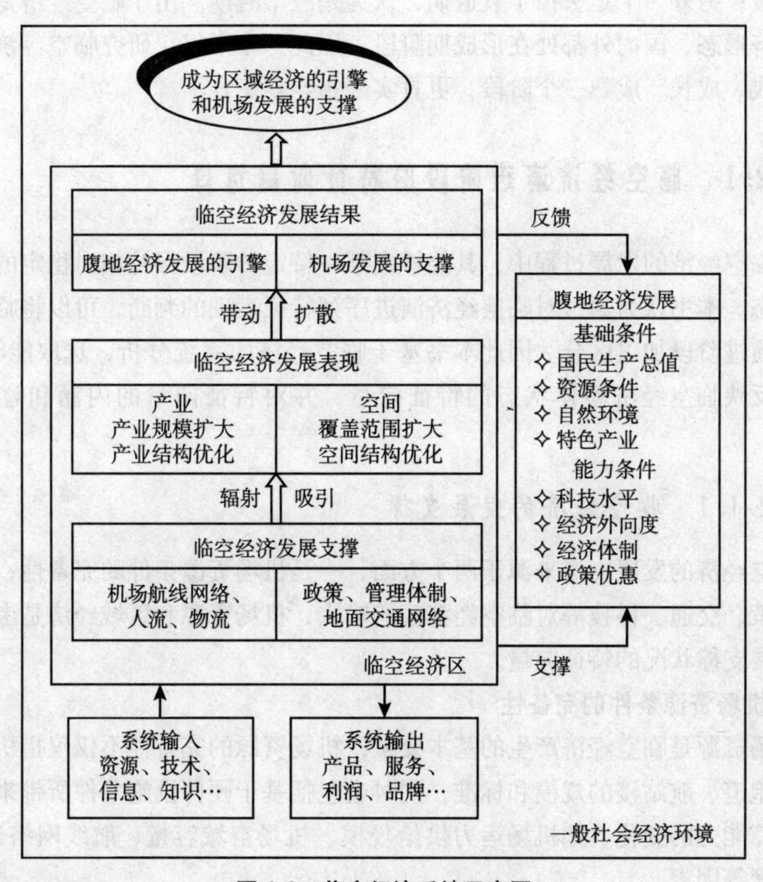

图 4.2 临空经济系统示意图

资料来源：本书整理。

第二节　临空经济演进序列的阶段特征

生命周期是生态学中的概念，随着以费农（1965）为代表的产品生命周期理论将这一概念引入到市场营销学中，现代经济学认为，作为各个具体的企业或是某种经济形态是符合生命周期理论规律的，存在与生物历程类似的发展曲线。其中对企业生命周期进行了最为系统研究的代表性学者爱迪斯，将企业生命周期综合为3个主要阶段：成长阶段、成熟与稳定阶段和衰退阶段。[①] 众多产业集群的研究文献对于集群的阶段划分分为两种观点：一个是形成、成长、成熟、衰退四个阶段；另外一个是去掉了衰退期，认为是三个时期。由于临空经济是一个新型的经济形态，国内外都处在形成期阶段，因此，本书仅仅研究临空经济演进阶段的形成、成长、成熟三个阶段，更具实践指导意义。

4.2.1　临空经济演进阶段的特征向量选择

在临空经济的发展过程中，其能够在某一特定的阶段保持相对稳定的特征和集群状态。本书认为通过对临空经济演进序列特征表现的判断，可以将临空经济的各个演进阶段加以区分。因此本书基于临空经济的系统分析，选取能够准确、全面地反映临空经济整体状态的特征向量，并对特征向量的内涵和意义进行解释。

4.2.1.1　临空经济的发展支撑

临空经济的发展支撑来源于两个方面，一是机场资源条件的完备性；二是区域的政策、交通、科技等对临空经济区的输入，机场资源和区域经济是考察临空经济发展支撑状况的特征向量。

1. 机场资源条件的完备性

机场资源是临空经济产生的基本要素，机场资源的完备性不仅仅指机场的硬件，如跑道、航站楼的规模和标准，同时也包括基于硬件设施条件所带来的机场服务保障能力的变化，如机场运力供给规模、机场空域容量、航线网络通达性、航班密度等因素。

---

① 王婧，高爱国．生命周期论与物流园区发展战略选择．科技进步与对策，2007（1）：91

2. 区域经济的支撑作用

临空经济作为一个系统，其所处的经济社会环境是反映临空经济发展状况的重要元素之一。该经济环境包括为临空经济提供资源支撑的区位条件、地面交通可达性、政策扶植和管理体制等，也包括为临空经济提供市场的区域科技发展水平和外向性经济发展水平等。临空经济发展环境已经成为临空经济演进阶段特征向量的重要元素。

4.2.1.2 临空经济的发展表现

临空经济的发展表现主要有产业结构表现、空间布局表现和发展潜力表现三个方面，本书分别用“区域临空产业集群的完善性”、“临空经济区产业布局的优化度”、“临空产业与全球网络的融合性”、“临空经济区创新网络的形成”四个元素来阐释临空经济的发展表现，将这四点的组合作为判断临空经济发展表现的特征向量。

1. 临空产业集群的完善性

借鉴生态学的观点①，产业集群是临空经济构成的经济单元，而且临空经济可能包含多个产业集群，如航空物流产业集群、临空高科技产业集群、航空制造产业集群等。临空经济是一种经济系统（图4.3），同时也是一种区域经济形态，受到政府政策、地区经济和资源禀赋条件的不同，不同机场的临空经济的主导产业集群也不尽相同。

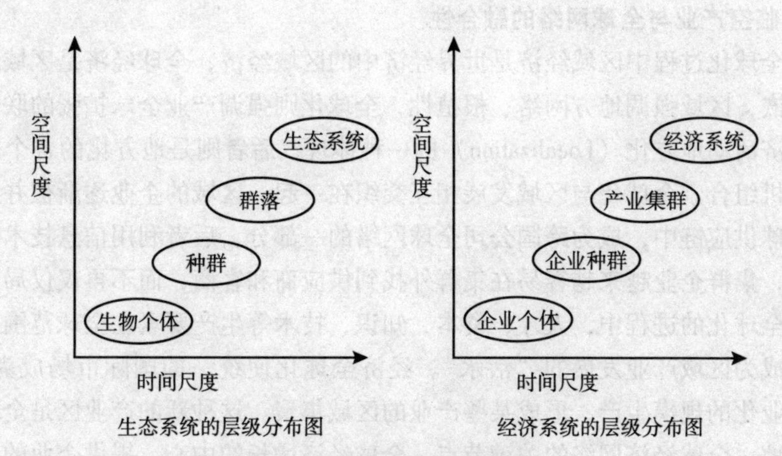

图 4.3 经济系统与生态系统

资料来源：李辉，李舸．产业集群的生态特征及其竞争策略研究．吉林大学社会科学学报，2007（1）

① 李辉，李舸．产业集群的生态特征及其竞争策略研究．吉林大学社会科学学报，2007（1）：57～62

临空产业集群的完善程度是判断临空经济发展状况的重要特征向量之一。从产业集群的微观层次分析，即从单个企业或产业组织的角度分析，企业通过横向和纵向一体化，可以用费用较低的企业内交易替代费用较高的市场交易，达到降低交易成本的目的，使企业演进到高新技术产业和高利润产业等。从宏观层面分析，基于产业分工的产业集群超越了一般产业范围，形成特定地理范围内多个产业相互融合、众多类型机构相互联结的共生体，从而形成了较高的外部规模经济性，构成这一区域特色的竞争优势。产业集群发展状况已经成为考察一个经济系统，或其中某个区域和地区发展水平的重要指标。

2. 临空产业布局的优化度

区域内任何社会经济客体的空间活动及其相互之间的关系都会形成一种空间态势。随着区域社会生产力的进步，区域空间结构也会随之进化，由简单到复杂、由混沌到秩序。关于区域社会经济处于不同发展阶段所形成的相应空间结构特征的研究颇多，无一例外地证明处于不同发展阶段的区域具有完全不同的空间结构特征，发展阶段大致接近的不同区域具有大致相似的空间结构特征。因此，空间结构是区域发展的“函数”，可以通过空间结构的调控调整区域发展状态。

临空经济区的产业布局所形成的空间结构同样遵循这样的规律。一方面，随着临空产业部门的不断增加，各个产业部门在地区上的分布和组合形式始终处在重新组合的动态变化之中；另一方面，随着临空产业结构的升级与产业创新，新的产业必然有其新的区位选择逻辑，这将导致原有空间结构的重组。

3. 临空产业与全球网络的融合性

在全球化过程中区域经济是世界经济中的区域经济，全球经济是区域经济的有机镶嵌，区域强调地方网络、根植性，全球化则强调产业全球扩张的联系。前者是经济活动地方化（Localization）的一种体现，后者则是地方化的各个区域经济的有机组合。全球化与区域发展相互交织在一起。区域的企业逐渐被并入到国家和全球供应链中，成为跨国公司全球网络的一部分，后者利用信息技术协调全球活动；集群企业越来越容易在集群外找到供应商和客商，而不再仅仅局限于本地。在全球化的进程中，人才、资本、知识、技术等生产要素在全球范围内频繁流动，成为区域产业发展的“活水”。经济全球化使统一的国际市场成为可能，促进专业化的规模生产，形成某些产业的区域集聚。这种新的产业区是全球系统的中心地、全球经济网络的关键节点、全球经济增长的中心，提供企业的广泛合作，固定的接触网络、高级的知识结构与制度的产业优秀的增长极，是构建全球网络的动力。

临空经济区是新产业区的一种，而产业区在发展过程中，产业的全球扩张成为一种趋势，独具区位优势的临空产业在演进中更是有着与全球网络融合的趋势。

4. 临空经济区的创新网络

随着临空产业集群的集聚程度提高，区域内市场竞争加剧，专业化程度进一步增强，集群内部分工水平进一步提高，创新在企业集群的成熟阶段具备了动机：第一，企业发展的需要，中小企业需要通过创新来打破大企业对市场的垄断，大企业创新实力进一步增强；第二，分工的深化，分工形成的弹性生产体系扩大了企业选择合作创新伙伴的范围，分工使得企业间的联系和交流增多，导致信息与技术的溢出效应增强。

空间的集聚为创新提供了条件：第一，企业人员素质和设备技术水平普遍提高，扩大的集群规模为相关产业提供了生存空间；第二，企业空间集聚为学习型经济提供便利；第三，空间集聚能够增强互动创新。

4.2.1.3 临空经济的发展作用

临空经济的发展会与区域经济以及机场的发展融合，因而临空经济的发展过程中会对为其提供能量的区域经济和机场产生促进作用。因此，本书认为，临空经济对区域经济和对机场的作用是判断临空经济发展作用状况的特征向量。

1. 临空经济区对区域经济的增长极作用

增长极理论主张优先发展具有优势的地区和产业，通过增长极的扩散效应带动周边地区和产业的发展，最终实现整个区域的经济增长。随着临空经济的发展，临空主导产业从传统制造业发展到高新技术产业，产业结构不断升级与优化，而现代服务业的迅速发展促使临空产业结构日趋完善；临空产业间的关联逐步增强，基于产业链的集群式发展成为临空经济发展的高级模式；临空产业布局以空港区为核心，呈圈层结构逐步向外扩展。因此，无论是临空产业链的延伸还是临空经济区规模的扩大，都使临空经济带动地区经济发展的作用增强，从而使临空经济成为区域经济的增长点。

2. 临空经济区对机场的促进作用

机场作为航空运输活动的主运营区，随着航线网络的不断拓展，将吸引更多的航空公司进驻枢纽机场，机场内空间稀缺性愈来愈显现，航空运输产业链条必将从机场内逐渐向机场外延伸，与机场相关度较弱的航空运输活动会逐步向临空经济区布局，从而直接参与临空经济区的经济循环，临空经济区必将满足机场内航空运输活动的衍生需求，因此临空经济区的经济活动将有效促进机场的发展。

4.2.2　临空经济演进序列的特征剖析与形态识别

临空经济演进序列从形成期到成熟期的各阶段具有明显不同的典型特征。在这些阶段中，一方面临空经济由于自身的发展或外力的推动，一般会按一定顺序发展，在各个阶段会呈现共同特征，但这种顺序并不是绝对的，由于临空经济发展中可能碰到的种种问题，临空经济发展可能会产生停滞现象；另一方面，不是所有临空经济一定能够达到高级阶段，可以看出机场的设施资源、地区的经济社会环境等因素都会极大影响临空经济向高级阶段演进，某些地区的临空经济可能长时间停留在某个阶段。

4.2.2.1　临空经济形成期的特征剖析

在临空经济的形成期，主要是基础性动力——机场的驱动力起主导作用，同时，还有一个特殊的因素在影响着这个区域的发展，这个因素就是城市化。临空经济区位于机场周边，而机场离市区的平均距离是20～30km，而这个距离市区的区域正好处在城乡边缘区内，城乡边缘区的增长受到城市化进程的影响。

临空经济演进的形成阶段的主要特征有：

第一，临空经济发展的支撑条件较弱。即，机场处于成长期，临空经济所在区域的发展环境尚不完善。此时机场等级和规模较低，对各类资源的利用效率不高，服务保障能力不强，日航班密度小，航线网络主要以点对点为主，通达城市较少。本阶段区域对临空经济的政策扶植主要是用于临空经济区的土地开发，引进临空型企业。区域的外向性经济和科技发展都已起步，已经能为临空经济的发展提供一定的市场支持；区域与周边大型城市的交通便利，区位条件优良。因此，临空经济发展的支撑条件较差使得机场的聚集效应还较弱。

第二，临空经济发展表现方面，特征如下：

临空产业集聚出现，尚未形成产业集群。临空经济发展初期，临空经济的发展主要特征是临空产业集聚现象出现。由于机场自身设施资源的有限性，航空运输和航空制造活动发展不足，造成机场的产业聚集吸引能力不强，只有一些具有极高临空指向性的企业或企业群开始在机场周边布局，但这些临空企业群在产业链中的位置较为类似，企业的经济活动，如原材料、人力资源还主要依托于地区经济的供给，产业集群尚未形成网络，产业的外部经济性难以体现。

临空产业布局的优化度较低。由于地面交通尚不发达，临空产业主要分布在机场运营区和紧邻机场区。其中航空运输或制造保障性产业因其自身为机场和飞机制造商、航空公司提供服务的特性，必定选定机场区和紧邻机场区作为其产业布局的空间；而从城市中心迁移出的制造业则因其追求廉价的土地以及机场附近交通条件的便利和基础设施的完善等诸多原因，也在邻近机场区的紧邻机场区布局。从总体上看，临空产业呈现在机场附近的紧密分布趋势，各临空产业圈层空间结构简单，层次单一，地面交通系统产业空间连通作用尚不明显。

临空产业与全球网络的融合性较弱。此时的产业还主要以少量的地方产业和航空运输服务业为主，航空运输服务业主要是服务于机场和航空公司的产业，主要包括机场的候机楼服务、机务维修、航油航材、地面运输等，航空公司的地勤服务、旅客配餐、行李运送、客货代理等，以及少量为空港工作人员和旅客服务的宾馆、餐馆、零售业等。由于此阶段的机场客货流量小、起降航班数量有限、对航空服务要求不高等诸多原因，所以服务于机场与航空公司的航空服务业规模偏小，且其服务功能较为简单。会吸引比较少的跨国企业，区域的企业还没有完全并入到全球供应链中，外向度较差。

临空经济区的创新机制还没有建立。

第三，临空经济发展作用不明显。即临空经济区对区域的增长极作用以及对机场的促进作用均不明显。

4.2.2.2 临空经济成长期的特征剖析

临空经济经历了机场极化空间阶段，区域不断吸引跨国企业或国内知名企业进入，尤其是研发部门和区域性的企业总部，甚至是全球或全国的总部，而且其本土化进程加快，与当地企业逐渐联系密切，因此，在机场周边逐渐集聚了较多的临空偏好型企业。

临空经济演进的成长阶段主要特征有：

第一，临空经济发展的支撑条件较好。首先，此阶段机场的设施资源有了较大的改善和提高，如通过对跑道、航站楼、空管设备的扩建和更新，机场的服务保障能力大大提升，机场处于快速成长期，表现为机场日航班密度较多，航线网络的通达性，尤其是国际城市通达性较高，客货吞吐量均可能大幅度增长，同时可能吸引更多的航空公司设立基地。机场的经济辐射面大大拓展，机场发展会对周边地区产生更大的需求。其次，临空经济的区域发展环境也有了较大的改善，此时，临空经济所在区域对临空经济的政策扶植和管理体制主要用于调整临空经济区的产业结构；区域的外向性经济和科技发展都已步入发展的轨道，可为临空经济的发展提供较大的市场支持；区域与其他战略控制中心交通便利，已经融入全球网络，区位条件优越。

第二，临空经济发展表现方面，特征如下：

首先，主导临空产业集群趋于完善，临空产业综合体形成。在此阶段，根据地区资源、经济或政策条件的不同，临空经济主导产业开始出现并形成资源优势，产业进入结网阶段，经济网络和社会网络完善，临空产业集群基本形成，临空经济发展已较为成熟。主导临空产业集群不同的临空经济区可能各有不同，但其共同特征是主导临空产业集群内各企业间在长期非正式的交流和合作中形成了一种完善的合作网络，企业步入稳步高质的成长，大量的中介组织和支撑机构走向兴盛，研发机构和劳动力培训机构不断完善，产品推介会和技术交流会制度形成，企业间除了物质联系外，更主要是非物质联系，形成较强的协作关系，如彼此间的市场信息交流、技术信息交流等，产业内企业间形成稳定的协作机制，构建起紧密的社会网络，发挥的主要效应是社会网络效应。航空制造产业集群或航空运输产业集群由于高临空指向性，具有先发优势，更可能成为临空经济的主导产业集群，同时这些先导产业集群形成所带来的产品或服务的规模效应以及对地区整体商务、服务环境的改善作用又将成为其他临空产业集群形成的优势资源，产业聚集的速度将大大加快。因此，在此阶段，临空经济内可能还存在多个优势临空产业集群。

其次，临空产业布局的优化度提升，圈层结构逐渐显现。在临空经济成长阶段的初期，新增临空产业首先在紧邻机场区布局，以最大限度地获得机场航空服务的便利性和地面运输的通达性给企业带来的收益，但是由于紧邻机场区的土地资源有限，在临空经济快速发展、临空产业规模极度扩张的情况下，紧邻机场区的土地价格在临空经济成长阶段的后期不断升高，使得这期间的新增临空产业选择机场交通走廊沿线地区布局。这些地区通过城市快速环线或高速公路系统与机场相连接，是具有高度可达性的地区。而临空产业的发展客观上也带动了机场周边地面交通系统的快速发展和逐步完善。

由于该阶段临空经济的发展模式是在构建临空产业链的基础上，实现临空主导产业带动配套产业的协调发展，所以临空主导产业与其配套产业的空间布局还呈现出以下特点：临空主导产业尽可能分布在紧邻机场区，而配套企业则需根据核心企业与配套企业的关联程度，以及核心企业对配套企业在配送时间等方面的要求，决定其与核心企业间的距离，然后在远离机场方向的地区布局。从总体上看，在此阶段，随着地面交通系统的日趋完善，临空经济空间规模逐步加大，空间结构的层次较为丰富，交通沿线区域的产业空间经济极化现象明显。

再其次，临空产业与全球网络的融合性开始加强。随着机场航线网络扩张，尤其是通达的国际工商业大城市的增多，在全球经济一体化进程的加快与跨国公司全球经营的扩张的背景下，国际大型机场成为一个国家通往世界市场的窗口和沟通全球市场的渠道。所以聚集在机场地区的国内企业借助于这个窗口，积极实施向海外市场扩张的战略；跨国企业则借助于这种渠道，在全球范围内构建其生产与经营网络，因此，该阶段的临空产业呈现出显著的外向型，临空产业与全球网络的融合性开始加强。

最后，临空经济区的创新活动开始受到当地政府和企业的关注。

第三，临空经济的发展作用开始显现。临空经济区的增长极作用开始显现。随着临空经济的发展，临空产业的特性开始显现：具有较强的创新能力、产业关联性强、产品市场十分宽广，使得临空产业在区域经济空间成为推动型产业，同时机场周边地区成为空间增长中心，因此，临空经济区的增长极作用开始显现。本阶段，由于临空经济区的发展，区内企业对机场的客货需求开始增多，临空经济区对机场的促进作用开始显现。

4.2.2.3 临空经济成熟期的特征剖析

临空经济经过了快速发展的成长阶段，已经形成了完整的产业链和价值链，其整体优势和国际竞争力有了极大提升，临空经济逐渐进入稳定成熟阶段。内生性动力所衍生的“创新机制”与“区域创新系统”则是这一阶段发展的重要因素，基础性动力继续起作用，但主要为全球创新活动的延展打下网络基础，外源性动力主要是政府经济营造临空经济的创新环境，构建创新平台。

从总体上，临空经济演进的成熟阶段主要特征有：

第一，临空经济发展的支撑条件得到较大提升。

首先，机场资源条件的完备性得到大大提升，但功能可能开始出现分化。此时机场的基础设施资源发展极为完善，进入大型繁忙机场行列。但此时航空制造产业集群和航空运输产业集群可能对机场资源产生竞争和争夺，因此，机场的功能可能开始出现分化。依托于航空运输的机场则将继续保持高速增长的趋势，机场开始成为国家门户枢纽机场，中枢辐射航线基本建立，大型枢纽机场利用航空公司联盟，可将航班延伸到世界各地，在很强的运量集聚作用下，会吸引更多的航空公司进入，运输服务保障能力，如航班密度、航线通达性将进一步提升，使临空经济区的区位优势继续增强，能够更好满足速度经济的需求，同时，旅客出行的便利、货物运输的快捷等优势得到充分释放，为知识创新空间的形成和发展打下坚实的基础；如果航空制造产业集群成为主导产业，机场的运输吞吐量增长幅度可能会减慢，或在硬件设施上进行分离，如划出专门的跑道供其服务或专业保障服务规模和质量提升。

其次，临空经济发展环境完善。临空经济所在区域对临空经济的政策和管理体制主要用于搭建创新平台；区域的外向性经济和科技发展都已进入轨道，已经能够完全成为临空经济的腹地；区域已经处于全球网络的重要战略控制点，战略资源密集。

第二，临空经济发展表现方面，特征如下：

首先，临空产业集群进一步扩大和完善。

其次，临空产业布局的空间"蛛网结构"基本形成。各临空产业随着临空经济的快速发展，空间布局结构的优化的内在规律在指引着产业区位的调整，机场周边地区产业圈层结构基本形成，以高速公路为核心的综合交通体系构建完善，成为连接机场、临空经济区以及主城区的"增长线"，产业因其土地利用的规模以及与航空运输的关联度各不相同使其分布在不同区位，交通走廊沿线地区成为新增产业与调整产业布局的重点选择位置，并逐步形成新的产业集群。按照产业临空指向性的不同，临空经济形成了科学、合理的产业圈层布局，发达的综合交通体系大大增强了不同圈层之间联通的便捷性。

再其次，产业创新网络逐渐完善，知识创新空间形成。在临空经济成熟期，创新网络的构建与完善使临空经济真正进入了根植阶段，产业集群日益完善并开始向研发、设计等价值链高端演进，产业自主创新能力的大大提升是该阶段的主要特色。随着区域内主导产业集群规模的扩大，区域内出现一些在国际上具有高竞争力的大企业。随着通达性的进一步提升，企业与区外的合作和联系日益频繁，不断吸纳国际上最先进的知识与技术；区内企业间以及各行为主体之间高度合作，并在区内形成"创新的空气"；企业间的合作创新深深根植于区域所在的社会文化环境，形成自我调节和创新功能很强的区域创新系统；通过区域创新网络连接，创新功能不断增强，尤其是区域内企业的自主创新能力始终处于世界的领先地位；区内经济结构进入发展的良性循环和自组织系统阶段，经常指引着全球一体化发展的主要方向；区内的企业或产业集群的产品在国际市场上占有较高的比例，并在全球范围内组织生产经营、研究与开发、售后服务；跨国企业的生产、销售部门及其研发部门大量进入区内，有些国内大企业的总部、航空企业的总部陆续迁入区内，而且本地化程度较高。

最后，临空产业成为全球产业链的主导环节。随着经济全球化的纵深发展，以及发展中国家经济实力的增强和接受国际产业转移能力的提高，高新技术产业的国际转移步伐进一步加快，并且出现新的特征：高新技术产业的国际转移基本上打破了传统的产品周期论，在高新技术产业的发展阶段就开始向发展中国家转移，使得发展中国家将再次面临难得的发展机遇。在这次国际产业转移的过程中，跨国公司将纷纷建立境外的研发中心，并充分利用当地的人才资源，实施全球性产业发展的战略，从而使独具区位优势的临空高新技术产业成为全球产业链的主导环节。

第三，临空经济发展作用显著。临空经济区成为区域发展的增长极。基于全球产业链中的临空产业链的集群发展成熟，具有自主知识产权的企业比重显著上升，全区的技术的持续创新能力显著加强，产品创新、技术创新、管理创新成为临空型企业的显著特征，航空公司基地群已形成，航空高科技制造基地规模显著，会展业发展态势良好，总部经济形成规模，成为区域发展的增长极。本阶段临空经济区内企业均具有临空指向性特征，对机场的促进作用愈加显著。

第三节　临空经济演进的动力分析

经济发展的动力是指在经济发展过程中，作用于经济活动主体上的动力。其内涵可解释为“在其他条件一定的情况下，如果一种因素使它的作用对象的当期状态发生变化，这种因素就被称为动力，它的大小可以用作用对象的状态变化速率来表征。”① 临空经济演进动力是推动临空经济发展的力量，动力是导致临空经济发展的根本原因。

从临空经济系统分析得知，临空经济是通过区域经济系统中的各实体要素以及运行环境间的重新组合优化，使系统内的资金流、信息流、物流、人才流、技术流等的输入输出更加畅通，经济结构更趋合理，最终达到临空经济经济一体化进程加速、产业结构高级化演进、总体实力不断提高以及对外竞争力加强的共赢状态。其发展历程是临空经济从某个阶段特征的整体结构与态势向另一个具有阶段特征的整体结构与态势的演进过程，这个演进过程揭示了临空经济的发展规律，而决定临空经济从低级阶段向高级阶段演进的因素在于其动力因素，不同发展阶段的核心动力是不同的，不同的动力因素有着不同的发展规律和要求。

4.3.1　临空经济演进的主导动力识别

结合前面的产业集群动力的文献综述得知，一旦一个集群形成，它可以通过自我强化不断发展形成规模，其发展是具有生命周期阶段的，处于不同生命周期

① 主侮．区域经济发展动力与机制．湖北：湖北人民出版社，2006：37

阶段的产业集群其演化动力是存在差异的，包括自发的内在力量、外界会给它一种力量。同样临空经济发展生命周期也存在着多种推动力，但不一样的是存在着一种特殊力量——机场的驱动力，这种动力与其他动力共同起作用，因此，本书经过研究提出基础性动力、内生性动力和外源性动力构成了推进临空经济发展的动力因素。

基础性动力主要指机场设施资源的驱动力，首先，临空经济区是非常特殊的经济空间，这个经济空间的形成主要在于机场设施资源的驱动力，这是任何临空经济区形成阶段的主要动力资源，缺失了这个资源也就无从谈起临空经济的产生，这也是进一步发展的必备基础，产业构成的类型以及布局方式在很大程度上由机场决定，机场的定位和功能、用途指标决定了临空产业走向的依据；其次，在临空经济发展的全过程中，机场都起到相当重要的作用，机场定位的变化、航线网络结构的拓展、机场规模的扩大、保障能力的增强、空域条件的改善、客货吞吐量的增多都会在临空经济的演进中起到关键作用；最后，机场的驱动力同内生性动力、外源性动力产生基础性作用，内生性动力的产生离不开机场的直接作用，而外源性动力也离不开机场的驱动力。

内生性动力是临空经济发展过程中一种自发的内在力量。一般来说，事物的发展过程中，在事物内部产生的能够导致事物运动与发展状态变化的力量，临空经济的内生性动力是指产生于临空经济区内部的动力，直接作用于临空经济发展过程，可被理解为导致临空经济发展的内生变量，表现为分工互补、降低交易费用、知识共享、外部经济、规模经济、网络创新等。临空经济的内生性动力产生于两个层面：一是以某一产业为主导的众多相关企业与机构所形成的产业集群，在临空经济区内存在多个产业集群，例如航空物流业、航空制造业、高新产品制造业等，单独一个产业为了获取竞争优势，在发展过程中内生出弹性专精、专业化分工、集体学习等驱动因素；二是在临空经济发展过程中多个产业之间产生的动力，在临空经济发展成熟期，多个产业需要协调配合才能保证整体的可持续发展，这些动力保证产业协同发展。

外源性动力是来源于政府与外部环境有意识地对临空经济发展进行的规划、调控行为力量。外源性动力是指产生于区域的外部，间接作用于临空经济的发展过程，可被理解为导致临空经济发展的外生变量。外源性动力主要包括两个方面：政府行为和竞争环境。政府行为包括政策、政府参与的临空经济发展项目以及有关的投资、出口行为等作用方式。外部竞争的作用方式主要包括外部市场竞争、区域品牌建设等。

4.3.2 基于主导动力不同发展阶段强度差异性的阶段分析

三个动力在临空经济的不同发展阶段作用强度的不同，使得阶段呈现出不同特征。本书建立“三力”驱动模型来揭示临空经济的演进动力，如图4.4。

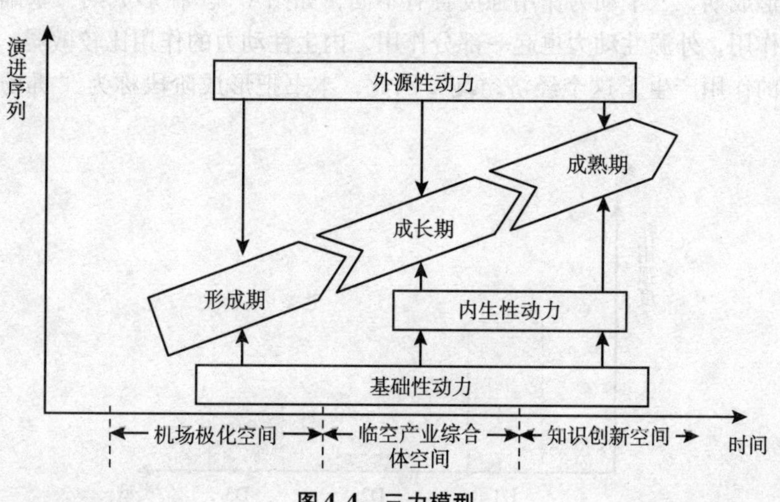

图4.4 三力模型

资料来源：本书整理。

由于在临空经济发展的不同阶段，经济活动主体具有不同的层次和不同的经济活动内容，因此决定了三种动力在不同阶段的组合所形成的动力机制不同，因此决定了作用主体、作用强度、作用方式各不相同，动力才能够对临空经济区的各种资源有效地整合，进而推动临空经济以开放、非平衡、非线性的方式演进。首先，基础性动力改变了机场周边的空间经济要素组成结构，吸引了临空偏好的企业聚集，但在初期，这些企业呈现原子状，在机场周边零散存在，相互之间缺乏关联，这时外源性动力会起到一定作用，政府会建设基础设施，并且进行区域规划。在基础性动力和外源性动力的作用下，某些企业在面对一定的约束条件下，企图通过区位选择来争取最优状态的资源组合，从而来获得市场的竞争优势。从逻辑上讲，企业在共同目标（追求利润最大化）驱使下，在区位选择上产生趋同现象，但获取持续的竞争优势才能保证企业旺盛的生命力，而这不是在有限的区域范围内单个企业可以获取的，企业在发展中发现获取高级生产要素可带来强劲的动态竞争优势，但波特说过“国家的成功并非依靠某个孤立的产业，必须依靠在垂直和水平方向上紧密联系的产业集聚”。因此，从微观角度，企业向着更有竞争力的方向发展，力图按照价值链形成专业化分工的集群体系发展。从中观角度，临空经济区为了获得区域竞争优势，吸引优良的经济要素，临空经济将发生两方面的变化：第一，临空经济要素结构演化，即新增层次的不断产生；第二，临空经济要素的关联演化，即跨越层次的相互联系或新层次结构联系的形成。

在形成期，三个动力作用强度各有不同，如图 4.5。在形成期，基础性动力起主导作用，外源性动力也起一部分作用，内生性动力的作用比较微弱，机场的驱动力的作用产生了这个经济空间，因此，本书把形成阶段称为“机场极化空间”。

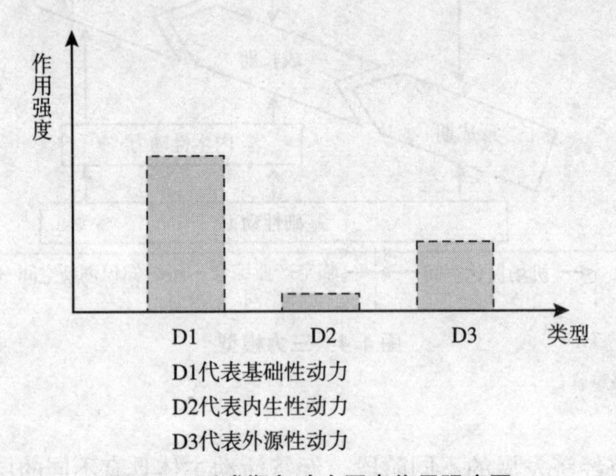

图 4.5 形成期各动力因素作用强度图

资料来源：本书整理。

临空经济进入到成长期，基础性动力和外源性动力还在起作用，但方式、强度都在改变。机场驱动力由形成期的外生力量逐步内化，成为混合性的动力因素，一方面机场还在不断吸引外来企业布局；另一方面，由于航空相关产业逐步由机场内进入到机场外，开始融入其他临空产业集群中，参与临空经济的循环；外源性动力主要在于政府更好地搭建经济发展的平台，进行必要的制度安排，例如建立信息平台、中介服务体系、劳动力教育培训，来降低交易成本，更好的打造区域品牌。在这个阶段最显著的标志在于内生性动力开始起作用。当临空经济区内相关产业大量聚集，临空经济主导产业集群出现并形成完整的价值链体系、健全的支持产业体系，通过深度的专业化分工，使得产业内企业具有较高的效率，改善了企业的成本曲线，提高了企业的经营效益，从而使地区在区域竞争中取得优势，因此构造临空经济区内的价值链体系可以维持和增强其竞争优势，在建立一个完整的产业价值链体系目标的指引下，基于分工互补、降低交易费用、知识共享、外部经济、规模经济动力因素驱动企业按照价值链形成专业分工格局，各个企业之间的联系更加紧密，相关企业之间彼此既竞争又合作，形成了一个坚实、稳定、密切的本地网络关系。随着产业规模的扩大，临空经济区的产业集聚逐渐达到一定规模和强度的临界状态，本地的资源要素的稀缺和有限性开始制约经济的进一步发展，外界竞争市场的进一步加剧促使企业、产业、区域一个共同的理性选择——创新体系的构建，只有创新才能促进临空经济由成长期向成熟期转型。

在成长期，三个动力作用强度各有不同，如图4.6。在成长期，内生性动力起主导作用，机场的驱动力在继续发挥作用，在整体作用中的比例在减弱，机场的部分动力会转化为内生性动力，由于内生性动力起到主导作用，外源性动力相对会减弱一些，也起一部分作用，产业的上下游逐渐形成一个紧密的综合体关系，因此，本书把成长阶段称为“临空产业综合体空间”。

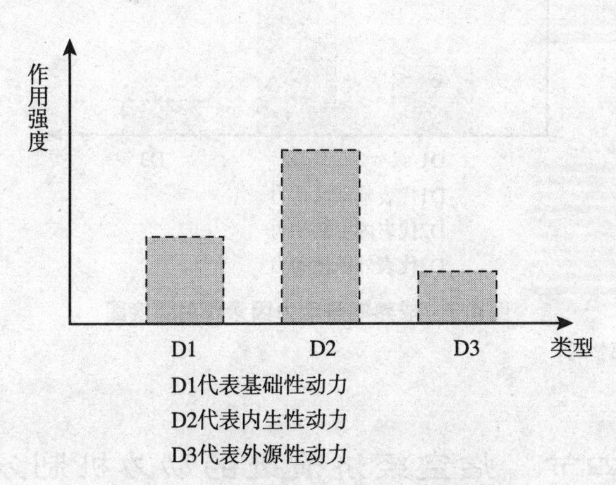

图4.6　成长期各动力因素作用强度图

资料来源：本书整理。

临空经济进入成熟期，基础性动力开始减弱，外源性动力转向政府如何构建创新平台，内生性动力起主导作用，企业成为创新的主体，创新能够为企业带来更高的收益，创新活动成为企业最主要的增值活动，因此集群创新优势的存在驱动集群内部的企业趋于从事创新活动。集群创新优势是集群重要的特征（Baptista R.，Swann P.，1998）。而这时，创新在临空经济的成熟阶段具备了动机和条件：（1）中小企业需要通过创新来打破大企业对市场的垄断；（2）大企业创新实力进一步增强；（3）分工形成的弹性生产体系扩大了企业选择合作创新伙伴的范围；（4）分工使得企业间的联系和交流增多，导致信息与技术的溢出效应增强；（5）企业人员素质和设备技术水平普遍提高；（6）扩大的集群规模为相关产业提供了生存空间。这些产业反过来为集群创新提供了资金、技术和人才条件。

在成熟期，三个动力作用强度各有不同，如图 4.7。在成熟期，内生性动力继续发挥主导作用，机场的驱动力在继续发挥作用，但是在整体作用中的比例继续减弱，机场的动力转化为内生性动力的比例在增加，外源性动力中政府的政策力量在减弱，品牌建设在加强，创新成为区域的核心竞争力，因此，本书把成熟阶段称为“知识创新空间”。

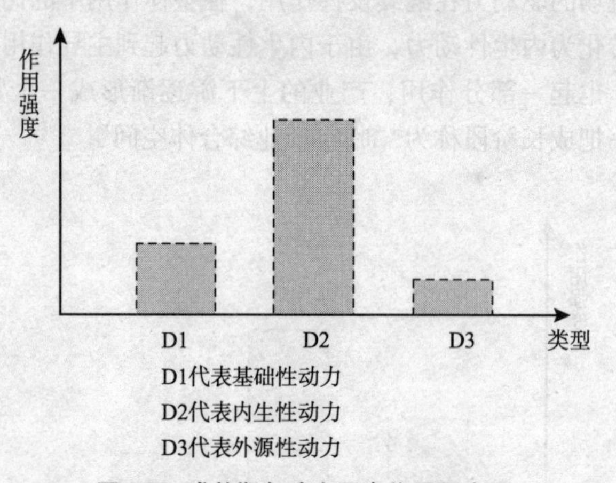

图 4.7　成熟期各动力因素作用强度图

资料来源：本书整理。

第四节　临空经济演进的动力机制分析

动力机制指的是动力的作用过程或规律，前面分析了临空经济发展的动力，“但动力往往是一个复杂系统，首先动力之间只有相互发生作用才可能对经济起到推动作用，其次特定动力的作用效果与区域经济发展水平有关，在同一区域不同时期，同一种动力的重要性也表现得完全不同，因此要研究动力传递过程及规律性，即动力机制”①，而在产业集群动力方面的研究也多是转向了动力作用机

① 主悔．区域经济发展动力与机制．湖北：湖北人民出版社，2006：38

制的研究，认为发展动力不是孤立地发生作用，它们一般具有相对固定的协调关系，有明显的作用规则。[①] 因此本节将深入探讨一下临空经济演进的动力机制。

临空经济演进的动力机制是驱动临空经济发展和演进的力量结构体系及其运行规则，临空经济演进阶段由于具有不同的典型特征，主要动力机制也有所不同。

4.4.1 机场极化空间阶段的形成机制

基于前文对机场极化空间阶段的典型特征分析，本书认为这一阶段的临空经济只是完成从“空间孤立状态”到“空间集聚状态”的转变，在形成阶段的机场极化空间期，基础性动力——机场的驱动力起主导作用，外源性动力也起一部分作用，内生性动力的作用比较微弱，综合多种因素考虑，这一时期的动力机制是“基于时间成本的区位选择机制”。

4.4.1.1 区位选择理论的动态性

区位选择是指区位决策主体的区位选择过程，也是区位决策主体寻找特定地域空间位置以实现预期目标的过程，这个过程受区位因素的影响和制约。区位决策主体（行为主体）不同，区位选择是所需的区位单位性质不同，对各种区位因素的评价也就不同，从而其区位偏好也就不同。因此，区位选择理论随着经济的发展而呈现动态变化，在以土地为主要生产要素的农业经济时代，杜能提出了农业区位的一般模式；到了以物质材料为主要生产要素的工业经济时代，韦伯发展了工业区位理论。当今世界已经进入知识经济时代，人力资本成为重要的生产要素，以知识和智力密集为主要特征的高新技术产业的布局对传统区位论提出了挑战[②]，在现今，区位对于企业依然是非常重要的，波特认为，区位是通过影响企业生产率尤其是生产率的提高来影响企业的竞争优势的。[③]

4.4.1.2 影响产业转移的区位因素特点

随着人类经济活动的发展，区位因素呈现出三个特点：

第一，单一区位因素的分析和界定仍然具有现实意义。

---

① 刘恒江，陈继祥，周莉娜．产业集群动力机制研究的最新动态．外国经济与管理，2004；26（7）：2～7

② 缪磊磊，阎小培．知识经济对传统区位论的挑战．经济地理，2002（3）：142～143

③ G.L. 克拉克，M.P. 费尔德曼，M.S. 格特勒主编．牛津经济地理学手册．北京：商务印书馆，2005

虽然传统区位理论研究的是单一经济因子对工业区位选择的影响，不能全面反映工业区位选择目标，但仍然是影响工业区位选择的主要条件，重视非经济区位因子以及行为因素的新的区位理论也应运而生。随着人类经济活动的发展，区位因子的范围更进一步扩大，仅考虑单一的经济因素已经不能全面地反映工业区位选择的目标，重视非经济区位因子以及行为因素的新的区位理论也应运而生。同时，新的生产方式、人类经济活动组织方式的变化都对区位因子提出了新的要求，而保护环境、可持续发展等问题的解决也进一步体现在工业区位选择的变化上。

第二，区位因素相对重要性差异对区位决策的影响。

同时在具体的区位决策中，决策主体可能会受到多方面的共同影响，但它并不能否认因决策主体差异所形成的区位因素相对重要性差异对区位决策的影响。①

第三，经济因子中的成本以及收入因子仍然对工业区位选择起重要作用。

经济因子中的成本以及收入因子仍然对工业区位选择起重要作用，这是区位理论研究的传统思维，也是最基本的研究方法。传统区位理论正是以建立一般的区位理论的方法，基于经济力量区位分布的一般规则，去揭示经济力量的区位分布与我们所看到的巨大更替过程之间的因果关系。它们所表达的主要理论就是经济活动与空间发展之间的矛盾。经济活动不仅受到地理空间有限性的制约，而且受到空间移动的制约，即不管是水平还是垂直方向的空间移动，都受到空间摩擦或距离摩擦存在的制约。克服这种摩擦需要花费时间、费用以及劳动，而时间、费用以及劳动对人类都是有限的，因此由于受空间移动的限制，决定着各种各样经济活动的区位，事实证明高技术产业是高度重视交通运输同步发展的，不仅在高技术产业的研究与开发、生产和销售过程中须臾离不开交通运输，而且科学园和技术城的规划布局中，也要充分注意其交通地理区位，尤其是临空（与机场的接近性）问题。在美、英、日等高技术产业发达的国家，小型飞机、短距离起飞着陆跑道等设施以及快速邮件专递、私人汽车交通等的发展都促进了高技术产业的发展。大型国际机场周围的高技术工业园也显示了巨大的生命力。

4.4.1.3 新的区位因素——时间成本

随着经济的不断发展和生产技术的不断进步，人们需求的差异性越显著，如何在最短的时间内满足客户的这种差异需求是企业之间以及供应链之间新的竞争

① 郝寿义，安虎森．区域经济学．北京：经济科学出版社，2004：60

焦点，其实质就是基于时间的竞争。由于买方市场的趋势日趋明显，顾客已经成为整个供应链网络中的势能最高点，要缩小势能差，拥有竞争优势，就必须尽量与顾客靠拢，在第一时间满足顾客的需求，在这种“顾客势能至高”的新经济环境下，由于顾客关注的重点逐渐向时间因素偏重，时间开始成为评价供应链运作的主导因素，成为继成本、质量、服务之后的新的利润因素[①]。

基于时间竞争（Time-Based Competition，TBC）理论应运而生。1988 年，Stalk，G. Jr. 发表了具有里程碑意义的文章《时间：下一个竞争优势资源》，分析了第二次世界大战以来日本企业经历的竞争优势演进过程：从“低劳动力成本优势战略”演进到“基于规模的资金密集优势战略”，再经过“集中生产优势战略”，最终形成“柔性生产优势战略”。从日本企业竞争优势的演进过程中，Stalk，G. Jr. 察觉到时间对于企业的前景，提出了基于时间竞争 TBC 这一概念。[②]

时间竞争的核心在于缩短从产品开发、加工制造到销售配送等时间从而赢得竞争优势的策略，其实质是压缩产品从创造到发送过程每一阶段时间。加快产品开发与推出，快速设计和制造，快速物流配送及顾客服务，这样使得新产品比竞争者更早进入市场，赢得更多的市场份额，大大降低产品生产及上市周期长所带来的时间成本。

时间成本指的是消耗在某段时间内，资源和信息的闲置而产生的在此时间内向其他能取得更大效益的方面投入的机会成本的消耗。据估计，在服装业中，劳动成本只占 10%，而时间成本却占 30%，时间成本被大量地消耗在市场—企业、企业内部、企业—企业、企业—市场的各个环节。[③] 在自动供货系统中，节约的时间成本达 70% ~80%。可见，时间成本不仅存在，而且越来越成为信息时代最重要的成本概念，它是一种自然资源，具有无形的价值。

企业对时间成本的耗用可能是直接的，也可能是间接的。例如，当企业开发新产品的周期比竞争对手长时，意味着企业正在耗用过多的直接时间成本，表现为新产品的上市慢于竞争对手；企业在产品的销售中也会发生时间成本，当企业通过有力的手段快速地销售产品时，不仅使企业资金回笼加快，经济效益得到快速实现，而且将快速扩大产品的市场占有率，其时间成本的节约为企业带来难以估计的巨大收益。此外，有效而快速的决策、市场信息的快速获取与反馈都将为

---

① 马士华，沈玲．基于时间竞争的供应链预订单计划模式．计算机集成制造系统，2005（7）：1001 ~1006

② 晏安，王海军．基于时间竞争的物流周期压缩方法研究．物流技术，2006（2）：42 ~45

③ 周晓东．现代企业的时间价值概念探讨．价值工程，2000（4）：30

企业大大节约时间成本，从而为企业带来收益。由此可见，时间成本的节约不仅意味着单位时间劳动力成本、资金成本等传统意义上的要素成本的节约，更在于它为企业加强管理提供了一个全新的概念。

因此，降低时间成本成为现代很多企业追求的目标，而降低时间成本主要有两种有效途径：第一，将生产链布局在一个地理区位，使得企业在空间上临近，形成经济活动的空间集群，这样整装厂与零部件厂在空间上相互临近是降低生产链时间成本的必要条件。第二，产品传递渠道层面，指从原材料转变成产品并流向最终消费者的渠道，即采用压缩物流周期——采用“商用空运”（air commerce）方式，[①] 使用空运来配送零部件、半成品和成品，降低产品生产及上市周期长所带来的时间成本和增强供应链的协同效应，增强市场反应速度。本节主要讨论第二点，使用空运方式来压缩物流周期所带来的企业的区位变化。

4.4.1.4 基于时间成本的区位选择机制

基于时间成本的区位选择机制会导致决策主体（企业）的区位偏好以机场周边为主，也就是临空指向，其分析的逻辑框架如下，见图 4.8。

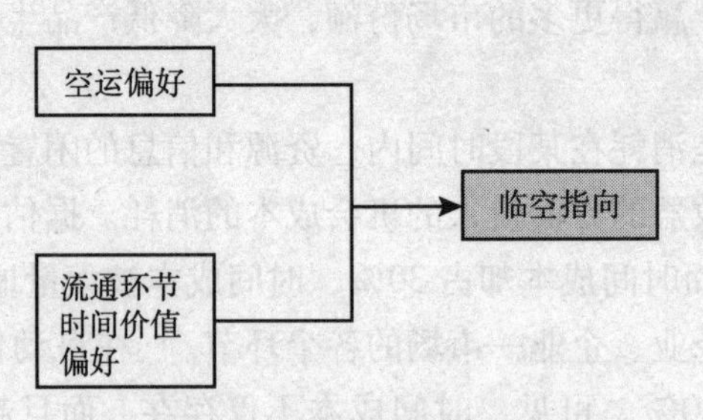

图 4.8 临空指向分析的逻辑框架

资料来源：本书整理。

第一，具有空运偏好的产品是基础。第二，整个价值链的总体时间最小化是约束条件，这些企业在流通环节具有时间价值偏好，时间成本达到最小化。从基于时间竞争的价值链系统分析，可以看出趋于机场周边布局是最佳选择。现代管理新思维要求企业在最短的时间内，以最低的成本提供最高的价值，它将企业组织的注意力放在灵活性和反应力上，建立强有力的竞争优势。因此，将时间因素结合到价值链当中形成一种基于时间的价值链模式来分析和评价竞争优势。

① 刘卫东，Peter Dicken，杨伟聪．信息技术对企业空间组织的影响．地理研究，2004（11）：833～844

基于时间竞争的价值链是一个系统，任何一个活动花费更多的时间都会影响到价值链整体的反应速度。如果不同活动之间在时间上有冲突，则应以有利于整个价值链的时间最少为原则来调整活动，因此整个价值链的总体时间最少是目标。

第三，流通环节的时间价值偏好。生产要素在地理分布上是不均衡的、生产要素在空间上是不完全流动的、市场在空间上无法流动且是呈“点状”或“面状”分布的、产品和服务在空间上是不完全流动的等原因造成经济空间是非均匀的，而价值链各环节所要求的生产要素又相差很大，① 因此，生产价值链的空间分离成为必然。但是基于时间的竞争要求企业要达到整个价值链的总体时间最少，而流通环节则是其重要的时间价值环节，压缩这个环节的时间成为重点。

据国际机场协会统计数字表明，世界上机场离市区的平均距离是20～30km，供应链逐步转向按小时供货的趋势，在整条供应链上节约时间是非常必要的，我们设定一个两种产业链布局模式，一是具有时间偏好的企业远离机场布局，从原材料、零部件、半成品、最终产品形成一条完整产业链，产业链的各个功能环节布局在经济空间的不同区位，但每一个离机场的距离在30km左右（B点），如图4.9。按照这样的布局方式，假如产品从生产基地运往机场都要单程花费20分钟，而在零部件、半成品、最终产品的每一点都需要来回程才可以完成，因此，在这一项流通环节的时间成本多花费40+40+40+40=160（分钟），而这仅仅是理想状态，在实际过程中可能会更多。

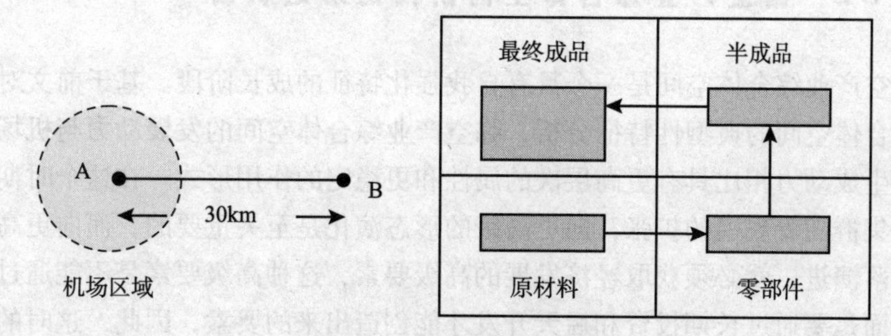

图4.9　机场影响物理区域

资料来源：本书整理。

现实中由于机场物理距离所产生的经济影响也是存在的，例如上海机场东移事件带来的影响。上海虹桥机场转到浦东机场，也就在路途上向东延伸了一小段——80km，也就是说，苏州的IT厂商以前到虹桥机场的货车现在要多跑80km

---

① 魏后凯．区位决策．广东：广东经济出版社，1998：28

的路程，运输时间增加近两个小时。[①] 但实际上，"东移"对苏州厂商的影响绝不仅仅是物理距离的简单加长。

在苏州有600多家中国台湾IT企业。这些企业的生产组织方式运用及时制生产方式（Just in time），灵活反应和零库存是这些企业的共同特征。[②] "东移"之后物流不畅，导致企业运转失常，最具杀伤力的就是生产链的"断链"效应，对于这些JIT企业来说，零库存意味着：生产原料没有及时供应，工厂就得停产。虹光精密是在苏州工业园的一家中国台湾企业，主要做扫描器的ODM，它和至伸、明基、源新四家厂商占了全球扫描仪出货量的95%。2003年11月13日，虹光因为CCD零件没有及时到位，停产了一天；11月19号，由于一家上游供应商——苏州吴江的峻凌电子公司在浦东机场的货找不到，不能提供ASIC零件给虹光，又停产了一天。

前面分析的主要是货流，其实对于人员也同样存在这样的问题，研究表明高科技行业的员工至少比一般行业的员工坐飞机出差的机会要多60%。因此高流动性、对航空服务的大量需求对众多信息处理、电信和其他高科技行业来说，非常重要。

因此，基于时间成本的区位选择机制会导致具有以下特性的企业逐步聚集在机场周边地区：空运偏好和流通环节的时间价值偏好特性。

4.4.2 临空产业综合体空间阶段的演进机制

临空产业综合体空间是一个具有自我强化特征的成长阶段。基于前文对临空产业综合体空间的典型性特征分析，临空产业综合体空间的发展动力与机场极化空间的生成动力相比具有更高层次的属性和更稳定的作用形式。在这个时期，临空产业集群随着规模的扩张，向更高级的形态演化是至关重要的，而向更高级的产业群落演进，就必须获取经济发展的高级要素，这种高级要素是不能通过继承获得，而是要通过长期投资和后天开发才能创造出来的要素，因此，这时的外源性动力和基础性动力共同起作用，政府必须通过创立更加良好的产业环境条件，而机场的航线网络是支撑。

因此，本书认为"基于专业化分工的临空产业链群的网络协同机制"和"基于机场竞争优势获取的资源要素需求机制"是本阶段临空经济发展的动力。

---

① 上海货运机场"东移"启示录［EB/OL］，http：//211.156.53.20：7788/gate/big5/www.teda.gov.cn/servlet/publish.

② 苏南国际机场重划长三角物格局［EB/OL］，http：//www.logistics-smu.net/dtItem.aspx?id=142.

4.4.2.1 基于专业化分工的临空产业链群的网络协同机制

通过前一节的分析，机场周边吸引了越来越多的具有临空偏好的企业，这些企业正是临空产业链的节点或是产业环。从产业环境角度分析，每一种产业只是产业系统中的一个环节或一个片段，由于各个环节或片段有连成一体的内在要求；从竞争角度分析，竞争优势越来越多地来源于企业与产业价值链上下各环节的系统协同中，即竞争的优势应该建立在更大范围的、更多种类的产业资源和核心能力的基础上。从更高的层次上说，现代区域或企业的竞争已经演绎为区域或企业所加入的产业链之间的竞争，因此临空企业迫切需要“链接”，只有这种基于一定的技术经济关联并依据特定的逻辑关系和时空布局关系客观形成的链条式关联形态才能保证一个企业的整体优势就转化为一个区域和产业的整体优势，从而形成这个区域和产业的核心竞争力。

在临空产业综合体空间阶段，通过节点与节点的对接形成临空产业链，不同的影响因素产生了主要的临空产业链，产业链通过垂直关系网络和水平关系网络形成临空产业链群，从而形成了临空产业综合体。

1. 核心链——航空运输服务链的内在逻辑识别

(1) 产业链的基本特性。周新生认为：“产业链指一产业在生产产品和提供服务过程中按内在的技术经济关联要求将有关的经济活动、经济过程、生产阶段或经济业务按次序联结起来的链式结构。产业链的实质是技术经济关联链，具体可是节点产业产品形成的所涉及相关产业的物理形态产品链，亦可是围绕节点产业技术所涉及的相关产业的技术链，或围绕节点上产业某一业务所涉及的相关业务构成的业务链，如产品链、供应链、销售链、物流链、信息链、研发链、需求链、风险链等。无论何种形态产业链，还是哪个层面的产业链，其本质是以价值为纽带将能够决定和影响节点产业产品主要价值部分连接所构成的链。”①，刘贵富认为，“产业链是以产品为对象，即以生产的对象为对象形成的，这里的产品可以是看得见摸得着的物品，也可以是服务，如教育服务、金融服务等。”② 从以上观点可以看出，产业链是技术经济关联链，其看做对象的产品可以是服务，由此作为逻辑基点分析临空产业区的航空运输服务链。

从产业角度分析，由于航空运输的影响因素使得对于临空偏好的企业具有特殊的吸引力，而这种临空偏好性成为企业链接的内在逻辑点，而临空产业主体—节点间的供应与需求关系正是在这种动态的逻辑关系下逐渐发生链式关联，航空

① 周新生．产业链与产业链打造．广东社会科学，2006（4）：30～36
② 刘贵富．产业链的基本内涵研究．工业技术经济，2007（8）：92～96

运输服务把这些节点连成线，由此航空运输服务链形成。

产业链通常以产品为对象，“在一种最终产品的生产加工过程中，从最初的自然资源到最终产品到达消费者手中所包含的各个环节所构成的整个的生产链条”。[①] 现在从绝大多数文献中可以看出，对于产业链的描述都是基于实物产品为主，对于以服务产品的描述几乎没有，而服务产品与实物产品的差异性使得去识别航空运输服务链的内在逻辑产生难度。

对于航空运输服务链的逻辑链识别参照于产业链的两个核心点：产品的“链接”和“供应”过程中价值的增值。第一，产品的“链接”。“链接”是产业链概念的核心所在，也就是产业链是以投入产出为纽带，上一企业生产的产品一定是下一企业的投入，直到完成整个产品的生产为止，因此，产品链是基础，产品链（在此也可看做生产链）是产业链上各种实物形态、价值形态的产品或服务生产过程的链接，是由产业链链体内不同企业（包括上游、中间和下游企业）根据不同的生产方式而生产的各类产品或服务，是产业链的成果表现形式。[②] 在这里面产业链强调的是“产业的整体”和企业间的“竞合关系”，研究的重心不是产业或企业间的竞争，而是产业与产业、企业与企业间的对接。也只有在产业链节点和节点的对接中，才能发现外界环境的“机遇和威胁”，才能找到企业自身存在的“优势和劣势”；第二，“供应”过程中价值的增值。产业链形成的动因在于产业价值的实现和创造，产业链是产业价值实现和增值的根本途径，其目的在于创造产业价值最大化，本质是体现“1 + 1 > 2”的价值增值效应。这种增值往往来自产业链的乘数效应，它是指产业链中的某一个节点的效益发生变化时，会导致产业链中的其他关联产业相应地发生倍增效应。产业链价值创造的内在要求是：生产效率≥内部企业生产效率之和（协作乘数效应）；同时，交易成本≤内部企业间的交易成本之和（分工的网络效应）。企业间的关系也能够创造价值。[③] 基于这两点，总结出航空运输服务链的结构形式。

（2）航空运输服务链的结构，如图 4.10 所示。

在航空运输服务链中，源节点是机场，它是航空服务产业的源头，它所提供的是服务产品 A，也就是提供给航空公司在机场运营的服务，它是产品 B 的投入品，航空公司产生出了产品 B，也就是航空公司的舱位，这种产品由代理人进行销售，这种服务构成了产品 C，最后销售给消费者。在这条服务链中，其拉动力在于航空运输服务，它维持了这条链的形成和发展。

---

① 刘贵富．产业链的基本内涵研究．工业技术经济，2007（8）：92 ~ 96

② 刘尔思．关于产业链理论的再探索．云南财经大学学报，2006（6）：66 ~ 69

③ 吴金明，邵昶．产业链形成机制．中国工业经济，2006（4）：36 ~ 42

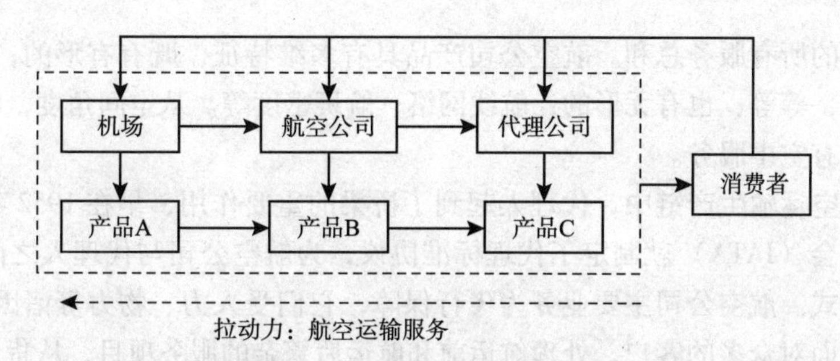

图 4.10 航空运输服务链的结构

资料来源：本书整理。

第一，产品的“链接”。由于在整个链条之中，其产品不是通常的物理形态的产品，而是定义为客户通过购买而获得的需求满足，也就是服务产品，也正是这种服务产品的“链接”从而衍生出整个临空产业集群，因此识别这种服务产品是关键。

机场产品指的是满足承运人（航空公司）的航空器起降、停场服务及其旅客、货物的过港需要。[①] 机场产品分为两类：主导产品和延伸产品。主导产品指的是与机场设施相关联的各种航空运输服务，也就是机场航空业务，如飞机的起降、停场、机务及候机楼和货站等服务。延伸产品指的是利用机场资源综合开发同时为主导产品提供配套支持的各种业务，如餐饮、零售、酒店、广告、机场的房地产开发等。机场产品相对于其他服务产品的最大特点在于产品组合链条长和服务对象的多元性。仅从旅客出港，由接入机场到完成值机、行李托运、联检报关、安全检查、候机服务，到飞机停场的地勤设施设备配套服务、机务、飞机客货舱服务、供油、供水、供餐等等众多环节；服务对象的多元性表现在既直接服务于人（旅客、货主、航空公司代表等），也服务于物（飞行器、航空货物）。机场产品的多样性决定了其链条节点企业的多样性和空间偏好的差异性，如航空地勤服务业务、土建及机电等工程设施保障业务、飞机过站机务业务、导航指挥业务、安全和应急救援业务，以及其他配套服务业务等，这些环节在专业上表现出极大的跨度；这些企业在链条中的不同环节中的位置决定了其空间偏好有着比较大的差异性。

机场的产品就是为航空公司提供的服务，航空公司则是这种产品的需求方。航空公司的运营以机场为基点，产生出航空公司产品。航空公司的产品是旅客或货物的空间位移，其实物载体就是舱位（座位或是货舱），其综合表征是为保证

① 王倜傥．机场竞争与机场经营．北京：中国民航出版社，2005：152

航班提供的所有服务总和。航空公司产品具有多维特征，既有有形的，如机型、客舱布局，等等；也有无形的，航线网络、航班密度等。从空间角度，既有地面服务，也有空中服务。

在航空运输生产链中，代理人起到了桥梁的重要作用，早在1952年国际航空运输协会（IATA）就制定了代理标准协议，为航空公司与代理人之间的关系设置了模式。航空公司主要业务为飞行保障，它们受人力、物力等诸因素影响，难以直接面对众多的客户，处理航运前和航运后繁杂的服务项目，从货运角度来说，需要航空货运代理公司为航空公司出口揽货、组织货源、出具运单、收取运费、进口疏港、报关报验、送货、中转，使航空公司可集中精力，做好其自身业务。按照产业链以投入产出为纽带的原则，上一企业生产的产品一定是下一企业的投入，代理人销售了航空公司的产品，但由于航空公司产品的多维特征，代理人仅仅完成了航空运输产品的一部分，完成整个产品还需要机场、航空公司的下一阶段的服务，因此三者的协同作用很重要。

通过以上航空运输产业链组合成不同形态的供应形态和价值形态，最终形成具体的产品。

第二，"供应"过程中价值的增值。产业链的实质是价值链，过程是以价值增值为导向，产业链中的企业从上游到中游再到下游是一个不断增值的过程，直到用户买走产品，实现了产业链的价值为止，因此产业链是以把创造价值、满足顾客对产品或服务的需求作为最高目标，只有如此，才能保证整条产业链的连续稳定，才能保证每个成员企业获得持续不断的经济效益。以此为基点对航空运输服务链进行思考，其实质是满足旅客或货主的服务需求为目的，把运输链中分散的独立的价值链的增值环节，通过市场选择最优的环节，把它们联结起来，创造出新的价值。

在速度经济空间，航空运输服务链是灵敏型供给链，主要是满足客户的时间价值。但是在分工日益深化的临空经济环境下，要想实现有效率的顾客或货主价值的创造，不是一个企业的事情，需要整个产业链的企业付出协调一致的努力。服务资源在产业链的各个环节上进行传递，并伴随着功能的传递和累加，使效用或使用价值在原来的基础上不断增加。

在航空运输服务链中，航空公司起到了链核的作用，航空服务为纽带，上下连接，向下延伸，所形成的一个链状的网络结构。机场在整个链条中起到了基础作用，它锁定了链条的核心空间范围，而航空公司起到了主导作用，它是整个运输服务链的核心，因为只用旅客或货物的空间位移实现，服务产品才能形成，而这就需要航空公司所起到的运输作用，代理人在整个链条中起到了不可或缺的作用，它直接面对消费者，是运输产品最终能够实现的关键因素。

2. 主导链——临空高新技术产业生产链

在临空经济区里，存在着临空偏好型高新技术产业，这一类产业链是指以科技含量比较高的、产品关联度比较强的优势企业和优势产品为链核，以产品技术为联系，资本为纽带，上下联结、向下延伸、前后联系形成的产品链，可称为产业生产链。① 这一类型的纵向关系是现有理论关注最多的，也是在成长阶段中可以大量看到的。表现形式可以分为三种：单源链状结构、单源星型结构、多源网状结构。②

（1）单源链状结构的临空高新技术产业生产链。在链状式临空高新技术产业生产链中，如图4.11，分布在两端的节点分别称之为源节点和终端节点。源节点一般代表的是一些科研机构或一些基础性产业，它是高新技术产业链技术或资源的源头，源节点上科研机构和产业的类型，一般也反映了该产业链的产业类型。终端节点则反映了该产业链在纵深方向上，相关产业的延伸程度，而这个延伸程度是由技术、资金以及市场环境等多种因素共同决定的。在源节点和终端节点之间的节点，我们称之为中间节点，代表着以源节点提供的技术和资源为基础的一些具有相关性的主导产业环节。它的数目的多少直接反映了该产业链的长度，并且是影响该产业链规模和水平的重要因素。

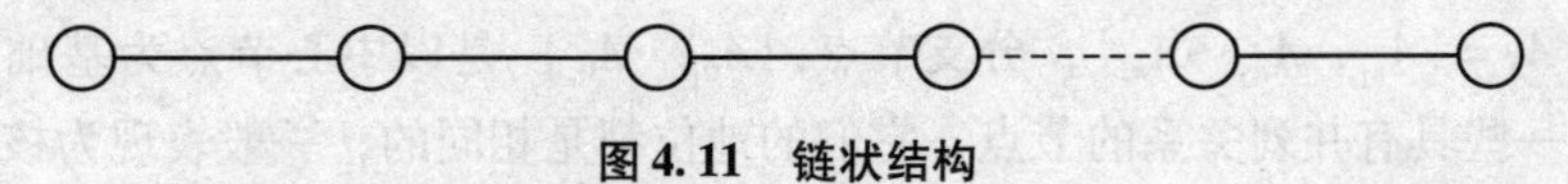

图4.11　链状结构

资料来源：王兴元．高新技术产业链结构类型、功能及其培育策略．科学学与科学技术管理，2005(3)：88~93

（2）单源星型的临空高新技术产业生产链。星型结构的临空高新技术产业生产链由中心节点、分支节点、末梢终端节点以及连线等组成，如图4.12。中心节点相当于单源链状结构的源节点，它为链上的其他产业提供了技术和资源基础。A_0 可用来表示出中心节点。分支节点 $\{A_1 \cdots A_m\}$ 是以中心节点为基础而延伸出来的一些具有并列关系的节点，它们的地位都是相同的，一般表现为核心技术在各个领域的应用，其数目是由技术、资源、市场以及环境等因素共同决定的。末梢终端节点是指在不同领域内，产业的再次分工。A 所包含的末梢终端节点为 $\{A_{m_1}, A_{m_2} \cdots A_{m_n}\}$。

① 刘贵富，赵英才．产业链：内涵、特性及其表现形式．财经理论与实践，2006（5）：114~117

② 王兴元．高新技术产业链结构类型、功能及其培育策略．科学学与科学技术管理，2005（3）：88~93

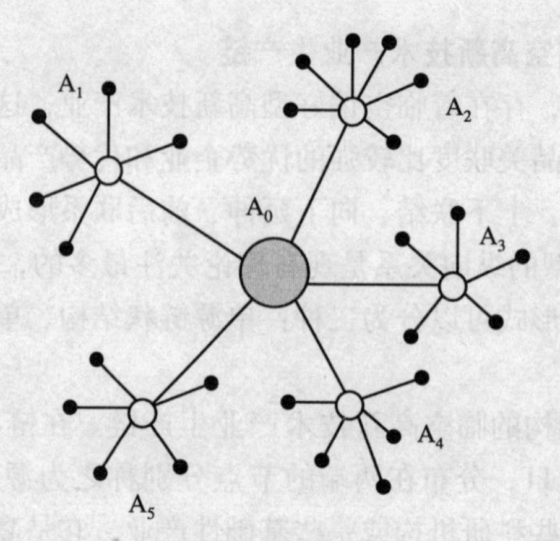

图 4.12　星型结构

资料来源：王兴元．高新技术产业链结构类型、功能及其培育策略．科学学与科学技术管理，2005 (3)：88～93

（3）多源网状结构的临空高新技术产业生产链。多源网络型结构的临空高新技术产业链由多个核心技术源点、单源中间节点、中心节点 A、分支节点、末梢终端节点以及连线等组成，如图 4.13。源节点共同为链上的其他产业提供了技术和资源基础，中心节点为综合性产业节点，我们可用一个关系式来表示出中心节点 $A_n=\{A_{n_1}, A_{n_2}\cdots A_{n_r}\}$，分支节点 $\{A_{0_1}\cdots A_{0_r}\}$ 是以中心节点为基础而延伸出来的一些具有并列关系的节点，它们的地位都是相同的，一般表现为核心技术综合产业在各个领域的应用，它的数目也是由技术、资源、市场以及环境等因素共同决定的。末梢终端节点是指在不同领域内，产业的再次分工。A_n 所包含的末梢终端节点为 $\{A_{n_1}, A_{n_2}\cdots A_{n_r}\}$。

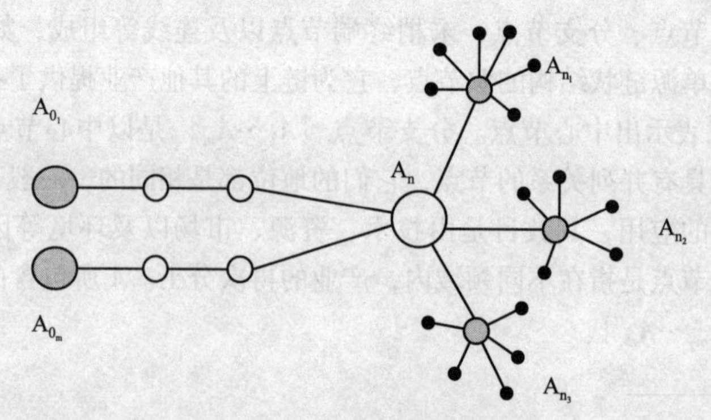

图 4.13　网状结构

资料来源：王兴元．高新技术产业链结构类型、功能及其培育策略．科学学与科学技术管理，2005 (3)：88～93

3. 临空产业链群的网络协同机制

在临空经济区，临空偏好是企业的共同特性，因此航空运输服务链必将链接了每个企业，同时考虑到产业链的时间特性，产业链环之间的接续时间越短越好，因此，在临空经济区内只有这种基于一定的技术经济关联并依据特定的逻辑关系和时空布局关系客观形成的链条式关联形态才能保证一个企业的整体优势就转化为一个区域和产业的整体优势，临空高新技术产业生产链必将形成。

在临空经济的成长阶段，临空高新技术产业生产链通过接通产业链和延伸产业链两个方面逐步完善产业链，接通产业链是指将一定地域空间范围内的产业链的断环和孤环借助某种产业合作形式串联起来。延伸产业链则是将一条已经存在的产业链尽可能地向上游延伸或向下游拓展。产业链向上游延伸一般使得产业链进入到基础产业环节或技术研发环节，向下游拓展则进入到市场销售环节。而在同时，临空偏好特性使得无论原材料、半成品、成品的运输都与航空运输发生关系，航空运输服务链逐步形成。由此，航空运输服务链和临空高科技产业生产链共同构成临空产业链群，从而构成了一个纵横交错的网络，多个产业链通过链环上的主体——企业相互交叉，协同才能保证多个临空产业链群的可持续发展，因此，基于专业化分工的临空产业链群的网络协同机制成为这一时期的关键动力机制。

4.4.2.2 基于机场竞争优势获取的资源要素需求机制

1. 有限垄断市场向竞争市场的转型分析——机场市场资源的阶段特性

机场是以专用基础设施为主要手段的服务性企业，其产品具有不可移动的特征。因此，机场的市场只能以机场所在地为中心，呈辐射状向外延伸。随着机场辐射能力的增强，机场的市场空间可以不断扩大，但由于成本和影响力的关系，机场的市场将随辐射的延伸而逐步弱化，因此，机场具有其特定的有限性，这也导致机场发展规模的有限性。

这说明，机场的可持续发展是依托于市场资源，机场的市场资源是指通过强化航线网络和提高基地承运人营运效率所可能实现的客货运量潜力。一定区域内由于地理位置而可以由某机场独享，以及通过自身努力而可以争取与别的机场分享的客货运量，构成了机场的市场资源。机场由于其特定的地理位置而面临特定的市场资源，并且其发展的不同阶段其市场资源的范围和强度不同。

（1）机场发展初期的市场资源——局部有限垄断市场。机场具有局部垄断性，而这种垄断性在机场发展初期发挥着比较大的作用，机场初期的生存和发展主要依托于所在的特定区域的需求，有限垄断市场的大小变化对于机场的发展起到重要的作用，中心城市机场或经济活跃地区机场发展较快也由于有这一市场的支撑。

(2) 机场发展中期的市场资源——外部的竞争市场（交叉市场和中间市场）。随着航空运输需求的发展，政府或社会投资能力的增强，加之行政支配力量的局限，必然使机场的密度增加，并且不可能完全按市场的合理分布及实际需求有计划地增加。随着机场密度的变化，以及由于陆路交通改善等因素带来的机场辐射能力的提高、服务范围的扩大，航空市场的流动将不断增强，相对稳定支撑机场发展的有限垄断市场也将随之缩小（虽然在绝对值上可能因新的需求产生而增加）。共同市场的扩大，使相关机场不得不面临要么争取获得，要么丢失或放弃某些市场的可能。为增加本机场的市场份额，就必须采取一定的竞争手段。

机场所依赖的市场具有一定的有限性和流动性，机场发展到一定阶段后，从外部获取的市场超过相对垄断的市场而成为机场发展的主体，机场拥有的相对垄断市场与竞争市场的比例随机场的发展而变化，前者将由大变小，后者将由小变大。当一个机场获取的竞争市场的比例越大，则发展越快。

在这个时期，竞争市场主要有两种形态：交叉市场和中间市场。第一，交叉市场（见图 4. 14）。通常一个机场服务的合理半径为 150km。当然由于交通、地理、人文等条件的不同，会使机场的服务半径有很大的差异。为了说明问题，我们以 150km 为依据，当两个机场的间距小于 300km 时，其服务半径的交叉区域就成了共同市场，消费者会根据机场提供的服务及价格情况作相关的选择，这就是两机场竞争的市场。

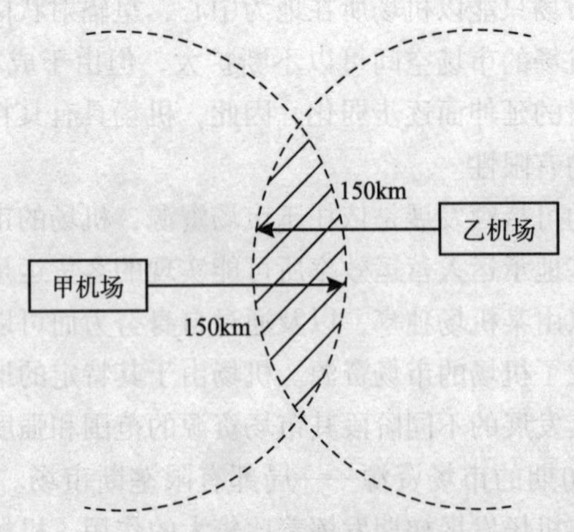

图 4. 14　机场交叉市场的表现形式

资料来源：王倜傥．机场竞争与机场经营．北京：中国民航出版社，2005：89

第二，中间市场（见图4.15）。当两个机场的距离大于300km时，超越机场合理服务半径内的消费者具有同样的选择机会。当消费者邻近机场没有前往目的地的航班时，离消费者最近的提供所需航班服务的两个机场也就是选择对象。有效地吸引可能的消费者也是机场竞争的目标之一。

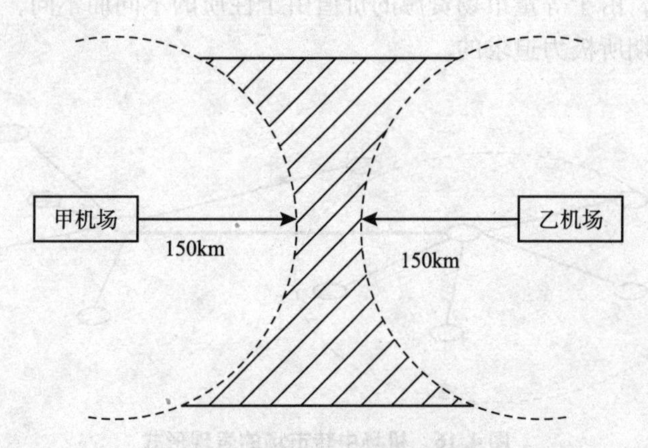

图4.15　机场中间市场的表现形式

资料来源：王倜傥．机场竞争与机场经营．北京：中国民航出版社，2005：90

（3）机场发展后期的市场资源——外部的竞争市场（中转市场）。机场发展到后期，由于竞争的需要对市场资源需求激增，中转市场的出现为机场的进一步发展拓展了空间。

中转市场（见图4.16）。由于机场及航线、航班设置的局限性，许多客货运输需求难于有两个机场的直接运输完成，需要由第三个机场中转实现其运输过程。同时由于机场所在区域相对垄断市场的有限性，机场发展到一定阶段后就出现缺乏成长空间的情况。而中转是超越空间的，市场可以随航线的延伸而扩大，具有极大的弹性空间，也就是机场新的发展机会。此外，航空公司为扩大市场占有，降低成本，提高竞争力而产生的航线结构组织和调整，也往往为机场的中转带来巨大的发展空间。

中转市场使得市场资源在量和质的方面得到提升。首先，在市场资源的量的方面，中转市场是由中枢辐射航线网络所提供的，而中枢辐射航线网络所产生的网络效应则是市场资源在量的方面得到提升的根本原因，网络效应创造了一个正反馈环，使得网络价值得到有效提升，因此，市场资源得到扩充。其次，在市场资源质的方面，市场资源的质量是指单位运量能够为机场所带来的经济价值。例如，盖安德公司2003年为中国一个主要的国际门户机场完成的研究表明，每一位国内离港旅客为该机场带来的收入约为人民币106.31元，每一位中国航空公司所承运的国际离港旅客为该机场所带来的收入为人民币116.31元，而每一位由外国航空公司所承运的国际离港旅客为该机场所带来的收入为人民币241.10元，即每一个出港旅客由于属于不同类型的市场资源，为机场带来的收益相差一倍以上。因此，由于等量市场资源的价值由于性质的不同而不同，中转市场则是机场发展到后期所极力追求的。

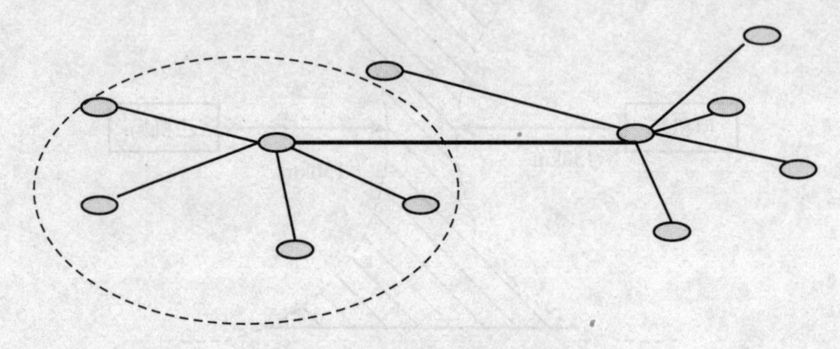

图4.16　机场中转市场的表现形式

资料来源：本书整理。

2. 打造机场持续竞争优势所需求的资源要素分析

（1）资源要素对于机场维持竞争优势具有重要意义。企业资源基础理论是由沃纳费尔特（Wernerfelt，1984）① 提出，该理论认为：企业是由一系列资源束组成的集合，企业内部资源对于企业获利和维持竞争优势具有重要意义，对于企业创造市场优势具有决定性作用，每种资源都有多种不同的用途，企业的竞争优势源自企业所拥有的资源、外部的市场结构与市场机会对企业的竞争优势产生一定的影响，但并不是决定性因素。

资源是资源基础理论中最基础的概念，它是指“（企业）控制的所有资产、能力、组织过程、企业特质、信息、知识等，是由企业为了提升自身的效率和效益而用来创造并实施战略的基础（Daft，1983 转引自 Barney，1991 P. 101）”。

资源学派认为，企业的资源具有异质性和非完全流动性特征，资源的异质性导致了企业的异质性。由于资源是不完全自由流动的，企业之间的异质性可能会长期存在。如果一个企业拥有稀缺的、能够创造价值的资源，并且这些资源既不能够被其竞争对手所模仿，也不能被其他资源所替代，那么这个企业就具有垄断

① Wernerfelt，B. A Resource-based view of the firm. Strategic Management Journal，1984（5）：171～180.

的地位，并成为企业获得持久竞争优势和超额利润的必要条件。[①]

依据资源基础理论，机场只有获取有价值的稀缺资源才能可持续发展。虽然航空公司是机场的客户，但从航空运输服务的完整产品角度分析，承运人提供了运力资源，机场为航空客货运输行为提供最基本的服务保障平台资源，以及航空保障服务，例如航空油料服务、航材进出口、航空信息部门等，航空维修服务和航空培训也是必不可缺的，这些资源在机场的经济空间有效结合，才能形成航空运输服务的完整产品，才能产生航空市场效应。因此，机场作为以专用基础设施为主要手段的服务性企业，机场、基地航空公司和航空保障企业等在机场共同组成一个组织，利益相互依存，共同为旅客和货主服务。

（2）动态性的资源要素能够保持机场发展的动态竞争能力。科林斯和蒙哥马利（Collis，Montgomery，1995）[②] 提出，对于在某特定产业或特定时间具有价值的资源，在不同产业或时间背景下可能不具有同样的价值。因此，在企业的不同发展阶段需要获取不同的资源要素，这基于以下两点分析。

第一，资源对当前和未来需求的满足程度。张威（2006）[③] 从资源的外在市场特征角度分析市场状况与顾客需求决定的资源属性——价值性的动态适应度。资源外在特性的价值性是指资源能否产生出顾客需要并愿意为其支付的商品或服务。从顾客需求的角度来讲，只有当公司的资源能够比竞争对手的资源更好地满足客户需求时，公司的资源才具有价值，公司必须不断地重新评估它们赖以竞争的行业所具有的吸引力以及它们的资源对当前或未来需求的满足程度。

第二，企业动态竞争力的构建。企业竞争优势的获取依赖于企业能力的构建。然而，企业的核心能力一旦形成，往往会出现核心刚性问题（Leonard Barton，1992），即在快速变化的环境中，核心能力常常无法随之而改变，企业原有的核心能力不仅不能为企业带来竞争优势，反而成为企业竞争优势发挥的桎梏。在实践的基础上，Teecr、Pisano 和 Shuem（1997），Subba Narasimha（2001）分别提出了“动态能力”的思想，从而使核心能力的局限性得以扬弃，更深入的研究——动态能力理论得到了发展和重视。Teece、Pisano 和 Shuen 指出：动态能力是企业整合、构建以及重塑企业内外能力以便适应快速变化的环境的能力，最终使企业获得持久的竞争优势。[④]

---

① 应维云，覃正，李秀．企业竞争优势战略的理论研究综述．开放导报，2005（10）：105～107

② Collis，D. J. &C. A. Montgomery. Competing on Resources：Strategy in 1990s. Harvard Business Review，1995.

③ 张威．构建企业资源特性多层面分析模型：持续竞争优势形成探源．现代财经，2006（8）：52～55

④ 晏双生，章仁俊．企业资源基础理论与企业能力基础理论辨析及其逻辑演进．科技进步与对策，2005（125）：125～128

因此，机场在发展过程中为了塑造自己的动态竞争能力，需要不断吸收、整合资源，而这种资源要素需求带来了航空业务和非航空业务的加速聚集。

3. 资源要素需求带来机场航空和非航空业务的加速聚集

（1）资源要素需求带来机场航空业务的加速聚集。机场资源要素的增多使得机场的竞争优势增强，这种增强集中表现在机场的集散能力的大幅提高，而这种集散能力的提高依托于航线航班密度的增加，原因在于航线航班密度越大，旅客、货主的选择性越强，机场的吸引力也越大。无论骨干航空公司采取的中枢辐射式航线网络方式，还是新兴的低成本航空公司的城市对式航线安排，都试图以提高航班密度、可选择性和便捷度来吸引顾客。罗兰贝格公司在对欧洲机场2001年旅客吞吐量增长情况进行分析后认为，机场航班量每增加2倍，该机场旅客运输吞吐量可增长5倍，这充分反映了机场航空业务随航线航班而加速聚集的现象①。

机场航空业务的加速聚集现象主要在于中转方式上。中转业务是随航线结构的扩展及航班密度的提高而发展的，而中转则可以为机场创造更大的需求。机场成为中转枢纽并形成“航班波”（Bank，也称航班集群）②，对这些机场的吞吐量的增长都起了自我放大的作用。中转创造需求的典型案例是美国的亚特兰大机场和孟非斯机场。亚特兰大是一个人口不足200万的中型城市，由于该机场作为主要的枢纽机场，航空公司在这里每天完成10个以上的“航班波”，每个“波”量达80架次，由此完成1700个航班合成，从而向数千个城市提供高频率、低成本、低票价的服务。2003旅客吞吐量达到8000万人次，其中中转旅客到达70%以上，即在亚特兰大中转的旅客相当于该城市人口约30倍。美国中部城市孟非斯城市人口只有68万人，而它作为联邦快递的分拨中心，其航空货吞吐量达到世界第一，2004年达到335万吨，其中大部分为中转货物。

（2）资源要素需求带来机场非航空业务的加速聚集。机场的非航空业务增长主要在于客货流资源和土地资源。后者与机场的业务规模大小有关，但同时取决于规划的许可以及政府的相关政策。而后者则完全依赖于航空业务的规模，取决于客货流的大小。更多的客货流产生更大的伴生性资源。机场大多数非航空业务的市场广度对吞吐量的增长成倍数增长，能为机场带来的收益也不是与吞吐量成等比例关系，如候机楼的商业和机场的广告业。

① 王倜傥．机场竞争与机场经营．北京：中国民航出版社，2005：100

② 航班波：大批航班在大致相同的时间到达枢纽机场，经过短暂的停留，完成旅客、货物的中转之后，又在大致相同的时间飞离枢纽机场，形成了一个航班波。经过短暂的平静之后，枢纽机场又会迎来下一个航班波。航班波里的每一个航班，都为其他航班馈送运量，同时，也都为其他航班疏散运量。

客货流资源除具有规模的倍数效应外，还具有结构上的倍数效应。主要表现为国际、国内航线，近程与远程航线所形成的市场深度不同。国际航线与远程航线带来的潜在收益将远远高于国内航线和中、近程航线。

4.4.3 知识创新空间阶段的演进机制

在激烈竞争的全球化时代，创新能力直接决定着国家和区域的竞争力，区域层面的创新开始备受关注。临空经济经过“机场极化空间阶段”和“临空产业综合体空间阶段”的发展，在“基于时间成本的区位选择机制”、“基于专业化分工的临空产业链群的网络协同机制”、“基于机场竞争优势获取的资源要素需求机制”等多种动力机制的作用下，临空产业集群逐渐开始成熟，但尚未真正形成核心竞争力，由于临空经济产业的高端特点，在发展初期需要通过创新平台来维护和支持临空经济的发展，在后期更需要临空经济创新平台来为临空经济的可持续发展和升级提供保障。因此，缺乏“区域创新网络”成为临空产业集群核心竞争力缺失的重要因素。因此，完善的区域创新网络是临空经济实现从成长阶段向成熟阶段跨越的关键。基于此，本章将通过系统梳理创新机制的相关理论，重点剖析基于创新网络的临空经济创新机制。

4.4.3.1 临空经济的创新载体：创新网络

伴随着创新范式由线性过程演进为复杂的非线性过程、企业间的竞争方式由单个企业间的竞争演进为企业网络间的竞争，临空经济区内企业的创新活动将在一定机制的作用下形成创新网络，激发企业的创新活力、整合企业的创新资源、提高企业创新活动的效率、共享企业的创新成果，因此，临空经济区创新网络既是临空经济区内部企业间互动的创新活动所形成的结果，也是集群内企业实现创新的重要载体。

基于上述有关创新、网络、集群创新的相关研究成果，结合临空经济的产业特性，本书认为临空经济创新网络可以进行如下界定：临空经济创新网络是指临空经济区内企业，协同物流需求方（顾客）、政府或其他机构等集群行为主体，以竞争合作和信任关系等正式和非正式的合作交流为基础，形成的推动创新产生、传播、溢出和扩散的相对稳定系统。归纳起来，临空经济创新网络的内涵包括以下内容：

1. 现代企业是临空经济创新的主体

尽管研发机构也能够促进创新，但创新是“新思想”和“实现市场价值”

的结合，这不是在企业外的研究机构中所能发生的。临空经济是众多临空偏好企业在地理空间范围内的集聚，对于某一个企业而言，位于临空经济区内与空间分散的区位选择相比，一方面，面对的竞争对手更多、对手之间的竞争也更为直接和激烈，由此产生竞争的压力；另一方面，由于企业可以与客户和其他相关实体进行近距离观察和面对面的频繁沟通，从而更加有利于企业识别顾客的需求变化趋势，把握创新的良好机会，因此企业具有充足的动力和压力进行创新活动，构成集群创新活动的主体。

2. 临空经济创新网络由三大组成部分构成：主要结点、关系链与流动要素

（1）主要结点是指创新网络中存在的各个行为主体，包括企业、中介服务机构、科研机构以及地方政府等组织，正是这些结点之间的交互作用促进了临空经济的协同创新；企业是临空经济创新网络中最重要、也是数量最多的经济活动主体，这些企业不仅包括具有分工协作关系的合作企业，而且也包括竞争性的同类型企业；中介服务机构，主要包括临空经济区内存在的各种行业协会、商会、创业服务中心等组织机构以及律师事务所、会计师事务所等各种形式的中介组织，还包括银行、保险等金融服务部门，这些中介服务机构作为市场的中介，为集群内企业的技术创新活动提供必不可少的支持；科研机构主要是指临空经济区内不仅存在高水平的大学或研究机构，而且还要使这些主体积极有效地参与到网络创新活动中，这些与企业紧密互动的大学或研究机构是临空经济创新网络保持持续创新的关键要素；无论是波特的“菱形”构架，还是社会经济网络理论中的网络模型，政府及附属公共部门都是创新网络中必不可少的重要结点，政府虽然没有或很少直接参与技术创新活动，但政府不仅在生产要素的创造上扮演着重要角色，而且能够为企业的技术创新活动提供资金支持或专业化的服务，为企业提供良好的技术创新环境。

（2）关系链主要是指发生在主要结点之间的正式关系与非正式关系的集合，这些关系的基础可以是正式的契约和投入产出联系，也可以是非正式的交流、沟通、接触、面对面的谈话以及相互间的信任等，关系链是主要结点之间发生交互作用的必要途径和重要表现方式，也正是通过各个结点之间存在的关系链条将各个结点联系起来，从而形成临空经济的创新网络。

（3）结点间流动的要素主要是指资金、信息、生产要素等，这些流动的要素是结点间关系链形成的重要载体，也是完成协同创新所必要的投入。通过这些要素流动，结点之间不仅形成物品流、资金流，而且还形成知识流、信息流、技术流等。

4.4.3.2 基于创新网络的临空经济创新机制

1. 创新环境的孕育

在《经济学原理》中，马歇尔在研究工业聚集时就曾经论述了创新区域环境这一主题，揭示了区域的无形创新空气的重要性："行业的秘密不再是秘密，而似乎公开散发在空气中，优良的工作得到恰当的赏识，机械上以及制造方法和企业的总体组织上的发明和改良一有成绩，就迅速得到研究。如果一个人有了一种新思想就会被别人所采纳，并与别人的意见结合起来，又成为更新思想的源泉。"① 马歇尔所说的企业创新需要的"空气"就是创新文化环境，作为"以竞争合作和信任关系等正式和非正式的合作交流为基础，形成的推动创新产生、传播、溢出和扩散的相对稳定系统"的临空经济创新网络，其重要的形成动因之一就是在临空经济区内部存在的一种创新环境，正是这种创新环境的存在有力地促进了企业创新活动的产生。

硅谷的创新文化使得硅谷取得了很大的成功，区域内这种独特的冒险精神就构成了硅谷的创新文化。正是这种创新文化促使企业集群不断地创新。② 硅谷是高科技产业的聚集地，其形成机理与临空经济的形成机理非常类似，通过硅谷的案例我们可以清晰地认识到创新文化对于产业集群创新的成功至关重要。

企业的隐性知识（tacit knowledge）根植于企业员工的心智和经验，是企业核心竞争力的第一要素。伦德瓦尔（Lundvall，1992）研究技术变革的特征与空间互动的关系，把技术变革分为三种：固定技术、渐进创新和激进创新。在固定技术模式中，距离并不重要，在渐进创新尤其是在激进创新模式中，隐性知识占据主导地位。隐性知识的空间粘滞性使距离极其重要，技术创新过程越激进，知识越难以编码。所以伦德瓦尔（Lundvall，1992）假设知识隐性水平与空间距离的重要性正相关。因此，临空经济区内企业间的空间区位接近性有助于隐性知识在临空经济内得以传播；集群式创新的平等开放的网络化特性，为技术人员提供了无所不在的面对面交流信息的机会，既包括正式的交流，也包括各种非正式的交流，这种交流成为隐性知识在临空经济区内迅速传播的重要途径，促使形成区域性的隐性知识。由于这种隐性知识根植于区域内共同的社会和文化背景，临空经济区外的企业不能轻易模仿，因此成为临空经济区核心竞争力的重要成因。

① Abbey，D.，Twist，D.，Koonmen，L.，2001，"The Need for Speed：Inpact on Supply Chain Real Estate" AMB Investment Management，Inc. White Paper. January 2001：1.

② J. 阿塔克，B. 帕塞尔著，罗涛等译．新美国经济史．北京：中国社会科学出版社，2000：146～164

2. 创新平台的构建

根据临空经济的发展规律，临空经济核心创新平台应包含如下部分：

第一，科研教育区。主要包括：主要支持临空经济区内各种公共信息平台和政府信息平台的信息安全；主导产业的研发中心，如通信、电子元器件、汽车电子技术、数字化机床和模拟等的研发机构；各种研究院、所、医院、科技实验室等。重点发展具有临空指向型的应用性研究。

第二，技术创新区。主要包括：电子通信产业科技孵化器、文体中心、公寓和别墅等。主要是进行临空高科技产业化项目的孵化，特别是支持引导电子通信类重要项目的孵化。

第三，生活服务中心区。主要包括：金融服务机构以及法律、会计事务所、会馆、主题公园及商业等。主要是为科技集群体系提供良好的环境和健全的服务。

第五章

基于临空经济演进序列的产业结构调整模式

临空经济的演进特性决定了临空经济的产业结构调整区别于其他一般的产业结构调整，因此，本章在前文对临空经济的形成与演进机理研究的基础上，试图基于临空经济演进序列，提出临空经济的产业结构调整模式。

第一节　临空产业结构调整模式的逻辑框架

5.1.1　现有产业结构理论在临空产业结构调整分析中的局限性

通过研究发现，现有的产业结构调整理论在应用于临空产业结构调整时具有一定的局限性，无法更准确和全面地指导实践中的临空产业的发展，其原因主要来自于如下两方面：

第一，产业分类是进行产业结构调整的基础。目前在产业结构调整中大多按照“三次产业”分类法将产业进行区分，其产业结构调整的对象是基于这一标准下的产业分类，即第一产业、第二产业和第三产业。但临空经济是依托于机场资源及其衍生的航空运输和航空制造行为而引发的经济形式，其产业分类标准还要考虑到产业对机场资源的利用效率，即产业的临空指向性，因而在产业分类标准上具有明显的差异性，“三次产业”的分类方法无法有效的涵盖和区别临空产业的本质特征，导致一般产业结构调整和临空产业调整的对象的不同。

第二，目前，学术界普遍理解和采用的产业结构调整理论一般是基于宏观大区域概念，如世界、国家、省市等广域范围内的产业结构调整，而临空产业结构调整是小区域概念（下文将详细论述）下的区域产业结构调整，在这一小区域内，由于产业空间资源的有限性，某类具有比较优势的具体产业，如航空物流业、高科技制造业、航空制造业将在临空经济区域范围内呈现主导地位，控制着区域内大部分资源的供求关系，成为一定时期内临空经济发展的主要推动力。因此，基于具体产业的产业结构调整模式在临空产业结构调整中将具有更强的指导性和现实性。

5.1.2 临空产业结构调整模式的理论依据

临空产业结构调整模式的理论依据主要有产业链理论、产业集群理论，同时，一般意义上的产业结构调整理论一定程度上同样适用于临空产业结构的调整。

首先，产业链理论是临空产业结构调整的基础理论之一。产业结构的调整要求产业结构的合理化和高端化，这一要求同样适用于临空产业结构调整。正如前文提到的，临空经济的小区域概念使临空产业结构调整侧重于产业组织微观层面的调整。在企业受到区位优势和资源优势吸引而进入临空经济区后，随着企业规模的扩大、技术的发展，迂回生产程度的提高，其生产过程划分为一系列有关联的生产环节。分工与交易的复杂化使得在经济中通过什么样的形式联结不同的分工与交易活动成为日益突出的问题。企业组织结构随分工的发展而呈递增式增加。因此，搜寻一种企业组织结构以节省交易费用并进一步促进分工的潜力，相对于生产中的潜力会大大增加。企业难以应付越来越复杂的分工与交易活动，不得不依靠企业间的相互关联，这种搜寻最佳企业组织结构的动力与实践就成为产业链形成的条件，而产业链一旦形成，就意味着产业链使得产业关联程度的进一步紧密，资源加工度加深，社会需求得到进一步满足，在宏观上将体现为临空产业结构的合理化①。

其次，产业集群理论也是临空产业结构调整的另一重要的基础理论。作为产业组织微观表达形式，产业集群是临空经济产业结构调整的主要表现形式，其作用也越来越重要。这是因为产业组织合理化是产业结构调整的必要前提，产业结构的调整必须伴着产业组织的再造，优化产业结构也必须以合理化的产业组织为前提。产业组织的实质反映的是生产要素在产业内部的配置。因此，它是一种“微观产业结构”。没有产业组织作为微观上的载体，产业结构对生产要素的“宏观”上的配置就无法实现。单纯的产业比例关系的调整，只不过是所谓“宏观产业结构”的改变，而“微观产业结构”并没有改变，靠这样的产业结构调

---

① 姚小涛，席酉民．企业契约理论的局限性与企业边界的重新界定．南开管理评论，2002（5）：36～38

整，优化的目标很难实现，调整后的产业结构只不过是一种“虚优化”的表象而已。产业集群具有广泛的适应性，是能适应外部交易条件和市场环境变化的自我适应调节的经济系统，其主要成分和组织结构可以根据复杂多变的市场竞争环境灵活地和不间断地进行重新组合和自我适应调整。临空经济产业结构的调整将利用临空产业集群发展，通过降低产业的内外部规模性，实现生产效率效益的最大化，同时在产业集群发展过程中逐步培养和孵化新的主导临空产业，实现产业的升级和更替，从而促进临空产业结构的调整。

最后，产业结构理论也在一定程度上指导着临空产业结构调整。这是因为产业结构调整要求区域经济整体效益最大化，产业结构向能够实现资源利用最优、产业附加值最大的高端产业倾斜。这一要求同样适用于临空产业结构的调整。临空经济的小区域概念，区域内有限的设施、资金、人员等资源具有更强的实现效益最大化的需求，能够带来高附加值的高端临空产业始终是临空产业结构调整的目标。同时，临空产业结构调整实际也暗合着“大尺度区域”产业结构调整的方向。在“大尺度区域”框架下，产业结构调整遵循着从第一产业向第二产业再向第三产业过渡的原则，在第二产业内部遵循着从传统制造业向现代制造业过渡，在第三产业内遵循着从一般服务业向现代服务业过渡的趋势。而临空经济自身的产业特性决定了其服务市场的高端性，根据运输化理论，航空运输是社会经济发展到工业化后期的主导运输方式，航空运输是适应和满足现代制造业和现代服务业长途、快速、便捷、频繁、安全的人流、货流运输的基本运输保障，也是其主要运输方式，因而现代制造业和现代服务业成为临空经济的主要产业类型，临空经济的发展继而成为区域产业结构调整的重要表现形式和主要驱动力量，通过临空产业链的完善和产业集群的出现，带动区域经济的高端化，推动“大尺度区域”内产业结构的调整。

5.1.3 临空产业结构调整模式的构建原则

5.1.3.1 临空产业高度化原则

产业高度化是指产业生产的集约化和产品的高附加值化，即在宏观产业结构上体现为高度化产业比重不断增加，传统产业比重不断下降。依托于机场的基础行为，临空产业结构应当呈现出高度化趋势，即遵循传统的由“一产”、“二产”、“三产”的产业升级模式，由传统产业向高新技术产业提升，由现代制造业为主导向现代服务业为主导转变，从而实现临空经济区产业结构的优化。①

---

① 杨治．产业政策与结构优化．北京：新华出版社，1999：213～264

5.1.3.2 临空产业专业化原则

遵循产业分工原则，临空经济通过不断扩大产业内某一环节的专业化程度，实现生产的规模性，降低生产成本，发挥地区资源的比较优势，从而通过专业化的生产方式形成竞争优势，带动临空经济区的发展。①

5.1.3.3 临空产业价值链高端化原则

临空产业价值链高端化原则指在临空产业结构调整的微观层面上，遵循产业价值链递进规律，主导产业由价值链低端向价值链高端演进，通过向产业价值链高端的转移，使临空产业由低附加值的劳动密集型产业向高附加值的技术密集型、知识密集型产业演进，由产业链中的简单组装装配环节向核心部件研发制造环节转移。②③

5.1.3.4 临空产业集群化原则

指依托核心临空指向型企业，通过产业链的延伸和大量相关配套服务企业的空间聚集，实现产业的集群化发展，从而不断增强产业的内外部规模性，提升临空产业的区域根植性和可持续发展能力，并以此为依托，实现临空经济区内产业结构的优化和调整。

5.1.4 临空产业结构调整模式的逻辑框架的构建

正如前文提出的，临空经济是小区域尺度下以具体产业为主要对象的产业结构调整模式。本书提出了如图 5.1 所示的临空产业结构调整模式的逻辑框架，主要从两个维度对临空产业结构调整进行分析：临空产业构成维度和临空经济演进序列维度。在临空产业构成维度，临空经济演进序列的动力机制，基础性动力、内源性动力和外生性动力的交互作用使不同演进阶段的临空经济构成呈现出一定产业构成特征，不同阶段的主导或优势产业类型发生变化和替换，临空产业结构调整将以这些产业为主要调整对象进行；在临空经济演进序列维度，通过对临空经济微观产业组织结构的不同作用方式，以产业链和产业集群等形式，实现临空经济形成期、成长期和成熟期产业结构调整模式之间的转变。同时，临空产业结构的调整还要在产业结构调整的大框架下进行，满足产业结构的合理化和高端化等需求。

---

① 王述英. 现代产业经济理论与政策. 山西：山西经济出版社，1999.9

② 李红梅. 21 世纪中国产业结构调整的战略选择. 首都师范大学学报，2006（6）

③ W. W. 罗斯托. 从起飞进入持续增长的经济学. 成都：四川人民出版社，1988

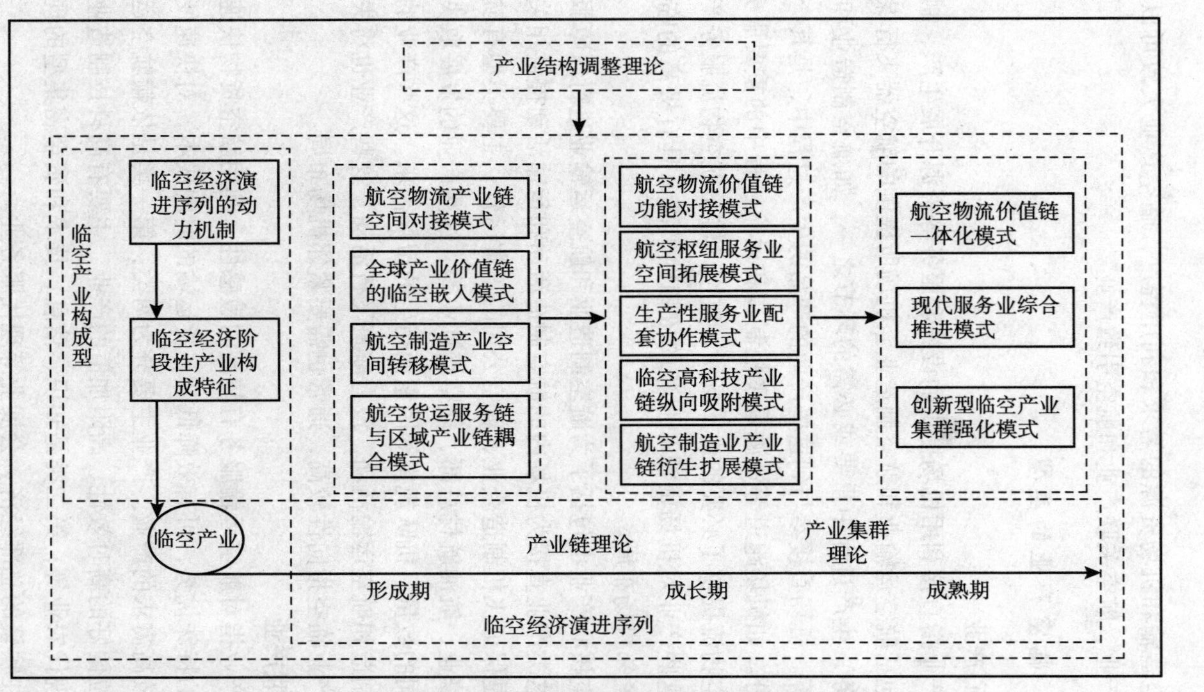

图 5.1　临空产业结构调整模式的逻辑框架

资料来源：本书整理。

5.1.5 临空产业的分类研究

按照对航空运输和机场资源的需求和利用程度，临空产业大致可以分为三类：航空核心产业、航空关联产业和航空引致产业。

5.1.5.1 临空产业的类型

1. 航空核心产业

航空核心产业指直接利用机场提供的设施和服务等资源开展生产、制造活动的产业，主要包括航空运输业和航空制造业。机场所提供的航空器飞行保障服务是其产品（服务）生产过程中重要或必需的环节之一，如航空制造业和航空物流业、快递业等。机场直接参与到这些产业的产品的生产过程中，是其产业链上的重要组成部分。如机场跑道等资源是飞机制造和运输过程中的重要服务设施，机场货站为航空物流提供了必要的生产场所，航空运输是航空物流服务产品生产的主要过程。这些产业对机场资源和服务的依赖性极高，具有极高的临空指向性，通常需要紧邻机场布局。

同时，航空核心产业也包括了为航空制造业和航空运输业进行保障服务的航空相关产业，这类产业直接为机场内的航空制造活动和运输活动提供相关保障性服务，其目的是保证飞机制造企业、航空公司的正常运营，主要类型有航空食品业、航空器维修业、航油航材总部、航空培训业等，这些产业的发展取决于机场内运营航空公司的数量、机队规模等因素而衍生的市场需求。这些产业的存在直接依赖于航空制造和航空运输活动，没有航班飞行活动，这些产业也将失去存在的意义，因此产业临空指向性较高，通常也需要紧邻机场布局。

2. 航空关联产业

航空关联产业指对航空运输服务有较高的敏感性，利用航空货物快速安全和机场口岸功能的特殊优势，可有效降低其客货运输的时间成本，对快速便捷的人流、物流具有较高需求的产业。产业主要分为两类：第一类是依赖航空运输、产品具有临空区位偏好的高时效性、高附加值的产业，主要有高科技制造业、轻型产品制造业，现代农业等；第二类是知识、信息、技术和资金密集型的现代服务业，如人员交往频繁的总部经济、会展业等现代服务业。

机场虽然不直接参与这些产业的产品或服务的生产过程中，但机场的航空运输服务可以为这些产业提供良好的运输环境，促进人员和产品的流通，有助于企业降低运营成本，提高经营效率。这些产业主要根据运输成本对其生产经营效率的影响大小，基于地租成本和时间成本等因素选择在机场周边不同区域内布局。

3. 航空引致产业

航空引致产业指依托机场及上述两类产业引发的客流、货流资源，满足各类人员如机场旅客、员工及各产业从业人员的居住、教育、消费、购物、娱乐等生活需求，以及产业发展所必需的研发、培训、金融、中介、广告等服务需求，通过产业链的延伸和完善，由各航空核心产业和航空关联产业引发和吸引各类辅助、配套和支持产业。这些产业大多属于现代服务业范畴，如教育科研、休闲娱乐、住宿餐饮、金融、中介等产业。机场的吞吐量规模对这些产业的发展会产生一定影响，但更多的会受到其他各临空产业的发展规模和需求条件的影响。

5.1.5.2 临空经济的产业关联特征

从图5.2可以看出，机场这种设施的存在，改变了地区的制造和运输环境禀赋，实现空间的经济极化，但机场只是航空相关活动中一个重要的基础设施平台，其自身并不能成为产业活动主体，必须依托其他的单位和企业，如各类民航运输、制造和保障企业，才能向社会提供完整的航空运输服务和航空制造产品。因此，航空核心产业是依托于机场基本功能而直接吸引和聚集产业，通过这些核心产业的共同协作，航空运输行为和航空制造行为才能够在机场出现，并且拉动和支撑其他临空产业发展。

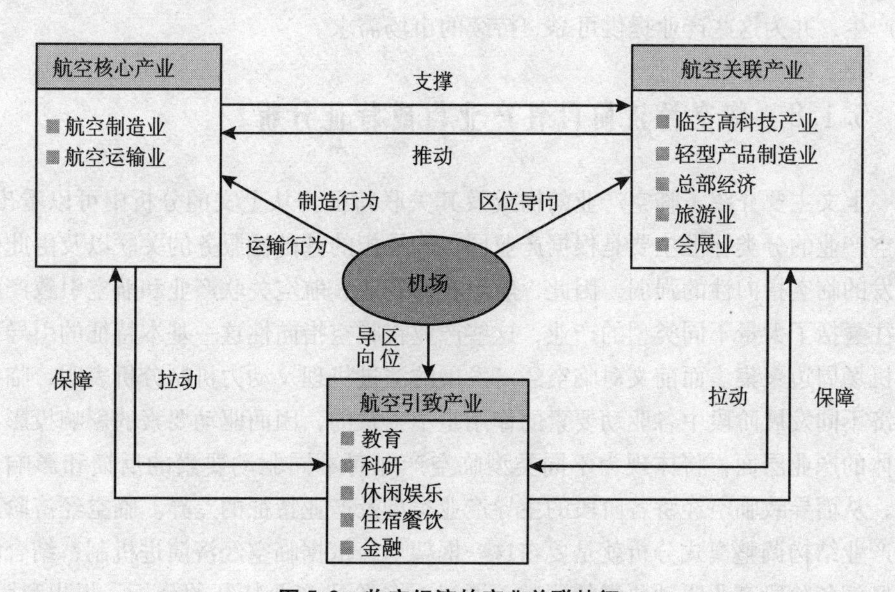

图5.2 临空经济的产业关联特征

资料来源：本书整理。

航空关联产业是受到机场提供的航空运输活动和航空制造而引发的一系列产业，机场并不直接参与到这些产业生产和制造过程中，但为其提供了重要的支撑保障作用，如高科技制造业、轻型产品制造业和现代农业。这些产业由于自身产品特性和生产方式的影响，具有较高的航空运输偏好，航空运输可以更好地满足其产品制造、运输、销售的需求，以获得更大的竞争优势，因此对航空运输业或航空物流业的依赖程度较强，在产业空间指向性影响下，产业将围绕机场选址和布局。同时，航空关联产业的存在和发展增加了航空运输活动的市场需求，需要机场不断提供更多和更好的航空运输服务，进而有效地推动了航空核心产业的发展。

航空引致产业是为航空核心产业和航空关联产业提供配套服务的产业，如地区教育科研、休闲娱乐、金融中介等产业，其类型以服务业为主。航空引致产业同样可能跟机场的航空运输活动和航空制造活动没有必然的直接联系。尽管部分旅客的消费购物需求可能带来休闲娱乐业和住宿餐饮业的发展，但航空核心产业、航空关联产业是航空引致产业发展的主要动力，这些产业衍生的需求将大大高于机场运输、制造活动本身带动的需求。如航空产业、高科技制造业、轻型产品制造业和现代农业的发展以及其产业的价值链高端演进对地区的教育、培训和科研环境提出了更高的要求，总部经济、旅游业、会展业带来的大量商务或旅游客源将大大促进地区的休闲娱乐、住宿餐饮等产业的发展，而上述各产业的发展需要地区具备完善的商务服务环境，促进了如金融、人力资源中介、广告等产业的产生，并为这些产业提供可靠、持续的市场需求。

5.1.6 临空经济阶段性产业构成特征分析

上文主要介绍了临空产业的构成及其关联特征，从上文的分析中可以看出，临空产业的分类标准主要是根据产业同机场承担的基础性服务的关联以及由此而引发的临空指向性的强弱，因此，航空核心产业、航空关联产业和航空引致产业往往囊括了大量不同类型的产业，这些产业在临空指向性这一基本特征的引导下在机场周边聚集。而前文对临空经济发展的演进机理及动力机制分析表明，临空经济不同发展阶段中各驱动要素的作用是不一致的，因而驱动要素的影响投影在具体的产业层面，将体现为不同类型临空产业对不同驱动要素的反馈和影响不同，从而导致临空经济各阶段的主导产业类型及产业特征的差异。临空经济阶段性产业结构调整模式分析就是要在这一框架下，依据临空经济演进机制，结合临空经济各阶段产业驱动要素的调整，通过对各阶段产业特征的分析，提出科学、合理的产业结构调整模型。

5.1.6.1 临空经济形成期产业构成特征分析

根据前文的分析，在此阶段，临空经济发展的驱动要素主要以基础性动力和外源性动力为主，即临空经济的发展主要依托于机场设施所产生的航空运输活动和航空制造活动，而相关临空产业的聚集除自身的资源和区位偏好外，外部政府有组织、有目的的区域规划和政策引导也将成为产业聚集主要动力。因此，此阶段临空产业的构成以紧密依托于机场直接衍生的航空运输活动和航空制造活动的相关产业为主。同航空客运活动相比，航空货运活动具有小运量、多批次和方向性强、货源集中等特征，对机场基础资源的需求，如运力投入、航班密度、航线网络数量的需求度低。因此航空物流产业成为临空经济优先发展的产业，并依托机场的基础设施，构建起临空经济完整的航空物流服务。同时，以航空物流业带来的综合运输成本的下降为基础，产品运输依托于航空物流的高新产品制造业也将开始在临空经济区聚集，其来源主要有两种：区域原有高科技制造产业和全球高科技制造产业的区域转移。此外，由于航空制造业，特别是整机组装环节由于对机场设施资源的强偏好性，也有可能同时受到外源性动力的影响而在机场周边出现。因此，本阶段临空经济产业特征是具有强临空指向性的航空核心产业和部分航空关联产业开始在机场周边的大量集聚，如航空物流业及其他高产业关联度的高科技制造业、航空制造业中的组装环节等，同时，机场的基础性动力和外源性动力的作用还表现为对机场周边区域原有产业中无临空指向性产业的排斥，这些产业往往无法通过有效地利用机场的设施资源而形成较强的市场竞争优势，在机场周边土地、人力、资金等资源开始大量向强临空指向性产业集中的背景下，随着资源获取成本的增加和政府有意识的产业调控而逐步分散或移出。

5.1.6.2 临空经济成长期产业构成特征分析

在此阶段，临空经济发展的驱动要素主要以内生性动力为主，基础性动力仍将在一定程度内发挥作用，但作用力较弱。即基础性动力是临空产业聚集和规模扩大的重要动力，但此阶段临空产业质量的提升则主要来自于已有临空产业的产业链的拓展和完善以及产业集群的初步形成，降低产业内部交易成本的需求代替降低综合运输成本的需求是本阶段临空产业发展的主要动力，因此，在已有航空核心产业和航空关联产业规模和质量进一步提升的同时，其他为这些产业服务的航空关联产业和航空引致产业也将进入临空经济区。一方面，随着产业扩张而带来的规模效应使产业内部的专业化分工成为可能，也是产业降低交易成本，增强区域整体竞争力的必然选择，不同于上一阶段临空产业主要集中于对航空运输依赖度极高而附加值较低的产品组装环节，本阶段临空高科技制造业和航空制造业产业链中的高附加值的产品研发、设计和核心零部件制造、产品展示销售等环节开始出现。另一方面，这些高附加值环节的出现也是产业建立巩固的供需关系，提升系统抗风险能力的必然要求。现代竞争往往不仅仅是企业间的而是其产业链竞争，是对研发、核心制造和销售等更高级要素的竞争，而这些要素不是通过简单的基础设施建设获得的，而是通过长期投资、后天开发，构建巩固的企业联系而获得的。因此，此阶段临空产业发展的重要特征是各类制造产业链的延伸和完善以及其上下游的现代服务业的出现，这些产业大多为航空引致产业。此外，产业规模和质量的全面提升同样需要基础性动力支撑，即机场运输保障能力的增强，主要体现为对航空物流和机场基础服务能力两个方面。在航空物流方面，要求航空物流具备更完备的设施及服务，如航空物流园、大通关基地等，以提供保税物流、口岸服务等功能。在机场基础能力方面，由于机场土地资源的有限性，大量同航空运输没有直接关系的产业，如培训、总部、配餐等功能则可能外溢，而被机场周边地区承接。

5.1.6.3 临空经济成熟期产业构成特征分析

此阶段内生性动力成为临空经济发展的主要驱动要素，但不同于前一阶段，在各临空产业产业链基本完善，产业集群基本形成的基础上，创新成为阶段内生性动力的主要作用机制，通过不断提升区域的学习能力，使区域具备动态竞争优势。创新活动的不可复制性使临空产业具备了全球竞争能力，因而可以获得更大的竞争优势和可持续性。而创新活动需要区域内大量的高素质人力资源和技术资源供给，而其带来的产品高附加值使该阶段设计研发等机构在临空产业集群中的比重不断增大，并将逐渐由生产有形产品的制造业向生产无形产品的现代服务服务业转移。同时，随着机场航空运输保障能力的进一步提升，各临空产业的服务市场将由区域市场拓展为全球市场，并实现同全区产业价值链的完全融合，随着人流、物流交流需求的继续增强，因此物流口岸、保税等功能将向自由贸易区的形式拓展。

5.1.7 临空产业结构调整模式驱动分析

不同阶段临空产业构成特征不同，这是由临空经济演进序列的动力机制引发的，但这些阶段临空产业构成之间并不是孤立不变的，而是存在着动态演变的过程，其作用机制则是通过产业链的上下游联系以及产业集群的聚集效应完成的，即产业链及产业集群通过对微观临空产业组织结构的调整，驱动着各阶段临空产业构成之间的转变，进而产生了相应的临空产业结构调整模式。

临空经济形成期的产业构成特征是以具有极强临空指向性的航空核心产业和航空关联产业的出现为主，主要包括航空物流业、高科技制造业和航空制造业等。同时，此阶段也是相应临空产业链中的核心产业环形成的时期，这些核心产业环对机场资源的需求度极高，主要的临空产业结构调整模式有：集中于组装制造环节、承接全球高新技术产业空间转移的全球产业价值链的临空嵌入模式、承接区域高新技术产业空间对接的航空货运服务链与区域产业链耦合模式以及承接航空制造业临空区位调整的航空制造产业空间转移模式。同时，出于航空运输服务能力提升的需求，实现机场货运和区域物流对接的航空物流产业链空间对接模式也是这一阶段的产业结构调整模式之一。

在临空经济成长期，随着上述产业的核心产业环产业规模扩大和生产专业化，更大区域内的资源要素开始向临空经济区聚集，带动相关的上下游产业出现，表现为临空产业链的延伸。高科技产业链和航空制造产业链进一步完善，出现以包括零部件生产在内的完整产品制造的临空高科技产业链纵向吸附模式和航空制造业产业链衍生扩展模式，侧重于产业链上下游生产服务环节的生产性服务业配套协作模式。此阶段对机场设施资源、航空运输服务的规模、质量和功能要求也在增强，出现了以航空运输服务环节外迁为主的航空枢纽服务业空间拓展模式和口岸物流和保税物流功能融和的航空物流价值链功能对接模式。

在临空经济的成熟期，此阶段各临空产业链已基本完整，临空产业持续发展的客观要求需要临空经济形成更专业的分工体系并汇集产业链以外的高层次社会资源，如金融、教育、科研等资源，因而产业集群成为此阶段的主要产业结构调整模式驱动力。其主要模式包括具有高产业附加值的现代服务业综合推进模式和以产品创新为特色的创新型临空产业集群强化模式。以进一步降低人流、物流运输壁垒的自由贸易区为特色的航空物流价值链一体化模式是此阶段航空物流业发展的主要模式。

第二节　临空经济阶段性产业结构调整模式分析

临空经济具有产业多样性特征，航空核心产业、航空关联产业、航空引致产业三大主要产业之间存在着相互关联、相互依托的共生演化规律。基于此，临空产业结构调整的模式将以临空经济的演进动力机制模型为依据，利用临空经济演进的阶段性特征向量和产业特征的变化趋势，在科学判断和选择临空经济不同演进阶段的重点发展产业的基础上，提出了一整套临空产业结构调整模式。见表5.1。

表5.1　临空产业结构调整理论模式

阶　段	理论模式
形成期	航空物流产业链空间对接模式
	航空制造业空间拓展模式
	全球产业价值链的临空嵌入模式
	航空货运服务链与区域产业链耦合模式
成长期	航空物流价值链功能对接模式
	航空枢纽服务业空间拓展模式
	生产性服务业配套协作模式
	临空高科技产业链纵向吸附模式
	航空制造业产业链衍生扩展模式
成熟期	航空物流价值链一体化模式
	现代服务业综合推进模式
	创新型临空产业集群强化模式

资料来源：本书整理。

5.2.1　临空经济形成期产业结构调整模式

此阶段产业结构调整模式主要依托航空核心产业，重点发展具有极强产业关联性和临空指向性的航空关联产业，实现临空经济的空间极化，重点发展产业包括航空物流业、高科技制造业、航空制造业。

5.2.1.1　航空物流产业链空间对接模式

航空物流产业链空间对接模式指的是指依托机场航空货运这一核心服务，通过航空物流企业必须紧邻机场布局的业务特性，利用航空物流产业链的产业空间关联性，吸引其产业链上各环节企业在机场周边聚集，实现临空经济区内航空物流企业、机场和航空公司的空间对接，从而构建区域内完整的航空物流产业链。

航空物流产业链由货代企业、机场货运和航空公司等多个产业环节构成。机场和航空公司由于其运营特性而具有较强的空间依赖性，但作为物流产业链上重要的环节——货代或快递企业，则具有较大的空间灵活性。这些企业是满足货主运输需求和航空运输实现的重要的连接环节，承担着为航空公司货运汇集货源，满足货主货物空间位移需求实现的功能。

航空物流产业链空间对接模式是航空运输业发展的客观要求，也是满足航空物流企业业务重心转移、降低交易成本的客观需求。首先，机场是航空物流产业中货物运输活动发生的重要环节和主要场所，机场提供的相关服务保障了航空物流活动的顺利开展，因此航空物流企业具备向机场周边聚集的客观需求。其次，现代物流的发展趋势也增强了这一需求。在航空物流服务过程中，围绕着现代物流中货物的综合服务功能以及由此而产生的大量商品流和信息流，对物流企业货物的处理效率提出了更高的要求，这就要物流企业为保证服务过程的连续性、高效性和完整性而需要在机场周边设置相应的服务和处理设施，而随着货主需求的不断增长和多样化，这样的服务保障设施对航空物流快速发展将起到越来越重要的作用，从而导致航空物流企业业务重心的转移。在这种背景下，机场周边的物流环节将由简单的航空货物处理部门而转变为集仓储、加工、转运和分拨的综合服务部门，而随着业务重心的转移，物流企业在空间上也将更加趋近于机场布局。

航空物流产业链空间对接模式适用的条件是机场具有一定的货运运量规模、航线数量和地区的航空物流需求。机场货运运力保障、航线网络结构是航空物流得以开展的基础，而区域内航空物流的需求体现在物流市场规模和服务类型。只有大规模的物流服务需求才能保障物流企业的存在和发展，多样的物流服务需求则要求物流企业必须能够提供专业化的物流服务，这种需求的多样性客观上导致了物流操作环节的复杂性，因而对货物的处理流程及其伴随的信息流产生了更为苛刻的要求，而紧邻机场发展则可以在一定程度上提高物流服务的效率。

需要指出的是，航空物流业在区域经济发展的基础性服务功能以及航空物流业的低临空极化度的特性，决定了航空物流产业链空间对接模式将是临空经济形成期的重要临空产业结构模式之一，其适用的标准较低，适用性较广。发达的运输体系是地区经济发展的基础，航空物流业所提供的货运服务也是地区经济活动开展的基础性保障之一，临空经济区只有在建立起发达的航空物流系统后，才能保证其他相关产业，特别是现代制造业的持续发展。航空物流业同时具有低临空极化度的特征，航空运输货物具有重量小而附加值高的特性，通过货运航班、货运航线的开辟，即可以较少的资源投入而满足临空经济区大量的货运需求，因此也具备了首先发展的可行性。

5.2.1.2 航空制造业空间拓展模式

航空制造业空间拓展模式指借助航空制造业全球转移这一趋势，利用航空制造业的高临空指向性的产业特征，通过承接国内外航空制造业务中分离、外包的相关环节，实现临空经济区内航空制造业的嵌入式发展。

航空制造业属于临空产业的范畴。航空制造业具有较强的临空指向性，主要体现在其制造过程中飞机试飞环节要求必须依托机场资源。航空制造业具有技术密集、资金密集和知识密集的特征，其产业链较长且环节众多。由于航空制造业的技术复杂性和环节多样性以及由此而产生的高沉淀成本的产业特性，为有效地降低生产成本，获取更大的竞争优势，航空制造业呈现出全球化制造的趋势。以波音公司为例，其飞机制造业务中有60%的业务外包。目前，全球航空制造业的市场规模约为2900亿美元，其中，以波音公司和空客公司为代表的干线飞机市场规模约为780亿美元，每年对外转包生产的总额达到290亿美元。在这一过程中，航空制造业中的高临空指向性的环节，如试飞和总装等环节，更趋向于向拥有良好的交通条件和廉价资源的机场周边地区转移，因此为临空经济区承接航空制造业创造了必要条件。

航空制造业空间拓展模式适用性主要体现在如下几个方面：首先，地区已具备一定的航空制造业的发展基础，或地区具备承接航空制造业国际转移的资源禀赋优势，如人力资源的规模和成本、地区的技术水平，特别是区域整体的装备制造能力。第二，航空制造业作为高投资、高技术性决定了其产业的高风险性，因此国家政策支持力度对临空经济区发展航空制造业意义重大。第三，机场硬件规模满足航空制造业（特别是飞机总装试飞环节）发展要求。不同于航空运输业，航空制造业是对机场资源的另一种使用方式，因此其对机场规模的要求主要体现在机场的硬件条件上，如跑道、净空条件、空域状况等。

5.2.1.3 全球产业价值链的临空嵌入模式

全球产业价值链的临空嵌入模式指临空经济区依托航空运输资源，利用国际产业国际转移的大趋势，通过承接来自区域外的全球产业价值链某一环节的方式，如电子信息制造、生物医药制造、总部经济等产业的空降式发展，实现地区产业结构的调整和优化。通过空降产业的产业链的延伸和完善，将逐渐实现产业的本地化，由“候鸟经济”转变为“榕树经济”，由“嵌入性”产业转变为“根植性”产业，并带动临空经济区产业结构的跨越式发展。

全球产业价值链临空嵌入模式来源于现代制造业的全球化分工趋势以及由此而产生的对运输方式便捷性要求。依托于机场航空运输的临空经济具有外向型经济特征。全球化意味着制造业的各种经济活动日益紧密，与其相关的贸易、投资、许可经营、合资企业、企业联盟、营销网络以及合同外包等活动的增长，推动制造业全球价值链的形成。20世纪80年代以来，随着经济全球化的加快和信息技术突飞猛进，以跨国公司为主导的国际分工进程加快，其突出表现是产业链的全球化配置，以追求最大市场份额和最佳经济效益。大部分产品的制造已经不是由一个或少数几个国家完成，而是由遍布全球的企业，包括跨国公司和多个零部件企业，充分发挥各自在成本及资源等方面的优势，以高度专业化分工为基础共同合作完成。这一趋势对快捷、便利的运输方式提出了更高的要求。而依托于机场的临空经济因此获得了有效参与产业国际分工的设施优势，并成为区域产业结构调整的重要方式。全球产业价值链的临空嵌入模式正是建立在这一基础上的。

这一模式适用性要求建立在机场运量规模和地区的资源禀赋条件基础之上，如地区的劳动力数量和成本、土地成本、基础设施条件、综合交通网络发展等。在发展初期，全球产业价值链的国际转移环节必将是其价值链的低端环节的劳动密集型产业，其生产及运输成本是产业价值链能否进行转移的关键性要素。而临空经济区能否通过这一模式实现临空产业结构的调整，突破点在于能否实现承接产业的"可持续发展"，即通过产业链的完善和产业集群的发展，实现产业外部规模性，由单一的成本优势转变为综合优势。

5.2.1.4 区域产业链与航空货运服务链耦合模式

区域产业链与航空货运服务链耦合模式指临空经济区依托机场运输资源和区域现有产业资源，通过承接来自城市或区域中的高临空指向性产业或产业链中的高临空指向性环节，在机场和区域产业双向互动和正反强化的基础上，吸引区域经济中以现代制造业为代表的高临空指向性产业逐步在机场周边聚集和发展，使临空经济区内弱临空指向性和无临空指向性的产业消失、替换，实现临空经济区产业结构的优化和提升，推动机场和区域经济的融合共生和互动发展。

在一定意义上，临空经济是机场活动和区域经济共同作用的产物，区域经济的发展一方面可以为临空经济提供更为持续和稳定的经济总量的供应，同时也为临空产业从地区其他产业中的空间分离提供了基础。临空产业结构调整同样可以通过承接来自区域经济中具有高临空指向性的特定产业而获得发展，其发展耦合点在于机场所提供的货运服务和区域临空指向性产业的货运需求的结合。在区域经济范围内，多种产业并存且协调发展，但在临空经济的空间层面上，由于机场的存在，均质空间假设被打破，而使临空产业空间具有特质性——对航空依赖性产业的高吸引度。在速度经济社会中，制造企业通过不断降低运输时间成本以更快地向社会提供产品或半成品，保证生产过程的连续性并更好地满足社会迅速变化的产品需求。在这样的背景下，区域中临空指向性强的产业或某一产业中的强临空指向性环节将逐渐向机场周边聚集。而产业的运输需求能否得到满足，又要受到机场所提供的航空运输服务，特别是航空货运服务的影响。但同时，机场所提供的航空运输服务同样受到区域临空指向性产业规模和需求的反向影响。

这种模式的适用性要求机场的运量规模和区域经济中具有临空指向性产业或产业链环节的存在或初具规模。由于提供的航空运输服务，将使原本在区域内呈零散和面状分布的临空指向性产业逐步在其生产优区位——即机场周边聚集，并沿机场经济引力的磁力线方向进行环状布局。

5.2.2 临空经济成长期产业结构调整模式

此阶段产业结构调整模式主要是对先发临空产业产业链的延伸和完善，逐步培育具有较高产业关联性和临空指向性的航空关联产业和航空引致产业，主要发展包括航空物流业、高新技术制造业、航空制造业、现代服务业和航空运输相关服务保障产业。

5.2.2.1 航空物流价值链功能对接模式

航空物流价值链功能对接模式主要指依托航空物流企业的大规模空间聚集效应，通过建立物流中心或物流园区等物流平台以及“大通关”基地，使得机场的口岸功能和保税物流的政策功能进行叠加，从而实现航空物流价值链中各环节的功能对接和空间对接，强化航空物流业的服务保障功能，推动航空物流业的持续发展，并成为临空经济区产业结构进一步调整的基点。

在成长期，同时随着国际多式联运的发展与综合运输链复杂性的增加，机场作为全球综合运输网络的节点，也正朝着提供全方位增值服务的方向发展，机场物流服务的完善成为物流价值链增值的主要来源。机场应能够为企业提供综合物流服务，以提高联运效率，增强其作为综合运输节点的功能，成为航空运输链中的综合物流中心。而随着此阶段物流企业在临空经济区的大量出现和布局，航空物流产业将逐步脱离分散布局的特征而呈现出空间聚集的现象，也为航空物流中心、物流园区等物流平台的营造创造了产业基础。航空物流的园区化和中心化以及由此而形成的不同物流价值链中各功能环节的服务空间的对接和完善是此阶段航空物流发展的主要模式。机场航空物流园的出现是物流企业发展过程中对成本和规模要求的客观需求的产物。机场航空物流园的要素聚集优势有助于物流企业节约交易费用。在其他因素不变的条件下，企业在空间上越分散，交易成本也就越高。而聚集在机场物流园，距离机场、航空公司即其他物流类型的企业等都比较近，有助于物流企业形成有效的企业互动和协调发展机制，航空物流园各类设施建设相对完善，物流企业的运营成本将大大降低，同时区内人流、资金流、信息流等相对集中，具有明显的区位优势和资源优势。

同时，航空物流价值链功能对接模式还要求航空物流在功能上进行拓展和对接，主要体现在机场口岸物流功能和保税物流功能的对接，即机场“大通关”基地的出现。在国际化大生产条件下，聚集在机场周边的跨国企业需要在不同国家采购原材料或零部件，再进行组装并国际化分销。由于产品最终销往国际上许多国家，机场原有的口岸物流功能必须进一步提升以满足企业对外贸易规模增多的需求，机场作为进出口贸易口岸，虽然机场都建立了进出口货站，但由于没有保税物流功能，无法满足进出口企业必需的保税状态下的加工、采购、分拨、中转等需求，时间上难以响应客户需求更短的前置时间与更短的配送周期，空间上不能满足由于客户需求波动性较强产生的弹性空间管理需求，例如企业的原材料或零部件采购对保税进口的需要以避免进出口过程中二次报关出现的资金和时间的占用，机场保税物流的出现有助于清除通常复杂的海关手续对货物流动造成的障碍，进而提升航空物流的服务效率，通过口岸物流和保税物流的优势互补、资源整合、功能集成，以适应不断扩张的航空货运需求和日趋激烈的国际航空货运市场竞争。

这种模式的适用条件依据机场国际航空物流企业发展初具规模，企业数量较多，外向型程度较高。一方面，要保证有足够的物流企业在临空经济区内运营，从而提供了足够的物流供应规模基础；另一方面，还要求机场航空物流的外向型程度较高，才能具备建立大通关基地的可能性。

5.2.2.2 航空枢纽服务业空间拓展模式

航空枢纽服务业是直接向服务航空枢纽的运营提供服务和保障的各类产业，包括航空运输活动的提供主体，如航空公司、空管、油料及其他驻机场机构（海关、检疫检验等），以及相应的服务业或服务性环节。如航空公司总部、地服、维修、配餐、供油、航信等保障性服务。航空枢纽服务业空间拓展模式指的是随着机场枢纽功能的实现，会大量产生保障航空枢纽的可持续发展的航空服务业，航空业务的高强度关联性使得空港紧邻区成为承接的最优区域，航空枢纽服务业由于空间稀缺性由机场内开始向机场外进行空间拓展，从而实现临空经济区产业结构调整。

临空经济形成期的一个重要特征是机场规模的扩张，主要表现在机场硬件标准的提升、运输吞吐量增加，机场通达性增强、服务保障能力提升等方面，从而在航空运输网络体系中，机场的航空枢纽性得以不断增强，机场开始成为区域性或国际性的航空运输重要的节点。

而随着航空运输活动的增多，客观上需要更多的航空运输企业参与并提供更多的服务保障业务。如在大型枢纽机场，往往存在着多家基地航空公司、配餐、地服等航空运输服务保障部门。而当航空运输活动达到一定规模后，机场内有限的土地资源将无法满足这些航空运输服务保障业务对空间的大量需求，从而造成部分同航空运输非紧密联系的保障环节，总部、配餐、培训等业务通过这种方式，逐步外移，而临空经济区内充裕的土地和资源供给也为这些航空运输保障环节扩大生产规模，降低生产成本提供了可能性。通过这种模式，临空经济区内的产业开始同航空运输业融合，协调发展，并成为航空枢纽重要的服务保障基地。

同时，机场航空运输枢纽地位的建立所带来的航空运输产品的规模性还会吸引临空经济区外的航空运输生产要素的临空性聚集，航空运输活动的增多而导致的复杂性要求这些保障性服务能够更加及时、快速地对服务需求做出反应，因而对保障部门间的空间布局产生了更高的要求，因此原本布局在城市的部分航空运输服务环节也可能向临空经济区聚集。

这种模式适用的前提条件是机场航空运输枢纽地位的形成，只有在航空运输业高度发达，各类航空运输及保障企业大量聚集的条件下，机场内土地资源将成为稀缺资源，企业的生产和运营成本不断提升，因此，为更有效地控制成本，航空枢纽服务业部分临空指向性相对较弱的环节才可能在空间上进行拓展，向临空经济区转移。

5.2.2.3 生产性服务业配套协作模式

生产性服务业是指为生产、商务活动而非直接向个体消费者提供的服务，作为中间投入服务，用于商品和服务的进一步生产。主要包括金融、保险、法律、会计、管理咨询、研究开发、工程设计、工程和产品销售、维修、运输、通信、广告、物流、仓储等，具有专业性、创新性和知识性等特点。生产性服务业配套模式主要是在临空经济区内制造业达到一定规模后，为满足制造业在生产过程中产生的设计、金融、中介、销售、运输等服务需求，通过大力发展和吸引服务于临空经济区现代制造业、具有临空指向的生产性服务业，为临空经济区产业发展创造更好的环境条件。同时，从产业结构理论上分析，由于生产性服务业具有知识密集、专业密集的特征，产业附加值高是产业价值链高端环节，因此，通过大力发展生产性服务业，也是升级临空经济区产业结构，实现生产效益最大化的重要手段。

生产性服务业协作配套是临空经济区内现代制造业生产规模扩张条件下降低产业交易费用、提升产业生产效率的重要手段。前文中已经提到，在临空经济的形成期，其产业吸引的重点是由区域产业链或全球生产链衍生出的制造环节，这些环节大多位于价值链低端。但在激烈的市场竞争环境下，随着这些产业的生产规模的逐步扩大，对产业内生产组织效率也提出了更高的要求，以使临空型现代制造业获得更大的市场竞争优势，这就导致了制造价值链的分解和专业化外包业务的出现，价值链中大量服务性环节开始由专业第三方企业承担。

从生产性服务业发展这一现象本身来看，伴随着生产组织方式的变革（如弹性生产方式的采用）和专业分工细化的趋势，制造业企业基于自身核心竞争力，对价值链进行分解的趋势也就变得非常明显，它们将自身价值链的一些支持活动，甚至是基本活动都外包出去，例如，人力资源活动、会计活动、研发设计、采购活动、运输、仓储、售后服务等。这些外包出去的业务就逐渐形成了独立的产业，这些产业在为客户提供专业化服务的同时，自身的业务水平也不断提高，同时分工也更加细化，提供服务所发生的成本也在不断降低，规模经济效应和学习效应不断得到释放，进而又推动制造业企业将更多业务进行外部化，从而进一步促进了生产性服务业的发展。

从经济学的角度来看，生产性服务业的产生和发展就是建立在成本优势基础上的专业化分工的深化，随着社会分工的精细化，社会分工越细，交易成本将越高。在制造业竞争日益加剧的条件下，交易成本在企业总成本中占有越来越大的比重。而交易成本的降低，在很大程度上要依赖于生产服务的发展。消除交易成本上升的基本出路就是大力发展生产性服务业。特别是现代物流、金融保险、法律服务、会计服务、管理咨询、广告服务、技术中介服务等，进而导致生产性服务业在临空经济区产业结构中的地位的变化，如图 5.3 所示。

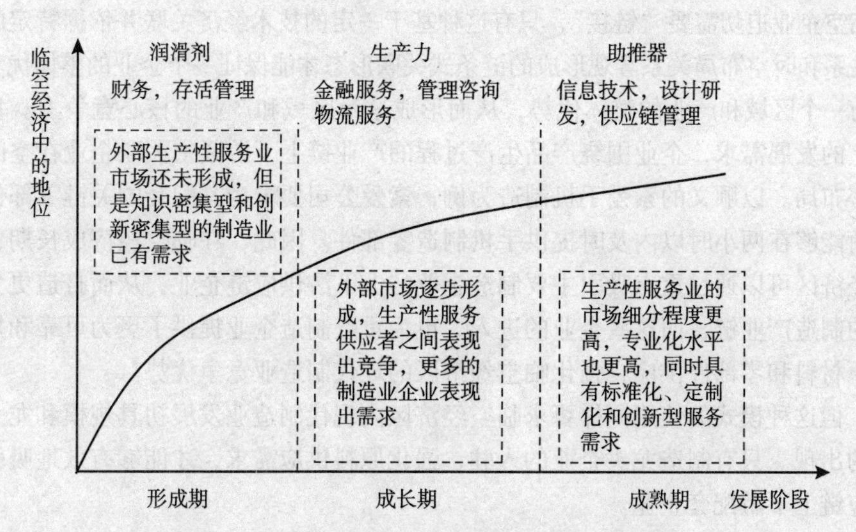

图 5.3　生产性服务业在临空经济区内的发展阶段

资料来源：本书整理。

这种模式的适用条件是临空经济区内的现代制造业发展初具规模，企业数量较多、生产能力较高，产业才可能在专业分工的基础上，为降低交易费用而发展生产性服务业。

5.2.2.4 临空高科技产业链纵向吸附模式

临空高科技产业链纵向吸附模式是通过临空经济区已有的制造业环节为核心，以企业之间特定的逻辑关系和时空布局关系客观形成的链条式关联为内在连接力，吸引带动其产业链上下游相关企业，从而在临空经济区内形成完整的制造产业链的模式。

临空经济区经过形成期的发展，机场周边吸引了越来越多的具有临空偏好的企业，这些企业正是临空产业链的节点或是产业环。从产业环境角度分析，各种产业之间本身是相互关联、相互区别、相互依赖的，一种产业的存在成为另一种产业发展的前提或结果，每一种产业只是产业系统中的一个环节或片段，各个环节或片段有连成一体的内在要求；从竞争角度分析，现代企业竞争优势已经超出了单个企业自身的能力和资源范围，竞争范围从单个企业竞争扩展到产业链竞争，竞争优势越来越多地来源于企业与产业价值链上下各环节的系统协同过程，即竞争的优势应该建立在更大范围的、更多种类的产业资源和核心能力的基础上。从更高的层次上说，现代区域或企业的竞争已经演绎为区域或企业所加入的产业链之间的竞争，因此临空企业迫切需要“链接”，只有这种基于一定的技术经济关联并依据特定的逻辑关系和时空布局关系客观形成的链条式关联形态才能保证一个企业的整体优势转化为一个区域和产业的整体优势，从而形成这个区域和产业的核心竞争力。基于以上的发展需求，企业围绕产品生产过程的产业链上下游紧密关联企业在空间上紧密布局。以顺义的索爱手机制造为例，索爱公司要求为其配套的关键零部件制造商能够在两小时以内及时提供手机制造零部件。因此，在临空经济成长期，临空经济区可以通过重点吸引主要制造企业的上下游供应链企业，从而打造更为完整的制造产业链，而这些企业的进入，也为重点制造企业提供了更为可靠和持续的原材料和零部件供应，强化临空经济区的现代制造业竞争优势。

但这种模式的使用同样要求临空经济区内现代制造业发展初具规模和龙头企业的出现。只有制造龙头企业的入驻，强化原料供应需求，才能够有效地吸引其供应链上下游配套企业。

5.2.2.5 航空制造业产业链衍生扩展模式

航空制造产业链衍生模式同上一种模式类似，其区别在于重点发展产业的不同，依托于机场资源在航空制造业中的试飞保障服务，利用临空经济区内的航空总装龙头企业，重点吸引航空制造产业链上下游紧密关联企业，打造临空经济区内完整的航空制造产业链，形成临空经济区内的航空制造产业竞争优势，培育航空制造产业的可持续发展能力。以加拿大蒙特利尔为例，蒙特利尔目前已经形成了完善的航空制造产业链，制造一架飞机的全部原材料可以全部在蒙特利尔周边半径为30公里的范围内获得。正是由于这种产业链的完整性，使航空制造业具有根植性，降低了外部环境对航空制造业的风险影响。

这种模式的使用同样需要临空经济区内航空制造业发展初具规模，特别是大型航空制造或组装环节的存在。

5.2.3 临空经济成熟期产业结构调整模式

此阶段产业结构调整模式主要促进优势临空产业集群的构建，发展具有高附加值和临空指向性的航空关联产业和航空引致产业，如航空物流业、现代服务业和高科技制造业。

5.2.3.1 航空物流价值链一体化模式

航空物流价值链一体化模式主要指在临空经济高外向性特征影响下，随着临空经济区物流产业和现代制造业的集群化发展，物流和制造产业价值链高度融合，使临空经济将采用自由贸易区这一形式降低内部交易成本，完善区域服务保障功能，密切产业协调、互动关联，加速临空经济同区域经济、全球经济的融合。

临空经济具有高外向性的特征，在临空经济发展的成熟期，随着临空经济区内临空制造业和航空物流业的规模化和集群化发展，国际人员交流和物质运输的需求不断增长，不仅需要航空物流产业链上各环节的有效整合和合理的资源配置，对航空物流发展的外部环境也提出了更高的要求。这一过程是航空物流价值链和临空制造价值链的高度融合的结果。临空制造业的集群发展和全球产业价值链的深度参与使临空制造业要求原材料、半成品或产品实现全球运输和配置，真正成为区域商贸活动的聚集地。而在这一过程中，原有的保税物流和口岸物流的功能已经同此阶段临空制造业的国际运输需求规模不适应，因此要求机场保税物流和口岸物流在规模上、服务上进一步深化，自由贸易区的出现可以更好地满足企业发展的需求。自由贸易区的发展模式同此阶段临空经济区的现代制造业发展水平提升的要求相适应。因此，如何确保空运的效率，将供应链条缩短是个关键的问题。临空经济区先天的区位优势由于繁杂的二次报关、报检等手续而制约了其区位优势的有效发挥，如何破解企业产品出货和原料进口的“瓶颈”成为临空经济区有效提升物流效率的前提。自由贸易区境内关外、保税服务的特点可以更好地适应此阶段临空经济区现代制造业外向性和国际性的特征。

此模式的适用性是建立在临空经济区内临空型现代制造业发展高度发达，成为临空经济区内的主导产业，外向型程度较高，并带动相应的航空物流业及相关产业园区的产业规模和企业数量达到一定程度后才可能发生。

5.2.3.2 现代服务业综合推进模式

现代服务业综合推进模式是指利用临空经济区现代制造业或航空运输业的产业基础，积极吸引现代服务业的生产性服务环节或航空运输的生产保障环节，并以此为契机，实现临空经济区内产业结构的升级换代，由现代制造业向现代服务业转型，由临空经济向社会提供有形产品向无形产品——服务转变。

在临空经济发展的成熟期，其现代制造业或航空运输业均已形成一定的规模，而土地资源将成为临空经济区内的有限资源，临空经济区发展面临的问题是如何提高土地的利用效率，提高临空经济区的单位产出效益。在产业链的价值分布微笑曲线中，由于设计、研发、金融、销售等服务业具有较高的知识密集性和专业密集性，而成为产业链中的主要增值部分。航空运输业虽然属于服务业范畴，但其内部同样存在着客货运输生产性环节以及配餐、航信、租赁、总部等服务性环节。这些环节同样是航空运输产业价值链中的高端环节。在临空经济高度发达，土地资源稀缺性进一步体现的条件下，这些产业的资源集约性和高附加值性使其比制造环节拥有更大的产出效益，因此是临空经济区产业结构调整的方向之一。通过大量吸引和发展这些服务性产业或服务性环节，逐步剥离或淘汰原有的现代制造、组装等劳动密集型价值链低端环节，临空经济区将由现代制造业基地向现代服务业基地转型，实现临空经济区整体效益的持续提升。

这种模式的使用需要建立在临空经济区现代制造业和航空运输业高度发达，并具有一定的生产性服务业或航空服务性环节的产业基础上。

5.2.3.3 创新型临空产业集群强化模式

创新型临空产业集群强化模式是指在临空产业集群形成后，通过大力发展现代制造业或航空制造业产业链上游的科技、研发、设计等环节，积极鼓励知识创新和制度创新，培养、扶植和孵化临空经济区内科技园区、科研单位等知识密集产业和企业的发展，完善临空经济区内的智力支持体系，从而使临空产业集群获得持续发展动力。

在临空经济成熟期，通过现代制造业和航空制造业产业链的不断完善，产业链开始向服务业的高端环节延伸，通过大量的制造、服务关联产业的集聚，从而形成了相应产业集群。在这一时期，产业的外部规模性凸显，产业内各企业间也形成了完善、合理的分工协作机制，而在此阶段，以创新为特征的知识驱动将成为产业集群继续发展的主要动力。在资源主导的发展阶段，产业集群的优势是由所处区位、生产活动所需资源，以及运输成本决定的。在资金主导的发展阶段，产业集群的市场优势区位是由土地和劳动力价格决定的。而在知识主导的发展阶段，产业集群的市场优势是创造型人才和产业组织的创新机制决定的。随着知识更新速度的不断加快，任何一个企业变革的步伐和创新对外部的依赖性越来越强，特别是大量缺乏正式研发职能的中小企业，外部知识资源是其创新的主要源泉，成功的创新取决于企业与各种机构之间的合作。随着创新中复杂性、成本以及风险的不断增加，除了传统的市场调节的联系（如设备采购、技术许可）外，提高企业间网络化和合作的价值，以减少可能的风险和交易成本，激励企业间的大多数伙伴使用互补性的知识和技能。当用户、供应商和分包商以及企业交流信息并进行相互学习时，强化了包括创新过程中的企业间和其他机构成员间的相互作用，像大学和其他高等教育机构、私立和公共研究试验室、咨询和技术服务商及管理机构的相互作用。同时，这些单位也是未来临空经济新的主导产业形成的孵化器。以爱尔兰香农临空经济区为例，在其发展后期，香农临空经济区更加重视知识创新对其产业发展的促进作用，因此专门建立了依托于当地大学的大学科技园，为区域整体发展提供智力支撑，同时，这些大学科技园也成为临空经济区新的高新产业的孵化器。

这种模式的使用需要以完善的产业集群为基础，只有在临空型现代制造产业集群形成并发展到较大规模后，创新才能成为临空经济区产业结构调整的主要动力。

5.2.4 临空产业结构调整模式适用性分析

如表5.2所示为关于临空产业结构调整模式的适用性分析。

表 5.2　临空产业结构调整模式适用性分析

	模　式	适用性
形成期	航空物流产业链空间对接模式	机场货运运量规模较大、货运航线数量较多；地区的航空物流需求较大
	航空制造业空间拓展模式	地区已具备一定的航空制造业的发展基础，地区具备承接航空制造业国际转移的资源禀赋优势；国家政策支持力度强；机场硬件条件好
	全球产业价值链的临空嵌入模式	机场运量规模较大；地区的资源禀赋条件优越，如地区的劳动力数量多、成本低、土地价格低、基础设施条件完善、综合交通网络完善
	航空货运服务链与区域产业链耦合模式	机场货运运量规模较大；区域经济中具有临空指向性产业的发展初具规模
成长期	航空物流价值链功能对接模式	机场货运运量规模大；国际航空物流企业发展初具规模，企业数量多；外向性程度高
	航空枢纽服务业空间拓展模式	机场枢纽地位形成，航空运输的客货运量高
	生产性服务业配套协作模式	现代制造业发展初具规模，企业数量较多、生产能力较高
	临空高科技产业链纵向吸附模式	现代制造业发展初具规模；龙头企业的存在
	航空制造业产业链衍生扩展模式	航空制造业发展初具模型；大型航空制造或组装龙头企业的存在
成熟期	航空物流价值链一体化模式	临空现代制造业和航空物流业高度发达；外向型产业占主导地位
	现代服务业综合推进模式	临空经济区现代制造业和航空运输业高度发达，产业集群出现，生产性服务业或航空服务性环节初具规模
	创新型临空产业集群强化模式	临空经济区现代制造业和航空运输业高度发达，产业集群出现，知识主导成为产业集群的主要发展驱动力

资料来源：本书整理。

5.2.5　临空经济各阶段产业结构调整模式关系分析

根据演化经济学的反还原论的观点，复杂系统在其不同的层次上呈现出凸现的特征，每一个层次都不能完全地归纳到另一个层次，或在另一个层次上得到完整的解释，对更高层次的凸现特性的分析，不能完全还原（归纳）到基本的元素的层面（杰弗例·M·霍奇逊，2007）。

正如前文所说，由于临空经济区的“空间有限性”、“宏观多样性”、“微观单一性”等产业特征，决定了临空产业结构调整模式是一种以产业为核心，伴随着产业链延伸和产业集群形成的调整框架。正是由于临空产业结构调整的这种特性，决定了这几种模式之间存在一定相互转化和影响的关系。但由于临空经济同样具有复杂系统的特性，因此，尽管临空经济不同发展阶段的产业结构模式之间存在着一定的演进关系，但不同发展阶段所采用的产业结构调整模式并不是简单的线性递进关系，而是临空经济区发展资源要素变化和综合作用的产物，区域甚至在同一阶段内不同时期的产业结构模式也可能会发生变化，如图 5.4 所示。

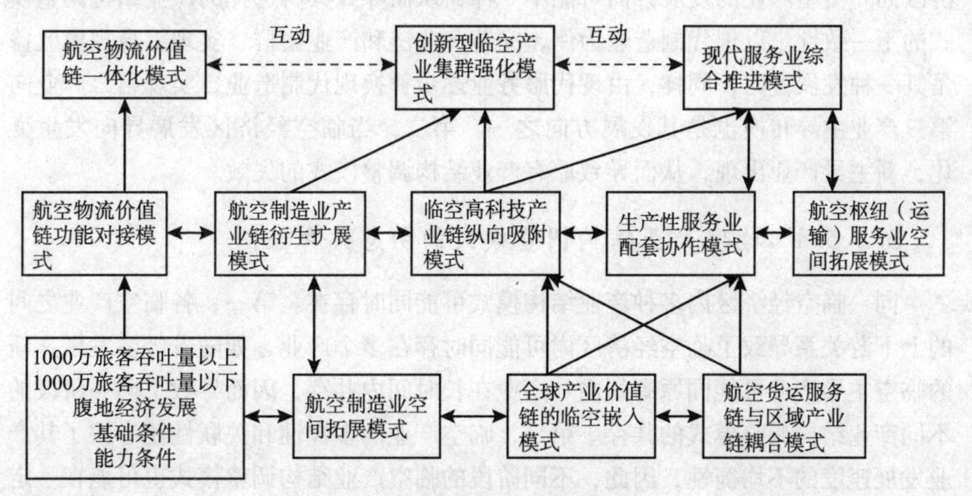

图 5.4　临空产业结构调整模式关系

资料来源：本书整理。

5.2.5.1　临空产业结构调整模式的动态演进性

临空产业结构调整的三组模式存在着动态演进特性，即伴随着企业的出现，产业链的延伸，产业集群出现。临空产业结构调整遵循着区域产业临空指向性增强，临空产业综合效益提升的方向转化。每一组模式大体上都必须以前一阶段的产业发展状况为基础。

5.2.5.2　临空产业结构调整模式的路径依赖性

由于临空产业结构调整模式是一种基于产业的调整模式，而某临空产业一旦出现在临空经济区，就将形成示范效应，通过路径依赖作用而不断强化该产业在临空经济中的地位，吸引了区域内大量的土地、人力、资金、技术等资源，并在全部临空产业中占据主导地位。而各临空产业的不同产业特性决定了其产业结构调整的相对唯一性和独立性，因此，针对某特定的临空经济区或某临空经济区特定的发展阶段，其产业结构调整模式是相对固定的，有其主导模式。

5.2.5.3 临空产业结构调整模式的路径多样性

临空产业结构调整模式的目的是达到临空经济区整体产业效益最优，而在达到这一目的的过程中，不同临空经济区的资源禀赋条件和区域外部环境不同，因此决定了其产业结构调整的方向也不尽相同。主要体现在两个方面：不同临空经济区同一类型产业的发展方向可能不一样，从而导致其所选择的产业结构调整模式的不一致性。以现代制造业为例，完善产业链和产业集群，实现综合规模效益是其一种发展方向，同样，由现代服务业逐步替换现代制造业，实现第二产业向第三产业主导转换也是其发展方向之一。第二，当临空经济区发展导向发生变化，新主导产业出现，从而导致原有产业结构调整模式的失效。

5.2.5.4 临空产业结构调整模式的动态共存性

同一临空经济区内多种产业结构模式可能同时存在。第一，各临空产业之间的上下游关系导致了临空经济区内可能同时存在多个产业，如随着经济发展，新的临空主导产业可能同原有的主导产业在长时间内共存，因而导致了同一阶段的不同产业结构调整模式的共存。第二，临空产业的多样性和关联性还导致了其产业发展速度的不均衡性，因此，不同阶段的临空产业结构调整模式也可能在一定时期内同时存在。

第三节 临空产业空间布局模式研究

5.3.1 临空经济的空间结构模型——蛛网模型

靠近机场选址和布局是临空经济空间布局的主要特征，不同临空产业对机场的依赖程度不同，即产业的临空指向性不同，因此当临空经济发展到一定规模时，随着众多临空产业的空间聚集，机场周边的土地将成为稀缺资源，不同临空指向性的产业将在空间上出现分离和扩散。同时，临空产业的发展还可能受到地区经济的影响，同地区内其他相关产业进行物质、资源和信息的交换，获得保障其生产运营必要的资源和服务，随着临空产业和地区产业之间联系交往的增多，将进一步加剧临空产业的空间扩散程度，而地区各类地面交通系统的完善、运输速度的增加为临空产业的空间扩散提供了必要的保障。基于临空产业空间扩散的宏观机制和微观机制，本书提出了临空经济的产业空间布局模型——蛛网模型。

值得注意的是，本书提出的蛛网模型是建立在经济均质空间的假设上，但在现实条件下，这样的均质空间是不存在的。临空产业的空间结构往往受到地区行政区划的影响，临空经济蛛网模型区域内可能存在两个或多个行政区域，因此行政区划上的非机场所在区域同样可以在蛛网模型的框架下发展临空经济，同时蛛网模型中不同圈层间临空产业的空间分布理论也为不同行政区域经济协同发展提供了相应的指导。

蛛网模型理论代表的临空经济的空间布局，如图 5.5 所示，是指在机场作为区域经济增长点的拉动效应下，不同临空指向性的临空偏好产业在空间上将呈现圈层布局形态，而交通运输体系将成为不同产业圈之间重要的连接线，推动各产业圈及临空经济的产业空间极化和布局范围的扩张。“蛛网模型”基本构成由“点”、“圈”、“线”三类构成，点即是指机场及其相应的设施资源，圈是指由于产业对机场资源依赖性不同而构成的产业空间布局圈，线指连接机场同各个产业圈之间的交通运输线路。

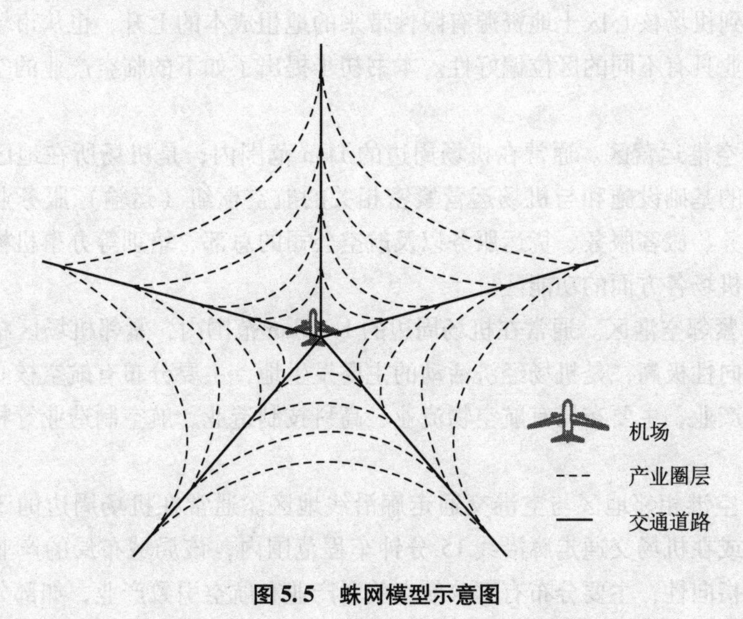

图 5.5　蛛网模型示意图

资料来源：本书整理。

从空间上看，临空经济实际是航空运输、制造及其支持配套产业和具有临空指向性的现代制造和服务产业在机场周边聚集和发展的过程，而机场是临空产业空间发展极化的“极化点”，是临空经济形成的根本动因。

临空经济的空间扩散效应是临空产业圈层形成的主要原因。不同产业对机场的需求程度是不一样的，随着临空经济的发展，土地资源将逐渐成为稀缺资源，产业布局的时间成本和生产成本之间的动态变化性使临空产业的经济空间极化程度也将呈现出不同的变化趋势，各临空产业将依据其对机场资源的不同依赖程度，构成以机场为核心的圈层状空间分布结构。不同产业圈层的半径是各产业的经济成本和时间成本变化的一个函数。

按照主体产业类型和距离机场的距离，本书把临空经济区分为两大区域：核心区和拓展区。核心区包括两个子区：空港运营区、紧邻空港区；拓展区包括空港相邻地区和外围辐射区。

受运输成本和时间成本的影响，任何临空产业均有趋向于机场核心区域布局的趋势，但机场核心区域土地资源有限性的制约，这一需求实际无法完全满足。不同产业的临空指向性有所差异，对机场资源的利用效率不同，而受到临空经济演进机制的影响，不同临空产业在临空经济区出现的时间顺序也各有不同，因此，合理的临空经济产业布局应当以临空经济区整体空间布局效益最优为基础，同时，受到机场核心区土地资源有限性带来的地租成本的上升，也从市场角度使各临空产业具有不同的区位偏好性。本书初步提出了如下的临空产业的空间布局框架：

（1）空港运营区。通常在机场周边的1km范围内，是机场所在地区，主要布局机场的基础设施和与机场运营紧密相关的航空枢纽（运输）服务业，如飞机地面服务、旅客服务、货运服务以及航空公司的总部、培训等办事机构，是直接服务于机场各方面的功能区。

（2）紧邻空港区。通常在机场周边的1～3km范围内，紧邻机场区布局的产业临空指向性极高，是机场经济活动的主要发生地，主要分布有航空核心产业和航空关联产业，主要布局有航空物流业、高科技制造业、航空制造业等相关企业及园区。

（3）空港相邻地区与空港交通走廊沿线地区。通常在机场周边的3～10km范围内，或在机场交通走廊沿线15分钟车程范围内，该局域布局的产业具有较高的临空指向性，主要分布有部分航空关联产业和航空引致产业，如部分高科技制造业及其上下游产业，研发设计、金融保险机构、休闲娱乐、会展中心等现代服务业、跨国公司总部等。

（4）外围辐射区。通常在机场周边的30分钟车程的范围内。临空经济的影响在这一区间将逐步递减，布局的产业具有一定临空指向性，产业具有多元化的特征，大多是上述三类区域内产业链上下游的相关企业或产业。

上述临空经济圈层结构划分只是单纯地基于理论假设，即在均质空间假设下，这些临空产业圈应是以机场为圆心的若干个同心圆，但在产业的实际发展中，以机场为核心的区域空间并不是一个经济均质空间，因此各临空产业圈层的边界可能会发生变化，而交通线路的发达程度是影响产业圈层半径扩大或缩小的重要约束因素。即随着机场和不同产业之间信息、物质和人员等交往的频繁，各临空产业必须通过必要交通线路实现机场和产业以及产业和产业之间生产要素的交换，正如前文中提出的，不同产业圈层的半径是各产业的经济成本和时间成本变化的一个函数。在非均质经济空间中，受到交通线路连通性的影响，同一半径上不同半径点同机场之间的交通时间不同，即运输时间和运输距离可能发生分离，这种临空经济的“时空分离”现象使与机场距离一样但区位不同的产业或企业在人员、货物运输的时间成本上发生变化，进而对该空间的临空空间经济极化程度产生影响。随着地面交通体系的发展和完善，各临空产业进行资源的运输和交换的时间成本将有效降低，交通线路周边地区临空经济的空间极化度大大提升，从而增强了对相关产业的吸引力度，因此沿着这些交通线路，临空产业空间圈层的半径将大大增大，进而推动临空经济整体空间规模的扩大。其半径增大或规模扩大的幅度受到由交通线路或运输方式便捷性的影响。

5.3.2 临空经济的空间演化机理

5.3.2.1 空间演化的宏观机制——“临空经济聚集与扩散”机制

临空产业的空间聚集与扩散是由其机场能量辐射区范围变化所引起的，机场有效能量辐射区也是一个动态变化的过程，不同规模机场的产业经济影响范围是不同的，机场越大，其临空产业影响范围越广。

机场的能量辐射区指机场航空运输能够有效服务以及航空运输产业在空间上能够有效覆盖和影响的区域。机场能量辐射区的意义在于其不仅是机场主要的客货源地，是机场发展的主要动力，同时也是航空运输产业链可以空间拓展和延伸的区域以及临空产业聚集的区域。因此，机场的能量辐射区也是航空运输产业乃至临空经济发展的主要核心区域。

同城市经济的聚集和扩散一样，临空经济同样是一个先聚集，后扩散的过程。临空经济利用机场的基础运输资源优势，通过其提供的便捷的航空运输，将大量服务和依赖于航空运输的人、财、物聚集到机场周边。航空运输产业和临空产业的大量聚集正是这些效益的吸引，使得区域中的二、三产业，企业、原料、资金、技术和人口向机场周边集聚。另一方面航空运输业越发达，对配餐、地服、航油、航材等航空运输保障市场需求越多，带动了大量相关的航空保障、支持产业的聚集和发展，而这些航空运输产业及临空产业从业人员的生活、娱乐需求带动了地区现代服务业的进一步发展。所以，机场产业聚集效应是一个依托于机场规模的函数，机场规模越大，其聚集效应越强：即机场辐射能力的聚集增强律：机场对外界的作用力（集聚力），随着机场的“质量”——综合实力的提高而增强。在航空运输产业发展前期或机场规模偏小时，地区往往体现出航空运输产业聚集增强律。

但随着机场和运营航空公司规模和数量的增加，其扩散效应将超过聚集效应，推动机场的能量辐射区——临空经济的主要发生区边界逐步扩大。这是由于大量航空运输企业和临空产业的聚集，机场经济影响的边际效益在不断降低，即一个地区航空旅客和货主的运输需求总是有限的，导致了航空运输产业市场规模的缓慢增长。同时，由于机场周边的土地资源的减少，土地价格的上涨，生活费用的攀升和交通运输方式的完善等原因，产业会逐步向机场圈层外侧转移。弱临空偏好的航空运输产业和各类临空产业会选择在距离机场更远，而地价更低的地区布局和发展。即机场辐射能力扩散增强律：机场对外界的作用力（扩散力），随着机场的规模的增大而增强。在临空经济发展中后期或机场规模扩大后，航空运输产业扩散增强律的影响将超过聚集增强律。

航空运输产业的扩散过程模式是一种点轴式扩散形式，即由机场沿主要交通干道向外延伸，从而形成若干扩散轴线或临空产业密集轴带，这是因为航空运输产业的产品和服务的特性大多为高时间敏感性，在这些地区选址可以有效降低企业在人员、产品运输中的时间成本，临空产业发展将向“生产力布局的优区位”转移——低时间成本指向性地区，即机场辐射能力集聚（扩散）的衰减律：机场集聚力（扩散力）随着运输时间成本的提高而呈衰减趋势。

5.3.2.2 空间演化的微观机制——临空企业的裂变与聚集

临空经济空间演化在于核心区临空企业的裂变和拓展区临空企业和配套企业的聚集两个阶段实现的。

1. 临空经济空间体系的网络拓扑结构

假设一个临空产业空间由许多产业空间单元组成。每个产业空间单元由一个上级产业中心和 x 个下级产业中心组成，任何相邻产业单元之间的距离及要素流量都相等，即空间是均匀分布的。最末端产业空间单元，则由一个 1 层产业中心及 x 个区位单元组成，每个区位单元之间的空间距离及要素流量都相等，在空间上也是均匀分布的。因此，整个产业空间由 1 个最高级产业中心，x^2 个次高级产业中心，x^{m-1}个 $i+1$ 级产业中心，以及 $n=x^m$ 个区位单元组成。这样构成了一个产业空间的分散放射式层系结构，如图 5.6 所示。

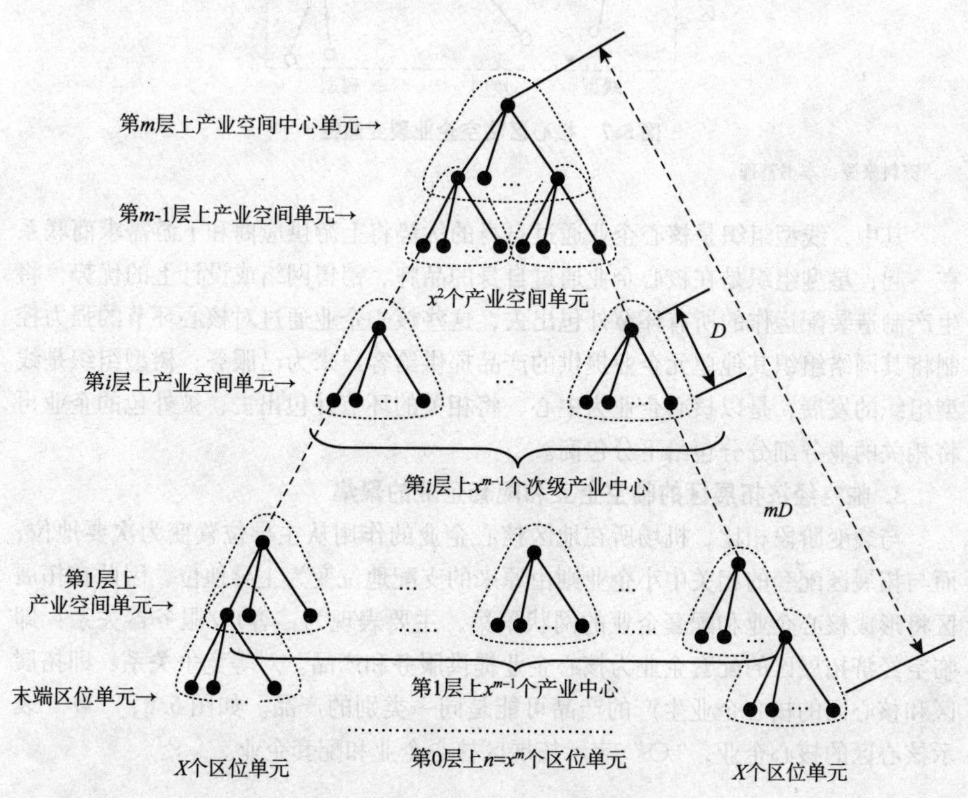

图 5.6　产业空间网络拓扑模式

资料来源：本书整理。

2. 临空经济核心区临空企业的裂变

核心区临空企业为了追求规模效益和低风险的目标，通过外包形式将其供应链中无法实施和无需亲自实施的环节，让其他企业在同一地域或邻近地域进行经营，形成企业间密切而灵活的专业化分工协作。核心区企业裂变成功，最终在拓展区形成了线型、星型和树型的拓扑结构。如图 5.7 所示，其中“●”表示临空偏好的核心企业，“○”表示核心区和辐射区与核心企业相关的企业。

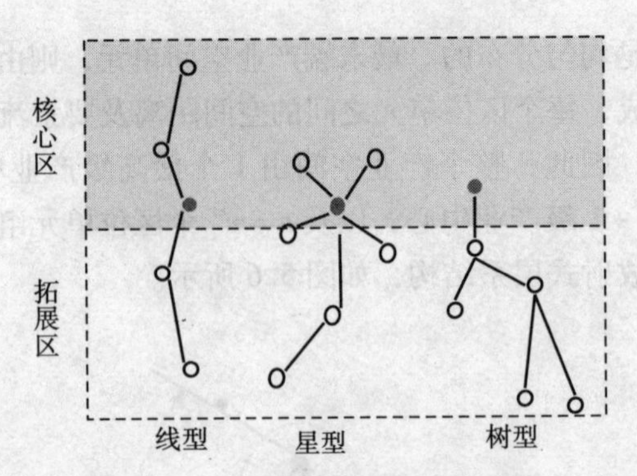

图 5.7　核心区临空企业裂变途径

资料来源：本书整理。

其中，线型组织是核心企业通过自身的优势将上游供应商和下游需求商联系在一起；星型组织是在核心企业通过自身的品牌、销售网络或设计上的优势，将生产制造装配运作的所有环节外包出去，这些核心企业通过对核心环节的强力控制将其网络组织其他单元企业提供的产品提供给客户来为己服务；树型组织是线型组织的发展，是以核心企业为中心，将相关的环节外包出去，被外包的企业再将相关的业务细分分包给下分包商。

3. 临空经济拓展区的临空企业和配套企业的聚集

与裂变阶段相比，机场所在地区核心企业的作用从主导位置变为次要地位；而与拓展区配套的相关中小企业则由原来的支配地位变为主导地位，因此在拓展区将形成核心企业和配套企业的网状聚集，主要表现为：客户/服务器关系：即临空经济拓展区的配套企业为核心企业提供服务和产品。对等竞争关系：即拓展区和核心区的核心企业生产的产品可能是同一类别的产品。如图 5.8，“●”表示核心区的核心企业，“○”表示拓展区核心企业和配套企业。

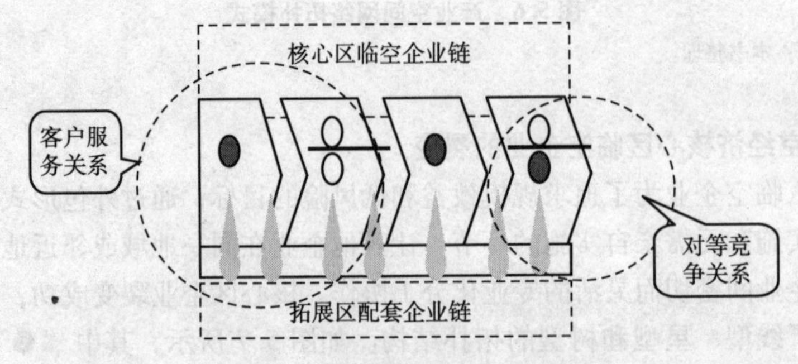

图 5.8　拓展区核心临空企业聚集

资料来源：本书整理。

5.3.2.3 空间演化的传导路径——产业关联和产业配套

增长极理论认为，经济增长的实质是把有限的稀缺资源集中投入到发展潜力巨大、规模经济和投资效益明显的少数部门或产业，使“增长极”的经济实力强化，同周围区域构成一个势差，通过市场机制的传导力引导周围区域经济的发展。市场机制是通过供需两大阵营的博弈实现的，这种供需关系表现在产业上就是产业的前向和后向关联，上游和下游产业匹配，即产业关联和产业配套。因此产业关联和产业配套将成为核心区和拓展区临空产业供需链的传导路径。

核心区临空产业需求链：通过机场所在地区临空产业的消费者需求链和生产者需求链，产生出机场产业链、航空公司产业链、航空物流产业链、航空引致产业链和航空关联产业链延伸的要求，同时各产业链产生出研发、培训、行政、采购等各个环节配套的要求。

拓展区临空产业供应链：通过拓展区的产品供应链和生产要素供应链承接核心区需求链。由于产品供应链和生产要素供应链的布局受到运输成本和产业区位指向的影响，因此拓展区具有承接供应链的优势，但也要培育各产业区位指向要素才能实现供应链的聚集。

5.3.3 临空经济的空间动态演化模式

5.3.3.1 渐进式模式

渐进式的空间演化模式是指临空偏好企业首先在机场紧邻区集聚，然后临空产业空间随着机场规模的扩大、企业规模的扩张和数量的增长而向外逐步扩散和延伸。其原理可以借用物理学的势能差定律，根据物理学的基础理论，运动体在其他条件一定时，会从高势能点向低势能点运动，这种运动的内在动力就是势能差。如图5.9所示。

临空经济核心区的经济势能相对高于拓展区，经济势能差所引致的经济活动会向经济势能较低的区域流动，拥有高势能的临空经济核心区会将自身的部分经济势能转向周边低势能区域。这种完全依赖经济势能差产生的核心区临空经济一般来说其形成过程较为缓慢，而且具有空间分布的不确定性。

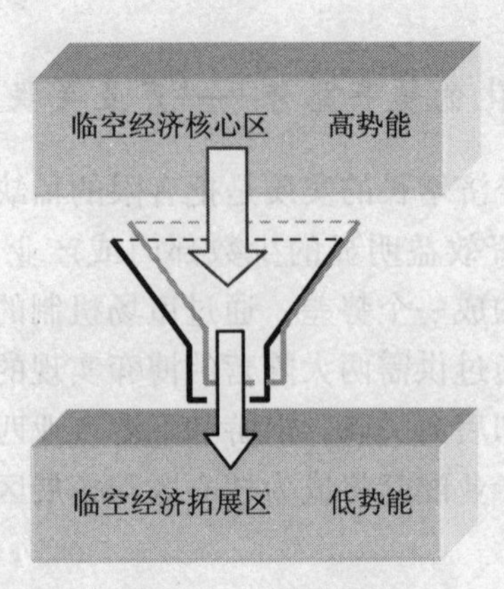

图 5.9 经济势能差

资料来源：本书整理。

5.3.3.2 空间蛙跳模式

临空经济核心区的某些功能会在其周边外溢形成一些专业化的生长点（如某种单功能工业区），随着交通运输条件的改善，人口、商业和临空经济的一些基础设施会沿交通轴线迅速扩散，这种扩散不是一种简单的空间连续蔓延，而是出现在某些交通线网交叉点等优势区位点，呈现为空间蛙跳效应。

这种空间蛙跳效应源于拓展区的优势吸附能力，这种吸附能力是指临空经济拓展区，尤其是辐射区相比核心区而言具有特殊的优势要素，具备综合交通网络优势，环境优美、适宜人居的环境优势，或者具有一定的文化、制度优势，因此优势要素会在周边形成类似磁场的吸附效应，将核心区临空经济的某些具备这些优势指向的经济活动吸附到拓展区，以此为基础形成飞地临空经济，由此形成空间蛙跳效应。

图 5.10 描述了这种空间蛙跳效应。A 图表示一个以机场为核心的临空经济。随着经济的发展和演化，临空经济沿着一定方向（交通轴线）快速增长，在空间上表现为一种经济活动的拓扑，这是由于区位的适宜性并不是连续性所致。随着这种空间拓扑关系的深入，逐渐和周边机场所在地建立的临空经济联系（C），这种经济联系一旦建立，在拓展区就会产生一种空间锁定效应（Lock in），这种效应的出现标志着拓展区开始了其“飞地”临空经济的独立演化历程，如 D 图所示。

特别要说明的，拓展区的“飞地”临空经济并不是完全决定于确定性的交通和产业经济等因素，历史和偶然性因素也发挥了重要作用。只要拓展区能够把握偶然性因素或者事件，快速和机场临空经济建立牢固的联系，在锁定效

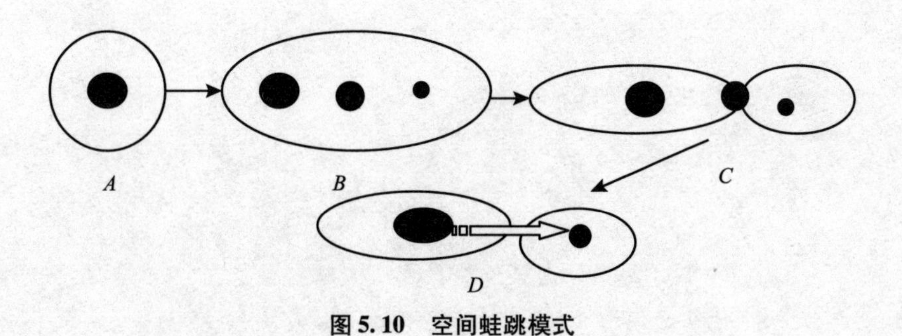

图 5.10　空间蛙跳模式

资料来源：本书整理。

应的作用下，空间自组织机制的运行会将拓展区纳入“飞地”临空经济的运行轨道。

实　践　篇

第六章

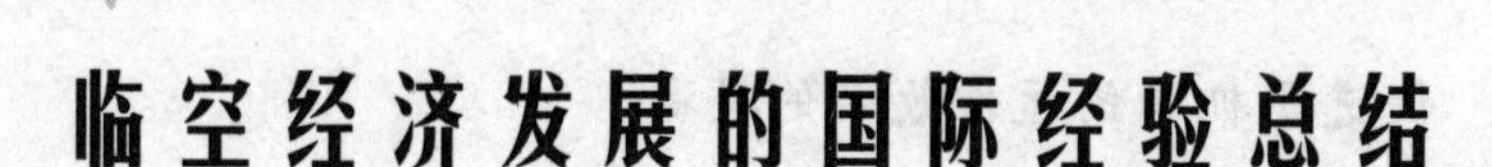

临空经济发展的国际经验总结

国外临空经济的发展起步于1959年的香农机场自由区，之后欧美各机场周边也显示出了临空经济发展形态。近50年来，国外临空经济经历了多次产业变迁。本章通过对目前国际上发展强劲的临空经济区发展历程的分析，以期为我国临空经济的发展和产业结构调整方向提供经验借鉴。

第一节　国外临空经济对机场和区域经济的影响

6.1.1　国外临空经济发展对机场的影响

现代化的大型枢纽机场并不能独立地发展和成长，除了基础设施外，从功能上一定要得到机场周边地区的相关发展的支持，而机场周边地区对机场业务的支撑有效地促进了机场运量的增长和机场运作效率的提高。

6.1.1.1　促进了机场航空运输量的增长

临空经济的发展刺激了区域交通基础设施的发展，而交通集散条件的提升会扩散机场的腹地资源，从而增加机场的运量需求。

孟菲斯机场附近拥有6条一级铁路、3个国际自由贸易区、1个大型的仓储配送区。区域可通过交通集散条件的提升支持多式联运的发展，同时逐渐扩散其航空运输的腹地资源，使孟菲斯国际机场发展成为大型货运枢纽。孟菲斯机场是FedEx的全球转运中心和总部，随着FedEx的发展，孟菲斯国际机场成为世界级航空货运枢纽。自1992年起，孟菲斯国际机场一直是全球第一大货运吞吐量空港，2007年货物吞吐量为 3 840 574 吨。FedEx 每日进出 95% 的货量是在机场内完成。

路易斯维尔机场是 UPS 的全球转运中心和总部，由于 UPS 及其相关产业对机场发展的支撑，路易斯维尔机场成为美国境内少有的可以与孟菲斯机场抗衡的货运枢纽机场。2006 年货邮吞吐量为 198 万吨，全美排名第 3。

6.1.1.2 促进了机场的运作效率的提高

临空经济的发展不仅增加了机场的运量，更提高了机场的运作效率。

路易斯维尔市为了 UPS 的发展，将机场两跑道之间的黄金地块分予 UPS，使得 UPS 的货机可以直接与分拣机相连，减少了货物处理时间，有效地提高了机场的物流运作效率。路易斯维尔本身是一个小城市，但由于 UPS 的“全球港”项目落户于此，该机场扩建为三条跑道（分别为3049 米、2210 米、2615 米长，均为 46 米宽），在货运方面，除了超大特性运输机外，其速递、分拣等各个方面的设备一应俱全，机场的运作效率可见一斑。

仁川机场和樟宜机场周边建立的物流园区，将机场的口岸功能延伸至园区，缓解了机场口岸的通关压力，提高了机场的货运处理效率。

6.1.2 国外临空经济发展对区域经济的影响

6.1.2.1 临空经济成为区域经济的增长引擎

从国外临空经济发展的情况看，临空经济的发展对地方经济的发展具有巨大的带动作用。机场对于区域经济有两大主要贡献：GDP 和就业。据牛津经济预测（Oxford Economic Forecasting）估计，航空增长对英国经济产出的影响达到每年 5.5 亿欧元，相当于 3% 的 GDP 的趋势增长。根据被广泛引用的“拇指原则”，机场每年每服务 100 万旅客就要提供大约 1000 个直接工作，支持了大约：2950 个全国性职位、2000 个区域性职位、1425 个子区域（sub-region）职位。

随着经济的发展和航空业的进步，国际上许多国家和地区从战略高度上进一步认识到了大力推进临空经济发展的重要性，并把它作为一种区域经济引擎的模式加以发展。世界上的大型现代化机场，如爱尔兰香农机场、美国达拉斯—沃斯堡国际机场、韩国仁川机场、日本大阪关西国际机场、荷兰阿姆斯特丹史基浦机场、中国香港新机场、法国戴高乐机场、德国法兰克福机场、丹麦哥本哈根机场等，为了在新的国际分工体系中占据有利地位，各国纷纷进行多方面的战略性经济调整，其中非常重要的一项就是都相继推出了临空经济区的建设计划，旨在最大限度的利用全球范围内的资源，使得机场周边发展成为当地经济的核心，全球经济产业链的重要节点。

21 世纪，临空经济发展的深远影响及发展趋势，将成为未来全球经济发展的主流形态和主导模式。

6.1.2.2 临空经济成为城市新兴产业的孵化器

临空经济的发展不仅带动了区域经济的增长，且由于临空经济区信息、技术的密集性，使得临空经济对周边具有较大的技术溢出、信息溢出，从而为城市带来部分新兴产业。

波音公司在西雅图地区多年的运营，改善了西雅图地区的交通状况和商务环境。目前西雅图已建成现代化的深水港，并成为美国西北部的经济和文化中心，是太平洋西北部领先的金融中心，一些大公司把总部都设在西雅图地区。另外，西雅图地区已经发展成领先的软件产业、通信产业、生物科技产业和医疗技术产业的中心。位于莱德蒙德（Redmond）东部郊区的微软公司，已经成为全球最大的软件制造商，在当地拥有近 28 000 名员工，是整个地区的第二大雇主。以华盛顿大学、Fred Hutchinson 癌症研究所和西雅图大型医疗机构为中心的生物科技产业，是西雅图地区另一个迅速扩张的产业。

孟菲斯国际机场的枢纽功能近年来吸引了大批知名的网络零售商在机场附近建立订购营运中心，这种崭新的产业成功地融合信息科技、航空港及快递业务三者及其所提供的服务网络，成为孟菲斯经济发展的特色。

第二节 国外临空经济发展特点

本部分分析国外临空经济发展的普遍性特点，临空经济依托机场产生并发展，本书中的临空经济区所依托的机场既有国际航空枢纽，也有区域中转基地；既有综合枢纽机场，也有世界级航空货运集散中心。临空经济的形态既有枢纽机场导致的流量经济，也有依托机场跑道资源的航空制造型经济。

6.2.1 便捷的综合交通网络是临空经济区发展的必要元素

临空经济区发展的核心是机场，而机场给区域经济最大的贡献莫过于全球速达性。枢纽机场需要便捷的地面运输保障其客货集散能力，试飞型机场需要便捷的海陆交通运输飞机总装所需的各种零部件。综观国际上的临空经济区，无论是流量经济还是制造性经济，综合交通的便捷性成为临空经济区不可或缺的元素。

飞往世界及德国各主要城市的空中客运航线、四通八达的货运航线，以及密如蛛网的地面交通网使得法兰克福地区成为德国基础设施最好的地区之一。为了方便旅客，法兰克福机场成了一个综合性的交通枢纽，不仅有全国主干道3号、5号高速公路在此相交，还有多条较短的高速公路以机场为轴心辐射至周边各小城镇。从法兰克福机场乘坐城市快车S-Bahn至法兰克福火车总站约11分钟，每10分钟一趟。从机场搭出租车去法兰克福市中心需要大约25分钟。

仁川国际机场是韩国主要的国际机场，有各种交通手段连接机场到各地方市中心，还有专用高速公路，因此在汉城任何一个地方，最长在一个小时以内均可以抵达仁川国际机场。

由于飞机制造工艺复杂，所需零部件多，随着全球分工专业化的不断深入以及飞机制造产业的全球化运作，使得飞机制造零部件生产商布局在全球，而不同零部件的价值不同，总装厂对其时间要求也不同。因此，飞机总装厂的基地需要有便捷的海陆运输。而总装厂的飞机正式投入使用之前，需要进行一定时间的试飞，因此需要机场有足够的空域和陆地空间，因而飞机的总装基地对海、陆、空运输有较强的需求。据统计，目前波音公司在全球100个国家拥有超过5200家供应商，位于西雅图的Renton的总装厂紧邻Renton Airport和Cedar River，而位于西雅图东北近郊的装配基地是紧邻Boeing Field，且与海港之间有便捷连线。保障了波音飞机零部件的供应和飞机总装的生产。同样，图卢兹和蒙特利尔的总装厂与海港之间也具有便捷的运输。

6.2.2 机场的服务能力和服务效率是临空经济发展的动力

美国达拉斯·沃思堡地区处于美国东西两岸的中心，离东部纽约及西部洛杉矶距离几乎相等，这里有全世界第三忙碌的国际机场——达拉斯—沃斯堡国际机场（DFW International Airport）。达拉斯—沃斯堡国际机场2007年飞机起降架次达685 491，客运量达5978万人，货运量为72万吨。达拉斯—沃斯堡国际机场提供飞往134个国内目的地和全球37个国际目的地的直飞服务，这些都给该地区的临空经济发展带来了不竭的原动力。

史基浦机场是欧洲相当重要的空中门户，也是互联网最有效率、最便捷的机场之一。史基浦机场是主要的欧洲航空网络中心，拥有100多条航线和超过200个目的地；年旅客吞吐量4000万人次，曾列全球第四。虽然其旅客的吞吐能力不能和伦敦、巴黎机场相抗衡，但是在效率和整体服务水平上看，史基浦机场是独一无二的，为史基浦机场临空经济的发展注入了活力。

法兰克福机场公司在不断拓展其非航业务的同时，更注重机场服务质量的提高及航线网络的拓展。过去10年间，法兰克福机场曾在诸多领域被国际民航组织评为最佳机场，客货运输能力的不断提高为机场周边临空经济的发展提供了不竭动力。

6.2.3 凭借高区域易达性，临空经济区成为全球重要战略控制点

通过联邦快递的网络，所有由美国运往海外的货件都是经孟菲斯配送到全球各地，孟菲斯已成为全球的主要物流枢纽和北美洲的货件配送中心，作为一个跨洲的中心枢纽服务于全球的市场。除了已拥有的环球货运网络外，孟菲斯正借着北美贸易联盟（美国、加拿大、墨西哥）不断扩大其腹地，北美贸易联盟形成了一个拥有4亿人口的庞大区域市场，而孟菲斯处于一条新发展的产业轴线，成为北美自由贸易协议走廊，由加拿大的蒙特利尔、多伦多经美国中部的底特律、孟菲斯，连接到墨西哥的首都墨西哥城，孟菲斯将成为全北美洲接通世界市场的中心枢纽位置，成为全球的重要战略控制点。

达拉斯—沃斯堡国际机场区域和史基浦机场区域则伴随着机场通达性的增强成为全球总部经济的聚集区，各类总部通过对企业全球资源的控制，使得机场区域成为全球重要战略控制点。

达拉斯—沃斯堡国际机场是主要的航空中转站，且位于美国中部地区，是通往达拉斯及周边城市的通道。这使得很多电子、通信、能源集团和大型银行的总部都设在这一区域，其中，全球世界财富500强企业中有19家的总部设在这里。

史基浦机场也使荷兰更加适合从事商业活动，阿姆斯特丹机场商务区经过十几年的发展，目前已成为欧洲的物流和商务活动中心，吸引了300多家国际公司入驻，如荷兰航空、优利系统、日本三菱、摩托罗拉、BMC软件等。

6.2.4 生产性服务业在临空经济区发展潜力巨大

枢纽机场由于其强大的客货集散能力和全球易达性，使得物流、会展、培训、金融、咨询等生产性服务业环节聚集在临空经济区。而航空制造产业由于产业链长，技术含量高，且生产工艺复杂，也对生产性服务业提出了更多的需求。

例如，中部机场城、樟宜机场城、哥本哈根机场城等临空经济区内都有统一

规划的物流区；戴高乐机场、樟宜机场等机场的周边都建有展览中心，新加坡博览中心是本区域最大的展览会议中心之一，樟宜展览中心在樟宜的北部，主要承办两年一次的亚洲航空展；香农机场自由区、孟菲斯以及蒙特利尔临空经济区都设有多处培训机构；仁川机场自由区规划有金融业发展区域、达拉斯—沃斯堡国际机场区已经布局了多家金融机构；达拉斯—沃斯堡国际机场区域和香农机场自由区也布局了多家咨询公司。

依托波音公司的历史和久负盛名的波音系列产品，西雅图开发了多种旅游产品，形成了特色的航空工业旅游。此外，航空培训、财务、售后服务等相关产业也在临空经济区显示出了巨大的发展前景。位于西雅图的波音公共服务集团（Shared Services Group）主要为全球范围内的波音客户提供基础性的售后服务及其他 100 多种服务，甚至包括计算机联网操作、不动产与设施服务、安全服务、训练服务等。波音资产公司主要是从安排、结构和融资方面支持波音公司的其他业务单位安排，以协助波音公司产品、服务在全球的销售和交付。同样，图卢兹的航空工业旅游与航空制造服务业显示出了巨大的发展空间。图卢兹机场区布局了多家航空制造的研发机构和培训机构，构筑了图卢兹航空制造的职能社区。而蒙特利尔的米拉堡机场区布局了航空制造多个环节上的企业，航空制造相关的教育培训业成为区域的主要产业。

第三节　国外临空经济发展类型

本节主要对国外发展较有成就的案例进行分析，以区域临空经济主要产业产生的来源为基准，将国外的临空经济分为综合枢纽导向型临空经济、航空货运枢纽驱动型临空经济、航空制造产业驱动型临空经济，以及区域资源环境导向型临空经济，并对每种类型分别介绍其发展特点，为我国不同区域的临空经济发展提供经验借鉴，为下文的产业结构调整相关研究提供实践经验借鉴。

6.3.1　综合枢纽导向型临空经济

这种类型的临空经济所依托的机场是国际综合性枢纽，是连通区域或洲际的客货运航空枢纽。如，德国法兰克福机场、巴黎戴高乐机场、韩国仁川国际机场和新加坡樟宜国际机场都是全球各国国际航班重要的集散中心。荷兰的史基浦国际机场位于阿姆斯特丹市，是欧洲重要的空中门户，也是最便捷的机场之一，拥有100多条航线和超过200个目的地。美国达拉斯—沃斯堡国际机场位于美国得克萨斯州北部，是American Airlines的总部所在地，从达拉斯—沃斯堡国际机场出发不到4个小时就可以到达覆盖美国95%人口的地区。由于机场的复合性运营及其巨大的客货流量给周边带来了独特的流量经济。

6.3.1.1 机场周边形成功能完备的多产业综合体

这类临空经济区的产业主要集中在航空运输服务业、为机场旅客提供的康体休闲娱乐和餐饮业，以及产品使用航空运输得以出口为主的高科技公司，并布局了国际商务、总部、会展、物流、金融等生产性服务业。

例如，新加坡樟宜机场周边有樟宜商业园、新加坡机场物流园、樟宜国际物流园、新加坡白沙芯片园和淡滨尼芯片园，另外有展览中心、社区服务中心，涵盖了总部经济、会展、物流、国际商务、高科技制造、康体休闲等相关产业。同样，仁川国际机场正发展成为一座融住宅区、商业区、国际商务区、娱乐休闲区、教育区、后勤保障区于一体的多功能航空城，且韩国政府的目标是把这个多功能的航空城建成为一个东北亚地区的航空货运枢纽中心、物流枢纽中心以及经济枢纽中心。法兰克福机场周边不仅有航空运输企业的聚集，还有多种贸易企业的基地，航空物流和国际商务成为区域两大产业。

达拉斯—沃斯堡国际机场周边聚集了商业、物流、高科技制造业、零售批发业、金融保险业和社会服务机构等，据统计，DFW Metroplex地区有1300多个与航空相关的商业企业，比世界其他地区的规模都要大。

史基浦机场集团一个最重要的目标是通过建立和发展机场城市来吸引更多的国际商业投资。史基浦机场计划在紧邻机场的周边地区建设一个5平方公里的物流园区，积极引进大型汽车制造企业、电子通信企业、航空企业、生物制药企业、IT企业进驻物流园区，同时预留了3平方公里的土地作为未来发展用地。

据估计，史基浦机场的相关活动为全国的经济增加了260万欧元的价值。在此地区，许多公司都是依赖于史基浦机场。他们分别是以下的一些行业（见表6.1）：

表6.1　　史基浦机场周边行业分布

行　业	所占比例（按就业人数）（%）
交通运输和分销	88
大型国际化经营	72
休闲旅馆	75
商业和金融服务	46
技术密集型产业	42

6.3.1.2 航空枢纽服务业集聚效应凸显

机场的枢纽运营以及机场通达的全球网络，使得更多的航空公司在机场周边设立基地和办事机构，以共享枢纽机场的网络效应。与枢纽机场运营直接相关的旅客服务业和货运服务业也在机场周边聚集。

以法兰克福机场为例，世界上各国的航空公司和航空货运公司均在法兰克福设有其分支机构，这就使得航空公司成为法兰克福临空经济的重要组成部分。据统计，法兰克福中心区的企业很多在航空业及与其相关的行业中。

樟宜机场是世界上拥有最多航线的机场，截至2007年12月份，在樟宜机场运营的航空公司达83家，樟宜机场运营的货运航空公司中，有10家全货运航空公司和11家客货兼营的航空公司。全球四大主要快递公司DHL、FedEx、UPS、TNT目前均在樟宜航空货运中心（CAC）运营快递口岸。樟宜航空货运中心目前提供9个航空货运候机楼，有3家地勤服务商运营——Singapore Airport Terminal Services（SATS）、Changi International Airport Services（CIAS）和Swissport Singapore。

阿姆斯特丹史基浦机场商务园区毗邻机场建立，园区内环境优美、交通便利，距离机场5~10分钟，15~20分钟可达阿姆斯特丹市中心，光纤、通信网络等基础设施建设完善。以Oude Meer机场商务区为例，如图6.1所示，其中后勤服务业所占比重达37%，居首位，同时IT产业、航空航天、生物医药等高科技产业所占比重达到51%。

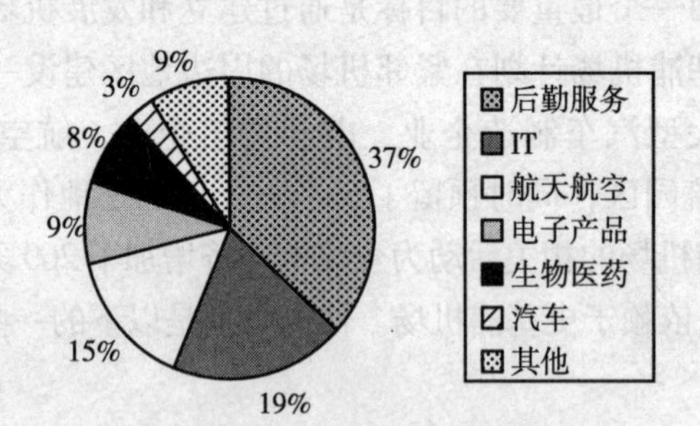

图6.1 Oude Meer机场商务区产业构成

DFW Metroplex达拉斯—沃斯堡国际机场周围的临空产业主要以第三产业，特别是以物流业为主，其中贸易和运输占22.3%，商务服务占13.1%，休闲娱乐占9.2%。

6.3.1.3 康体休闲产业成为临空经济区的新兴产业

由于枢纽机场周边中转旅客及商务区内的商务人士对康体休闲娱乐服务的需求，使得以高尔夫、健身房、公园等为主要表现的康体休闲产业成为临空经济区的新兴产业。

樟宜机场附近共有三个大型的综合休闲俱乐部：Tampines Central Community Complex，Kampong Kembangan Community Club，Pasir Ris Elias Community Club，均为集商务、休闲、饮食、购物为一体的社区俱乐部。并有3家高尔夫球俱乐部。达拉斯—沃斯堡地区的休闲娱乐产业就业人数占区域总就业人数的9.2%。仁川机场周边的商务区旨在通过休闲设施等的服务来吸引跨国企业的总部、物流总部来此运营，使得康体休闲产业成为仁川机场自由区的新兴产业。

6.3.2 航空货运枢纽驱动型临空经济

航空货运有两种运输方式：一种是利用客运飞机的腹舱载货；另一种是全货机载货。客运航班由于有旅客行李等的运输需求，且客运航班的准时性、高频性使得某些货物主要依托腹舱载货运输，客运枢纽机场一般随着客运航班的增加，货运量也随之增加。然而依托快递以及邮政业务需求发展的全货运航班可以单独执飞，对客运无直接需求，因此国际上出现了货运发达而客运相对较弱的枢纽机场。依托这类机场发展的临空经济区，本书称之为航空货运驱动型临空经济，如：美国的孟菲斯临空经济和路易斯维尔临空经济，孟菲斯是FedEx的全球转运中心，自1992年之后机场的货运吞吐量一直居全球第一，2007年，完成旅客吞吐量551万人次（全美排名34），货邮吞吐量384万吨（全球排名第1）。路易斯维尔市是UPS在美国本土的首要核心枢纽机场，同样具有较强的物流集散能力，2007年完成货运吞吐量208万吨（全球排名第9），其客运吞吐量尚未进入全美前50名（低于335万人次）。

6.3.2.1 区域的物流集散能力是机场发展成为大型航空货运枢纽的奠基

综观世界大型货运枢纽机场，均有着良好的区位优势，位于多条陆路、水路的交汇点，所处的腹地经济具有较强的外向性，长期的物流需求使得区域具有较强的物流集散能力，奠定了机场作为大型货运枢纽的基础。

孟菲斯市位于密西西比河东岸，以及2条洲际高速公路、7条国内主要高速公路、5 条全国一级铁路的交汇点，孟菲斯的区位优势亦刺激了它对运输基础设施的需求，它除了拥有全球最繁忙的空运机场外，还有全美第二大的内河港口和与其相衔接的“超级铁路港”（“Super Terminal”），组成一个集航空、水路、铁路、高速公路，多模式的综合运输系统。

孟菲斯机场附近拥有 5 条一级铁路、3 个国际自由贸易区、1 个大型的仓储配送区。区域可通过交通集散条件的提升支持多式联运的发展，同时逐渐扩散其航空运输的腹地资源，使孟菲斯国际机场发展成为大型货运枢纽。

路易斯维尔机场周边的公路交通便利，且占据中心地理位置，264 号公路和 65 号公路在此交叉。其中 264 号公路围绕整个城市，65 号公路为贯穿南北的州际公路。264 号公路在城市北部与 64 号公路连接，64 号公路为贯穿东西的州际公路。除了主要公路之外，还有较多的不同等级的公路将航站楼与城市紧密相连。航站楼前及周边道路基本为单向行驶，可有效避免交通拥堵现象。

6.3.2.2 机场的物流快递业务引发了临空经济区的高科技制造产业

机场作为航空货运的中转站，也天然具有一定的货流资源。机场的货流资源是指借助航空运输的产品，主要是高附加值、深加工、技术密集型、适时生产的产品和鲜活产品等，如：紧急备件、文件、交付日期紧的产品、鲜花、水果、蔬菜、高科技产品、贵重金属等。由于航空运输能做到安全、快捷和及时，不至于使贵重物品失窃、精密仪器破损、流行时装错过季节和鲜活食品失鲜，因此，航空货运的发展能够促进、带动这些相关产业的发展。当企业对运输的安全、速度等要求达到一定标准，机场周边就成为其选址的首选。

从全球临空经济区内的行业来看，受快递转运中心影响最为显著 10 个高附加值、知识密集性的行业为：生物制药、医疗器械等专用设备、电子元器件、光学部件、电子计算机、汽车元配件、通讯设备和部件、广播设备、印刷电路板、探测和导航系统。

孟菲斯机场周边已经形成了科研、加工及制造、仓储、物流及商务等的产业增值链。孟菲斯利用其便捷的环球网络，接触全球市场的直接窗口，融入全球化的新经济发展，在航空港的东面发展高科技产业走廊，吸引新的产业及经济活动，主要发展信息及通信科技、生物医药科技产业。

目前，具有《财富》500 强地位的美国最大的汽车零部件连锁店 Auto Zone 将其本部设在了孟菲斯，而孟菲斯本地及附近城市都因为联邦快递超级枢纽带来的全国以至世界速递连接而努力发展生物医药科技产业，因为生物制剂和药品属于典型的时间敏感型产品。

在物流服务与本地产业结合的基础上，路易斯维尔机场周边产生了一批高科技制造企业，具有代表性的有：福特发动机厂、通用消费品公司、印刷与出版公司等。

6.3.2.3 航空货运业务及其强大的产业链带动效应衍生新兴的产业

随着电子商贸业日趋普遍，良好的航空货运及快递网络和设施对这些新兴产业发展产生了很大的吸引力。约翰·卡萨达在他的文章“物流与航空城的崛起”中指出，孟菲斯国际机场的枢纽功能近年来吸引了大批知名的网络零售商在机场附近建立订购营运中心，利用其可靠的航空货运隔夜递送全球各地的优点，从电子网络中收取来自全球各地的订单，实时在他们的订购营运中心取货并运上当晚的航班，这种运作模式不单缩短了货件运送时间，亦把电子商贸的营运及收取订单时限延长至接近午夜。

孟菲斯吸引了大批知名的网络零售商在机场附近建立订购营运中心，这种崭新的产业成功地融合信息科技、航空港及快递业务三者及所提供的服务网络，成为孟菲斯机场经济增值链上的发展特色。

同样在路易斯维尔机场周边亦形成了多样的物流配送企业，路易斯维尔的物流服务公司囊括了全球的供应链服务公司、海陆空联运服务公司、仓储、配送、运输、包装等功能，代表性的物流企业有：UPS 供应链服务公司、国际分销公司、Summitt 物流代理公司、德比产业 LLC 公司、Dixie 仓库服务的公司、Eagle Steel 产品公司等。

6.3.3 航空制造产业驱动型临空经济

航空制造产业驱动型的临空经济是指以飞机的总装制造为龙头，在机场周边形成的以航空制造产业为主导的临空经济，本书分别以国际上四大飞机制造商：波音、空客、庞巴迪和巴西航空工业公司的总装所在地临空经济发展为例，分析航空制造产业驱动型临空经济的发展特点。

6.3.3.1 临空经济区发展依托于航空总装对机场设施的需求

这一经济行为依托的是机场所提供的跑道、空域、空管等设施部门，并非直接依托机场所提供的运输服务。由于飞机的总装生产需要跑道进行试飞，空管部门进行指挥，因此总装生产对机场的空域、跑道和空管部门要求较高，因而这类临空经济所依托的机场跑道或者是与民航运输共用，或者是专用的机场试飞跑道，且这类机场周边具有较空闲的空域资源。如波音公司在西雅图的两个总装厂，一个位于 Renton Airport，这是一个专用于 737 系列飞机和 757 飞机试飞的机场；另一个总装厂则位于 Boeing Field，这个机场是为 747、767、777、787 这类双通道飞机提供试飞的机场，并有部分民用航空公司开始在此机场运营，而西雅图另一个西塔机场作为城市主要的民用机场。位于图卢兹和蒙特利尔的飞机总装厂所需的试飞场地则是与民航共用的机场。

6.3.3.2 以飞机装配基地为龙头，构建完整的航空制造产业链

飞机制造业的产业链较长，而飞机总装是飞机制造的核心生产活动之一，可吸引飞机总装相关的供应商以及下游的服务产业。依托波音公司在西雅图的两个总装厂，西雅图形成了以波音飞机的制造装配基地为龙头的研发、制造、服务，及相关的旅游、展览企业的集聚，并延伸发展其配套服务业，初步构建完整的航空制造产业链。

西雅图是波音公司的重要基地，目前，波音公司有 7 个业务部门，其中 5 个业务部门位于西雅图地区，涵盖了波音公司的重要生产部门——波音商用飞机部；提供售后服务和安全、训练服务的波音公共服务集团；为空中旅行者、航空公司、飞机操作人员开发高速、宽频数据通信技术的波音联通公司；开发安全、全球通用的空中交通管制系统的波音空中交通管制部；为客户提供全面的融资支持的波音资产公司。

图卢兹是空客公司的总部，依托 A300、A310、A320、A330、A340 和 A380 的设计和总装企业，聚集了航空和机载系统领域的领头人、航空设备的子承包商、培训和研究中心等遍及研发、设计、生产、总装的航空制造产业链上企业。

同样，依托庞巴迪等航空制造总承包商，蒙特利尔成为全球为数不多的、在 30 公里半径内就可以找到供一架飞机所用的几乎所有必要零部件的地方之一。在蒙特利尔，有 130 余家航空航天公司和机构、39 800 名航空航天从业人员 (2006 年的数据是：241 家公司、4.04 万名员工)，生产从电子组件、引擎等几乎所有的飞机部件，同时能够组装整机。

6.3.3.3 航空制造产业链上企业随着与机场关联的强弱呈现差异性布局

由于飞机交付前需要经过一定时间的试飞，对机场有直接的需求，因此飞机的总装制造与机场具有直接相关性，需直接相邻机场跑道。以机场为核心，航空制造产业链不同环节与其关联性不同，因而布局有较大差异性。

从飞机制造产业链上企业在西雅图的布局来看，波音公司在西雅图的两个总装厂，均紧邻机场，便于试飞。飞机制造业引致产生的工业旅游业，由于与飞机制造环节需要的资源重叠较多，需紧邻飞机制造厂，对机场有间接的需求，如：波音公司的博物馆紧邻波音飞机厂和 Boeing Field。而制造业其他的服务部门，如售后服务、培训、资产公司等对机场和飞机总装厂的区位临近偏好性较弱。如：波音公司的培训、资产公司等布局在西雅图城区。

从航空制造产业的布局来看，蒙特利尔三个类型的航空制造公司布局如下：庞巴迪宇航公司，德事隆贝尔加拿大直升机公司这类飞机制造商布局在蒙特利尔的米拉贝尔机场周边；设备制造商根据与飞机总装业务关联的强弱布局差异，全球领先的起落架制造商 Messier-Dowty 公司，占有起落架系统 40% 的世界市场份额，公司总部位于蒙特利尔地区的米拉贝尔，而其他的设备制造商多位于蒙特利尔的其他地区；子承包商 100 多家，遍布整个蒙特利尔地区。

在图卢兹，空客公司的装配厂位于图卢兹机场西部，紧邻机场跑道。正在建设中的航空发展博物馆也位于机场附近，而航空制造业的其他环节遍布了图卢兹和波尔多两个城市。

6.3.3.4 航空制造产业集群构筑了临空经济区的核心竞争力

完善的产业链，加之教育培训机构和政府的鼎力支持，以及企业、培训部门、和政府之间形成的网络协作关系，显示临空经济区航空制造产业集群化发展态势。航空制造产业集群有效构筑了临空经济区的核心竞争力。

随着图卢兹在 20 世纪 50 年代生产出神秘的协和飞机以及制造出第一批喷气式飞机，确立了其在规模型航空工业竞争中的地位。与科研和高科技为伍的航空制造尖端行业的 600 家企业落户图卢兹市（见表 6.2）。图卢兹市云集了航空、航天工业以及机载电子设备系统的最优秀企业、最尖端技术和人才，是一个从教育培训、设计到制造的整体航空航天城，有最著名的航空大学（国立民用航空高等学院 Enac，国立航空航天高等学院 Sup'aéro，法国国立高等航空制造工程师学院 Ensica）。图卢兹机场周边的航空制造性企业如下：

表 6.2　图卢兹机场周边的航空制造性企业

公司名称	公司业务描述
空客、法国空客总部	Airbus A300、A310、A320、A330、A340 和 A380 的设计和总装
空客军机公司总部	欧洲军用飞机 A400M 的设计和开发
ATR	40 至 70 座涡轮螺旋桨飞机（ATR 42 和 72）的世界领导者
达索航空	世界公务飞机（Falcon）的领导者，军用飞机制造（幻影战机、阵风战机）

图卢兹与波尔多合建的法国航空航天谷是欧洲重要的航空航天产业基地。为促进法国航空航天谷的持续发展，有关方面制定了欧洲航空航天培训与研究大型园区建设计划。该计划设想依靠知识经济和网络支撑的竞争点将设计与制造，产品与服务紧密联系在一起，组成活跃的公私合作体系，确定不同主题或不同部门的专家并促进他们一起工作，以这种方法为当地发展带来勃勃生机。

另外，在法国航空航天谷的建立和发展过程中，可以很清楚地看到政府所起到的重要作用。航空航天谷的建立，就得益于法国政府建立具有世界级竞争力的科技竞争园区的政策；航空航天谷正在重点推行的 9 个战略活动领域的合作项目和 3 个横向活动领域（经济发展——研究——培训）的 4 个结构化项目，更依赖于政府的协调、沟通和导向作用。

蒙特利尔围绕地区主要企业形成了地方航空制造企业网络，而且承包商之间有一定程度的交流，存在企业之间的技术共享和互动。此外，蒙特利尔共有 4 所世界级大学：麦吉尔大学（McGill University）、康科迪亚大学（Concordia University）、蒙特利尔大学（Universitie de Montreal）和魁北克大学（Universitie de Quebec）。这些大学为航空制造产业的发展提供了很好的人力资本支持。而加拿大政府对企业实施的公共政策，包括直接的资本投资、私有化、出口补贴、研发计划及财政刺激等，对蒙特利尔航空制造产业的发展有很大的促进作用。

6.3.4 区域资源环境导向型临空经济

这类临空经济区一般具有良好的区位优势、优美的环境优势，然而其所依托的机场客货流量尚未形成很强的流量经济。在腹地经济和环境的影响下，机场周边形成了独特的临空经济。这类临空经济的代表有：香农自由区，日本中部机场城等。

6.3.4.1 临空经济区的产业主要源于区域产业的临空化

香农机场 2005 年完成货邮吞吐量 5 万吨，旅客吞吐量 330 万人次，尚不具备国际大型枢纽机场的形态，然而香农自由区现在已经是全球临空经济区发展的典范。临空经济区内的产业主要是依托香农地区优惠的税收条件、高效的服务效率、优惠的产业配套环境，从全球这一区域范围内吸引的高科技制造产业、航空维修业、全球服务中心、区域总部等——即香农自由区的产业主要是从全球空降的产业。

日本中部国际机场于 2005 年 2 月 17 日正式启用，依托中部国际机场发展的中部机场城主要产业有：航空物流产业、高科技制造业、航空制造产业、航空支持产业。而爱知县拥有包括运输设备在内的七大工业种类的最大本土市场份额，是日本最大、最先进的工业中心。爱知县的主要产业有：航空制造业、汽车工业、陶瓷工业、配送中心。

中部机场城的航空物流业是依托爱知县作为日本重要配送中心以及爱知县的工业基础发展起来的，丰田汽车的全球配送中心是其重要组成部分；高科技制造业则是源于爱知县的传统产业汽车产业和陶瓷产业的高端化发展，丰田等日本汽车制造商位于爱知县，且越来越多的外国汽车制造商也都聚集在这里，它们一起引导着世界汽车制造业的发展，并形成了世界汽车制造业中心的雏形，爱知县著名的陶瓷厂 Old Noritake，从 1885 年就开始出口，其工业基础为陶瓷技术的新发展奠定了坚实的基础，成为中部机场城的一大特色产业；航空制造业则是依托区域的航空制造基础，日本航空制造业的巨头诸如三菱和富士通都聚集在爱知县，Tokai 生产的航空以及与航空有关联的产品产量占据了日本这类产品总产出的一半；航空支持产业则是支持机场航空运输发展的产业，爱知县强大的航空产业基础为航空设备的维修，以及材料的清洗等相关服务环节奠定了基础。

6.3.4.2 临空产业与区域产业一体化发展

对于日本中部机场城而言，由于其产业基础主要源于所在区域：爱知县，因此日本中部机场城的产业与爱知县有着天然的联系，自然融为一体。

而香农自由区作为爱尔兰开放的最前沿，香农自由区内的产业不仅引领着香农市的经济发展，更带动了爱尔兰开放经济的发展。在香农自由区的带动下，香农市开发了多个国家级科技园区，且香农开发区的面积也在不断扩大，与香农市的发展实现了融合。

目前，香农开发区跨越爱尔兰中西部五个郡，即利默里克郡（Limerick）、克莱尔郡（Clare）、奥菲莱郡（Offaly）南部地区、提帕拉里郡（Tipperary）北部地区和凯里郡（Kerry）北部地区。总面积 1 万平方公里，人口约 40.7 万。整个地区拥有便利的水、陆、空交通条件，从业人员素质普遍较高。香农开发区与区域的大学、科技园融为一体，这些都使香农开发区远离“孤岛经济”的发展形态，与区域经济融为一体。

第四节　国外临空产业结构调整经验

临空经济区的形成和发展是一个逐步演进的结果，其产业也处在不断优化的过程之中。虽然国外不同的临空经济区产业结构的演进都有着符合自身国情的特点，但同时也有很多可资借鉴的共同经验。

国际上大多数临空经济区的产业变迁，经历了从农业主导到工业主导，并进一步演进到服务业为主导的经济形态。香农自由区的发展经历了四个阶段：20世纪60年代之前主要是农业型经济，70年代到80年代初是以加工生产型经济为主，80年代末到90年代是服务产业型，90年代后向知识经济型转变，产业结构不断向价值链高端攀升。西雅图和图卢兹的临空经济则由航空制造业向航空工业旅游、航空制造咨询、全球服务中心等价值链高端环节延伸。新加坡樟宜机场的临空产业由制造业逐步向以总部经济、物流、展览为主的服务业转型。

6.4.1 制造业由装配加工业向高技术产业演进

考察世界临空经济的发展历史，可以发现，临空是一种资源，更是一种优势。国际上的大型临空经济区，都很重视利用机场的优势，发展技术创新性产业，把现代化、生态化、信息化相结合。制造业经历了由服装、电器装配等向电子设备、软件设计等高端演进。

香农自由区通过设立入区限制和各种优惠资助政策，使得区内的制造业在20世纪60年代初期主要集中在简单的装配行业，即所谓的“制造工厂”，位于价值链的最低层；70年代中期，香农机场自由区共有37家外资企业，其中服装、纺织及制鞋业仅占11%，而电子工程、机械行业等技术水平较高的行业占73%；目前，香农自由区内的制造性企业大部分是高科技制造企业，包括贵金属合成、钻石制造、工业机床、电子设备、集成电路，及网络技术类的企业，简单的生产组装企业已找不到踪影。

新加坡樟宜机场城的制造业集中在贸易行业，樟宜机场城同样经历了从最初的组装加工到芯片制造这类高技术产业的演进过程。新加坡通过提高机场服务质量和服务能力，改善机场城的基础设施和投资环境，同时逐步引进新产业，淘汰旧产业。尤其在1988~1990年，跨国公司的生产设计在新加坡创造出一种总部服务与制造基地分离的生产模式，将组装生产环节迁移到马来西亚等地，目前，樟宜机场城的制造业主要集中在附加值高的芯片制造行业。每个芯片厂大概需要成本10亿美元，原材料是硅，对工程师、研发人员、操作工人要求都很高。

6.4.2 航空货运业向高流通、高附加值的航空物流业演进

在速度经济的空间里，航空货运以其速度快、无地理限制、完好率高等特点备受企业的青睐。航空货运需要以机场为操作平台，国际上的临空经济区已经充

分意识到紧邻机场货运区资源的稀缺性，不断地引导该区域物流产业的高端化、高效化发展。该区域物流企业对机场需求的紧迫性在不断增加。

如，新加坡樟宜机场物流园提供一站式的服务中心，提供了装卸航空货物所需的设备和服务，每天，无论何时，从飞机卸下的货物送到收货人手里，前后只需一小时，该物流园区明确提出了发展高流通、高附加值的第三方物流企业。

韩国仁川机场和日本成田机场周边也建立了机场物流园，提升了其航空货运处理效率，有效促进了机场的航空货运也向高流通、高附加值的航空物流业演进。

路易斯维尔机场和孟菲斯机场周边都发展了高流通、高附加值的物流集成商 UPS 和 FedEx，并形成了高附加值的网络零售产业和配送产业。路易斯维尔市和孟菲斯市均对这一产业升级作出了巨大的贡献，在加强机场和道路交通设施建设的同时，两市分别把机场两跑道之间的黄金地块拨给 UPS 和 FedEx，使得货机降落后直接滑行到码头与分拣中心传送带相连，加速了现代航空物流业的发展。

6.4.3 临空指向生产性服务业渐成为临空产业发展的主导

临空产业的发展首先是为了满足机场的发展需要；其次，是为机场的旅客提供服务的餐饮住宿、商业零售、休闲娱乐等服务业；再其次是从全球或区域产业链上承接的临空型制造业；最后则是服务于前述产业的生产性服务业。

随着全球经济的发展，机场这一航空口岸的国际交往功能在增加，机场周边的信息、人才、技术资源不断密集化和高端化，因而机场周边产生了多样的临空型制造业和枢纽服务业，随着机场所在的区域经济向后工业化迈进，这类企业的生产过程对培训、融资、中介、物流等生产型服务业的需求不断增加，这类生产性服务业以其较强的专业能力赢得了巨大的市场空间，并在机场综合地区日益显现出更大的市场前景。

如，香农机场自由区内不断增加的全球配送中心、航空设备贸易、保险财务管理企业、商业航空培训、工业商业人员培训企业、人力资源中介、客户服务中心、全球呼叫中心等。新加坡樟宜国际机场城正在发展成为以总部经济、会展业等主导的国际商务企业。西雅图临空经济区的航空培训、航空财务公司、总部经济、工业旅游等行业不断涌现，孟菲斯和路易斯维尔机场临空经济区的物流业成为第一大产业。丹麦哥本哈根航空城的地区总部、客户服务中心、物流集散中心等成为区域特色。

这一产业变迁既是市场行为，又是临空经济区开发者的行政促进。新加坡樟宜机场城不仅加强机场等基础设施的投入，改善区域的投资环境，并对转口型企业提供保税优惠，逐渐增加了机场城的转口贸易发展，同时使机场城的信息密集，吸引多家企业在此设立总部。路易斯维尔市和孟菲斯市的生产性服务业得益于政府对 UPS 和 FedEx 的重点扶持。丹麦哥本哈根积极发展道路交通，哥本哈根拥有最发达的全免费的高速公路及公共道路构成的公路网络系统，从而使其能够快速地到达北欧的其他城市。

6.4.4 依托机场和区位优势逐步培育新产业

路易斯维尔市是美国矿产、石油、粮食内陆转运的主要内陆交通枢纽，也是美国传统制造业中心，以电器、汽车和卡车生产为主。1997 年，该市委托一家著名顾问公司就城市发展方向作了调查，确立了“全美国最有竞争力的经济发展地区”的发展方向，在保留原有产业的同时，采取降低税收等方式吸引新产业入驻，并把现代物流确定为该市两大经济支柱中最重要的支柱，采取大量切实有效的措施，包括人才支持、交通支持和服务支持等，扶持物流业发展，并把 UPS 的发展作为城市的重要目标。

这一战略方向的确立，使路易斯维尔市实现了经济多元化发展，原有的制造业仍然是重要的经济支柱，但同时带来了更多高新技术的就业机会，服务业也成为地区主要经济部门。

按照就业人数分类，目前路易斯维尔市的主要产业分布如下（见图 6.2）：

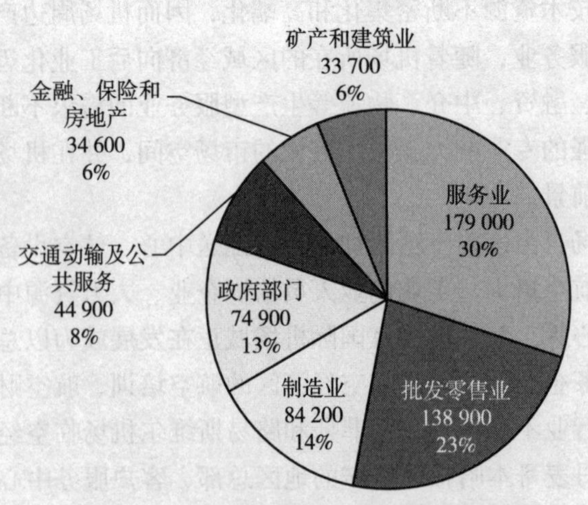

图 6.2 路易斯维尔市的主要产业分布

多年以来，阿姆斯特丹史基浦机场就被认为是荷兰这个贸易民族经济增长的主要推动力。国家政策特别扶持机场和荷兰皇家航空公司的发展，以使史基浦成为全球航空运输的枢纽，进而最大限度的增加该机场的客货流量。依靠这种方式，荷兰网络的连通性得以维持和加强，并在高科技企业的带动下实现经济向现代产业结构的过渡。以航空运输服务业为基础，史基浦机场本身已发展成为了“机场城市”，积聚了欧洲多家著名的物流和商务网络企业。

6.4.5 贸易经济是枢纽机场临空经济发展的主导

枢纽机场作为客货中转站，天然的区位优势和强连通性使其成为国际贸易发展的最佳场所。从世界上枢纽机场周边经济行为的演进来看，贸易经济是一条贯穿临空经济演进的主线。

香农自由区最早设立的目的是吸引外资，发展外向型企业，依托其强区位和优惠的税收政策、高效的服务效率，香农自由区在吸引外资企业方面一直处于欧洲的领先位置。目前香农自由区的主要产业——全球或区域各类服务中心，均是国际贸易演进的成果，区内企业已从最初的制造贸易产品，发展到今天的贸易服务。

新加坡是一个城市型国家，然而樟宜机场凭借其在东南亚的枢纽运营及遍及欧美非的航线网络，打造了机场自由区，发展转口贸易产业。目前在新加坡产生了这样一种生产模式，以电视机的生产为例，新加坡可能会将进口电子部件转运到马来西亚进行组装，组装好的电视机又被新加坡重新进口，进行检测后出口到最终目的港。

荷兰是一个贸易民族，长期以来国家高度重视史基浦国际机场和荷兰皇家航空公司的发展，致力于将史基浦机场打造成世界级的空港，为国家贸易的发展提供更大的便利。

法兰克福机场一直是德国对外贸易的重要窗口，机场四周有数百家物流运输公司，这些公司将世界各地的产品运进德国，也将德国的产品送往世界各地。德国之所以能成为世界出口冠军，高度发达的航空运输业功不可没。以机械设备为例，德国是世界最主要的机械设备出口国，世界各国使用的大量的机械设备常年需要从德国进口各种零配件，正是因为德国有一张以法兰克福为中心的触角遍及全球的空中运输网，加上高效的配送系统，才能使德国制造的机械设备在世界各地都能得到及时的配件供应，保证设备正常运转，提高了德国产品在国际市场上的声誉及竞争力。目前正在法兰克福机场周边正在开发的项目“空港花园”位于机场与ICE车站的附近，交通便利，规划了国际贸易中心的功能。

第五节 国外临空经济管理体制实践经验

受到各国的经济状况、市场经济和产业园区的发展情况、地区的差异以及政府的产业政策等多种因素的影响，经过多年的发展，国外的临空经济区形成了不同的管理体制模式。

6.5.1 国外临空经济区管理体制类型

6.5.1.1 国家直属管理型

国际上临空经济区的管理模式很大一部分是由国家直接派出机构管理。香农、迪拜都是很好的例子。

1959 年，爱尔兰政府决定在香农国际机场旁建立香农机场自由贸易区，并成立了香农自由空港开发有限责任公司（Shannon Free Airport Development Company Limited），简称香农开发公司（Shannon Development），负责推进当地航空业的发展，并赋予其全面开发香农地区的职责。目前该公司统筹负责香农地区的工业、旅游业等的全面经济开发。香农发展公司负责全面安排，投资者不需与政府各有关部门进行多头联系。在一定条件下，香农发展公司保证借贷，并在投资项目中认购股份，还向投资者提供良好的生活条件，如住宅、学校、商店和服务中心等。香农开发公司为香农自由贸易区的发展建立了一套完善的软、硬件环境，使爱尔兰机场自由贸易区拥有国际先进水准的基础设施，并为入区企业的运营提供了完善的支持环境：光纤通信与宽带网络连接欧、美主要大城市；完善的办公场所与生产厂房等设施可供租赁或购买，水、电等能源供应充足；区内提供优惠的鼓励投资的税收、融资、财政等方面经济支持，有着健全高效的配套服务业。

迪拜机场自由区（DAFZA）成立于 1996 年，是迪拜唯一的机场自由区。迪拜国际机场自由贸易区 2 号法规定，自由区归属于部，并视为它的一个部门，总统可以为管理自由贸易区颁布必要的管理条例；为在自由贸易区开展业务的公司颁发执照；按照自由贸易区内公司的业务性质和与该公司签订的协议，提供其所要求的技术员、技工、管理员及其他工作人员。自由区的管理机构是自由区管理局，是由港口、海关和自由区组成的联合体。自由区管理局可以直接向投资者颁发营业执照，还提供行政管理、工程、能源供应和投资咨询等多种服务。迪拜政府在自由区的基础设施方面进行了大量的投入，包括交通、通信和高速数据传输。

仁川机场周边的经济自由区已经被批为机场自由贸易区，建成后的自由贸易区由韩国建设交通部负责管理。自由贸易区的开发已由“韩国建设交通部、产业资源部、海洋水产部共同制定了《自由贸易区的指定与运营相关法律》”，用于韩国各类自由贸易区的统一管理。韩国的自由贸易区分为三类：机场型、港口型和产业园区型。

国家直属管理型的优点是政府可以给临空经济区发展提供大量资金、土地，主管其日常运营，负责临空经济区基础设施和服务设施建设，还可以利用高授权来协调临空经济区各个主体的关系。其不足之处主要表现在政府的干预过强，容易束缚企业的自主经营和自由发展，抑制其灵活性和创造性。

6.5.1.2 地方政府管理型模式

在 UPS 的影响下，路易斯维尔临空经济已经遍布了全市，其管理是由路易斯维尔市来负责管理。为了寻找城市发展方向，路易斯维尔市政府委托一家著名顾问公司进行了研究，最终确立了“全美国最有竞争力的经济发展地区”的发展方向，并把 UPS 的发展作为重要目标。1997 年后，路易斯维尔市采取大量切实有效的措施扶持物流业发展，并从州长、市长到商会主席，全力满足 UPS 投资的一切要求。最终使得 1998 年 UPS 将“UPS 世界港”项目设立于此，还使路易斯维尔市获得了美国“最适合物流业发展的城市”第二位的殊荣。

地方政府管理型模式的优点在于有利于临空经济区与所在区域的协调、沟通，可以避免临空经济区成为“孤岛经济”。其不足之处主要表现在无法真正对临空经济区的发展提供直接性的招商引资或相关优惠政策，难与机场进行有效沟通。

6.5.1.3 机场与区域共建型

史基浦机场很早就成立了房地产部门，负责对机场所属范围内的土地开发。房地产部门表示对国际级的大公司非常有兴趣，希望其能够把机场当成国际运筹的总部。最近微软刚刚在机场内部成立欧洲训练总部，至今史基浦机场内企业，已经从 2000 年的 503 家成长到 2007 年的 578 家，提供达 63 000 个工作机会。

打造史基浦机场城，除了机场所属范围内的土地外，邻近地区的开发，也关系着大机场城市的发展。20 世纪 80 年代末期，史基浦机场管理集团与邻近的阿姆斯特丹市政府、机场所在地海伦马密尔（Haarlemmermeer）等，合资成立“史基浦区域发展公司”（Schipoh Area Development Company，SADC）负责统筹规划机场周边的物流园区、办公园区，地方政府至少已经拨出300公顷土地由SADC规划。

法兰克福航空城是法兰克福机场公司确保未来长期发展的新规划。法兰克福机场周边的土地开发一般由机场当局和数家房地产公司一起与法兰克福市政府成立合营企业来进行合作开发。法兰克福机场的“空铁中心”，以及正在规划中的“门户花园”项目，均采取此种方式开发。航空城的开发过程中，为了优化现有场所和设施的用途，以获取最佳市场收益，现存的一些公司和设施场所将依据新的规划重新组合。

这一管理模式的优点在于有利于协调机场、临空经济区、区域经济三方面的利益关系。

6.5.2 国外临空经济区管理体制比较分析

从管理职能范围来看，临空经济区的管理职能主要包括：制定和实施临空经济区的发展计划；从事基础设施和研究设施的建设；筹集风险资金；组织区内各方的交流与合作；举办技术培训和技术咨询；促进科研与生产合作等。

从国外的临空经济区发展中可以看出，欧洲多采用机场当局牵头，并与区域政府合作的管理模式；而美国由于机场的公益性，临空经济区大多是由机场所在的城市主导建设发展，而以自由贸易区为主要特色的临空经济区则由国家直属机构管理。

第六节 国外临空经济产业调整政策措施

临空经济的发展离不开相关政策措施的支持，国外临空经济区在发展中获得了多样的援助和开发政策，并对临空型产业实施了不同程度的优惠政策。综观国际临空经济区的政策实践，虽具有地区特点，然而也有其共性的经验可供借鉴。

6.6.1 设立企业遴选指标，科学选择产业，提升临空经济区产业结构

国外临空经济的发展中，不仅注意招商引资的细节问题，更注重制定区域整体的开发规划。在临空经济区发展过程中，相关部门纷纷设立企业准入机制，以

优化区域的产业结构，提升区域的国际竞争力。

以香农自由区为例，为了保证区内企业产业结构的优良性，香农开发公司采用了十分严格的标准选择投资项目。

1959年爱尔兰政府决定成立香农自由空港开发公司（即香农开发公司）负责推进当地航空业的发展。该公司围绕机场进行开发，于1960年建立了世界上最早以从事出口加工为主的自由贸易区，以其免税优惠和低成本优势吸引了大批美国企业，并开办了世界第一个机场免税商店，开始了利用外资发展本国经济的实践。

近半世纪来，香农自由区不断优化产业结构，提高利用外资的质量与水平。20世纪70年代政府再次以吸引外资为重点发展科技型工业，从而原有的劳动密集型产业如纺织业等被淘汰，取而代之的是高科技、资金与技术密集型的制造业，如生化制药、信息通信、电子机械、软件、医疗器械等可创造较高附加值的产业。80年代末经欧盟批准为扩大爱尔兰就业建立了国际金融服务中心，开始吸引外国金融机构投资爱尔兰金融服务市场，使爱尔兰国际金融服务业得到蓬勃发展。而今，香农自由区又开始利用外资实现从服务型经济到知识经济时代的转变。香农自由区始终坚持充分利用外资，使其经济保持强劲的国际竞争力。

新加坡樟宜机场城通过设立樟宜商业园、新加坡机场物流园、樟宜国际物流园、新加坡白沙芯片园和淡滨尼芯片园以吸引处于价值链高端的全球化的跨国公司和区域化的本地公司，从而取代了新加坡普通意义上的工厂。

6.6.2 设立有效的财政税收优惠政策，加速区内产业高级化发展

各地区在明确了临空经济区的发展方向后，都出台了各种激励临空经济区发展的具体措施，主要包括两个方面：一是对产业的财政资助；二是对区域内产业、企业或投资者的税收优惠。具体表现如下：

第一，财政资助。通过建立资本资助、培训资助、就业资助、研发资助四种协议方式对区内临空产业项目进行资助。资助协议中往往贯彻两条不成文的原则，即就业基准原则和保持国际竞争力原则。在爱尔兰香农自由区，政府通过资本资助用以补贴购买土地、房屋、新工厂与设备的资本支出费用，资助率以资本支出额为基础，比例不尽相同；通过就业资助对创造长期全职就业机会的企业予以资助，具体资助数额取决于投资额、业务与雇员技术水准。水准越高资助也越高，通常资助额按就业人数平均从1250欧元到12 500欧元不等；通过培训资助提高外商投资企

业的本地化率；通过研发资助提升区域企业的自主创新能力。降低了香农自由区内企业的经营成本，为企业提供了较大的利润空间，外资高科技企业的聚集，有效提高了香农自由区的国际竞争力。巴西对航空制造业及其相关的高科技制造企业的财政补助政策成就了巴西航空工业公司的发展，间接促进了坎普斯临空经济的发展。美国对波音公司，欧盟对空客公司的各种补助直接促进了西雅图和法国图卢兹的航空制造产业的发展，为两地临空经济的发展奠定了基础。

第二，税收优惠。对临空经济区实行税收优惠，包括减税、免税、退税等，在实现区域经济发展中占有举足轻重的地位。实现税收优惠的具体办法很多，从优惠面向的对象可划分为面向产业、企业和投资者等三种。如香农自由区相对于欧盟其他国家，实施着较低的公司税。从 2003 年 1 月 1 日起，香农自由区对公司不分行业实行统一的 12.5% 的公司税，在 2010 年前逐步废除现有 10% 的低税率。目前除部分适用 10% 低税率外，公司主要适用税率是：积极收入（主要包括公司正常营业所得）税 12.5%，消极收入（包括利息、特许权使用费、红利以及租金等）税 25%，资本利得（主要适用于公司处置资产所得）税 20%。仁川机场经济自由区域对外资企业中 1000 万美元以上投资的制造、物流、观光行业企业各种保障税（法人税、所得税、地方税）实施 3 年全免税，2 年半免，5000 万美元以上投资的制造企业、3000 万美元以上投资的物流企业、2000 万美元以上投资的观光企业 7 年全免所得税和法人税，3 年半免。DFW Metroplex 地区很多城市的政府都为创业者和投资者提供非常具有吸引力的激励措施，在此投资的企业均免当地税收、州税收和联邦税收。

6.6.3 打造便捷的综合交通网络，强化临空经济区核心竞争优势

临空经济区的根本基础在于机场及其核心的基础设施，只有不断改进、提高其运营能力和运营效率，临空经济区的发展基础才能不断强化。综观世界临空经济区的发展，在不断优化其产业结构，加强招商引资力度的同时，也在关注、增强机场的基础设施投资和周边环境的改造。究其本质，临空经济的依托是机场，而机场这一功能性的要素带给区域直接的财富就是“交通便利性”。综观国际上临空经济区的发展，几乎所有的临空经济区周边都有着便捷的综合交通网络。

以法兰克福机场城为例，机场当局在扩大业务范围的同时，不断增加基础设施的投资，以强化临空经济区的核心竞争优势。

香农自由区的开发初期，亦把机场及其周边的综合交通建设作为区域开发的

先导。目前，爱尔兰香农自由区不仅具备了完善的海陆空交通，且具备了连接欧美主要大城市的光纤通信与宽带网络。

路易斯维尔市政府在依托机场发展现代物流的过程中，不仅不断为机场的跑道、货站等注资，且花费巨资改善了机场周边的交通，将机场立交桥由“苜蓿叶型”改为“定向型”，减少机场周边的拥堵，以改善机场周边的交通，从而为机场物流的发展提供了完善的硬件基础，增强了临空经济区的核心竞争优势。

6.6.4 划定功能分区，“一区多园”模式促进临空经济区的产业集聚

香农自由区毗邻机场，分为西区和东区，合理的功能分区成就了香农自由区航空租赁、航空器维修、电子产品制造、信息技术产业，以及金融业等现代服务业的集聚发展。

仁川国际机场的周边地区包括三个地区：第一地区用于开发航空物流和国际度假地区，并且政府计划在那儿建立关税自由地区而发展高附加值的航空物流外资企业的同时，还引进有关飞机组装和零部件生产企业、机内食品提供业等有关航空产业的行业。第二地区用于开发国际业务和知识基础产业的中心地、跨国公司的亚洲总部、高新技术生物产业基地。第三地区用于开发大规模的娱乐和体育基地、有关国际金融业务基地、高尔夫球场和 TEMA 公园等。仁川机场周边科学的产业规划有效地促进了临空经济区的产业集聚。

樟宜机场周边划分了樟宜商业园、新加坡机场物流园、樟宜国际物流园、新加坡白沙芯片园和淡滨尼芯片园。目前，在新加坡的许多跨国性的制造或物流企业，其加工地在机场物流园内，将管理和经营总部选在了樟宜机场商务园。如此布局的原因：一是临近机场提供可便利的航空客货运输；二是机场物流园区提供企业所需的产品物流加工等业务。已进入的企业有 IBM、Honeywell、Invensys、Ultro Technologis 等。

樟宜机场物流园（Airport Logistics Park of Singapore，ALPS）定位于时效性强的转口产品加工；机场内货物代理大厦定位于进出口和转口货物的存储运输；机场外分销中心定位于时效性不强的转口产品和进出口货物进行加工、存储运输等。已聚集了 UPS，Nippon Express 等多家物流企业。

樟宜国际物流园集中了许多世界级的第三方物流企业，包括 FedEx、DHL、TNT 等。这些著名的第三方物流公司（3PL）相互竞争，为客户提供极富竞争力的专业物流服务。虽然园区本身并不是保税区，但区内企业可以根据需要申请保

税牌照。只要达到海关的监管要求，就可以从事相应的保税物流服务。

新加坡白沙芯片园有 MRT 和高速公路相连提供便利的交通，离机场 5 分钟的车程。新加坡的白沙芯片园聚集有多家世界著名芯片厂商。主要有：飞利浦、台积电、台湾联电、西门子、英飞凌、UMCi 等。

新加坡淡滨尼芯片园有 MRT 和高速公路相连提供便利的交通，离机场 5 分钟的车程。主要厂商有日立、Siltronic Singapore、Micron Semiconductor Asia Singapore。

6.6.5 强化政府服务效率，依托关键入驻企业打造优势产业集群

临空经济的发展初期是以交通的便利性、全球可达性以及税收的优惠政策吸引企业入驻，然而由于税收优惠是可复制的，难以形成临空经济区的核心竞争力，因而世界上大多临空经济区发展过程中，均注重打造优势产业集群，以实现临空经济区的可持续发展。而产业集群的发展离不开政府的参与，政府的服务效率不仅影响了临空经济区的招商引资环境，而且直接影响区内企业的运作效率。临空经济区发展中，所属政府均注重服务效率的提高，并依托关键入驻企业，改造区内的软硬件环境，引进相关企业，打造优势产业集群。

路易斯维尔市是一个传统的工业城市，自 1997 年确立了城市发展目标后，路易斯维尔从州长、市长到商会主席，全力满足 UPS 投资的一切要求，并跟踪 UPS 的发展需求，为其发展提供便捷的服务。同时努力提高海关的服务效率，使海关把服务办到公司，全电子化的报关程序在货物未到之前已启动，货到即办，以提高通关效率。并以 UPS 的发展为依托，打造了以物流配送服务业为主体的优势产业集群，促进了路易斯维尔市的经济发展。

香农自由区开发的初期，就将其管理机构设为国家直属，多年来，香农自由区高效的政府效率，便捷的海关通关服务，吸引了国际上多家知名企业在香农自由区设立高科技研发、服务机构。而香农自由区依托高科技产业的集聚效应，打造了独特的竞争力。

西雅图地区为波音公司的发展创造了种种便利条件，包括为其预留机场用地，打造便捷的交通等。西雅图地区也依托波音公司的各分支机构，发展航空制造相关产业，打造航空制造产业集群。同样蒙特利尔、图卢兹分别得益于庞巴迪、空客公司的发展，打造了航空制造产业集群，并与西雅图一起成为世界上并驾齐驱的三座航空制造产业之都。

6.6.6 培养区域人力资本，加强临空经济区产业与区域的融合

人才是区域经济的核心竞争要素之一，这一理论在临空经济区也不例外。国际上发展成熟的临空经济区，其发展过程中无一例外地重视专业人才的引进、教育和“职业培训”，以提高临空经济区产业的本地化水平。

自1997年，路易斯维尔市确定了“全美国最有竞争力的经济发展地区”的发展方向之后，政府积极追溯区内企业UPS对环境的需求，并设立了“都市大学”，为其培养了2000多名懂英语和电脑的知识型劳动力，帮助公司克服高素质员工流失问题，节省了培训费用，有效地促进了UPS在路易斯维尔市的根植化。

蒙特利尔为世界著名的航空产业之都，为满足蒙特利尔地区航空产业对劳动力的需求，蒙特利尔地区内的4所大学（麦吉尔大学、康科迪亚大学、蒙特利尔大学和魁北克大学蒙特利尔分院）基本上都设立了航天与航空工程、工业与管理工程等与航空航天相关的专业，并开展相关的大学预科培训项目，以培养航空产业专业人才。此外，在蒙特利尔地区，还有多家学院提供航空领域技术培训，包括蒙特利尔航空专业学院（Montreal School of Aerospace Professions）、国家航空技术学院（National School of Aviation Technology）等。

爱尔兰拥有很多受过良好教育或者具有熟练技能的劳动力，是香农自由区的一个重要的竞争优势。香农自由区不仅具有优质的本地教育资源，同时很注重高技术人才的引进。

自1985年以来，爱尔兰政府对教育的投资增加了一倍半。爱尔兰是世界上15~29岁年龄段人口在校就读率最高的国家。目前，爱尔兰已建立了完善的教育体系，本国居民享有免费的基本教育和中等教育。在高等教育方面，全国有四所大学：都柏林大学、爱尔兰国立大学、列墨瑞克大学和都柏林城市大学。此外，爱尔兰在爱斯隆、卡洛、当多客等十座中心城市有十所地方性理工大学，还有不少提供医学、法律、艺术、音乐和师范培训的专科学院，所有的大学和学院都享有政府的财政支援。

香农自由区是爱尔兰对外开放区域的前沿，香农自由区的发展为爱尔兰经济的高速增长作出了巨大的贡献，而香农自由区的发展一部分得益于爱尔兰对外人才引进政策和积极移民政策，爱尔兰政府通过出台一系列鼓励移民政策和引进国外人才措施，引进了大量的国外优秀人才，近10年来，移民到爱尔兰的国外高级优秀人才已超过10 000人，对爱尔兰的经济发展作出了重要贡献。

6.6.7 建立科技园区，强化研发能力，推动临空产业的高效化发展

在对国外机场临空经济发展历程的总结、分析过程中发现，各个政府当局都积极在临空经济的辐射范围内建立科技园区或试验中心，这些研发机构为临空经济的发展带来了极大的推动作用。依托这些科技园区，企业可以充分发挥临空经济在知识资源和科研设施方面的优势。同时，这些研发机构对于那些技术含量高、极具创新意识的企业的选址非常重要。通过与一些科研机构的合作，可以使科研成果及时、充分地转换为生产力，进而带动企业的可持续发展，使其引领同领域的技术潮流。

如，新加坡政府1981年在新加坡樟宜机场周边专门划定了面积为30公顷的科学园区用于制造业的科研开发，至2000年7月，已有171个公司的研发机构在科学园内经营操作。为了满足更多本国公司及跨国公司研发总部或机构的需求，新加坡政府于1999年在与第一科学园相邻的地区设立了面积为20公顷的第二科学园，有效地促进了新加坡樟宜临空经济的高端化演进。

香农开发公司1984年在利默里克市（Limerick）附近投资建立了爱尔兰第一个国家科技园区——利默里克国家科技园（National Technology Park Limerick）。然后在此基础上逐渐发展建立“香农知识网络”（Shannon Knowledge Network），带动整个开发区向高科技、知识型经济方面发展。

哥本哈根拥有大量的、不同领域的科研机构、院校以及科学园区，而这些因素是那些技术含量高、极具创新意识的企业非常看重的。另外，通过一些科研机构、院校与企业的合作，可以使科学及时、充分地转换为生产力，进而带动企业的发展，使其引领同领域的技术潮流。对于哥本哈根来说，正是凭借这些优势，使其吸引了大量的企业把他们的研发中心、客户服务中心、部门中心等放在这里。通过这些企业的进驻，极大地促进了哥本哈根产业的发展。由此看来，雄厚的科研基础，也是一个地区产业向高端发展的重要动因。

第七章

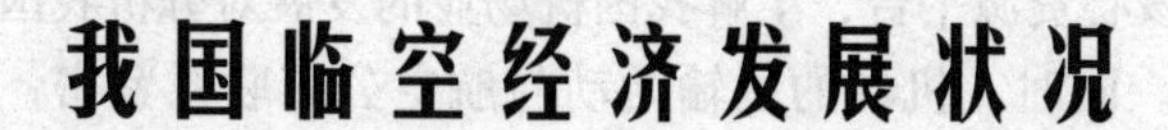

我国临空经济发展状况

我国临空经济的发展状况包括临空经济发展资源平台机场的发展状况、航空运输行为和航空制造行为的发展情况，因此本章作为本书理论与实践的结合点显得十分重要，只有在充分分析我国临空经济的发展现状的情况下才能清晰地应用理论指导我国临空经济的产业结构调整，合理地得出促进我国临空产业结构调整的政策和各种制度保障。

临空经济发展的核心资源是机场，因此我国机场的发展状况是临空经济发展状况中的重要一部分。由于临空经济的空间范围是机场和机场周边地区，但产业在空间上具有地理上的延伸性，如机场产业中，部分在机场内部，部分分布在机场外，这也给本部分临空经济发展分析带来了一定困难，本书将着重从产业角度对我国临空经济发展现状进行描述。首先，对我国临空经济的发展进行概述；其次，着重分析我国临空经济产业发展状况；再其次，总结出我国临空经济的发展特点；最后，分析得出现阶段我国临空经济发展过程中的制约因素。

第一节　我国临空经济发展概述

我国临空经济发展概述包括三部分：第一，我国机场业的发展状况，即从机场衍生临空经济的角度去概括性地分析机场业的发展，并包括航空公司业的发展概述；第二，我国临空经济的发展历程，即通过调查研究概述我国临空经济的发展所经历的历程，从1992年的全面起步到数量明显增多再到现阶段全国的临空经济进入了良性发展时期；第三，在全国层面上分析现阶段我国临空经济的发展格局，即通过对全国各地区临空经济发展情况的归纳和总结得出我国临空经济的整体布局，并总结出此格局呈现出的特点。本部分主要目的是为我国临空经济发展的历史和现状勾勒出一个概括性画面。

7.1.1 我国机场业发展概况

机场是临空经济发展的核心资源平台，了解我国机场业的发展对分析我国临空产业的发展具有重要意义。同时，机场的运输活动与航空公司联系紧密，因此，本书在概述我国机场发展现状时，将机场和航空公司的发展一起进行分析。本部分的分析主要是从机场衍生临空经济的角度进行分析，有别于一般的机场和航空公司分析，也不同于本章后面的航空运输业分析，因为本章后部的航空运输业分析是站在临空经济产业发展的角度，将其作为临空经济重要的构成产业来进行分析的。

7.1.1.1 我国机场发展现状概述

2007 年，我国境内民用航空定期航班通航机场 148 个（不含香港和澳门），"十一五"期间，中国将投入约 1400 亿元人民币用于机场建设，我国机场已经初步形成了北京、上海、广州三大国际枢纽机场和沈阳、西安、武汉、成都、乌鲁木齐、昆明六个区域枢纽机场的框架格局。

2007 年，全国各机场共完成旅客吞吐量 38 758.6 万人次，按旅客吞吐量排名前 10 位的机场如图 7.1 所示，都超过 1000 万，约占全国机场吞吐量的 60%。

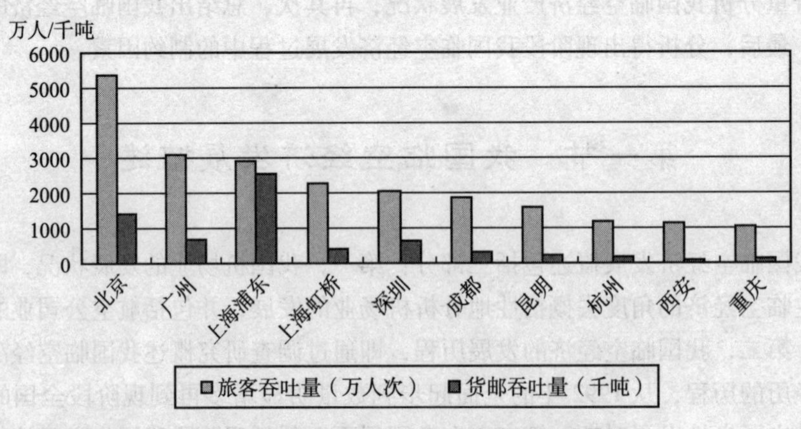

图 7.1 排名前 10 位机场（按旅客吞吐量）

国内机场的地位在世界机场排名中也不断攀升，至 2006 年，首都机场旅客吞吐量和货邮吞吐量分别位居世界第9位，上海机场货邮吞吐量世界机场排名第6，见表7.1。

表7.1　　世界客、货运排名前10位的机场

客运排名	机场	旅客吞吐量	货运排名	机场	货邮吞吐量
1	亚特兰大	84 846 639	1	孟菲斯	3 692 081
2	芝加哥	77 028 134	2	香港	3 609 780
3	伦敦	67 530 197	3	安克	2 691 395
4	东京	65 810 672	4	仁川	2 336 572
5	洛杉矶	61 041 066	5	东京	2 280 830
6	达拉斯—沃斯堡	60 266 138	6	上海	2 168 122
7	巴黎	56 849 567	7	巴黎	2 130 724
8	法兰克福	52 810 683	8	法兰克福	2 127 646
9	北京	48 654 770	9	路易斯维尔	1 983 032
10	丹佛	47 325 016	10	新加坡	1 931 881

资料来源：ACI网站。

随着国家对中西部开发力度的加大，中西部机场的发展加快，近年来成渝、昆明、西安等西部大三角机场旅客吞吐量增速都超过15%，西部大三角机场群日益成型，逐步具备与京津、珠三角、长三角机场竞争的实力。

7.1.1.2　我国航空公司发展概述

截至目前，我国内地共有具备法人资格的运输航空公司35家，包括客货兼营的航空公司、全货运航空公司和民营航空公司等。机队规模与运力利用上，2006年底998架飞机中客机952架、货机46架，各类航线1336条，定期航班通航的国内城市达到140个（不含香港、澳门）。

随着三大航空公司的重组，以及国内航空公司纷纷加入航空联盟，航空公司通过联盟内部的代码共享合作扩大航线范围和航线网络，参与到世界范围内的竞争，2006年我国民航旅客周转量高于世界平均增长水平9.8个百分点，航空运输总周转量、旅客周转量在国际民航组织缔约国中排名均继续保持第二位。

从航空公司生产发展状况看，2006年我国航空公司的生产状况如表7.2所示。

表 7.2　　2006 年航空运输和通用航空生产发展情况

指　　标	项　　目	实际完成
运输总周转量（亿吨公里）	总量	305.8
	国内航线	193.1
	国际航线	103.1
旅客运输量（万人）	总量	15 967.8
	国内航线	14 016.9
	国际航线	1414.7
货邮运输量（万吨）	总量	349.3
	国内航线	239.4
	国际航线	92.2

在市场结构与旅客构成方面，2006 年航空运输总周转量中，国内航线与国际航线所占比例构成如表 7.3 所示。

表 7.3　　2006 年航空运输市场结构　　单位：%

比例构成	航空运输总周转量	旅客周转量	货邮运输周转量
国内航线	66.3	77.9	40.2
国际航线	33.7	22.1	59.8

在放松管制和航空运输自由化这种全球性的大趋势下，我国制定和实行了“加强安全管制，逐步放松经济性管制”的航空政策，国内航空运输市场放松管制和国际航空运输市场对外开放也取得积极进展。

在航线和市场准入方面，2006 年民航总局提出将继续落实放宽市场准入政策，支持各类投资主体投资民用航空业，引导和鼓励新设航空公司以经营支线、货运航空为重点。对外开放方面，民航总局确定“梯度开放”、“先货后客”的原则。从 2004 年 7 月签署的《中美航空运输协定议定书》首次允许美国空运企业在中国境内建立货运枢纽开始，国外大型货运航空公司如美国联合包裹运输公司等迅速进入了中国航空物流运输市场，直至中美航权新协议的签订，将全面开放货运市场。

目前我国国航和上海航空已经加入星空联盟，南航加入天合联盟，联盟化经营使民航业的竞争格局发生了改变，由航空公司间的竞争演变成联盟与联盟、联盟与非联盟的争夺，力度和广度都将升级。而对于机场来说，航空公司联盟对机场规划、管理和设计都会产生重大影响，来满足航空公司或其联盟航空公司的需要。虽然如此，航空公司加入联盟后也会加强或推动枢纽机场的建设。如，国航加入星空联盟后，使西南民航市场极大受益，可一票到底畅飞全球160国897个航点城市，同时进一步推动成都双流国际机场航空枢纽建设。随着国航入盟，成都双流国际机场亦由国航西南航空枢纽升级为“星空联盟”的中国西部航空枢纽。根据国航的战略构想，国航计划构建北京（枢纽机场）—成都（枢纽机场）—上海（门户口岸）—香港（枢纽机场）在地图上呈四边菱形、南北呼应、东西互动、连接全球的航空网络，为这一目标，国航将引进50架远程客机，包括15架波音787、15架波音777和20架空客330，这些飞机主要投入到成都、上海航线上，为扩展国际网络做准备。同时中航集团控股的中法合资斯奈克玛航空发动机维修公司也将与国航工程技术分公司成都维修基地整合，在成都重新打造一个中航集团第二大的飞机维修基地。

综上所述，通过不断的改革发展，我国航空公司业取得显著的发展。无论我国航空公司的发展现状还是未来发展趋势，都朝着有利于提高自身竞争力的方向发展。这些变革都将深刻地影响机场乃至整个民航业，而我国机场行业的迅速发展又极大地带动了我国临空经济的发展。依托于首都机场、白云机场等大型枢纽机场的临空经济正以蓬勃的态势发展，而随着我国其他机场的迅速发展，各地的临空经济也渐渐起步，临空经济发展的巨大潜力也逐步体现出来。

7.1.2 我国临空经济发展历程

7.1.2.1 1992~1999年，我国临空经济起步

我国临空经济发展实践可追溯到20世纪90年代。如今已成为成都市发展战略规划中南部副中心及产业基地重要组成部分的西南航空港经济开发区成立于1992年，该航空港经济开发区当数我国临空经济发展最早的雏形。① 1993年，首都国际机场旅客吞吐量首次突破1000万人次，首都国际机场所在地顺义区政府意识到了首都机场对顺义经济发展具有一定的带动作用，提出了“依托机场、服务机场、大力发展空港口岸经济”的发展思路，随后首都机场周围规划建设了林河工业区、空港工业区、国家级出口加工区——北京天竺出口加工区。同时顺义区政府还将机场周围大量的土地资源进行规划控制，这为首都临空经济区的

---

① 王欢明，刘鹤鹤. 成都临空经济发展的现状与对策建议. 上海城市管理职业技术学院学报，2007(4)：47~50

建立和健康、快速发展奠定了坚实基础。[①] 同年，从引进第一个航空维修投资项目起，主要依托于航空制造业发展的厦门航空城也开始建设。[②] 到20世纪90年代中期，珠海机场也提出要大力发展航空城。这些都是我国临空经济起步发展的重要标识。

20世纪末，上海空港正式实现"一市两场"，与此同时，上海市长宁区政府实施"依托虹桥、发展长宁"发展虹桥临空经济园区，将其作为面向21世纪经济发展战略的三大经济组团之一。1997年10月开工，1999年9月上海浦东国际机场建成通航，但在浦东机场建设期间（1998年9月）《浦东空港地区临空产业发展研究》就已完成。[③]

7.1.2.2 2000~2005年，我国发展临空经济地区数量显著增多

21世纪伊始，首都机场吞吐量突破2000万。从1993年开始经过7年的发展，临空经济对顺义区经济发展的强大带动作用已经显现，顺义区政府对临空经济的认识也在逐渐强化，提出了"空港国际化、全区空港化、发展融合化"发展理念，在首都机场北侧规划建设了北京空港物流园区。这使首都临空经济区空间上进一步拓宽，产业上更加多元，临空经济发展的圈层布局结构已显雏形。2000年，有"远东空港枢纽"支撑的哈尔滨太平国际机场，其所属市道里区开始十分重视发展临空经济，提出："利用地缘优势，有计划地发展空港经济区"。显然，依托首都国际机场的临空经济已经处于全国领先地位，同时，我国临空经济功能区功能在逐步拓展。

2002年，我国机场属地化逐步启动，到2004年陆续将除北京首都国际机场、西藏贡嘎机场以及邦达机场之外机场全部移交地方政府管理。

2004年，首都机场吞吐量突破3000万。伴随中国民航机场属地化改革的完成和奥运会对于机场各项设施要求的提高，顺义区提出"抓住首都国际机场扩建和民航体制改革的机遇，大力发展临空经济"，配合首都机场的规划同时实施临空经济规划。依托首都机场的国际物流、商流和资金流向机场区域汇集的趋势增强，推动了会展、商务、金融等生产性服务业的要求进一步发展。首都临空经济区进入综合功能发展的新阶段。随后，北京市"十一五"规划将临空经济区确定为重点建设的六大高端产业功能区之一，标志着发展临空经济，已经由顺义区域的发展战略升级为北京市的总体发展战略。同年，随着广州新白云机场启

① 顺义统计信息网. http://www.tongjj.bjshy.gov.cn/
② 马田. 发展航空维修 完善航空产业链. 航空制造技术，2004（10）：58~66
③ 杨雪萍. 浦东机场临空地区临空经济发展研究. 同济大学，1999

用，花都区空港经济管理委员会成立，提出了“依托机场，服务机场，发展花都”的思路，坚持“机场带动物流，物流促进产业”的发展方针，规划了空港经济圈；与此同时，大连周水子国际机场开始着手空港国际物流园区的建设，国家发改委也正式批准成立西安阎良国家航空高技术产业基地。[①]

“十五”末，天津开始策划临空产业区（航空城）、福州也开始动工兴建空港工业集中区。“十五”期间是我国临空经济发展的一个重要的形成期。截至2005年，全国范围内已有13个机场周边地区开始发展临空经济。

7.1.2.3 2006年至今，我国临空经济进入快速发展时期

“十一五”开局之年，空客公司正式宣布A320总装线落户天津临空产业区；《青岛临空经济区发展战略规划》完成；[②] 以呼和浩特白塔国际机场为中心的航空城开始进行战略规划；[③] 沈阳市政府批准设立沈阳航空经济区；昆明依托新机场进行了空港经济区规划；同时，为推进临空经济，福州长乐市人民政府提出以空港工业集中区为载体，[④] 积极发展与机场相配套的临空型工业。

2007年，首都机场吞吐量突破5000万。顺义区委提出“进一步壮大和巩固临空经济”。首都机场保税物流中心（B型）正式投入运营，首都机场综合保税区获国务院批复。同年，武汉天河机场被确定为试点单位后，黄陂区即提出了依托天河机场发展临空产业的临空经济区概念，《武汉临空经济区总体发展规划》[⑤] 通过专家评审；郑州完成“一核二区”，即机场核心区加物流商贸区和临空产业区的航空城总体规划；南京进行了《禄口空港地区发展战略研究》[⑥]，建设一座方圆100平方公里的航空城，目标瞄准“国内领先、国际知名”，计划创建有飞机总装厂、飞机起落跑道等完备设施的通用航空产业基地；重庆市人民政府批准设立了临空经济新区；天津临空产业区发展规划完成；宁波开始筹划空港物流中心建设发展临空经济；广州市白云区开始进行临空经济发展规划；武汉孝感区提出了发展临空经济的构想；2007年底，广东省政府批准了《珠海航空产业发展规划》。

2008年，《杭州市萧山空港经济区概念规划》和《杭州市萧山空港经济发展

---

① 金乾生．陕西航空产业要走集群化道路．当代陕西，2007（8）：20～21

② 青岛临空经济发展研究课题组．青岛临空经济区功能定位与产业发展规划．青岛：中国民航大学临空经济研究所，2006

③ 呼和浩特航空城发展研究课题组．呼和浩特航空城产业发展战略规划．北京：英国阿特金斯咨询公司，2006

④ 昆明空港经济发展研究课题组．昆明空港经济区经济社会发展战略规划．昆明：中国民航大学临空经济研究所，2006

⑤ 刘亚晶．浅谈武汉临空经济区的发展．湖北经济学院学报，2007（8）：55～56

⑥ 曹江涛．临空经济区与区域经济发展的互动关系研究．南京航空航天大学，2007

规划》通过评审；沈飞冲8－Q400飞机大部件转包项目厂房主体工程作为沈阳航空经济区第一个竣工投产的航空制造产业重大项目竣工投产，此后不久，国家发改委批准在沈阳市建设民用航空产业国家高技术产业基地；贵州安顺航空城获得国家高技术产业基地授牌；佛山市三水区完成空港经济发展战略规划①；国家发改委批准湖南长株潭地区建设综合性国家高技术产业基地，黄花机场迎来了空前的发展机遇，拟将长株潭地区发展成为“临空经济走廊”。乌鲁木齐机场也提出要加快进行环机场临空经济圈建设的发展规划②。

截止到目前，全国共有26个机场周边地区进行临空经济发展规划，首都临空经济区成为发展相对最完善、成熟的临空经济区；依托航空制造业发展起来的临空经济区数量也在逐步增多；其中地处两个行政区的广州新白云机场周边地区，白云区和花都区都进行了临空经济规划，随着白云机场旅客吞吐量2007年超过3000万人次以及FedEx亚太转运中心的运营，新白云机场的辐射范围在逐步扩大，距离新白云机场仅有25分钟车程的佛山市三水区也进行了临空经济发展规划，异曲同工的武汉黄陂区也想借助临空经济的发展把处于非机场所在行政区的孝感区列入临空经济整体规划。可见，我国临空经济整体呈现出了蓬勃发展态势。

7.1.3 我国临空经济现阶段发展格局

我国临空经济发展初具规模，分布密度逐渐加大，对周边的辐射带动能力逐步增强，初步形成了以北京、上海、广州等以枢纽机场为依托的临空经济区为中心，以成都、昆明、重庆、西安、深圳、杭州、武汉、沈阳、天津等省会或重点城市的特色临空经济为骨干，其他城市相继顺势规划发展临空经济的基本格局。

7.1.3.1 我国临空经济整体布局

依据最新的《全国民用机场布局规划》中描述的目前我国民用机场布局，结合区域经济社会发展实际，对我国临空经济布局划分为北方（华北、东北）、华东、中南、西南、西北五大临空经济分布区域。

1. 北方地区临空经济布局

北方临空经济分布区域由北京、天津、河北、山西、内蒙古、辽宁、吉林、

① 佛山市三水区临空经济发展研究课题组．佛山市三水区空港经济发展战略研究．中国民航大学临空经济研究所，2007

② 陈学刚，杨兆萍．建立乌鲁木齐国际机场临空经济区的战略思考．干旱区地理，2008（3）：306～311

黑龙江8个省（自治区、直辖市）构成，区内机场达到30家，已规划建设的临空经济区主要有首都临空经济区、天津临空产业区（航空城）、呼和浩特航空城、沈阳航空经济区以及大连临空产业园、哈尔滨道里区空港经济区等。

在本区域临空经济格局中，首都临空经济区作为目前全国临空经济发展的标杆示范区，综合发展以航空运输服务业、临空高科技产业、航空物流业为代表的临空产业集群；天津临空产业区（航空城）以航空制造业——A320总装线落户为契机重点发展航空制造和航空物流两大产业集群；沈阳临空经济区以发展民用航空基地为契机，以先进制造业和高科技产业为核心与致力于打造综合物流基地的大连甘井子区和全力构建金廊大道的哈尔滨道里区共同承担振兴东北老工业基地、实现产业调整改造的推动作用；呼和浩特作为连接欧洲、俄、蒙的北方门户，重点发展航空物流、商务会展等。

2. 华东地区临空经济布局

华东临空经济分布区域由上海、江苏、浙江、安徽、福建、江西、山东7个省（直辖市）构成，区内即有机场达到37家，其中上海浦东国际机场、上海虹桥国际机场、杭州萧山国际机场年旅客吞吐量均已超过1000万人次。现已规划建设的临空经济区主要有上海长宁区虹桥临空经济园区、上海浦东国际机场航空城、杭州萧山空港经济区、青岛临空经济区、南京禄口航空城、宁波临空经济圈、福州长乐航空城等。

在本区域临空经济格局中，上海长宁区，依托上海虹桥国际机场，规划打造总部型、高科技、园林式的精品园，集高新技术产业、都市型工业和空港经济于一体的园区；上海浦东航空港地区，依托上海浦东机场，先发展启动性好的临空农业园艺等，进而推动高知识含量、轻型化、智能化的现代临空产业；杭州萧山机场周边现已规划建设“空港新城”，重点培育发展空港物流业、先进制造业、商贸服务业、休闲旅游业、高新技术产业及都市农业等新型产业，着力将空港经济区打造成长三角南翼重要的国际开放门户、长三角重要的综合交通物流枢纽；青岛临空经济区，目前在青岛流亭国际机场周边形成了机械电子、服装加工、食品加工、木制品加工、新型建材、精细化工等6大支柱工业；南京禄口航空城，依托南京禄口国际机场这一国内重要的干线机场和华东地区重要货运机场，以航空物流、商贸服务和航空制造功能为主，实现与上海两大机场的错位、协调发展；福州长乐机场附近筹建省级商品展销城，大型国际会议中心，设国际网络多功能资讯中心，筹划福建省航空广告基地，规划全国首家航空娱乐城；宁波规划建设空港物流中心，通过航空物流企业以及现代服务业的集聚，实现宁波作为长三角地区重要航空物流枢纽城市的战略定位。

3. 中南地区临空经济布局

中南临空经济分布区域由广东、广西、海南、河南、湖北、湖南6省（自治区）构成，区内即有机场达到25家，其中广州新白云国际机场、深圳宝安国际机场年旅客吞吐量已超过1000万人次。在此基础之上现已规划建设的临空经济区主要有花都空港经济圈、白云临空经济区、三水区临空经济区、厦门航空城、郑州航空城、武汉华中临空经济区、孝感临空经济区、湖南长株潭航空城、深圳机场物流园、珠海航空城等。

在本区域临空经济格局中，依托广州新白云机场的强大辐射能力，花都区、白云区以及佛山市三水区都规划建设了各自临空经济的发展：花都空港经济圈，坚持“机场带动物流，物流促进产业”的发展方针，规划了包括联邦快递亚太中心配套产业园区、机场高新科技物流产业基地、机场商务区在内共100平方公里的空港经济圈；白云区，通过发展航空运输服务产业、航空物流、电子、医药、总部经济等，打造亚太航空公司服务基地、华南高端商务门户、广州生态空港新城；佛山市三水区，重点发展三大产业：临空高科技制造业、航空配餐产业和航空物流产业，打造面向亚太的生态空港经济。依托武汉天河国际机场，华中临空经济区规划发展航空运输业、航空物流业、临空型现代服务业、临空型高新技术产业、临空型现代农业、临空型现代服务业等；孝感作为武汉城市圈九城之一，提出与黄陂联手，围绕天河机场“南客北货”的规划，分工合作，建设沿孝天路的“临空经济带”，重点发展现代物流业和高新技术产业。深圳航空物流园区致力打造国际快件集散与分拨中心、华南地区航空货运中心、区域性航空货运枢纽港及航空物流园区示范基地；厦门航空城，以航空维修、航空工业为主要产业，目标是：把厦门建成中国乃至亚洲最大的民用航空维修基地；湖南长株潭航空城，以组建长沙飞机起落架工程中心为核心，建设长沙航空工业园；郑州临空经济将重点发展综合物流产业；珠海于2007年批准了《珠海航空产业发展规划》，确立珠海航空产业园为广东培育发展航空制造业的重要基地。

4. 西南地区临空经济布局

西南临空经济分布区域由重庆、四川、云南、贵州、西藏5省（自治区、直辖市）构成，区内即有机场达到31家，其中成都双流国际机场、昆明巫家坝国际机场、重庆江北国际机场年旅客吞吐量已超过1000万人次。在此基础之上现已规划建设的临空经济区主要有重庆航空城、成都临空经济区、昆明临空经济区、贵州安顺航空城等。

在此临空经济分布区域内，成都双流县依托双流国际机场，大力发展临空服务业、临空制造业、临空农业和临空旅游业，着力构建以临空产业为龙头的新型产业体系，打造西部地区最大的临空经济中心，建设中国西部临空经济第一城；昆明临空经济区依托作为连接南亚和东南亚门户的昆明机场，以发展航空物流业、空港配套服务业、临空型高科技产业、国际商务会展业、生态康体休闲业和现代都市型农业等6大产业为主；重庆航空城大力发展现代物流业、总部经济、高科技产业、生态休闲、会展、中介、信息产业，逐步形成航空产业群、现代服务产业群、制造装备产业群、高新技术产业群；贵州安顺航空城发展以航空制造业为支撑的产业集群，推进航空制造业和新型工业实现集群发展，成为国家军民结合示范点。

5. 西北地区临空经济布局

西北临空经济分布区域主要由陕西、甘肃、青海、宁夏和新疆5省（自治区）构成，区内即有机场达到24家，其中西安咸阳国际机场年旅客吞吐量已超过1000万人次。在此基础之上现已规划建设的临空经济区主要有西安阎良航空城、陕西渭城临空经济区、乌鲁木齐临空经济区等。

在此临空经济分布区域内，西安阎良航空城的特色功能定位是精心打造航空产业硅谷，大力发展飞机制造、电子信息、新型材料、机械制造、航空服务等高科技产业；陕西咸阳航空港产业园，规划发展运输、物流、会展、信息、房地产、高新技术产业等；乌鲁木齐依托作为中国西北的交通枢纽，具有连接中、西亚、欧洲的乌鲁木齐机场，将重点发展仓储物流业、现代制造业和临空高新技术产业等。

我国临空经济布局状况如表7.4所示。

表7.4　　我国临空经济布局状况

所属区域	依托机场	临空经济区	发展定位
北方地区	首都国际机场	首都临空经济区	连接国际国内的枢纽空港，打造服务全国、面向世界的临空产业中心和现代制造业基地
	天津滨海国际机场	天津临空产业区	中国航空制造产业“硅谷”，北方航空物流“枢纽”，滨海新区产业“高地”
	沈阳桃仙国际机场	沈阳航空经济区	以航空高科技产业为引领，以先进制造业和高科技产业为核心，以商贸、物流、培训等服务产业为延伸的综合性经济区
	呼和浩特白塔机场	呼和浩特航空城	依托机场优势，立足呼和浩特，服务呼包银，面向欧洲、俄、蒙，重点发展临空指向型产业，建设航空运输产业基地、航空物流基地、高新技术产业研发及制造基地、商务会展基地，成为展示呼和浩特市的重要窗口
	大连周水子国际机场	大连临空产业园	东北地区第一个临近机场而建的新型产业基地，重点发展电子通信、精细化工、医疗保健类产品
	哈尔滨太平国际机场	哈尔滨道里区空港经济区	规划分为南北两个区，目前在北区即哈尔滨太平空港园区以发展食品精深加工业、物流业、高科技环保型制造业为主

续表

所属区域	依托机场	临空经济区	发展定位
华东地区	上海虹桥国际机场	长宁区虹桥临空经济园区	建成总部型、高科技、园林式的精品园，集高新技术产业、都市型工业和空港经济于一体的园区
	上海浦东国际机场	浦东国际机场航空城	现代化大容量、多功能、综合性的国际航空城
	杭州萧山国际机场	杭州萧山空港经济区	长三角南翼重要的国际开放门户、长三角重要的综合交通物流枢纽、具有国际竞争力的临空型经济集聚群和国际化、生态化、现代化的“空港新城”
	青岛流亭国际机场	青岛临空经济区	服务全省、立足东亚，以日韩为主要方向的临空产业中心、现代制造业基地和临空性高新技术业基地
	宁波烁社国际机场	宁波临空经济圈	强化“二轮驱动”（现代制造业和现代服务业），实现三个突破（扩区拆迁、招商选资、生态园区建设），做强四大产业（微电子、汽车及配套零部件、光机电一体化及生物新医药），打造五型开发区（临空型、创新型、品牌型、生态型、服务型）
	南京禄口国际机场	南京禄口航空城	以发展国际航空货运为龙头、发展现代物流为重点的经营发展战略
	福州长乐国际机场	福州长乐航空城	筹划福建省航空广告基地，规划全国首家航空娱乐城，发展高科技产业及现代物流、旅游会展等服务业
中南地区	广州新白云国际机场	花都空港经济圈	以龙头企业为纽带，大力发展汽车制造、电子信息、生物制药等高新技术和先进制造业以及航空货运、物流、仓储等产业，并配套完善的商务服务及居住生活设施，力求通过机场周边地区建设，促进花都的产业结构调整，优化生态环境和加速城市化进程，把空港经济区域建设成为产业聚集高档次的城市新区
		白云区临空经济区	亚太航空公司服务基地；华南高端商务门户；广州生态空港新城
		三水区临空经济区	面向亚太的生态空港经济
	厦门高崎国际机场	厦门航空城	把厦门建成中国乃至亚洲最大的民用航空维修基地，打造亚洲第一流的航空城
	武汉天河国际机场	华中临空经济区	武汉市航空物流和临空工业基地、华中地区国际航空枢纽
		孝感临空经济区	与黄陂联手，通过汉孝大道连通天河机场，沿线重点发展现代物流业和高新技术产业
	长沙黄花国际机场	长株潭航空城	以组建长沙飞机起落架工程中心为核心，建设长沙航空工业园
	新郑国际机场	郑州航空城	推进航空事业的规划建设，构建发展外向型经济模式；打造郑州立体化的交通枢纽，推进现代物流业的发展
	珠海三灶国际机场	珠海航空城	通过建设飞机总装、零部件加工制造和航空维修等航空项目，将珠海建成为国内外航空领域具有较大影响力、较强竞争力、集产学研于一体的航空制造业基地
	深圳宝安国际机场	深圳机场物流园	把深圳机场真正建设成为中国四大航空货运中心之一、国际快件集散与分拨中心、华南地区航空货运中心、区域性航空货运枢纽港及航空物流园区示范基地

续表

所属区域	依托机场	临空经济区	发展定位
西南地区	重庆江北国际机场	重庆航空城	发展服务业、农业、生物化工等产业，逐步形成航空产业群、现代服务产业群、制造装备产业群、高新技术产业群
	成都双流国际机场	成都临空经济区	主要承担保税仓储、物流中转、物流配送、国家采购等功能，为成都进出口货物聚散和中外客商国内外采购、分销提供物流平台。打造中国西部最重要的物流中心和高新技术培育中心
	昆明巫家坝国际机场	昆明临空经济区	依托昆明新机场国际门户枢纽定位的航空资源，以发展临空指向型产业为主导，建设东南亚、南亚临空经济的中心，航空运输产业基地、国际航空物流基地，现代化的高轻产品研发及制造基地、旅游体育休闲商务活动基地、国际会展基地，成为推动云南昆明腾飞的引擎，推动东盟自由贸易区区域经济合作切入点，现代新昆明外向型的生态新区
	贵州安顺黄果树国际机场	贵州安顺航空城	以民用飞机产业发展为重点，实现军民互动协调发展，推进航空制造业和新型工业实现产业集中、产业集聚、产业集群，成为国家军民结合示范点
西北地区	西安咸阳国际机场	阎良航空城	西安阎良国家航空产业基地的四个园区发展重点不同，涵盖了飞机的整机制造、大部件制造、零部件加工、航空维修、航空培训、航空俱乐部等各个环节。各园区依托区位优势，全面打造航空制造产业集群
		渭城临空经济区	大力引进物流配送、机械加工、飞机组装和零配件加工项目，全力打造西部现代物流业和机械装备产业基地
	乌鲁木齐地窝堡国际机场	乌鲁木齐临空经济区	形成以乌鲁木齐机场为核心，以航空产业、高新技术产业、现代物流业、会展业为代表的临空经济集群化产业发展格局，逐步形成高科技制造暨出口加工板块、现代加工制造业板块、国际展览展示板块、国际商务板块和生活服务配套板块等多功能经济区域

7.1.3.2 我国临空经济现阶段格局特点

1. 临空经济区域格局与经济地理格局基本适应

临空经济区域分布的数量规模和密度与我国区域经济社会发展水平和经济地理格局基本适应，我国临空经济呈区域化发展趋势，初步形成了以北京为主的北方（华北、东北）临空经济分布区域、以上海为主的华东临空经济分布区域、以广州为主的中南临空经济分布区域，成为拉动长三角、珠三角、环渤海三大经济圈经济持续快速发展的新增长极；以成都、重庆和昆明为主的西南临空分布区域和以西安为主的西北临空经济分布区域正在快速成长过程中，成为推动我国中西部经济实现快速增长的强大动力引擎。临空经济集群效应的逐步体现，对带动地区经济社会发展、扩大对外开放，提高城市发展潜力和影响力发挥了重要作用（见图7.2）。

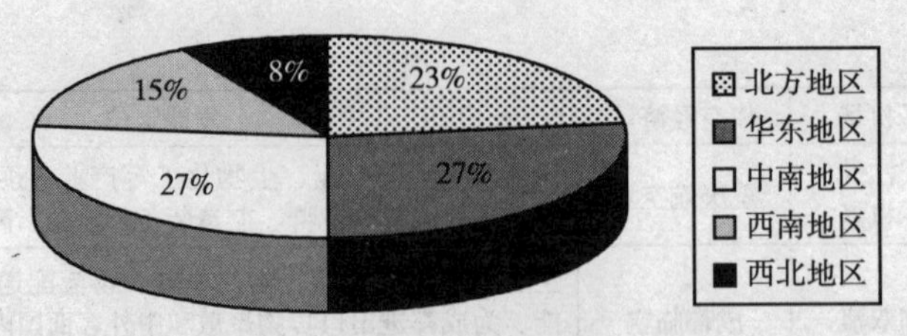

图 7.2　我国临空经济布局情况图

2. 临空经济区有机协调布局趋势日趋清晰

我国临空经济基于各自所依托机场的功能辐射能力区别，整个临空经济体系的层次日趋清晰，结构日趋合理，整体实力逐步增强。随着北京、上海、广州三大枢纽机场的中心地位日益突出，其周边地区在其带动下与之形成错位互补的一体化协调发展良好态势。北京首都临空经济区稳居我国首位临空经济城市，其周边天津临空经济的发展就依据错位互补的原则实施京津一体化发展策略；南京将自身临空经济的发展定位调整加入了为上海大飞机项目做好配套产业的内容，两者间形成紧密的有机协调整体；厦门则着重发展航空维修业等。与此同时，昆明、成都、西安、沈阳、武汉、重庆、大连、哈尔滨、杭州等省会或重要城市机场的周边也形成了各具特色的临空经济区，临近区域间的经济融合程度也在不断加强。

第二节　我国临空经济的产业发展状况

我国临空经济产业发展状况分析主要以航空运输行为和航空制造行为为产业分析的主要线索，因此，首先包括我国航空运输业的发展状况，即机场业、航空公司业及航空保障企业的发展现状及趋势；其次是我国航空制造业的发展状况，即在充分认识世界航空制造业发展特点与趋势的基础上对我国航空制造业的发展历史、特点和趋势进行分析；最后整体分析我国临空经济产业的状况，即包括临空经济产业的发展概述和产业发展呈现出的八大特点。

7.2.1　我国航空运输业发展状况

7.2.1.1　我国机场业发展现状与趋势

1. 我国机场业发展现状

（1）政策环境宽松促进机场发展。我国机场属地化改革一方面增强了机场的管理效率；另一方面调动了地方政府发展机场的积极性，实现机场与区域经济的良性互动，为临空经济的发展奠定了体制基础。在机场近几年的发展历程中，政策环境的逐渐宽松以及有关补贴都为机场和航空业的发展创造了良好的政策环境。

航权开放，增加航线及密度，航空可达性增强。2007 年中美双方签署了航权新协议，新增航线主要集中在上海、广州等枢纽中心。由于上海、白云枢纽机场国内航线密集、区域位置优良，国际航空公司在国内的运力增加仍将集中在这两个中心，深圳机场具有货运设施完整、靠近航空货源的优势，其在航空货运方面也大大受益。外航的进入和新国际航线的开通，有利于我国机场扩大航线辐射范围和优化航线网络结构，也有利于增加客货吞吐量及提升国际知名度。

而对于中小机场来说，2007～2008 年相继出台的机场收费和有关财经政策为中小机场提供更强的费用保障，同时政策向中西部倾斜，也将对改变民航发展区域间的不平衡发挥作用，带动我国中西部地区支线机场的建设与发展。因为诸多中小城市机场发挥着重要的网络拓展作用，而航线网络通达性正好满足区域经济融入全球价值链的机会，高效的航空网络成为每一个要进入全球分工网络的国家所必备条件；航线资源的丰富可以吸引大量产业集聚，从而促进临空经济的发展。

在政策环境的有利支持下，我国机场将会有更快的发展，有关政府各相关部门提高机场周边硬件设施的水平和运作效率，表现为机场周边综合交通体系的改善，出口加工区、保税区和通关基地等基础设施的完善和多式联运的发展等，从而降低交易成本，提高地方产业集群竞争力。例如，为提高首都机场通关效率和服务水平，建设了大通关基地，该基地将逐步改进和规范海关等口岸部门的管理，提高政策透明度和工作效率，促进贸易和投资环境的改善，并实现航空物流与保税物流的联动、保税物流中心与出口加工区的联动，推动贸易便利化。这些都将使临空经济区内的产业环境得到极大改善，吸引产业集聚。

（2）管理模式变革带动机场经济发展。机场属地化后，机场开始融入地方经济体系，机场的自由度增加，地方政府也越来越关注区域经济的发展，更好地规划机场和区域经济的发展，机场开始努力探寻适合自身发展的管理模式，如首都机场集团化发展、上海机场一市两场的模块化经营模式、深圳机场重点发展物流的经营模式等。随着我国大型枢纽机场的管理模式的不断改革完善，机场的各项管理和服务水平也逐步提高，为临空经济的发展奠定了良好的体制基础。

这里重点阐述大型机场由经营型向管理型转变对临空经济的影响。所谓管理型机场，主要是指机场运营当局脱离机场经营者的角色，回归机场管理者的本位，在机场的特许经营权的法律环境具备的条件下，基于市场公平原则，不直接从事面对机场用户的经营性业务，而转变为主要为机场服务业务的供应者——航空公司提供正常运行的资源和环境，创造公平运营的平台。机场管理机构逐步过渡到不直接从事经营性业务，而是通过对经营性业务实施专业化、市场化的运作，采取业务外包的形式，将这些业务交由专业公司去做，自身则成为这些业务的监管者，专心从事机场的规划、建设和管理。

管理型机场实施的途径就是将某些业务经营权转让给更加专业的公司，这种转让的有效手段是实施资源外包。如航站楼零售、餐饮，航空器燃油供应，航空食品，旅行社，宾馆，出租车业务，汽车租赁业务等都是可以进行外包的；随着枢纽机场的发展，国际会展中心、保税物流仓储等都将进一步发展起来，逐渐形成临空经济的主要产业类型。

虽然我国机场目前仍将具有经营型与管理型的双重特点，这是我国机场的独特定位。但机场管理模式在逐渐转变，尤其是特许经营方式的引入，对我国机场实现经营管理模式的转变有着重要意义。尤其引入专业化的第三方地面服务运营商，建立开放、公平、有序的地面服务市场机制，更有利于枢纽机场的发展。另外，由于第三方进入机场，带来对机场及周边设施的需求，也可能带来其他企业的进入进行配套，由此相关产业在机场周边集聚，促进临空经济的发展。

（3）机场布局逐渐完善保障能力增强。

①机场布局逐渐完善，航线网络逐步拓展。机场区域分布的数量规模和密度与我国区域经济社会发展水平和经济地理格局基本适应，民用机场呈区域化发展趋势，初步形成了以北京为主的北方（华北、东北）机场群、以上海为主的华东机场群、以广州为主的中南机场群三大区域机场群体，以成都、重庆和昆明为主的西南机场群和以西安、乌鲁木齐为主的西北机场群两大区域机场群体雏形正在形成，机场集群效应得以逐步体现，对带动地区经济社会发展、扩大对外开放，提高城市发展潜力和影响力发挥重要作用。

②机场保障能力增强。从微观方面来看，我国机场的规模也在不断发展壮大，枢纽机场的规模，硬件条件，保障能力都在不断提升。表 7.5 列举了不同等级的机场，可以看出 4E 级的机场已经达到 26 个。

表 7.5　　我国民用航空运输机场

等级	数量	举　例
4E	26	首都机场，白云机场，虹桥机场，浦东机场，咸阳机场，巫家坝机场，萧山机场，双流机场等
4D	38	温州永强机场，银川河东机场，威海机场等

（4）运营情况及特点。2007 年我国机场生产运营状况如表 7.6 所示。

表 7.6　　2007 年我国机场生产运营状况

	旅客吞吐量（万人次）			货邮吞吐量（万吨）			起降架次（万架次）		
	2007 年	2006 年	增减%	2007 年	2006 年	增减%	2007 年	2006 年	增减%
全部	38 758.6	33 197.3	16.8	861.1	753.2	14.3	394.1	348.6	13.0
国内航线	34 925.2	28 835.7	16.7	554.0	457.6	9.9	360.5	321.4	12.2
国际航线	3833.4	3263.0	17.5	307.1	249.0	23.3	33.6	27.2	23.5

资料来源：2006 年、2007 年民航机场生产统计公报总结。

由于多方面原因，我国很多民航机场处于亏损状态，全国机场亏损率达 75%左右，处于亏损状态的大部分机场是年旅客吞吐量 100 万以下甚至年旅客吞吐量 50 万以下的小型机场，很多大型枢纽机场的经营效益良好。近几年我国机场运营呈现出以下特点：

第一，各大枢纽机场货运竞争激烈。我国机场货运市场潜力无限，且货运业务增长步伐加快。随着中美航权新协议的签订，货运将全面放开，三大枢纽机场未来还将增加投入，争抢潜力巨大的货运市场，国际货运枢纽之争愈加激烈。第二，业务量保持着向全国性或区域性枢纽机场集中的趋势。具体到各个机场，其业务量的增长又因腹地经济的强弱、基地航空公司多寡、硬件资源的饱和程度以及区域竞争程度而不同。总体来说，未来机场业务向全国性或区域性枢纽机场集中的趋势将更加明显。第三，我国机场企业化经营意识增强，加快商业零售业的规划建设。三大枢纽机场巨大的客流量促使商业零售供需矛盾日益突出，同时也为他们进一步加强航站楼餐饮零售业提供了契机。三大机场纷纷进行商业面积扩建和加大商业特许经营授权范围。总体来看，各机场非航业务的发展情况仍旧与航空主业情况息息相关。国内各大枢纽和主要干线机场将进一步提升非航主业尤其是机场零售餐饮业在机场业务中的比重，将使机场非航业务收入增长迅速，也将为中国机场行业注入更多的市场元素。

2. 我国机场业发展趋势

(1) 未来机场业保持旺盛的增长势头。根据中国民用航空发展“十一五”规划，“十一五”期间以至2020年，按照东部提升、中部加强、西部加密的方针，扩充大型机场，完善中型机场，增加小型机场，构建布局合理、规模适当、功能完备、协调发展的机场体系。首先要优化机场布局。到2010年，全国民用运输机场达到190个左右，比2005年净增约50个。其中枢纽机场3个，大型机场8个，中型机场40个，小型机场140个左右。其次要加快民用机场建设，尤其是对于2005年已经饱和的机场，要尽快安排建设。再其次航空枢纽工程建设是民航“十一五”工作的重点，枢纽航线结构已成为航空公司的必然选择。根据“十一五”规划，我国将进一步扩大对外开放的程度，航权开放给中国航空公司带来巨大压力的同时，也给中国机场尤其是枢纽机场带来了发展的机遇。

根据《全国民用机场布局规划》，到2020年，我国民航运输机场总数将达到244个，新增机场97个（以2006年为基数），形成北方、华东、中南、西南、西北五大区域机场群。同时，随着宏观经济和对外贸易的持续增长、居民消费升级带动旅游乘客的稳步增加，以及我国飞机数量的增加，民营航空、廉价航空公司的出现和进一步发展，我国机场行业仍将保持旺盛的增长势头。

(2) 机场集团化发展。首都机场是集团扩张的尝试者。在短短几年，首都机场通过全资、控股、参股等方式，控制了国内31个机场，利用自身的品牌和管理经验，为下属的机场建立相同标准的服务、安全标准，以达到构建支线支援干线、干线支援枢纽的机场网络，为首都机场的发展构建庞大的机场网络的发展战略。此后，西部机场集团公司成立，目前西安咸阳国际机场进行股份制改造，由法兰克福机场购买了西安机场24.5%的股权。随着国外机场管理者的进入，将给国内机场带来新的经营理念，将促进国内机场经营模式和管理水平的提高。由于国内航空公司加入国际航空联盟步伐的加快，三大航空联盟已初步在中国布局，联盟竞争将使得机场间的竞争扩大到机场群的竞争以及机场与地面运输业间的竞争，从而影响机场的布局和机场中枢地位的建立。

(3) 机场非航空性收入增加。各大枢纽机场为增加机场非航收入，纷纷拓展航站楼商贸零售业场地面积，占国内总吞吐量60%的首都机场、上海机场等前10位机场，尤其是上海机场和首都机场新航站楼的投入运营带来了机场零售收入的大幅增加。

(4) 机场将受益于枢纽航线建设和航权开放。航空枢纽工程建设是民航“十一五”工作的重点，这种航线布局一方面增强机场的辐射功能：首先，机场通过航空干线的广泛覆盖，为各地的旅客提供密集且四通八达的空中网络，大大提升在区域内的竞争优势；其次，扩大了机场的运营规模，发挥了机场的潜力。实施枢纽辐射的航线主要就是要吸引大量的中转旅客流量，将潜在或无法实现或转化为其他运输方式的需求转变为现实的航空需求，这就相应扩大了机场的运营规模；再其次，提高了机场的运营效率，促进了机场的盈利水平。高密度的航线网络、大规模的人流物流、紧凑的航班时刻安排、繁忙的航班起降以及高强度的设备利用，都将提高机场的运营效率和收入水平。枢纽航线结构使得机场具有强大的集散功能和规模效益。而机场的物流集散功能带来的规模经济效应增强了地区的集聚力，推动企业向临空经济区附近集中。

航权开放给我国航空公司带来巨大压力的同时，却给我国机场尤其是枢纽机场带来发展的机遇。随着新的中美运输协议签订，美国航空公司获得更为宽松的航权安排。由于三大枢纽机场的国内航线密集、区域位置优良，国际航空公司增加在中国的运力仍将首选三大枢纽机场。

枢纽机场的建设和机场旺盛的增长势头必将会为地区带来更多的经济效益，航权开放有利于更多的航空公司利用机场，为机场带来更多的客货流量，我国机场的这些发展趋势，都将对临空经济的发展起到一定程度的促进作用。

7.2.1.2 我国航空公司业发展状况

1. 基地航空公司的发展特点

(1) 基地航空公司对机场和临空经济的影响分析。航空运输业务性质和运输业务量是临空经济中的核心要素，具有强大带动能力，由众多相关产业组成，由于航空公司在临空经济中的经营创新手段众多、能力较强，所以航空公司最有资格和能力以其创新的发展为临空经济不断注入发展活力。尤其是以某一机场为基地的基地航空公司更是如此。

基地航空公司是指以某一机场为基地的航空公司。基地航空公司一般都有飞机派驻当地，且在当地拥有调度、机务、销售、宣传等后勤和行政管理职能部门。建立基地对于航空公司而言，意味着可以开辟从该基地始发的国内、国际航线，航空公司的飞机也同时获得在该基地的过夜权和更多的保障服务。同时，航空公司基地的发展对于航空公司来说可以产生网络效益和规模效益。而对于拥有基地航空公司的机场来说，由于机场和基地航空公司的互相依赖关系，基地航空公司实力将对机场运量、经营效益产生很大影响。

①对机场运量的影响。基地航空公司的业务趋向引领着机场的发展，没有基地航空公司的机场不可能成为枢纽机场，基地航空公司的业务重点决定着所在机场的性质，是国际还是国内，是枢纽还是支线。航空公司可以决定改变营运基

地，就像美利坚航空公司在1980年左右将大部分航班从芝加哥奥黑尔机场转移设置到在达拉斯—沃斯堡国际机场的新基地，导致奥黑尔机场运输量下降20%。还有美国达美航空公司2005年为走出破产保护，采取一系列削减成本的措施，在原来的枢纽达拉斯实施“去枢纽化（de-hub）”战略，与此同时，在亚特兰大枢纽实施“去高峰化（de-peaking）”运营措施，极大地改善了公司运营效率，也使得机场在高峰期的运量减少。从以上例子可以看出，航空公司的运营直接影响机场的运输量。

②对机场设施投资的影响。运输量的不稳定也会增加机场设施投资的风险。罗利—达姆勒机场就是一个实例。1990年，它是美利坚航空公司的主要枢纽机场，向巴黎、墨西哥城等城市提供服务，但不久以后，美利坚航空公司决定重组其运输模式，撤出了在该机场的上述服务以及其他很多服务。这样机场相关的设施就变得多余。类似的例子是合众国航空公司在20世纪90年代将其在巴尔的摩华盛顿机场的国际运输迁往费城机场后，它遗留下来的国际航站楼对实际的国际运输来说太大。由此可以看出航空公司运输变化和设施投资的相关风险很明显。

③对临空经济的影响。上面的例子从另一个角度来看，基地航空公司在机场内有大量设施设备的需求，如机务维修，那就有可能发展成为机场核心区内的主要产业类型，进而带动其他制造、维护、培训等相关产业的发展。例如，2005年后，国航、南航、海航和深航先后进驻首都临空经济区，设立自己的维修基地、配餐基地和居住、办公等基地。中国国际航空公司已设立了三大运行基地，包括在空港工业A区设立的行政总部和信息中心，在后沙峪镇设立的培训中心，2006年海航在空港工业A区成立配餐基地；随后，中国南方航空股份有限公司在空港工业区B区筹建注册其北京分公司，这将成为空港工业区新的经济增长源。2006年12月，深航投资200亿元在首都临空经济园内将与国际知名品牌的大型飞机改装和维修公司合作，在机场周边的天竺镇兴建飞机改装厂和飞机维修合资合作公司。华欧航空培训中心是由中国航空器材进出口总公司与空中客车中国公司共同建立的中外合作经营企业，也坐落于首都临空经济区。

首都临空经济区入驻的航空及相关企业已达到158家。2006年，56家重点航空企业上缴税收23.9亿元，增长47%。2007年上半年，又入驻航空服务、物流企业15家，引进投资额14亿元；64家重点航空企业上缴税收23.6亿元，增长54%。

总之，基地航空公司从运输量上以及对机场设施方面都有很大的影响。分析基地航空公司对机场的重要影响，目的在于了解基地航空公司在枢纽机场投放的运力、航线的选择，对机场设施的要求，进而了解基地航空公司的发展会带来相关航空产业的发展，运输、制造、现代服务业等产业在机场周边逐渐发展集聚。

（2）我国基地航空公司发展趋势。航空公司的发展离不开航线网络的拓展，越来越多的航空公司为了拓展其航线网络通常在多个城市建立多个分公司，例如南航的双枢纽战略，使其在北京也建立了分公司作为基地。分公司拥有飞机执管能力，因此，南航北京分公司的保障人员数量也随着执管飞机数量的上升而增多。庞大的分公司运营保障体系，与机场内部资源呈现出来的不断稀缺之间的矛盾，使得基地航空公司开始在临空经济区内建设各自分公司的保障机构，如分公司总部、飞行人员宿舍、配餐基地、维修基地等，这些都成为临空经济区的重要组成部分。例如首都临空经济区内已经拥有南航北京分公司、东航北京分公司等多家基地航空公司的总部及相关部门。

随着全国航空运输的发展，航空公司拓展航线网络的趋势将更为明显，基地航空公司的数量也将整体增多，因此，也会出现越来越多的基地航空公司在临空经济区内建立总部等相关办公设施的趋势。

2. 航空公司运输相关业务发展特点与趋势

（1）航空培训。航空公司的人员可分为飞行、乘务、机务与航务、商务及行政后勤管理人员几大类。每类人员所需的知识、技能和经验具有很大的区别，这使得培训采取的形式、特点等都有所差别。航空培训活动通常包括知识培训、技能培训、态度培训几方面内容，如表 7.7 所示。

表 7.7　航空培训活动内容与形式

培训对象	培训内容	培训方式	培训方法解释	培训场所要求
飞行、乘务、机务与航务、商务及行政后勤管理人员	知识培训	书面培训 以课堂讲授为主	知识性培训涵盖内容较多，且理论性较强。课堂讲授法能够体现其逻辑相关性，对于一些概念性内容、专业性术语，通过讲授便于学员理解	无
	技能培训	模拟培训 模拟工作现场流程	技能培训的目的是要求学员掌握实际操作能力，学员通过角色扮演反复练习和学习	较为靠近机场
		实践培训 工作现场实地操作		机场工作现场
	态度培训	模拟培训 模拟必要的环境	模拟必要环境，通过学员共同参与活动，使学员领会团队精神的重要意义，从而产生强烈的树立团队精神和服务心态的意愿	无

资料来源：本书总结。

出于不同目的的培训活动空间指向性有所差别。从航空培训业的流程来看，培训活动对环境、空间的要求较高。书面培训和模拟培训往往要求较大的设施面积和较高的设施要求，同时由于这两种培训活动对外部社会、教育、自然环境要求较高，又对机场设施并无直接需求，与航空公司其他部门的关联较少，因此，当航空运输业的发展、航空公司、机场规模达到一定程度后，航空运输培训中心均呈现出明显的外移倾向，更倾向于到机场周边地租较低，社会、自然环境较好的地区选址。

目前，航空培训中心集中化、规模化已经成为民航运输培训业发展的重要趋势。国航、新疆机场、海航纷纷提出了建立集团培训中心的规划并在建和实施，这进一步加剧了培训中心空间外移的趋势。2007 年，国航宣布，将整合国航现有的培训资源在顺义区后沙峪镇建立“国航大学”，国航大学将采取中国国航培训部与国航大学共同运作的方式，所有培训资源全部纳入国航大学，重点培养飞行员、运控人员、机务维护人员和乘务人员等为目标，成为为国航提供人员培养和培训的孵化式基地。而海航集团也已经在三亚市建立了专门进行航空乘务人员培训的海航学院。

总之，航空培训业呈现出了规模化，布局空间外移的趋势。

（2）航空维修。一改 20 世纪 90 年代的航空公司自行维修的原状，航空维修逐步转向全球化。技术密集的高附加值维修业务集中在技术发达的国家和地区，劳动力密集的低附加值维修业务转移到了技术欠发达但人力成本低的国家和地区。例如，目前欧洲是发动机修理的进口地区，其提供的发动机维修服务超过发动机维修需求达 58% 以上，而在机体维修方面，由于亚洲维修行业人力成本相对较低，且工作技术要求相对较低，因此，一些欧美维修单位都将机体大修能力转移至亚洲地区，从而导致亚洲在机体大修方面呈进口状态。

具体来说，在飞机维修方面，出现了譬如汉莎技术公司这样的以第三方维修业务为主营业务的公司，作为民用飞机制造商的波音公司也利用其在技术、工程和供应链等方面的优势，成为飞机制造、维护合二为一的供应商；发动机维修领域亦是如此，各主要发动机制造商基本上垄断了发动机售后服务市场。

航空维修业是伴随着飞机的诞生而产生的一个特殊行业。航空维修行业的市场容量与国内的飞机数量存在正相关，按照目前我国航空运输这种快速发展的趋势，航空维修也将被显著拉动。根据国际航空运输协会预测，今后 25 年我国航空周转量平均每年将以 10% 的速度增长。波音公司预测，到 2022 年中国的航空公司将运营共计 2850 多架客机和货机。若按每架飞机每 6 年完成一次大修任务，则届时每年将有 400 多架飞机需要进行大修。

我国的航空维修市场中，送国外修理的数量占全部修理量的68%，国内送修只占全部送修量的32%，而对于技术成分含量较大的发动机维修来说，85%以上仍需送往国外修理，部分在国内修理的发动机，也还有大量的单元体组件仍需转包外送。我国航空维修业主要集中在首都 Ameco、山东太古、厦门太古，广州 Gameco 等。

目前，国内航空维修行业市场销售收入总计每年35亿元，其余近75亿元的维修量送交国外。随着国内送修量比例的增加，国内航空维修市场的发展空间巨大，尚有近75亿元的市场潜力，我国航空维修市场的发展空间相当广阔。在考虑可能存在一些影响航空产业增长的不可预测因素（如流行疾病、恐怖事件等）的情况下，对我国航空维修业市场进行预测，可分高、中、低三个方案分别进行。TeamSAI 公司预测的年平均增长率 13%（MRO—Maintenance、Repair and Operations 未来 10 年将持续增长）；AERSTRTEGY 预测年平均增长率 9.4%；按 6.8% 计算（航空维修市场预测），如表 7.8 所示：

表 7.8　　我国民航维修市场市值预测

维修市场市值（亿美元）／年份／CAGR	2010	2015	2020
6.8%	28.02	38.93	54.09
9.4%	30.11	47.19	73.95
13%	33.19	61.14	112.65

（3）航空配餐。航空公司配餐是航班保障中的重要组成部分，大多基地航空公司都有自己的配餐中心。航空食品生产过程超乎寻常的严格，从选料、库存到加工，每一个环节都是精益求精，同时要求有可以直接与跑道对接的道路，便于将餐食直接送上飞机，保障航班正点运行。随着航空公司基地外移出机场，航空配餐也开始在机场周边布局，如首都临空经济区内布局有海航配餐，东航和南航也都在临空经济区内筹建配餐基地。

航空配餐是航空公司控制系统运营成本的主要对象，同时航空配餐也是航空公司服务产品产生差异的主要体现之一，因此航空配餐转移出机场已经成为一种必然趋势，同时，在机场周边地区形成统一的为机场各基地航空公司提供配餐环境的园区已经成为最能为航空公司节省成本的关键所在。

航空公司配餐产业链如图 7.3 所示。

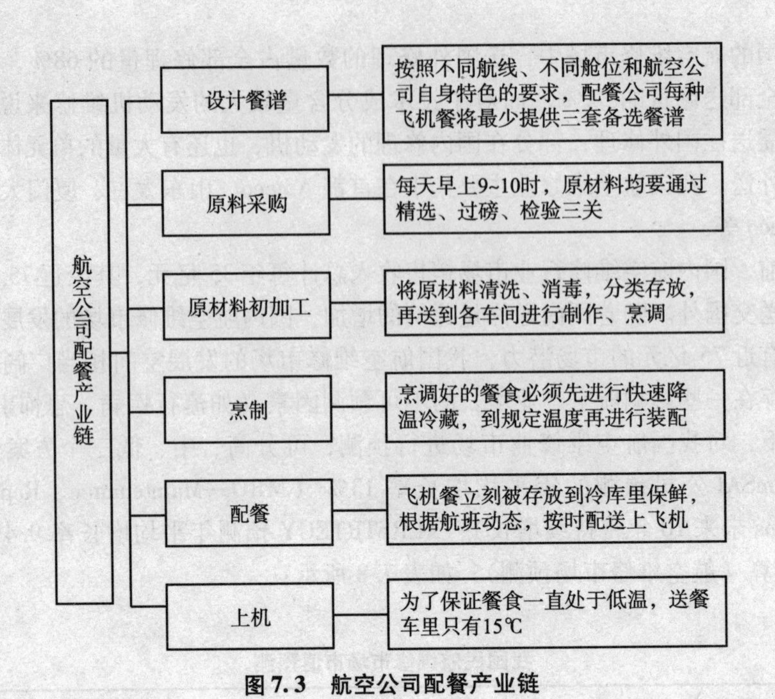

图 7.3　航空公司配餐产业链

3. 航空公司经营模式发展的特点与趋势

（1）相关多元化经营。企业成长的一般规律：最初是管理链条延伸，边际利润率下降，将非核心业务分离，实行专业化经营；随后围绕核心业务在上下游产业市场或类似产品市场开展多种经营，成为相关多元化产业集团。

例如，20 世纪 90 年代，航运产业链利润分布示意图如图 7.4 所示，呈现出典型的“微笑曲线”。

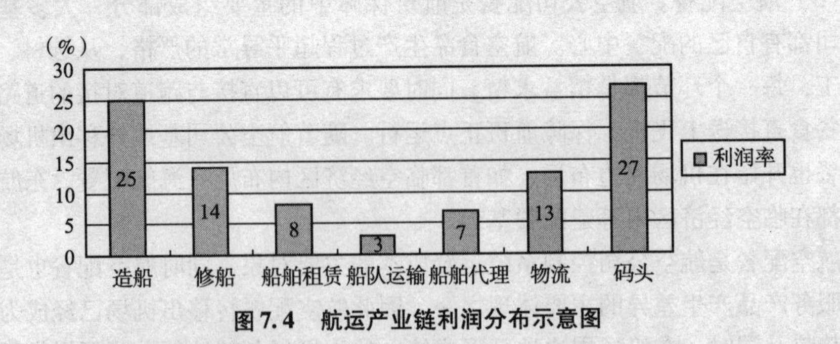

图 7.4　航运产业链利润分布示意图

航空运输产业价值也呈现出同样的微笑曲线（图 7.5），航空公司位于曲线最底端，这成为航空公司追求多元化的动因。

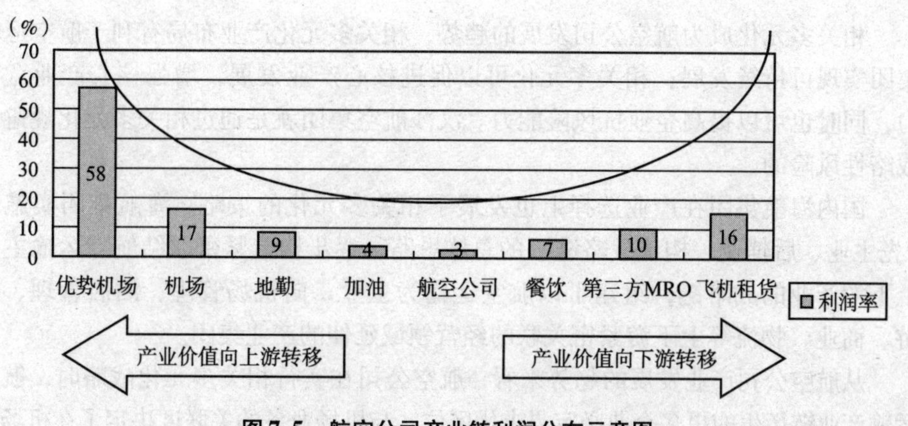

图 7.5　航空公司产业链利润分布示意图

中国航空运输企业经营模式经历了三个发展阶段：我国的几家大型基地航空公司在20世纪80年代是专业化发展，呈现出产品单一，经营规模小，业务分工简单，管理链条短，集中度高。90年代出现了专业化向多元化发展的过渡，呈现出政企分开，航空配餐、飞机维修等独立出来，实行企业化经营，并开展多种经营。2002年相继出现了相关多元化的发展，核心业务壮大，核心竞争力增强，主要延伸业务得以集中和聚合，形成产业化经营能力，管理复杂性要求与之相适应的经营模式。相关多元化是指围绕核心业务在上下游产业市场或类似产品市场开展多种经营，成为相关多元化产业集团。图7.6所示的是中国航空集团相关多元化产业体系。可以看到中航集团的核心产业是国航股份和国货航，这两个经营客货航空运输业，围绕着核心产业中航集团实行了多元化战略，向上下游产业链延伸自己的业务，有民航快递、财务公司、中航旅业。

图 7.6　中国航空集团相关多元化产业体系

相关多元化成为航空公司发展的趋势，相关多元化产业布局有利于航空运输集团实现可持续发展：相关多元化可以促进核心产业发展，增强核心产业竞争力，同时也可以提高企业抗风险能力。汉莎航空集团就是通过相关多元化规避了战略性风险的。

国内海航集团在产业选择上也发展了相关多元化的策略。海航集团实施了“先主业、后辅业、构建战略链”的总体思路，逐步构造紧密联结航空运输主业上下游产业的战略链，组建了以航空运输为主业，向机场管理、酒店管理、旅游、商业、物流等上下游紧密关联的经营领域延伸的产业集团。

从航空公司产业发展的趋势来看，航空公司在实行相关多元化战略时，航空运输产业链衍生的更多企业必定寻求优区位，与机场业务的关联度决定了在机场周边布局是最优选择，可见航空公司产业的发展趋势必然带来巨大的临空经济效益。

(2) 产业链的不断完善——航空租赁的发展。一个完整的航空运输产业链主要包括：飞机制造商、租赁公司和航空公司，相关联行业还包括：银行、信托公司以及保险公司等金融机构和机场、酒店、旅游、餐饮等相关产业；其中，租赁公司是连接飞机制造厂商、金融机构、航空公司的重要平台，是作为航空公司主要融资方式——租赁融资的载体。世界范围内，目前航空公司机队中租赁和购买比例大约为6:4，也就是说飞机制造厂商生产的飞机中大约有60%销售给租赁公司。租赁业给航空公司带来的融资和机队规划等方面效益日益显著，航空公司更加倾向于采用租赁方式引进飞机。世界一流航空公司经营性租赁飞机的比例情况，见图7.7。

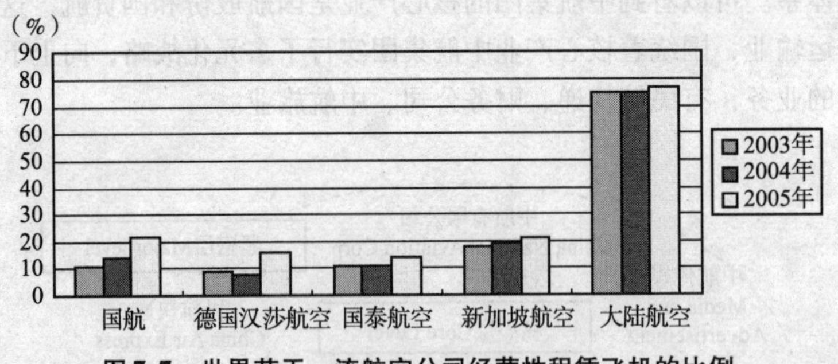

图7.7 世界若干一流航空公司经营性租赁飞机的比例

过去10年，中国飞机租赁业务规模已增加一倍，但外资企业长期占据主导地位。目前，飞机租赁多采取从国外跨境租赁。因飞机的购买方和出租方均不是境内机构，将使今后20年高达几百亿美元的飞机租金支付额不能计入中国进口额。因此，壮大国内航空租赁业，不但有利于促销国产飞机、支持大飞机研发项目，还有利于促进中国与欧美的贸易平衡，也为航空公司缩减很大部分成本。海航集团旗下长江租赁的发展将带动我国国内租赁业的发展。

随着航空产业链的不断扩充和完善，航空租赁业在未来的发展中必将成为连接航空制造业与航空运输业的纽带，同时也将成为航空产业与金融产业的纽带，在航空产业链中起到不可替代的作用。

7.2.1.3 其他航空保障企业

中国航空油料集团公司（以下简称中航油）于2002年10月11日在原中国航空油料总公司基础上组建，直属于国务院国资委，是国内最大的集航空油品采购、储运、销售、加注为一体的国有大型航空服务保障企业。中航油拥有遍布全国的航油销售网络和完备的油品配送体系，其中专用码头15个，输油管线近1000公里，铁路专用线近百公里，控制水运能力近300万吨，总储油能力186万立方米，航空加油站110多个。中航油以航油业务为核心，积极开展相关多元化业务，如构建物流业务、海外业务及相关石化业务的经营体系，面向国际，通过资本运作、资源整合、品牌经营和集团化运作，成为具有国际竞争力的跨国航油集团。

至2006年末，中航油销售收入位列中国中央企业第38位，总资产185亿元；在国家统计局公布的中国最大的1000家企业集团中排名第68位。

中国航空器材进出口集团公司（以下简称中航材）是在中国航空器材进出口总公司基础上组建的，以民用航空产品进出口业务为主的综合性服务保障企业。经营范围包括飞机、发动机、航空器材、各种设备、特种车辆的进出口、租赁、维修、寄售以及与民用航空有关的各种工业产品和原材料的进出口业务，从事与此相关的招投标、国内外投融资、技术咨询、培训、服务、展览、航空表演业务，开展合资经营、合作生产、加工装配以及多种形式的对外贸易。

近年来中航材将目光投向更广阔的航空服务保障领域，在航空零备件维修、国内外招投标、航空产品租赁及融资、物流配送、机场服务、通信技术服务等方面都有长足发展。

中航油和中航材是民航运输的保障性企业，是航空运输产业链条中不可缺少的环节，它们开展相关多元化业务，不仅促进航空业的发展，同时带动机场周边相关联产业的集聚，促进临空经济发展。

7.2.2 我国航空制造业发展状况

航空制造产品，指以飞机为主要代表的飞行器、发动机与其零组件，以及特征设备。产品特征是量少样多，尤其飞机是由数百万个零件所成的，系统整合程度高。虽然从产品最终用途可主要分为民用与军用两大类，这两类产品及制造技术要求接近，但性能要求稍有不同。本书从临空经济角度进行我国航空制造业的发展状况分析，因此，本书所涉及的航空制造业其产品主要用于民用航空业，但生产该产品的企业可能同样从事军用航空制造。

7.2.2.1 世界航空制造业的发展特点与趋势

1. 飞机和发动机市场的垄断化

迄今为止，世界航空制造业的发展已走过一百多年的历程，西方航空制造产业通过重组与兼并已在全球干线飞机制造市场上形成了美国波音公司和欧洲空中客车公司“双寡头”垄断竞争的格局，其军民用飞机产品占有国际市场86%的份额。但支线飞机市场垄断尚未形成，但也有巴西、加拿大等国在加大参与到这一市场的竞争步伐。

在航空涡扇发动机市场上，具有发动机核心设计和生产能力的GE公司、罗罗公司和普惠公司三足鼎立，占据着大部分的市场份额；在涡桨发动机市场上，普惠加拿大公司始终保持主体优势。

2. 生产全球化和分工专业化的趋势明显

航空制造产业的生产制造呈现出了明显的全球化和专业化趋势。航空制造产业巨头逐步将全球作为他们大的加工厂，越来越多地与发展中国家合作，建立专门的生产基地进行大规模的专业化生产制造，降低其生产成本。由欧洲宇航防务集团拥有的空客公司就是一个真正的全球性企业，在全球各地设有130多个驻场服务办事处、175个驻场代表，还与全球各大公司建立了行业协作和合作关系，在30个国家拥有约1500名供货商网络。在发展中国家的生产分工也越来越专业化，中国为其生产A320的机头部件、飞机机翼梁间肋、滑轨肋、机翼固定前缘、电子舱门等；波音公司为全球145个国家的客户提供产品和服务，在全球70个国家以及美国48个州共有雇员近160 000名，主要业务基地集中在美国华盛顿州的普吉特湾、南加州、威奇塔和圣路易斯。

3. 世界航空制造业国际转移步伐加快

近年来，世界航空制造产业呈现出航空强国向发展中国家的国际航空制造产业转移加速的态势。例如，空中客车公司是业界领先的飞机制造商，也是加速国际产业转移的典范。空客公司在美国、中国、日本和中东等设立了全资子公司，在汉堡、法兰克福、华盛顿、北京和新加坡等设立了零备件中心，在图卢兹、迈阿密、汉堡和北京设立了培训中心。作为世界航空制造产业一大寡头的空客公司，正通过转包生产、风险合作、联合研发等方式全面地加速着其国际产业转移。与此同时，从飞机生产制造来说，向民用飞机需求较大的国家的转移步伐加快也是一个重要的特征。

4. 航空制造产业寡头在高端核心技术领域的竞争激烈

航空制造产业在多个方面呈现出了寡头垄断竞争的局面。寡头的竞争不只停留在低端的生产制造，而有在技术研发上投入巨资、提升核心技术，从而展开激烈竞争的趋势。空客公司与波音公司两大寡头的竞争充分说明：一方面，空客公司从成立之初的默默无闻到成为波音公司的强劲竞争对手，靠的是高技术。另一方面，波音公司力挽狂澜，在中型客机市场已十分成熟的情况下，以波音787胜出的关键也在于高技术。可以预计，今后，空客公司与波音公司这两大寡头的竞争将更多地集中在高技术领域，这也必将催生更多创新理念和创新科技。

5. 航空制造产业对相关学科及产业的促进和提升作用更加显著

航空制造产业的发展以众多门类的基础科学和应用科学为基础，近20年，航空制造产业的发展对制造工程、空气动力学、推进技术、自动控制、结构与强度、计算机、仿真等科学技术领域具有全面的带动作用；同时，航空制造产业的发展对机械、电子等相关产业的带动作用也更加显著，航空产品技术含量的每一次升级，都会牵动相关学科、技术和产业的进一步发展和升级，或者形成新的产业。

随着我国航空制造业的发展，先后在西安、成都、哈尔滨、贵州安顺、沈阳等地建设了国家级的民用航空产业国家高技术产业基地，这表示着我国航空制造业产业园区的发展呈现出规模化，这些地方政府也都意识到利用机场、依托航空制造业的发展带动区域经济发展。未来，在全球航空制造业发展的大趋势下，我国航空制造业发展将呈现出集群化发展。

7.2.2.2 我国航空制造业发展历史

新中国航空制造业自1951年4月17日诞生以来，经过半个多世纪的发展，从开始只能简单修理飞机，逐步形成了专业门类齐全，科研、试验、生产配套，具备研制生产当代航空装备能力的高科技工业体系。经过50多年的发展，我国的航空制造业取得了巨大的成就，但国外发达国家尤其是美国、欧盟的航空制造业的发展更是突飞猛进。在过去的50年里，我国向外国出口的航空产品，从以军机为重点逐步发展到大批出口民机，如运12、新舟60；同时也开始为美国、加拿大、西欧等国的飞机和发动机厂商转包生产，转包额逐年上升。

7.2.2.3 我国航空制造业发展特点

随着全球经济的快速发展，航空技术的不断进步，在世界航空制造业转移的大背景下，我国航空制造业经过50多年的发展呈现出5大特点。

1. 航空制造业战略地位日益提升

国家“十一五”规划已明确将航空产业作为重点发展行业之一，日益深刻的意识到航空制造业的战略地位。国家在《中长期科技发展规划纲要》中提出的16个重大专项，就包括了大型飞机项目。航空制造业是国家战略性产业之一，具有关系国家安全和国民经济命脉的战略性地位，对维护国家安全、保持国际影响力至关重要，其发展水平是衡量一个国家国防实力和经济实力强弱的重要指标。随着经济全球一体化及科技水平的日益提高，航空制造产业在国家战略性产业中的地位也有了进一步凸显。

2. 我国航空制造业研发起步较晚但发展卓有成效

我国民用飞机研制虽然起步较晚，但仍然取得较快发展。新舟60的批量化生产，标志着我国在支线飞机自主研发能力上的突破。我国和巴西合资组装生产的35座－50座ERJ145喷气支线飞机项目采取商业化运作模式，按照共同投资、共担风险、共享市场的原则联合研制生产和销售，又获订单，走出了见效快、风险低的国际合作之路。拥有自主知识产权的ARJ21新支线飞机已累计获得订单70余架。2007年3月，新支线总装在上海开铆，12月21日我国第一架完全拥有自主知识产权的新型支线飞机——ARJ21新支线飞机将完成总装下线，这是世界上第一架完全按照我国自己的自然环境来建立设计标准的飞机，在西部航线和西部机场适应性上具有很强的优势。ARJ21项目对中国航空制造业发展是具有开创意义。ARJ21项目的高起点是目前国内航空制造业发展在深度和广度上走得最远，走得最快的。

2008年5月，肩负着中国大型客机研制使命的中国商用飞机有限责任公司(以下简称中国商飞)，在上海揭牌，标志着我国的“大飞机”研制工作开始实质性启动。中国商飞的成立使中国民用航空制造业实现了制造与研发总装环节的分离。

3. 我国航空制造业领域的国际合作和转包生产加速

近年来，我国航空制造业领域的国际合作和转包生产加速发展，对于全面、快速提升我国航空制造业管理、设计、生产加工技术水平和低劳务成本乃至整体实力具有重大意义。其中，国际合作始于以补偿贸易形式获得转包生产项目，经过改革开放20多年，现已发展到高层对话、文化交流、技术引进和工业合作等多个层面。我国在飞机、直升机制造领域国际合作走向多样化，成为一种高层次国际合作模式。

中国一航、中航二集团与世界四大发动机制造商GE、罗罗、普惠和斯奈克玛都建立了转包生产、加工贸易或合资企业等合作关系。中国航空制造业经过多年转包生产方面的国际合作，在设计、加工和飞机成本控制等方面，正在逐步形成一航成飞飞机舱门加工、一航西飞机翼加工以及一航沈飞尾段加工等具有优势的加工基地。

4. 承接国际航空制造业转移趋势明显——A320 天津总装线

2006 年 6 月，空客公司正式宣布 A320 总装线落户天津。A320 天津总装线户是空客公司在欧洲之外的首个飞机总装生产线，标志着我国已成为欧盟以外第一个完成 100 座以上单通道干线先进喷气式客机总装的国家。该项目总建筑面积约 111 520 平方米，建筑总占地面积 84 315 平方米，包括总装设施、总装厂房、喷漆厂房、动力站、室外设施、飞机库、基础设施 7 个主要子项，19 个单体工程。2008 年 8 月，空客 A320 天津总装线开始组装第一架空客 A320 飞机，2009 年 6 月第一架飞机交付，2011 年将形成年产 44 架飞机的规模。

7.2.2.4 我国航空制造业发展趋势

当前，我国航空制造业正面临着通过进一步承接世界航空制造产业转移，大力推进自主研发、实现跨越式发展的重大机遇。抓住这一机遇，大力发展航空制造产业——这个我国未全面涉足的高端产业，在更大范围、更高程度上参与国际资源的优化配置，不仅顺应了国际产业转移的新趋势，而且还可以加快我国传统产业的改造升级。

1. 我国航空制造产业链将不断完善

世界航空制造产业转移为我国吸纳高端产业提供了可能和发展的空间。从目前的航空制造产业集群包括的内容来看，它涉及航空制造、航空维修、航空物流以及航空培训等几个方面。其中航空制造产业是最具科技含量而我国又尚未全面涉足的高端产业，在世界航空制造产业转移的环境下，无论是自主研发还是总装生产，其发展都必然会充分利用世界航空制造产业转移这一有利时机，以此来掌握更多有关飞机及其零部件、发动机、航电设备、机载设备等方面的先进的制造研发技术和管理经验，进而更加全面地引进航空制造产业。

2. 我国航空制造产业布局和结构将逐步优化

多年来，虽然航空制造业取得了辉煌的成就，但我国航空制造业布局分散，在全国到处布点、建厂，企业数量多且规模偏小，形成了“摊子大、底子薄、水平低、重复多、内耗重”的“大杂烩”局面，极大地制约了航空制造业的快速发展以及大型客机的研制进程。世界航空制造产业转移将促使更多的国外具有优厚实力的航空制造商对中国投资或入驻中国，甚至将整个产业链转移到我国。空客公司已将空客 A320 的总装项目落户天津，从产业发展规律看，主制造商的战略决策对系统集成商有一定的影响力，系统集成商出于自身利益考虑，必将会有航空产品生产向中国转移，推动中国航空制造产业与国际航空系统集成商的广泛合作，带动中国航空制造业的发展，提升中国航空制造产业集群在中国的整体利益。这将有利于形成国家航空制造产业基地，进而变分散力量为集中优势，实现航空制造产业的规模经济，提高我国航空制造产业的核心竞争力，优化航空制造产业布局和结构。

3. 我国至少有八个地区可形成航空制造产业集群

继2004年8月，国家发展改革委员会正式批复《西安阎良国家航空高技术产业基地》总体发展规划，使得西安阎良成为我国首个国家级航空产业基地之后，2008年2月，国家发展改革委员会决定在成都、哈尔滨、贵州安顺、沈阳，建设四大民用航空产业国家高技术产业基地，进一步扩充航空产业基地。

国家发展改革委员会决定在北京、上海、天津、深圳、西安以及湖南长株潭地区，建设综合性国家高技术产业基地，以信息、生物、民用航空航天、新材料、新能源等产业领域为重点。其中上海、天津、西安以及湖南长株潭在航空产业领域具有明显优势，目前在我国航空制造业中承担着重要角色，大型客机总装落户上海临港、空客A320总装落户天津、大型运输机总装落户西安，而长株潭正在打造国家航空航天高技术产业基地。

由此可以看出，未来，我国至少在上海、天津、西安、湖南长株潭、成都、哈尔滨、贵州安顺以及沈阳形成八大航空制造产业集群，这些航空制造产业集群将有力地推动了我国航空制造产业的发展。

7.2.3　我国临空经济产业状况

7.2.3.1　我国临空经济产业发展概述

根据对现阶段我国各临空经济区进行的调研，发现由于我国机场大多分布在城乡结合部，现阶段大部分临空经济区都存在着一定的农田和村庄，产业以第二产业居多，且类型相对单一。刚刚规划建设临空经济区的地方产业主要以早先从城区转移出来的传统产业为主，例如化工、纺织、服装等，已建设一段时间的临空经济区大多以高科技制造业为主，但仍偏重制造，研发环节少，个别地区基于资源禀赋，旅游业相对发达，同时还有一些地区已经开始发展总部经济、金融等现代服务业，具体产业类型如表7.9所示：

表 7.9　现阶段我国各临空经济区发展的产业类型

序号	机场	定位	2007 年		行政区/临空经济区	面积（km^2）	产业现状
			旅客吞吐量（人次）	货邮吞吐量（吨）			
1	北京首都	国际枢纽	53 611 747	1 416 452.3	首都临空经济区	178	汽车生产、现代制造、饮料食品、空港物流、旅游休闲、现代服务业、现代农业、微电子、光机电、生物医药
2	广州	国际枢纽	30 958 467	695 092.7	花都空港经济区	100	航空物流、商贸、航空维修、电子、精密制造
					白云区	40～50	传统优势工业、商贸物流、房地产、都市农业、高科技（生物制药、电子通信）、文化、旅游、会展
					三水区	30～45	传统饮料、纺织、造纸品、化工、非金属制品、陶瓷、休闲旅游、汽车零配件制造
3	上海浦东	国际枢纽	28 920 432	2 559 245.9	上海浦东临空农业区	12.38	复合型农业（种植、养殖、观光休闲、展示贸易、集散、花卉拍卖）
4	上海虹桥	国内枢纽	22 632 962	388 904.0	虹桥临空经济园区	2.8	商贸、会展、旅游、房地产、物流、电子、IT、服装
5	深圳	货运门户	20 619 164	616 172.2	深圳机场物流园	1.16	航空物流、航空配餐
6	成都	国内大型枢纽	18 574 284	325 944.9	西南航空港经济开发区	68	航空制造、教育、科研产业、医药、光电、机械、航食加工
7	昆明	国家门户型枢纽	15 725 791	232 656.3	昆明空港经济区	160	农田
8	杭州	区域枢纽	11 729 983	195 710.6	萧山空港经济区	35	仓储物流、机械制造、数控加工、广告制作发布、半导体、船舶、模具加工
9	西安	区域枢纽	11 372 630	112 053.7	国家航空高技术产业基地	40	航空制造、机械加工、建筑材料、食品加工、医药化工
10	重庆	国内大型枢纽	10 355 730	143 522.5	临空经济新区	80	航空维修、现代服务业、物流、培训、国际商务、会展、高新制造
11	厦门	中型门户枢纽	8 684 662	193 642.4	厦门国际航空城	3.39	航空维修工业区、航空物流

续表

序号	机场	定位	2007年		行政区/临空经济区	面积（km^2）	产业现状
			旅客吞吐量（人次）	货邮吞吐量（吨）			
12	武汉	区域枢纽	8 356 340	89 595.7	天河国际航空城·临空经济发展区	94.1	航空物流、汽车及机电、钢铁化工、食品加工
					孝感		
13	长沙	中部枢纽地	8 069 989	68 668.9	综合性国家高技术产业基地	73	航空制造、物流、花卉、石化、服装、钢铁、汽车制造
14	南京	干线	8 037 189	180 401.1	江宁空港工业园	40	航空物流、航空维修、航空制造、培训
15	青岛	区域枢纽	7 867 982	115 781.4	青岛临空经济区	58	服装、航空培训、生物技术、钢铁机械、水泥、纺织、海港物流
16	大连	区域枢纽	7 281 084	121 693.4	空港国际物流园区	3.5	航空物流、海港物流、船舶制造、商住、旅游
17	沈阳	区域枢纽	6 190 448	97 412.1	沈阳航空经济区	50	航空制造、传统制造业、商住、都市农业、旅游
18	乌鲁木齐	区域枢纽	6 169 981	85 255.7	环机场临空经济圈	—	高新技术、都市工业、外向型加工、旅游
19	郑州	中型枢纽	5 002 102	65 599.8	郑州航空城	138	物流、汽车及机电、钢铁、化工、食品加工
20	哈尔滨		4 432 645	52 483.0	民用航空产业国家高技术产业基地	—	航空制造、都市农业、航空食品加工、仓储物流
21	福州		4 247 236	56 545.4	空港工业集中区	14.5	传统商贸、石化、纺织、船舶维修制造
22	天津	东北亚货运枢纽	3 860 752	125 087.3	天津临空产业区	102	航空制造、教育、科研产业、航空维修、食品加工、纺织、传统制造工业、航空物流
23	宁波	长三角货运枢纽	3 300 626	39 642.6	空港物流中心	0.57	石化、电力、机械、家电、文具、服装、海港产业
24	呼和浩特	省内枢纽	1 838 754	12 415.0	赛罕区/呼和浩特航空城	53	农畜产品加工、生物医药、服装、金银饰品加工、旅游
25	珠海		1 041 080	10 750.1	珠海航空城	30	航空培训、航空展览、航空维修、航空物流
26	安顺	旅游支线机场	13 650	3.3	贵州安顺航空城	30～40	航空制造、教育培训、旅游、机械产业、汽车工业

资料来源：本书总结。

7.2.3.2 我国临空经济产业发展特点

调研分析得出，我国临空经济区产业发展及布局呈现出以下七大特点。

1. 我国大多临空经济区内现阶段产业仍然以传统产业居多

现阶段，我国大多临空经济区内的产业仍然以传统产业居多①，这些产业主要集中在农业、纺织、化工、机械制造等。由于我国机场大多分布在距离所在城镇中心有一定距离的城乡结合地带，初期发展的时候，随着城镇中心经济的发展，部分传统产业从城镇中心转移到郊区，于是在机场周边形成了现有产业状况。例如上海浦东、沈阳、西安、福州、宁波等多数的临空经济区内仍大量的存在着农田，同时还有化工、纺织等传统制造业。

以青岛为例，青岛临空经济区目前的产业结构呈现出不合理状况，区内聚集的大量的企业其临空指向性差，主要为钢铁、机械、水泥、纺织、海港物流等大型企业，区内的企业货物运输主要依托海运，航空运输的比例较小，与青岛其他经济区的产业同构严重。除此之外，天津临空经济区、杭州萧山区、郑州航空城、呼和浩特、昆明临空经济区等临空经济区内传统产业所占比例也很大。

2. 临空偏好性较强的产业开始向临空经济区内聚集

临空经济区的不断发展，各项基础设施建设的不断推进，全国范围内临空经济区数量的不断增多，一些临空经济区内明显地出现了临空偏好性较强的产业聚集，如电子信息、生物医药、珠宝制造和汽车制造等。

电子信息产业，以首都临空经济区最为典型，已形成电子信息产业集群，其次，广州花都空港经济区、上海虹桥临空经济园区、成都西南航空经济区也都聚集了大量的电子信息产业。

生物医药产业也在北京首都临空经济区、广州白云区、青岛临空经济区，呼和浩特临空经济区出现了明显的聚集。同样，汽车产业聚集出现在首都、成都、花都、武汉、长沙、郑州以及安顺等地的临空经济区内。如成都西南航空经济区就已形成以德国拜耳动物保健、华神科技制药、四川太极制药、康弘制药、广松制药等为龙头的医药产业基地。再如珠宝产业也已在北京、青岛、呼和浩特等临空经济区内出现聚集。

3. 航空运输和航空制造产业链上部分产业开始从机场内向外转移

全球经济高速发展，临空经济区成为连接全球价值链的一个重要地理空间，同时临空经济核心区土地的稀缺性也表现得越来越明显；整个航空运输业

---

① 曹允春，谷芸芸，席艳荣．中国临空经济发展现状与趋势．经济问题探索，2006（12）：4～8

的发展，也需要在降低成本和扩大收益之间不断探索。原本位于机场内部的一些机场保障企业开始发现，它可以布局在距离机场一定距离的空间范围内，而不需要一定布局在机场内部，一些航空关联性企业，如航空配餐、航空培训等一些处于航空运输和航空制造产业链上的企业都纷纷开始从机场内部向外部进行转移。

例如，以首都国际机场为核心，首都临空经济区机场紧邻区内乡镇和园区分别为：天竺镇、李桥镇、后沙峪镇、南法信镇、仁和镇、国门商务区、空港工业区、天竺出口加工区、新国展中心、空港物流基地、金马工业区、汽车生产基地、林河工业区，如图 7.8 所示：

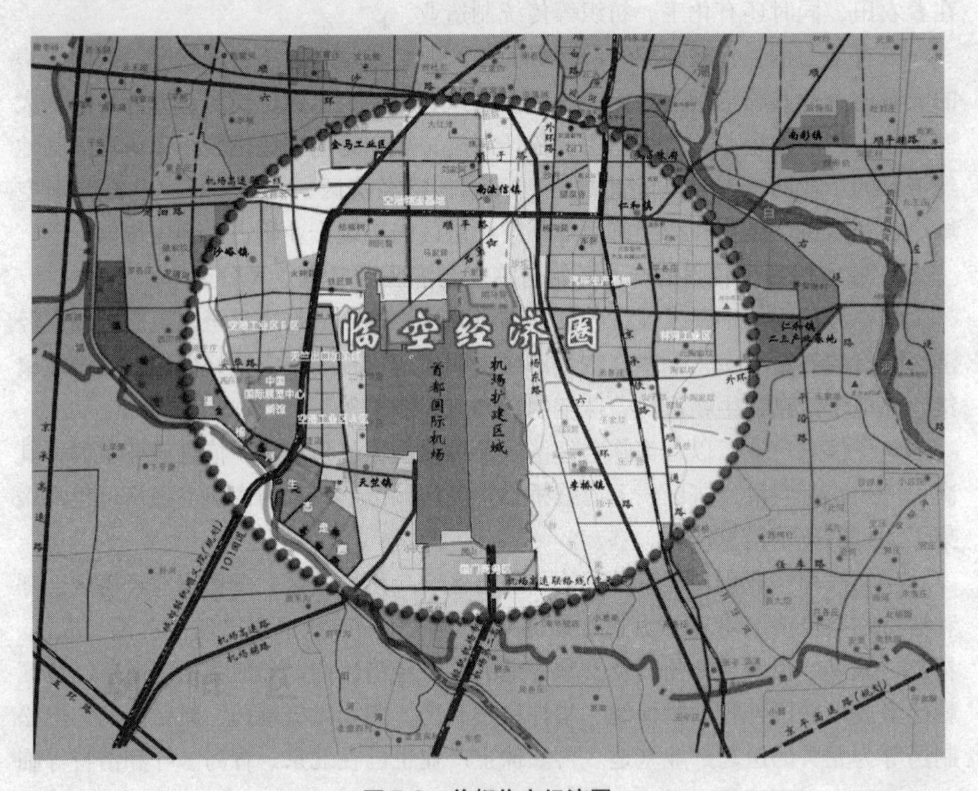

图 7.8　首都临空经济圈

其中，北京首都机场动力能源有限公司，正式成立于 2005 年 12 月 21 日，是首都机场集团公司控股的有限责任公司。主要承担机场地区的水、电、热、冷、燃气、蒸汽供应和污水处理、中水回用、垃圾焚烧、铁路运输等业务，为首都机场 T1、T2、T3 航站区、飞行区、生活区及各驻场单位提供安全稳定的能源供应保障、系统设施代维护技术咨询和委托服务。该公司于 2006 年迁入了天竺镇。同样迁入的还有中国航空油料公司北京分公司。

2005 年后，国航、南航、海航和深航先后进驻首都临空经济区，设立自己的维修基地、配餐基地和居住、办公等基地（见图 7.9）。

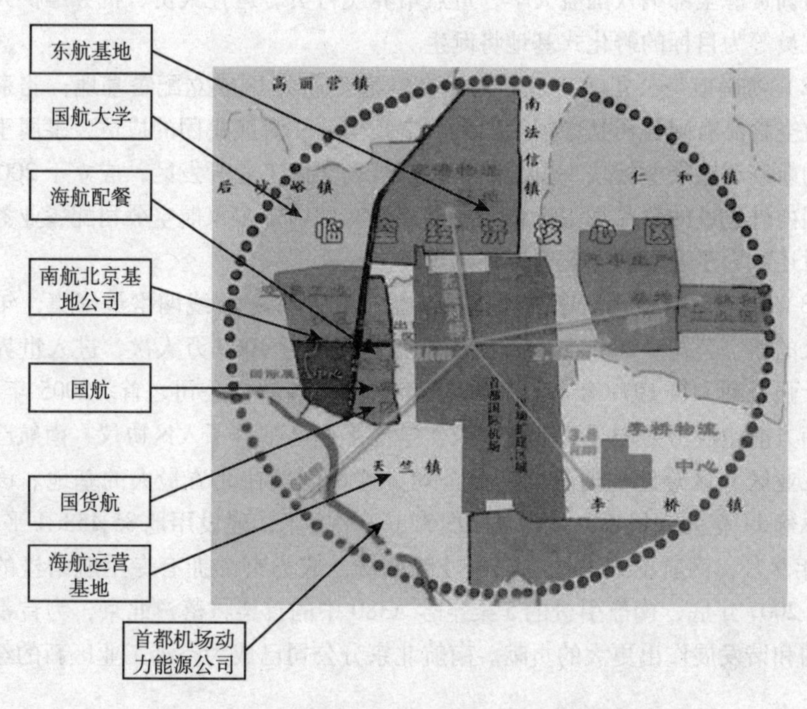

图 7.9　首都临空经济区航空公司建设现状

（1）中国国际航空公司。目前，中国国际航空公司已在顺义设立了三大运行基地，包括在空港工业 A 区设立的行政总部和信息中心，在后沙峪镇设立的培训中心，其运营的具体情况如下：

行政总部。2008 年 3 月 17 日，中国国际航空股份有限公司总部正式迁入空港工业 A 区办公。而原先的国航行政总部位于机场内。新的国航总部离机场 10 多分钟车程，位于交通发达的枢纽地带，是办公选址的最佳选择。

信息中心。国航信息中心设在空港工业 A 区内，它的建设以北京为源头，覆盖全国和世界各地的网络体系，做到了资源利用的最大化。此外，还完成了常旅客系统技术改造、财务系统升级改造、转报系统改造、航材序号管理系统、起降费成本核算系统、航线成本分析系统、客舱供应品管理系统、公司网站、飞行员网上准备、乘务员排班等近40个对公司生产运营有重大影响的项目建设任务，大大提高了国航的管理水平和市场竞争能力。

培训中心。2007年12月，国航大学在后沙峪镇落户。国航大学挂牌后的过渡期内，将采取中国国航培训部与国航大学共同运作的方式，直至过渡期结束，所有培训资源全部纳入国航大学，重点培养飞行员、运控人员、机务维护人员和乘务人员等为目标的孵化式基地将诞生。

（2）海南航空公司。2006年海航在空港工业A区成立配餐基地，北京新华空港航空食品有限公司是中国第四大航空集团——海航集团的成员，隶属于海航集团的航空运输产业板块，位于北京首都机场空港工业开发区，成立于2004年，引进国内外先进的食品加工设备和技术，拥有国内外多家航空公司配餐业务。公司同时还致力于开发航空配餐以外的市场。

（3）南方航空公司。南航是国内运输飞机最多、航线网络最密集、年客运量最大的航空公司。2004年，南航年旅客运输量近4000万人次，进入世界航空客运十强行列，自1979年起已连续26年居国内各航空公司之首。2005年7月，中国南方航空股份有限公司和北京天竺空港工业区签订了入区协议，南航已经在空港工业区B区筹建注册其北京分公司，这是南航在北方最大的基地。该项目投资总额11亿元人民币，总占地103 323.2平方米，建设用地85 453.4平方米。2004年9月，南航正式进驻首都一号航站楼，成为首个拥有专用航站楼的航空公司。2007年底，南航引进的5架空客A380中的首架将落户北京，为首都经济社会的和谐发展作出更大的贡献。南航北京分公司已成为空港工业区新的经济增长源。

（4）深圳航空公司。2006年底，深航掷下200亿元投资于北京临空经济区内，与国际知名品牌的大型飞机改装和维修公司合作，在机场周边的天竺镇兴建飞机改装厂和飞机维修合资合作公司。同时，建设符合航空总部及相关产业综合发展需求的临空商务区，吸引国际国内航空公司在区内设立总部或北京地区总部，把顺义区打造成为临空产业聚集的北京临空经济区。

（5）空中客车中国公司。华欧航空培训中心是由中国航空器材进出口总公司与空中客车中国公司共同建立的中外合作经营企业。合作期十年。主要从事空中客车A320飞机，A330、A340系列飞机的飞行员改装、复训、机务人员和乘务员培训。华欧航空培训中心与法国图鲁兹培训中心、美国迈阿密培训中心并列为空中客车在全世界设立的三大培训中心。培训中心占地面积20 000平方米，建筑面积10 700平方米。投资额为7000万美元，注册资本为7000万美元。

再如，重庆临空经济新区内为空勤人员建设了“空乘之家”，广州新白云机场客运出口的白云区也是海航建设其华南基地的选址，海航拟在白云区人和镇建设基地办公楼，公司人员住宅，供中转旅客和延误航班旅客使用的宾馆酒店等服务设施。

4. 临空经济区内产业规划仍需要大项目拉动

我国各临空经济区的规划中都十分针对性地结合地方资源禀赋，进行了科学的产业选择，并设计了功能分区。但这些产业规划仍需大项目的拉动，才能使产业真正地按照规划科学的发展，构建完整的产业链条。

例如，首都临空经济区的北京索爱普天移动通信有限公司，就是首都临空经济发展过程中起到巨大拉动作用的大项目，在它的拉动下，首都临空经济区一景逐步形成了电子信息产业集群。近年来，索爱普天业务急速扩张，各项经济指标大幅上升，已经成为北京市乃至全国同类行业中的佼佼者。手机产量快速上升，月产手机 320 万部，全年生产手机 3780 万部。员工数量逐年增加，目前现有员工 12 300 人，70% 为顺义区及周边地区人员。2007 年，完成总产值 328 亿元，同比增长 24%，完成销售收入 327 亿元，同比增长 21%，完成出口交货额 289 亿元，同比增长 31%，完成利润 8.6 亿元，同比增长 36%，上缴税金 1.85 亿元，同比增长 58%。

同样，天津临空产业区也随着 A320 总装线的推进，天津民航科技产业的发展在这个大项目的带动下，开始逐步发展，带动了航材租赁、航空维修、培训的发展。

而广州白云区、武汉、杭州和青岛临空经济区，拥有科学的产业规划，但是由于缺乏大项目的带动，仍然无法将产业规划落实，真正形成完善的产业链。

5. 产业关联性不强，合理的产业群落和产业链尚未形成

虽然临空经济区内的企业数量和种类都在增多，但整体上，产业关联性仍然不强，这严重地影响了产业的规模效应，提高产业成本，降低了产业整体的竞争力。例如多数企业尤其是一些大型跨国企业在临空经济核心区以及临空经济辐射区内没有其原材料、零部件的配套企业。

整体上，合理的产业群落和产业链尚未形成，产业链的构建水平还有待进一步提高。例如，一些大型跨国企业在临空经济核心区以及临空经济辐射区内没有原材料、零部件的配套企业，使大型龙头企业对区内其他企业缺乏应有的带动作用。作为目前我国临空经济发展最为成熟的首都临空经济区，区内电子类企业的产业链构建，从总体上说还比较欠缺，例如，西铁城（中国）钟表有限公司在顺义区基本没有配套企业，北京 JVC 电子产业有限公司产业链中的配套企业主要位于天津、浙江等地；北京松下普天通信设备有限公司的原材料来源地主要是日本和国内的天津、广州、上海、南京、北京等，其中日本村田与松下电容位于空港工业园区；索爱的上游供应商2/3集中在长三角和珠三角地区，余下1/3则集中在环渤海地区，仅有4家注册在顺义的企业为索爱提供说明书、电路板和塑料板等低价值的配套产品。

再如花都空港经济区，只有几个较大型的电子信息企业，为这些企业配套的产业链上下游的企业布局十分分散，尚没有形成较为完整的产业链。

成都临空经济区内产业关联也不强，一些大型跨国企业在临空经济核心区以及临空经济辐射区内没有原材料、零部件的配套企业，对区内其他企业缺乏应有的带动作用。从整体上看，合理的产业群落和产业链尚未形成。例如，德国拜耳、美国太科基本没有配套企业，原材料基地以及供应商也相对较远。

6. 总部经济已成为临空经济的发展重点

企业在经济全球化和区域经济一体化的背景下，其企业的组织机构在空间上分离，目标在于实现企业价值链与区域资源实现最优空间耦合。随着企业组织机构的空间分离，总部经济逐步形成，临空经济区也由于与全球产业价值链的良好衔接，深受企业总部青睐，总部经济已成为临空经济的发展重点。

例如，首都临空经济区建设的国门商务区，其发展目标是，用7~8年时间将核心区开发建设基本完毕，建成北京乃至东北亚地区最具国际化特征和航空产业特色的中央商务办公区，主要发展总部经济。2007年，国门商务区以吸引国内外航空企业总部为突破口，重点与航空服务、保税物流、投资销售及研发设计等行业中的大型重点企业进行战略上的合作。首都临空经济区国门商务区的建立说明，总部经济已经为地方所认识到，是临空经济发展中的重点。

再如，长宁“虹桥临空经济园区”依托虹桥国际机场等便捷的交通优势，提出“园林式、高科技、总部型”的发展要求，重点鼓励发展跨国公司的地区总部、研发设计中心、结算中心、营运管理中心和国内著名的集团公司、投资公司、品牌企业和上市公司等，以及辐射力强的现代服务业（信息服务业和信息产业）、现代物流业、以服装服饰业为重点的都市型产业的企业等，以及资金、技术、智力密集型的外向型高科技企业，目前集聚企业超过2000家。

园区已经引进的国内外知名企业的中国总部和地区总部主要包括：爱立信（Ericsson）华东总部、联邦快递（FedEx）华东运营中心、联合利华（Unilever）中国总部、明基电通（BenQ）中国总部、史泰博（Staples）中国营运中心、携程（Ctrip）中国总部、卡帝乐鳄鱼（Cartelo）中国总部、神州数码（Digital China）华东总部、联强国际（Synnex）中国总部、佳杰科技（ECS）中国总部、晨讯科技（Simcom）中国总部等。

7. 现阶段多数临空经济区内的产业布局不尽合理

目前大部分的临空经济区的产业布局没有完全按照圈层结构的布局，尚未取得资源在空间的优化配置。仍然存在着部分航空运输关联性不强的企业布局在核心圈层内，同时部分从机场内部迁出的位于航空运输和航空制造产业链上的企业布局相对分散，重复建设现象明显。

例如，首都临空经济区的产业布局呈现出的特点是：紧邻空港区的主要产业为电子通信、汽车、微电子、航空物流、总部经济、生物医药；外围区如南彩镇，主要分布着以双河果园为龙头，北京九间棚科技园、樱桃园、于新庄果园、海涛绿色生态种植园等园区为延伸的各种特色采摘园；还有在建的彩虹岛温泉酒店度假村、温哥华别墅和已正式投产经营的高尔夫球场、四季滑雪场等地。

从首都临空经济区的建设现状，可以看出：航空维修应紧邻跑道布局，如，北京飞机维修工程有限公司紧邻机场布局；航空公司办公、居住和配餐都直接为航空运输服务，也靠近机场布局，如国航、国货航和海航在空港工业 A 区布局。但也由于缺乏规划，紧邻机场周边的用地空间有限，各航空公司处于分散布局的状态，没有形成航空公司基地的聚集，使各航空公司发展产业类似，资源的利用率不高。如：海航在空港工业区内开设了相应配餐公司，尽管其地理位置同机场直线距离很近，但没有现成的连通道路，致使配餐运输车要绕行很长的距离，使企业的运营成本大大增加。但各航空公司的类似设施分散分布，为其一一建设道路在经济上又不合算，成本过大，应考虑将类似产业在地理位置上聚集，统一服务，这样服务成本就可以大大下降。

再如，依托广州新白云机场的临空经济产业布局，圈层在逐步形成。

如图 7. 10 所示，A 处即为广州新白云机场。机场以东的钟落潭、以南的人和镇、太和镇等都属广州市白云区；机场东北和西北的花东镇和狮岭镇属广州市花都区；机场以西炭步、乐平、芦苞等镇属于佛山市三水区。按照临空产业空间布局的蛛网模型，根据现有交通情况，可见，白云区的人和镇与花都区的花东镇属于同一圈层，三水区的炭步镇与白云区的太和镇、钟落潭等镇接近同一圈层，三水区乐平镇与白云区中心、广州市中心处于同一圈层。理论上，出于同一圈层上，产业应大致相同或存在紧密的相关联性。

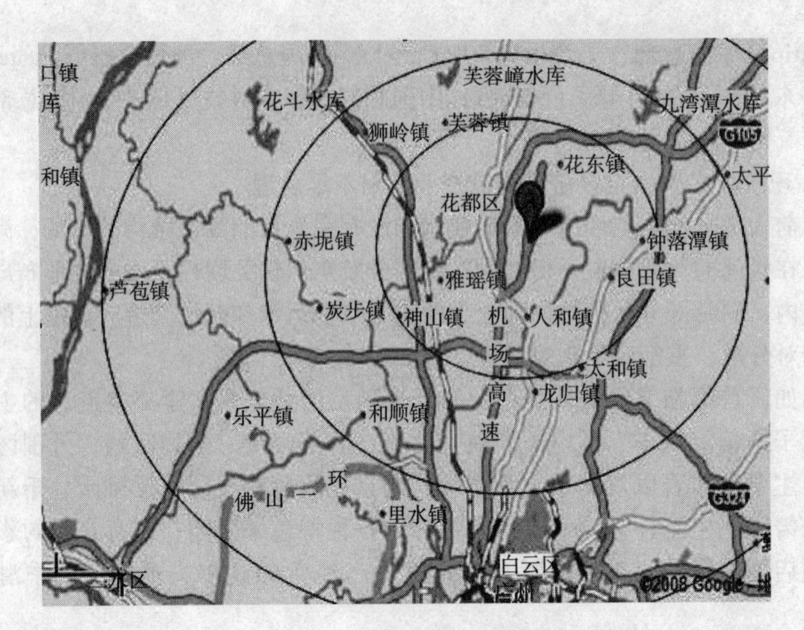

图 7.10　广州新白云机场辐射圈

广州市花都区

2003 年，广州新白云机场作为中国第一个中枢机场投入运营之后，花都区便于 2004 年 8 月成立了花都区空港经济管理委员会，规划了包括联邦快递亚太中心配套产业园区、机场高新科技物流产业基地、机场商务区在内共 100 平方公里的空港经济圈。拟大力发展物流、商贸、航空维修、电子、精密制造、机场商务、科研开发等产业。根据调研，花都区由于处于广州新白云机场的货运出口位置，因此航空物流业发展已经出现一定的态势，Gameco 的飞机维修业务也很有规模，但是暂时由于土地原因限制，很多大项目尚未投入建设和运营。花都区白云机场周边地处已经明显地出现了宾馆聚集现象，也有一些电子和精密制造企业集聚在周边。

广州市白云区

广州新白云机场的客运出口位于白云区，但白云区临空经济发展起步较晚，现阶段白云区产业主要包括：传统优势工业、商贸物流、房地产、都市农业、高新科技产业、文化、旅游、会展。且现阶段这些产业所具备的特点为：传统工业呈现出逐步外迁、商贸物流业以批发为主、房地产业区域差异显著、生态型旅游业初成体系、都市型农业呈良好态势、高新科技产业初步集聚。同时具备潜力的临空产业明显，如生物制药、电子通信、微电子、装备制造等已初具规模。

佛山市三水区

佛山市三水区中心城区距离新白云机场半个小时的车程，理论上处于新白云机场的较强辐射范围内，同时也正式随着新白云机场年旅客吞吐量的增长以及FedEx亚太转运中心的即将运营，佛山市三水区开始受到来自新白云机场的辐射，发展临空经济。现阶段，三水区的产业主要以二产为主，主要是承接花都区的产业，发展汽车配件、传统饮料、纺织、造纸品、化工、非金属制品、陶瓷等。

青岛临空经济区也存在产业布局不合理的问题，目前青岛临空经济区内用地资源分散，空间布局还比较零乱，特别是航空物流产业集中分布不够，没有发挥聚集效应；各区域之间还缺乏有效的分工与协作关系；建设杂乱无序，缺乏必要的规划整合和控制引导，机场周边缺乏为机场服务的商业及办公等配套设施；机场周边景观效果较差，不能充分展现机场作为城市名片的形象。

第三节　我国临空经济的发展特点

我国临空经济自20世纪90年代开始兴起发展到现在全国26个机场周边布点，其整体规模、成长速度、发展势头都呈现除了快速增长趋势，对于机场周边地区经济发展的带动辐射效应不断增强，在发展模式、空间布局、促进区域间经济融和程度等方面都呈现出了其作为新型经济形态的发展特点。

7.3.1　我国临空经济发展初具规模

我国临空经济发展真正呈现全面启动局面是在2004年全国基本完成机场属地化改革之后。随着机场规模的不断增强，其对周边地区的辐射带动效应逐步显现，我国机场所在地纷纷开始规划建设机场周边经济发展。在目前我国现已规划建设的26个机场周边的临空经济中，首都临空经济区发展到了一定规模，初步形成了临空经济区的框架，并逐步形成以首都机场为核心，以空港工业区、天竺出口加工区、空港物流基地、林河工业区、北京汽车生产基地、国门商务区等6大功能组团；而依托上海虹桥机场发展起来的上海长宁区以及依托广州新白云机场建设的花都空港经济圈，以及主要发展航空制造业的西安阎良、航空制造和航空物流双轮驱动的天津临空经济区等也已经初具规模。

7.3.2 我国临空经济呈现强劲发展势头

我国临空经济的发展在近几年民航业快速发展的拉动下呈现出了前所未有的强劲发展势头。截至2005年，全国范围内有13个机场周边地区开始发展临空经济，2006年到2008年上半年，仅一年半的时间内就有沈阳、呼和浩特、昆明、武汉、郑州、南京、重庆、杭州、湖南长株潭等13个机场周边相继规划发展临空经济。

已有的临空经济区经济增长速度也十分迅猛，首都国际机场开始了第三次扩建和大通关基地的建设，给北京临空经济的发展带来了又一个难得的历史机遇。近5年来，临空经济区增加值年均增长35%左右，高于全市平均水平20多个百分点；税收年均增长50%左右，也远远高于全市平均水平，2006年，临空经济区实现增值253.3亿元，同比增长17.8%，占全市经济总量3.2%；产业发展方面，目前北京临空经济区已经集聚了松下、空中客车等30家世界500强企业和550余家中外企业。

7.3.3 我国临空经济作为区域经济发展的引擎作用正在凸显

我国临空经济突飞猛进的强劲发展势头，已经成为拉动地区经济发展的强力引擎。以首都临空经济发展为例，在近几年快速增长的良好发展态势下，预计到2010年，首都临空经济区生产总值达到800亿元，年均增长30%以上；到2020年，经济总量达到1600亿元，临空经济将成为环渤海地区吸引外国投资、发展外向经济的重要基地，同时通过发展临空经济，也将使北京在全球经济分工中占据产业和功能链的高端。

表7.10是国内八大机场所在地区[①]的GDP增长率与其所在城市GDP增长率五年的平均值比较表。由表中数据看出，机场所在地区GDP增长率均高于城市GDP增长率，八个地区GDP增长率的平均值平均高出城市8%。由于机场所在区域一般都在各个城市的边缘地区，机场成为区域极其重要的一个增长性因素，从数据可以看出，临空经济对区域经济的拉动作用已十分明显。

① 为统计方便，“地区”特指机场所在的区级行政区。

表 7.10　国内八大机场所在地区的 GDP 增长率与其所在城市 GDP 增长率五年平均值比较表

机场	机场所在地区	地区 GDP 增长率高出城市 GDP 增长率五年平均值（%）
首都机场	北京顺义区	10. 88
广州新白云机场	广州花都区	0. 88
上海虹桥机场	上海长宁区	3. 16
深圳宝安机场	深圳宝安区	24. 18
重庆江北机场	重庆渝北区	3. 73
青岛流亭机场	青岛城阳区	8. 08
杭州萧山机场	杭州萧山区	6. 11
厦门高崎机场	厦门湖里区	5. 28
各地区平均值		8

资料来源：本书总结。

7.3.4　我国部分临空经济区已成为城市发展的重要组团

我国临空经济区对于区域经济发展呈现出的强大引擎作用，使之成为快速提升机场所在地经济地位，形成新的区域经济发展格局的新兴推动力量，其成为区域经济附属中心的潜力也在不断显现。因此，我国部分地区已经将临空经济的发展提升到了地区发展的战略层面进行整体规划，将临空经济区作为推动机场所在城市发展的重要组团。

2006 年，北京市“十一五”规划将临空经济区确定为重点建设的六大高端产业功能区之一，标志着发展临空经济，已经由顺义区域的发展战略升级为北京市的总体发展战略。规划方案中明确提出，在未来 5 年中，顺义区将围绕扩建中的首都机场，着力打造临空经济区和现代制造业基地，确立围绕机场“做强东西、拓展南北，打造临空经济圈”的发展目标。此外，上海虹桥临空经济园区也已成为上海市长宁区人民政府实施“依托虹桥，发展长宁”面向 21 世纪经济发展战略的三大经济组团之一，发展“园林式、总部型、高科技”为一体的“数字长宁”，将其建设成国际产业转移的对接平台、与长江三角洲互为辐射的商务平台、未来新型产业的培育平台。

7.3.5　我国临空经济发展呈现渐进、跨越双重模式

我国临空经济的发展模式整体上可以归结为渐进式和跨越式两种主要模式。渐进式发展模式，该模式以机场周边地区现有的城镇为基础，逐渐由机场内部向

机场周边地区进行地域空间的扩张和经济空间的辐射，经过长时间演进，最终形成具有城市规模的综合性城市功能区。这种模式体现在早期建成的上海虹桥机场、厦门机场的建设上，具有自发性、无序性和长期性的特点，是一种自下而上的发展模式。

跨越式发展模式，该模式是在机场周边地区进行成片的产业区、居住区或物流园区开发，以产业开发为先导，并在此基础上延续城市化的进程，最终形成航空城。该模式是一种自上而下的发展模式，多为分散组团式空间结构发展模式。我国广州新白云机场在 FedEx 亚太转运中心入驻以及天津滨海国际机场在 A320 总装线落户的强势拉动下，实现周边临空经济成片规划发展，就是遵循了这种跨越式的发展模式。

而我国首都临空经济区的发展，则在已有的机场规模、周边产业结构以及相关理论指导的先导作用的基础上，遵循了一种起点高、见效快的航空城开发模式——渐进式、跳跃式复合发展模式，实现城市功能转化和产业结构升级，促进城市空间形态演进，并同时进行新兴功能区的开发，实现了在渐进发展过程中的不断跨越（见图 7.11）。

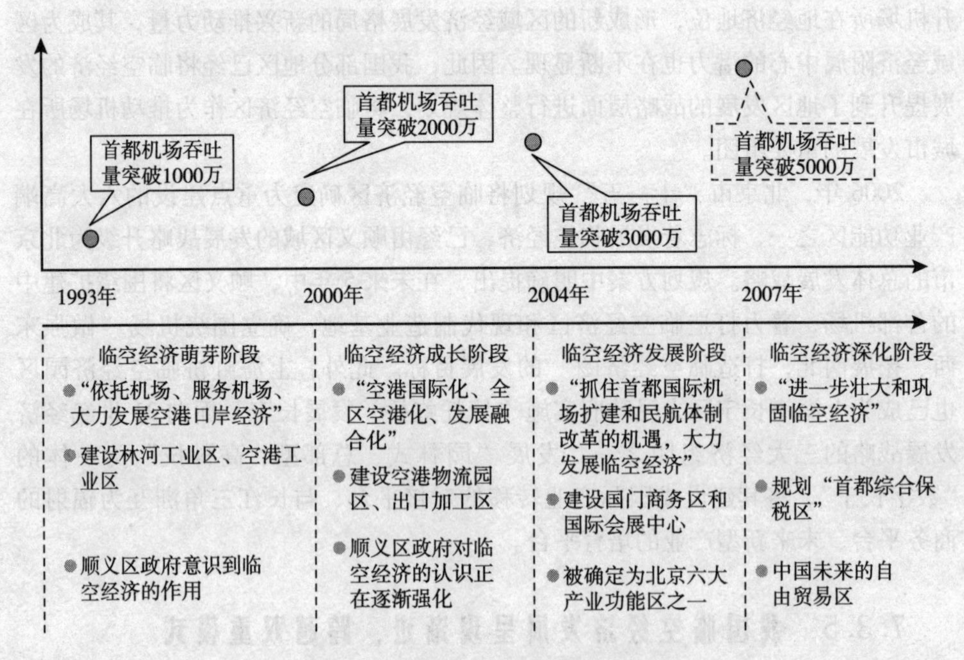

图 7.11　首都临空经济区发展阶段图

7.3.6 我国临空经济跨行政区域共同建设促使区域间竞合发展格局形成

由于机场周边地区涉及多个现有区级行政区域，例如现有的三大枢纽机场，首都机场物理地点虽然在顺义区，但这个区域的许多行政管理属于朝阳区；上海浦东机场横跨于浦东新区和南汇区；广州新白云机场客运出口在白云区，货运出口在花都区。这样的格局容易造成各地区的无序竞争和资源整体配置的低效率，造成地区发展及土地利用的整体协调性差异，鉴于机场周边地区作为临空经济发展承载体的重要地位，为实现机场和地方的对接，我国临空经济在建设过程中逐步实现了跨区域共同协调建设，努力实现管理资源、土地资源、产业资源和服务资源等方面的重新整合与合理利用，促使机场周边区域间竞合发展格局的形成。

广州新白云机场和联邦快递亚太转运中心是白云区和花都区以及三水区等周边地区临空经济发展的引擎，在区域间的共同发展过程中，各区坚持“突出特色、抢抓机遇、优势互补、各区共赢”的原则，充分利用各区自己的优势资源，依据广州新白云机场客运出口在白云区，货运出口在花都区，白云区临空经济围绕航空客流带动的空港配套商业为主，花都区则发展航空物流为主，紧邻花都的三水区则主要发展航空物流的相关配套产业、航空配餐原材料供应等，使之逐步形成一个临空产业有机统一体。

此外，依托武汉天河国际机场发展临空经济的黄陂区与孝感区之间，也在武汉城市圈获批国家综合配套改革试验区的合作发展平台上，努力寻求两地共同规划建设“临空经济区”的协同发展之路。目前，孝感提出与黄陂联手，围绕天河机场“南客北货”的规划，分工合作，通过城区建一条城市干道——汉孝大道连通天河机场，沿线重点发展现代物流业和高新技术产业，推动两市的一体化进程。

第四节 我国临空经济发展过程中的制约因素分析

7.4.1 我国临空经济发展尚无国家层面统一政策

目前我国临空经济区还不具备完善的政策环境作为支撑，各地政策也不统一，尚无国家层面的统一政策。临空经济区所需的政策环境是指政府在宏观层面对我国临空经济区进行的指导，主要包括帮助临空经济区进行整体规划，制定出促进我国临空经济区发展、鼓励企业和个人入园创业的政策。

现阶段，我国各临空经济区的政策主要是国家针对原有的园区给予的政策，而没有针对临空经济区，在土地、税收、人才和资金等方面给予区内企业适当的政策放宽，这严重地限制了我国临空经济区的整体发展。例如首都临空经济区，其内部各园区，如空港加工区、出口加工区等之间政策各不相同，无法实现资源要素的最大利用。

同时，由于我国机场大多位于郊区，周边土地仍有大多为农田，而且其中有部分为农保田，这些土地方面的限制影响着临空经济区整体规划的实施，国家也尚未给出该方面的协调政策。例如花都区早在 2004 年就成了花都空港管理委员会，但是由于机场周边土地限制，使得诸多项目无法落实，规划的联邦快递配套产业园仍然处于可行性研究层面，无法推进、实现经济效益转化。

7.4.2 我国各地临空经济区管理模式存在诸多欠缺

我国各地的临空经济区管理模式主要分为三种：行政主导型、政企分开型、多元管理型，分别以北京、上海虹桥、天津为代表。现阶段存在的问题主要表现为：（1）缺乏高授权；（2）不同阶段管理模式针对性不强；（3）大多管理模式缺乏企业和科研机构的参与；（4）管理模式受限于行政区划。

7.4.3 我国临空经济区内各部门间沟通协调管理机制尚未健全

临空经济区内涉及机场、海关、机场所在区等多个利益主体，机场作为临空经济产生的核心，自身的发展需要机场所在地为其提供强有力的基础设施保障、海关的通关效率也将很大的影响机场服务整体水平，机场所在区政府部门围绕政府基本职能如交通、土地管理、区域旅游、生态保护等方面进行统一规划，以实现政府协调的功能。建立临空经济区各部门之间的沟通协调机制对于区内机场、海关、地方政府之间实现有机结合的协调发展、资源的有效对接提供了强有力的沟通平台。

目前，我国大多数临空经济区内的各部门之间沟通协调管理机制尚未建立健全，政府行政部门由管理型向服务型转变的进程还未展开，各部门之间的行政壁垒、信息壁垒尚未打通，严重阻碍整体优势的发挥以及竞争实力的提升。由于缺乏强有力的市级管理协调机制，难以对区域内的各类要素进行综合把握，统筹利用各利益主体资源，制约了整体竞争优势的发挥。

在对我国临空经济现状调研中发现，机场、临空经济区与周边乡镇缺乏协调，没有形成良性互动。机场在扩建过程中，首先，对于周边乡镇的搬迁一般仅采用了资金安置的措施，没有遵循可持续发展的原则，通过科学的、整体的规划妥善处理机场与周边乡镇之间的关系，以实现机场与周边乡镇的和谐发展；其次，我国临空经济区内的信息平台建设还很欠缺，尚未建立起纵横相通、上下相连的现代化信息网络系统，以及时准确地收集、分析、预测和传递相关信息，从而导致区内信息共享程度较差，资源整合优化度难以提升，严重影响机场、相关园区及其他社会化服务机构之间的沟通效率，也不利于上级部门依靠准确、灵敏、高效的信息来把握发展情况，提高园区决策的精度。

以青岛流亭机场为例，流亭街道与机场协调过程中主要的问题还是关于税收和土地的问题。流亭机场及其周边的航空类企业均要占用流亭街道的用地，机场属地化之后，机场的税收交给流亭，但是机场周围的大户航空关联（维修、货运）公司，因为当时的公司总部注册是在市区，位于其他区内，因此税收并未上缴给流亭街道。再者，机场初建时期，没有留足发展用地，再扩建就需要征用当地村庄的土地。而现在当地的乡镇企业已经初具规模，散落在流亭机场的周边。这就使得机场周围的土地价格一涨再涨，机场的扩建受限。

7.4.4 我国临空经济区产业发展相关配套机制缺乏

7.4.4.1 我国临空经济区内临空产业与区域产业的对接机制尚未建立

临空经济虽然是一种高端产业形态，但它必须依托于当地的产业基础，这种产业的现状和未来发展跟机场所在区域产业要产生关联性，以避免成为在城市的远郊独立发展的“孤岛经济”。因此，我国临空经济发展应建立起临空产业与区域产业的对接机制，以加强临空经济区与机场所在地之间经济的融合程度。

目前我国临空经济区内尚未建立临空产业与区域产业的对接机制，临空产业与区域产业对接机制的缺乏，不仅影响临空经济区内产业间的协调发展，更重要的是不利于提高城市和区域的竞争力以及临空经济区获得持续发展能力，严重阻碍了临空经济区内产业的选择与发展与地区经济的融合。因为临空经济区的发展依托于机场周边经济，并受该区域经济产业结构的影响和制约，其优先发展和重点扶持的产业类型、结构和发展方向也应在区域经济总体框架下进行功能定位、产业定位、层次定位和发展定位。

天津临空经济发展也未能和周边形成良好的协调关系，其临空产业区内空港物流加工区、空港国际物流园区、空港保税区与滨海新区其他园区之间的经济关联度较弱。此外，珠海航空城、孝感临空经济区等临空经济的发展也都存在产业对接机制缺乏的情况。

7.4.4.2 我国临空经济区企业遴选机制缺乏

随着机场朝着航空枢纽发展步伐的加快，机场周边地区的土地呈现严重稀缺，部分空地也多被原本从城市转移出的产业和一些非临空偏好型产业所占据，直接与跑道链接的土地资源相对更少，于是出现航空保障部门无法正常完成航班保障任务。如东航北京分公司，按照国家规定必须在首都机场建立自己的维修基地，但机场周边地区直接与跑道相连的土地已经没有，因此机库的建设已成为困扰航空公司发展的关键因素。类似问题的出现关键在于我国临空经济区对于入区企业尚无遴选机制。

目前我国临空经济区在企业遴选机制建立方面尚属空白，既没有由相关专家组成的企业甄选委员会或小组，也缺乏对入驻园区单位或企业做相应的严格审查，严重影响了临空经济区内产业布局合理性以及产业链运行的顺畅程度。我国临空经济区内的土地十分有限，企业遴选机制的缺乏造成园区内产业结构失衡，阻碍同类产业空间聚集进程，影响产业集群规模效应的显现，不利于临空经济区的远期发展。

以天津航空城为例，天津航空城的物流产业还处于发展的初级阶段，在这一阶段最突出的问题就是物流企业或是比较大型的、知名的物流企业还太少，并且，在这些企业中从事与航空运输有关的企业所占比例也很小，如金威啤酒、钢构加工等传统企业，之所以选择入驻该区，有可能更多考虑的是政策、地价等因素，而没有考虑到临空这一地理因素，这样对于空港物流区的长远发展必然会带来一定的阻碍。虽然，天津航空城区域内规划建设的空港国际物流区以及空港物流加工区，为物流产业的发展提供了非常坚实的基础，物流加工区凭借其优越的政策优势吸引了许多优秀的物流企业入驻，但是就运营情况来说，距离规划目标还相距甚远，尤其是空港国际物流区。目前，空港国际物流区内真正运营的企业比较少，只有万士隆海关监管库等在内的少数企业在其内部运作，注册的几十家企业中，有很多企业都是区内注册，区外运营，对区内产业结构的提升等不能起到实效作用。

7.4.4.3 我国临空经济区支持高端产业发展的现代服务机构缺乏

临空经济作为一种新型经济形态，引领机场所在地区经济占领全球产业链高端。高端产业的聚集需要拥有庞大的现代服务机构给予支撑，以满足区内企业尤其是跨国企业发展的需要。良好的商务环境，能够提供金融、保险、信息、会计、咨询、法律咨询等服务，同时还包括高附加值、高层次、知识型服务的中介机构等。

目前，临空经济区内与国际水平接轨的医疗、保健、文化、休闲娱乐等设施严重缺乏，特别是各园区与各镇的结合部更为突出，无法满足与高端产业相适应的国际化、人性化、精细化服务的需求。具体表现在：尚未形成具有规模的服务业供应市场，服务供应信息不对称；现代服务业在相当多行业领域尚属空白，缺乏共性技术体系支撑；信息互联互通、技术相互支撑、社会资源共享及开发利用缓慢；具有自主知识产权的产品的市场化缺乏孵化环境和产业支撑；仅信息提供已不能满足企业服务需求，需要由资讯提供向交易服务转变；产业安全和信息安全存在隐患，自主创新能力薄弱，较多照搬国外商业模式和技术。

例如，首都临空经济区内没有良好的商务环境，使得企业多数的商务谈判在北京市内进行，给企业带来诸多的不便利；顺义区内提供金融、保险、信息、会计、咨询、法律等高附加值、高层次、知识型服务的中介机构较少，不利于企业今后发展的需要。此外，上海长宁区作为重点发展总部经济的临空经济区，目前虽已建立了上海长宁区对外经济贸易服务中心等服务机构，但针对高端产业的现代服务机构仍然不足。

7.4.5 我国临空经济区基础、配套设施尚不完善

我国临空经济区的基础、配套设施主要是指支撑区内各部门运行的外部“硬”环境保障因素。这类“硬”环境保障因素是多种多样的，如交通设施、通信网络、金融机构、要素市场、生活保障设施，等等。我国临空经济区由于成立建设的时间较短，其基础、配套设施建设尚未完善，尤其是机场周边以及区内尚未形成良好的地面交通网络，由于临空经济的发展依赖于机场特有的快速通达性，这对于临空经济区内部与外部、输入与输出之间的物资流动畅通，以及临空经济区向有序化、高级化的方向运行都会产生一定的影响。

7.4.5.1 机场周边快捷交通网络的尚不完善

枢纽机场的可达性和灵活性在经济空间吸引了优质的资源要素聚集到机场周边地区，临空产业的发展一方面依托于机场，另一方面依托区域产业，区域产业

与临空产业要发生关联性，只有机场与区域的交通顺畅才能保证这种关联性。尤其是机场与临空经济区之间快捷交通网络的建立，要逐步摆脱机场与临空经济区之间单一式通道的格局，建设以机场为核心的发散式通道格局，使得机场拥有多条与临空经济区直接相连的快速通道，盘活机场周边经济发展脉络。同时，对于在非机场紧邻区发展临空经济的地区，如广州三水区、武汉孝感区等，机场与其临空经济区之间便捷的交通网络是关系到机场辐射能量能否顺利通达的关键。因此，机场的综合交通网络是保证临空经济顺利发展的重要因素。

同时，交通畅达是良好商务环境不可或缺的环节，包括区际之间的交通，以及区域内各功能节点之间的联通。在现代化的机场，多模式的交换节点为机场内不同模式的交通运输提供信息的传递，机场的高速公路和高速铁路将会有效地将机场和周边以及远距离的商业、居民聚集区相连，无缝连接的多式联运基础设施将会加速人和货物的互动式联运，从而提高运输系统的效率，并对企业的选址和航空大都市的形成有着深远的影响。

目前我国的临空经济发展中，地面交通都还不是很完善。临空经济区与腹地的连通，主要是通过公路、铁路的交通。只有具备良好的地面交通网络，才能保证货物及旅客的顺畅流通。尤其对于高新技术产业来讲，能否在最短的时间内、以最小的成本运往机场，进而运往世界各地是竞争中成功的关键因素。这就需要机场周围有辐射性的交通网络。

北京首都临空经济区、广州三水空港经济区等采取一区多园运营模式的临空经济区，园区之间按照功能进行分工，组成一个统一的整体，园区之间的功能是能否实现互为依托、互相促进的目的，打通区内各节点之间的交通发展“瓶颈”，构建区内快畅交通系统是关键。

7.4.5.2 临空经济区内基础设施缺乏统一规划

区内基础设施的完备是支撑整个临空经济发展的基础保障，临空经济区内各园区之间采取统一规划，应该遵循“一次规划、分步实施、资源优化、合理配置”的原则，集中供水、供热、制冷等基础设施，可以达到降低基础设施的建设成本，优化利用资源、避免重复建设等效用，对于形成阶段重点发展产业所在园区的基础设施先行建设，后期再根据发展的需要，依据统一的规划建设其余园区。

目前，我国临空经济区内的基础设施建设缺乏统一规划，致使配套设施建设成本加大，后期建设盲目性现象存在，严重影响临空经济区资源的有效利用。例如，有些园区由于基础设施建设规划的滞后，导致区内公路建成后，又要重新打掉路面，铺设管道，形成多处“拉链工程”等。

首都临空经济区内由于基础设施统一规划的滞后性，形成了一些“丁”字路与错口路，影响了道路交通通畅性（见图7.12）。

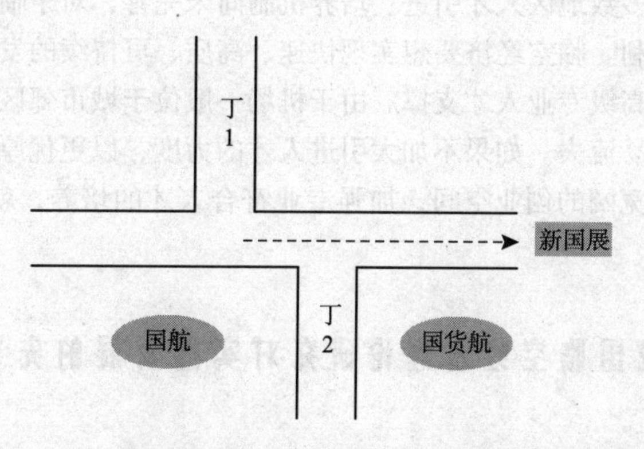

图7.12　首都临空经济区内“丁”字路与错口路示意图

7.4.6　我国临空经济相关教育、研究机构不足，专业高级人才供应短缺

主要包括人才培训、职业管理、组织设计和工作设计等内容。临空经济区相关教育、研究资源的充足，不仅是塑造临空经济区整体形象，加强文化建设的重要内容，也是增强临空经济区高新技术产业研发能力，提升企业国际竞争力的重要举措。鼓励大学和科研机构到区内设立各类研发机构，举办大学和研究生院，提升园区人员素质，实现大学、科研机构和企业之间的良性互动和共同发展。

目前，我国临空经济相关教育、研究机构相对不足，临空经济飞速发展对高质量、多样化和个性化教育的需求与优质教育供给不足之间的结构性矛盾，人才培养的结构、模式和质量与临空经济现代化建设要求不相适应的深层次矛盾逐日显现。主要表现在优质教育资源供给不足，教育发展的结构性矛盾突出，高等教育供给短缺，教育投入与需求相比尚有差距等。

目前我国专门从事民航专业教育培养的高校仅有中国民航大学、中国干部管理学院等，但学科设置与临空产业的对接仍未实现，国内高校中相关临空经济研究的各类研究机构较少，大学、科研机构和企业之间的良性互动和共同发展的良好局面尚未形成，导致我国临空相关专业人才的严重匮乏。比如，航空物流产业的高级专业人才、软件开发专业人才、动漫设计师等，人才的匮乏直接影响临空经济区内相关产业的发展。

7.4.7 我国临空经济区人才引进机制尚未健全

目前，我国多数地区人才引进、培养机制尚未完善，对于临空经济保持强劲发展势头十分不利。临空经济要想实现快速、高质、可持续的发展，需要不同类型、不同层次的高级专业人才支撑。由于机场一般位于城市郊区边缘地带，人才引进相对困难且易流失。如果不加大引进人才的力度，以更优厚的待遇、更宽松的社会环境、更宽阔的创业空间，加强专业符合人才的培养，就很难吸引人才，留住人才。

7.4.8 我国临空经济理论研究对实践发展的先导作用重视程度不同

临空经济作为一种新型经济形态，其发展历程仅有十多年时间，地方在发展临空经济的过程中可参考的成功实例较少，这种情况下理论研究的先导作用在指导临空经济发展过程中就占有举足轻重的地位。目前我国各地区在发展临空经济过程中对于理论先导作用的重视程度不尽相同，其中首都临空经济区快速发展的实现就是理论研究与实践相结合的成功典范。首都临空经济区先后同中国临空经济研究所、世界著名咨询公司阿特金斯等合作规划临空经济发展，并先后举行了两次国际性的“临空经济论坛”，汇集世界著名研究机构共商首都临空经济发展大计。除此之外，上海长宁、武汉中华临空经济区、天津等地区也十分重视临空经济理论研究工作。我国其他地区临空经济的发展战略、实施步骤的准确建立也离不开相关理论指导，应切实加强理论先导作用的重视程度。

同时，对于一个临空经济区而言，存在区内上下级领导对发展临空经济重要性的认识高度不一致现象，这限制着临空经济的发展进程，不利于工作的执行和贯彻。首都顺义临空经济区就先于我国其他临空经济区认识到了此点在推进落实临空经济建设发展过程中的重要性，曾经组织过两个镇进行关于临空经济发展的学习，首先统一思想，深入对临空经济重要性的认识，将对临空经济重要性的认识提升到一个统一高度。

第八章

我国主要临空经济区发展状况评价及阶段判定研究

第一节　临空经济发展状况评价与发展阶段判定研究

8.1.1　临空经济发展状况评价指标体系研究

设计临空经济发展状况评价指标体系，首先，应立足于临空经济的发展现状，在设计的过程中要尽可能结合临空经济区自身的特点，既要考虑区域经济发展的一般属性，也要挖掘临空经济发展的特殊性，全面地将临空经济系统发展的所有指标科学地描述出来；其次，机制创新是改善临空经济区的营商环境，实现政府职能从管理、审批为主向服务、协调、指导为主的转变的重要方面，在指标设计上应重点考察政府服务的质量和政府效率；再其次，临空经济发展状况评价指标要体现导向性，能起引导区域发展方向的作用，引导区域充分发挥示范、试验的作用，使之发展成为21世纪的经济增长点，落实可持续发展战略的示范区，体现开放性效益、示范性效益和导向性效益。

8.1.1.1　临空经济发展状况评价指标体系设计原则

本书在构建评价指标体系时遵循了以下原则：

1. 目的性原则

临空经济的发展不仅仅是数量的增长，而且是有质量的增长，因此在评价指标体系的设计上应尽可能体现发展的质量。根据研究的目的选择指标，在临空经济发展评价指标体系中，在确定单项指标时，应考虑指标在整个指标体系中的地位和作用，依据它所反映的某一研究对象的性质和特征，确定该指标的名称、含义和口径范围。如研究临空经济区辐射范围时，因为目前没有整套的、科学的计算方法和统计指标，故从机场客货量、航线网络可达性、腹地区域的经济特点，结合机场周边产业特点，具体分析临空经济区的辐射范围和能量大小。

2. 科学性原则

依据一定目的设计临空经济发展评价指标并确定其名称、含义和口径范围等，即对指标名称的质的规定，在理论上必须有科学根据，在实践上必须可行而有实效，这样才能用来搜索资料并予以数量表现，而后据以做出正确的分析和应用。如研究临空经济发展表现时，区域内大型企业的数量直接决定着产业的聚集程度和集群数量。因此，临空经济区内跨国企业数量占所有企业数量的比例是个重要且科学的统计指标。此外，临空经济发展评价指标体系中的各个具体指标之间，在其含义、口径范围、计算方法、计算时间和计算范围等方面都必须是相互衔接而有关联的，这样才能综合而全面地认识临空经济现象之间的数量关系、内在联系及其规律性。

3. 统一性原则

统一性原则是指同一经济指标的含义、口径范围、计算方法、计算时间和空间范围等都必须是统一的。如研究临空经济发展最基本的支撑要素时，本书采用了机场的旅客吞吐量、货邮吞吐量、航班密度、国际通航城市数量等指标，这些指标能够科学地、准确地反映临空经济发展的支撑条件，并且统计的范围和计算方法也是成熟、合理的。

4. 可比、可量、可行原则

在目的性一定的前提下，要求临空经济发展状况评价指标具有科学性、联系性和统一性，都是为了具有可比性和可行性，因为只有可比的指标才能提供准确的信息资料。首先，在比较临空经济发展对腹地经济的影响时，涉及面极其广泛，需要有庞大的不同侧面的统计数据支持，但是有些指标在现实统计资料中难以收集到或根本没有，本书只能从实际情况出发，通过公开出版的各种年鉴，利用能够收集到的有关数据资料，结合国际上一些经验计算方法，建立衡量临空经济发展对腹地经济影响的指标体系。其次，在统计临空经济发展结果时，除指标的口径必须一致外，由于涉及的区域范围大小不一，一般采用相对数、比例数、指数和平均数等进行比较才具有可比性、才可行。

5. 可操作性原则

临空经济发展时间不长，指标的设置应实事求是，既评价发展现状，也评价发展速度，并体现阶段性。从数据可靠性分析，指标不是选取的越多越好，应做到评价指标及设计方法易于掌握，所需数据易于统计，并尽可能利用现存的各种统计数据，选择主要的、基本的、有代表性的综合指标作为量化的计算指标。此外，临空经济发展状况评价指标以定量指标为主，但全部采用定量指标也不能完整地反映临空经济的绩效，因此辅以一些描述性的定性指标。

8.1.1.2 临空经济发展状况评价指标体系

研究和评价临空经济发展状况，内涵十分丰富，涉及宏观区域经济、中观产业经济、微观企业行为的各个层次，包含了多种经济要素。本书在临空经济发展状况评价指标体系的设计原则下，根据临空经济发展的特征，兼顾考虑“综合性”要素和“开放性”要素、“直接性”要素和“间接性”要素、“现实性”要素和“未来性”要素、“显性”要素和“隐性”要素、“多维性”要素和“动态性”要素，利用系统分析法，尽可能全面地筛选出能够描述临空经济发展状态的所有指标。接着利用 Delphi 法，在初步建立的评价指标的基础上，征询有关专家的意见，对指标进行调整。对调整后的指标，结合经济学的知识进行进一步的分析。在借鉴国内外各种区域经济发展状况评价指标体系设计的基础上，本书设计了临空经济发展状况评价指标体系，该指标体系共包含 4 个一级指标，23 个二级指标。

1. 临空经济发展支撑要素

（1）机场：主要考察机场的辐射能力，对旅客吞吐量、货邮吞吐量、航班密度、国际航线网络可达性、基地航空公司数量等 5 个指标进行评价。客、货吞吐量和航班密度主要考察机场对临空经济区流量经济的贡献度；国际航线网络可达性主要考察临空经济区国际辐射能力，因为国际可达性是跨国企业选址的一项基本条件；基地航空公司数量主要考察临空经济区内航空产业的发展情况，因为航空公司在机场设立运营基地，则航材、配餐、培训等业务将延伸至临空经济区，所以基地航空公司数量能够直接反映临空经济区航空运输业发达程度。

（2）腹地经济：腹地区域是临空经济区企业的重要源头和市场，也是临空经济系统资源重要输入渠道，考察腹地经济对临空经济发展的支撑条件，可以从多方面、多层次的指标进行评价，但是鉴于许多指标之间存在着重复并且与临空经济发展关联性不强的情况，本书采用区域经济生产总值和人均生产总值两个指标进行考查，避免了指标评价的放大或缩小效应，并且能科学地反映腹地经济对临空经济的支撑程度。

2. 临空经济发展表现

（1）产业表现：产业集群是临空经济发展的质量基础。产业价值链上的连接及其之间基于信任的竞争与合作关系是保持产业集群结构稳定的关键，产业的集体行为是提升产业集群能力的内在核心动力。产业表现主要从临空经济区跨国企业数量、临空型主导产业聚集程度、临空经济区服务业配套程度、临空经济区关联产业配套程度、临空经济区研发机构实力水平、临空经济区产业与地方产业关联度、临空经济区企业对机场依赖程度等七个方面进行考查。临空经济区跨国企业数量考查临空经济区内企业的聚集能力，因为大型企业将会吸引许多配套厂商聚集在周围；临空经济区服务业配套程度考查临空经济区内金融、通信、中介机构、培训等配套程度，以鼓励投融资体系形成，有利于促进企业集群和良性竞争互动的环境；临空经济区关联产业配套程度考查上下游产业配套程度；临空经济区研发机构实力水平，考查临空经济区内产业相关联的研发机构对临空经济区发展的支持程度；临空经济区产业与地方产业关联度考查临空经济区产业是否与地方特色产业关联，引导腹地区域产业能否向高级化演进；临空经济区企业对机场依赖程度考查区内产业是否依托机场发展，有效利用机场资源。

（2）空间表现：空间表现主要是从临空经济区产业空间布局是否合理进行考查，因为产业空间布局合理程度决定了临空经济的可持续发展能力和资源配置能力。

3. 临空经济区发展作用

（1）对机场的影响：主要考查临空经济区从产业配套、土地规划等方面是否对机场的发展有利。

（2）对腹地的影响：主要考查临空经济对地方经济总量的贡献程度；临空经济对地方就业的贡献程度。

4. 临空经济发展环境

（1）基础条件：首先，考查腹地区域政府政策扶植力度，政府扶植包括公共投入、管理协调、政策引导等。政府行为一般首先在于为区域的发展创造良好的环境条件，包括划拨土地、投入资金、建立基础设施、给予税收优惠等，稳定的经济、政策环境有利于降低产业集群交易成本和赋予产业集群更多的发展机会；其次，政府参与区域管理，制定一些正式制度，以解决区域产业集群和发展中的市场失灵和系统失灵问题。考查区域区位条件和地面交通可达性，考查临空经济区是否成为吸引投资的一项重要有利因素。

（2）能力条件：科学技术发展水平和外向型经济程度考查腹地区域经济社会环境对于临空经济发展的间接影响程度。

上述各个对临空经济发展状况进行评价的指标不是孤立的，机场、政府、企业等在基于目标一致的基础上有组织地相互协作，因此可以把这些方式归纳为投入资源、提升素质、沟通合作、促进需求和引导规划，其他表示影响方式与对应的主导因素之间没有直接作用或作用关系忽略不计。临空经济发展状况评价指标体系如表 8.1 所示。

表 8.1　　临空经济发展状况评价指标体系

	一级	二级	三级	
临空经济发展状况	临空经济发展支撑因素	机场辐射作用	旅客吞吐量	本书查询
			货邮吞吐量	本书查询
			航班密度	本书查询
			国际航线网络可达性	本书查询（国际航线数目）
			基地航空公司	本书查询（航空公司数量）
		腹地支持作用	区域生产总值	本书查询
			人均生产总值	本书查询
	临空经济发展表现	产业表现	临空经济区跨国企业数量	本书查询
			临空型主导产业聚集程度	专家打分：考查临空经济区是否形成临空型主导产业（空港配套服务、临空高科技）
			临空经济区服务业配套程度	专家打分：考查临空经济区金融、通信、中介机构等配套程度
			临空经济区关联产业配套程度	专家打分：考查上下游产业配套程度
			临空经济区研发机构实力水平	专家打分：临空经济区内产业相关联的研发机构对临空经济区发展的支持程度
			临空经济区产业与地方产业关联度	专家打分：临空经济区产业与地方特色产业关联强弱
			临空经济区企业对机场依赖程度	专家打分：考查临空经济区内产业的临空指向性强弱
		空间表现	临空经济区产业布局合理性	专家打分：临空经济区产业空间布局是否合理
	临空经济发展作用	对机场影响	临空经济区对机场发展的作用	专家打分：临空经济区在产业配套、土地规划等方面是否对机场发展有利
		对腹地影响	临空经济区对地方经济总量的影响	本书计算
			临空经济区对地方就业的影响	本书计算
	临空经济发展环境	基础条件	腹地区域政府政策扶植力度	专家打分：考查腹地区域政府政策的扶植对于临空经济区发展的影响
			区域区位条件	专家打分：是否成为吸引投资的一项重要有利因素
			地面交通可达性	本书打分
		能力条件	科学技术发展水平	本书查询（高新技术产业产品产值占工业总产值的比重）
			外向型经济程度	本书查询（外贸进出口额）

8.1.2　临空经济发展状况评价与发展阶段判定方法研究

本书遵循科学性与可操作性相结合的原则，对于现有的各种综合评价方法进行了比较和筛选，最终确定了临空经济发展状况评价指标原始数据的采集与整理方法、临空经济发展状况评价指标的组合赋权方法以及临空经济发展状况单项指标与综合测评方法。

8.1.2.1 指标原始数据采集与处理方法

1. 指标原始数据采集方法

本书设计的临空经济发展状况评价指标体系以客观的数量化指标为主，辅以适当的主观评价和定性分析指标。针对不同类型指标的特点，需要使用不同的原始数据采集方法。

（1）查阅资料法。对于含义明确的客观性数量化指标，可采用直接查阅资料的办法取得原始数据。例如旅客吞吐量、货邮吞吐量、航班密度、基地航空公司数量、区域生产总值、人均生产总值、跨国企业数量等指标，可直接从机场及相关管理部门的各种统计报表、官方网站公布的资料中获得数据。

（2）访谈法。对于地面交通可达性、区域区位条件等主观性指标，可采用向有关部门访谈的方式，或访谈与查阅资料相结合的方式获取数据。采用访谈法获取数据的关键在于确定合适的访谈对象，以及明确主观性指标的观测点。

（3）专家评分法。当评价工作涉及较多的专业问题，如临空型主导产业聚集程度、临空经济区服务业配套程度、临空经济区关联产业配套程度、临空经济区研发机构实力水平、临空经济区产业与地方产业关联度、临空经济区企业对机场依赖程度、临空经济区产业布局合理性、临空经济区对机场发展的作用、腹地区域政府政策扶植力度等指标时，适宜采用专家评分的办法。采用专家评分法获取数据，关键在于设计科学的调查问卷和聘请合适的专家。本书为获得准确的临空经济发展状况评价指标原始数据，设计了专家打分表，如附件1所示。

2. 指标原始数据处理方法

通过各种方式收集的原始数据，存在着量级差异和单位差异，不能直接用来进行比较和评价，需要采用适当的方法进行整理。

在对临空经济发展状况进行综合分析评价时，不能直接利用原始数据进行计算。因为在所建立的指标体系中，各个指标的数值表现形式不一，指标的数量级相差很大，单位也各不相同。另外，指标体系中既包括进行客观性分析评价的定量指标，也包括进行主观性分析评价的定性指标。由于不同的指标是从不同的侧面反映临空经济发展状况的，指标之间又由于量纲不同，从而无法进行比较。因此，为了便于最终对临空经济发展状况评价值的确定，需要对各指标原始数据进行无量纲处理，也即对评价指标及分析指标作标准化、正规化处理，以便消除指标量纲影响造成的困难。

首先采用线形递增函数对指标原始值进行处理，其公式为：

$$g(X_i)=\begin{cases}0 & X_i\leqslant X_{min}\\ \dfrac{X_i-X_{min}}{X_{max}-X_{min}} & X_{min}\leqslant X_i\leqslant X_{max}\\ 1 & X_i\geqslant X_{max}\end{cases} \qquad (1)$$

其中，$f(X_i)$为指标体系中第i个指标处理后的指标值；X_i为指标体系中第i个指标的原始指标值；X_{min}为指标体系中第i个指标的最小允许取值；X_{max}为指标体系中第i个指标的最大可能取值。

以公式（1）的计算结果乘以评价满分即可。例如，采取百分制，则正向指标的最终处理结果就是$f(X_i)=g(X_i)\times100$。同理，如果采用5分制，则最终结果为$f(X_i)=g(X_i)\times5$。

8.1.2.2 指标权重的确定

确定指标权重的方式，大体上可分为两大类：一类是主观赋权法，主要是通过专家咨询来综合量化评价指标权重，如功效系数法，特尔斐法和层次分析法等；另一类是客观赋权法，主要根据评价指标样本自身的相互关系和变异程度确定权重，如熵值法、主成分分析法、标准差系数法等①。

主观赋权法过于依赖人的主观判断，易受主观因素和专家偏好的影响；客观赋权法虽然避免了人为因素，但会受到指标样本随机误差的影响，两类方法机理各异，评价效果各有优劣。本书通过选择几种有代表性的方法（既有主观赋权法，又有客观赋权法），以最小平方和作为目标函数，将它们组合成一种新的确定最优权重的评价模型，充分利用各种方法的评价信息，取长补短，互为补充，尽量使评价结果更加真实可靠，以便真正揭示问题本质所在。

现对组合权重选择两种方法：一种是主观法，另一种客观法。主观权重采用层次分析法，客观权重采用熵值技术权重法。

1. 主观权重——层次分析法AHP

层次分析法（The Analytic Hierarchy Process，简称AHP）是美国著名运筹学家萨拜（T. L. Saaty）于20世纪70年代中期提出的一种系统分析方法。实践证明，AHP是一种实用的多准则决策方法，能够统一处理决策中的定性和定量因素，具有高度的逻辑性、系统性、简捷性和实用性等优点，现在人们更习惯用它来确定多层次指标体系的权重。现结合临空经济发展状况评价指标体系来叙述求

---

① 肖家祥，黎志成．基于组合赋权法的产业集群竞争力评价．统计与决策，2005（2）：64～68

权重的具体步骤（如表 8.2 所示）①。

表 8.2　　临空经济发展状况评价指标

目标层 A	准则层 B
临空经济发展支撑因素 A（机场辐射作用）	旅客吞吐量 B_1
	货邮吞吐量 B_2
	航班密度 B_3
	国际航线网络可达性 B_4
	基地航空公司 B_5

（1）确定专家组。指标权重的确定，实际上就是对临空经济发展状况各个指标的重要性进行排序的过程。指标排序是一个理论性、实践性很强的工作，因此需组织专家组参与进行。参与评价的专家的水平，直接决定了指标排序结果的科学性。专家组人员除临空经济区的高层、中层管理者外，还可以是相关管理研究领域的学者、同行业其他高级管理人员、总工程师等。

（2）构造两两比较矩阵。通过聘请专家将各指标的重要性量化，构造判断矩阵。可请若干名专家分别构造判断矩阵，然后由平均值得到最后的判断阵。

由表 8-2 可知，准则层 B 有 5 个因素 B_1、B_2、B_3、B_4、B_5，两两进行比较，以 a_{ij}表示 B_i 与 B_j 对目标层 A 的影响之比，采用 1～9 标度法，即 a_{ij}的取值为 1～9 及其倒数。用 $A-B$ 表示准则层 B 对目标层 A 的判断矩阵，于是可得两两比较判断矩阵：

$$A-B=(a_{ij})_{5\times 5} \qquad (i,\ j=1,\ 2,\ \cdots,\ 5) \tag{2}$$

判断矩阵应满足：$a_{ij}>0$，$a_{ji}=1/a_{ij}(i\neq j)$，$a_{ii}=1(i,\ j=1,\ 2,\ \cdots,\ 5)$

（3）层次单排序及其一致性检验。

①层次单排序。求解判断矩阵的最大特征值 λ_{max} 及其所对应的特征向量 W，W 经过标准化后，即为同一层次中相应元素对于上一层中某个因素相对重要性的排序指标。

②一致性检验。一致性检验是指检验所构造的判断矩阵是否满足一致性。一致性可定性的理解为人们在构造判断矩阵时前后思维的连贯性和一致性。其准确的数学检验为：对于判断矩阵 A，首先计算它的一致性指标：

$$CI=(\lambda_{max}-n)/(n-1) \tag{3}$$

n 为判断矩阵的阶数。然后计算随机一致性比率：

① 杜栋，庞庆华．现代综合评价方法与案例精选．北京：清华大学出版社，2006

$$CR = CI/RI \tag{4}$$

其中 RI 称为随机一致性指标。各阶数判断矩阵所对应的 RI 如表 8.3 所示。

表 8.3　　随机一致性指标 *RI* 值

阶数	1	2	3	4	5	6	7	8	9
RI	0	0	0.58	0.901	1.12	1.24	1.32	1.41	1.45

若 $CR<0.10$，则判断矩阵 A 满足一致性检验；否则，需重新构造判断矩阵，直到一致性检验通过。

经过一致性检验，该准则层 B 的指标的单排序结果为 b_1，b_2，b_3，b_4，b_5。

（4）层次总排序及其一致性检验。（当评价指标体系更加细化，指标等级大于 2 层时使用）

①层次总排序。利用同一层次所有层次单排序的结果，就可以计算本层次所有元素对上一层次而言重要性的权值，这就是层次总排序。

层次总排序需要从上到下逐层进行。对于最高层下面的第二层（即 B 层）其层次单排序即为总排序。对于子准则层 C 而言，记 $U=(u_1, u_2, \cdots)$，$u_i=b_i$ $(i=1, 2, 3, 4, 5)$。子准则层 C 的总排序权重为 $W=(w_1, w_2, \cdots, w_n)$。

②一致性检验。

$$CI = \sum_{i=1}^{n} w_i CI_i \tag{5}$$

CI_i 为与 w_i 对应的 C 层中判断矩阵的一致性指标。

$$RI = \sum_{i=1}^{n} w_i RI_i \tag{6}$$

RI_i 为与 w_i 对应的 C 层中判断矩阵的随机一致性指标。

令 $CR=CI/RI$，当 $CR<0.10$ 时，认为层次总排序满足一致性。这样就得到了子准则层 C 的各项指标的权重 $W=(w_1, w_2, \cdots, w_n)$。

2. 客观权重——熵值技术权重法

熵（Entropy）的概念源于热力学，后由香农引入信息论，现已在工程技术、多目标决策等方面得到广泛的应用。熵技术是一种确定权重的客观方法，具体实施过程如下①：

设评价指标共 n 个，评价对象共 m 个，则评价矩阵为：

① 王青华，向蓉美，杨作廪．几种常规综合评价方法的比较．统计与信息论坛，2003（2）：30~33

$$X=\begin{bmatrix} x_{11} & x_{12} & \cdots & x_{1n} \\ x_{21} & x_{22} & \cdots & x_{2n} \\ \vdots & \vdots & \vdots & \vdots \\ x_{m1} & x_{m2} & \cdots & x_{mn} \end{bmatrix} \tag{7}$$

首先，计算第 j 个指标下第 i 个方案指标值的比重：

$$p_{ij}=\frac{x_{ij}}{\sum_{i=1}^{m} x_{ij}}\ (i=1,\ 2,\ \cdots,\ m,\ j=1,\ 2,\ \cdots,\ n) \tag{8}$$

其次，计算第 j 项指标的熵值：

$$e_j=-(\ln m)^{-1}\sum_{i=1}^{m} p_{ij}\ln p_{ij}\quad 0\leqslant e_j\leqslant 1 \tag{9}$$

然后，定义第 j 项指标的偏差度：$g_j=1-e_j$， (10)

g_j 越大，指标越重要。

最后，假设决策者对 n 指标无明显偏好，则得修正的权重：

$$\omega_j=\frac{g_j}{\sum_{j=1}^{n} g_j}\text{，其中}\sum_{j=1}^{n}\omega_j=1,\ (j=1,\ 2,\ \cdots,\ n) \tag{11}$$

3. 权重的组合

假设现有 n 个评价指标，s 种评价方法，又第 k 种评价方法的各评价指标的权向量为 W_k，$W_k=(w_1^{(k)},\ w_2^{(k)},\ \cdots,\ w_n^{(k)})'$，$k=1,\ 2,\ \cdots,\ s$；其中：

$$\sum_{i=1}^{n} w_i^{(k)}=1 \tag{12}$$

又设这 s 种评价方法的组合评价权重为：$W_0=(w_1^{(0)},\ w_2^{(0)},\ \cdots,\ w_n^{(0)})'$

其中

$$\sum_{i=1}^{n} w_i^{(0)}=1 \tag{13}$$

则组合评价权向量 W_0 与第 k 种评价方法的权向量 W_k 的偏差为：

$$W_0-W_k=(w_1^{(0)}-w_1^{(k)},\ w_2^{(0)}-w_2^{(k)},\ \cdots,\ w_n^{(0)}-w_n^{(k)})',$$

$$k=1,\ 2,\ \cdots,\ s;$$

在偏差平方和最小的意义下，构造最优化模型①：

$$\min\sum_{k=1}^{s}\|W_0-W_k\|^2=\min\sum_{k=1}^{s}\sum_{i=1}^{n}(w_i^{(0)}-w_i^{(k)})^2$$

① 陈国宏，陈衍泰，李美娟．组合评价系统综合研究．复旦学报（自然科学版），2003（5）：667～672

$$\begin{cases} \sum_{i=1}^{n} w_i^{(0)} = 1 \\ w_i^{(0)} \geqslant 0 \quad i=1,2,\cdots,n \end{cases} \tag{14}$$

利用拉格朗日函数，求得最优解为：

$$W_i^{(0)} = \frac{1}{s}\sum_{k=1}^{s} W_i^{(k)} + \frac{1}{n}\left|1 - \frac{1}{s}\sum_{i=1}^{n}\sum_{k=1}^{s} W_i^{(k)}\right|, \ i=1,2,\cdots,n \tag{15}$$

8.1.2.3 逐项指标测评方法

1. 折线图模型

折线图模型可直观地对被评价临空经济区本身或与竞争对手相比的差异进行诊断和分析，其优点是直观、简捷、一目了然。图 8.1 是分析 A 临空经济区与 B 临空经济区发展支撑指标（机场辐射作用）的差异所建立的一个折线图模型。折线图模型适于对含义简单明确的指标进行分析①。

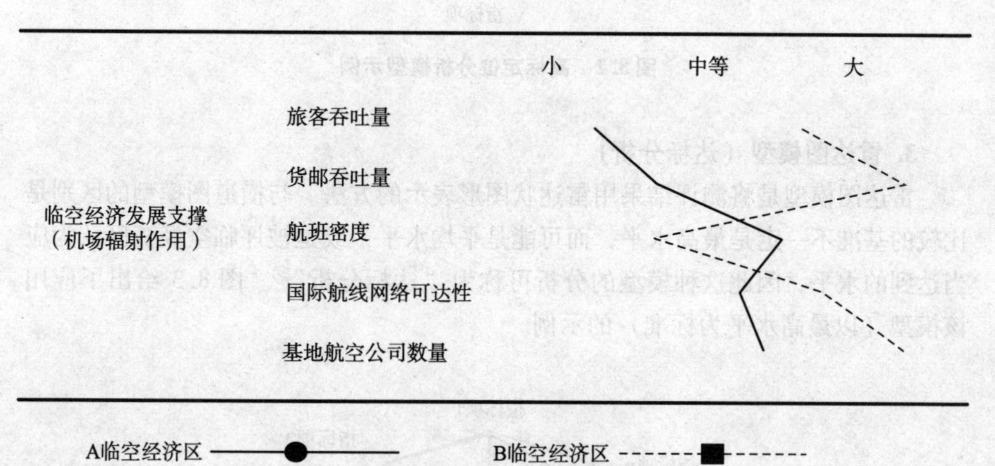

图 8.1　折线图模型示例

2. 横道图模型（高标定位分析）

横道图模型是将测评结果用横排条形图表示的方法。该模型与折线图模型的不同之处是测评得分的最高分是以作为标杆和榜样的、同行业中达到国际领先水平的临空经济区为标准，即标杆临空经济区的得分为满分，而在折线图模型中，

① 徐强．组合评价法研究．江苏统计，2002（10）：10～12

即使是标杆临空经济区也可能达不到5分①。

这种模型的测评与分析也可称为“高标定位”分析，其意义在于它为被评临空经济区提供了一种可信、可行的奋斗目标，使临空经济区促进发展在实践上成为可能。这种方法的优点还在于由于它始终以现存的最佳表现的临空经济区为标杆，因此本身就实现了动态性，不会轻易失效。图8.2给出了应用该模型的示例，图中5分为国际领先临空经济区的情况。

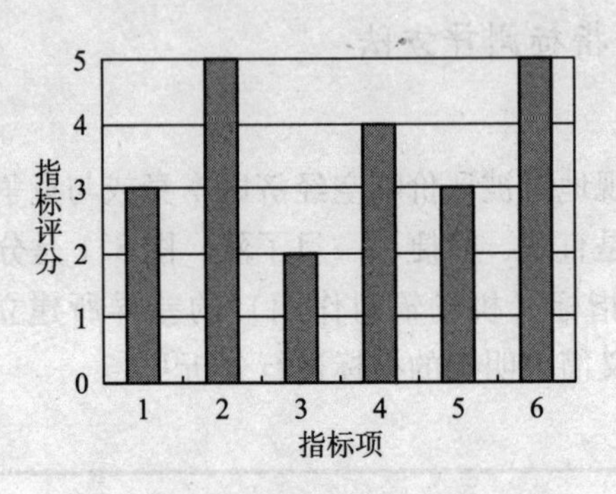

图8.2 高标定位分析模型示例

3. 雷达图模型（达标分析）

雷达图模型是将测评结果用雷达状图形表示的方法。与横道图模型的区别是比较的基准不一定是最高水平，而可能是平均水平，或是被评临空经济区认为应当达到的水平，因此这种模型的分析可称为“达标分析”②。图8.3给出了应用该模型（以最高水平为标准）的示例。

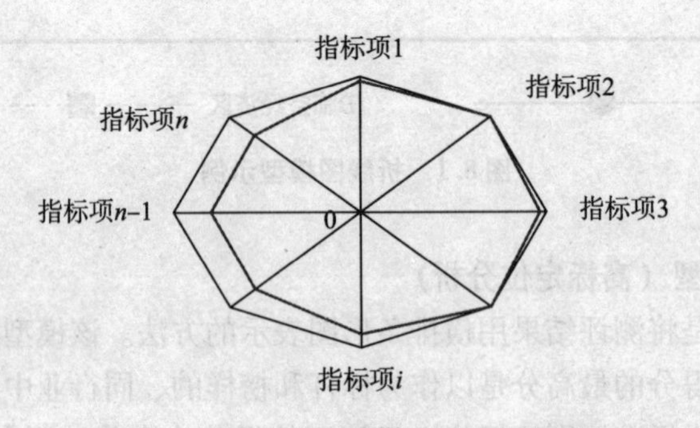

图8.3 临空经济发展状况达标分析图解

① 张卫华，靳翠翠．多指标综合评价方法及方法选优研究．统计与咨询，2007（1）：32～33

② 高志刚．基于组合评价的中国区域竞争力分类研究．经济问题探索，2006（1）：28～32

8.1.2.4 综合评价及发展阶段判断方法

本书在对各种综合评价方法的适用条件和临空经济发展状况评价的独特性进行深入研究的基础上，选用物元模型法对临空经济发展状况进行综合评价与阶段判定。

在临空经济发展状况综合评价研究中应用可拓学的思想方法，可以建立临空经济发展状况评价与分析模型（物元模型），利用可拓学中的关联函数对临空经济发展状况进行综合评价和阶段的判定。该方法不仅能计算出待评价临空经济区发展状况的综合水平，而且如果将临空经济发展状况分为若干阶段（如形成阶段、成长阶段、成熟阶段），还能同时明确待评临空经济区发展状况所处阶段，给出待评价临空经济区发展状况较全面的定性、定量评价，同时反映出其优劣势，便于临空经济区在未来的生产、管理活动中改进不足、不断发展①。

应用可拓学中的物元模型作为临空经济发展状况评价与阶段判定的方法具有以下五个优点，这也是本书选用该方法的原因所在。

（1）物元模型能够根据临空经济区在评价指标体系中的各项评价指标值或者得分，计算出该待评临空经济区的发展状况综合评价结果（得分），该计算结果反映了临空经济发展状况的整体情况，使临空经济区可以了解自己的实力。同时，如果应用物元模型对多个临空经济区同时进行计算，还可以对多个临空经济区的发展状况进行比较，使每一个临空经济区了解竞争对手的发展状况。

（2）如果事先对临空经济发展状况进行了阶段的划分，则通过物元模型的计算，临空经济区可以了解自身发展状况所处的阶段，实现临空经济发展状况阶段的判定，使临空经济区对自身发展状况形成清晰的认识，弥补了当前众多评价方法仅给出综合评价得分的不足之处，使评价结果更加清晰、直观。同时，由于对临空经济发展状况各阶段的判定标准可以依据现实状况的变化进行调整，该方法保持了对临空经济发展状况阶段判定的动态性及环境适应性。

（3）物元模型的计算结果，不仅包括待评临空经济区发展状况综合评价总得分，在各个一级指标上也会进行相应的综合评价和阶段判定。因此，该方法的计算结果将能够明确显示出临空经济区在各项评价指标上的优劣势，可以知道自身需要改进的地方，以进一步有针对性地促进临空经济的发展，使临空经济发展状况向更高的阶段演进。

（4）临空经济发展状况评价指标体系中各项指标的数值具有不同的单位，

---

① 郭亚军，姚远，易平涛．一种动态综合评价方法及应用．系统工程理论与实践，2007（10）：154~158

数量等级也相差甚远，通常的综合评价方法在应用前都需要对指标原始值进行标准化处理。而由于物元模型以关联度函数为计算工具，所以并不是必须要求各项评价指标的量值为同一单位或同一数量级，这就使数据的搜集、整理以及指标值的确定更加方便，易于操作。（本书为了对原始数据进行保密，同时也为了使每一个评价指标的数值都具有直观性，便于读者了解，统一采用5分制，对指标原始值进行了处理。）

（5）传统的阶段判定方法往往是用某一分值作为临空经济各个发展阶段之间的界限，例如综合得分大于4分属于成熟阶段，而3～4分之间属于成长阶段。但这种做法忽略了临空经济各发展阶段之间的模糊性特点，即临空经济各发展阶段之间不是截然割裂开来的，而是具有一定的重叠。物元模型方法由于采用关联函数进行计算，可以满足上述模糊性的要求，在各个阶段对应的分值区间上允许重叠，然后根据各指标对各发展阶段的接近度，进行最终的阶段判定。

设临空经济发展状况综合评价的指标有 m 个，即为 c_1，c_2，…，c_m，以这部分指标为基础，由专家或根据统计聚类分析，将临空经济区发展状况定量地分为 n 个阶段，把它们描述为以下的定性、定量综合评价物元模型（称为“经典域”）[①]。

$$R_{oj}=\begin{bmatrix} N_{oj} & c_1 & V_{oj1} \\ & c_2 & V_{oj2} \\ & \cdots & \cdots \\ & c_m & V_{ojm} \end{bmatrix}=\begin{bmatrix} N_{oj} & c_1 & <a_{oj1}, & b_{oj1}> \\ & c_2 & <a_{oj2}, & b_{oj2}> \\ & \cdots & \cdots & \cdots \\ & c_m & <a_{ojm}, & b_{ojm}> \end{bmatrix} \tag{16}$$

其中，$j=1$，2，…，n；R_{oj} 表示第 j 临空经济发展阶段模型，N_{oj} 表示第 j 发展阶段，$V_{ojk}=<a_{ojk}, b_{ojk}>$（$k=1$，2，…，$m$）表示临空经济发展状况处于第 j 阶段时第 k 个评价指标 c_k 的量值范围。临空经济发展状况综合评价各指标的允许取值范围形成的物元模型（称为“节域”）为

$$R_P=\begin{bmatrix} N_p & c_1 & V_{p1} \\ & c_2 & V_{p2} \\ & \cdots & \cdots \\ & c_m & V_{pm} \end{bmatrix}=\begin{bmatrix} N_p & c_1 & <a_{p1}, & b_{p1}> \\ & c_2 & <a_{p2}, & b_{p2}> \\ & \cdots & \cdots & \cdots \\ & c_m & <a_{pm}, & b_{pm}> \end{bmatrix} \tag{17}$$

其中：R_p 表示临空经济发展状况综合评价物元模型的节域，N_p 表示全体临空经济发展阶段，$V_{pk}=<a_{pk}, b_{pk}>$ 表示 N_p 中指标 c_k 取值的允许范围，$V_{ojk}\subset V_{pk}$，$j=$

① 陈衍泰，陈国宏，李美娟．综合评价方法分类及研究进展．管理科学学报，2004（2）：69～79

1，2，…，n；$k=1$，2，…，m。对待评临空经济区，把所检测得到的数据或分析结果用下面的物元模型表示

$$R=\begin{bmatrix} N & c_1 & v_1 \\ & c_2 & v_2 \\ & \cdots & \cdots \\ & c_m & v_m \end{bmatrix} \tag{18}$$

其中：N 表示待评临空经济区发展状况，v_k 表示待评临空经济区的第 k 个指标的评价值。

在建立了上述临空经济发展阶段评价与分析判定物元模型后，需对待评临空经济区发展状况，计算待评物元模型与物元模型的经典域的“接近度”。在实际中，“接近度”需根据指标的特点选择不同的计算方法，本书采用了可拓学中的初等关联函数。令：

$$\rho(v_k,\ V_{ojk})=\left|v_k-\frac{a_{ojk}+b_{ojk}}{2}\right|-\frac{1}{2}(b_{ojk}-a_{ojk}) \quad k=1,\ 2,\ \cdots,\ m;\quad j=1,\ 2,\ \cdots,\ n \tag{19}$$

$$\rho(v_k,\ V_{pk})=\left|v_k-\frac{a_{pk}+b_{pk}}{2}\right|-\frac{1}{2}(b_{pk}-a_{pk}) \quad k=1,\ 2,\ \cdots,\ m;\quad j=1,\ 2,\ \cdots,\ n \tag{20}$$

分别表示点 v_k 与区间 V_{ojk}、V_{pk} 的“接近度”。比如，$\rho(v_k,\ V_{pk})\geqslant 0$ 表示 v_k 不在区间 V_{pk} 内，$\rho(v_k,\ V_{pk})\leqslant 0$ 表示 v_k 在区间 V_{pk} 内，且不同的负值说明 v_k 内的不同位置。令：

$$D(v_k,\ V_{pk},\ V_{ojk})=\rho(v_k,\ V_{pk})-\rho(v_k,\ V_{ojk}) \tag{21}$$

表示量值 v_k 与区间 V_{ojk}，V_{pk} 的“位值”。令：

$$K_j(v_k)=\frac{\rho(v_k,\ V_{ojk})}{\rho(v_k,\ V_{pk})-\rho(v_k,\ V_{ojk})} \quad k=1,\ 2,\ \cdots,\ m;\quad j=1,\ 2,\ \cdots,\ n \tag{22}$$

表示待评物元的第 k 个评价指标 c_k 关于第 j 级发展阶段的关联度，$-\infty<K_j(v_k)<+\infty$。$K_j(v_k)\geqslant 0$ 表示 v_k 属于 V_{ojk}，$K_j(v_k)$ 越大说明 v_k 具有 V_{ojk} 的属性越多；$K_j(v_k)\leqslant 0$ 表示 v_k 不属于 V_{ojk}，$K_j(v_k)$ 越小说明 v_k 离区间 V_{ojk} 越远。

由此可计算出待评临空经济区各项评价指标与各个临空经济区发展阶段的关联度矩阵

$$K=[K_j(v_k)_{m\times n}] \tag{23}$$

根据关联矩阵 $K=[K_j(v_k)_{m\times n}]$ 计算

$$\max_{1 \leqslant j \leqslant n} K_j(v_k) = K_{i_0}(v_k) = K^*(v_k) \quad k = 1, 2, \cdots, m \tag{24}$$

则 $K_{i_0}(v_k)$ 表示待评临空经济区的第 k 个评价指标处于第 i_o 发展阶段，由 $K_{i_0}(v_k)$ 可评价待评临空经济区发展状况。

若 $a_i(\sum_{i=1}^{m} a_i = 1)$ 为评价指标的权重，则待评临空经济区与第 j 发展阶段的关联度为 $K_j(R) = \sum_{i=1}^{m} a_i K_j v_i \; j = 1, 2, \cdots, n$ 计算 $K_{jo}(R) = \max_{1 \leqslant j \leqslant n} K_j(R)$

由此可知待评临空经济区发展阶段为第 j_o 阶段。

第二节　我国主要临空经济区发展状况评价及发展阶段判定

8.2.1　我国主要临空经济区发展状况评价指标原始值采集与处理

本书选择了我国内地的7个主要临空经济区进行实证研究，包括北京、上海（虹桥）、广州、成都、重庆、青岛、天津等地的临空经济区。这些评价对象涵盖了我国已经发展临空经济的主要地区，在临空经济区发展状况研究方面具有一定的代表性。对于上述样本临空经济区的各项发展状况评价指标，本书分别采用了查阅资料、访谈和邀请专家评分的方式获取原始数据。对临空经济发展状况评价指标的原始数值，经过如前所述的标准化方法处理后，其结果如表8.4所示。

表8.4　　我国主要临空经济区发展状况评价指标标准值

一级	二级	三级	北京	上海	广州	成都	重庆	青岛	天津
临空经济发展支撑因素	机场辐射作用	旅客吞吐量	5.000	2.010	2.752	1.508	0.572	0.475	0
		货邮吞吐量	5.000	1.990	3.707	1.217	0.148	0.063	0
		航班密度	5.000	2.084	2.785	1.452	0.428	0.261	0
		国际航线网络可达性	5.000	2.473	1.813	1.044	0	0.824	0.440
		基地航空公司	3.000	5.000	1.000	1.000	0	0	1.000
	腹地支持作用	区域生产总值	3.280	5.000	2.026	0	0.515	0.240	0.954
		人均生产总值	2.972	4.918	5.000	0.956	0	2.138	2.140

续表

一级	二级	三级	北京	上海	广州	成都	重庆	青岛	天津
临空经济发展表现	产业表现	临空经济区跨国企业数量	5.000	0	2.115	0.577	0.385	1.923	0
		临空型主导产业聚集程度	3.841	3.688	3.179	2.500	1.958	2.350	2.938
		临空经济区服务业配套程度	3.318	3.750	3.250	2.667	1.900	2.150	2.750
		临空经济区关联产业配套程度	3.250	3.500	2.750	2.300	1.750	1.300	2.719
		临空经济区研发机构实力水平	2.800	2.917	2.500	1.900	1.700	1.150	2.844
		临空经济区产业与地方产业关联度	3.667	3.417	3.500	2.400	2.450	1.350	2.750
		临空经济区企业对机场依赖程度	3.700	3.500	3.792	2.500	2.550	1.950	2.781
	空间表现	临空经济区产业布局合理性	3.625	3.200	3.500	2.200	3.200	2.400	2.938
临空经济发展作用	影响机场	临空经济区对机场发展的作用	4.175	2.800	3.375	2.800	3.900	2.850	2.875
	影响腹地	临空经济区对地方经济总量的影响	5.000	1.140	0	0.060	1.425	3.600	2.310
		临空经济区对地方就业的影响	5.000	2.010	2.752	1.508	0.572	0.475	0
临空经济发展环境	基础条件	腹地区域政府政策扶植力度	4.550	3.750	3.583	3.100	3.250	2.900	3.417
		区域区位条件	3.850	4.071	3.792	3.400	3.950	3.150	3.594
		地面交通可达性	3.000	3.667	3.833	2.833	2.333	3.167	3.000
	能力条件	科学技术发展水平	3.839	3.661	2.188	2.054	0	4.357	5.000
		外向型经济程度	3.331	5.000	1.351	0.007	0	0.719	1.348

表 8.4 中的标准值实质上就是各临空经济区在 23 个三级评价指标上的得分，是这些临空经济区发展状况在某一观测点上的具体表现。表 8.4 中的数据只是临空经济发展状况在各个观测点上的表现，这些数据虽有助于临空经济区发现自己具体的不足之处，但是终究不能对临空经济发展状况给出总体评价，因此还应当在表 8.4 的基础上计算综合评价值，对临空经济发展状况进行总体评价。

8.2.2 我国主要临空经济区发展状况评价指标权重确定

8.2.2.1 主观赋权（AHP 法）

要对临空经济区发展状况进行总体评价，就必须正确地对临空经济发展状况评价的各类一级、二级和三级指标赋予权重。本书在进行实证研究时，邀请业内多位相关专家对临空经济发展状况评价指标的重要程度进行评判，得到两两比较矩阵，如表 8.5 ~ 表 8.9 所示。

表 8.5 临空经济发展支撑指标两两比较矩阵

	机场旅客吞吐量	机场货邮吞吐量	机场航班密度	机场国际航线网络可达性	机场基地航空公司	区域生产总值	人均生产总值
机场旅客吞吐量	1.000	1.032	0.978	1.022	0.903	0.968	0.828
机场货邮吞吐量	0.969	1.000	0.948	0.990	0.875	0.938	0.802
机场航班密度	1.022	1.055	1.000	1.044	0.923	0.989	0.846
机场国际航线网络可达性	0.979	1.011	0.958	1.000	0.884	0.947	0.811
机场基地航空公司	1.107	1.143	1.083	1.131	1.000	1.071	0.917
区域生产总值	1.033	1.067	1.011	1.056	0.933	1.000	0.856
人均生产总值	1.208	1.247	1.182	1.234	1.091	1.169	1.000

表 8.6 临空经济发展表现指标两两比较矩阵

	临空经济区跨国企业数量	临空型主导产业聚集程度	临空经济区服务业配套程度	临空经济区关联产业配套程度	临空经济区研发机构实力水平	临空经济区产业与地方产业关联度	临空经济区企业对机场依赖程度	临空经济区产业布局合理性
临空经济区跨国企业数量	1.000	1.188	1.013	1.000	0.875	0.963	1.088	0.938
临空型主导产业聚集程度	0.842	1.000	0.853	0.842	0.737	0.811	0.916	0.789
临空经济区服务业配套程度	0.988	1.173	1.000	0.988	0.864	0.951	1.074	0.926
临空经济区关联产业配套程度	1.000	1.188	1.013	1.000	0.875	0.963	1.088	0.938

续表

	临空经济区跨国企业数量	临空型主导产业聚集程度	临空经济区服务业配套程度	临空经济区关联产业配套程度	临空经济区研发机构实力水平	临空经济区产业与地方产业关联度	临空经济区企业对机场依赖程度	临空经济区产业布局合理性
临空经济区研发机构实力水平	1.143	1.357	1.157	1.143	1.000	1.100	1.243	1.071
临空经济区产业与地方产业关联度	1.039	1.234	1.052	1.039	0.909	1.000	1.130	0.974
临空经济区企业对机场依赖程度	0.920	1.092	0.931	0.920	0.805	0.885	1.000	0.862
临空经济区产业布局合理性	1.067	1.267	1.080	1.067	0.933	1.027	1.160	1.000

表 8.7　　临空经济发展作用指标两两比较矩阵

	临空经济区对机场发展的作用	临空经济区对地方经济总量的影响	临空经济区对地方就业的影响
临空经济区对机场发展的作用	1.000	1.025	0.802
临空经济区对地方经济总量的影响	0.976	1.000	0.783
临空经济区对地方就业的影响	1.246	1.277	1.000

表 8.8　　临空经济发展环境指标两两比较矩阵

	腹地区域政府扶植力度	区位条件因素	地面交通可达性	科学技术发展水平	外向型经济程度
腹地区域政府扶植力度	1.000	1.120	1.024	0.976	1.084
区位条件因素	0.892	1.000	0.914	0.871	0.968
地面交通可达性	0.976	1.094	1.000	0.953	1.059
科学技术发展水平	1.025	1.148	1.049	1.000	1.111
外向型经济程度	0.922	1.033	0.944	0.900	1.000

表 8.9　临空经济发展状况评价二级指标两两比较矩阵

	临空经济区发展支撑	临空经济区发展表现	临空经济区发展作用	临空经济区发展环境
临空经济区发展支撑	1.000	0.920	0.977	0.989
临空经济区发展表现	1.088	1.000	1.063	1.075
临空经济区发展作用	1.024	0.941	1.000	1.012
临空经济区发展环境	1.012	0.930	0.988	1.000

运用层次分析法（AHP 法）求出各项指标的主观权重，结果如表 8.10 所示。

表 8.10　临空经济发展状况评价指标权重（AHP）

	一级	二级	三级	权重
临空经济发展状况	临空经济发展支撑因素（0.243）	机场辐射作用（0.169）	旅客吞吐量	0.033
			货邮吞吐量	0.032
			航班密度	0.034
			国际航线网络可达性	0.033
			基地航空公司	0.037
		腹地支持作用（0.074）	区域生产总值	0.034
			人均生产总值	0.040
	临空经济发展表现（0.264）	产业表现（0.228）	临空经济区跨国企业数量	0.033
			临空型主导产业聚集程度	0.028
			临空经济区服务业配套程度	0.032
			临空经济区关联产业配套程度	0.033
			临空经济区研发机构实力水平	0.038
			临空经济区产业与地方产业关联度	0.034
			临空经济区企业对机场依赖程度	0.030
		空间表现（0.035）	临空经济区产业布局合理性	0.035
	临空经济发展作用（0.248）	对机场影响（0.075）	临空经济区对机场发展的作用	0.075
		对腹地影响（0.171）	临空经济区对地方经济总量的影响	0.075
			临空经济区对地方就业的影响	0.096
	临空经济发展环境（0.245）	基础条件（0.146）	腹地区域政府政策扶植力度	0.051
			区域区位条件	0.045
			地面交通可达性	0.050
		能力条件（0.099）	科学技术发展水平	0.052
			外向型经济程度	0.047

8.2.2.2 客观赋权（熵值法）

根据表 8.4 中的标准化数据，运用熵值技术权重法，可计算出临空经济发展状况评价指标的客观权重如表 8.11 所示。

表 8.11　　临空经济发展状况评价指标权重（熵值法）

一级		二级	三级	权重
临空经济发展状况	临空经济发展支撑因素（0.566）	机场辐射作用（0.431）	旅客吞吐量	0.072
			货邮吞吐量	0.104
			航班密度	0.082
			国际航线网络可达性	0.074
			基地航空公司	0.099
		腹地支持作用（0.135）	区域生产总值	0.087
			人均生产总值	0.048
	临空经济发展表现（0.149）	产业表现（0.147）	临空经济区跨国企业数量	0.113
			临空型主导产业聚集程度	0.004
			临空经济区服务业配套程度	0.004
			临空经济区关联产业配套程度	0.008
			临空经济区研发机构实力水平	0.007
			临空经济区产业与地方产业关联度	0.007
			临空经济区企业对机场依赖程度	0.004
		空间表现（0.002）	临空经济区产业布局合理性	0.002
	临空经济发展作用（0.151）	对机场影响（0.002）	临空经济区对机场发展的作用	0.002
		对腹地影响（0.149）	临空经济区对地方经济总量的影响	0.077
			临空经济区对地方就业的影响	0.072
	临空经济发展环境（0.134）	基础条件（0.005）	腹地区域政府政策扶植力度	0.002
			区域区位条件	0.001
			地面交通可达性	0.002
		能力条件（0.129）	科学技术发展水平	0.035
			外向型经济程度	0.094

表 8.11 中的数据表明，由于熵值法主要根据评价指标样本数据的相互关系和变异程度确定权重，所以与主观赋权的 AHP 法比较，各项指标的权重发生了很大变化。

8.2.2.3 组合赋权

为了避免主观和客观赋权方法各自的弊端，本书采用组合赋权方法，将层次分析法与熵值法相结合，以最小平方和作为目标函数，组合成一种新的确定最优权重的评价模型，计算出的组合权重如表 8.12 所示。

表 8.12　　临空经济发展状况评价指标组合权重

	一级	二级	三级	权重
临空经济发展状况	临空经济发展支撑因素（0.406）	机场辐射作用（0.301）	旅客吞吐量	0.053
			货邮吞吐量	0.068
			航班密度	0.058
			国际航线网络可达性	0.054
			基地航空公司	0.068
		腹地支持作用（0.105）	区域生产总值	0.061
			人均生产总值	0.044
	临空经济发展表现（0.208）	产业表现（0.189）	临空经济区跨国企业数量	0.073
			临空型主导产业聚集程度	0.016
			临空经济区服务业配套程度	0.018
			临空经济区关联产业配套程度	0.021
			临空经济区研发机构实力水平	0.023
			临空经济区产业与地方产业关联度	0.021
			临空经济区企业对机场依赖程度	0.017
		空间表现（0.019）	临空经济区产业布局合理性	0.019
	临空经济发展作用（0.199）	对机场影响（0.039）	临空经济区对机场发展的作用	0.039
		对腹地影响（0.160）	临空经济区对地方经济总量的影响	0.076
			临空经济区对地方就业的影响	0.084
	临空经济发展环境（0.191）	基础条件（0.076）	腹地区域政府政策扶植力度	0.027
			区域区位条件	0.023
			地面交通可达性	0.026
		能力条件（0.115）	科学技术发展水平	0.044
			外向型经济程度	0.071

8.2.3　我国主要临空经济区发展状况综合评价

8.2.3.1　我国主要临空经济区发展状况综合评价结果

依据前面所计算的临空经济发展状况评价指标标准值及组合权重，运用可拓学中的物元模型，可以计算出 7 个我国主要临空经济区发展状况评价一级指标得分与综合得分，如表 8.13 所示。7 个我国主要临空经济区发展状况综合得分图及一级指标得分图如图 8.4 和图 8.5 所示。

表 8.13　　我国主要临空经济区发展状况综合评价得分

评价指标＼临空经济区	北京	上海	广州	成都	重庆	青岛	天津
临空经济区发展支撑	4.187	3.342	2.633	1.017	0.236	0.488	0.601
临空经济区发展表现	3.981	2.207	2.808	1.716	1.563	1.817	1.827
临空经济区发展作用	4.839	1.829	1.824	1.206	1.548	2.134	1.447
临空经济区发展环境	3.634	4.220	2.492	1.712	1.251	2.492	2.979
综合得分	4.185	2.986	2.492	1.337	0.968	1.477	1.499

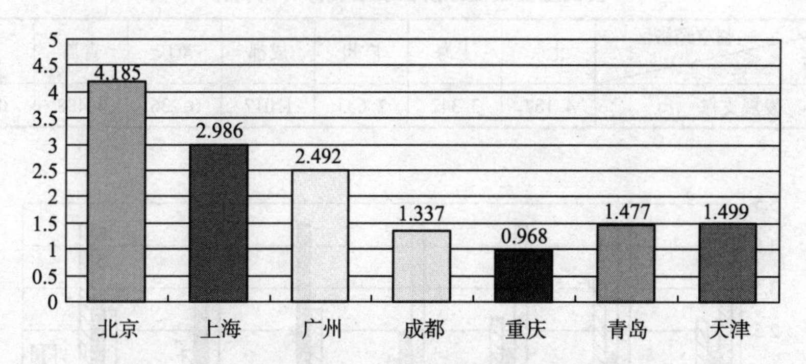

图 8.4　我国主要临空经济区发展状况评价综合得分

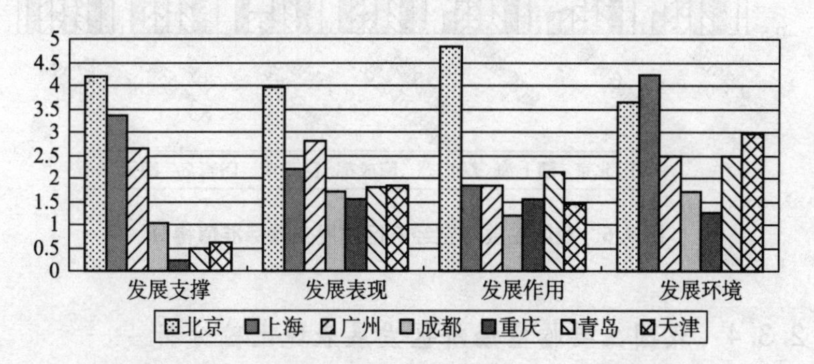

图 8.5　我国主要临空经济区发展状况评价一级指标得分

8.2.3.2　我国主要临空经济区发展状况评价结果分析

上述图表表明，7 个主要临空经济区中，发展状况排序为北京、上海、广州、天津、青岛、成都、重庆临空经济区。北京临空经济区的发展状况最佳，重庆临空经济区发展状况最弱。4 个一级评价指标中，北京临空经济区有 3 个指标为最高分，而重庆临空经济区有 3 个指标为最低分。

8.2.3.3 我国主要临空经济区发展支撑比较分析

表8.14和图8.6描述了我国主要临空经济区的发展支撑评价结果。总体上看北京和上海的临空经济区发展支撑优势明显，得分较高。而重庆、青岛、天津临空经济区发展支撑较弱。

表8.14 我国主要临空经济区发展支撑评价得分

评价指标＼临空经济区	北京	上海	广州	成都	重庆	青岛	天津
发展支撑	4.187	3.342	2.633	1.017	0.236	0.488	0.601

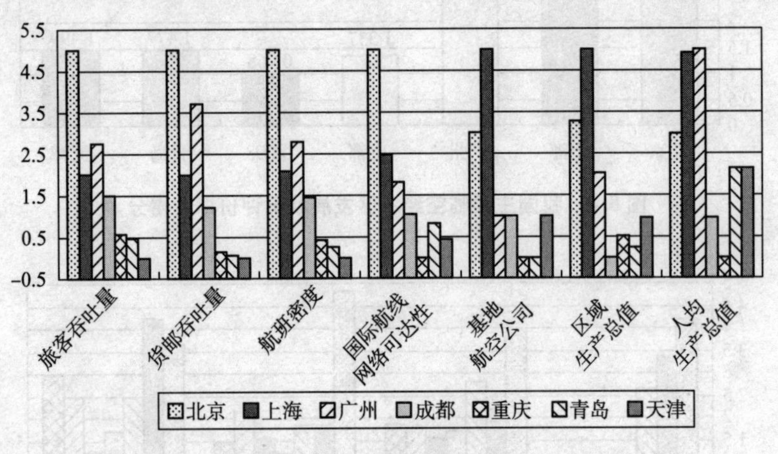

图8.6 我国主要临空经济区发展支撑标准值得分

8.2.3.4 我国主要临空经济区发展表现比较分析

表8.15和图8.7是7个临空经济区发展表现得分情况。从图表内容看，发展表现得分排在前三名的分别是北京、广州、上海临空经济区。其余四个地区的临空经济区发展表现弱于前者，但得分并不是很低。

表8.15 我国主要临空经济区发展表现评价得分

评价指标＼临空经济区	北京	上海	广州	成都	重庆	青岛	天津
发展表现	3.981	2.207	2.808	1.716	1.563	1.817	1.827

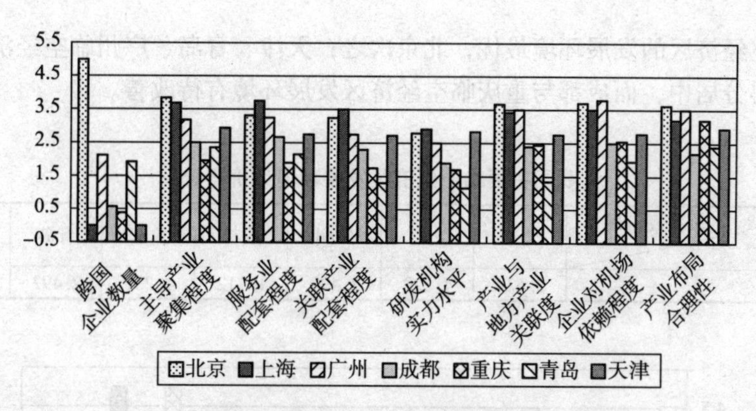

图8.7 我国主要临空经济区发展表现标准值得分

8.2.3.5 我国主要临空经济区发展作用比较分析

表8.16和图8.8是7个临空经济区发展作用得分情况。可以看出，首都临空经济区的得分远远高于其余地区，呈现一枝独秀的态势。

表8.16 我国主要临空经济区发展作用评价得分

临空经济区 / 评价指标	北京	上海	广州	成都	重庆	青岛	天津
发展作用	4.839	1.829	1.824	1.206	1.548	2.134	1.447

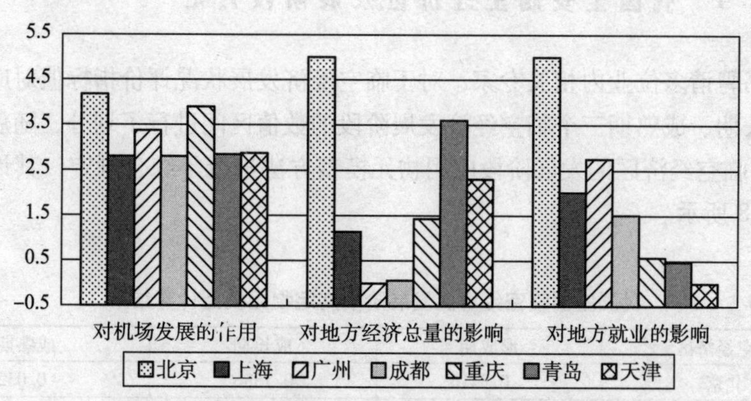

图8.8 我国主要临空经济区发展作用标准值得分

8.2.3.6 我国主要临空经济区发展环境比较分析

表8.17和图8.9是7个临空经济区发展作用得分情况。从图表的数据看，

上海临空经济区的发展环境最优，北京次之；天津、青岛、广州临空经济区的发展环境得分居中，而成都与重庆临空经济区发展环境有待改善。

表 8.17　我国主要临空经济区发展环境评价得分

评价指标＼临空经济区	北京	上海	广州	成都	重庆	青岛	天津
发展环境	3.634	4.220	2.492	1.712	1.251	2.492	2.979

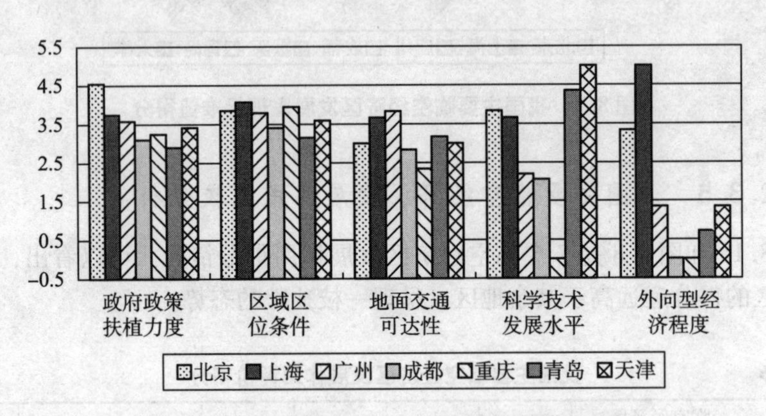

图 8.9　我国主要临空经济区发展环境标准值得分

8.2.4　我国主要临空经济区发展阶段判定

本书聘请多位业内相关专家，对于临空经济发展状况评价指标值对应于形成期、成长期、成熟期三个临空经济发展阶段的数值区间进行了划分，随后对我国 7 个主要临空经济区的发展阶段应用物元模型方法进行了综合判定，其计算结果如表 8.18 所示。

表 8.18　我国主要临空经济区发展阶段判定物元模型计算结果

临空经济区	形成期	成长期	成熟期
北京	-0.3416	0.7586	-0.0329
上海	-0.5764	0.4825	-0.4278
广州	0.5300	0.3348	-0.4793
成都	0.3960	-0.1254	-0.6498
重庆	0.1973	-0.1074	-0.7093
青岛	0.2357	-0.0864	-0.6563
天津	0.2281	-0.0824	-0.6404

依据表8.18的计算结果，本书得出我国主要临空经济区发展阶段判定结果如表8.19所示。

表8.19　　我国主要临空经济区发展阶段判定物元模型计算结果

临空经济区	形成期	成长期	成熟期
北京		√	
上海		√	
广州	√		
成都	√		
重庆	√		
青岛	√		
天津	√		

结果分析：

（1）北京临空经济区的判定结果是（-0.3416、0.7586、-0.0329），可以看出，其中最大关联度为成长期，即综合判定，北京的临空经济发展处于成长期。但另一方面，成熟期的关联度为-0.0329，已经十分接近正值，也就是说，北京临空经济区的发展正在向成熟期快速演进。

（2）上海临空经济区的判定结果是（-0.5764、0.4825、-0.4278），其中最大关联度为成长期，即综合判定，上海的临空经济发展处于成长期。而形成期与成熟期的关联度为负值，所以，上海临空经济区的发展状况是典型的成长期。

（3）广州临空经济区的判定结果是（0.5300、0.3348、-0.4793），其中最大关联度为形成期，即综合判定，广州的临空经济发展处于形成期。但是需要注意的是，成长期的关联度也是正值，只是小于形成期的关联度，这意味着虽然综合判定的结果是形成期，但广州临空经济的发展已经十分接近成长期，可以说处于形成期与成长期之间。

（4）成都临空经济区的判定结果是（0.3960、-0.1254、-0.6498），重庆临空经济区的判定结果是（0.1973、-0.1074、-0.7093），青岛临空经济区的判定结果是（0.2357、-0.0864、-0.6563），天津临空经济区的判定结果是（0.2281、-0.0824、-0.6404），上述临空经济区发展阶段判定结果中最大关联度都是形成期，即综合判定，成都、重庆、青岛、天津的临空经济发展都处于形成期。从关联度的数值大小可以看出，虽然上述四个地区的临空经济发展都处于形成期，但成都的发展状况明显优于其余三者，青岛、天津的临空经济发展状况相当，而重庆的临空经济发展最弱。

第九章

我国临空产业结构调整模式研究

在分析我国临空经济发展现状之后，结合阶段判定结果，本章是第5章基于临空经济演进序列的产业结构调整模式在我国的应用。本章将在临空产业调整的理论模式基础上，找准我国临空产业结构调整的目标，提出针对阶段的产业结构调整方案。

第一节　我国临空产业结构调整目标和原则

9.1.1　我国临空产业结构调整目标

在经济全球化条件下，经济增长从靠资本和就业的增加转向靠技术和知识的投入与竞争能力。在这种情况下，从20世纪90年代临空经济在中国出现雏形开始，过去近20年间临空经济区内集聚企业的临空偏好性不断增强，并将继续增强，传统产业将逐步退出临空经济区，而航空枢纽服务业、航空物流业、航空制造业、临空高科技产业、生产性服务业等临空偏好性高，技术和知识竞争力不断提高的产业才是全国临空经济长期健康、稳定发展的希望所在，这些产业将逐步完善产业链，实现产业集群，打造出区域的创新空间。因此，在全球范围内产业结构不断升级的趋势下，我国临空产业结构调整的目标为：使我国临空经济整体生产效益达到最优，推动各临空产业的集群形成，使各临空经济区产业的临空指向性不断增强，实现临空产业指向高度化、临空产业结构高效化与临空产业结构合理化，实现临空经济区、机场以及机场所在的区域协调发展。

9.1.2 我国临空产业结构调整原则

9.1.2.1 产业临空化原则

临空经济产生的根本动因是机场的存在，围绕着对机场这一资源使用方式的不同，从而形成了以临空指向性强弱为依据的航空运输业、航空制造业、临空高科技产业和临空现代服务业的空间聚集现象，而各临空产业的空间布局也是以产业的临空指向性为依据的。因此，临空产业结构调整应该是建立在产业“临空指向性”这一根本基础上的产业结构调整。只有满足“临空指向性”这一指标，才能保证机场资源优势可以得到充分的发挥，临空经济区产业总体产出效益最优。临空经济产业选择应当以临空指向性为第一评判标准，实现临空产业结构由无临空指向性——弱临空指向性——强临空指向性这一基本路径做调整。

9.1.2.2 产业高端性原则

临空产业结构调整的根本目的是为了实现区域资源的最优化配置和使用。[①]而在产业价值链中，不同的产业其所创造的价值是不一样的，由此导致了产业链的发展必将向其价值高端进行演进。临空经济是小尺度区域概念，在土地资源有限的条件下，因此临空经济区将更加注重如何有效地开发和利用有限的资源，使其资源最优化配置。因此，临空经济区在进行产业结构调整时，必须重视产业高端性原则，通过不断培养、吸引和发展附加值更高的产业，以实现区域产业结构的优化调整。

9.1.2.3 产业多元性原则

从前文的临空经济形成机制模型中可以发现，临空经济是在区域经济中具有较强临空指向性产业的集成。围绕着对机场这一资源的不同利用方式，临空经济区所能够引致的产业也具有多元性的特征。临空经济区既可以承接来自机场运输活动衍生出的航空运输服务保障性环节和现代服务业，或承接全球产业链和区域产业链中具有较高临空指向性的现代制造业和航空制造业。因此，各临空经济区在进行产业结构调整时，必须综合考虑地区的资源禀赋条件，科学选择主导临空产业、扶持和培养潜力临空产业，以实现临空经济主导产业的科学调整。

---

① 龚仰军．产业结构研究．上海：上海财经大学出版社，2002：154～206

9.1.2.4 路径多样性原则

临空产业结构调整模式是基于中观产业层面的调整模式，而不同的产业演化属性和多元的产业关联属性使临空产业结构调整模式具有多样性特征。不同临空经济区的临空主导产业各具特色，因此导致不同地区临空产业结构调整模式的差异性。某一临空主导产业可能贯穿于临空经济区演化的全部过程中，但也可能原先的主导产业逐步被新主导产业所取代。此外，不同临空经济区的同类型临空产业由于受到区域发展的经济状况、地区资源禀赋条件、政府引导政策的影响，也会向不同的方向进行演化。因此，在临空经济进行产业结构调整时，必须要根据临空产业结构调整模式，结合地区的差异性特征，科学选择适应于地区特色的临空产业结构调整模式。

9.1.2.5 区域差异性原则

从临空经济形成的机制中可以发现，临空经济的形成除机场外，还要受到地区资源、政府政策和区域经济的共同影响。因此，临空经济在产业发展过程中，不同临空经济区发展速度不尽相同。临空产业结构调整的前提是当前产业结构同临空经济区发展目标间存在结构型矛盾，但在现实中，某一产业结构调整模式可能在某一临空经济区长期适用，而在其他临空经济区迅速失效。前文所提到的临空产业结构调整模式只是理论分析，但实际过程中，还要结合地区特色，灵活地选择和使用。

第二节 基于阶段性的临空产业结构调整方案

9.2.1 我国临空产业结构调整方案概述

根据调研，对我国26个机场所在地的28个行政区都进行了不同程度的临空经济发展规划，其中除首都临空经济区、上海虹桥临空经济区已经进入临空经济发展的成长期外，其他临空经济区都处于临空经济发展的形成期内，或是刚刚起步，或是处于形成期向成长期跨越的历史阶段。针对这26个临空经济区，结合各地区的资源禀赋、政策条件等，应用临空产业结构调整理论模式，以产业临空化、产业高端化、产业多元化、路径多样化、区域差异化为原则，给出如表9.1

所示的临空产业结构调整模式组合，包括主导模式、配套模式和补充模式。根据第 5 章中提出的调整模式的实用性，结合地区资源禀赋，决定区域的产业结构调整模式，由于每个地区的关键驱动要素不同，关键驱动要素主次差异，因此模式存在主导、配套和补充之分，也存在不选取的模式，即表格中的空白部分。

表 9.1　我国处于形成期的临空经济区临空产业结构调整模式组合

行政区/临空经济区	形成期			
	航空物流产业链空间对接模式	全球产业价值链的临空嵌入模式	航空制造产业空间转移模式	航空货运服务链与区域产业链耦合模式
广州花都区	主导	配套		配套
广州白云区		主导		
佛山三水区		主导		
上海浦东	配套			主导
深圳	主导	补充		配套
成都	配套	补充	主导	配套
昆明	配套	主导		配套
杭州萧山	主导	配套		配套
西安		补充	主导	补充
重庆	补充	配套		主导
厦门	配套		主导	补充
武汉	配套	主导		配套
湖南长沙		补充	主导	
南京江宁	主导		主导	配套
青岛	配套	主导		配套
大连	主导			配套
沈阳	补充	配套	主导	
乌鲁木齐	主导	补充		补充
郑州	主导	配套		配套
哈尔滨		配套	主导	
福州	主导	补充		配套
天津	配套		主导	配套
宁波	主导	配套		补充
呼和浩特	补充	补充		配套
珠海		补充	主导	补充
贵州安顺		补充	主导	

资料来源：本书整理。

已进入临空经济发展成长期的首都临空经济区和上海虹桥临空经济区，产业结构调整模式如表 9.2：

表9.2　我国处于成长期临空经济区临空产业结构调整模式组合

行政区/临空经济区	成长期				
	航空物流价值链功能对接模式	航空枢纽服务业空间拓展模式	生产性服务业配套协作模式	临空高科技产业链纵向吸附模式	航空制造业产业链衍生扩展模式
首都临空经济区	配套	主导	主导	配套	
上海虹桥临空经济区	补充	主导	主导		

资料来源：本书整理。

9.2.2　不同发展阶段的典型临空经济区产业结构调整方案

9.2.2.1　典型临空经济区的选择原则

虽然机场服务半径在不断变化，临空经济区的空间范围在不断延伸，但临空经济仍然将是一个“小尺度区域”概念，同时我国临空经济空间上也呈现出整体隔离、分散布局的态势，且每个临空经济区内的具体产业类型受到所依托机场和区域特征的共同影响，重点发展的产业不一、整体产业现状不同，因此科学的全国临空产业结构调整的方案是建立在各个临空经济区产业结构调整之上的，为了达到整体调整目标，必须实现每个临空经济区的产业优化，一一进行产业结构调整方案的设计，然而，我国不同临空经济区之间又具备一定的相似性。因此，本书根据以下原则，如图9.1，在全国范围内，选择典型临空经济区进行产业结构调整方案的具体分析。

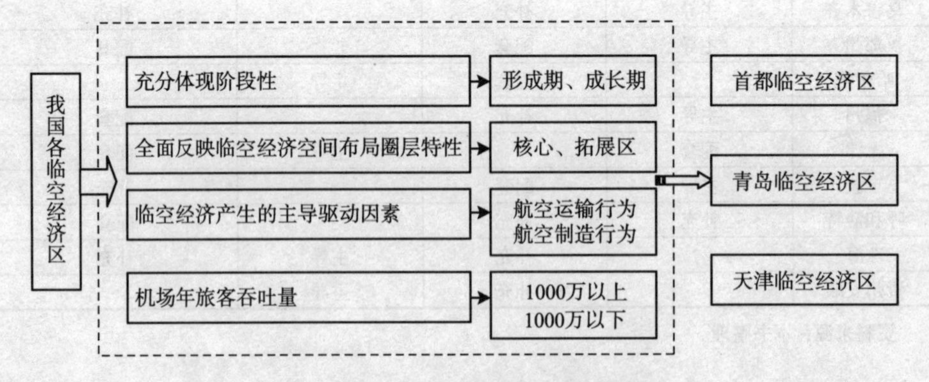

图9.1　典型临空经济区的选择原则

资料来源：本书整理。

9.2.2.2 成长期，典型临空产业结构调整方案

首都临空经济区的四至范围还没有明确界定，因此本书以顺义临空经济圈（见图9.2）的空间范围作为分析的基本前提。

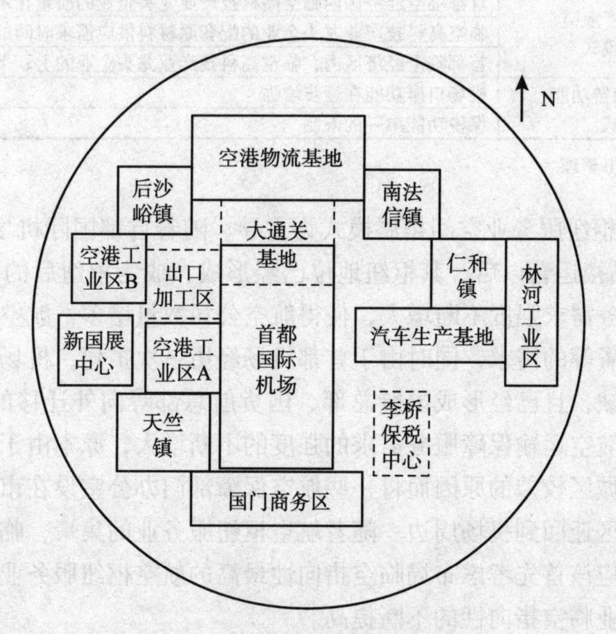

图9.2 顺义临空经济圈示意图

资料来源：国务院发展研究中心．发展北京临空经济的经济社会影响研究．2006

1. 首都临空经济区临空产业结构调整模式选择

根据首都临空经济区的发展现状、发展特点和我国临空产业结构调整的目标、原则，本书认为处于成长期的首都临空经济区进行产业结构调整应遵循航空枢纽服务业空间扩展模式和生产性服务业配套协作模式为主导，临空高科技产业链纵向吸附模式和航空物流价值链功能对接模式为配套的模式组合。具体依据包括，如表9.3：

表9.3 首都临空经济区产业结构调整模式组合的选择依据

模　式	依　据
航空枢纽服务业空间扩展模式	首都国际机场枢纽地位的形成
	首都国际机场内土地资源稀缺
	首都国际机场对航空运输保障服务的需求强度在增大

续表

模式	依据
生产性服务业配套协作模式	首都临空经济区内，现代制造业企业数量在增多、规模在扩大
	由于缺乏生产性服务业企业，造成企业的交易费用在上升
	属生产性服务业的管理咨询企业开始增多
临空高科技产业链纵向吸附模式	首都临空经济区内临空高科技产业龙头企业的质量在不断提升
	临空高科技产业龙头企业的配套原材料供应需求时间的缩短
	首都临空经济区内，临空高科技产业龙头企业的上、下游企业布局较远
航空物流价值链功能对接模式	机场口岸功能在逐步增强
	保税功能单一的限制

资料来源：本书整理。

（1）航空枢纽服务业空间拓展模式为主导。随着首都国际机场的不断发展，尤其是T3航站楼运营以后，其枢纽地位已经形成，成为枢纽后的首都机场对航空运输保障服务需求强度不断增大，使得航空公司数量增多，航空公司总部、地服、维修、配餐等的需求，同时由于首都机场经历三次扩建，机场内土地资源呈现出严重的稀缺，且已经形成国航总部、国货航总部等向外迁移的现象；同时，同样是由于对航空运输保障服务需求的强度的不断增大，原本由于机场周边地区配套环境相对城区较差的原因而将一些航空保障部门办公室设在市内的，也会由于需求而从市区迁回到机场周边。随着航空枢纽服务业的集聚，临空经济区内稀缺的土地资源应该首先考虑布局临空指向性最高的航空枢纽服务业，从而带动临空经济区内产业临空指向性的不断提高。

①首都国际机场枢纽地位的形成。北京首都国际机场，随着T3航站楼的运营，其枢纽竞争力、枢纽吸引力、枢纽向心力不断提升。截至2006年底，首都机场共有国内航点127个，国际（含中国港、澳地区）航点172个；在首都机场运营的航空公司共有78家，其中内地15家，国外（含中国港、澳地区）航空公司63家。2007年，首都机场国际航线数量为95条，国内通航城市91个、国际及中国港、澳、台、通航城市78个。

表9.4　2004年起首都机场起降架次及客货吞吐量　单位：次、人、吨

年份	起降架次	增长率（%）	旅客吞吐量（排名）	增长率（%）	货邮吞吐量（排名）	增长率（%）
2004	304 778	30.37	34 883 190（20）	43.65	668 654（28）	0.89
2005	341 681	12.11	41 004 008（15）	17.55	782 066（24）	16.96
2006	378 888	10.89	48 748 298（9）	18.89	1 201 815（21）	53.67

资料来源：本书整理。

且伴随着奥运会的契机，首都机场不断地提高运作能力，已具备高效的枢纽运作条件，包括：高效的地面保障；快捷的中转流程；合理的航班波设计；便捷的通关政策等。

②首都机场内土地资源呈现稀缺。首都机场发展经历了以下四个阶段：从1958年4月首都机场开始运行到1979年12月为第一阶段；从1980年1月第二航站楼（现称一号航站楼）启用到1999年8月为第二阶段；1999年9月新航站楼（二号航站楼）的建成启用到2008年2月为第三阶段；2008年3月T3航站楼的运营，标志着首都机场发展进入了第四阶段。首都机场的不断扩建，使得周边可拓展的土地面积在减少。

随着航空运输量的不断增多，首都机场内土地资源凸显稀缺，国航总部迁出首都机场，新址坐落在空港经济开发区，就说明了土地资源稀缺的严重性。

③首都机场对航空运输保障服务的需求强度在增大。首都机场航班密度（全年的起降架次/365天）为1094，每个航班的起降都需要保障部门的大量工作。一个航班的起降、变化都要牵涉到航空公司、机场、空管、配餐、航信等多个部门的统一调配保障服务。因此，随着首都机场枢纽地位的实现，航空运输活动增多，航班密度必然增大，起降架次也会随之增多，所需要的航空运输保障服务强度也将增大。

④航空枢纽服务业已经在首都机场周边开始集聚。首都临空经济区内现有航空枢纽服务业企业达到50家，其中不包括注册在空港物流中心但不在其内运营的100多家企业中的航空枢纽服务业企业。临空经济区内的航空枢纽服务业主要存在于空港经济开发区和天竺镇内，这些企业大多是新入驻企业。主要包括：北京首都机场动力能源有限公司、华欧航空培训中心、华欧航空支援中心、中国航空油料集团公司、中国航空器材进出口集团公司、空客（北京）工程技术中心有限公司、北京新华空港航空食品有限公司、联邦快递（中国）有限公司、中国国际货运航空有限公司、中国国际航空股份有限公司等，具体比例如图9.3：

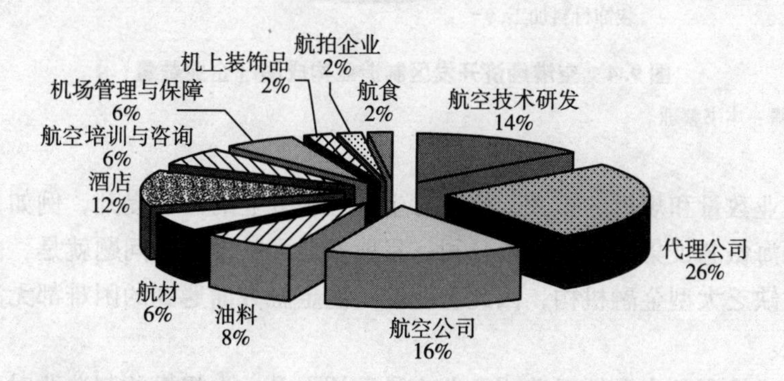

图9.3　首都临空经济区内现有航空枢纽服务业企业数量比例情况

资料来源：本书整理。

这些开始在临空经济区内积聚的航空枢纽服务业为选择航空枢纽服务业空间拓展模式为主导模式进行产业结构调整奠定了产业基础。

（2）生产性服务业配套协作模式为主导。首都临空经济区内现代制造业的企业数量在不断增多，已经形成了电子信息产业集群，同时汽车制造业、生物医药等也凸显优势，生产能力和产业规模都达到了一定程度，这些企业反映临空经济区现代服务业发展滞后，不能满足企业尤其是跨国企业发展的要求，区内提供金融、保险、信息、会计、咨询、法律等高附加值、高层次、知识型服务的中介机构较少，这大大提高了企业的交易成本，因此，为巩固现有制造业发展成果，必须且迫切需要以生产性服务业配套协作模式来带动临空经济区服务业整体水平的提升，打破“瓶颈”促进首都临空经济区不断成长。

①首都临空经济区内，现代制造业企业数量在增多、规模在扩大。根据首都临空经济区 6 大主要功能区和 6 大主要镇进行的统计，截止到日前，共有规模以上企业（注册资金在 100 万人民币以上，或年销售额超过 1000 万人民币）共计 593 家，其中现代制造业企业所占 1/3。其中，空港经济开发区、仁和镇、林河工业区、北京汽车生产基地现代制造业企业居多，占现代制造业总数的 84% 以上。

以空港经济开发区（包括空港工业区和天竺出口加工区）为例，2006 年，制造业构成如图 9.4，其中电子制造年税收贡献值超过 53 611 万人民币，占全空港经济开发区总税收的 30% 左右。

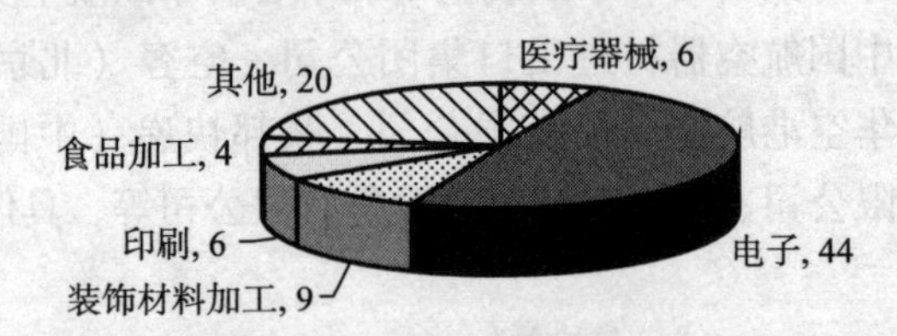

图 9.4　空港经济开发区制造业构成图（企业数量）

资料来源：本书整理。

制造业数量和规模的扩大，使得对生产性服务业的需求提升，例如，出口加工区内的海薇芯仪集成电路有限公司，目前发展面临的最大问题就是，由于临空经济区内缺乏大型金融机构，因此企业的一些金融方面遇到的困难都无法得到及时的解决。

②生产性服务企业缺乏造成企业交易费用上升。大规模的制造业对生产性服务业需求在不断加大，首都临空经济区内生产性服务业企业共有 59 家，占所有

企业数不到10%，大部分为2004年之后人住区内的企业，其中以投资咨询服务公司居多，而人才中介、金融服务、保险、会计、律师公司几乎没有。通过调研了解，现阶段，制造业企业的保险金融服务多是由市中心的企业满足的，这样大大地提高了制造业企业的交易费用，不利于制造业企业的发展，成为临空经济区内制造业企业业务拓展的一大瓶颈。使得选择生产性服务业配套协作模式来改善区域产业结构成为必然。

③生产性服务业企业已经开始明显增多。虽然，首都临空经济区内生产性服务业企业数量不多，但已经出现了明显增多的趋势，如图9.5。

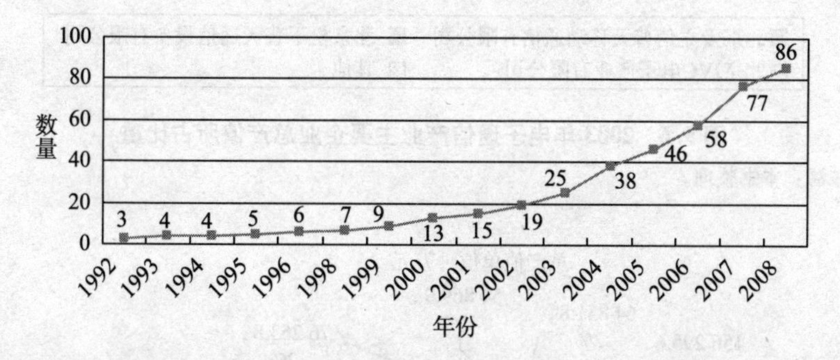

图9.5　首都临空经济区内生产型服务业企业数量变化

资料来源：本书整理。

其中投资管理咨询类企业占所有生产性服务业企业总数的40%左右，已经成为首都临空经济区内现有生产性服务业的主要类型。其中后沙峪镇分布着大量的投资管理咨询类企业，如安必信投资担保有限责任公司，投资额到2亿人民币。这为选择生产性服务业配套协作模式来改善区域产业结构奠定了良好的基础。

（3）临空高科技产业链纵向吸附模式为配套。首都临空经济区内临空高科技制造产业已经具备一定的规模，且产业内龙头企业的数量也在不断增多，龙头企业对原材料的需求也在不断提升，同时也由于配套原材料供应需求时间的缩短，而这些临空高科技产业龙头企业的上、下游企业又布局相对较远，造成临空高科技产业链在首都临空经济区内不完善，所以采取临空经济产业链纵向吸附模式，在首都临空经济区内完善临空高科技产业链条。同时，符合三次产业结构调整理论，整个首都临空经济区仍然要实现逐步的退二进三，因此，将临空高科技产业纵向吸附模式作为模式组合中的配套模式。

①首都临空经济区内临空高科技产业龙头企业的质量在不断提升。以下为

2003 年和 2007 年主要电信企业占该产业总产值的比重图，如图 9.6 和图 9.7。

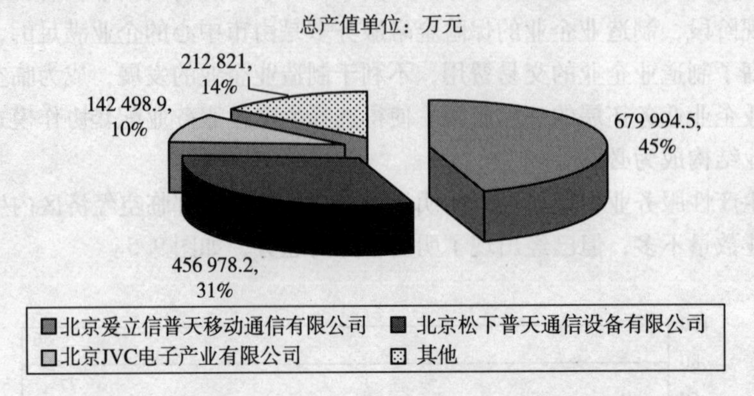

图 9.6　2003 年电子通信产业主要企业总产值所占比重

资料来源：本书整理。

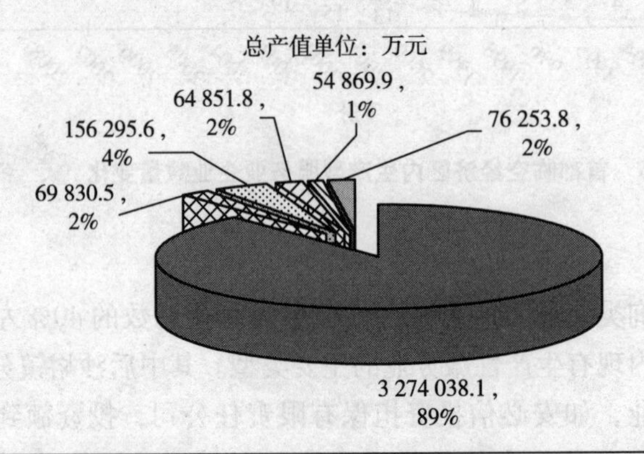

图 9.7　2007 年电子通信产业主要企业总产值所占比重

资料来源：本书整理。

通过上述图表可以看出，从 2003 年到 2007 年之间，北京索爱普天移动通信有限公司在该产业中所占的比值大幅上升，这说明首都临空经济区内临空高科技产业龙头企业的质量在不断提升。该产业龙头企业索爱通讯发展业绩显著，2005 年索爱公司销售手机 2140 万部，同比增长 57%；实现产值 225 亿元，同比增长 69%；位列中国 500 强企业第 189 名，并且以 23 亿美元的出口额位列北京口岸工业企业出口第一的位次。为扩大企业生产规模，2005 年索爱斥资 1200 万美元成功控股位于空港经济开发区的索鸿公司，使得索鸿成为索爱的一个配件主要生产基地，进一步丰富和完善了索爱手机产业链。目前，空港经济开发区内为索爱通信配套的企业达到7家，产品涵盖机板、机壳、元器件、包装印刷、物流等多个配套领域。这使得采取临空高科技产业链纵向吸附模式进行产业结构调整成为可能。

②临空高科技产业龙头企业的配套原材料供应需求时间的缩短。电子信息产品供货商不断要求代工厂商调整供应链由95/5（接获订单5天内完成95%并送至指定地点），至98/3（98%产品3天内交货），进一步至100/2（100%产品2天内交货）。电子信息企业的产品都想要在48小时或者72小时之内把产品运到世界各地。随着供应链的时间不断缩短，临空高科技企业只有将配套原材料企业布局在自身周边，才能在全球市场竞争中获胜。

像爱立信要求其零配件供应商在4个小时内到货，2~4小时到达生产线。因此，只有将配套零配件厂商拉近到距离自身2~4小时车程范围内，才能实现既订生产计划。

③首都临空经济区内，临空高科技产业龙头企业的上下游企业布局较远。首都临空经济区内，临空高科技产业的各龙头企业上下游的供应商分散较远，尤其是位于顺义区的供应商较少，如索爱的上游供应商2/3集中在长三角和珠三角地区，余下1/3则集中在环渤海地区，仅有7家注册在顺义，这7家企业为索爱提供说明书、电路板和塑料板等低价值的配套产品。又如北京松下普天通信设备有限公司的原材料来源地主要是日本和国内的天津、广州、上海、南京、北京等地，其中日本村田与松下电容位于空港工业园区，为该企业作物流的企业主要由天宇、日通等日资企业承包；北京JVC电子产业有限公司产业链中的配套企业主要位于日本、天津、浙江等地，只有立京塑料（北京）有限公司一家配套企业注册于林河工业园区，这些无疑加大了企业的经营成本。

因此为使首都临空经济区的这些临空高科技产业龙头企业要有更大的发展，就应将临空高科技产业链纵向吸附模式纳入首都临空经济区产业结构调整模式组合。

（4）航空物流价值链功能对接模式为配套。航空物流价值链功能对接模式是形成期航空物流产业链空间对接模式的升级。首都临空经济区内有北京空港物流基地，于2002年经北京市政府批准成立，物理上与首都机场“无缝对接”，总规划面积8.77平方公里。随着首都机场口岸功能的逐步增强，物流企业背后的出口加工企业会发现保税（B）型的保税功能的单一，而同时与其他保税资源（如出口加工区、李桥保税中心）功能存在重叠，使得首都机场的口岸物流与保税物流协同发展程度不够，使得首都临空经济区的航空物流整体效率不高。这严重地制约着依托航空运输业的发展，因此在产业结构调整主要模式选择的同时，采取航空物流价值链功能对接模式作为配套模式，也是保障和支撑通过主导模式实现产业结构调整目标的关键。

①机场口岸功能在逐步增强。2004 年 12 月，经民航总局和商务部批准，首都机场集团公司与北京市顺义区人民政府等机构成立了航港发展有限公司（简称“ACL”）。ACL 作为经营运作主体，全面负责“北京首都国际机场航空货运大通关基地”的规划、建设及运营管理。大通关基地，于 2006 年 7 月开始动工建设，规划面积 3.02 平方公里，包括航空货运站区、快件中心、进出口海关监管区、保税物流中心（B 型）和配套办公设施五个功能区。大通关基地将提高通关效率，实现“快进快出”，降低进出口商品的直接和间接成本，使得首都机场的口岸物流功能大幅提升。

②保税功能单一的限制。大通关基地实现了航空货运与物流功能区的无缝连接，最大程度地提高了通关效率。但是，大通关基地面向的不只是物流企业，更重要的是物流企业背后的出口加工企业。这些企业更关注大通关基地内的保税物流中心（B 型）的保税功能和运作方式，这些企业的需求就衍生出了大通关基地可能存在的问题。

保税物流中心（B 型）功能相对单一，只能实现 A 进 A 出的保税功能，而出口加工区可以实现 A + B = C 的实质性加工。保税功能的相对单一，就要求大通关基地，与其他保税资源（如出口加工区、李桥保税中心）进行协同发展。

2. 首都临空经济区临空产业结构调整总体思路

根据首都临空经济区已选择的产业结构调整模式组合，首都临空经济成长期产业结构调整的重点是：以发展航空枢纽服务业为主要战略方向，同时大力发展生产性服务业，开发离岸金融，提高全区服务业水平和比重；以现有临空高科技产业的龙头企业为基础，逐步的完善电子信息、生物医药等产业链，以替代临空经济区内的传统制造业和临空指向性较弱的制造业；以加速大通关基地的建设，促进口岸物流与保税物流协同发展来支撑临空高科技制造业的发展。

(1) 以航空枢纽服务业空间拓展为主导，推动形成航空枢纽服务业产业集群。航空枢纽服务业产业集群是典型纵向集聚的产业集群，应该以航空公司产业链为核心，完善产业之间存在充当互补合作关系的产业。随着首都国际机场枢纽地位的形成和不断完善，现阶段已经在临空经济区内布局了国航总部、国货航总部、东航北京分公司、南航北京分公司、深航、海航等，因此应充分利用现有基础，把握这一契机，以打造航空公司总部群作为航空枢纽服务业集群发展的切入点，构建航空枢纽保障服务人员休闲服务中心、航空公司维修基地群、航空公司配餐基地群等，实现政府科学引导航空枢纽服务业企业布局的职能，推动航空枢纽服务业产业集群形成，促进首都国际机场枢纽地位的进一步发展。

(2) 以生产性服务业配套协作模式为主导，提升生产性服务业整体水平。当前，顺义的生产性服务业主要分为四类，金融服务、信息服务、科技服务、商务服务；虽然企业数量在增多，但整体水平不高，因此，应该以生产性服务业配套协作模式为主导，设立生产性服务业准入标准，主要提高金融、科技服务业企业的数量和质量，充分调研区内现有企业对生产性服务业的需求，有针对性的吸引缺失企业，同时，提升生产性服务业整体水平，构建区域临空高科技企业的服务平台，促进现有临空高科技产业发展。

(3) 以临空高科技产业链纵向吸附模式为配套，完善临空高科技产业链。首都临空经济区临空高科技产业中，已经形成了电子信息、汽车产业集群，龙头企业优势明显，然而龙头企业所处产业链上企业分布分散，为了更好地推动龙头企业的发展，促进临空高科技产业集群的进一步发展。首先，应利用临空经济区的良好环境以及已有的临空高科技产业基础，吸引现有临空高科技企业的研发部门进入临空经济区。其次，利用研发企业的入驻打造最佳的产业支持平台，促进人才规模化聚集和产业快速发展，最终形成集研发、设计、生产、加工、销售、出口，包含电子零部件供应商在内的完善的临空高科技产业链上各个环节的聚集，最终形成完整的产业链条。最后，促进临空高科技产业多元化发展，利用临空高科技产业的国际化、规模化和集聚化的特点，不断吸收世界上先进的研究成果，增强核心竞争优势。

(4) 以航空物流价值链功能对接模式为配套，促进口岸物流与保税物流协同发展。首都临空经济区现有的保税物流资源包括出口加工区、大通关基地、李桥保税中心。以航空物流价值链功能对接为目标，充分发挥各自资源禀赋优势，整合资源，实现与首都机场口岸物流的协同发展（见表9.5）。

表9.5　各功能区功能比较

资源优势对比	出口加工区	大通关基地	李桥保税中心	空港物流基地
出口加工	★★★			
保税仓储、物流	★	★★★	★★	
保税研发、维修	★★★			
口岸对接		★★★		
国内分拨、配送				★★★
保税信息平台			★★★	
保税联动			★★★	

注：三颗星代表相比较功能最强，两颗星代表相比较功能一般，一颗星代表相比较功能较弱。
资料来源：本书整理。

为实现与首都机场口岸物流的协同发展，首先，应整合出口加工区、大通关基地、李桥保税中心的土地资源、统一相关优惠政策，建设中国保税物流信息枢纽、实现“一站式”通关；其次，完善国际物流功能、积极拓展国际转口贸易、推进加工型产业向高级化演进。在已有的空港口岸、出口加工区、大通关基地、李桥保税中心基础上，重点实现以下功能：口岸通关、保税加工、保税物流、进出口贸易、国际采购分销和配送、国际中转、信息中枢、售后服务、检测维修、展示展览、金融服务、科技研发等，实现航空物流价值链功能对接，协同首都机场口岸物流的发展。

9.2.2.3 形成期，典型临空产业结构调整方案

1. 典型形成期临空产业结构调整方案——青岛临空经济区

青岛市是中国东部沿海重要的经济中心城市，工业基础雄厚，且紧邻日、韩两国，是中国北方对外贸易的重要节点。近年来伴随着城市经济和社会的快速发展，青岛市流亭国际机场旅客吞吐量以年均15%的速度递增，2006年其吞吐量达到679万人次，国内机场排名12，货邮吞吐量达到了10万吨，排名13。机场周围呈现出了典型临空经济形成期的经济形态，布局了普罗斯等物流仓储企业，也有数家医药、珠宝加工等临空偏好性工业企业，然而更多的则是如：钢铁、水泥、服装等传统性产业，即传统产业居于主导，临空产业开始出现。

根据青岛市规划院提供的资料，流亭国际机场周边已经规划了多个功能园区。其中，发展较具规模的有空港核心区和空港工业聚集区，其他园区均为规划中的园区，尚处于开发的形成阶段。空港核心区主要发展服务于机场的相关产业，即飞行航运、飞机维修、空港物流和生活服务；空港工业聚集区主要发展空港制造业，已经形成了以机械、电子、食品、医药、化工为主的支柱行业。物流企业在区内处于散落的布局状态。

下面将通过以下两步分析青岛临空经济区产业结构的调整方案。首先分析青岛临空产业结构调整模式选择；然后以青岛临空产业结构调整模式为依据，提出其产业结构的调整思路。

（1）青岛临空经济区临空产业结构调整模式选择。根据前文对临空产业结构调整模式的论述，临空经济的形成期有四种产业结构调整模式可供选择。结合青岛临空经济的资源禀赋和发展基础，本书认为青岛临空经济的产业结构调整宜采用“以全球产业价值链的临空嵌入模式为主，航空货运服务链与区域产业链耦合模式为辅，航空物流产业链空间对接模式为支撑的产业结构调整模式”。

①以全球产业价值链的临空嵌入模式为主。

首先，从青岛机场的发展来看，青岛机场的国际通航能力较强，具有发展外向型临空经济的基础。流亭国际机场目前已有近 20 家中外航空公司参与运营，形成辐射日本东京、大阪、福冈，韩国汉城、釜山、大邱，新加坡，曼谷，中国香港、澳门的 12 条国际及地区航线。就 2005 年青岛机场的货运吞吐量而言，国际进出港货物占机场总货运吞吐量的 43%（机场货邮吞吐量 8.91 万吨，国际货物吞吐量 3.86 万吨）①。

其次，从青岛临空经济区的资源禀赋来看，青岛是我国位于上海和天津之间最大的经济中心城市和外贸港口城市，聚集区距济青高速入口、烟青高速公路入口、青威高速公路入口、胶州湾高速公路入口、青银高速公路入口分别仅 4km、3.5km、3.5km、1km、3km，距离市中心 25km，为聚集区人才、信息、技术的供给提供了极大便利。

再其次，从目前青岛临空经济的外向性基础来看，青岛临空经济区的外向性较强，具有承接国际产业转移的基础。截至目前，空港工业聚集区已经吸引了韩国、日本、美国、丹麦、加拿大、中国香港、中国台湾等 20 多个国家和地区的 480 多家外资企业，数量占到空港工业聚集区企业的 70% 以上。世界 500 强企业青岛马士基集装箱工业有限公司、加拿大 BOMBARDIER 投资的青岛飞圣国际航空培训有限公司、韩国独资企业青岛迪士亚制钢有限公司、中国台湾独资企业永丰余纸业（青岛）有限公司，本泰机电设备（青岛）有限公司等多家国际知名大企业已落户聚集区。

最后，从当前国际产业转移的形势来看，青岛临空经济区处于“中日韩”自由贸易区建设的前沿，是承接发达国家国际产业转移的最佳地区。由于拥有交通等基础设施完善等优势，环渤海区域成为外资青睐的核心区域和进入中国北方市场的最便捷通道。跨国公司往往把环渤海地区作为整体投资区域。目前越来越多的跨国公司在北京建立研发中心和运营总部，把生产基地建立在天津、山东等地，成为东北亚区域经济发展的有利支撑。青岛作为环渤海经济圈制造基地和临空经济区的海陆空立体交通优势，使临空经济区成为承接国际产业转移的最佳区位。

综上所述，青岛临空经济区具有承接全球产业价值链的突出优势。因此，本书选择全球产业价值链的临空嵌入模式作为青岛临空经济形成期产业结构调整的主要模式。

②航空货运服务链与区域产业链耦合的模式为辅。青岛的六大主导产业集群为：石化、造船、汽车、家电、电子、港口，其产品的原材料、半成品、成品等

---

① 数据由青岛流亭国际机场提供。

利用航空运输的比例较少，多采用海运。青岛本地主要产业的临空指向性较弱，即临空产业的区域基础较弱，因此，航空货运服务链与区域产业链耦合的模式不能成为青岛临空经济形成期产业结构调整的主要模式。

然而，青岛机场的货物种类主要是电子产品、高档服装、鲜活易腐三类，货源分别为：a）以电子、新材料等为主导的高新技术产业和机电产业在青岛迅猛发展。朗讯、海尔、海信、安普泰科、星电电子等企业近年来一直是青岛空港国际货物的主要托运者。这些高新技术产业的原材料、零配件和产成品大都以轻薄、小型、小运量、快速进出为特征，主要依托空港运输。b）纺织服饰是青岛出口的主力军，空运将占一定比重。纺织服装行业是青岛的传统支柱产业，改革开放以来，通过引进外资、技术嫁接改造和产品升级换代，在国内外市场上的竞争力得到进一步提升。日韩在青岛的加工贸易企业较多，许多纺织、服装、箱包、玩具、发制品、仿真首饰等企业多采取来料加工成品返销的贸易形式，批量不甚大、时间又很急，是空港物流的主要货种。c）水海产品保鲜的要求对空港物流有一定需求。山东省是我国最大的海鲜生产省份之一，青岛又是山东省主要的海鲜产品生产基地之一，许多海珍品闻名中外，其中对虾、海参、扇贝、鲍鱼产量居全国首位，多数用于出口。空运符合水海产品快捷、保鲜的要求，所以有相当比重的海鲜产品走空运。

虽然青岛六大产业集群中的家电、汽车产业都具有多个临空偏好性的环节，如，汽车电脑、车载视听设备、发动机电子、底盘电子、汽车安全设备、车载通信导航装置等汽车电子产品，数字电视芯片、通信芯片、智能家电芯片、驱动芯片等专用集成电路等相关产品的制造环节均对航空运输的依赖性较强，具有较强的临空偏好性，然而此环节的相关产业在临空经济区发展表现较差。因此，航空货运服务链与区域产业链耦合的模式可作为青岛临空产业结构调整的辅助模式。

③航空物流产业链空间对接模式为支撑。青岛临空经济区设立航空物流产业基地源于两方面的需求：a）制造业的快速发展离不开强有效的物流作支撑，由于临空制造业在形成期的主导地位，临空经济区需打造航空物流基地以促进制造业的发展。青岛临空经济形成期的制造业主要有两类：一是全球产业价值链上的高轻产品制造环节；二是由区域产业衍生的依赖航空运输的制造型企业。二者的产品均需要通过航空运输，因此该类企业的物流服务应采用与机场直接对接的方式。因此，青岛临空经济形成期的产业结构调整需伴以航空物流产业链空间对接模式。b）青岛临空经济的发展需要机场货运的发展作为支撑，从国外临空经济发展经验可得，机场周边航空物流的发展能够有效促进机场货运的发展，并带动

临空经济区的整体发展。且从青岛机场的调研中获知，机场部门表示机场周边缺少一个功能齐全、统一规划的航空物流园，已经严重制约了机场货运的发展。

青岛临空经济区航空物流产业已经具备了一定的基础：目前，青岛临空经济区较大规模的航空物流企业（货代公司）有30余家，实力相对突出的有中远、邦达、外运、翔通、大田、泽坤、京大、锦海捷亚、DHL等公司。且从机场本身的航空货运需求增长来看，2006年，青岛流亭国际机场的货运吞吐量已经突破10万吨，跃居全国13，已经具备了一定的货运服务基础。

（2）青岛临空经济区临空产业结构调整总体思路。根据前述的产业结构调整模式选择分析，青岛临空经济形成期产业结构调整重点是：以承接国际产业转移为主要战略，结合本地的电子产业、汽车产业和服装纺织产业，发展电子信息产业和高档服装加工业，以促进临空经济区高科技制造业的高端化发展；以区域的家电产业、珠宝首饰加工业为基础，发展电子信息、首饰饰品加工业；依托临空经济区和青岛市的航空物流需求，大力发展第三方物流，将机场货运与现代物流相融合，空运与陆、铁、海运相结合，打造兼有综合物流服务和航空快件服务功能的航空物流产业基地。

①以全球产业价值链的临空嵌入模式为切入点，提升临空制造产业发展水平。目前全球产业向我国转移最多的是电子信息产业，青岛的近邻——日韩在电子信息产业方面，如电脑制造和汽车制造均达到了发达国家水平，青岛临空经济区可承接日韩的电子信息产业转移，发展计算机及外部设备，重点发展笔记本电脑、专业电脑、触摸屏电脑、投影机、办公自动化设备等产品；以及汽车电脑、车载视听设备、发动机电子、底盘电子、汽车安全设备、车载通信导航装置等汽车电子产品，提高青岛临空经济区电子信息产业的国际化水平。

临空经济区可积极加强与日韩服装企业合作，吸收国际服装时尚理念，打造与国际接轨的高档服装，同时可承接日韩高档服装加工业务。

②以航空货运服务链与区域产业链耦合模式为辅助，壮大青岛特色临空制造业。目前，青岛珠宝、金银会展交易的商品包括：纯银饰品、珊瑚、琥珀挂件、珍珠、仿真饰品等；价值较高的玉器、钻石、黄金、白金制品。而价值最高的极品玉器、和田玉、勐拱翡翠、新技术珍珠制品等现场成交较少，但意向成交额相当多，而且有几宗达到上千万元的意向交易。首饰饰品由于其高附加值、体积小、重量轻的特点，其加工业需要紧邻空港，以增加运输安全系数。青岛城阳区以及流亭街道在饰品加工行业已经具备了一定的产业基础，因此，临空经济区可壮大首饰饰品加工业。

此外，纺织服装业作为山东第一大出口创汇产业，是参与国际竞争的优势产业。青岛是山东半岛制造业基地的龙头城市，临空经济区应借助山东半岛的产业环境和临空经济区的特殊优势，建立高档时装加工基地，将临空经济区发展成为面向日、韩和欧美的服装产业平台。

③以航空物流产业链空间对接模式为支撑，打造航空物流基地。航空物流作为临空经济区与机场、地方经济相互联系的纽带，在三者之间起着重要的作用。地方产业可以通过航空物流与临空经济区及机场形成良性互动。通过发展青岛临空经济区的物流产业可以为航空物流提供一个集成的运作平台，进而提升航空物流的效率。结合青岛的经济发展状况，并考虑到其未来的发展方向，临空经济区内应构建集中发展航空物流业的物流基地，将其发展为以航空物流为主要特色，并兼顾港口物流的双重作用物流基地。

2. 双核驱动型临空产业结构调整方案——天津临空产业区

（1）天津临空产业区临空产业结构调整模式选择。

①航空制造业空间拓展模式为主导。国际上航空制造产业转移趋势加快，为天津的航空制造产业空间拓展模式提供了外部机遇；空客 A320 项目的落户，为天津的航空制造产业提供了内在发展动力；天津良好的航空制造产业基础为天津承接航空制造产业和拓展航空制造产业的发展提供了难得的历史机遇。

➢ 航空产业国际转移出现新趋势

目前，航空产业的生产制造呈现出全球化和专业化趋势。随着航空运输业的快速发展，航空产业尤其是航空制造业也迅速繁荣。航空产业国际转移主要有三个新趋势。第一，世界航空产业呈现出由航空制造强国向发展中国家转移加速的态势；第二，从飞机生产制造来说，向民用飞机需求较大的国家转移步伐加快也是一种必然的趋势；第三，航空维修业也逐步转向全球化。

➢ 空客 A320 系列飞机总装线项目落户天津

空客 A320 天津总装线，是空客公司在欧洲之外的首个飞机总装生产线，标志着中国已成为欧盟以外第一个完成 100 座以上单通道干线先进喷气式客机总装的国家。该项目总建筑面积约 111 520 平方米，包括总装设施、总装厂房、喷漆厂房、动力站、室外设施、飞机库、基础设施 7 个主要子项，19 个单体工程。2008 年 8 月，空客 A320 天津总装线将开始组装第一架空客 A320 飞机，2009 年 6 月第一架飞机交付，2011 年将形成年产 44 架飞机的规模。从 2009 年起，空中客车平均每年要向中国的航空公司交付 80～90 架 A320 系列飞机。

空客 A320 天津总装线是世界航空制造业产业国际转移的深化，将带动天津航空工业中关于导航设备、航空电机、航空电缆、航空燃油、飞机复合材料等加工业的发展。

➢ 天津良好的航空制造产业基础

滨海新区具有良好的航空产业配套基础。具有航空电子、航空复合材料、航空仪表、飞机导航设备、机场地面伺服系统、航保救生设备、航拍胶片、惯性导航设备、机载电源及通信设备、飞机制造用金属材料，空气过滤机等航空产品等。据统计，天津从事航空产业单位39家，工程技术人员达2000多人，航空产品年产值5亿元，相关产品20亿元左右。这些机场都为航空产业提供了良好的环境，进一步促使航空产业配套企业聚集，形成完整的航空产业集群。

②航空物流产业链空间对接模式为支撑。

➢ 快速崛起的国际航空货运网络拉动航空物流全面发展

航空货运作为天津整个临空经济的核心驱动要素，航空货运网络的扩充是增强其核心竞争力的主要方式。目前，天津滨海国际机场拥有新加坡货运航空公司、荷兰马丁航空公司、全日空航空公司、日本航空公司、大韩航空公司、韩亚航空公司等8家运营全货运定期航班的国内外航空公司，由于天津航空货源市场潜力优势显著，许多国外航空货运公司纷纷将目光聚焦到天津。目前，由中外运集团旗下的外运发展和大韩航空、韩亚投资和新韩投资四家公司共同出资组建的银河航空已将其公司基地设在天津滨海国际机场，主要经营国内和国际航空货邮运输。在外航争抢入驻的强有力示范效应带动下，将会有越来越多的国内航空公司聚集天津，增强天津航空物流实力，扩大航线网络辐射范围，从而有力的驱动航空物流产业的全面发展。

➢ 快速增长的航空物流运输需求

除航空制造业将会产生较大的航空物流需求外，天津的高科技产业具有良好的发展基础和前景，其中包括电子信息产业、汽车电子产业、生物技术与现代医药等，这些行业均对航空运输有着较大的需求，需要借助于航空运输的快捷、便利、安全等特点迅速地在全国各地和世界范围内拓展渠道，开创市场。

➢ 政策保障助推航空物流产业快速发展

在天津保税政策的辐射带动下，便捷高效的通关流程以及各保税园区在关税及税收政策、企业经营政策、贸易政策、外汇政策等方面的特殊优惠，吸引了大批国内外知名企业将其物流分拨中心、国际中转中心落户天津。开放第五航权为物流发展开辟了全球通道。2004年11月2日，民航总局正式下发了《关于天津机场发展相关政策的意见》，指出：在今后天津机场的发展中，总局将鼓励并引导外国航空公司利用现有第三、第四、第五航权开辟至天津的国际航线，特别是国际货运航线；同意在对外开放的第五航权总体考虑和部署中，进一步向天津机场倾斜。

③航空货运服务链与区域产业链耦合模式为切入点

➢ 天津自身经济发展为航空货运提供良好基础

近年来，天津坚持走新型工业化道路，加快结构调整，推进技术创新，扩大对外开放，形成了一批优势支柱产业、一批大型企业集团和一批知名品牌，保持了良好的发展势头。从产业结构上看，天津市电子信息、汽车、化工、冶金、生物技术与现代医药、新能源新材料和环保等六大优势产业占工业总产值的比重达到74.9%，初步建成了软件、新能源、现代中药等国家级产业化基地。特别是电子信息产业已成为天津第一大支柱产业，2006年实现总产值2333.33亿元，占天津市工业总产值的26.19%；2006年天津市主营业务收入百强工业企业，摩托罗拉（中国）电子有限公司、天津三星通信技术有限公司分列第一和第四位。2006年，天津市高新技术产业产值占工业生产总值的比重达到30.46%，高新技术产业化水平、信息化综合指标居全国前列。

➢ 联动项目带动，拉动航空货运跨越发展

航空制造大项目在提升整个天津市发展航空产业环境同时，带动运输产业链、制造产业链和航空综合服务产业链一体化发展。尤其是带动完善航空运输配套产业环境，比如说航材、航油等航空运输配套后勤服务规模与质量的提升，从而吸引更多的货运航空公司。

A320总装线物流是从德国汉堡、法国图卢兹将飞机组件运送至天津总装厂，物流服务范围包括欧洲段驳船运输、内陆运输、远洋集装箱运输、天津段内陆运输、航空运输等，包含运输工装夹具的组装、拆卸及维修等增值服务。A320总装线物流将会提升临空产业区内航空物流的整体服务水平和辐射空间。A320总装线的带动效应不仅仅体现在对于航空市场需求的直接拉动、航空运输配套设施的完善，同时由于A320对于海陆空综合运输的需求，天津发展多式联运的物流环境将大大增强，这必将吸引更多的依靠多式联运完成运输的货物聚集天津，从而扩充天津航空货运市场，带动多式联运综合物流不断发展。

➢ 政策环境的保障，助推航空货运产业发展

滨海新区成为国家发展战略重点带来的轰动效应和极为有利的政策支持，为天津聚集航空货运产业提供了难得的机遇。临空产业区发展的核心滨海国际机场在国际航权开放、国内航线开放、航空公司设立等诸多方面可以先于其他地区进行改革；空港物流加工区等临空产业园区可以在土地管理、产业投资等方面先行先试，并可享受财政税收方面的优惠，从而吸引大型航空物流及相关企业等。

关于航空货运发展，总局鼓励发展全货运航空公司，鼓励建设货运枢纽，并

将天津机场放在优先位置。在今后的对外航空谈判中，将继续引导境外航空公司开通天津机场的全货运航班。目前，天津机场已经开通亚洲、欧洲和美洲的货运航线，架起了三大洲的航线网络，逐步把航空货运的“蛋糕”做大，为建设成为东北亚的货运枢纽奠定了基础。

（2）天津临空产业区临空产业结构调整总体思路。

①以航空制造空间转移模式为主导，发展壮大航空制造业。有规划、有步骤、有重点地推进飞机及零部件、发动机及零部件、机载设备、机场及空管设备的生产及研发，使天津航空制造产业沿着构建航空制造产业链、形成航空制造产业集群。

②以航空物流产业链空间对接模式为支撑，加快发展航空物流业。整合航空物流资源，充分利用多重优惠政策，积极培植国内航空物流企业发展成大型航空物流承运人，不断加强政府、机场、企业组织之间的沟通机制。以集群模式提高产业竞争力、形成区域竞争优势，并努力使得集群发展朝着可持续发展的良性循环方向不断演进。

③以区域产业链与航空货运服务链耦合模式为切入点，加速区域产业国际化。充分发挥航空货运的整体优势，逐步吸引临空指向性产业入驻临空产业区，对临空产业区现有传统产业进行升级或替换。

第十章

我国临空经济发展与产业结构调整的政策体系及体制保障

本章是与我国临空经济发展和产业结构调整相适应的政策体系及体制保障的研究，是保障本书的理论研究得以在实践发展中切实发挥指导作用的关键所在。

第一节 促使我国临空经济发展与产业结构调整的政策建设框架

经济发展政策是政府为了进行宏观经济调控、完善市场机制作用、提升产业结构、优化产业布局、转变经济增长方式（从粗放式向集约式转变）、提高经济增长质量、促进区域发展所制定的一系列具体措施。①② 临空经济发展政策的研究无论从自身发展层面、区域经济发展层面，还是从行业发展层面、国家层面都有其必要性和迫切性。

加快临空经济发展、促进产业结构调整，不仅需要基于临空经济的形成发展机理、结合我国临空经济发展现状，探索我国经济发展“以点带面”实现产业结构调整的具体模式，同时还需要结合临空经济发展演变不同阶段，配套国家政策和地方政府政策，探索给出基于临空经济发展视角的推动我国产业结构调整的政策体系。

---

① 孙尚清．中国产业结构研究．北京：中国社会科学出版社，1988：89～246

② 张可云．区域经济政策．北京：商务印书馆，2005

10.1.1 政策目标体系

依据临空经济的形成与演进机理，临空经济发展的政策目标体系可以用表10.1表示如下：

表10.1 政策目标体系

临空经济发展阶段	政策主要目标导向	政策内容范围
形成期（机场极化空间阶段）	改善区域临空产业发展软硬件环境	区域综合交通设施建设；对相关临空指向型的企业给予经营和投资方面的税收和贷款优惠
	提供保障临空经济发展的产业资源	出台相关土地拆迁，农户安置及其就业安排的相关政策法规；做好临空经济区建设用地和相关临空产业布局的长远规划
	促进区域产业临空化转型	置换临空经济区内当前和未来均没有临空偏好的企业；吸引区外临空偏好企业入区；按临空偏好的强弱对企业进行布局
成长期（临空产业综合体空间阶段）	升级和优化临空产业链	促进临空指向型航空特色产业高端化和综合化；鼓励带动具备发展潜力的航空类总部的入驻；支持教育、培训和研发业务及技术中心、研发中心的建设
	培育和完善临空产业集群	加快生产性服务业规模化和完善化；促进教育、培训以及研发机构和企业的协作互动发展；吸引区外的技术、资本和劳动力等经济资源向产业集群集中
成熟期（知识创新空间阶段）	打造具有全球竞争力的临空型产业集群	营造创新网络；构建创新平台，支持企业协同发展；促进临空偏好型产业如航空制造产业和航空物流产业的品牌营造
	创建区域产业创新网络	规范区内企业竞争行为，为区内企业提供公平有序的竞争环境；培育开放性、立足自主创新的竞争氛围等

资料来源：本书整理。

10.1.2 政策研究思路

政策的建设流程是一个闭环过程，包括政策制定、政策执行、政策效应评估和政策调整，可用图10.1表示如下。

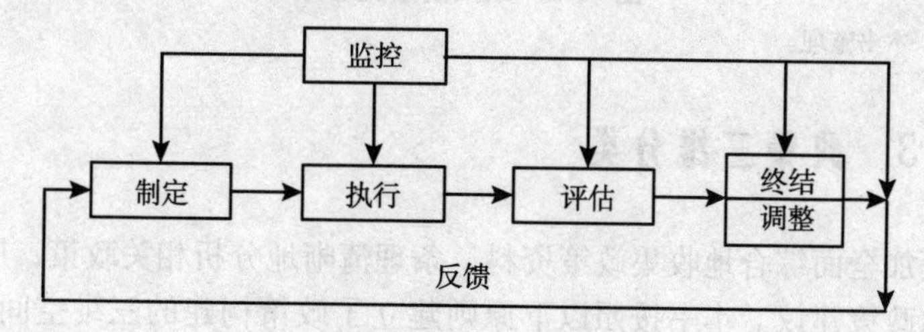

图10.1 政策建设流程图

资料来源：本书整理。

由此可以看出，政策通过这样一个重复和滚动的修订过程，不断得以完善，从而可以更好地服务于政策对象，达到政策要实现的目的。

参考政策建设流程图，为了保障项目研究的科学性、完整性，确定政策的研究思路，如图 10.2 中的线路所示，共分为三步：

第一步，全面搜集、整理各类相近、同类的经济开发区、临空经济区的政策。

第二步，参考现有的相近、同类的经济开发区、临空经济区现享受的政策，结合临空经济区自身发展的特点和规律，对比分析我国临空经济发展新的政策需求。

第三步，在上述政策分析的基础上提出下列政策：（1）可以充分利用和参考的已有的相关或相近的通用政策；（2）从临空经济的自身发展特点和规律出发，根据区域及临空经济区经济发展现状，弥补通用政策中尚存在不足或缺失，因地制宜出台临空经济的发展政策。

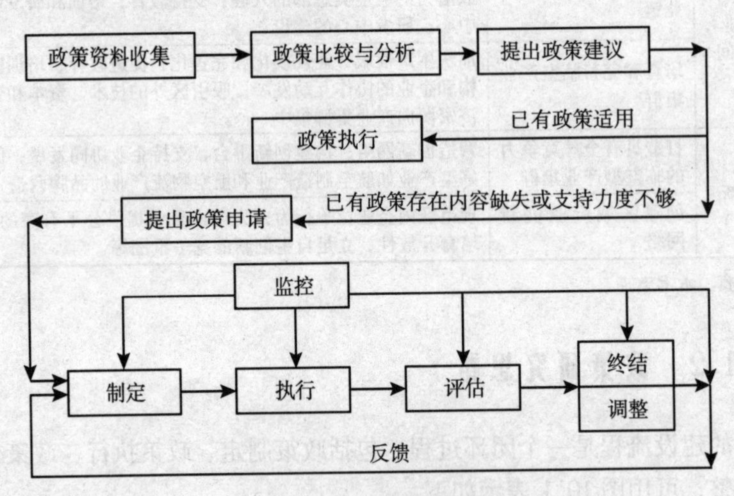

图 10.2　政策的研究思路

资料来源：本书整理。

10.1.3　政策三维分类

为了更加全面综合地收集政策资料，条理清晰地分析相关政策，层次性、动态性地提出政策建议。本书按照以下原则建立了政策构建的三维空间分类体系：第一，覆盖全面性，所有相关的政策措施都能划分到相应的空间类别中，包括已经搜集到的和未来发展需要的新政策；第二，研究目标性，政策空间类别的划分要能体现政策建设的目标，体现临空经济的产业特征；第三，非交集性，空间类别之间避免出现交集，即同一政策内容不能同时属于两个或两个以上的空间类别；第三，应用针对性，排除一些高度理论化难以理解的政策分类，以及一些易理解的但是难以保证包含所有相关政策的分类。

遵循以上原则，考虑到所有的政策都具备的两个基本属性，即政策制定的权力机构（政策主体）和政策作用的对象（政策客体），同时综合考虑临空经济发展的不同阶段政策需求的重点不同，构建出临空经济政策三维空间体系，如图10.3所示。

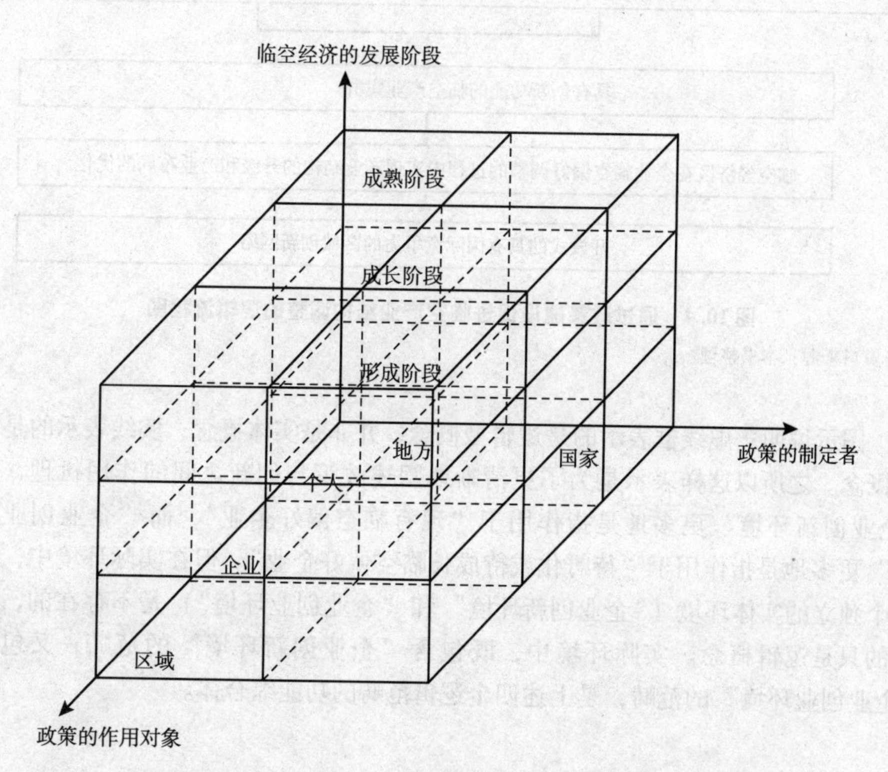

图10.3 基于不同临空经济演进阶段的政策三维空间分类体系

资料来源：本书整理。

10.1.4 政策建设促进临空产业结构调整的逻辑流程图

在前面分析的基础上，本书绘制了临空经济发展与产业结构调整的政策建设逻辑流程图，如图10.4所示。

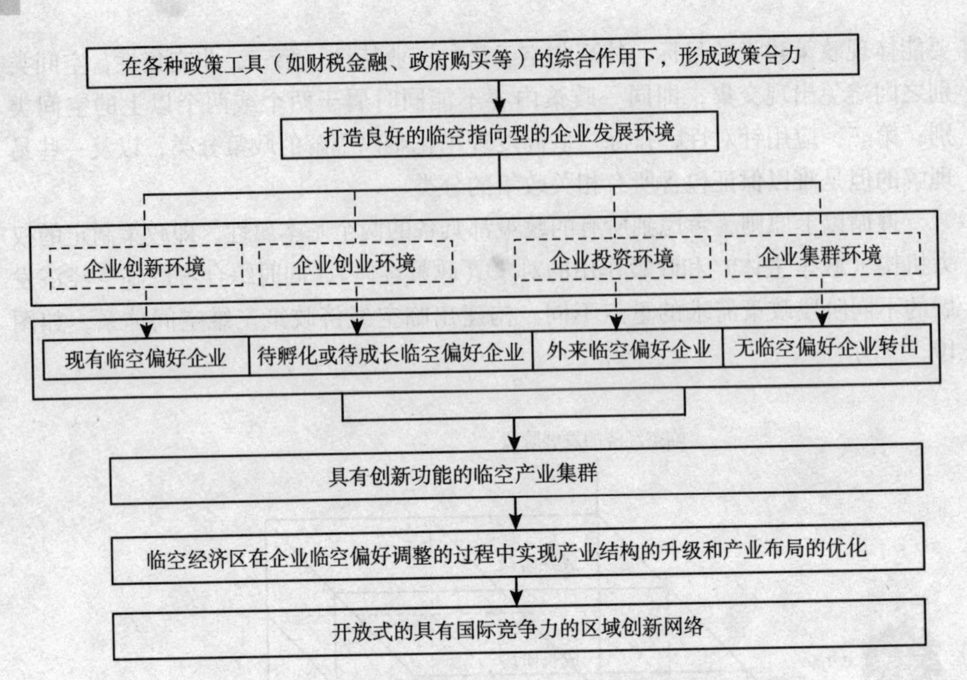

图 10.4　通过政策建设促进临空产业结构调整的逻辑流程图

资料来源：本书整理。

图示说明：虚线框表示的是逻辑型概念，并非是实体概念；实线表示的是实体概念。之所以这样表示是为了更清晰地阐述政策与创新之间的作用机理，如“企业创新环境”更多地是指作用于“现有临空偏好企业”，而“企业创业环境”更多地是指作用于“待孵化或待成长临空偏好企业”。但在实际环境中，这两个独立的实体环境（“企业创新环境”和“企业创业环境”）是不存在的，存在的只是逻辑概念。实际环境中，既包含“企业创新环境”的范畴，又包含“企业创业环境”的范畴，是上述四个逻辑范畴的功能综合体。

第二节　促使我国临空经济发展与产业结构调整的阶段性政策建议

在明确临空经济发展各阶段政策目标导向的基础上，针对临空经济各阶段的产业特征和现实经济发展中呈现的主导产业的情况，提出阶段性政策体系及建议如下：

10.2.1 临空经济形成阶段的政策

在临空经济的形成阶段，真正意义上的临空经济尚未形成，产业结构也比较单一，主要是与机场相关的产业，如客、货运输与航空服务等。此阶段制定的政策的目的主要是改善区域的经营和投资软硬件环境，吸引相关的企业和投资，提高区域的经济活力与繁荣程度，从而提高机场的客、货运需求和企业的临空区位需求，通过改变产业的需求结构、供给结构、贸易结构和投资结构来驱动临空经济的发展和提升产业结构。这一阶段的政策主要导向是改善区域的临空产业发展软硬件环境、优化临空产业的布局和结构。

具体的政策措施可以考虑从以下几个方面来制定：

1. 国家对临空经济发展的支持政策

土地供给政策对于临空经济的发展具有至关重要的作用，如果国家没有优惠的土地政策对临空经济的发展进行支持，临空经济将面临无法突破的“瓶颈”。临空经济区大多位于城乡结合处，临空经济区的发展和扩张需要征用大量的土地资源。在我国经济高速发展的今天，经济发展与耕地保护的矛盾越来越突出——经济要发展，需要土地来支持；而粮食安全，也需要土地来保障。特别是在当前我国总体耕地面积不断减少，全球面临粮食安全威胁的大环境下，党中央、国务院高度重视土地资源的规划和使用，强调要严格控制农用地转建设用地的审批（目前中国的土地审批权限为两级，中央政府一级和省、直辖市一级，其他各级地方政府无权审批）工作，对不符合条件和土地用地规划的项目不予批准。面对未来越来越严峻的土地供给形势，在临空经济的形成阶段就做好土地资源储备和规划是十分重要的。

（1）构建完善的临空经济土地政策。包括：第一，改革农用地转用和土地征收审批制度：省、直辖市一级地方政府依据“土地利用总体规划”和“土地利用年度计划”，组织拟订临空产业区农用地转用方案，一次报国务院批准后组织实施。第二，建立征地补偿和被征地农民安置新机制；将保障农民“生活水平不因征地而降低”和“长远生计有保障”作为土地价格形成因素，把被征地农民社会保障费用纳入征地区综合地价。建立征地补偿安置争议协调裁决制度。开展留地安置、集体建设用地使用权入股、土地股份合作等多种征地安置模式试点。第三，改革集体建设用地土地使用制度：将集体建设用地纳入统一土地市场，完善配置方式，实行交易许可。建立健全集体建设用地流转中的土地收益分配机制，维护集体的土地收益权。在保障农民土地权益的前提下，开展迁村并镇建设。

（2）国家对临空型企业的税收减免优惠政策。这类企业税收减免优惠政策在各类开发区的政策里面都有[①][②]，基本上属于“通用”政策。但是对于临空经济区的发展来说需要注意的是，这里给予优惠政策的企业一定是指有临空指向偏好或是潜在临空指向偏好的企业，而不是针对所有类型的企业都给予优惠政策。在某种意义上甚至可以说，对于那些不符合临空经济区发展规划的企业，甚至需要制定相关的门槛限制进入。

（3）国家把发展航空核心产业上升到国家战略层面。航空核心产业包括航空运输业和航空制造业，航空运输业是内核，航空制造则是具有一定临空指向性产业，如航空制造产业尤其是其中的总装制造需要依赖于机场跑道资源，具有明显的临空指向性特征。建议国家对正在发展的民机总装产业要从国家高度用立法的形式确立航空产业作为国家可持续发展的重点产业，纳入国家统一的航空产业优惠促进政策体系进行管理，确保形成期航空制造空间转移模式的实现。

（4）国家制定统一政策和考核标准，把发展条件好的临空经济区纳入国家级开发区序列并享受同等政策优惠。温家宝总理2005年视察中关村科技园区时曾指出，对发展好的开发区，在土地已经利用完的情况下，要支持扩区。国家正酝酿出台有关规范开发区发展的政策性文件，以便地方有所遵循。对于发展前景好，土地确实已经用完，内涵挖潜也已比较充分的开发区，应视宏观经济情况，适时适当予以扩区。开发区能否新设或扩区，要从土地规划和集约利用两方面把关，看其是否符合土地利用总体规划，考虑所在地区已有开发区的土地利用程度。对于符合规划、集约用地程度较高的开发区应支持扩区。同时，对于一些省级开发区具备条件的，也应鼓励升为国家级开发区，开发区升级不涉及用地总量的增加，应予以支持。这样更有助于临空经济区综合投资环境优势提升。建议在有关规范开发区发展的政策性文件中对临空产业区的特殊经济形态予以考虑。

2. 地方政府对临空经济发展的支持政策

（1）地方政府对临空型企业的税收减免优惠政策。如对基地航空公司、总部经济等临空偏好型的企业给予一定的税收减免优惠政策，便于在形成阶段的产业置换顺利实施。

---

① 赵文彦，陈益升，李国光．新兴产业的摇篮——高技术开发区研究．北京：科学技术文献出版社，1990：1～281

② 厉无畏，王振．中国开发区理论与实践．上海：上海财经大学出版社，2004：1～246

（2）地方政府促进航空运输业发展政策。在临空经济发展初期，机场作为临空经济发展的原动力，需要地方政府通过政策支持充分发挥其临空经济和地方经济发动机的作用。包括对机场、航空公司、航线的各类补贴或减税政策。例如天津临空产业区（航空城）的发展需要提升滨海国际机场国际地位，吸引航空公司在滨海国际机场起降，建设区域航空枢纽中心。参考新加坡 2004 年斥资 2.1 亿新元建立航空中枢发展基金，补贴樟宜和实里达机场，主要为航空公司提供着陆费和机场租金优惠。目前，天津市政府已经出台了鼓励航空公司开辟航线的政策，并拿出 5000 万用于资金鼓励。考虑到机场的发展是带动临空产业区产业发展的原动力，还应该加大力度制定相应鼓励政策，促进航空运输枢纽服务业空间拓展。

（3）地方政府对园区自主创新型企业的税收减免政策。临空经济的发展通常是自下而上的发展，因而地方政府更有积极性为园区企业制定优惠政策。在我国提出建设创新型国家的大背景下，临空经济区作为高端产业能更好地服务于创新型国家的目标。建议对园区自主创新型企业进行更大幅度的税收减免政策。

（4）地方政府人力资源引进和培养政策。临空经济的发展与壮大需要大量的人才，各级地方政府应制定和落实人才引进和配套服务政策，大力吸引和培育临空经济区未来发展急需的高科技人才、企业经营管理人才、国际经贸人才、经济区开发建设管理人才和经济区公共管理服务人才，通过大力培育具有全球视野、战略眼光和实践经验的高素质国际型人才，全面提高开发区人力资源的规模与质量。积极引进和建立与临空经济相关的各类创业服务机构、人才培训中心、技术交流中心、留学人员创业园和孵化器，为临空高科技产业人才引进创造良好环境，把临空经济区建成为高素质科技人才特别是留学人员归国创业的首选地。具体人才政策可以参考国家对紧缺型外国专家的税收减免政策和外国专家家属安置政策等。

10.2.2 临空经济成长阶段的政策

这一阶段，临空经济发展政策的主要目的是要培育和完善优势临空产业集群（主要包括航空运输产业集群、航空物流业产业集群或航空制造业产业集群等），并在此过程中实现相关临空产业链（如生产性服务中介组织、临空型企业的总部以及临空型特色服务业）的完善、优化和升级。不同产业需要的集群政策各不相同，因此，在这一阶段，结合临空产业区多个产业雏形形成的特点，将就不同的临空产业来制定相应的产业促进政策。分产业的政策是政策建设的主要维度，国家和地方政府是政策建设的重要维度，但是是围绕配合主要产业的建设而开展的。

1. 总部经济

"总部经济"是指某区域由于特有的资源优势吸引企业将总部在该区域集群布局，将生产制造基地布局在具有比较优势的其他地区，而使企业价值链与区域资源实现最优空间组合，以及由此对该区域经济发展产生重要影响的一种经济形态。

在全美公司总部聚集最集中地区的排行榜中，达拉斯—沃斯堡综合大都市仅次于纽约、芝加哥、旧金山、洛杉矶，位居第五位。作为全美人口最多的十大城市之一，达拉斯地区拥有廉价及充裕的劳力，相对较低的住宅和工业用地价格，以及便利的交通，处于全美地理中心的位置。达拉斯—沃斯堡国际机场是主要的航空中转站，还是通往达拉斯及周边城市的通道，这使得很多电子、通信、能源集团和大型银行的总部都设在这一区域，促进了总部经济发展。临空经济区的总部经济包括航空类企业的总部和临空高科技企业的总部。

总部经济的发展对临空经济发展的促进和聚集效应以及地方税收效益都非常显著，需要鼓励支持发展。但是通常政策的配给大多在地方政府层面。

(1) 对经认定的总部型企业一定的财政补贴和购房补助。对国际著名的航空企业及航空关联企业在功能区内新设立或迁入地区总部、研发中心、结算中心、采购中心和分销中心等机构，经认定地方财政给予一次性资金补贴。经认定国际著名航空企业及航空关联企业在功能区内购买办公用房自用的，给予一次性购房补贴。并对企业享受购房补贴后的不得将房屋产权出让给予年限限制，起到补贴应有的效果。

(2) 加快发展临空经济区总部经济的软硬环境建设。发展总部经济，需要良好的基础设施、优美的城市环境、浓厚的商业文化、开放的市场体系、发达的现代化服务业；等等。在这些要素中，政府一般对硬环境建设都很重视，却容易忽视发展总部经济的软环境建设，结果还是很难吸引企业总部入驻。因此，在发展临空经济区总部经济的过程中，一定要处理好软、硬环境协调发展的关系，一方面加大对临空经济区基础设施的投资力度，形成完善的、便捷的交通网络体系和信息交流通道；另一方面要加强对临空经济区人才、科研资源的培育和法律制度的建设。

(3) 对国际型总部企业的高级管理人才给予一定的安家补贴和子女就学便利。建议对新引进的国际、国内知名的跨国公司总部、研发机构、金融机构、投资公司、专业服务机构等现代服务业领域的高层管理人员，可视情给予一次性安家补贴；以优惠价格出租公寓，给引进的人员周转使用；做好引进人员的社会保障工作，帮助解决其子女就学等。

2. 生产性服务业

生产性服务业在这一阶段起到了很重要的作用，如果没有生产性服务业的发展，制造类企业将会退出这个区域。尽管成熟期重点要发展服务业，但临空高科技企业在成长阶段会长期存在。因而，生产性服务业还需要得到一定的政策倾斜。

对入驻临空产业区的生产性服务业企业，给予财政和税收方面的优惠；并在土地使用、租金方面给予财政补贴；对于从事生产性服务行业的高级人才，在个人所得税方面、购房、子女入学方面给予一定程度的优惠和照顾；对于为临空经济区引进项目的生产性服务业企业，按照项目投资额，给予一定比例的奖励。综合运用多种政策手段，为生产性服务业的入驻和经营活动，创造一个优良的软硬件环境。

3. 航空物流产业

建议国家在统筹考虑交通干线、主枢纽规划、生产力布局、物流现状的基础上，根据各种运输方式衔接的可能，在全国范围内规划物流园区的空间布局、用地规模与未来发展。同时，完善产业划分体系，加快对物流产业结构调整，促进物流产业的完善，在参考国外物流产业统计核算方法的基础上，实现对物流产业的宏观调控。

地方政府则要规范物流企业的运作，逐步实现与国际物流的接轨。积极建立现代物流运作模式，实现以电子网络为平台、多种运输方式组合的现代物流，为临空经济的发展和航空物流产业与其他临空高科技产业的价值链和空间链的对接提供政策保障。

4. 航空制造产业

航空制造产业由于资源的难获得性和本身的技术壁垒、投资壁垒等，只能在具备资源禀赋条件的临空经济区推进发展。同时，航空制造业的国家战略性决定了国家应当在航空制造产业发展中提供可持续的配套支持政策，地方政府考虑到航空制造产业的显著的技术带动和就业效应，从国际发展历程来看，地方政府也将会积极予以政策倾斜，比如，美国波音制造从西雅图转移到芝加哥。第一，国家对航空制造企业的转包生产提供补贴和出口信贷支持；第二，地方政府对航空制造产业的吸引政策和研发人员激励政策。

10.2.3 临空经济成熟阶段的政策

在临空经济发展的成熟阶段，临空产业的各个集群之间（如航空制造产业集群和航空运输产业集群）可能会对机场的资源产生竞争和争夺，所以要想打造具有全球竞争力的区域创新网络，根据西方的经济理论与产业实践——成功的创新产业集群往往是市场驱动和政策激励的综合结果，因此临空产业区发展到成熟阶段关键就在于规范区内相关临空企业的竞争行为，为企业营造良好的创新环境，构建创新平台。

因此，结合临空经济发展到成熟阶段的特征和需求，可以制定以下政策：

1. 对航空枢纽服务业采取一定政策优惠，促进现代服务业综合推进的发展政策

继续稳固金融、会展等生产性服务业大力发展的优惠政策。建议对航空枢纽服务业采取一定政策优惠。直接服务于航空枢纽的产业包括直接为机场设施、航空公司及其他驻机场机构（海关、检疫检验等）提供服务的产业。如机场的管理和维修机构，机场为航空运输提供的地面服务、维修、配餐、供油等保障性服务。形成生产性服务业+航空枢纽服务业综合推进的发展态势。

2. 地方政府推动产业集群升级和打造区域创新网络的政策

充分发挥中国在产业集群发展中地方政府特有的升级推动作用，制定政策推动临空经济区内企业与外部研究机构的合作、促进临空经济区内外企业之间的关联与合作、推动临空经济区内企业与中介机构之间的关联与合作，形成区域创新网络。

3. 出台系列政策来强化品牌意识，鼓励自主创新，对于形成一定专利的科技人员建立系统的奖励政策

不断完善知识产权制度，加强对知识产权的保护、加强质量监督和对知识产权、技术创新产权的保护，防止集群内部的产品假冒和压价竞争，维护当地市场环境的健康发展。出台系列政策来强化品牌意识，鼓励自主创新，对于形成一定专利的科技人员建立系统的奖励政策。

归纳临空经济演变不同阶段的国家和地方政府对区域和产业的配套政策，如表10.2所示。

表 10.2　　促进我国临空产业结构调整的政策建议

阶段	政策建议		
形成期	国家层面	构建完善的临空经济土地政策	改革农用地转用和土地征收审批制度：省、直辖市一级地方政府依据“土地利用总体规划”和“土地利用年度计划”，组织拟订临空产业区农用地转用方案，一次报国务院批准后组织实施
			建立征地补偿和被征地农民安置新机制：把被征地农民社会保障费用纳入征地综合地价。建立征地补偿安置争议协调裁决制度。开展留地安置、集体建设用地使用权入股、土地股份合作等多种征地安置模式试点
			改革集体建设用地土地使用制度：将集体建设用地纳入统一土地市场，完善配置方式，实行交易许可。建立健全集体建设用地流转中的土地收益分配机制，维护集体的土地收益权。在保障农民土地权益的前提下，开展迁村并镇建设
		国家对基地航空公司、总部经济等临空偏好型的企业的税收减免优惠政策	
		国家把发展航空产业上升到国家战略层面，确立航空产业作为国家可持续发展的重点产业，纳入国家统一的航空产业优惠促进政策体系进行管理	
		国家制定统一政策和考核标准，把发展条件好的临空经济区纳入国家级开发区序列并享受同等政策优惠	
	地方政府层面	地方政府对基地航空公司、总部经济等临空偏好型企业的税收减免优惠政策	
		地方政府促进航空运输业发展包括对机场、航空公司、航线的各类补贴或减税等发展政策。加大力度制定相应鼓励机场发展的政策，促进航空运输枢纽服务业空间拓展	
		地方政府对园区自主创新型企业进行更大幅度的税收减免政策	
		地方政府人力资源引进和培养政策，包括对紧缺型外国专家的税收减免政策和外国专家家属安置政策等	
成长期	总部经济	对经认定的总部型企业给予一定的财政补贴和购房补助	
		加快发展临空经济区总部经济的软硬环境建设	
		对国际型总部企业的高级管理人才给予一定的安家补贴和子女就学便利	
	生产性服务业	对入驻临空产业区的生产性服务业企业，给予财政和税收方面的优惠；并在土地使用、租金方面给予财政补贴；对于从事生产性服务行业的高级人才，在个人所得税方面、购房、子女入学方面给予一定程度的优惠和照顾；对于为临空经济区引进项目的生产性服务企业，按照项目投资额，给予一定比例的奖励	
	航空物流产业	实现以电子网络为平台、多种运输方式组合的现代物流，为临空经济的发展和航空物流产业与其他临空高科技产业的价值链和空间链的对接提供政策保障	
	航空制造产业	国家对航空制造企业提供转包生产补贴和出口信贷支持	
		地方政府对航空制造产业的吸引政策和研发人员激励政策	
成熟期	对航空枢纽服务业采取一定政策优惠，促进现代服务业综合推进的发展政策		
	充分发挥中国在产业集群发展中地方政府特有的升级推动作用，制定政策促进区域创新网络的形成		
	出台系列政策来强化品牌意识，鼓励自主创新，对于形成一定专利的科技人员建立系统的奖励政策		

资料来源：本书整理。

第三节　我国临空经济发展与产业结构调整的管理体制保障

10.3.1　我国临空经济发展中管理体制的现状

10.3.1.1　行政主导型管理模式——北京首都临空经济区

北京首都临空经济区管理委员会主任由顺义区区长兼任，为区级层面统筹协调临空经济区开发建设的最高权力和决策机构。核心职能是运筹、谋划和决策，研究解决临空经济区的整体发展战略、发展方向和发展途径问题；协调解决区内各利益主体之间的重大利益关系，加强与市政府及相关部门的协调与沟通，为临空经济区实现更好更快发展创造良好的内外部环境。临空经济区管理委员会办公室设在顺义区发展和改革委员会，内设4个部门，即发展规划部、工程建设部、政策研究部和综合管理部。如图10.5所示：

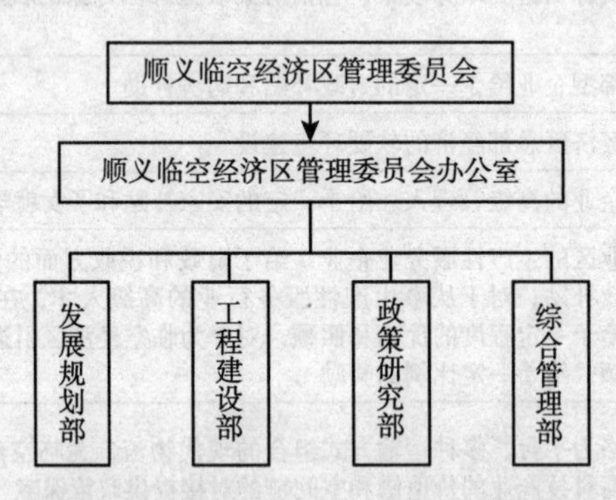

图10.5　北京临空经济区管理委员会

资料来源：本书整理。

10.3.1.2　政企分开型——上海长宁虹桥临空经济区

长宁区政府成立了开发建设领导小组，长宁区常务副区长担任组长，下设开发建设办公室，协调处理园区重大事宜。园区开发主体为虹桥临空经济园区发展有限公司和上海新长宁（集团）有限公司。新泾镇党委书记兼任开发建设办公室主任，园区内企业产生的税收，除上缴市级及以上部分外，其余返还由镇政府与园区分成，使镇政府和经济园区成为利益共享、风险共担的合作伙伴。如图10.6。

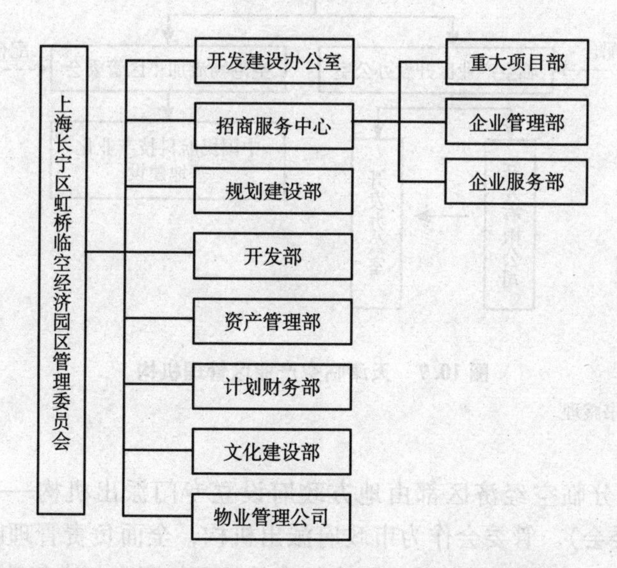

图10.6　上海长宁区虹桥临空经济园区管理委员会

资料来源：本书整理。

上海长宁区虹桥临空经济园区管理委员会，委员会下设上海虹桥临空经济园区开发建设办公室和上海虹桥临空经济园区发展有限公司，下设办公室、招商服务中心、规划建设部、开发部、资产管理部、计划财务部、文化建设部和物业管理公司。

10.3.1.3　多元管理型——天津临空产业区

天津临空产业区成立了临空产业区开发办公室，与空港物流加工区管理委员会合署办公，负责落实规划和组织建设，东丽区政府、天津滨海国际机场配合。临空产业区内中国民航科技产业化基地建设，由空港物流加工区管委会负责组织实施，天津滨海国际机场、中国民航大学配合。临空产业区的管理机构和开发主体的成立和管理、各经济功能区的开发建设，由滨海新区管委会负责组织协调。临空产业区的管理机构和开发主体主要负责基础设施建设和招商引资，社会管理职能由各经济功能区所在的行政区负责，如图10.7。

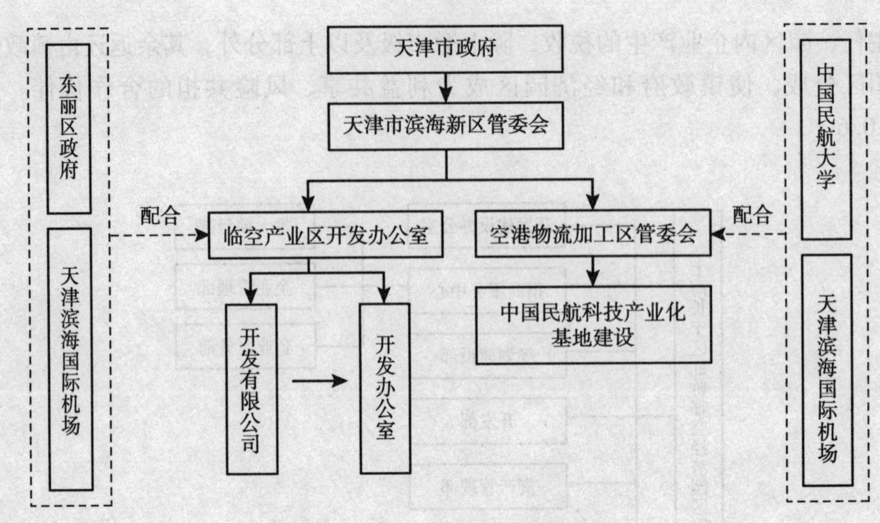

图 10.7　天津临空产业区管理机构

资料来源：本书整理。

我国大部分临空经济区都由地方政府设立专门派出机构——管理委员会(以下简称管委会)。管委会作为市政府派出机构，全面负责管理临空经济区的建设和发展。这种模式中的管委会拥有较大的管理权限和相应行政职能，下属的大部分职能部门享有市级管理权限，全面实施对临空经济区的管理。由于这种行政主导型管理模式是权力下放，以“块”为主，因此可以设置综合性较强的职能部门，大大减少机构数目，真正体现“小政府、大社会”的特点。政企分开型管理模式的管委会作为政府派出机构行使行政管理职能，主要负责宏观调控、监督、协调和项目审批，不直接运用行政权力干预企业的经营活动。开发公司作为独立的经济法人，主要负责基础设施开发建设经营、招商引资等工作，实现企业内部的自我管理。这种管理模式的特点是政企分开，高效运行，充分调动园区所在镇政府的积极性，共同参与园区开发。多元管理型管理模式有政府、机场、大学和企业共建型。此种管理模式优点是集中了政府、大学、机场和企业的资源；缺点在于管理参与主体较多，不便于协调。

10.3.2　存在的问题

综上所述，我国临空经济区管理体制存在以下问题：

10.3.2.1 缺乏高授权

由于临空经济区具有利益主体多元化、产业国际化的特点，因此对管理机构的授权强度要求较高。只有高强度的授权才能协调机场、海关、检验检疫、机场所在地区和周边乡镇的关系，才能对前来投资的外商的投资申报及时地做出决断，才能使外商相信区内的管理机构是有权威的、高效的，增强外商的投资信心与积极性。

1959 年，爱尔兰政府决定在香农国际机场旁建立香农机场自由贸易区，并成立了香农自由空港开发有限责任公司（Shannon Free Airport Development Company Limited），简称香农开发公司（Shannon Development），负责推进当地航空业的发展，并赋予其全面开发香农地区的职责。目前该公司统筹负责香农地区的工业、旅游业等的全面经济开发。香农开发公司全面负责安排，投资者不需与政府各有关部门进行多头联系。在一定条件下，香农开发公司保证借贷，并在投资项目中认购股份，还向投资者提供良好的生活条件，如住宅、学校、商店和服务中心等。香农开发公司为香农自由贸易区的发展建立了一套完善的软、硬件环境，使爱尔兰机场自由贸易区拥有着国际先进水准的基础设施，并为入区企业的运营提供了完善的支持环境。

迪拜机场自由区（DAFZA）成立于 1996 年，是迪拜唯一的机场自由区。迪拜国际机场自由贸易区 2 号法规定，自由区归属于部，并视为它的一个部门，总统可以为管理自由贸易区颁布必要的管理条例；为在自由贸易区开展业务的公司核发执照；按照自由贸易区内公司的业务性质和与该公司签订的协议，提供其所要求的技术员、技工、管理员及其他工作人员。自由区的管理机构是自由区管理局，是由港口、海关和自由区组成的联合体。自由区管理局可以直接向投资者颁发营业执照，还提供行政管理、工程、能源供应和投资咨询等多种服务。迪拜政府在自由区的基础设施方面投入巨大，包括交通、通信和高速数据传输。①

我国临空经济区管理机构授权度较低，主要表现在：首先，管理人员以机场所在区行政人员为主，缺乏市级、省级和国家级相关部门人员的参与，导致决策、监督和管理的效率低。其次，临空经济区管理机构职能范围小，对结合区域的实际情况，自行制定和颁布、实施临空经济区的各种单项法令、条例、办法等的权限较小。

---

① 首都临空经济发展研究课题组．首都自由贸易区发展战略研究．中国民航大学临空经济研究所，2007

10.3.2.2 不具有实体的决策权

临空经济区管理机构不能独立地与国际资本、国际市场建立各种联络和合作关系，包括与外商洽谈各种投资项目，并签署投资合同，审批投资申请，派遣人员出国考察，设立驻外机构等。这种不具有实体决策性的管理机构对临空经济区发展中的各类关系协调、各类合同签署、投资审批等都受到一定影响。

10.3.2.3 管理模式受限于行政区划

我国有部分机场处于划分的两个行政区，如广州新白云机场，客运出口在白云区，货运出口在花都区，这在临空经济发展过程中受到行政区划的限制，在这种情况下建立的管理模式缺乏对发展要素的整体统筹配置，不能统筹利用各利益主体资源，这严重地制约了整体竞争优势的发挥。这个问题从本质上来说还是和临空经济区管理体制的授权度不够有关。

10.3.3 促进我国临空经济发展的管理体制建设思路

10.3.3.1 基本原则

1. 管理模式与临空经济区的发展规律相适应原则

管理体制模式的选择，必须立足于临空经济区本身的实际，现行的行政管理体制、经济体制、经济区的规模和特色，这些都是影响临空经济区管理体制模式选择的重要因素。

2. 精简、高效的原则

按照“小政府、强服务”的原则，建立并完善适应宏观调控和间接管理机制的管理机构。在横向关系上，科学设置综合调控和职能管理部门，在明确各部门之间职责分工的基础上，保证各部门间的沟通合作；在纵向关系上，理顺市、区、临空经济区关系，要按照权能对等和权责对等的原则，合理划分市、区、临空经济区的事权和调控权，又能调动基层政府的积极性；最后是理顺纵向职能部门和横向市、区之间的关系。

3. 政企分开的原则

管理委员会作为临空经济区开发建设的日常管理机构，应该把管理的重点放在规划、指导、协调、监督和服务上，着重抓好临空经济区内的规划制定、组织实施、政策落实上，运用政策导向和宏观调控手段引导我国临空经济区的健康发展。

4. 简化管理层次的原则

在临空经济区管理机构的设置时，应该简化管理层次，尽量减少中间环节，以保证信息畅通和办事效率。①②③

10.3.3.2 建设思路

建设机场所属省市政府总体主导、分功能区市场化运行的管理体制。即总体由机场所属政府高授权指导，与机场当局协调沟通，机场所在区政府实施推进，各分功能区市场化运行的管理体制。

我国临空经济区开发建设的项目众多，涉及面广，不仅需要政府的财政税收、土地、人才等方面的支持，还需要发挥政府的综合协调能力。因此需要政府担负临空经济区的领导决策、战略规划、政策提供、法规制定、组织实施、监督控制等职能，体现公共管理的主体地位，以保证我国临空经济区的持续、快速、健康发展。

同时政府的总体管理协调需要机场属地化的省属或市属政府，以便具有一定的实际的协调决策权力。根据临空经济区具有利益主体多元化、产业国际化的特点，以及同时要协调机场、海关、检验检疫、机场所在地区和周边乡镇的关系的特点，实行和机场属地化的省属市属级别相同的高授权管理是非常必要的。

机场所在区级政府具体推进实施是解决当前临空经济发展中所在区政府不具有实际决策权，土地资源、税收优惠政策难以落到实处的关键的管理体制的完善。也是推进临空经济发展的关键外驱力和临空经济未来发展的直接受益者。应充分授权，调动区级政府的积极性。

临空经济区作为一个临空指向性产业集群区，通常可细分为若干个功能区，如航空物流基地、临空高科技区、会展园区和国际商务区等，各功能区需采取政府统筹规划下的市场化运行体制。在市场经济条件下，市场的作用主要在于合理配置资源，提供私人产品；而政府的作用主要在于弥补市场的不足，纠正市场失灵，提供诸如安全、秩序、基础设施、环境保护等公共产品。如果单纯地强调政府主导开发，往往会出现“开而不发”、“有城无市”的尴尬局面。因而，我国临空经济区的开发建设，要注意发挥市场和政府两个方面的作用，走出一条适应市场经济发展要求的“政府主导、市场运作”的开发建设新模式。

在临空经济区不断发展中，航空客运量、货运量的持续增加是原动力。从这

---

① 翁恺宁．专业型经济开发区管理体制和产业发展模式比较分析．特区经济，2002（1）：38～40
② 朱永新．中国开发区组织管理体制与地方政府机构改革．天津：天津人民出版社，2001：1～243
③ 费洪平，戴公兴．经济开发区产业规划与管理．北京：科学出版社，2000：1～231

个层次来说，满足机场、航空公司在运营过程中产生的新需求，帮助他们解决实际运营中的“瓶颈”问题，对临空经济区长期健康发展是极其必要的。因此在管理体制建设中还需要完善临空经济区与机场间的协调机制，使临空经济区管委会由机场所属市和省政府和机场高层共同组成，并且建立一种定期沟通会晤制度，双方通过定期会晤或直接联系、实时通告的方式，及时将自己的需求，如对劳动力资源、土地资源、服务支持等信息告知对方。通过这种体制，机场、航空公司的需求可以被临空经济区了解，而临空经济区提供的服务也可以反馈到机场和航空公司。通过信息的及时互动，可以增强机场、临空经济区双方产业的互补性，弥补双方发展中出现的问题，既推动了机场的健康发展，又拉动了临空经济区的发展。

总体由机场所属政府高授权主导、机场所在区级政府具体推进实施、各分功能区市场化运行、具有临空经济区与机场协调机制的管理体制图示如10.8：

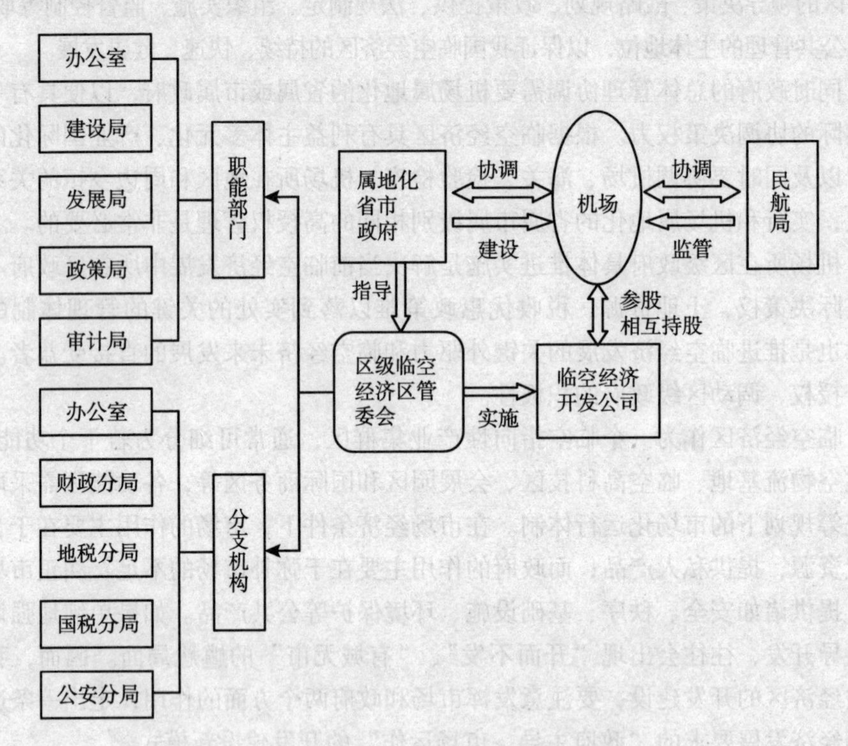

图 10.8　促进临空经济发展的管理体制构建

资料来源：本书整理。

附件1　临空经济发展状况调查问卷

打分说明：请您分别对上海、广州、成都、重庆、青岛、北京、天津各城市临空经济区发展状况进行评价，就下列各项评价指标进行打分。分数为0~5分，以0.5分为最小单位，5表示临空经济区发展成熟时该指标所达到的理想水平，分数越高，表示待评临空经济区在该指标上的表现越好。打分时请各位专家注意，我国临空经济区整体上处于形成阶段和成长阶段。

一、临空经济发展支撑评价

评价指标	指标解释	评价得分						
		首都临空经济区	上海长宁区	广州花都区	成都双流区	重庆渝北区	青岛城阳区	天津临空产业区
腹地区域政府对临空经济扶植力度	考查腹地区域政府对临空经济区发展的扶植政策、优惠措施等							

二、临空经济发展表现评价

评价指标	指标解释	评价得分						
		首都临空经济区	上海长宁区	广州花都区	成都双流区	重庆渝北区	青岛城阳区	天津临空产业区
临空型主导产业聚集程度	考查临空经济区是否形成临空型主导产业（空港配套服务、临空高科技、现代服务）							
临空经济区基础产业配套程度	考查能源、交通、通信、重要原材料等配套程度							
临空经济区关联产业配套程度	考查上下游产业配套程度							
临空经济区研发机构实力水平	考查临空经济区内研发机构对临空经济区发展的支持程度							

续表

评价指标	指标解释	评价得分						
		首都临空经济区	上海长宁区	广州花都区	成都双流区	重庆渝北区	青岛城阳区	天津临空产业区
临空经济区与地方经济关联度	考查临空经济区产业是否与地方特色产业关联							
临空经济区产业布局合理性	考查临空经济区产业空间布局是否合理							
临空经济区企业对机场依赖程度	考查临空经济区内企业对机场的依赖程度							

三、临空经济发展结果评价

评价指标	指标解释	评价得分						
		首都临空经济区	上海长宁区	广州花都区	成都双流区	重庆渝北区	青岛城阳区	天津临空产业区
临空经济区对机场发展支撑程度	考查临空经济区从产业配套、土地规划等方面是否对机场发展有利							

四、临空经济发展环境评价

评价指标	指标解释	评价得分						
		首都临空经济区	上海长宁区	广州花都区	成都双流区	重庆渝北区	青岛城阳区	天津临空产业区
腹地区域区位条件	考查腹地区域区位条件是否成为吸引投资的一项重要有利因素							

参考文献

1. John D. Kasarda. Time-Based Competition & Industrial Location in the Fast Century. Real Estate Issues, 1999.

2. John Kasarda. From Airport City to aerotropolis. Airport World, Volume 6 Issue 4 August-September 2001.

3. AIR TRANSPORT ACTION GROUP. The economic & social benefits of air transport. 2005.

4. Markusen A. Sticky places in slippery space: a typology of industrial districts, Economic Geography, 1996 (72): 293 ~313.

5. John York. The social and economic impact of airport in Europe. York Avaiation. 2004.

6. 仇华忠．速度经济初探．科技进步与对策，2000；17 (2)：107 ~108

7. Federal Aviation Administration. 关于综合航空社会、经济、政治影响的评价．1977

8. 克鲁格曼P. 著，张兆杰译．地理和贸易．北京：北京大学出版社，中国人民大学出版社，2000：5

9. 陈修颖．区域空间结构重组：理论基础．动力机制及其实现，经济地理，2003 (4)：445 ~450

10. 刘维东，张玉斌．区域资源结构、产业机构与空间的协调机制初探．经济地理，1997 (4)：20 ~25

11. ATAG. 航空运输的经济效益．2008

12. 魏东海．论企业集团的组织经济性．南方经济，1997 (5)：46 ~48

13. Porter M. Clusters and the new economics of competition, Harvard Business Review. 1998, November-December, 77 ~90.

14. 陈泽军，姚慧，陆岸萍．产业集群持续发展的动因理论．广西大学学报(哲学社会科学版)，2004；26 (4)：44 ~47

15. 仇保兴．小企业集群研究．上海：复旦大学出版社，1999：86

16. Doeringer P. B. and Terkla D. G. Business strategy and cross-industry clusters. Economic Development Quarterly. 1995 (9): 225.

17. 姜照华，隆连堂，张米尔．产业集群条件下知识供应链与知识网络的动力学模型探讨．科学学与科学技术管理，2004 (7): 55 ~ 60

18. PIERO MOROSINI. Industrial Clusters, Knowledge Integration and Performance. World Development, 2004; 32 (2): 305 ~ 326.

19. 郑胜利，周丽群．论产业集群的经济性质．社会科学研究，2004 (5): 49 ~ 52

20. 魏守华，王缉慈，赵雅沁．产业集群：新型区域经济发展理论．经济经纬，2002 (2): 18 ~ 21

21. 黄建清，郑胜利．国内集群研究述论．学术论坛，2002 (6): 55 ~ 58

22. 王雷．中国产业集群理论研究述评．重庆工商大学学报（社会科学版·双月刊），2004; 21 (2): 29 ~ 32

23. 柳卸林，段小华．产业集群的内涵及其政策含义．研究与发展管理，2003; 15 (6): 55 ~ 61

24. 黄建清，郑胜利．国内集群研究述论．学术论坛，2002 (6): 55 ~ 58

25. 秦夏明，董沛武，李汉铃．产业集群形态演化阶段探讨．中国软科学，2004 (12): 150 ~ 155

26. 魏守华，王缉慈，赵雅沁．产业集群：新型区域经济发展理论．经济经纬，2002 (2): 18 ~ 21

27. 盖文启，王缉慈．论区域的技术创新型模式及其创新网络——以北京中关村地区为例．北京大学学报（哲学社会科学版），1999; 36 (5): 29 ~ 36

28. 曹玉贵．企业集群共生模型及其稳定性分析．华北水利水电学院学报（社科版），2005 (2): 33 ~ 35

29. 周浩．企业集群的共生模型及稳定性分析．系统工程，2003; (21) (4): 32 ~ 38

30. 陈甬军，徐强．产业集聚的稳定性及演进机制研究．东南学术，2003 (05): 65 ~ 73

31. 刘恒江，陈继祥，周莉娜．产业集群动力机制研究的最新动态．外国经济与管理，2004; 26 (7): 2 ~ 7

32. Best, Michael H. The New Competitive Advantage: The Renewal of American Industry. Oxford University Press, 2001: 198 ~ 210.

33. 陈剑峰，唐振鹏．国外产业集群研究综述．外国经济与管理，2002; 24

(8)：22～27

34. 魏守华．集群竞争力的动力机制以及实证分析．中国工业经济，2002（10)：27～34

35. 隋广军，申明浩．产业集聚生命周期演进的动态分析．经济学动态，2004（11）

36. 何宏伟，刘敏．产业集群的成因、特点与路径选择．大连民族学院学报，2005；7（1)：81～83

37. 王志华．企业集群研究理论进展综述．南方经济，2005（2)：79～80

38. 刘恒江，陈继祥．产业集群的发展动力及其启示．技术经济，2006（2)：20～23

39. 刘力，程华强．产业集群生命周期演化的动力机制研究．上海经济研究，2006（6)：63～68

40. 黄省志．产业集群的动力机制分析．中国科技论坛，2007（9)：36～54

41. 王云霞，李国平．产业链现状研究综述．工业技术经济，2006（10)：59～63

42. 刘贵富．产业链的基本内涵研究．工业技术经济，2007（8)：92～96

43. 傅国华．运转农产品产业链，提高农业系统效益．中国农业经济，1996（11)：24～25

44. 卜庆军，古赞歌等．基于企业核心竞争力的产业链整合模式研究．企业经济，2006（2)：59～61

45. 周路明．关注高科技“产业链”．深圳特区科技，2001（11)：10～11

46. 李万立．旅游产业链与中国旅游业竞争力．经济师，2005（3)：123～124

47. 芮明杰，刘明宇．论产业链整合．上海：复旦大学出版社，2006：5～7

48. 吴金明，邵叔．产业链形成机制研究——“4＋4＋4”模型．中国工业经济，2006（4)：36～43

49. 蒋国俊，蒋明新．产业链理论及其稳定机制研究．重庆大学学报（社会科学版)，2004（1)：36～38

50. 李心芹，李仕明，兰永．产业链结构类型研究．电子科技大学学报（社科版)，2004（4)：60～63

51. 刘贵富，赵英才．产业链：内涵、特性及其表现形式．财经理论与实践，2006（3)：114～117

52. 郁义鸿．产业链类型与产业链效率基准．中国工业经济，2005（11)：

35～42
53. 杨公朴，夏大慰．现代产业经济学．上海：上海财经大学出版社，2002：50～80
54. 龚勤林．论产业链构建与城乡统筹发展．经济学家，2004（3）：121～123
55. 郑学益．构筑产业链，形成核心竞争力．福建改革，2000（8）：14～15
56. 张铁男，罗晓梅．产业链分析及其战略环节的确定研究．工业技术经济，2005（6）：77～78
57. 贺轩，吴智凯．高新技术产业价值链及其价值指标．西安邮电学院学报，2006（2）：83～86
58. 周新生．产业链与产业链打造．广东社会科学，2006（4）：30～36
59. 曾永寿．产业链化现象探析．上海商业，2005（3）：41～43
60. 蒋国俊，蒋明新．产业链理论及其稳定机制研究．重庆大学学报，2004（10）：36～38
61. 芮明杰，王方华．产业经济学．上海：上海科学技术出版社，1993：32～39
62. 简新华．产业经济学．武汉：武汉大学出版社，2001：1～44
63. 刘志彪，王国生．现代产业经济分析．南京：南京大学出版社，2001：1～54
64. 戴伯勋，沈宏达．现代产业经济学．北京：经济管理出版社，2001：52～287
65. 李悦．产业经济学．沈阳：东北财经大学出版社，2002：4～80
66. 刘小瑜．中国产业结构的投入产出分析．北京：经济管理出版社，2003：230～243
67. Marston Richard C，The effects of industry structure on economic exposure，International Money And Finance，2001，2.
68. John Clark and Ken Guy，Innovation and Competitiveness，1997，7.
69. Philip Raines，The Cluster Approach and the Dynamics of Regional Policy-Making，Regional and Industrial Policy Research Paper，2001，9.
70. Michael J. F. Perroux Clusters：What we know and shat we should know，2001.
71. 陆大道．区域发展及其空间结构．北京：科学出版社，1995：138～150
72. David Newlands. Competition and Cooperation in Industrial Clusters：The Implications for Public Policy. European Planning Studies，2003；11（5）：512～532.
73. Keller. and Roe M. J. A theory of Path Dependence in Corporate Ownership

and Governance. In Corporate Governance Today：575～599. The Sloan Project on Corporate Governance at Columbia Law School. New York：Columbia Law School，2000.

74. Gomez-Ibanez，Krugman，Jose A，and Meyer. J. R. Going Private：the International Experience with Transport Privatization. Washington，D. C：The Brookings Institution，1993.

75. Mckinley Conway，The Fly-in Concept. 1965.

76. Mckinley Conway. 航空城 . 1970.

77. Mckinley Conway. 航空城：21 世纪发展的新概念 . 1993.

78. Omar EL HOSSEINY，“Challenges facing the Interrelation of 21st century International Airports and Urban Dynamics in Metropolitan Agglomerations. Case Study：CAIRO INTERNATIONAL AIRPORT”，Airports and Urban Dynamics，39th IsoCaRP Congress 2003.

79. 金忠民 . 空港城研究 . 规划师，2004（2）：8

80. 刘武君 . 大都会——上海城市交通与空间结构研究 . 上海：上海科学技术出版社，2005

81. 欧阳杰 . 我国航空城规划建设刍议 . 规划师，2005（4）：30

82. 曹允春，踪家峰 . 谈临空经济区的建立和发展 . 中国民航学院学报，1999（3）：60～63

83. 曹允春，李晓津 . 机场周边经济腾飞与“临空经济”概念 . 北京：经济日报，2004－5－25

84. 白劲宇 . 首都经济临空经济核心区发展图景 . 北京规划建设，2006（1）：23～25

85. 王志清，欧阳杰，宁宣熙，李晓津 . 京津冀地区发展民航产业集群研究 . 中国工业经济，2006（3）：53～59

86. 张雄 . 经济哲学应用的案例：临空经济——一个不可忽视的发展机遇 . 北京：人民日报，1997

87. 国务院发展研究中心 . 发展北京临空经济的经济社会影响研究 . 2006

88. 李江涛，蒋年云，涂成林，彭澎 . 关于广州新机场发展临空经济的若干研究 . 2005：中国广州经济发展报告，2005

89.《临空经济发展战略研究》课题组 . 临空经济理论与实践探索 . 北京：中国经济出版社，2006

90. 王学斌，刘晟呈 . 现代临空经济理念 & 航空城发展趋势分析 . 城市，2007（2）：52～54

91. J. Kasarda. Aerotropolis Airport-Driven Urban Development. in ULI on the Future：Cities in the 21st Century. Urban Land Institute，2000.

92. 滑战锋．临空经济区发展的国际经验与我们的对策．价值中国网．http：//www. chinavalue. net/Article/Archive/2005/3/18/3451. html，2005－3－18

93. 刘武君．大都会——上海城市交通与空间结构研究．上海：上海科学技术出版社，2005

94. 李健．临空经济发展的若干问题探讨与对策研究．科技进步与对策，2005（9）：188

95. 国际机场协会欧洲部．机场——重要的经济伙伴．1992

96. ACI EUROPE. 欧洲机场的经济影响．1998

97. York Consulting. 欧洲机场：创造了就业与繁荣，一部经济影响研究工具书．2000

98. 国际机场协会欧洲部．欧洲机场对社会经济的影响．2002

99. 国际机场协会美洲部．美国机场经济影响．2002

100. ATAG，The economic & social benefits of air transport，2000.

101. ATAG，The economic & social benefits of air transport，2005.

102. ATAG，The economic & social benefits of air transport，2008.

103. J. Kasarda. Time-Based Competition & Industrial Location in the Fast Century. in Real Estate Issues，（1998/1999）Winter Issue.

104. 国际机场协会美洲部．美国机场经济影响．2002

105. 曹允春，李晓津．机场周边经济腾飞与"临空经济"概念．北京：经济日报，2004－5－25

106. 祝平衡，张平石，邹钟星．发展临空经济的充要条件分析．湖北社会科学，2007（11）：95－97

107.《临空经济发展战略研究》课题组．临空经济理论与实践探索．北京：中国经济出版社，2006

108. 国务院发展研究中心．发展北京临空经济的经济社会影响研究．2006

109. 吕斌，彭立维．我国空港都市区的形成条件与趋势研究．地域研究与开发，2007（2）：11～15

110. 刘雪妮，宁宣熙，张冬青．发展临空产业集群的动力机制研究．现代经济探索，2007（1）：62～65

111. J. Kasarda. Designing an Aerotropolis to Provide Michigan's Competitive Advantage. http：//www. tcaup. umich. edu/charrette/aerotropolis06. html，2006.

112. 杨雪萍，浦东机场临空地区临空经济发展研究，上海交通大学，1999

113. Glen E. Weisbrod and John S. Reed and Roanne M. Neuwirth, AIRPORT AREA ECONOMIC DEVELOPMENT MODEL, the PTRC International Transport Conference, 1993.

114. R. E. Caves and G. D. Gosling, Strategic Airport Planning, an imprint of elsevier science.

115. K. O'connor, Airport Development In Souteast Asia, journal of transport geography, 1995, 3 (4).

116. M. D. lrwin and J. D. Kasarda, Air Passenger Linkages And Employment Growth In US Metropolitan Areas, American sociological review, 1991

117. Testa, W. A. Job Flight And The Airline Industry: The Economic Impact Of Airports On Chicago And Other Metro Areas. federal reserve bank of Chicago, January 1992.

118. J. Bowen, Airline Hubs In Southeast Asia: National Economic Development And Nodal Accessibility. journal of transport geography, 2000, 8.

119. J. Kasarda, Designing an Aerotropolis to Provide Michigan's Competitive Advantage, http: //www. tcaup. umich. edu/charrette/aerotropolis06. html, 2006.

120. 刘武君．国外机场地区综合开发研究，国外城市规划，1998 (1): 31~36

121. 欧阳杰，关于我国航空城建设的若干思考，民航经济与技术，1999 (3): 49~50

122. 国务院发展研究中心．发展北京临空经济的经济社会影响研究．2006

123. Omar EL HOSSEINY. Challenges facing the Interrelation of 21st century International Airports and Urban Dynamics in Metropolitan Agglomerations. Case Study: CAIRO INTERNATIONAL AIRPORT, Airports and Urban Dynamics, 39th IsoCaRP Congress 2003.

124. John D. Kasarda, An interview with on John D. Kasarda Airport Cities & the Aerotropolis: New Planning Models, 2006.

125. W. J. Baumol, J, C. Panzav and R. D. Willig: C congestible Markets and the Theory of Industry Structure. New York Harcout Brace Javanovich Ltd, 1982.

126. 阎小培．信息产业与城市发展．北京：科学出版社，1999：1

127. Abbey, D, Twist, D, Koonmen, L, 2001, "The Need for Speed: Impact on Supply Chain Real Estate" AMB Investment Management, Inc. White Pa-

per. January 2001：1.

128. J. 阿塔克，B. 帕塞尔著．罗涛等译．新美国经济史．北京：中国社会科学出版社，2000：146～164

129. Krugman P. Increasing returns and economic geography. Journal of political economy，99：483～499.

130. Dixit，A. K.，and Stiglitz，J. E. Monopolistic competition and optimum product diversity. American Economic Review，1977（67）：297～308.

131. Samuelson，P. A. the transfer problem and transport costs，Ⅱ：Analysis of effects of trade impediments，Economic Journal，1954（64）：264～289.

132. Martin，P. and C. A. Rogers. Industrial Location and public infrastructure，Journal of International Economics，1995（3）：335～351.

133. Ottaviano G. I. P. Monopolistic competition，trade，and endogenous spatial fluations，Regional Science & Urban Economics，2001（31）：51～77.

134. Forslid，R. Agglomeration with human and physical capital：an analytically sovable case，1999，Discussion Paper No. 2102，Center for Economic policy Research.

135. Forslid. R and Ottaviano G. I. P. An analytically solvable core-periphery model. Journal of Economic Geography. 2003（3）：229～240.

136. 安虎森．空间经济学原理．北京：经济科学出版社，2005：134

137. 安虎森．空间经济学原理．北京：经济科学出版社，2005：76～77

138. 金煜，陈钊，陆铭．中国的地区工业集聚：经济地理、新经济地理与经济政策．经济研究，2006（4）：79～89

139. 安虎森．空间经济学原理．北京：经济科学出版社，2005：135～136

140. 安虎森．空间经济学原理．北京：经济科学出版社，2005：135

141. 安虎森．空间经济学原理．北京：经济科学出版社，2005：135

142. 安虎森．空间经济学原理．北京：经济科学出版社，2005：121～122

143. 安虎森．空间经济学原理．北京：经济科学出版社，2005：123

144. 安虎森．空间经济学原理．北京：经济科学出版社，2005：139

145. 安虎森．空间经济学原理．北京：经济科学出版社，2005：140

146. 安虎森．空间经济学原理．北京：经济科学出版社，2005：148～150

147. 安虎森．空间经济学原理．北京：经济科学出版社，2005：2

148. 秦灿灿．法兰克福机场的空铁联运．交通与运输，2006（12）：46～49

149. John D Kasarda. The Fifth Wave：The Air Cargo-Industrial Complex. Portfo-

lio: A Quarterly Review of Trade and Transportation, 1991.

150. 刘秉镰．港口多元化发展的结构效应．天津社会科学，1997 (6): 22~26

151. 刘秉镰．经济全球化与港城关系．港口经济，2002 (2): 13~14

152. 陈耀年．企业能力的系统分析．系统工程，2003 (11): 36~40

153. 曾珍香，顾培亮．可持续发展的系统分析与评价．北京：科学出版社，2000

154. 魏宏森．系统论——系统科学哲学．北京：清华大学出版社，1995

155. 刘洪，刘志迎．论经济系统的特征．系统辩证学学报，1999 (7), 29~32

156. 姜璐，王德胜．系统科学新论．北京：华夏出版社，1990

157. 顾培亮．系统分析与协调．天津：天津大学出版社，1998

158. 苗东升．系统科学原理．北京：中国人民大学出版社，1990

159. 王众托．系统工程引论．北京：电子工业出版社，1991

160. 许国志．系统科学．上海：上海科技教育出版社，2000

161. 谭跃进．系统工程原理．长沙：国防科技大学出版社，1999

162. 王婧，高爱国．生命周期论与物流园区发展战略选择．科技进步与对策，2007 (1): 91

163. 李辉，李舸．产业集群的生态特征及其竞争策略研究．吉林大学社会科学学报，2007 (1): 57~62

164. 主悔．区域经济发展动力与机制．湖北：湖北人民出版社，2006: 37

165. 主悔．区域经济发展动力与机制．湖北：湖北人民出版社，2006: 38

166. 刘恒江，陈继祥，周莉娜．产业集群动力机制研究的最新动态．外国经济与管理，2004; 26 (7): 2~7

167. 缪磊磊，阎小培．知识经济对传统区位论的挑战．经济地理，2002 (3): 142-143

168. G. L. 克拉克，M. P. 费尔德曼，M. S. 格特勒．牛津经济地理学手册．北京：商务印书馆，2005

169. 郝寿义，安虎森．区域经济学．北京：经济科学出版社，2004: 60

170. 马士华，沈玲．基于时间竞争的供应链预订单计划模式．计算机集成制造系统，2005 (7): 1001~1006

171. 晏安，王海军．基于时间竞争的物流周期压缩方法研究．物流技术，2006 (2): 42~45

172. 周晓东. 现代企业的时间价值概念探讨. 价值工程, 2000 (4): 30

173. 刘卫东, Peter Dicken, 杨伟聪. 信息技术对企业空间组织的影响. 地理研究, 2004 (11): 833 ~ 844

174. 魏后凯. 区位决策. 广东: 广东经济出版社, 1998: 28

175. 上海货运机场"东移"启示录 [EB/OL], http: //211.156.53.20: 7788/gate/big5/www.teda.gov.cn/servlet/publish

176. 苏南国际机场重划长三角物流格局 [EB/OL], http: //www.logistics-smu.net/dtItem.aspx? id = 142

177. 周新生. 产业链与产业链打造. 广东社会科学, 2006 (4): 30 ~ 36

178. 刘贵富. 产业链的基本内涵研究. 工业技术经济, 2007 (8): 92 ~ 96

179. 刘尔思. 关于产业链理论的再探索. 云南财经大学学报, 2006 (6): 66 ~ 69

180. 吴金明, 邵昶. 产业链形成机制. 中国工业经济, 2006 (4): 36 ~ 42

181. 王倜傥. 机场竞争与机场经营. 北京: 中国民航出版社, 2005: 152

182. 刘贵富, 赵英才. 产业链: 内涵、特性及其表现形式. 财经理论与实践, 2006 (5): 114 ~ 117

183. 王兴元. 高新技术产业链结构类型、功能及其培育策略. 科学学与科学技术管理, 2005 (3): 88 ~ 93

184. Wernerfelt, B. A Resource-based view of the firm. Strategic Management Journal, 1984 (5): 171 ~ 180.

185. 应维云, 覃正, 李秀. 企业竞争优势战略的理论研究综述. 开放导报, 2005 (10): 105 ~ 107

186. Collis, D. J. &C. A. Montgomery. Competing on Resources: Strategy in 1990s. Harvard Business Review, 1995.

187. 张威. 构建企业资源特性多层面分析模型: 持续竞争优势形成探源. 现代财经, 2006 (8): 52 ~ 55

188. 晏双生, 章仁俊. 企业资源基础理论与企业能力基础理论辨析及其逻辑演进. 科技进步与对策, 2005 (125): 125 ~ 128

189. 王倜傥. 机场竞争与机场经营. 北京: 中国民航出版社, 2005: 100

190. 姚小涛; 席酉民. 企业契约理论的局限性与企业边界的重新界定. 南开管理评论, 2002 (5), 36 ~ 38

191. 杨治. 产业政策与结构优化. 北京: 新华出版社, 1999: 213 ~ 264

192. 王述英. 现代产业经济理论与政策. 山西: 山西经济出版社, 1999: 9

193. 李红梅．21世纪中国产业结构调整的战略选择．首都师范大学学报，2000（6）

194. W. W. 罗斯托．从起飞进入持续增长的经济学．成都：四川人民出版社，1988

195. 王欢明，刘鹤鹤．成都临空经济发展的现状与对策建议．上海城市管理职业技术学院学报，2007（4）：47～50

196. 顺义统计信息网．http：//www. tongjj. bjshy. gov. cn/

197. 马田．发展航空维修 完善航空产业链．航空制造技术，2004（10）：58～66

198. 杨雪萍．浦东机场临空地区临空经济发展研究．同济大学，1999

199. 金乾生．陕西航空产业要走集群化道路．当代陕西，2007（8）：20～21

200. 青岛临空经济发展研究课题组．青岛临空经济区功能定位与产业发展规划．青岛：中国民航大学临空经济研究所，2006

201. 呼和浩特航空城发展研究课题组．呼和浩特航空城产业发展战略规划．北京：英国阿特金斯咨询公司，2006

202. 昆明空港经济发展研究课题组．昆明空港经济区经济社会发展战略规划．昆明：中国民航大学临空经济研究所，2006

203. 刘亚晶．浅谈武汉临空经济区的发展．湖北经济学院学报，2007（8）：55～56

204. 曹江涛．临空经济区与区域经济发展的互动关系研究．南京航空航天大学，2007

205. 佛山市三水区临空经济发展研究课题组．佛山市三水区空港经济发展战略研究．中国民航大学临空经济研究所，2007

206. 陈学刚，杨兆萍．建立乌鲁木齐国际机场临空经济区的战略思考．干旱区地理，2008（3）：306～311

207. 曹允春，谷芸芸，席艳荣．中国临空经济发展现状与趋势．经济问题探索，2006（12）：4～8

208. 肖家祥，黎志成．基于组合赋权法的产业集群竞争力评价．统计与决策，2005（2）：64～68

209. 杜栋，庞庆华．现代综合评价方法与案例精选．北京：清华大学出版社，2006

210. 王青华，向蓉美，杨作廪．几种常规综合评价方法的比较．统计与信息论坛，2003（2）：30～33.

211. 陈国宏，陈衍泰，李美娟．组合评价系统综合研究．复旦学报（自然科学版），2003（5）：667～672

212. 徐强．组合评价法研究．江苏统计，2002（10）：10～12

213. 张卫华，靳翠翠．多指标综合评价方法及方法选优研究．统计与咨询，2007（1）：32～33

214. 高志刚．基于组合评价的中国区域竞争力分类研究．经济问题探索，2006（1）：28～32

215. 郭亚军，姚远，易平涛．一种动态综合评价方法及应用．系统工程理论与实践，2007（10）：154～158

216. 陈衍泰，陈国宏，李美娟．综合评价方法分类及研究进展．管理科学学报，2004（2）：69～79

217. 龚仰军．产业结构研究．上海：上海财经大学出版社．2002：154～206

218. 孙尚清．中国产业结构研究．北京：中国社会科学出版社，1988：89～246

219. 张可云．区域经济政策．北京：商务印书馆，2005

220. 赵文彦，陈益升，李国光．新兴产业的摇篮——高技术开发区研究．北京：科学技术文献出版社，1990：1～281

221. 厉无畏，王振．中国开发区理论与实践．上海：上海财经大学出版社，2004：1～246

222. 首都临空经济发展研究课题组．首都自由贸易区发展战略研究．中国民航大学临空经济研究所，2007

223. 翁恺宁．专业型经济开发区管理体制和产业发展模式比较分析．特区经济，2002（1）：38～40

224. 朱永新．中国开发区组织管理体制与地方政府机构改革．天津：天津人民出版社，2001：1～243

225. 费洪平，戴公兴．经济开发区产业规划与管理．北京：科学出版社，2000：1～231

226. 阎文圣．高新技术产业开发区管理体制的改革与创新．中国经贸导刊，2004（2）：35～40

227. 潘望，王小龙．高新开发区管理体制创新探讨．浙江经济，2002（9）：52～53

228. 霍庆先．构建符合国际规则的开发区管理体制．黑河学刊，2003；104（3）：26～28

229. 乌鲁木齐经济开发区管委会．关于开发区管理体制创新的实践与思考．

改革与发展，2001（8）：35～37

230. 吕薇．关于开发区管理体制的思考．重庆工学院学报，2004；18（1）：1～5

231. 吴茂平．开发区管理体制改革与创新的思考．科技信息，2003（4）：39～40

后　记

本书是在我的博士论文的研究基础上修改完成的，以这一选题作为博士论文的起因源于1997年对于临空经济初步的思考，我在区域经济研究过程中偶然注意到一个经济现象：在国际上越来越多的企业在机场周边聚集，但当时分析不出这种经济现象是不是一种必然，由此这一独特的区域经济发展现象引起了我的极大兴趣，通过收集相关资料，才发现这方面的研究资料比较少，当时国内外的研究资料无法全面系统地解释这一经济现象，但我坚信所有经济现象的背后必然存在着经济学规律，揭示经济事件背后的“必然性”规律，是经济研究者的使命，于是1998年写了一篇拙作《谈临空经济区的建立和发展》，发表在《中国民航学院学报》1999年第3期上，应该说，这篇论文的分析还不十分系统，但正是这篇论文把我带入到了临空经济的“一花一世界”里。

经过十多年的艰苦探索，内心深处总是渴望该领域研究有一个深度飞跃，因此博士选题时，选择了这个前沿性的研究题目，博士论文期间凝聚了我的导师刘秉镰教授的心血，刘老师是我多年来仰慕的学者，能够跟随他求学是我一生的幸事，他以其广博的知识、敏锐的学术洞察力给予我开拓性的指点，他追求“做人、做事、做学问”的统一，为我及我周围的同学树立了很好的榜样，值此书完成之际，谨向刘老师致以崇高的敬意和真诚的谢意。

还要特别感谢北京交通大学的荣朝和教授，我非常敬仰荣老师的学术造诣，非常佩服他几十年如一日对于学术孜孜不倦的追求，在北京新机场选址会议中，我很幸运能够有机会聆听他的谈话，与荣老师的谈话非常快乐，使我更加坚定了我的学术道路，荣老师对于我博士论文的肯定，使我感到惴惴不安，也使我感到肩上的重担，能够高标准地做好临空经济这篇文章成为努力的目标。

还要非常感谢中国民航大学校长、博导吴桐水研究员，在临空经济发展初期，当时情况确实非常艰难，正是在吴校长的大力支持，成立了中国第一个以临空经济为主要研究对象的研究所，临空经济才逐步迈入良性发展阶段，才有了今天的一点点成绩。

感谢美国北卡罗来纳大学凯南私营企业研究所所长约翰·卡萨达博士（John

D. Kasarda)，卡萨达博士在临空经济研究初期给予了无私的帮助，还要感谢南开大学城市与区域经济研究所的江曼琦教授。

还要感谢北京市顺义区，可以这样说没有北京市顺义区的大力推动就没有今天中国临空经济的蓬勃发展的良好态势，时光回溯到2004年3月的一个中午，当我在中国民用航空学院（中国民航大学前身）专家楼餐厅接待了来自北京的三位贵客，他们是北广传媒集团书记刘志远同志（时任北京市顺义区区委常委宣传部长）、经济日报北京站徐文营站长、北京市顺义区区委研究室周继武主任，我非常感动他们从北京专程来到民航学院，在民航学院的专家楼中午边吃边谈关于临空经济的发展，确定了2004年5月26日的“北京顺义·临空经济论坛”主题发言。

顺义区给予了我临空经济最好的实践平台，北京市副市长夏占义同志（时任中共北京市顺义区区委书记）、顺义区人民政府李平区长都高度重视临空经济发展。我记得，我在顺义区中心组学习做报告时，顺义区副区长王海臣同志说，“希望顺义区成为曹教授永远的自留地”，我也希望能够为中国临空经济的典范——北京临空经济区贡献自己微薄的力量，感谢顺义区这片热土，感谢顺义区的各级领导，感谢北京市顺义区副区长林向阳同志、感谢顺义区委政策研究室的周继武主任、副主任郭振海博士、刘锦东副主任，黄海厚同志、王宁同志，北京市顺义区发展和改革委员会主任田建国同志。还要感谢经济日报北京站站长徐文营、新华社北京分社高级记者刘浦泉同志。

中国社会科学院工业经济研究所陈耀教授、国家发展改革委员会综合运输研究所副所长汪鸣同志、上海机场（集团）有限公司刘武君总工程师、中国航空工业规划设计研究院建筑发展部研究员徐晓东研究员、中国民用航空局办公厅政策研究室刘少成处长、天津市城市规划设计研究院规划研究中心总工程师王学斌同志、首都机场集团公司规划发展部李洪总经理、中国民航管理干部学院田建文副教授、天津港保税区管委会办公室张志强主任、云南省社科院院长助理董棣研究员等一批国内知名专家学者，都先后与我就临空经济理论进行过讨论，提出过许多建设性意见。

还要感谢中国民航大学的经济与管理学院副院长李艳华博士、天津市国土资源和房屋管理研究中心的金丽国博士，中国民航大学的白杨敏讲师，他们都给予了本书非常大的支持。还有感谢中央财经大学李瑞琴博士、中国民航大学的任新惠副教授、魏然副教授、江红讲师。

我的研究生沈丹阳、杨震、谷芸芸、席艳荣、王诤、程彦、金鹿、王丽雪、张雪等在资料收集和校稿中做了不少工作，在此表示感谢！

在这里，我要衷心地感谢我家人，他们默默奉献和宝贵支持是我克服前进道路上所有困难和应付艰辛的最大动力！

感谢经济科学出版社王丹女士和张意姜女士为本书出版所付出的辛苦劳作。

临空经济的研究在国内外都处于探索阶段，加之自己的水平和能力有限，尽管力图做了较深入的研究，但仍不免有偏颇甚至是错误之处，我期待读者的批评指正，在本书付梓之际，我真诚地对所有对于临空经济理论研究、实践和传播，以及为本书出版作出贡献的各界朋友表示衷心的感谢。

曹允春

2009年7月于中国民航大学

图书在版编目（CIP）数据

临空经济：速度经济时代的增长空间/曹允春著. —北京：经济科学出版社，2009.8
ISBN 978-7-5058-8445-8

Ⅰ. 临… Ⅱ. 曹… Ⅲ. 机场-作用-地区经济-经济发展-研究 Ⅳ. F560 F061.5

中国版本图书馆 CIP 数据核字（2009）第 132138 号

责任编辑：王 丹
责任校对：杨晓莹
版式设计：代小卫
技术编辑：李长建

临 空 经 济
——速度经济时代的增长空间
曹允春 著
经济科学出版社出版、发行 新华书店经销
社址：北京市海淀区阜成路甲 28 号 邮编：100142
总编部电话：88191217 发行部电话：88191540
网址：www.esp.com.cn
电子邮件：esp@esp.com.cn
北京汉德鼎印刷厂印装
787×1092 16 开 22.125 印张 380000 字
2009 年 8 月第 1 版 2009 年 8 月第 1 次印刷
ISBN 978-7-5058-8445-8 定价：36.00 元
（图书出现印装问题，本社负责调换）